Eisiges Inferno

Der Autor

Jack Du Brul hat bereits mehrere erfolgreiche Thriller veröffentlicht, teilweise in Zusammenarbeit mit Clive Cussler. *Eisiges Inferno* ist der zweite Band einer Reihe um den Geologen und Abenteurer Philipp Mercer.

Jack Du Brul hat Internationale Politik an der George Washington University in Washington D. C. studiert und lebt heute mit seiner Frau in Vermont. Mehr über den Autor erfahren Sie unter www.jackdubrulbooks.com.

Jack Du Brul

Eisiges Inferno

Thriller

Aus dem Englischen von
Bernhard Liesen

Weltbild

Die englische Originalausgabe erschien 1999 unter dem Titel *Charon's Landing*
bei Onyx, an imprint of New American Library, a division of Penguin Group, USA

Besuchen Sie uns im Internet
www.weltbild.de

Übersetzung: Bernhard Liesen
Projektleitung & Redaktion: usb bücherbüro, Frieberg/Bayern
Umschlaggestaltung: *zeichenpool, München
Umschlagmotiv: www.shutterstock.com (© Frank Bach / © irabel8 /
© Nikita Vishneveckiy)
Satz: Catherine Avak, Iphofen
Druck und Bindung: GGP Media GmbH, Pößneck

Printed in the EU
ISBN 978-3-95569-424-1

2019 2018 2017 2016
Die letzte Jahreszahl gibt die aktuelle Ausgabe an.

Homer, Alaska
17. Oktober

Howard Small beugte sich über die Reling des Charterboots und übergab sich so heftig, dass ihm fast die Brille von der Nase gerutscht wäre. Das Erbrochene klatschte laut auf das Wasser, und die Mannschaftsmitglieder der anderen Charterboote blickten grinsend zu ihm herüber. Howard spuckte ein paarmal aus, um den schlechten Geschmack loszuwerden, doch es war vergeblich. Dann wischte er sich mit dem Ärmel seines Parkas den Mund ab und lehnte sich stöhnend gegen die Kabinenwand.

»Mein Gott, Howard, wir haben nicht mal die Leinen losgemacht«, witzelte Jerry Small, der Kapitän des Fischerboots. »Erzähl mir nicht, dass du jetzt schon seekrank bist.«

Die beiden waren Vettern, hatten aber äußerlich keinerlei Ähnlichkeit. Howard, einige Jahre jünger als sein Cousin, hatte bereits eine Glatze, Jerry dagegen volles schwarzes Haar, wenn auch von ein paar grauen Strähnen durchzogen. Während Howard vom Typ her eher ein schmächtiger Bücherwurm war, hatte Jerry ein vom Wetter gegerbtes Gesicht und einen kräftigen Körperbau.

»Es ist nicht meine Schuld, Jerry. Der Sadist da drüben hat mir das angetan.« Er deutete schlaff auf den anderen Passagier auf dem zehn Meter langen Fischerboot. »Bis vor vier Stunden waren wir noch auf den Beinen und haben uns im Salty Dog Saloon mit Tequila volllaufen lassen.«

Der andere Passagier grinste breit. Er lehnte lässig am Heckwerk, hatte ein Bein auf der Bank ausgestreckt und das andere an die Brust gezogen. Seine narbigen Hände umklammerten das Knie. Er trug verwaschene Jeans, einen schwarzen Pullover, eine Lederjacke und teure, aber bereits reichlich betagte Wanderstiefel. Seine Klamotten sahen aus, als hätte er darin geschlafen, und doch hatte dieser Mann auf eine nachlässige Weise Stil.

Obwohl auch er reichlich Alkohol getrunken und nur ein paar Stunden geschlafen hatte, wirkte sein Blick wach und konzentriert. Seine Augen waren von einem ungewöhnlichen Grau. Ihr Ausdruck war hart, aber doch zugleich freundlich und humorvoll. Er faszinierte Jerry. Er musste sich zwingen, den Blick abzuwenden.

»Ich weiß, was du brauchst.« Der Passagier schaute auf seine TAG-Heuer-Uhr und dann auf den noch dunklen Himmel. »Wie ich mir gedacht habe, in Oslo ist jetzt Happy Hour.« Er fischte zwei Flaschen Alaska Pale Ale aus einem auf dem Deck stehenden Kühlbehälter und warf Howard eine zu.

»Kleines Katerfrühstück. Wenn's schlimm ist, kippt man am besten gleich wieder was drauf.« Der Mann grinste und öffnete seine Flasche des Bieres, das er für das beste weltweit hielt.

»Und das um halb fünf morgens«, stöhnte Howard, der gleichwohl die Flasche öffnete und einen großen Schluck trank.

»Und, besser?«

»Besser.«

»Ich hab die vorderen Leinen losgemacht, Dad. Wir sollten aufbrechen.« Jerry Smalls Sohn war schon im Teenageralter ein größerer Doppelgänger seines Vaters. Er maß fast zwei Meter und hatte breite Schultern. Sein noch jugendliches Gesicht wollte nicht recht passen zu dem ausgewachsenen Körper eines Mannes.

»Mach am Heck die Leinen los, John«, sagte Small, als der starke Motor stotternd ansprang.

John machte das letzte Tau los und sprang an Bord der *Wave Dancer* – ein zu poetischer Name für ein robustes, aber doch etwas ramponiertes Schiff, das schon zu vielen Wintern in Alaska hatte trotzen müssen. Die beiden Passagiere traten zu dem Kapitän und seinem Sohn in die halbwegs windgeschützte, an der Seite offene Kabine.

Sie waren das erste Fischerboot von Homers Charterflotte, das die Leinen losgemacht hatte, um Heilbutt zu fangen, große, am Meeresgrund lebende Fische, die stark an Flundern erinnerten. Obwohl es schon spät in der Saison war, hatte Jerry den anderen versichert, er wisse, wo noch ein guter Fang zu machen sei. Auf der Steuerbordseite der *Wave Dancer* glitt eine der größten natürlichen Landzungen der Welt vorbei. Im Schutz des Cook Inlet, einer Bucht des Pazifischen Ozeans im Süden Alaskas, wo die Strömungen des Golfs von Alaska und die der Shelikofstraße aufeinandertrafen, war eine eine Meile lange Landzunge entstanden, die so schmal war, dass man einen Baseball von einer Seite zur anderen werfen konnte. In den Gewässern um diesen Ausläufer der Kenai-Halbinsel konnte man extrem guten Lachs und Heilbutt fangen, und die Gegend war auch eine Brutstätte für eine große Anzahl Weißköpfiger Seeadler, die auf der Müllkippe der verschlafenen Kleinstadt Futter suchten.

Die *Wave Dancer* bog um die Spitze der Landzunge. Vor dem Hintergrund des noch nächtlichen Himmels hoben sich undeutlich die Umrisse der Kenai Mountains ab. Aber am Horizont war ein erster Lichtstreifen zu erkennen. Die Temperatur lag nur ein Grad über null, und die Männer saßen dicht vor dem Heizkörper in der Kabine. Es ging nur eine sanfte Brise, und das Meer war ruhig – eine problemlose Fahrt für die *Wave Dancer*, die so gebaut war, dass sie auch mit einer Dünung von drei Meter hohen Wellen klarkam.

»Sie wirken anders als die Bücherwürmer, die Howard normalerweise anschleppt«, sagte Jerry Small zu dem zweiten Passagier.

Der Mann lächelte. »Ich bin freiberuflicher Unternehmensberater. Man hat mich angeheuert, um die praktische Anwendbarkeit und Wirtschaftlichkeit von Howards Erfindung zu begutachten.«

»Und?«

»Und was?«

»Funktioniert das Lieblingsspielzeug meines Vetters?«

»Wenn Pacific Machine and Die den Empfehlungen meines Gutachtens folgt, wird Dr. Howard Small in einem Jahr ein sehr reicher Mann sein.«

Trotz seines Katers musste Howard grinsen. Nach zweiwöchigen Versuchen östlich von Valdez, die sie gerade erst abgeschlossen hatten, hörte er jetzt zum ersten Mal, dass seine Arbeit positiv beurteilt wurde.

»Danke, Mercer.«

»Du musst dich nicht bei mir bedanken.« Philip Mercer schüttelte Howard die Hand. »Du hast die ganze Arbeit geleistet. In ein paar Jahren wird deine Erfindung die Bergbauindustrie revolutioniert haben.«

Während der letzten drei Jahre hatten Professor Howard Small und seine Mitarbeiter an der University of California in Los Angeles einen »Mini-Maulwurf« entwickelt, einen Tunnelbohrer mit modernster Lasersteuerung und Hydrauliktechnologie, der in jeder Hinsicht den fortschrittlichsten Stand der technologischen Entwicklung repräsentierte. Diese Erfindung, auf den Namen Minnie getauft, hatte soeben unter extremen Bedingungen ihren ersten wirklichen Test bestanden. Die Maschine hatte einen drei Kilometer langen Tunnel mit einem Durchmesser von einem Meter zwanzig durch Granitgestein gebohrt, wobei die Abweichung vom vorgegebenen Kurs praktisch nicht messbar war. Im Gegensatz zu anderen Tunnelbohrern war Minnie klein und kostensparend. Eine zwanzigköpfige Mannschaft konnte den Betrieb der fünf Meter langen Maschine rund um die Uhr gewährleisten. Demgegenüber waren beim Bohren des Kanaltunnels zwischen England und Frankreich Maschinen zum Einsatz gekommen, die hundertachtzig Meter lang und für deren Wartung und Betrieb Hunderte von Männern erforderlich waren.

Mercer hatte von Pacific Machine and Die, einer großen Maschinenbaufirma, den Auftrag bekommen, Minnies praktischen Nutzen beim Bohren harten Gesteins zu begutachten. Durch eine so kleine Maschine war es eventuell möglich, in Minen auf Sprengungen zu verzichten, durch die jedes Jahr Hunderte von Menschen starben oder verletzt wurden. Mercer hatte in der Welt des Bergbaus eine außergewöhnliche Reputation. Wenn sein Gutachten positiv ausfiel, würde Pac Mac & Die die Patente für die Produktion der Maschine erwerben. Howards jahrelange Arbeit würde sich bar auszahlen.

Dieser Angelausflug war für beide Männer nach den langwierigen Tests eine Möglichkeit, sich zu entspannen. Sie kannten sich erst seit kurzer Zeit, und doch kam es ihnen schon jetzt so vor, als wären sie seit Jahren Freunde.

»Heißt das, dass du endlich mal für eine dieser Bootspartien bezahlen wirst?«, fragte Jerry Small seinen Vetter.

»Darauf würde ich nicht zählen.«

Eine Stunde nach dem Ablegen in Homer drosselte Jerry den Motor und steuerte die *Wave Dancer* langsam in eine kleine, geschützte Bucht. Gemeinsam mit seinem Sohn betrachtete er aufmerksam den Tiefenmesser. Nach einem kurzen Manöver stellte Small den Motor ab. Die nächtliche Stille an der Küste von Alaska umfing sie.

»Der beste Angelplatz in diesen Gewässern«, verkündete Jerry, der aufstand, um die schweren Angelruten vorzubereiten.

Das tausendzweihundert Kilometer entfernte arktische Packeis schien der Sonne ihre Wärme zu nehmen, sodass sie nur ein kaltes, gelbliches Licht verbreitete. Mit den niedrig dahinziehenden Wolken glich der Himmel einem undurchsichtigen Tuch – ein einzigartiges Bild, wie es nur die Natur hervorzuzaubern vermag.

Nur ein paar Minuten nach dem Auswerfen der Angeln zog Mercer einen fast fünfundvierzig Kilo schweren Heilbutt aus dem Wasser. Jerry und John benutzten schwere Landungshaken, um den Fisch an Bord zu hieven. Der platte weiße Körper war glatt, abgesehen von zwei blasenförmigen Wucherungen, welche die Augen schützten. Wenngleich der Heilbutt eine äußerst hässliche Kreatur war, wurde Mercer mit Lob überschüttet.

»Ein Prachtexemplar.«

»Was für ein wundervoller Fisch.«

»Sieht aus wie meine Ex, aber erzähl deiner Mutter nicht, dass ich das gesagt habe, John.«

Fünf Minuten später halfen Mercer und Jerry John, sein Prachtexemplar an Bord zu ziehen, und dann war Howard an der Reihe, seinen Fang vom Meeresgrund an die Wasseroberfläche zu hieven. Eine Stunde ging es so weiter, und es schien immer innerhalb weniger Minuten zu klappen, wenn ihre Haken auf den Grund gesunken waren. Wenn alle drei einen Fisch gefangen hatten, ließen sie den Heilbutt wieder frei. Bei dieser Variante des Fischens ging es nur um einen Test, ob man stark genug war, die schweren Kreaturen vom Meeresgrund nach oben zu ziehen.

Jerry verglich es damit, eine Riesenmatratze vom Meeresgrund nach oben hieven zu müssen. Beim Heilbuttfischen ging es eher um die Geselligkeit. Wahres Fischen in Alaska, das hieß für Jerry, während der Laichwanderungen der Lachse bis zu den Hüften in einem eiskalten Fluss zu stehen. Die Schwärme waren so dicht, dass die Lachse permanent gegen die hohen Wasserstiefel des Anglers stießen. Da die Lachse aber während der Laichwanderung meistens auf Nahrungsaufnahme verzichteten, ließen sie die Köder der Angler meistens links liegen.

»Frustrierender, als im Puff keinen hochzukriegen«, bemerkte Jerry.

Howard schien seinen Kater halbwegs überwunden zu

haben, und er schlug die Bierflaschen nicht aus, die Mercer ihm anbot. Nur John, der noch zu jung war, um in der Öffentlichkeit trinken zu dürfen, blieb nüchtern, obwohl sein Vater es ihm gestattet hatte, ein paar Bier zu trinken. Aber er sagte, er bereite sich auf die bevorstehende Basketballsaison vor und wolle völlig auf Alkohol verzichten.

Als sie um zehn Uhr morgens den Eindruck hatten, immer wieder denselben Fisch zu fangen, holten sie ihre Leinen ein, und Jerry nahm Kurs Richtung Süden. Das Meer war immer noch ruhig, und grelle Sonnenstrahlen durchlöcherten die Wolkendecke und reflektierten sich auf dem Wasser.

Nach etwa zwanzig Minuten zeigte John auf etwas auf der Steuerbordseite. »Was ist das, Dad?«

Jerry drosselte den Motor und riss das Steuer so abrupt herum, dass Mercer und Howard sich festhalten mussten, um nicht das Gleichgewicht zu verlieren. Etwa fünfhundert Meter entfernt trieb ein Boot auf dem kaum bewegten Wasser. Es war gut fünf Meter länger als die *Wave Dancer*, ein kommerzielles Fischerboot mit einem Kabinenaufbau und einer Winsch zum Einholen der Netze am Heck.

Selbst aus dieser Entfernung war klar, dass es an Bord des anderen Schiffes Probleme gegeben haben musste. Es lag unnatürlich niedrig im Wasser, und die Aufbauten waren von Flammen geschwärzt. Es war ein unheimlicher Anblick. Die *Wave Dancer* näherte sich dem anderen Boot, doch niemand bewegte sich an Deck, und Jerrys laute Rufe blieben ohne Reaktion.

»Was für ein Boot ist das?«, fragte Jerry gedankenverloren, als er beidrehte.

»Der Name am Bug ist nicht mehr zu lesen«, antwortete sein Sohn, der Fender an der Bordwand anbrachte. »Aber ich glaube, es muss die *Jenny IV* aus Seward sein.«

Mercer vertäute die beiden Boote, als sie nebeneinanderlagen. Das durch das Bier angefeuerte Geplauder war verstummt, sobald sie das andere Boot erblickt hatten, und Mercers Verhalten strahlte eine ruhige Professionalität aus, ganz so, als würde er jeden Tag ausgebrannte Schiffswracks entdecken.

Er sprang an Bord der *Jenny IV*. Das verkohlte Deck stand etwa fünfzehn Zentimeter hoch unter Wasser, das auf dem schlingernden Schiff von einer Bordwand zur anderen schwappte. Trotz seiner angeblich wasserdichten Stiefel bekam Mercer schnell nasse Füße, und seine Zehen wurden taub von dem eiskalten Wasser. Er blickte sich an Deck um und wandte sich Jerry zu.

»Melden Sie sich bei der Küstenwache, und geben Sie durch, was wir entdeckt haben. Sie können sich Zeit lassen, hier hat niemand überlebt.« Mercers Stimme klang jetzt so, als hätte er das Kommando übernommen. Bisher hätte niemand diesen Eindruck gewonnen.

Howard beugte sich über die Bordwand der *Wave Dancer*. »Woher weißt du das?«, fragte er.

»Weil das Rettungsboot nicht zu Wasser gelassen wurde und weil zu meinen Füßen eine verbrannte Leiche liegt.«

»Scheiße«, sagte Jerry im Ruderhaus der *Wave Dancer*. »Benachrichtige die Küstenwache, John.«

Damit sprang auch er an Bord der *Jenny IV*. Er musste sich an einer Winde festhalten, als er die mit dem Gesicht nach unten daliegende Leiche sah.

»Scheiße«, wiederholte er.

Wer immer der Tote war, es schien so, als hätte er den Brand zunächst noch überlebt, denn die Position der Leiche deutete darauf hin, dass der Mann sich aus der Kabine hierher geschleppt hatte. Er lag ausgestreckt da und schien vor seinem Tod den Flammen noch entkommen zu sein. Der Oberkörper war ziemlich unversehrt – er trug eine orangefarbene Rettungsweste über einem karierten Flanellhemd –, doch vom Becken an abwärts war alles verbrannt. Der Anblick der geschwärzten Oberschenkelknochen war unheimlich. Die Hände glichen verkrampften Klauen.

Mercer hatte wirklich überhaupt keine Lust, die Leiche umzudrehen und zu sehen, was die Flammen dem Gesicht angetan hatten.

Er dachte darüber nach, was geschehen war. Nach irgendeinem Unfall musste ein Brand ausgebrochen sein, der die Mannschaftsmitglieder völlig überrascht hatte, aber es gab keine Erklärung dafür, warum die Flammen ohne den Untergang des Bootes wieder erloschen waren. Wenn die Mannschaft eines anderen Schiffs den Brand gelöscht hätte, hätte sie die Leiche des Mannes bestimmt nicht auf dem Wrack liegen lassen. Das alles ergab keinen Sinn.

»Kehren Sie auf Ihr Boot zurück«, sagte Mercer zu Jerry. »Ich brauche eine Taschenlampe und eine Axt.«

Jerry sprang an Bord der *Wave Dancer* und holte, worum Mercer ihn gebeten hatte. Dann beobachtete er, wie Mercer seine Untersuchung fortsetzte.

»Meinst du nicht, wir sollten warten, bis die Küstenwache da ist?«, fragte Howard.

Mercer konnte seinen Freund verstehen, doch etwas an

diesem Brand beunruhigte ihn so sehr, dass er nicht vorhatte, auf das Eintreffen der Küstenwache zu warten.

»Es dauert nicht lange.«

Ein paar Stufen führten zum Ruderhaus, daneben erreichte man durch eine Tür die unter Deck gelegenen Räume. Das Ruderhaus war zwar durch den Brand beschädigt worden, war aber nicht halb so verwüstet wie das darunter liegende Deck.

Mercer versuchte, die Tür daneben zu öffnen, aber sie klemmte. Nach ein paar Axthieben zersplitterte das Holz, und die halbe Tür knallte auf das Deck.

Er knipste die Taschenlampe an und richtete den Lichtstrahl in den engen Raum unter dem Ruderhaus. Die kleine Kombüse mit den Klappsitzen und dem Esstisch war völlig ausgebrannt. Rechts sah er drei Pritschen mit verbrannten Matratzen und Decken, und auf der dritten erblickte er eine weitere Leiche. Diese war nur noch ein Skelett. Die leeren Augenhöhlen ließen es Mercer kalt den Rücken hinablaufen, aber er zwang sich, den Raum nicht fluchtartig zu verlassen.

Vermutlich war das dritte Mannschaftsmitglied der *Jenny IV* über Bord gesprungen, um dem Inferno zu entkommen. Als er eine Hand auf eine Schott legte, fiel ihm auf, dass der Stahl eiskalt war. Weil es in der Nacht zuvor so bitterkalt gewesen war, würde man über den Zeitpunkt des Brandes erst etwas erfahren, wenn ein Rechtsmediziner sich die Leichen angesehen hatte.

Die Decke war geschwärzt, aber offenbar hatte es nicht so lange gebrannt, dass die Flammen sich hindurchfressen konnten. Neben der Tür, die Mercer eingeschlagen hatte, führte eine weitere in einen kurzen Gang, der zum Laderaum führte. Von der Tür war fast nichts übrig, und ihr Rahmen und das Schott daneben waren von der Druckwelle einer Explosion weggerissen worden. Das erklärte, warum der Brand das Schiff nicht völlig zerstört hatte. Die Explosion musste den Flammen den Sauerstoff entzogen und sie so erstickt haben.

Mercer fragte sich, was an Bord gewesen war, um eine solche Explosion auszulösen.

Der Motor befand sich am Heck, und logischerweise mussten die Treibstofftanks in der Nähe sein, doch wenn die explodiert waren, hätte es eigentlich auch auf Deck Hinweise geben müssen. Dadurch wäre das Boot sicherlich gesunken. Es musste einen anderen Grund geben.

Der Lichtstrahl der Taschenlampe spiegelte sich auf trübem grünem Wasser, als Mercer ihn wieder in den Laderaum richtete. Der Gestank von verbranntem Holz und Kunststoff konnte den des jahrelang hier gelagerten Fischs nicht überdecken. Eine dicke Schaumschicht trieb auf dem Wasser, hier und da schillerten Diesellachen in allen Farben des Regenbogens. Er trat vorsichtig vor und versuchte, mit seinem Fuß die Stufen in den Laderaum zu ertasten.

Als er kurz darauf bis zu den Oberschenkeln im Wasser stand, wurde ihm klar, dass hier ohne eine Taucherausrüstung gar nichts zu machen war. Als er gerade kehrtmachen wollte, fiel der Lichtstrahl der Taschenlampe auf etwas, das vor ihm im Wasser trieb.

Er bückte sich stöhnend und durchnässte sich den Ärmel, als er ein glänzendes Stück rostfreien Stahls aus der trüben Brühe zog, etwa dreißig Zentimeter lang und knapp zwanzig breit. Die Explosion hatte den Stahl zerfetzt wie Papier, die Kanten waren gezackt und scharf. Als er das Stück Stahl im Licht der Taschenlampe drehte, sah er den Aufdruck »roger« auf einer Seite, wobei der letzte Buchstabe kaum zu lesen war.

Er steckte seinen Fund ein und kehrte aufs Deck zurück, wo er ein paarmal tief durchatmete,

»Was gefunden?«, rief Jerry.

»Nein«, antwortete Mercer, dem erst jetzt auffiel, dass die Führungen für das Einholen der Netze beschädigt waren.

Es sah aus, als wäre die obere Hälfte der Konstruktion mit einem Winkelschneider abgetrennt worden. Als er die verbleibenden beiden Stahlstümpfe in Augenschein nahm, sah er die sauberen Bruchstellen. Mit der Explosion konnte das nichts zu tun haben. Für diese Zerstörung musste es einen anderen Grund geben. Als er sich neugierig umblickte, fiel ihm auf, dass die Antennen für die Funkgeräte der *Jenny IV* auf dem Dach des Ruderhauses abgebrochen waren.

Auch dafür hatte er keine Erklärung.

»Haben Sie die Küstenwache benachrichtigt?«

»Ja, sie schicken einen Kutter aus Homer. Er müsste in etwa einer Stunde hier sein.«

»Prima.« Mercer sprang wieder an Bord der *Wave Dancer*. »Wir sollten die Taue losmachen. Unter Deck steht Wasser in dem Boot. Es kann jederzeit sinken.«

Jerry stellte den Motor an, während sein Sohn die Leinen losmachte. Als sie fünfzig Meter von der *Jenny IV* entfernt waren, ließ Jerry den Motor im Leerlauf tuckern. Das Rätsel des ausgebrannten Schiffes und der verkohlten Mannschaftsmitglieder ließ sich nicht nur durch eine Explosion des Motors erklären, und alle vier Männer an Bord der *Wave Dancer* wussten es. Lange sagte niemand etwas, alle beobachteten die auf den Wellen treibende *Jenny IV*. Die beiden Leichen auf dem Boot würden Mercer nie seine Fragen beantworten.

»Nun, ich denke, das war's für heute mit dem Fischen.« Jerry Stimme klang unnatürlich laut.

Mercer schaute ihn an und grinste. »Teufel, so eine Angeltour ist nur ein Vorwand, um sich zu betrinken, und dafür habe ich eigentlich noch nie einen Vorwand gebraucht.«

Weißes Haus, Washington, D.C.
19. Oktober

Der Präsident eilte mit großen Schritten durch das Esszimmer seiner Privatwohnung im Weißen Haus und begrüßte lächelnd seinen einzigen Gast. Die Frau war sehr viel kleiner als er und pummelig. Ihre Kleidung sah aus, als stammte sie aus einem Discountladen für Übergrößen, und ihr Make-up wirkte wie mit dem Spachtel aufgetragen. Das Morgenlicht, das durch die Fenster zum Rosengarten hereinströmte, fiel auf ihren teigigen Hals und ihre Pausbacken. In einer Welt, wo alles auf die äußere Erscheinung ankam, war sie nicht am richtigen Platz. Sie hielt sich fern von Journalisten und hatte sich hochgearbeitet durch Entschlossenheit und Sachkompetenz, die sie für jeden Job empfahl. Durch ihre Auffassungsgabe und ihren Intellekt war sie zu einer vertrauenswürdigen Beraterin des Präsidenten geworden.

»Morgen, Connie. Freut mich sehr, Sie zu sehen«, sagte der Präsident, als er gegenüber seiner Energieministerin Constance Van Buren Platz nahm.

Sie strich ihren schwarzen Polyesterrock glatt. »Sie kennen mich, ich lasse mir nie ein kostenloses Frühstück entgehen.«

»Also, was gibt's Neues? Reden Sie offen.«

Connie trank einen Schluck Kaffee, und ihre Augen funkelten belustigt. »Sagen Sie nicht, ich hätte Sie nicht gewarnt, denn jetzt wird's unangenehm. Stu Hanson von der

Umweltschutzbehörde sagte, er habe eine der spätabendlichen Talkshows gesehen.« Sie schwieg kurz. »Wenn man den Medien glauben will, hängen Ihre jüngsten Umfrageergebnisse so durch, dass man sie auch mit Viagra nicht wieder hochbringt.«

Der Präsident brach in Gelächter aus, und die Stimmung entspannte sich, als er und seine alte Freundin sich gegenseitig aufzogen. Bei diesen Treffen ging es angeblich um die Erörterung von Energiefragen, aber für den Präsidenten waren sie eine Entlastung von dem Druck seiner Verantwortung. Bei diesen zweimonatlichen Treffen wurde auch gearbeitet, doch beide freuten sich auch einfach nur darauf, mit dem anderen zusammen zu sein.

»Ich hab nur nachgedacht, Connie. Wenn Lloyd Easton vom Kongress zum Frühstück kommt, bringt er zwei Berater, vier Aktentaschen und ein tragbares Faxgerät mit, Letzteres nur für den Fall, dass etwas passiert, während er hier ist.«

»Ja, der gute Lloyd ist übergeschnappt, seit er eine der Eliteunis absolviert und den Schlüssel der akademischen Gesellschaft Phi Beta Kappa erhalten hat. Ihr hohen Tiere in den staatstragenden Jobs habt vergessen, dass es nur Jobs sind, wichtige Jobs, aber eben doch nur Jobs. Ich verbringe meine Wochenenden immer noch mit meinen Enkeln, backe Plätzchen für sie, warne meine Tochter, einen faulen Sack zu heiraten, und tue all die Dinge, die ganz gewöhnliche Menschen tun.«

Der Blick des Präsidenten verfinsterte sich. »Ich habe Ihnen doch erzählt, dass ich beschlossen habe, nicht für eine zweite Amtszeit zu kandidieren, oder?«

»Sie haben gesagt, dass Sie darüber nachdenken.« Sie nickte. »Ich denke, es ist eine gute Idee. Wir beide wissen, dass es um Ihre Ehe nicht zum Besten steht. Sie und Patricia brauchen Zeit füreinander. Ich weiß nicht, wie es um Ihre Gesundheit bestellt ist, aber morgens um acht haben Ihre Hände noch nie gezittert.«

Der Präsident blickte auf seine Hände und war geschockt, als er sah, dass er tatsächlich einen leichten Tremor hatte. »Mein Gott, ich verstehe nicht, wie jemand auf die Idee kommen kann, sich freiwillig um eine zweite Amtszeit zu bewerben.«

»Die meisten Ihrer Vorgänger mussten nicht so schwierige Entscheidungen treffen, um das Land auf den richtigen Weg zu führen. Deshalb waren sie auch nie solchen Anfeindungen ausgesetzt wie Sie.«

»Wie wegen dieser Ölgeschichte.«

»Wie wegen dieser Ölgeschichte«, stimmte Connie Van Buren zu.

Unterstützer wie Gegner glaubten gleichermaßen, der Präsident habe neun Monate nach Amtsantritt so etwas wie politischen Selbstmord begangen. In seiner ersten zur besten Sendezeit ausgestrahlten Rede an die Nation hatte er seine neue Energiepolitik vorgestellt. Er wollte, dass die Vereinigten Staaten innerhalb von zehn Jahren von ausländischem Öl unabhängig sein sollten. Die Regierung wollte ein groß angelegtes Programm finanzieren, um im ganzen Land alternative Energien zu fördern. Das Ziel waren Städte ohne Smog und die ökologischen Katastrophen, die das Land während der Achtziger- und Neunzigerjahre geplagt hatten. Windräder im Mittelwesten, Solarkollektoren im Südwesten. Ein Gezeitenkraftwerk vor der Küste von Maine, das fast den gesamten Energiebedarf von Boston decken sollte.

Wegen seiner ungewöhnlichen elektromagnetischen Eigenschaften sollte das kürzlich entdeckte Element Bikinium genutzt werden, um die Effektivität gegenwärtiger Kraftwerke zu vervielfachen. Schließlich würde es zu einer eigenständigen Energiequelle werden. Die Autoindustrie sollte gezwungen werden, Elektroantriebe zu entwickeln. Am Ende des Zehnjahresplans sollte die Hälfte aller Neuwagen über einen Elektromotor verfügen. Der Präsident hatte gesagt, die Technologie sei verfügbar, jetzt komme es nur noch darauf an, dass Amerika sie nutze.

Das war eine klare Ansage, und die Nation schien einverstanden zu sein. Die Menschen waren elektrisiert und von einem Optimismus angesteckt wie seinerzeit, als Präsident Kennedy versprochen hatte, einen Menschen auf dem Mond landen zu lassen. Umweltschützer glaubten, die Epoche der fossilen Brennstoffe und ihrer verheerenden Auswirkungen für die Ökologie sei beendet. Wirtschaftswissenschaftler vertraten die Ansicht, die Übergangsperiode werde schwierig, doch das Verbot von Ölimporten würde nach Jahrzehnten Amerikas Außenhandelsbilanz wieder ins Gleichgewicht bringen. Die neue Technologie würde Amerikas Abhängigkeit vom Öl mindern. Und das Außenministerium war begeistert, dass die Staaten des Mittleren Ostens jetzt nicht mehr den Trumpf im Ärmel haben würden, Amerika mit einem Ölembargo zu drohen.

Aber innerhalb von nur ein paar Wochen meldete sich die hässliche politische Realität zurück.

Die sieben größten Ölunternehmen der Welt, auch unter

dem Namen »Seven Sisters« bekannt, verfügten zusammen über eine wirtschaftliche Macht, welche die vieler Industrienationen übertraf. Sie sahen, dass sie ihren größten Markt verlieren würden, und begannen, von ihrem riesigen Einfluss Gebrauch zu machen. In einem Manöver wirtschaftlicher Erpressung trieben die Seven Sisters den Benzinpreis in Zehn-Cent-Schritten in die Höhe, bis er sich fast verdoppelt hatte. Dann ließen sie in Washington verlauten, der Preis werde weiter steigen, wenn die amerikanische Regierung nicht bestimmte Konzessionen mache. Der Präsident war realistisch genug, um zu sehen, dass die Ölgiganten die Weltwirtschaft auf eine Talfahrt schicken konnten, gegen welche die Zeit der Großen Depression sich wie eine Epoche der Prosperität ausnehmen würde.

Der Präsident nutzte seinen gesamten Einfluss im Repräsentantenhaus und im Senat, machte Versprechen, mit deren Einlösung er bis zum Ende seiner Amtszeit beschäftigt sein würde, und drängte schließlich den Kongress dazu, das Naturschutzgebiet Arctic National Wildlife Refuge für die Erdölförderung zu öffnen. Auf dem Gebiet der riesigen Tundra an Alaskas Nordküste, direkt östlich von Prudhoe Bay, war das letzte große inländische Ölvorkommen entdeckt worden, doch die Förderung würde in einem der empfindlichsten Ökosysteme weltweit beginnen müssen. Das Ölvorkommen war mehrere Male größer als das bei Prudhoe, und die Seven Sisters waren seit Jahren scharf darauf. Es war der Preis, den die Ölmultis für ihre Kooperation verlangten, und der Präsident ließ sich darauf ein. Die Gesetzesvorlage war in aller Stille und auf den letzten Drücker eingereicht worden, um eine Debatte zu verhindern. Lobbyisten der

Umweltbewegung und ihre Aktivisten erfuhren von der Verabschiedung des Gesetzes erst, als es zu spät war.

Frühere Versuche, das Naturschutzgebiet für die Ölförderung zu öffnen, waren an ökologischen Bedenken gescheitert, doch dem Präsident war keine andere Wahl mehr geblieben, als diese beiseitezuschieben. Er hatte sich für das kleinere von zwei Übeln entschieden. Wie vorsichtig die Ölunternehmen auch zu Werke gehen mochten, die Natur würde praktisch für alle Zeiten zerstört sein. Das war ihm bewusst, doch es schien ihm kein zu hoher Preis zu sein, wenn sich seine neue Energiepolitik erst in Amerika und dann weltweit durchsetzen würde.

Als die Nation von der Entscheidung erfuhr, erhob sich ein Aufschrei der Empörung, mit dem er nie gerechnet hätte. Über Nacht schien plötzlich jeder Amerikaner zu einem Umweltschützer geworden zu sein, dem einzig das Arctic National Wildlife Refuge am Herzen lag. Leute, die unfähig gewesen wären, auf einer Karte mit dem Finger auf Alaska zu zeigen, rasselten Statistiken herunter, was die Ölexploration der unberührten Natur antun würde. Plakate, T-Shirts, Talkshows. Der Polarfuchs und der Eisbär wurden zu Mediensensationen, ihre Leiden zum Thema zahlloser Fernsehsendungen. Abend für Abend trampelten Herden von Karibus über die Fernsehschirme, während Journalisten mit ernster Stimme verkündeten, das kanadische Ren werde nur anderthalb Jahre nach der Inbetriebnahme der ersten Ölplattform praktisch ausgestorben sein. Die Leute waren entrüstet, nach der Rede des Präsidenten gründeten sich Dutzende neuer Umweltgruppen.

Landesweit wurde zu Boykotten gegen Ölunternehmen

aufgerufen, denen Bohrlizenzen gewährt worden waren. Am härtesten traf es Petromax, und das Unternehmen verklagte mehrere Umweltorganisationen, darunter Greenpeace, wegen des Aufrufs zu den Boykotten. Greenpeace wusste das Medieninteresse zu schätzen, das ein Prozess erregen würde. Man wollte die *Rainbow Warrior III* in den Prinz-William-Sund entsenden, doch das Schiff lag im Südpazifik, wo wieder mal gegen französische Atomversuche protestiert wurde.

Die Nation war gespalten wie seit dem Vietnamkrieg nicht mehr. Es war wie bei so vielen tiefgreifenden Entscheidungen. Theoretisch hielten alle die neue Energierichtlinie des Präsidenten für eine gute Idee, doch niemand wollte den Preis dafür bezahlen, dass sie erfolgreich umgesetzt werden konnte.

Der Präsident und seine Energieministerin hatten den Sturm gemeinsam durchgestanden, und jetzt, mehr als ein Jahr nach der Ankündigung des Präsidenten, standen sie noch mehr im Zentrum der Kritik, weil Arbeiter und Ausrüstung in dem Naturschutzgebiet eintrafen, um mit dem Anbohren der Ölquellen zu beginnen. Dass das Moratorium des Präsidenten für Ölimporte seine guten Seiten hatte, schienen die Leute zu vergessen; jetzt ging es nur noch um den Schutz der arktischen Tundra. Dafür war man bereit, weiter Smog, sauren Regen und schädliche Treibhausgase in Kauf zu nehmen.

»Ich stelle mir nicht mal die Frage, ob ich richtig gehandelt habe«, sagte der Präsident müde. »Ich weiß, dass es die richtige Entscheidung war. Wir müssen uns nach und nach vom Öl unabhängig machen, Punkt. Wenn wir vom gegenwärtigen Verbrauch ausgehen, werden die weltweiten Ölvorkommen um die Mitte des Jahrhunderts sowieso erschöpft sein, warum also sollten wir uns nicht darauf vorbereiten? Europa und Japan werden unsere saubere Technologie unbedingt haben wollen, und wir halten alle Trümpfe in der Hand. Weshalb will niemand sehen, dass es so am besten ist?«

Connie Van Buren kannte all diese Argumente und schwieg. Obwohl einer größeren Öffentlichkeit kaum bekannt, war das Energieministerium eine bevorzugte Anlaufstelle für Lobbyisten der Seven Sisters und anderer Ölfirmen. Sie war noch größerem Druck ausgesetzt gewesen als der Präsident. Mit jener Geduld, die nur Frauen eigen ist, hatte sie sich Kritik und Beschwerden angehört, aber zugleich dem Präsidenten ein offenes Ohr geschenkt, damit der seiner Frustration Luft machen konnte.

»Langfristig betrachtet wiegen die Vorzüge meiner Initiative schwerer als die Zerstörung des Naturschutzgebiets, und außerdem steht es ja noch gar nicht fest, ob die dort lebenden Tiere aussterben, wie es die Schwarzseher voraussagen.«

Letzteres klang selbst in seinen eigenen Ohren wenig überzeugend. Die Flora und Fauna an der Nordküste Alaskas waren weltweit einzigartig, und das Ökosystem war so verletzlich, dass selbst kleinere Schäden praktisch irreparabel waren. Das arktische Moos brauchte hundert Jahre, um sich zu erholen, wenn man nur mit einem leichten Fahrzeug darüberfuhr. Wenn die Ölplattformen, die Pipelines und die dazugehörenden Gebäude errichtet waren, würde dort nie wieder etwas so sein wie zuvor.

»Aber mein Gott, es ist ein kleiner Preis«, sagte der Präsident mit erhobener Stimme.

Connie warf die Hände in die Luft, als müsste sie sich verteidigen. »Ich stehe auf Ihrer Seite, schon vergessen?«

»Entschuldigung.« Er lächelte traurig. »Es ist nur der Druck. Wie zum Teufel kommen Sie damit klar?«

Connie lachte. »Ich erinnere sie einfach daran, dass das Energieministerium für Amerikas Nukleararsenal zuständig ist. Ich bin die Herrin über zwanzigtausend Sprengköpfe und leide am prämenstruellen Syndrom. Das macht mich unberechenbar, und sie lassen mich in Ruhe.«

Der Präsident lächelte müde. »Was gibt's Neues von den Initiativen für die Rechte der Ureinwohner?«

Auch die waren zu einem brisanten Thema geworden. Connie legte Messer und Gabel auf den Porzellanteller, auf dem noch reichlich Rührei mit Speck übrig war. »An der Front ist es bis jetzt relativ ruhig. Die Interessensvertretungen der Ureinwohner haben nicht das internationale Standing der großen Umweltorganisationen, und ihre Vertreter warten ab, ob bei der Initiative der Regierung vielleicht etwas für ihre Klientel herausspringt. Allerdings habe ich gerade gehört, dass Greenpeace damit droht, die gesamte Inuit-Bevölkerung zu politischen Gefangenen der Vereinigten Staaten zu erklären, wenn wir weiter ihre Rechte verletzen.«

»Mein Gott!«, rief der Präsident aus. »Und Sie sagen, an der Front sei es ruhig.«

»Verglichen damit, was eine Gruppe namens PEAL getan hat, ist das alles gar nichts.«

»PEAL?«, fragte der Präsident überrascht. »Nie gehört. Ist das eine neue Umweltorganisation?«

»Das sind schon eher Öko-Terroristen.« Connie legte ihre

Aktentasche auf den Tisch, durchwühlte sie und reichte dem Präsidenten einen Schnellhefter. »Das ist das Interpol-Dossier über Straftaten, die PEAL in Europa begangen hat oder in die die Gruppe zumindest verwickelt war. Und es ist nur die Bilanz des letzten Jahres.«

Nachdem der Präsident die Kurzberichte über Bombenanschläge und gewalttätige Proteste durchgeblättert hatte, informierte ihn Connie über die Organisation. »PEAL steht für Planetary Environment Action League. Gegründet wurde PEAL vor vier Jahren von einem niederländischen Professor, der vom wissenschaftlichen Establishment fallen gelassen worden war. Jan Voerhoven ist der klassische Fall eines charismatischen Anführers. Er ist jung, nicht mal vierzig, überdurchschnittlich intelligent, sieht gut aus und stammt aus einer wohlhabenden Familie, deren Name in Amsterdam stadtbekannt ist.«

Connie rasselte die Informationen so schnell herunter, dass klar war, wie oft sie es schon getan hatte

»Lange hat PEAL sich damit begnügt, Pamphlete zu drucken, und Voerhoven hielt bei Kundgebungen in ganz Westeuropa Reden, aber die Gruppe war relativ klein, hatte nur etwa hundert aktive Mitglieder. Viele in der Umweltbewegung fanden PEAL zu radikal.

Voerhoven predigt ein quasi-religiöses Verhältnis zur Natur, gegenüber der die Rechte des Menschen zweitrangig seien. Er flog nach Bangladesch nach einem Monsun, bei dem elftausend Menschen ums Leben kamen, und erklärte den konsternierten Überlebenden, sie sollten die Natur ihre gerechte Pflicht tun lassen. Im letzten Dezember, als aus einem französischen Reaktor nichtradioaktives Kühlwasser ausgetreten war, machte die PEAL Schlagzeilen, als Voerhoven den Direktor des Atomkraftwerks aufforderte, das Wasser vor laufender Kamera zu trinken. Der Mann ist hyperallergisch und verträgt nur destilliertes Wasser, was Voerhoven sehr wohl wusste.

Mit Beginn dieses Jahres wurde PEAL zu *der* angesagten Gruppe innerhalb der Szene professioneller Aktivisten. Die Mitgliederzahlen stiegen sprunghaft an, wie auch die eingehenden Spenden. Im März kaufte die Gruppe ein ehemaliges Vermessungsschiff und taufte es auf den Namen *Hope*. Sie eröffnete Büros in London, Paris, New York, Washington und San Francisco. Und sie wurde gewalttätig.

In Mosambik wurden Mitglieder von PEAL verhaftet, die genug Sprengstoff dabeihatten, um den Cabora-Bassa-Staudamm in die Luft zu jagen. In Brasilien hat die Organisation die Verantwortung dafür übernommen, Ausrüstung im Wert von zehn Millionen Dollar zerstört zu haben, die bei der Rodung des Regenwaldes zum Einsatz kam. Im Bundesstaat Washington steht ein PEAL-Aktivist wegen Totschlags vor Gericht. Er hatte einen Stahldorn in einen Baumstamm gebohrt. Die Kettensäge wurde zurückgeschleudert, als sie darauf stieß und tötete den Baumfäller, der sie bediente. Dem Innenminister wurde ein Sack mit dem PEAL-Logo und toten Eulen darin vor die Haustür gelegt. Bei ihnen ist alles möglich.

PEAL hat in Deutschland, Holland und Belgien Anschläge auf Gaswerke durchgeführt. Die Gruppe steht im Verdacht, in eine deutsche Chemiefabrik eingebrochen zu sein und Versuchsanordnungen im Wert von mehreren Millionen Dollar zerstört zu haben. Sie sind in Laboratorien eingebrochen, um Versuchstiere zu befreien, von denen viele mit Krankheitserregern infiziert waren, oder man hat ihnen Impfstoffe mit unbekannten Nebenwirkungen injiziert. Kurzum, die Gruppe ist gefährlich und hat Geld. Eines ihrer nächsten Anschlagsziele wird zweifellos Alaska sein.«

»Warum sind Sie sich da so sicher?«, fragte der Präsident erstaunt.

»Weil ihr Schiff *Hope* zurzeit im Prinz-William-Sund vor Anker liegt, direkt vor der Sicherheitszone neben der Schifffahrtsstraße für die Tanker, die nach Valdez wollen. Und weil Jan Voerhoven angeblich an Bord ist.«

»Haben sie sich schon bemerkbar gemacht?«

»Noch nicht, aber für mich ist schon ihre bloße Anwesenheit bedrohlich.«

»Ja, nach dem, was Sie gerade erzählt haben, muss man es wohl so sehen«, stimmte der Präsident zu. »Und wir können nichts dagegen tun?«

»Sie haben das Recht, sich da aufzuhalten, aber ich werde dafür sorgen, dass sie ganz oben auf der Liste der Verdächtigen stehen, wenn etwas passiert.«

»Ich werde Dick Henna vom FBI bitten, die Ohren offen zu halten.«

»Ich habe mit ihm gesprochen, als ich erfuhr, dass die *Hope* auf dem Weg nach Alaska ist. Er hat mir versprochen, auf Zack zu sein.« Das klang fast etwas schnodderig, aber ihr Blick war hart, und sie hatte die Lippen fest zusammengekniffen. Sie meinte es ernst, denn sie hatte Angst.

George Washington University
Washington, D.C.

Mercer stand am Rednerpult, und die hundertzwanzig Studierenden applaudierten gelangweilt. Er wusste, dass sie nur klatschten, weil sie glücklich waren, nicht wieder eine Vorlesung von Dr. Lynn Snyder erdulden zu müssen, ihrer Professorin. Die Zuhörer waren größtenteils Erstsemester, hatten aber schon nach ein paar Wochen eine spezielle Verachtung für die Vorlesung *Einführung in die Geologie* entwickelt. Professor Snyders Vortragsstil war staubtrocken.

Lynn Snyder war Doktorandin an der Pennsylvania State University gewesen, als auch Mercer dort promoviert hatte. Trotz eines Altersunterschieds von nur wenigen Jahren sah sie fünfzehn Jahre älter aus. Während er nach der Promotion erst für die U.S. Geological Survey und dann in der Privatwirtschaft als freiberuflicher Unternehmensberater arbeitete, hatte Lynn die Universität nie verlassen. Es hatte Mercer schon immer gewundert, dass so viele promovierte Geologen ihre gesamte Laufbahn damit verbrachten, sich in ihren Schülern zu vervielfältigen und neue Generationen von Dozenten und Professoren heranzuzüchten.

Lynn war bewusst, dass neunzig Prozent des Auditoriums keinerlei Interesse an Geologie hatten. Sie waren nur da, weil die Universität auch von Absolventen anderer Studiengänge verlangte, dass sie für zwei Semester naturwissenschaftliche Fächer belegten. Trotzdem hoffte sie immer auf den Ausnahmestudenten, dem es tatsächlich um das Thema ging.

Aber solche Studenten waren selten, und Professor Snyder war auf die Idee verfallen, Dr. Philip Mercer einen Vortrag über die praktische Arbeit eines Geologen halten zu lassen. Mercer war kein Stubenhocker und hatte durch seine Arbeit bewiesen, dass die Analyse von Eruptivgestein und Antiklinalen Bergbauunternehmen Millionen einbringen konnte, wenn Gold, Öl oder ein wertvolles Mineral entdeckt wurde. Und Mercer selbst strich für seine Entdeckungen lukrative Honorare ein. Obwohl er in seinen Vorlesungen nichts wirklich Substanzielles mitteilte, waren sie doch in der Regel unterhaltsam, und bei Umfragen am Ende des Semesters wurde sein Besuch stets als ein Höhepunkt beurteilt.

Nachdem Lynn ihn vorgestellt hatte, trat Mercer lächelnd zu ihr ans Rednerpult.

»Man sollte sie alle totschlagen«, sagte Lynn, bevor sie ihm noch einen freundschaftlichen Klaps auf den Arm gab.

Mercer justierte das Mikrofon und blätterte in seinen Papieren, die er nicht zu benutzen gedachte. Er wartete nur, bis es in dem Hörsaal still wurde, der in der Funger Hall der George Washington University untergebracht war. Er schob die linke Hand in die Tasche seiner hellgrauen Anzugshose. Das Jackett hing über einer Stuhllehne hinter ihm auf dem Podium. Trotz der Klimaanlage betrug die Temperatur in dem Hörsaal dreißig Grad. Mercer dachte an die angenehm kalte Luft in Alaska zurück.

»Ich weiß, was Sie denken. ›Na großartig, eine Gastvorlesung, die noch langweiliger sein wird als die Veranstaltung von Frau Professor Snyder.‹«

»Ich habe an etwas anderes gedacht, Dressman«, ertönte eine verführerische Frauenstimme.

Andere Studentinnen applaudierten. Mercer lächelte betreten und richtete seine Krawatte, um seine Verlegenheit zu kaschieren.

Als der Lärm abgeebbt war, beugte Mercer sich vor und schaute in die Richtung, aus der die Stimme gekommen war. »Wenn man so was hört, wünscht man sich, die Prügelstrafe für ungezogene Schüler wäre nie abgeschafft worden.«

Erneutes Gelächter zögerte den Beginn von Mercers Vorlesung weiter hinaus.

»Wie viele von Ihnen sind nur hier, weil die Universität zwei naturwissenschaftliche Semester verlangt, bevor man einen Abschluss in Politologie machen kann? Und seien Sie ehrlich.« Unzählige Hände flogen in die Luft. »Und wie viele von Ihnen haben ein genuines Interesse an Geologie?« Nur einige wenige Studierende hoben schüchtern die Hände und zogen sie schnell wieder zurück.

»Ich entschuldige mich bei denen, die heute wirklich etwas lernen wollen, denn ich bin kein Professor. Tatsächlich würde ich nicht einmal die Hälfte von dem verstehen, was Frau Professor Snyder Sie in diesem Jahr lehren wird. Wir haben zur selben Zeit promoviert, aber ich hatte bereits einen Abschluss an der Colorado School of Mines gemacht. Ihr Ziel war es, Geologie zu lehren, während es mir darum ging, meine Kenntnisse praktisch anzuwenden.«

Er hatte einen entspannten Vortragsstil, der die Zuhörer zunehmend in Bann schlug, als er von Minenunglücken und wundersamen Entdeckungen in den Tiefen der Erde erzählte. Dies waren keine wissenschaftlichen Belehrungen, sondern Abenteuererzählungen, dargeboten mit einem Akzent auf farbigen Details. Er sprach über die sagenumwobenen Tage des Diamantrauschs im südafrikanischen Kimberley, wo hoffnungslose Arme über Nacht zu Millionären geworden waren, und von dem Streik des Geheimbundes Molly Maguires in den Kohlenrevieren von Pennsylvania, der letztlich zur Einführung der Vierzigstundenwoche führte. Er beschrieb, wie es wirklich war, wenn man tief unter der Erde in staubigen Stollen und dunklen Tunneln arbeitete, wo die permanente Angst vor Einstürzen viele Männer um den Verstand gebracht hatte.

Mercer sprach über die Geschichte des Bergbaus und von Steinbrüchen. Er begann mit den prähistorischen Zeiten, als die Menschen Steinscherben gesucht hatten, um Speerspitzen daraus zu machen, bis hin zu den ersten Steinbrüchen, aus denen das Material zum Bau der Tempel und Monumente am Nilufer stammte. Er redete über die ersten Minen, wo Kinder gezwungen wurden, mit bloßen Händen nach Erz zu graben, was die meisten nach ein paar Tagen in einem Stollen mit dem Leben bezahlten. Danach sprach er über den technischen Fortschritt, über riesige Maschinen zum Bewegen von Erdreich, die zwanzigtausend Tonnen wogen, über Sprengungen, bei denen das Zünden von zweihundert Kilogramm Dynamit eine Erschütterung von Stärke sieben auf der Richterskala auslöste, und über Primacord-Zündschnüre, die mit rasender Geschwindigkeit brannten. Es gelang ihm, die Aufmerksamkeit der Studierenden zu fesseln mit Geschichten und Anekdoten aus einer Welt, von der die meisten seiner Zuhörer nicht wussten, dass es sie überhaupt gab.

Als er fertig war, brach ein Beifallssturm aus, der von einer Frau in der letzten Bankreihe gestartet worden war. Auch als die anderen schon nicht mehr applaudierten, klatschte sie noch weiter, langsam, sehr langsam, als wollte sie sich über Mercer lustig machen.

Die Frau stand auf, Haarsträhnen quollen unter ihrem Kopftuch hervor. Trotz der drückenden Hitze in dem Hörsaal trug sie ein formloses Buschhemd über einem dunklen T-Shirt. Ihre Gesichtszüge konnte Mercer nicht richtig erkennen, doch ihre Haltung wirkte stolz und selbstbewusst.

»Diese Geschichten sind ja alle sehr interessant und unterhaltsam, Herr Dr. Mercer, aber Sie prahlen mit Ihren Leistungen mit der bösartigen Offenheit eines Nazi-Arztes, der mit seinen Menschenversuchen im Dienst des Völkermords angibt.«

Ihr Kommentar überraschte Mercer, und doch waren es weniger die Worte der Frau, die ihn nachdenklich machten, sondern ihre Stimme. Sofort war ihm klar, dass sie keine Studentin sein konnte, denn ihre melodiöse Stimme war die einer reifen Frau und trotz des anklagenden Tonfalls eine der faszinierendsten, die er jemals gehört hatte. Es dauerte ein paar Augenblicke, bis er antwortete. »Entschuldigen Sie, aber wovon zum Teufel reden Sie?«

»Ich rede von der Sorglosigkeit, mit der Sie darüber sprechen, was Sie unserem Planeten angetan haben. Über Ihre Schändung von etwas, das Ihnen nicht gehört. Ich rede über Ihre Vergewaltigung der Erde.«

Jetzt geht das wieder los, dachte er.

»Sie haben uns eine Stunde lang einen Vortrag darüber gehalten, wie sehr die Menschheit von Ihrem wundervollen

Geschäft profitiert, aber nichts davon gesagt, welchen Preis die Erde dafür bezahlen muss. Die Schäden, die Sie und Ihresgleichen anrichten, sind irreparabel. Unsere Welt wird dauerhaft geschädigt durch Ihr Tun, doch Sie scheinen nicht das geringste Schuldgefühl zu empfinden. Im Gegenteil, Sie sind noch stolz auf Ihre Taten. Die Menschheit lebt nicht auf diesem Planeten, um seine natürlichen Ressourcen auszubeuten, sondern um in Harmonie mit ihm zu leben. Die mutwillige Zerstörung, über die Sie so offen reden, muss sofort aufhören.

Sie haben über den technischen Fortschritt gesprochen, durch den im Tagebau und bei sonstigen Aktivitäten alles so viel einfacher wird, aber warum erzählen Sie uns nichts vom Einsatz von Zyanid bei der modernen Ausbeutung von Goldvorkommen? Erzählen Sie uns von den hundertneunundzwanzig Millionen Dollar, die es gekostet hat, die schlimmsten Folgen der Summitville-Katastrophe zu bereinigen. Erzählen Sie uns von den siebzig Milliarden, die erforderlich sind, um die anderen ökologischen Katastrophen zu bekämpfen, die Ihre gierige Branche verursacht hat. Na los, erzählen Sie es uns.«

Mercer antwortete nicht sofort. Er stand mit leeren Händen da, denn was die Frau gesagt hatte, entsprach der Wahrheit.

Summitville kostete die Regierung zurzeit dreißigtausend Dollar pro Tag, doch auch das war nur ein Tropfen auf den heißen Stein angesichts des Ausmaßes der Katastrophe. Galactic Mining, ein Unternehmen aus dem südlichen Colorado, hatte für die Extraktion winziger Goldpartikel aus Erzgeröll auf riesigen Plastikfolien Zyanid eingesetzt, das durch undichte Stellen ins Grundwasser versickerte. Menschen waren nicht ums Leben gekommen, doch das ganze umliegende Land war auf Jahre hinaus tot und für nichts zu gebrauchen. Er wollte nicht erwähnen, dass ihre Schätzung für die Beseitigung der anderen ökologischen Katastrophen auf der Superfund-Liste viel zu niedrig war.

»Sie scheinen besser informiert zu sein als die meisten Studierenden«, sagte er.

»Ich bin keine Studentin, sondern Mitglied der Planetary Environment Action League, und bin heute hergekommen, weil ich wusste, dass Sie das Thema völlig einseitig behandeln würden. Ich hielt es für notwendig, dass diese Studierenden wissen, was für Schäden Leute wie Sie verursachen.«

»Wie heißen Sie?«, fragte Mercer.

»Geht Sie nichts an«, erwiderte die Frau gereizt.

»Sie bleiben also lieber anonym und machen mich persönlich verantwortlich für eine Geschichte, mit der ich nichts zu tun hatte.« Mercer lachte, um die Anspannung in dem Hörsaal etwas zu entschärfen. »Durch die Erwähnung von Summitville haben Sie versucht, Galactic Mining mit allen anderen Unternehmen dieser Branche in einen Topf zu werfen, auch wenn die nicht grob fahrlässig vorgehen. Tut mir leid, aber mit so einer rein emotional aufgebauten Strategie kommen Sie bei mir nicht weiter. Auch nicht mit dem Gerede, wir müssten in Harmonie mit der Natur leben. Ist die Natur liebevoll zu uns, wenn bei einem Hurrikan in der Karibik ganze Dörfer zum Opfer fallen oder wenn nach schweren Regenfällen in Mittelamerika Tausende von Menschen unter Schlammmassen ersticken? Die Antwort ist Nein.«

Normalerweise hätte er sich gar nicht auf so eine Diskussion eingelassen, doch heute konnte er sich nicht bremsen. Im ganzen Land tobte eine hitzige Debatte darüber, ob das Naturschutzgebiet Arctic National Wildlife Refuge in Alaska für die Ölförderung geöffnet werden sollte, und sie wurde so emotional geführt, dass er glaubte, der Stimme der Vernunft Gehör verschaffen zu müssen, wenn auch nur vor diesem kleinen Auditorium.

»Wir bekämpfen die Natur wie sie uns. Für jedes Stückchen Land, das wir gewinnen, holt sie sich zwei zurück. Fragen Sie die Überlebenden des Erdbebens von Kobe gelegentlich mal danach. Es ist schade, dass Sie immer noch nicht begriffen haben, dass jedes Leben immer nur Kampf ist, vom ersten bis zum letzten Atemzug. Manchmal scheint uns das Leben leicht zu sein, manchmal schwer, aber ein Kampf bleibt er trotzdem. Die Natur, die Sie so verteidigen, hat uns durch die Evolution gezwungen, so zu werden. Ihre Denkweise ist so maßlos und ichbezogen, dass es nur lächerlich ist. Es muss schön sein, ein so komfortables Leben führen zu können, dass man es sich leisten kann, sich deswegen schuldig zu fühlen. Fragen Sie doch mal einen Minenarbeiter in Afrika, ob es ihn kümmert, dass seine Tätigkeit negative Auswirkungen auf die Welt seiner Kinder haben wird. Er wird Ihnen antworten, dass er sich gar keine Kinder leisten könnte, wenn er den Job nicht hätte.

Jedes Tier profitiert von der Natur, um existieren zu können, und nur der Mensch empfindet deshalb Schuldgefühle. Man kann ihn nicht von der Natur trennen, die ihn hervorgebracht hat. Die Evolution ist die furchterregendste Macht, die man sich vorstellen kann. Im Moment sind wir die

Krone der Schöpfung, aber wie bei den Dinosauriern ist es sicher nicht unsere Bestimmung, es für immer zu bleiben. Wenn die Natur nicht länger daran glaubt, dass das große Gehirn des *Homo sapiens* der Schlüssel für das Überleben auf dem Planeten ist, wird sie uns fallen lassen. Sie hat es schon ein paar Mal versucht. Die Cholera, die Tuberkulose und die Pest hätten uns beinahe ausgelöscht, aber wir haben unser Verhalten geändert und nicht weiter unter den unhygienischen Umständen gelebt, die diese Krankheiten hervorgebracht haben. Und was lehrt uns heutzutage Aids? In welche Richtung wird uns diese lebensgefährliche moderne Krankheit drängen? Es ist ein direkter Wettstreit zwischen unseren Gehirnen und der natürlichen Selektion. Indem Sie uns das Recht verweigern, unsere Gehirne zu benutzen und die Ressourcen zu nutzen, die wir ausbeuten können, versuchen Sie das natürliche Voranschreiten unserer Spezies zu verhindern. Und Sie beschuldigen mich, gegen die Wünsche der Natur zu verstoßen. Ich rate Ihnen, sich eingehend mit der Evolution zu befassen und mir dann zu sagen, ob es Sinn ergibt, sie zu leugnen, obwohl ihre Kräfte auch heute noch am Werk sind. Glauben Sie, ein Heuschreckenschwarm hätte Skrupel, wegen der Zerstörung, die er anrichtet? Warum versuchen Menschen, die intelligenteste Spezies, die je gelebt hat, zu leugnen, was für alle anderen Geschöpfe auf dem Planeten etwas ganz Natürliches ist?«

»Wollen Sie damit sagen, dass wir auch nicht mehr als eine Insektenplage sind?«

»Für die Erde schon, das würde ich so sehen. Ich denke in Zeiträumen von Milliarden von Jahren, während Ihre beschränkte Perspektive die Ihrer unbedeutenden individuellen Lebensspanne ist. Für den Planeten sind wir nur eine Spezies in einer langen Reihe von Vorgängern, die für eine Weile eine dominante Stellung hatten, und vielleicht werden wir abtreten müssen.

Ich streite ja nicht ab, dass der Mensch verantwortungsvoll mit den natürlichen Ressourcen umgehen muss, um sie für die Zukunft zu schützen, doch das heißt nicht, dass wir völlig aufhören müssten, sie zu nutzen, was meiner Meinung nach das Ziel Ihrer Organisation ist. PEAL und andere Gruppen von Umweltschützern sehen alles immer nur schwarzweiß. Ausbeuten oder schützen, es gibt nichts zwischen Richtig und Falsch. Aber es gibt auch vertretbare Kompromisse. Ob es uns gefällt oder nicht, so ist es nun mal.

Im Moment ist der umstrittenste Kompromiss jener, der für die Entwicklung im Norden Alaskas vorgesehen ist. Für den Preis von einigen Tausend Morgen Land könnten die Vereinigten Staaten mittelfristig in der Lage sein, sich von dem Smog zu befreien, der die Bewohner unserer Städte seit Jahrzehnten plagt, und ihre Abhängigkeit von fossilen Brennstoffen für immer zu beenden. Ist das ein hoher Preis? Ja, ohne Zweifel. Ich kenne das Naturschutzgebiet in Alaska. Es ist eine der spektakulärsten Regionen dieser Erde. Und doch halte ich die Entscheidung für gerechtfertigt, wenn künftige Generationen dann nicht mehr unter saurem Regen, hohen Kohlenmonoxid-Emissionen oder dem Ozonloch leiden müssen.

Es wird Ihnen nicht gefallen – mir vielleicht auch nicht –, aber so ist das nun mal mit Kompromissen. Und irgendwann, wenn Sie nicht mehr so fest davon überzeugt sind, in allem recht zu haben, werden Sie verstehen, was ich meine.«

Mercer wandte den Blick von der Frau ab und ließ ihn über das Auditorium schweifen. Die Studierenden hatten fasziniert gelauscht. Er lächelte betreten, weil ihn sein langer Monolog etwas verlegen machte. »Ladies and Gentlemen, ich danke Ihnen dafür, dass Sie mir Ihre Zeit und Aufmerksamkeit geschenkt haben.«

Die Zuhörer applaudierten begeistert, während Mercer die Notizen einpackte, die er nie benötigte. Als er das Podium verließ, begegnete sein Blick noch einmal dem der Frau in der letzten Reihe. Sie warf ihm ein kesses Lächeln zu, als wollte sie sagen, die erste Runde sei an ihn gegangen, doch der Kampf sei noch nicht zu Ende.

Los Angeles International Airport

Als Howard Small aus der Boeing stieg, war er so voller Erwartung wie seit Studententagen nicht mehr. Nachdem er noch vier Tage mit seinem Vetter in Alaska verbracht hatte, war er jetzt wegen eines unaufschiebbaren Termins nach Hause zurückgekehrt, und in einer Woche wurde er wieder auf dem Testgelände erwartet. Der eher kleine und zerbrechlich wirkende Mann, der frühzeitig eine Glatze bekommen hatte, hielt eine Aktentasche in der Hand, in dem sich die letzten Ergebnisse der Tests mit dem Mini-Maulwurf »Minnie« befanden. Die Daten standen für einen technischen Durchbruch, waren aber auch bares Geld wert. Wenn die Patente erteilt und verkauft waren, würden Howard und die Mitglieder seines Teams von der University of California in Los Angeles bald sehr wohlhabend sein. Er lächelte, als er den verstopften Gang hinabging.

Er ließ sich seine gute Laune nicht davon verderben, dass in der Gepäckabholung ein großes Gedränge herrschte und einige Leute ihn unfreundlich zur Seite stießen, was sinnlos war, da alle der Reihe nach abgefertigt wurden. Ihre Unhöflichkeit half ihnen nicht, den Flughafen eher verlassen zu können.

Als er es hinter sich hatte, hielt er in einer Hand die Akten-, in der anderen seine Reisetasche und zog zwei schwere Koffer auf Rollen hinter sich her wie einen ungehorsamen Hund. Als er den Ausgang erreichte und in die kalifornische

Nacht trat, hustete jemand, und er sah einen livrierten Chauffeur, der ihm sonst womöglich nicht aufgefallen wäre. Der Mann hielt ein Schild mit seinem Namen in der Hand. Er trat misstrauisch auf den dunkelhäutigen Chauffeur zu. Offenbar war er Araber.

»Ich bin Professor Small.«

»Sehr gut, Sir. Lassen Sie mich Ihnen mit dem Gepäck helfen.«

»Moment.« Howard hielt seine Sachen weiter fest. »Ich habe nicht damit gerechnet, abgeholt zu werden. Sind Sie sicher, dass Sie auf mich warten?«

»Mir wurde gesagt, ich solle einen Dr. Howard Small abholen, der mit der Maschine aus Anchorage eintreffen würde.« Der Mann sprach so, als wäre er noch nicht lange im Land.

»Wissen Sie nicht, wer Sie beauftragt hat?«

»Nein, Sir.«

Howard lächelte. Aus seiner Verwirrung wurde Freude. Wahrscheinlich hatten die Jungs im Labor schon damit begonnen, ihren Anteil des Profits auf den Kopf zu hauen.

Er überließ dem Mann die beiden Koffer und folgte ihm zu einer großen schwarzen Limousine, die zwischen den verbeulten Taxis sehr auffällig wirkte. Der Chauffeur öffnete die Türen mit einem elektronischen Schlüssel und hielt Howard den hinteren Schlag auf, bevor er das Gepäck im Kofferraum verstaute. Als der Luxusschlitten sich in Bewegung setzte, machte Howard es sich im Fond bequem. Es roch nach Reinigungsmitteln und Parfüm.

»Sie haben meine Adresse in Glendora?«, fragte er den Chauffeur über eine Gegensprechanlage.

»Ja, Sir«, antwortete der Chauffeur schnell und schaltete die Gegensprechanlage aus.

Da ein Gespräch mit dem Araber hinter dem Steuer offenbar nicht möglich war, dachte Howard darüber nach, sich einen Drink aus der Minibar zu genehmigen, doch dann erinnerte er sich daran, dass er während der Woche mit Mercer mehr getrunken hatte als zuvor in seinem ganzen Leben. Er hielt es für ratsam, eine Pause einzulegen. In sieben Tagen hatte er sechsmal einen Kater gehabt, doch Mercer schien der Alkohol überhaupt nichts auszumachen. Es dauerte länger als eine Stunde, bis sie die ruhige Siedlung nördlich von Los Angeles erreichten, wo Howards bescheidener Bungalow stand. Er war eingenickt und wachte erst auf, als der Wagen in seine Straße abbog.

Sein Haus war das drittletzte in einer Sackgasse, hinter der sich ein kleiner Wald befand, ein immer seltenerer Anblick in Los Angeles. Obwohl es erst kurz nach zehn war, lag die Straße verwaist da. Außer den Straßenlaternen brannten ein paar Lampen auf einigen Vorderveranden, doch die Lichter in den Häusern waren schon gelöscht. Die Limousine hielt vor Howards gelb und rot gestrichenem Bungalow. Es hätte ihn alarmieren sollen, wie vertraut der Fahrer mit der Gegend war, aber es fiel ihm nicht einmal auf.

Er stieg aus dem Auto und blickte sich um, weil er hoffte, ein Nachbar könnte ihn neben der Luxuslimousine sehen, doch selbst Mrs Potter, der man sonst ständig mit ihrem Dackel begegnete, schien bereits zu Bett gegangen zu sein. Auch der Fahrer ließ den Blick in die Runde schweifen, bevor er das Gepäck aus dem Kofferraum nahm und Howard über die Auffahrt folgte, in der dessen zehn Jahre alter

Honda stand. An der Haustür zog Howard erst seine Schlüssel und dann einen Zehndollarschein aus der Tasche, den er dem Chauffeur als Trinkgeld geben wollte. Als er die Tür aufgeschlossen hatte und dem Araber gerade das Gepäck abnehmen wollte, rammte der ihn brutal mit der Schulter.

Es verschlug Howard den Atem, und er stürzte zu Boden, während der andere die Koffer fallen ließ und die Tür zuknallte. Und dann hielt er plötzlich eine automatische Pistole mit Schalldämpfer in der Hand. Bevor Howard reagieren konnte, ging im Wohnzimmer das Licht an, und er sah drei weitere Männer, zwei davon ebenfalls dunkelhäutige Araber. Der dritte Mann war weiß und hatte militärisch kurz geschnittenes graues Haar und blassblaue Augen. Während die beiden Araber standen, hatte er es sich in einem Polstersessel bequem gemacht, und er hielt ein fast leeres Glas in der Hand. Sofort wusste Howard, dass er der Boss war. Und der gefährlichste Mann, der ihm jemals begegnet war.

In beiden Punkten hatte er recht.

Iwan Kerikow setzte sein Glas behutsam auf einem Beistelltisch ab. »Niemand hat gesehen, wie Sie vorgefahren sind?«, fragte er den Chauffeur mit seiner tiefen und bedrohlichen Stimme. Sein starker Akzent deutete darauf hin, dass er Russe war.

»Nein, niemand«, antwortete der Fahrer, der das Zimmer durchquerte und zu einem der beiden anderen Araber trat. Beide waren groß und wirkten gefährlich. Ihr ausdrucksloser Blick war der von Bodyguards.

Der dritte Araber war ein paar Jahre jünger, vielleicht Anfang dreißig. Er hatte dichtes Haar und einen durchtrainierten, muskulösen Körper, doch am auffälligsten waren seine kleinen dunklen Augen, deren Blick unheimlich und grausam war.

»Ich habe ja gesagt, dass es kein Problem sein würde, ihn zu schnappen, Kerikow«, sagte er.

»Halt die Klappe«, blaffte ihn Kerikow an.

Es war ein Risiko, Small in seinem Haus zu verhören, aber eines, das er eingehen musste. Er hatte erst am Vortag von Howard Smalls Existenz erfahren und keine Zeit gehabt, ihn sich in Alaska zu schnappen. Wie auch immer, es war auch psychologisch vorteilhaft, jemanden in den eigenen vier Wänden zu foltern. Small lag am Boden, zitternd wie ein Kind, und seine Unterlippe bebte so sehr, dass er daraufbeißen musste. Seine Augen waren vor Angst geweitet.

»Was immer Sie auch wollen, bitte tun Sie mir nichts«, stammelte er.

Kerikows Blick wurde kein bisschen milder. Er fragte sich, wie viele Menschen schon vor seinen Augen um ihr Leben gebettelt hatten. Bestimmt hundert, vielleicht auch zweihundert. Diese Verhöre fielen ihm heutzutage nicht leichter, aber auch nicht schwerer. Verhöre und Folter waren ein selbstverständlicher Bestandteil seines Lebens. Beides gehörte dazu wie für einen Anwalt der Papierkram.

Nach ein paar quälend langen Augenblicken sah Howard, dass sich der Russe aus dem Sessel erhob.

»Ich möchte nicht, dass es für Sie unangenehmer als nötig wird, Professor Small.« Es lag kein Mitgefühl in Kerikows Stimme. »Aber Sie müssen die Ernsthaftigkeit meines Anliegens erkennen.«

Wie aufs Stichwort verließ der jüngere Araber, dessen falscher Name Abu Alam »Vater des Schmerzes« bedeutete, das Wohnzimmer, um kurz darauf mit einem Sack zurückzukehren, in dem sich etwas bewegte. Howard hörte Angstschreie seines Katers Sneaker. Die beiden Bodyguards zogen ihn auf die Beine und folgten mit ihm Abu Alam in die Küche, wo der den Müllschlucker einschaltete.

»Mein Gott, nein, bitte nicht«, schrie Howard. »Ich tue alles, was Sie sagen. Bitte, tun Sie es nicht.«

Alam ignorierte ihn, steckte die Hand in den Sack und zog die getigerte Katze mit den weißen Pfoten heraus. Die Vorder- und Hinterbeine waren mit Klebeband so fest zusammengebunden, dass sich das Tier nicht wehren konnte.

Kerikow saß weiter ungerührt im Wohnzimmer und hörte, wie die mechanischen Zähne des Müllschluckers langsam den Körper des Katers zu zermalmen begannen, der schon kurz darauf durch den Schock starb. Howard Small versuchte sich gegen die zwei Männer zu wehren und hätte laut geschrien, wenn die beiden ihn nicht mittlerweile geknebelt hätten.

Kerikow lauschte den unheimlichen Geräuschen aus der Küche und dachte, dass er mittlerweile zu alt war, um noch an solchen Verhören teilzunehmen. Eigentlich hätte er im Ruhestand sein und in einer Datscha in einem wundervollen Birkenwald an der Moskwa leben sollen, mit hohen Orden dekoriert. Er hätte sich mit Scotch volllaufen lassen und es mit einer scharfen Blondine getrieben, die ihm der KGB als Dank für langjährige treue Dienste zur Verfügung gestellt hätte. Wenn Russland nicht in einem Sumpf von Gier und Korruption versunken wäre und sich nicht dem oberflächlichen westlichen Lebensstil überlassen hätte, dann würde er jetzt nicht in einem schäbigen Haus in Los Angeles sitzen und versuchen, Informationen aus einem Mann herauszuholen, der eigentlich völlig unwichtig war.

Während seiner dreißig Jahre beim KGB hatte Kerikow sich unter Einsatz aller Mittel in der Hierarchie des Geheimdienstes emporgearbeitet. Als die Sowjetunion unterging, was er längst vorhergesehen hatte, leitete er eine seiner geheimsten Abteilungen und war im Besitz einer Fülle von Informationen, die ihn inmitten der Neuen Weltordnung zu einem reichen Mann machen würden. Er hatte nicht vor, unter den Trümmern des kollabierenden russischen Imperiums begraben zu werden.

Als die Sowjetunion zusammenbrach, leitete Kerikow beim KGB die Abteilung Sieben – wissenschaftliche Operationen –, die später weiter für die Planung und Durchführung von Russlands kühnsten Projekten zuständig war. Auf dem Höhepunkt des Kalten Krieges hatte die Abteilung Sieben, für die hochkarätige Wissenschaftler arbeiteten, über ein Budget verfügt, das dem des Raumfahrtprogramms vergleichbar war. Die während der Sechziger- und Siebzigerjahre initiierten Projekte waren so langfristig angelegt, dass sie erst nach Jahrzehnten Früchte tragen würden. Als aber Kerikow Ende der Achtzigerjahre Chef der Abteilung Sieben wurde, war diese wegen Budgetkürzungen schon stark verkleinert worden. Sein Land war nicht mehr in der Lage, Operationen für Jahrzehnte im Voraus zu planen, wenn die Regierung nicht wusste, ob sie im nächsten Monat noch im Amt sein würde.

Da er das Ende kommen sah, führte Kerikow nur noch

ein paar Operationen weiter, aus denen er persönlich Profit schlagen konnte. Als für ihn die Zeit kam, Russland zu verlassen und anderswo ein neues Leben zu beginnen, schmuggelte er einige Pläne außer Landes und machte sich daran, sie an ausländische Mächte zu verkaufen.

Direkt nach seiner Abreise aus Russland wäre es ihm beinahe gelungen, eine erfolgreiche Operation der Abteilung Sieben mit dem Codenamen »Vulkanfeuer« für hundert Millionen Dollar an ein südkoreanisches Konsortium zu verkaufen. Leider war ihm ein amerikanischer Bergbauingenieur in die Quere gekommen, und einer seiner Agenten, dem er vertraute, hatte ihn verraten. Die Sache war also schiefgegangen, und nun musste er es mit einem anderen Projekt versuchen.

Charons Überfahrt. Konzipiert worden war das Projekt Mitte der Siebzigerjahre, als die Entspannungspolitik auf einem Tiefpunkt angekommen war und die sowjetische Regierung glaubte, einen begrenzten Atomkrieg gegen die Vereinigten Staaten gewinnen zu können. Die Operation sollte der Eröffnungsschachzug des Krieges sein und Amerika wirtschaftlich empfindlich schwächen. Es sollte zehn Jahre dauern, bevor die Abteilung Sieben damit beginnen konnte, Schritte für einen Erfolg des Projekts in die Wege zu leiten. Aber die Welt hatte sich unterdessen verändert, die Beziehungen zwischen den beiden Supermächten waren wieder besser. Trotzdem hatte Kerikow das Projekt *Charons Überfahrt* weitergeführt, und zwar gegen den ausdrücklichen Befehl Gorbatschows. Niemand in der sowjetischen Regierung wusste etwas von dem Projekt, und als Kerikow mit den Unterlagen das Land verließ, fiel der Diebstahl nicht auf.

Nach dem Fehlschlag mit dem Projekt Vulkanfeuer hatte Kerikow ein Jahr warten müssen, bis die Umstände günstig schienen, um aus diesem anderen Projekt Profit zu schlagen. Die neue Energierichtlinie des amerikanischen Präsidenten machte die Suche nach einem Käufer so einfach, dass er sich den Bieter aussuchen konnte.

Während er nun hörte, wie dieser Sadist Abu Alam genüsslich Howard Smalls Katze zu Tode quälte, fragte er sich, ob es richtig gewesen war, sich für diesen Mann zu entscheiden. Im Laufe der Jahre hatte er mit vielen Psychopathen zusammengearbeitet. Nach dem Ende des sowjetischen Engagements in Afghanistan hatten sich die meisten Männer seiner KGB-Einheit, die »Verhöre« geführt hatten, nicht wieder in das zivile Leben eingliedern können, und etliche von ihnen hatten aus Sicherheitsgründen eliminiert werden müssen. Keiner von ihnen hätte sich mit Abu Alam vergleichen lassen können. Der Mann machte seinem Namen – »Vater des Schmerzes« – alle Ehre, und Kerikow kannte ihn noch nicht lange. Alam war die rechte Hand von Hasaan bin-Rufti, dem Ölminister von Ajman, einem Scheichtum der Vereinigten Arabischen Emirate, und dem Mann, der das Geld aufgetrieben hatte, um das Projekt *Charons Überfahrt* zu realisieren. Rufti hatte Kerikow fünfzig Millionen Dollar für dessen erfolgreiche Umsetzung zugesagt. Ein Teil dieses Abkommens war es, dass Alam im Endstadium der Operation dabei war, um sicherzustellen, dass die riesige finanzielle Investition des Ministers nicht vergebens war.

Kerikow hatte das Projekt *Charons Überfahrt* vor fast einem Jahr an Rufti verkauft, doch Alam war erst seit einem Monat involviert. Schon jetzt ging ihm dieser Psychopath auf die Nerven. Häufig war es notwendig, jemanden so auf ein Verhör vorzubereiten, dass er den Mund aufmachte, doch das mit der Katze war Alams Idee gewesen. Und jetzt, als der Müllschlucker endlich verstummte, wusste Kerikow, dass Alam das Spektakel genossen hatte. Einen Augenblick später wurde ein gebrochener Howard Small wieder in das Wohnzimmer geführt und vor Kerikows Füßen auf den Boden gestoßen. Abu Alam wischte sich mit einem Trockentuch die blutverschmierten Hände ab, und auch seine schwarze Lederjacke war mit dunkelroten Flecken übersät.

»Ich habe nur eine Frage an Sie, Professor Small. Wenn Sie die beantworten, wird Ihnen das unerträgliche Schmerzen ersparen«, sagte Kerikow zu dem geschockten Professor. »Ich wüsste gern, wer vor einigen Tagen außer Ihnen, Ihrem Vetter und dessen Sohn noch an Bord der *Wave Dancer* war, als Sie und Ihre Begleiter das ausgebrannte Wrack der *Jenny IV* entdeckten.«

Seit er brutal in sein Haus gestoßen worden war, hatte Howard Small diese Männer für Industriespione gehalten, denen es um die Technologie des Mini-Maulwurfs ging. Nie hätte er vermutet, dass es ihnen um eine so harmlose Information gehen könnte. Er brauchte ein paar Sekunden, um wieder einen klaren Kopf zu bekommen, doch da trat ihm Abu Alam schon mit voller Wucht in den Unterleib. Howard schrie auf, was wegen des Knebels kaum zu hören war, und krümmte sich vor Schmerz.

»Beantworten Sie seine Frage.« Alam riss ihm den Knebel aus dem Mund und versetzte ihm noch einen Tritt.

»Es reicht«, blaffte ihn Kerikow an. Er hatte kein Mitgefühl mit Small, aber wenn man einen Mann quälte, der bereits besiegt war, zog das ein Verhör nur unnötig in die Länge. Außerdem musste er immer noch an die verpfuschten Verhöre mit Howards Vetter und dessen Sohn in Alaska denken.

Er hatte einen Artikel einer Zeitung aus Anchorage gelesen, in dem es um die Entdeckung der *Jenny IV* ging, die er gechartert hatte. Der Artikel umfasste nur zwei Absätze, aber es wurde der Name des Boots erwähnt, dessen Mannschaft das Wrack entdeckt hatte. Kerikow hatte den Besitzer der *Wave Dancer* ausfindig gemacht und seine beiden persönlichen Bodyguards nach Alaska geschickt, beide ehemalige Mitglieder der ostdeutschen Stasi. Jerry Small und sein Sohn waren gestorben, nachdem sie zwar Howards Namen ausgespuckt hatten, aber nicht den des vierten Mannes, der an Bord des Fischerbootes gewesen war. Die Deutschen hatten die Todesfälle wie einen Unfall aussehen lassen, aber ihr Versagen hatte Kerikow gezwungen, sich nach Kalifornien zu begeben. Howard Small war seine letzte Chance. Er musste sicherstellen, sich nicht in einer Sackgasse wiederzufinden. Zu viel stand auf dem Spiel. Er konnte es nicht auf sich beruhen lassen, dass jemand an Bord der *Jenny IV* gegangen war und womöglich gesehen hatte, was ihre letzte Fracht gewesen war. Das Risiko war zu groß. Die Entdeckung des Wracks konnte das Ende der gesamten Operation bedeuten.

Schadensbegrenzung war immer eines von Kerikows wichtigsten Prinzipien gewesen. Man musste zukünftige Konsequenzen voraussehen können. Und nun war er persönlich hier, um sicherzugehen, dass der Verlust der *Jenny IV* keine weiteren Konsequenzen haben würde. Kerikow zog eine Pistole mit Schalldämpfer unter seiner Anzugsjacke hervor und zielte auf Howard Smalls rechtes Knie.

»Die Kugel wird Ihre Kniescheibe zertrümmern, Professor. Wenn Sie dann immer noch nicht reden, übergebe ich Sie meinen äußerst erfindungsreichen Assistenten.«

»Philip Mercer«, stieß Howard schluchzend hervor. »Er war mit uns an Bord der *Wave Dancer*. Er ist Bergbauingenieur.«

Der Name brachte Kerikow aus dem Konzept. Er dachte an Griechenland zurück, wo er nach dem Fehlschlag mit dem Projekt Vulkanfeuer in Deckung gegangen war. Vor seinem inneren Auge sah er, wie er in seinem Lieblingscafé bei starkem Kaffee die Morgenzeitung gelesen und gelegentlich Krümel eines Croissants von den Seiten geschnippt hatte. Amerikaner entdecken neue Vulkaninsel im Pazifik. Die Schlagzeile hätte ihn beinahe umgehauen. Der Vulkan, den sie entdeckt hatten, war jener, den die Abteilung Sieben im Jahr 1954 durch eine Atomexplosion geschaffen hatte. *Sein* Vulkan, der ihn zu einem reichen Mann hätte machen sollen.

Er überflog den Artikel schnell und suchte nach den Namen, von denen er wusste, dass er sie dort finden würde. Valery Borodin, der Sohn des Mannes, der das Projekt Vulkanfeuer initiiert hatte. Borodin war einer der vielen, die ihn verraten hatten in jenen letzten Wochen, bevor alles zusammenbrach. Tish Talbot, Valery Borodins amerikanische Freundin, war die einzige Überlebende beim Untergang eines Schiffs gewesen, das dem Vulkan zu nahe gekommen war, bevor er von Kerikows Partnern in Augenschein genommen werden konnte. In dem Artikel stand, sie wolle mit ihrem zukünftigen Mann bei der Erforschung des Minerals Bikinium zusammenarbeiten, das der Vulkan aus den Tiefen der Erde emporgeschleudert hatte.

Und dann stand da noch ein Name, der so beiläufig erwähnt wurde, dass Kerikow ihn fast übersehen hätte. In dem Artikel, der ursprünglich von einer Nachrichtenagentur stammte, hieß es, der Vulkan sei tatsächlich von einem amerikanischen Bergbauingenieur namens Philip Mercer entdeckt worden. Kerikow hatte nie von dem Mann gehört, war sich aber sicher, dass er seine Pläne vereitelt hatte. Mercer hatte verhindert, dass er den Vulkan verkaufen und sich als unermesslich reicher Mann zur Ruhe setzen konnte.

Er hatte darüber nachgedacht, Philip Mercer eliminieren zu lassen. Noch immer hatte er genug Kontakte, um das problemlos erledigen zu lassen. Aber die Klugheit riet ihm, Mercers Exekution noch hinauszuschieben. Der Tod des Amerikaners würde zweifellos das internationale Interesse an dem Fall wiederbeleben, und man würde vielleicht den künstlichen Ursprung des Vulkans entdecken. Das konnte ihn in Gefahr bringen.

Ohne sich dessen wirklich bewusst zu sein, drückte Kerikow ab. Die Kugel schlug direkt zwischen Howard Smalls Augen ein.

»Beseitigt alle Spuren«, befahl er. »Dann lasst ihr die Leiche irgendwo verschwinden, wo sie niemand finden wird.«

»Kennen Sie den Mann, dessen Namen er ausgespuckt hat?«, fragte Alam, während seine Männer die Leiche in einem Sack verstauten, den sie mitgebracht hatten.

»Oh ja, ich kenne ihn.« Philip Mercer hatte die *Jenny IV* gesehen, war möglicherweise auch an Bord des Fischerbootes gegangen. Vielleicht war er gerade dabei, das Rätsel ihrer

Zerstörung zu lösen. Einmal hatte er beschlossen, Mercer zu verschonen, doch den Fehler würde er nicht noch mal machen. Er blickte auf die Uhr, berechnete die Zeitdifferenz, zog sein Mobiltelefon aus der Tasche und wählte.

Kerikow wusste genau, wo Mercer wohnte, wo er seine Freizeit verbrachte und welche Restaurants und Bars er am liebsten besuchte. Er hatte eine Detektivagentur damit beauftragt, ihn monatlich über Mercers Aktivitäten zu informieren. Bald war der Augenblick gekommen, um Rache zu nehmen an jenem Mann, der ihm beim Projekt Vulkanfeuer einen Strich durch die Rechnung gemacht hatte. Und er würde so zuschlagen, dass keinerlei Verdacht auf ihn fiel.

Beim vierten Klingeln wurde am anderen Ende abgenommen. »Hallo?«

»Wir haben ein Problem.«

Arlington, Virginia

Am nächsten Morgen um kurz nach sieben zog Mercer Khaki-Shorts an und ging zur Haustür, um die *Washington Post* hereinzuholen. So früh an einem Samstagmorgen war auf der Straße nichts los. Washingtons berühmter Altweibersommer trieb die Temperaturen in die Höhe, und die Luftfeuchtigkeit nahm zu. Schweißtropfen kitzelten seine behaarte Brust, als er ins Haus zurückkehrte.

Im Gegensatz zu den anderen Reihenhäusern in der Straße, in denen in geräumigen Wohnungen zwischen drei und sechs Familien lebten, war Mercer der einzige Bewohner seines Hauses, das er aufwendig hatte umbauen lassen. Das vordere Drittel des Hauses nahm ein hohes Atrium ein. Dahinter befand sich im ersten Stock eine Bibliothek mit Eichenregalen und im zweiten sein Schlafzimmer. Nach oben führte eine alte Wendeltreppe, die aus einem Pfarrhaus aus dem neunzehnten Jahrhundert stammte. Er hatte die Treppe gekauft, bevor das Haus abgerissen wurde, und sie hatte fast so viel wie ein Luxusauto gekostet.

Auf dem Weg in den ersten Stock überflog er die Schlagzeilen. Als er die Bibliothek durchquerte, musste er lächeln. Obwohl er bereits über fünf Jahre hier wohnte, hatte er erst kürzlich seine riesige Büchersammlung ausgepackt. Jetzt standen die Bände wohlgeordnet in den Regalen. Der lederne Lesesessel wirkte einladend, doch Mercer ging in den Raum, den er *Die Bar* nannte.

Vor der Mahagonitheke standen sechs Hocker, und die Regale hinter der Bar waren besser mit Spirituosen bestückt als die meisten Lokale in der Innenstadt von Washington. Die Atmosphäre glich der eines englischen Clubs – dunkelgrüner Teppich, bequeme Sitzmöbel aus Leder, mit Nussbaumholz getäfelte Wände. Da das einzige Fenster auf eine enge Seitengasse ging, wurde es hier nie richtig hell.

Er legte die Zeitung auf die Theke und trat dahinter, um Licht zu machen. Der Kaffee war durchgelaufen und so stark, dass er beim ersten Schluck zusammenzuckte. Perfekt.

Er schob eine CD mit Instrumentalmusik in den Player, der neben einem alten Kühlschrank stand, und setzte sich dann, um sich über die aktuellen Katastrophen, Skandale und Korruptionsfälle zu informieren. Im Lokalteil sah Washingtons Mordstatistik optisch so aus, als würden Sportergebnisse präsentiert.

Etwa eine Stunde später war er mit der Zeitungslektüre fertig. Er riss das Kreuzworträtsel für seinen Freund Harry heraus, stieg ins Erdgeschoss hinunter und warf in der selten benutzten Küche ein paar tiefgefrorene Waffeln in den Toaster. Dann ging er in sein Büro.

Es war ähnlich eingerichtet wie die Bar – Holz, Messing und Leder. Ein großer Schreibtisch nahm die Mitte des Raums ein, darauf stand ein Computer mit den dazugehörenden Peripheriegeräten, ein Teil davon auf dem dazu passenden Sideboard. Darauf lag auch ein Stück Kimberlit, das ihm der Direktor von DeBeers als Dank dafür geschenkt hat, dass er ihm bei einem Mineneinsturz in Südafrika das Leben gerettet hatte. Es war so etwas wie ein Talisman.

Das deformierte Stahlstück, das er von der *Jenny IV* mitgenommen hatte, lag in der obersten Schublade seines Schreibtischs. Er nahm es heraus und kehrte in die Küche zurück. Die Waffeln in dem Toaster waren verbrannt, und er kehrte in die Bar zurück. Er hatte ohnehin keinen Hunger.

Er nahm ein schweres Eisenstück aus dem Regal, einen Abschnitt einer Eisenbahnschiene, schob ein Handtuch darunter und legte beides auf die Theke. Daneben stellte er einen Schuhkarton, der Bürsten und Lappen enthielt. Konzentriert begann er das Eisenstück mit Stahlwolle zu polieren, ganz so, als wäre nichts sonst auf dieser Welt von Belang. Dieser Akt hatte ihm über die Jahre geholfen, sich auf ein Problem zu konzentrieren, und er dachte an die kleine Stahlplatte, die er auf der *Jenny IV* gefunden hatte.

Sie war aus rostfreiem Stahl, zehn Zentimeter lang und zwölf breit. Die Ränder waren gezackt durch die Explosion, welche die *Jenny IV* zerstört hatte. Darauf war in Schwarz mit einer Schablone das Wort »roger« gesprüht.

Vor seiner Abreise aus Alaska hatte sich Mercer von der Küstenwache die Liste der Mannschaftsmitglieder des Fischerboots geben lassen. Niemand auf dem Schiff hieß Roger. Er dachte darüber nach, dass es vielleicht gar kein Name war, doch ihm fiel nichts anderes ein.

Er hatte nicht die geringste Ahnung, was er sich unter diesem Roger vorstellen sollte. Er hatte sein Leben damit zugebracht, Rätsel zu lösen. Hatte darüber nachgedacht, wo die Erde ihre Schätze barg, Daten interpretiert und schließlich gesagt, wo gebuddelt werden musste. Es reizte ihn herauszufinden, wo Millionen von Dollar verdient und Hunderte von Menschenleben gerettet werden konnten, aber zu dem Stück Stahl von der *Jenny IV* fiel ihm nichts ein.

Das schrille Klingeln des Telefons riss ihn aus seinen Gedanken. Er blickte auf die Uhr, als er das schnurlose Telefon aus der Ladestation nahm. Es war Viertel vor zehn. Es musste entweder Tiny sein, der die aktuelle Ausgabe von *Daily Racing Form* bekommen hatte, oder Harry White, der ihn an das Kreuzworträtsel erinnern wollte.

Es war keiner von beiden.

»Spreche ich mit Dr. Philip Mercer?«

»Ja, mit wem habe ich das Vergnügen?«

»Es tut mir leid, Sie so früh an einem Samstagmorgen zu stören, Sir. Ich heiße Dan MacLaughlin und bin der Polizeichef von Homer in Alaska.« Die Stimme war tief und mürrisch, klang aber müde.

»Mein Gott, bei Ihnen ist es noch nicht mal fünf Uhr morgens.«

»Es ist eher das Ende einer langen Nachtschicht als der Beginn eines schönen neuen Tages. Kannten Sie Jerry Small und seinen Sohn John? Sie fuhren auf einem Charterboot namens *Wave Dancer*.«

Mercer entging nicht, dass MacLaughlin die Vergangenheitsform benutzte. »Sie wissen, dass ich sie kannte, sonst würden Sie nicht anrufen. Wie sind sie ums Leben gekommen?«

»Es tut mir leid, Sie so gefragt zu haben. Ich bin hundemüde und ziemlich durcheinander. Ich kannte Jerry, seit er hierhergezogen ist.«

»Es tut mir auch leid, Mr MacLaughlin. Ich wollte nicht unhöflich sein. Was ist passiert? Ein Unfall auf dem Boot?«

»Ihre Leichen wurden früh heute Morgen von einem Nachbarn gefunden, der von der Nachtschicht in einer

Fischfabrik zurückkam. Es sieht so aus, als hätten Jerry und John zu Hause ein paar Drinks genommen und beschlossen, außerhalb noch ein paar mehr zu trinken. Nun, sie sind beide in Jerrys Pick-up gestorben. Er stand noch in der Garage. Die Türen waren geschlossen, und der Motor lief. Und der laufende Motor hat den Nachbarn alarmiert. Wir nehmen an, dass sie an den Abgasen gestorben sind.«

»Mein Gott«, sagte Mercer.

»Ich rufe aus folgendem Grund an. In den Unterlagen der Küstenwache steht, Sie seien mit an Bord der *Wave Dancer* gewesen, als Jerry die *Jenny IV* entdeckte. Damit gehören Sie zu den letzten Menschen, die ihn lebend gesehen haben. Es sieht so aus, als hätten die beiden sich gestritten. Beide hatten jede Menge Blessuren. Jerry hatte zwei blaue Augen, und Johns Lippen waren aufgeplatzt. Wie gesagt, ich kannte Jerry seit Langem, und er und John kamen gut miteinander klar, sodass mich dieser Streit erstaunt. Ich habe mich gefragt, ob es ein Problem zwischen ihnen gab, als Sie mit den beiden auf dem Charterboot waren. Haben sie sich da gestritten?«

»Nein. Sie schienen bestens miteinander auszukommen. Von einem Streit habe ich nichts bemerkt.« Mercer war geschockt, weil er sich nie hätte vorstellen können, dass die beiden sich nicht vertragen würden. Aber er hatte sie erst seit Kurzem gekannt. »Es tut mir leid, aber ich kann Ihnen wirklich nicht helfen. Nachdem wir die *Jenny IV* entdeckt hatten, habe ich Homer am nächsten Tag verlassen. Vielleicht sollten Sie Jerrys Vetter in der University of California anrufen. Er war nach meiner Abreise noch ein paar Tage mit Jerry zusammen.«

»Damit würde ich gern noch etwas warten. An der Küste ist es noch früher.« MacLaughlin verstummte. Es schien so, als wollte er über den Tod seines Freundes reden, aber er schwieg. »Ich möchte Sie nicht länger aufhalten, Herr Dr. Mercer«, sagte er schließlich. »Danke, dass Sie mir Ihre Zeit geschenkt haben.«

»Keine Ursache, Mr MacLaughlin. Das mit Jerry und seinem Sohn ist sehr traurig.« Mercer unterbrach die Verbindung und seufzte tief. Er nahm sich vor, später bei Howard Small anzurufen und ihm sein Beileid auszudrücken. Für einen Augenblick starrte er ins Leere. Er dachte an Jerry und seinen Sohn, an die gemeinsame Bootspartie und die unheimliche Entdeckung der ausgebrannten *Jenny IV*. Er hatte die beiden gemocht. Es waren aufrechte, hart arbeitende Männer gewesen. Ihr Tod war eine Tragödie.

Er fragte sich, ob es einen Zusammenhang gab zwischen den Todesfällen und dem Stahlstück, das er in den Händen hielt, doch er verwarf den Gedanken. Das mit dem Zufall war so eine Sache. Da ihm klar war, dass er sich nicht mehr konzentrieren konnte, ging er nach oben, um sich umzuziehen. Dann verließ er das Haus, um sich mit Tiny und Harry zu treffen.

Tiny, der eigentlich Paul Gordon hieß, war der Besitzer einer schmuddeligen Bar, ein paar Blocks von Mercers Haus entfernt. Samstags öffnete er früh, weil Mercer und Harry White kamen, seine besten Kunden, um ein paar Drinks zu schlürfen und in der *Racing Form* nachzulesen, welche Pferde am Nachmittag im Belmont Park bei welchem Rennen an den Start gingen. Tiny war einst ein vielversprechender Jockey gewesen, der einige schwere Rückschläge einstecken musste. Er hatte Schulden und versprach einem Kredithai, ein Rennen zu manipulieren, um sie zurückzuzahlen. Aber er brachte es nicht über sich, das Pferd zu zügeln und als Zweiter ins Ziel zu kommen. Am nächsten Morgen tauchten zwei Handlanger des Kredithais auf, die Tiny mit einer Brechstange beide Kniescheiben zerschmetterten. Aber Tiny interessierte sich noch immer für Pferderennen und nahm für etwa vierzig Leute aus Arlington oder der näheren Umgebung Wetten an.

Mercer hatte die Bar noch am Tag seines Umzugs nach Arlington entdeckt. Er hatte einen Hünen hinter der Theke vermutet, aber Tiny war wirklich klein. Er war nur etwa einen Meter fünfzig groß und wog gut fünfzig Kilogramm. Hinter der Bar war der Boden erhöht, sodass er problemlos die Drinks servieren konnte. Als Mercer die Glastür aufstieß, studierte er bereits die Rennzeitung.

In der Bar roch es nach schalem Bier und kaltem Zigarettenrauch. Was Tiny auch dagegen unternahm, der Geruch ließ sich nicht vertreiben. Zwei Tische standen in der Nähe der Theke, im hinteren Teil des Lokals gab es Sitznischen. An den Wänden, von denen sich die Tapete stellenweise ablöste, hingen Sportfotos in billigen Rahmen. In der Nähe der Kasse hingen Bilder von Tiny als Jockey. Er posierte neben den Pferden, mit denen er gesiegt hatte, und schüttelte deren dankbaren Besitzern die Hände. Tiny war um die fünfzig, wirkte durch sein faltiges Gesicht aber älter.

Harry White hingegen war alt, fast achtzig. Er sah aus, als könnte er jeden Moment sterben, doch das war schon immer so gewesen, seit Mercer ihn kannte. Das Gesicht mit den strahlend blauen Augen war wettergegerbt, und die

Haut hing an seinen Knochen herab wie ein schlecht sitzender Anzug. Aber er war groß und hielt sich aufrecht. Er prahlte damit, immer noch sexuell aktiv zu sein. Er hatte einen scharfen Verstand und einen beißenden Humor, der durch seine Reibeisenstimme voll zur Geltung kam.

Trotz oder wegen des Altersunterschieds war er Mercers bester Freund.

»Wurde auch Zeit, dass du aufkreuzt. Wo zum Teufel ist mein gottverdammtes Kreuzworträtsel?«

»Warum kaufst du dir die Zeitung nicht selber, du Geizhals?«, fragte Mercer, als er die zusammengefaltete Zeitungsseite vor Harry auf die Theke warf.

»Hört ihn euch an, den reichen Sack. Er kann es sich leisten, die *Washington Post* zu abonnieren.«

Was auch für Harry kein Problem gewesen wäre. Er bekam eine anständige Pension von der Potomac Electric Society und hatte kürzlich eine nennenswerte Summe vom Staat erhalten als Schadenersatz für den Verlust seines rechten Beins vor fünfzig Jahren. Mercer wusste davon und hatte bei der Geschichte die Finger im Spiel gehabt. Harry hatte ihm das Versprechen abgenommen, nicht darüber zu reden.

Harry entfaltete die Zeitungsseite mit dem Kreuzworträtsel und griff nach einem Stift.

»Wie war's in Alaska?«

Mercer lächelte ihn an. Trotz seiner scheinbar so barschen Natur war Harry ein echter Freund. »Wir hatten eine gute Zeit, doch dann geschah etwas Schlimmes.«

Er erzählte von der Entdeckung der *Jenny IV* und ließ kein Detail aus. Weder Tiny noch Harry konnten über die Herkunft des mysteriösen Stahlstücks spekulieren, und beide bezweifelten, dass der Tod von Jerry und John etwas damit zu tun hatte.

Mercer und Tiny genehmigten sich eine Bloody Mary, während Harry Jack Daniel's mit Gingerale trank. Er rauchte ein Dutzend Chesterfields, während er über dem Kreuzworträtsel saß und dabei vor sich hin murmelte. Tiny und Mercer nahmen sich die *Racing Form* vor und erörterten die vierzehn Rennen dieses Samstagnachmittags so ernsthaft wie Chirurgen, die über eine lebensgefährliche Operation debattieren. Sie stellten komplizierte Berechnungen an über die Chancen der Pferde, verließen sich aber letztlich oft nur auf ihre Intuition. Tiny kannte die Stammbäume der Pferde, die Coachs und die Statistiken, bewunderte aber Mercers Fähigkeit, allein aufgrund seiner Intuition auf den Sieger zu tippen.

Den ganzen Morgen über riefen Stammkunden an, um Wetten abzugeben und etwas über die Quoten zu erfahren, die Tiny von jemandem kannte, der auf der Rennbahn arbeitete. Um halb zwölf waren Mercer und Tiny mit der Erörterung des letzten Rennens durch. Harry war immer noch mit dem Kreuzworträtsel zugange.

»Mist«, rief er angewidert aus. »Ich komm nicht weiter.«

»Worum geht's denn?«, fragte Tiny.

»Um eine Komposition von Mendelssohn-Bartholdy. Endet mit ›marsch‹.«

»Trauermarsch«, bemerkte Mercer.

»Hör nicht auf ihn«, sagte Tiny zu Harry. »Mendelssohns Hochzeitsmarsch.«

»Nein, Gregor Mendel war der Begründer der modernen Genetik. Er hat im neunzehnten Jahrhundert diese Experimente mit den Erbsen durchgeführt.«

»Stimmt nicht. Benoit Mandelbrot war einer der Begründer der Geometrie der Fraktale.«

»Aber wer zum Teufel war dann noch mal der Typ, der das Periodensystem aufgestellt hat?«

»Das müsste Dmitrij Mendelejew gewesen sein«, antwortete Tiny.

Mercer starrte seine beiden Freunde an. »Mein Gott, mir wird ganz anders zumute, wenn ich euch so fachsimpeln höre.«

Als es Nachmittag wurde, trafen die üblichen Samstagsgäste ein, die alle wegen der Pferderennen kamen. Sie waren sämtlich Ende fünfzig oder älter, hatten Bierbäuche und trugen dreißig Jahre alte Anzüge. Sie waren der lebende Beweis dafür, dass an allen Klischees etwas Wahres war. Obwohl Mercer fünfzehn Jahre jünger war, fühlte er sich hier ganz zu Hause. Es gab einen Zusammenhalt unter Junggesellen, dem Alters- oder Klassenunterschiede nichts anhaben konnten. Es war wohltuend, Gespräche zu führen, bei denen es nicht immer nur um persönliche Probleme ging.

Der Startschuss für das letzte Rennen im Belmont Park fiel um kurz nach vier. Als es gelaufen war, zahlte Tiny die Gewinner aus und gestattete es sich, einen Drink zu nehmen, den ersten seit der Bloody Mary am Morgen. Harry hatte Whisky in sich hineingekippt, als wäre er gerade einer Abstinenzlerversammlung entkommen, aber es war ihm nichts anzumerken. Mercer war auf Mineralwasser umgestiegen und nüchtern.

»Was hast du heute Abend vor, Mercer?«, fragte Tiny, während er Gläser spülte, ohne dass sie ganz sauber geworden wären.

»Ich schmeiße mich in meinen Smoking.«

»Ein festliches Abendessen?«

»Das Essen lasse ich ausfallen, aber danach geht's mit offenem Ende in der Bar hoch her.«

Harry wurde hellhörig. »Was du nicht sagst.«

Mercer lächelte. »Ich wusste, dass dich das aufhorchen lassen würde.«

»Was ist der Anlass?«, fragte Tiny.

»Die Gründung eines neuen Thinktanks namens Johnston Group, der von keinem anderen als Max Johnston finanziert wird, dem Besitzer von Petromax Oil. Die Mitglieder der Denkfabrik sind Naturwissenschaftler, Ökonomen und Umweltschützer, die nach praktischen Wegen suchen werden, die neue Energierichtlinie des Präsidenten umzusetzen.«

»Wirst du da Mitglied werden?«, fragte Harry, während er das zweite Zigarettenpäckchen des Tages aufriss.

»Nein, aber ich kenne Max Johnston seit ein paar Jahren. Die Einladung lag in meinem Briefkasten, als ich aus Alaska zurückkam.«

»Machst du dich wieder mal mit den Reichen und Berühmten gemein?«, fragte Harry spöttisch. »Wie groß ist das Vermögen dieses Johnston?«

»Mein Gott, wenn ich das wüsste.« Mercer fuhr sich mit der Hand durchs Haar. »Er ist der alleinige Besitzer von Petromax Oil und kontrolliert den Johnston Trust, den sein Vater zusammen mit Petromax gegründet hat. Ich würde sagen, zwei Milliarden Dollar, vielleicht mehr.«

»Finde mal heraus, ob er eine Tochter im heiratsfähigen Alter hat.« Harry schwieg kurz. »Teufel, für das Geld würde ich auch eine inkontinente zahnlose alte Oma ehelichen. Ich bin nicht wählerisch.«

»Hoffentlich klappt es«, sagte Tiny. »Dann kannst du endlich mal deine Deckel bezahlen.«

Harry warf ihm einen Blick zu, als wüsste er nicht, wovon die Rede war.

Mercer lachte. »Ich muss los. Das Essen beginnt um sechs, die Party in der Bar um halb neun. Da will ich der Erste sein.«

Er ging langsam nach Hause. Es war ein milder Tag, und die Luftfeuchtigkeit war nicht so schlimm wie befürchtet. Im Osten brauten sich dunkle Wolken zusammen. Er musste an Jerry und John Small denken. Es hatte ein schlimmes Ende genommen mit ihnen, doch letztlich waren sie durch ihre eigene Dummheit gestorben. Am schlimmsten musste es für Johns Mutter sein. Kein Elternteil kam damit klar, sein Kind zu überleben.

Mercers Eltern waren bei einem Aufstand in der Provinz Katanga in Belgisch-Kongo ums Leben gekommen. Er war von seinen Großeltern väterlicherseits in Vermont großgezogen worden. In der Pubertät hatte er nicht rebelliert, denn er hatte das Ziel, in die Fußstapfen seines Vaters zu treten und wie er Bergbauingenieur zu werden. Er konnte sich nicht vorstellen, dass sich ein Vater mit seinem Sohn prügelte. Aber John und Jerry Small hatten sich aus irgendeinem Grund gestritten, und das hatte fatale Folgen gehabt. Und MacLaughlin hatte gesagt, dass sie beide getrunken hatten.

Als er die Haustür aufschloss, glaubte er eine Stimme zu hören. Es war die von John Small, und er vernahm sie so deutlich, als würde er wieder neben ihm auf dem Boot seines Vaters stehen. Er hatte dem Jungen eine Flasche Bier angeboten, doch der hatte nur den Kopf geschüttelt. »Nein, vielen Dank. Ich bin dieses Jahr der Kapitän meines Basketballteams, und es besteht die realistische Chance, das daraus ein Stipendium für mich herausspringt.«

John hatte keinen Alkohol getrunken.

Er eilte in sein Büro, warf sich in den Schreibtischsessel und rief die Auskunft an. Kurz darauf war er mit dem Büro des Polizeichefs von Homer verbunden.

»Dan MacLaughlin am Apparat.« Die Stimme klang besser als am frühen Morgen, verriet aber immer noch Erschöpfung.

»Hier ist Philip Mercer, Mr MacLaughlin. Wir haben heute Morgen über Jerry und John Smith gesprochen.«

»Ja natürlich, Herr Dr. Mercer.« Der Anruf schien MacLaughlin zu überraschen. »Wie kann ich Ihnen helfen?«

»Sie haben gesagt, die beiden wären betrunken gewesen, habe ich das richtig verstanden?«

»Bei der Autopsie wurde ein Blutalkoholgehalt von weit über zwei Promille festgestellt. Sie waren sturzbetrunken.«

»John Smith hat keinen Alkohol getrunken«, sagte Mercer triumphierend.

MacLaughlin hatte auf eine große Offenbarung gehofft und war schwer enttäuscht. »Herr Dr. Mercer, wenn jemand noch nicht volljährig ist, heißt das noch lange nicht, dass er nicht trinkt. Hier oben in Alaska ist alles ein bisschen anders. Teufel, selbst ich kaufe am Wochenende Bier für meine Kids.«

»Davon rede ich nicht. John hat erwähnt, er sei Kapitän eines Basketballteams und wolle sich nicht die Chance vermasseln, ein Stipendium zu bekommen. Wir hatten gerade zwei Leichen auf einem ausgebrannten Boot entdeckt, und der Junge hat ein Bier abgelehnt. Der Anblick hätte jeden trockenen Alkoholiker sofort wieder rückfällig werden lassen.«

MacLaughlin schwieg lange. Nur das Knistern in der Leitung verriet Mercer, dass er nicht aufgelegt hatte. Als er dann sprach, klang seine Stimme leise und bedacht. Offenbar war ihm die Tragweite dessen bewusst geworden, was Mercer gesagt hatte. »Der beste Freund meines Sohnes spielt in dieser Mannschaft, und sie haben sich alle geschworen, bis zum Ende der Saison keinen Alkohol zu trinken. Es ist eine Methode für das Team, sich zu motivieren und auf ihr Ziel zu konzentrieren. Was zum Teufel soll das bedeuten?«

»Entweder hat John sein Versprechen gebrochen, oder irgendetwas stimmt nicht, und ich wette, es hat etwas mit der *Jenny IV* zu tun. Haben Sie Howard Small in Los Angeles erreicht?«

»Noch nicht, aber ich habe zweimal auf seinen Anrufbeantworter gesprochen. Ich bin sicher, dass er heute Abend noch zurückrufen wird. Spätestens morgen.«

»Was ist aus der *Jenny IV* geworden?«

MacLaughlin antwortete nicht sofort. Ihm gefiel nicht, was er gleich sagen würde. »Einen Tag, nachdem Jerry die *Jenny IV* entdeckt hatte, wurde sie von der Küstenwache versenkt. Rechtlich gesehen hätte Jerry als Finder das Boot bergen können, weil dessen Besitzer bei dem Brand ums Leben gekommen war. Aber da durch den Brand nichts von Wert übrig geblieben war, hat Jerry die Küstenwache gewähren lassen.« Er schwieg kurz. »Versenkte Schiffswracks bilden großartige künstliche Riffs für die Fischer.«

»Hat sich jemand das Boot genau angesehen?«, fragte Mercer hoffnungsvoll.

»Nein, leider nicht. Es wurde so versenkt, wie es gefunden wurde.«

»Mist.« Mercer wusste, dass da nichts mehr zu machen war. »Entschuldigen Sie bitte, dass ich Sie belästigt habe.«

»Ich weiß es zu schätzen, dass Sie angerufen haben, Herr Dr. Mercer. Und falls es Sie tröstet, jeden Tag sterben Menschen auf dumme Weise. Man darf da nicht zu viel hineininterpretieren.«

Als er auflegte, war Mercer klar, dass weder MacLaughlin noch er den Fall auf sich beruhen lassen würden.

In der Bar schenkte Mercer sich die letzte halbe Tasse Kaffee ein, der vom Morgen übrig geblieben war. Er war extrem stark und bitter. Er schlürfte ihn langsam, während er in der Mikrowelle sein Abendessen erhitzte. Es musste eine Verbindung geben zwischen der *Jenny IV* und Jerry und Howard Small. Und die beiden waren ermordet worden, da war er sich sicher. Jetzt brauchte er nur noch einen Verdächtigen, ein Motiv und ein paar Beweise.

Falls Church, Virginia

Mercer steuerte seinen Jaguar langsam über die breite Zufahrtstraße. Der kräftige Motor schnurrte nur noch, und die Pirelli-Reifen verursachten zischende Geräusche auf dem nassen Asphalt. Im Licht der Scheinwerfer war gut zu sehen, dass ein feiner Nebel in der Luft hing. Noch immer sah er nicht das Haus, das am Ende der Auffahrt auftauchen musste.

Er hatte schon fast anderthalb Kilometer zurückgelegt, seit er von der Hauptstraße abgebogen war. Und dann, nach einer letzten Kurve, sah er schließlich Max Johnstons Villa.

Es war ein riesiges Haus im Tudorstil mit zahllosen Giebeln und einem steilen, hohen Dach. Die meisten Fenster im Erdgeschoss und im ersten Stock waren erleuchtet, was den nassen Abend weniger unfreundlich erscheinen ließ. Mercer zählte acht Schornsteine, bevor er mit seinem Wagen vor dem Eingang vorfuhr.

Ein Diener öffnete die Tür seines Jaguars. Mercer fielen mehrere Dutzend Limousinen auf, die in Reih und Glied an der Seite des Gebäudes geparkt waren. Er stieg aus und überließ es dem jungen Diener, seinen Wagen dort abzustellen.

Aus dem Haus hörte er den melancholischen Klang eines Cellos, begleitet von einer Violine und einem Cembalo. Die Komposition kannte er nicht, aber ihm gefiel die Schönheit der Interpretation. Er schob die Doppelmanschette hoch und blickte auf die Uhr. Halb neun. Perfekt. Das Abendessen war mit Sicherheit sterbenslangweilig gewesen, doch nun wurde es interessant.

Er reichte dem Türsteher seine Einladungskarte. Da er viel zu spät kam, beäugte der Bedienstete ihn misstrauisch.

»Ich bin in eine Wodkaflasche gefallen und konnte mich nicht daraus befreien«, sagte Mercer, während er an dem Mann vorbeieilte.

Die Eingangshalle mit dem Parkettboden war sehr hoch. In der Mitte stand ein Tisch aus Kirschholz mit einer Vase mit wundervollen Schnittblumen, deren Duft den Raum erfüllte. Über dem Tisch hing ein funkelnder kristallener Kronleuchter.

In einem Zimmer zu Mercers Rechten stellten Bedienstete das Dessert bereit. Törtchen, Kuchen und diverse Süßspeisen standen auf dem Tisch, an dem dreißig Leute Platz gefunden hätten. Die klassische Musik wurde lauter, als Mercer das Esszimmer durchquerte. Durch die hohen Türen am Ende des Raums blickte man in ein Wohnzimmer, das größer war als die meisten Eigenheime in der Vorstadt.

Die Möbel entsprachen dem Stil des neunzehnten Jahrhunderts und waren meistens von Ducan Phyle und John Henry Belter entworfen worden. In dem riesigen Zimmer gab es vier Sitzecken mit großen Sofas, Zweisitzern und Sesseln. Die Gemälde an den Wänden waren größtenteils früher amerikanischer Provenienz, abgesehen von dem Bildnis einer Mutter mit ihrem Kind von John Singer Sargent und einer Landschaft von Grant Wood. An einer Wand warteten Gäste vor der Bar darauf, dass sie etwas zu trinken bekamen.

Die Musiker spielten in der Mitte des Raums, und Mercer

betrachtete sie für einen Moment. Cellistinnen fand er erotisch anziehend. Diese hier war nicht besonders hübsch, zog aber trotzdem seinen Blick auf sich. Sie trug ein tief ausgeschnittenes beigefarbenes Kleid und hatte die Beine um ihr Instrument geschlungen wie um den Körper eines Mannes. Er kam sich wie ein Voyeur vor, als er beobachtete, wie ihre Finger über die Saiten glitten, und wandte sich ab, bevor anderen sein Blick auffiel.

Durch die hohen Türen am Ende des Raums sah er ein riesiges Zelt mit langen Tischen, an denen die zweihundert Gäste zu Abend gegessen hatten. Als ihm gerade auffiel, dass der Barkeeper den Zitronensaft für den Wodka bereitstellte, legte sich eine Hand auf seine Schulter.

»Was hat ein Rüpel wie du hier zu suchen?«

Mercer lächelte, als er die unverwechselbare Stimme hörte, und drehte sich um. »Ich bin auf der Suche nach Ministerinnen.«

Connie Van Buren stellte sich auf die Zehenspitzen und gab ihm einen Kuss auf die Wange. »Mein Gott, du siehst verdammt gut aus und riechst gut.«

»Vergiss nicht, dass du verheiratet bist, Connie.«

»Mein Mann ist in New Mexico.«

»Und ich mache im Moment Pause mit der Damenwelt.«

»Ein unverbesserlicher alter Junggeselle. Wirst du jemals heiraten?«

»Sofort, wenn ich eine gute Partie machen kann.«

Kennengelernt hatten sie sich vor Jahren, als Connie noch im Innenministerium beschäftigt war und Mercer für ein deutsches Bergbauunternehmen namens Koenig Minerals arbeitete. Connie tat alles, um das Unternehmen daran zu hindern, eine Mine in Utah zu eröffnen, denn es hatte eine der schlechtesten Umweltbilanzen weltweit. Mercer hatte einen Kompromiss mit dem Innenministerium vermittelt, der für beide Seiten akzeptabel war. Seitdem war der Kontakt zu Connie nicht mehr abgerissen.

»Warum bist du nicht zum Essen gekommen? Du hättest links neben mir sitzen sollen. So musste ich mir das heuchlerische Gerede eines Anwalts anhören, der schwafelte, als wäre er bei einer Pressekonferenz.«

»Ich nahm an, dass es langweilig sein würde, aber ich hätte nie gedacht, dass Max seine Anwälte einladen würde.«

»Er hat alle eingeladen, die er in Washington kennt. Man gründet nicht jeden Tag einen Thinktank mit einem Vermögen von vierzig Millionen Dollar, und niemand soll das übersehen.«

Mercer blickte sich um, als weitere Gäste aus dem Zelt ins Haus traten. Connie hatte recht, der Raum füllte sich mit Prominenten. Der Präsident des Kongresses unterhielt sich angeregt mit dem Stabschef des Weißen Hauses, und mehrere landesweit bekannte Fernsehmoderatoren hingen an den Lippen eines sehr betrunkenen älteren Senators. Washingtons Elite wusste die Gründung des Johnston Trust zu würdigen.

Mercer blickte sich um. »Wo ist unser Gastgeber?«

»Er sonnt sich im Rampenlicht«, antwortete Connie. »Heute Nachmittag hat er mit dem Präsidenten Golf gespielt und dessen neue Energierichtlinie gutgeheißen. Er schmeißt diese Party, damit alle es wissen.« Connie verstummte, als sie einen Mann auf sich zukommen sah. »Mist, Robert Baird.«

»Wer ist das?«

»Ein Lobbyist von Petromax' Abteilung für Atomenergie, einer von Max' Lakaien, der sich bei mir einschleimen will. Entschuldige mich, ich verschwinde mal auf die Toilette.«

Baird wirkte enttäuscht, als er Connie verschwinden sah. Für einen Augenblick schaute er Mercer an, weil der mit der Energieministerin geredet hatte, doch dann suchte er sich einen einflussreicheren Gesprächspartner.

Als Mercer ihm nachblickte, sah er sie. Sie kehrte ihm den Rücken zu, während sie sich mit dem letztjährigen Gewinner des Nobelpreises für Chemie unterhielt. In der gesetzten Washingtoner Gesellschaft war ein tief ausgeschnittenes Kleid ein Affront gegen alles, wofür die Stadt stand. Die große Frau trug ein freizügiges Abendkleid, hatte aber trotzdem eine so konservative Aura, dass sich jeder Gedanke an Sex verbat.

Und doch sah sie so aus, als käme sie gerade von der Oscarverleihung. Ihr pechschwarzes Kleid stand in einem auffälligen Kontrast zu ihrer blassen Haut, und es war am Rücken so tief ausgeschnitten, dass die Fantasie die Linie sofort nach unten verlängerte. Ihre Haut war makellos. Als sie sich umdrehte, sah er ihre Augen.

Der Beryll ist ein relativ gewöhnlicher und uninteressanter Stein, der in der Regel als Nebenprodukt bei der Förderung von Glimmererde und Feldspat gefunden wird. Aber wenn er Aluminium enthält, wird daraus ein Aquamarin, und bei Chromgehalt ein Smaragd, einer der wertvollsten und begehrtesten Edelsteine.

Ihre Augen waren smaragdgrün, und Mercer war wie elektrisiert. Sie schaute ihn einen Moment an und fuhr sich mit der Hand durch ihr kurz geschnittenes kastanienbraunes Haar. Mercer kann sich wie ein Ertrinkender vor.

Ihre Gesichtszüge waren makellos. Sie hatte einen sinnlichen Mund, hohe Wangenknochen und ein energisches Kinn. Mercer fand ihre dunklen Augenbrauen genauso faszinierend wie ihre kleine, sehr feminine Nase.

Sie war wunderschön, und man konnte sie nicht vergleichen mit den aufgetakelten Vorzeigefrauen, die viele der anwesenden Männer als ihre Gattinnen bezeichneten. Ihr Aussehen erinnerte an ein Model, und doch besaß sie einen Charme, den man auf dem Laufsteg vergebens suchte.

Ihre Figur war fantastisch. Der Schlitz an der Vorderseite ihres Abendkleides gab den Blick auf einen Oberschenkel frei, und Mercer verschlug es den Atem. Das Kleid war oben hochgeschlossen. Ihre Brüste waren klein, und sie schien keinen BH zu tragen, und Mercer fiel auf, dass ihre Brustwarzen wegen der kühlen Nachtluft erigiert waren.

»Was möchten Sie trinken, Sir?«, fragte der Barkeeper.

Als er einen Gimlet bestellt hatte und sich wieder umdrehte, war sie verschwunden. Verdammt.

Er nahm das Glas entgegen und bedankte sich geistesabwesend. Da fiel ihm auf, dass ihn allein ihr Anblick körperlich erregt hatte. Das war ihm seit Teenagerzeiten nicht mehr passiert, als eine attraktive Einundzwanzigjährige seine kranke Lehrerin für eine Woche vertreten hatte.

»Sie können mich jetzt wieder anziehen.«

»Pardon?« Mercer drehte sich um, und es verschlug ihm schon wieder den Atem. Aus der Nähe war sie noch schöner.

»Sie haben mich gerade in Gedanken entkleidet, Herr Dr. Mercer.« Ihr Blick verriet, dass sie seine Verwirrung genoss.

Sie schien Anfang dreißig zu sein. Das war die Phase im Leben einer Frau, wo die noch jugendliche Schönheit sich mit Erfahrung verband.

»Woher wissen Sie, wer ich bin?«, fragte Mercer ungläubig. Er war sich sicher, dass er sich an sie erinnern würde, wenn er ihr schon einmal begegnet war.

»Sie haben ein kurzes Gedächtnis.« Sie ließ ihn stehen, drehte sich aber nach ein paar Schritten noch einmal um. »Wir hatten gestern Morgen eine kleine Auseinandersetzung.«

Als Mercer begriff, war sie bereits in der Menschenmenge verschwunden. Ihr Anblick hatte ihn so umgehauen, dass er nicht auf ihre dunkle Stimme geachtet hatte, die ihm doch am Vortag so aufgefallen war.

Fast hätte er den Inhalt seines Glases vergossen, als er sich in die Menge stürzte, um sie zu suchen. Sie war die schäbig gekleidete eloquente Frau, mit der er sich im Hörsaal der George Washington University gestritten hatte. Man konnte sich kaum vorstellen, dass sie mit der umwerfenden Schönheit identisch war, die ihn gerade stehen gelassen hatte. Was zum Teufel hatte eine militante Umweltschützerin auf der Party des Bosses eines der größten Ölunternehmen weltweit zu suchen?

Er bahnte sich seinen Weg durch die Menge und entschuldigte sich bei Gästen, die er anrempelte. Plötzlich drehte sich ein Mann um, und Mercer wäre beinahe mit ihm zusammengestoßen. Der Mann blickte ihn mit einem breiten Grinsen an.

»Ich habe nicht geglaubt, dass Sie es schaffen würden, Mercer«, sagte Max Johnston, der sich aufrichtig zu freuen schien, ihn zu sehen.

Johnston war Anfang sechzig, sah aber zehn Jahre jünger aus, weil er sich durch Sport in Form hielt. Sein Gesicht war faltig und wettergegerbt, denn er war unter der texanischen Sonne aufgewachsen, aber man sah auch, dass er eine der Eliteuniversitäten absolviert und seine Manieren verfeinert hatte. Er hatte dichtes, welliges Haar, das nur an den Schläfen ergraut war. Er drückte Mercer energisch die Hand.

Der Mann, mit dem er sich zuvor unterhalten hatte, ließ sie allein.

»Ich musste erst noch zum Kostümverleih, um mir einen Smoking zu borgen.« Mercer lächelte. »Eine illustre Gästeschar. Mein Glückwunsch.«

»Ich verbinde mit der Gründung der Johnston Group große Hoffnungen«, sagte Johnston in einem Tonfall, als wollte er eine Rede halten. »Der Präsident will Amerikas Abhängigkeit vom Öl beenden, und ich denke, dass wir da mithelfen können.«

»Sägen Sie damit nicht den Ast ab, auf dem Sie sitzen?«, fragte Mercer.

»Wohl kaum. Petromax ist ein so diversifizierter Konzern, dass die Einstellung unserer Ölimporte dem Unternehmen sogar helfen kann. Ich habe gerade unsere letzten drei Supertanker verkauft. Nein, wir sind bereit, die Zukunft mitzugestalten.«

»Hat Ihr Unternehmen nichts mit der Exploration in dem Naturschutzgebiet in Alaska zu tun?« Obwohl er in Gedanken immer noch bei der Frau war, ließ er sich doch in ein Gespräch mit dem Gastgeber hineinziehen.

»Doch, aber das ist nur ein kleiner Teil unserer künftigen Aktivitäten. Das Öl, das wir da fördern werden, wird Petromax mit dem Kapital versorgen, um uns als Marktführer im Bereich der alternativen Energien zu etablieren. Schon jetzt haben wir mit Pilotprojekten begonnen. So experimentieren wir mit der Gewinnung von Wasserstoff aus Seewasser und stehen kurz vor einem Durchbruch. Die Kernfusion hat uns gelehrt, dass in der Materie weit mehr Energie steckt, als wir uns vorstellen können.« Johnston hob sein halb volles Champagnerglas. »Dieses Glas enthält mehr Energie, als die Menschheit insgesamt produziert hat, seit die ersten Feuer in ihren Höhlen brannten.«

In diesem Moment sah Mercer die Frau näher kommen. Sie bewegte sich im Rhythmus der Musik, und sie blickte unentwegt Mercer an. Er befürchtete, in einen Streit zwischen Johnston und der Umweltschützerin hineinzugeraten.

Johnston folgte seinem Blick. »Mist«, murmelte er.

»Sie kennen sie?«

Bevor der Gastgeber antworten konnte, trat die Frau zu ihnen und hakte sich bei Johnston unter. Der betrachtete sie einen Augenblick und wandte sich wieder Mercer zu, um sie vorzustellen, doch bevor er den Mund aufmachen konnte, begann die Frau zu sprechen.

»Ich entschuldige mich dafür, Sie angelogen zu haben, Herr Dr. Mercer«, sagte sie mit einem betörenden Lächeln. »Wir sind uns auch vor gestern schon einmal begegnet, doch ich bezweifle, dass Sie sich daran erinnern. Es ist zehn Jahre her, als Petromax in Houston die Entdeckung des Ölfelds Edwards Plateau bekannt gab. Sie trugen einen olivfarbenen Anzug und eine schwarz gemusterte Krawatte. Sie waren der einzige Mann, der keinen dieser lächerlichen Cowboyhüte trug.«

»Meine Liebe, diese Hüte sind das Symbol des großartigsten aller amerikanischen Bundesstaaten.« Johnston blickte Mercer an. »Nun, ich denke, damit hat sich eine Vorstellung erledigt.«

»Das sehe ich anders. Helfen Sie mir auf die Sprünge.«

Johnston lächelte die Frau an. »Das ist meine Tochter Agatha.«

»Meine Großmutter musste bis ans Ende ihrer Tage mit diesem schrecklichen Namen leben.« Sie streckte die Hand aus, und Mercer ergriff sie mit der Ehrfurcht eines Pilgers, der eine Ikone berührt. »So weit wird es bei mir nicht kommen. Bitte nennen Sie mich Aggie, Herr Dr. Mercer.«

Mercer hielt ihre Hand länger als nötig und glaubte, etwas wie einen starken Magnetismus zu spüren. Erst als Johnston verlegen hüstelte, ließ er sie zögernd los. Ihre graugrünen Augen fixierten ihn weiter.

»Ich benutze den Doktortitel nur, wenn ich im Restaurant telefonisch einen Tisch reservieren lasse. Also lassen Sie ihn weg und nennen Sie mich einfach Mercer, wie alle anderen.«

Aggie trat einen halben Schritt zurück. »Warum verzichtet jemand auf seinen Titel, wenn er solche Leistungen vorzuweisen hat? Mein Gott, Sie haben es mit links geschafft, bei der Gründung der Ghudatra-Minen in Indien einen ganzen Berg zu zerstören. Und Ihre Aktivitäten in Australien? Wie viele Aborigines mussten umgesiedelt werden, nachdem das Unternehmen, für das Sie arbeiteten, sich wegen der Eröffnung einer Opalmine ihr Land unter den Nagel gerissen hatte? Seien Sie nicht so bescheiden, Herr Dr. Mercer. Für einige Leute sind Sie ein Held. Hab ich nicht recht, Daddy?«

Max Johnston schien sich unbehaglich zu fühlen. Er blickte sich um, um sich zu vergewissern, dass niemand die Worte seiner Tochter gehört hatte. Es war klar, dass er ihre Ansichten kannte, da sie ihm bestimmt ständig Vorträge hielt.

»Das reicht jetzt, Aggie«, zischte er. »Du hast mir versprochen, heute Abend eine gute Gastgeberin zu sein und uns diesen Unsinn zu ersparen. Mein Gott, du bist genauso wenig taktvoll wie deine verstorbene Mutter.«

Er wandte sich Mercer zu. »Entschuldigen Sie. Kommen Sie, wir holen uns etwas zu trinken.«

Er legte einen Arm um Mercers Schulter und drängte ihn zur Bar. Als Mercer sich umdrehte, sah er, dass Aggie ihrem Vater mit hasserfüllter Miene nachblickte.

»Sie haben keine Kinder, oder?«, fragte der Ölmagnat, während der Barkeeper einen Gimlet mixte und Johnstons Champagnerglas auffüllte.

»Nein, ich kann ja kaum für mich selber sorgen.«

Johnston lächelte und schien sich etwas zu entspannen. »Sie ist meine größte Freude, und ich bin stolz darauf, was sie erreicht hat, selbst wenn das alles gegen meine eigenen Interessen geht. Wussten Sie, dass sie ihr Studium als Jahrgangsbeste abgeschlossen hat? Sie hat Umwelttechnologie studiert, ausgerechnet. Sie ist hochintelligent, kämpft aber gegen Windmühlen. Sie musste nie wirklich erwachsen werden. Ich habe sie viel zu sehr verwöhnt. Und auch heute tue ich nichts dagegen, dass sie sich mit diesen militanten Umweltschützern herumtreibt.«

Mercer hatte kein Interesse an den Problemen im Verhältnis Johnstons zu seiner Tochter. Trotzdem hörte er geduldig zu und konnte sich eine Bemerkung nicht verkneifen. »Sie ist eine erwachsene Frau. Sollte sie nicht ihre eigenen Entscheidungen treffen?«

»Wenn ich andere Leute entscheiden ließe, würde es all das hier nicht geben.« Er machte eine ausladende Handbewegung.

Mercer wusste nicht, ob er scherzte oder ob es ihm ernst war.

»Ich sollte Sie nicht damit belästigen.« Jetzt war Johnston wieder ganz der Unternehmensboss. »Gelegentlich kommen wir beiden auch gut miteinander klar. Hier, trinken Sie noch einen.« Er drückte Mercer das nächste Glas in die Hand. »Entschuldigen Sie mich bitte, ich muss Connie Van Buren begrüßen.«

Johnston verschwand in der Menschenmenge, und Mercer war glücklich, allein zu sein. Er leerte das erste Glas und nippte dann an dem zweiten Gimlet. Er musste lächeln, als er sich in dem prächtigen Raum umblickte. Es spielte keine Rolle, wie reich jemand war, im Grunde hatten alle die gleichen Probleme.

Max Johnston ging ziemlich offen damit um. Er war Witwer, seine Frau hatte Selbstmord begangen. Sie war Alkoholikerin gewesen, schon zu der Zeit, als er Johnston in Houston kennengelernt hatte. Schon eine Stunde nach Beginn der Party war Barbara Johnston so betrunken gewesen, dass ihr Mann seinen Chauffeur bitten musste, sie ins Bett zu bringen. Sechs Jahre später, nach zahllosen Entziehungskuren, über die die Medien genüsslich berichteten, spülte sie den Inhalt eines Fläschchens mit Schlaftabletten mit Wodka hinunter. »Ich lege mich schlafen, bitte weck mich, wenn das

Leben einfacher ist«, stand auf einem Zettel, den sie hinterlassen hatte. Und jetzt stritt sich Johnston im Beisein einiger der mächtigsten Männer des Landes mit seiner Tochter.

Wenn das der Preis des Erfolgs war, konnte Johnston ihn gern für sich behalten.

Als er sich umblickte, sah er Aggie nicht und war ein bisschen erleichtert. Es wäre nicht der richtige Zeitpunkt gewesen, mit ihr zu reden. Kurz darauf plauderte er mit einem der beiden Vorsitzenden der naturwissenschaftlichen Abteilung der Johnston Group und hatte die Szene zwischen Aggie und ihrem Vater vergessen.

Eine halbe Stunde später stieg ihm ihr Parfüm in die Nase. Zuvor war es ihm kaum aufgefallen, denn es war sehr dezent. Er sah die lüsternen Blicke der Männer und die neidischen der Frauen und wusste, dass Aggie hinter ihm stand. Als er sich umdrehte, hatte er den Eindruck, dass sie sich von der Auseinandersetzung mit ihrem Vater erholt hatte, und doch schien sich der Blick ihrer unglaublichen grünen Augen verfinstert zu haben. Es schien ihm am besten zu sein, so zu tun, als wäre nichts vorgefallen. Er hatte nicht vor, Plattitüden über das Verhältnis von Vätern und Töchtern abzusondern.

»Ich hatte keine Chance, gegen Ihre Attacke auf meine Profession zu reagieren.«

Sie lächelte ihn an, was ihn beglückte, doch als sie sprach, klang ihre Stimme sarkastisch. »Das Unternehmen meines Vaters beschäftigt vier Kanzleien und eine ganze Armee von Public-Relations-Experten, die jede Umweltkatastrophe rechtfertigen, die Petromax anrichtet. Mit den Typen können Sie sich bestimmt prächtig unterhalten.« Sie unterbrach sich und sah ihn prüfend an. »Sie werden mir jetzt erzählen, dass durch Ihre Arbeit überall auf der Welt Jobs geschaffen werden und hungernde Menschen Hoffnung schöpfen, die immer noch unter Bedingungen wie im neunzehnten Jahrhundert leben. Liege ich damit halbwegs richtig?«

Immer auf der Seite der Opfer, die Gute, dachte Mercer. Zweifellos gehörte sie etlichen Organisationen an, und vielleicht war es auch gar nicht wichtig, wenn sich deren Ansichten widersprachen. Die Hauptsache war, dass sie den Geboten der Political Correctness und dem Zeitgeist entsprachen.

Er beschloss, sich auf ein hartes Wortgefecht einzulassen. »Haben Sie überhaupt eine Ahnung, wie viele Millionen junger Frauen kein sinnvolles Leben führen können, weil sie kilometerweit Wassereimer in ihre Dörfer schleppen müssen? Sie sind praktisch nichts als Packesel, weil es bei ihnen keine Wasserpumpe gibt. Wir sehen die Wasserversorgung als normal an, aber für viele Menschen auf dieser Welt ist das ein Luxus, von dem sie nur träumen können.

Die Jobs, die auch durch meine Arbeit entstehen und über die Sie die Nase rümpfen, können diese Frauen befreien. Wenn eines der Unternehmen, für die ich arbeite, Arbeitsplätze schafft, profitieren davon nicht nur sie, sondern auch ihre Familien und Dörfer. Es gibt den Menschen Hoffnung. Mein Gott, wenn wir ihnen das verweigern, kommt das einer Rückkehr in die ausbeuterische Kolonialzeit gleich. Wollen Sie das?«

So schön sie auch sein mochte, er hatte keine Lust, sich von ihr herumschubsen zu lassen. Er würde seinen guten Ruf um jeden Preis verteidigen.

Sie lächelte herablassend. »Nicht schlecht, Herr Dr. Mercer. Die meisten anderen könnten Sie damit vielleicht beeindrucken. Ich glaube an die Rechte der Frauen und verachte, wie wir behandelt werden, aber in erster Linie bin ich nicht Feministin, sondern Umweltschützerin. Da ich weder Sozialistin noch technikfeindlich bin, können Sie den Rest Ihrer Argumente für sich behalten. Ich habe meine Ansichten und Sie haben Ihre. Sie sind unvereinbar.«

»Hat Sie irgendetwas von dem, das ich gestern in der Universität gesagt habe, überzeugt?« Er hoffte, eine gemeinsame Basis zu finden, damit sie ihn nicht einfach stehen ließ.

»Nein, nichts. Möglich, dass Sie den Studierenden damit imponiert haben, aber Klischees und Übertreibungen verfangen nicht bei jemandem, der wirklich informiert ist. Und was Ihre Theorie anbetrifft, Menschen müssten sich der Evolution anpassen, indem sie ihre Umwelt zerstören … Nun, das ist einfach nur Unsinn, und Sie wissen es.«

»Hören Sie gut zu. Je mehr wir über die Evolution lernen, desto mehr wissen wir darüber, dass das Verhalten einer Spezies genauso viel zu ihrer Auslöschung beiträgt wie Umweltveränderungen oder andere Faktoren. Wenn unsere Verhaltensweise zu unserem Verschwinden beiträgt, dann ist das die Lektion, die die Natur uns erteilt. Punkt.«

»Und Sie sehen keinen Grund, daran etwas zu ändern?«, fragte sie herausfordernd.

»Ich sehe keinen Weg, wie sich etwas daran ändern ließe. Die chinesische Regierung will, dass jeder Haushalt im Land einen eigenen Kühlschrank bekommt. Durch ihre rückständige Technologie würden sie so viele Treibhausgase ausstoßen, dass jegliche Gegenreaktion des Westens vergeblich wäre. Wir könnten nicht schnell genug reagieren, um etwas gegen die Klimaänderung zu tun, die Sie so fürchten. Warum versucht die Planetary Environment Action League nicht, dagegen etwas zu tun? Organisationen wie Ihre sind Experten darin, Kontroversen auszulösen und die Schlagzeilen zu erobern, aber sie bieten keine praktischen Lösungen an. Hinter der Empörung fehlen die Fakten, und deshalb appelliert PEAL nur an die Gefühle der Menschen, um sein Anliegen klarzumachen. Wahrscheinlich befürworten Sie die Ergebnisse des Umweltgipfels in Rio de Janeiro, stimmt's?«

»Ich war 1992 dabei«, sagte Aggie stolz.

»Erinnern Sie sich an Artikel 15 der Abschlusserklärung?«

Sie schüttelte den Kopf.

»Ich habe mir eine Formulierung eingeprägt, die ich so daneben fand, dass ich sie nie mehr vergessen wollte: ›Ein Mangel an wissenschaftlicher Gewissheit sollte kein Vorwand dafür sein, kostspielige Maßnahmen hinauszuschieben, durch die Umweltschäden verhindert werden könnten.‹ Das bedeutet, dass wir keine hieb- und stichfesten Beweise benötigen, um Maßnahmen zu ergreifen. Das Geld der Steuerzahler kann wegen Problemen aus dem Fenster geworfen werden, die möglicherweise gar nicht existieren. Es ist unglaublich, dass die Vereinigten Staaten diesen Unsinn ratifiziert haben. Womöglich verplempern wir Milliarden, ohne zu wissen, wofür das Geld verwendet wird.

Und Sie glauben, Sie verändern die Art und Weise, wie die Menschheit sich um ihren Planeten kümmert? In der Agenda 21, einem weiteren Dokument, das in Rio unterzeichnet wurde, wurde festgehalten, es gebe nur einen Weg, um Umweltschäden in der nördlichen Hemisphäre zu stoppen, nämlich den, Unsummen an die Drittweltländer im Süden zu vergeben. Ergibt das für Sie Sinn? Ich verstehe es absolut nicht. Wie ich gestern bei meiner Vorlesung sagte, Sie mögen die Errungenschaften meiner Branche beschämend finden, aber einige von uns sind stolz darauf.«

Darauf fiel ihr nichts ein.

»Nur noch eine Kleinigkeit, bevor ich gehe«, sagte er. »Dieselben Wissenschaftler, die für Sie Kronzeugen der globalen Erwärmung sind, haben in den Siebzigerjahren behauptet, die Schadstoffbelastung werde eine Abkühlung herbeiführen und uns in eine neue Eiszeit führen. Wir reden weiter, wenn Sie in der Lage sind, Ihre Behauptungen mit Fakten zu untermauern.«

Er war als Letzter gekommen und ging als Erster. Kaum war er vor die Tür getreten, da fuhr der Diener schon mit dem Jaguar vor dem Schutzdach am Eingang vor. Mercer war wütend auf sich, weil er sich überhaupt auf diese Diskussion eingelassen hatte. Er konnte nicht abstreiten, dass er Aggie attraktiv fand, doch dabei würde es auch bleiben.

Er klemmte sich hinter das Steuer und knallte die Tür zu. Als er gerade losfahren wollte, klopfte jemand an die Scheibe auf der Seite des Beifahrersitzes. Er öffnete die Tür, und Aggie Johnston stieg ein. Wortlos gab er Gas.

Als er auf die Hauptstraße bog, zog Aggie ein Zigarettenpäckchen und ein goldenes Feuerzeug aus ihrer kleinen Handtasche. Sie blickte ihn herausfordernd an, als sie sich eine Zigarette anzündete.

Er fragte sich, wohin dies alles führen würde. Insgeheim war er glücklich, dass sie ihm gefolgt war.

»Ich hasse ihn fast so sehr, wie ich ihn liebe.«

Er wusste, dass sie von ihrem Vater sprach.

»In vielerlei Hinsicht ist er der liebevollste und zuvorkommendste Mann, den ich kenne, aber ich kann nichts dagegen tun, mich gegen ihn zu stellen. Weil er ein Gesundheitsfreak ist, habe ich mit vierzehn begonnen, von den Angestellten Zigaretten zu schnorren. Ich wollte, dass er mich erwischt, doch er hat nie etwas bemerkt. Bis heute weiß er nicht, dass ich rauche. Da er sein Vermögen im Ölgeschäft gemacht hat, habe ich schon früh beschlossen, Umweltschützerin zu werden.«

Sie ließ das Fenster herab und schnippte den Zigarettenstummel in die Finsternis. »Manchmal frage ich mich, ob er überhaupt etwas davon mitbekommt, wie ich bin. Die Verzweiflung meiner Mutter ist ihm auch erst aufgefallen, als es zu spät war.«

Er wusste, dass sie sich einfach aussprechen wollte, und sagte nichts.

»Sie hat sich umgebracht, als ich gerade meinen Master gemacht hatte. Erfahren habe ich es von dem Chauffeur, den mein Vater geschickt hatte, damit er mich für die Beerdigung abholte. Wahrscheinlich denken Sie, meine Mutter und ich hätten uns nahegestanden, doch das stimmt nicht. Ich habe bei der Beisetzung geweint und tue es auch heute noch manchmal, doch es wird nicht durch meinen Verlust ausgelöst, sondern durch Mitleid. Sie war eine bemitleidenswerte Frau.

Eigentlich erinnere ich mich nur daran, dass sie ständig betrunken war und dass ich sie einmal beinahe mit einem anderen Mann im Bett erwischt hätte. Ich wollte meinem

Vater die Schuld an allem geben, doch es ging nicht. Sie hatte eine selbstzerstörerische Natur und ruinierte sich mit Schnaps und Affären. Und sie hätte sich auch umgebracht, wenn sie meinen Vater verlassen hätte. Barbara Johnstons Schicksal war es, Hand an sich zu legen, und nichts konnte den Lauf der Ereignisse aufhalten.«

Er blickte zu ihr herüber. Ihre Finger zitterten, als sie sich die nächste Zigarette anzündete, doch ihrer Stimme war nichts anzumerken gewesen. Man musste kein professioneller Psychologe sein, um zu verstehen, welche emotionalen Konflikte ihre Persönlichkeit prägten und ihren Handlungen zugrunde lagen. Ihr Zorn auf ihren Vater hatte sie in eine Oppositionsrolle gedrängt, und die Ursache dieses Zorns war nicht der Tod ihrer Mutter oder ihre Unfähigkeit, ihn zu verhindern.

Eine innere Stimme riet ihm, Abstand zu ihr zu halten, doch er fand den Kontrast von Härte und Verletzlichkeit anziehend.

»Wo wohnen Sie?«, fragte er, als sie sich Washington näherten.

»In Georgetown. In einer Eigentumswohnung am Kanal.«

Während des Rests der Fahrt herrschte Schweigen, doch es war nicht unangenehm. Sie wies ihm mit einzelnen Worten oder auch nur Kopfbewegungen den Weg zu ihrer Straße. Ihre Eigentumswohnung befand sich in einem ehemaligen Lagerhaus am Kanal. Mercer wusste, dass die günstigsten Wohnungen hier eine Viertelmillion kosteten. Andere waren deutlich teurer.

Es hatte zu regnen begonnen. Aggie wartete darauf, dass

der böige Wind nachließ. Als sie sprach, klang ihre Stimme sanft, fast schüchtern. »Ich wollte mich heute Abend eigentlich nicht mit Ihnen streiten, sondern Sie verführen.« Sie blickte ihn an, doch er reagierte nicht. »Als ich Sie damals in Houston zum ersten Mal sah, glaubte ich, sie seien anders als die anderen Männer. Wahrscheinlich war ich nur verknallt wie ein Schulmädchen.«

Sie öffnete die Tür und stieg aus, bückte sich aber noch einmal und blickte Mercer an. »Ich bin glücklich, es früh gelernt zu haben, mit Enttäuschungen fertig zu werden.«

Sie schloss die Tür und war verschwunden.

Ihr letzter Satz hatte ihn verletzt. Er wollte nicht darüber nachdenken, was gerade passiert war. Dafür blieb später noch Zeit. Außerdem glaubte er, dass sich das mit den Enttäuschungen eher auf ihren Vater als auf ihn bezogen hatte. Und was ihren Wunsch anbetraf, ihn zu verführen … Nun, sie war nicht die erste Frau, die damit keinen Erfolg gehabt hatte, und würde auch nicht die letzte sein.

Er griff nach seinem Autotelefon und wählte. Am anderen Ende, dreitausend Kilometer entfernt, sprang ein Anrufbeantworter an. »Dies ist der Anrufbeantworter von Howard Small. Ich bin im Moment leider nicht zu Hause. Bitte sprechen Sie nach dem Signalton.«

»Verdammt.« Er unterbrach die Verbindung, ohne eine Nachricht zu hinterlassen.

Mit seinen achtzehn Jahren führte Jamal Lincoln ein Leben, wie es in den ärmsten Vierteln Washingtons fast an der Tagesordnung war. Nachdem er mit dreizehn Mitglied einer Gang geworden war, geriet er zwei Wochen später nach einem geplatzten Geschäft in seine erste Schießerei. Er hob die Waffe auf, die sein Cousin Rufus fallen gelassen hatte, als ihn eine Kugel in den Kopf getroffen hatte, und feuerte, so schnell er den Abzug ziehen konnte. Er traf niemanden, aber es war ein großartiges Gefühl und der Beginn eines Lebens, dessen Ausgang unausweichlich war.

Eine Woche nach dieser Schießerei jagte er dem Kassierer eines kleinen Supermarkts zwei Kugeln in die Brust und kaufte von den siebenunddreißig Dollar, die er in der Kasse fand, zum ersten Mal in seinem Leben Crack. Je mehr Menscher er tötete, desto höher stieg er in der Hierarchie der Gang auf. Seine Unschuld verlor er mit vierzehn, als Nyeusi Radi, der Anführer der Gang, der damit prahlte, sein Name bedeute auf Suaheli »Schwarzer Donner«, ihm zum Geburtstag eine Nummer mit einer Prostituierten spendierte. Jamal besuchte noch die Schule, verkaufte dort Drogen und rekrutierte neue Mitglieder für die Gang. Mit siebzehn hatte er genügend Schießereien überlebt, um einer von Radis Stellvertretern zu werden.

Mit vierundzwanzig war Radi Millionär, doch alle wussten, dass sein Glück nicht mehr lange halten würde. Bei seinem Lebensstil rückte ein gewaltsamer Tod immer näher. Danach würde Jamal, mittlerweile achtzehn, seinen Posten übernehmen und als mächtiger Mann richtig Geld machen. Deshalb wollte er auch nicht diesen Auftrag außerhalb des Territoriums der Gang übernehmen. Er sollte jemanden umlegen, von dem er nie gehört hatte.

Früher an diesem Abend hatte Radi Jamal in eine große Wohnung in einem heruntergekommenen Apartmentblock in Anacostia eingeladen. Radi hatte ihm seine Instruktionen und eine saubere Waffe gegeben. Die ganze Zeit über hatte ein unheimlicher weißer Typ sie beobachtet, der auf einem Sofa in der Nähe von Radis Schreibtisch saß. Alles schien darauf hinzudeuten, dass er ein Cop war, doch er zuckte nicht einmal mit der Wimper, als Radi Jamal beauftragte, diesen Typ draußen in Arlington umzulegen.

Als Jamal das Zimmer verlassen wollte, sprang der Weiße von dem Sofa auf, packte Jamals Oberarm und bohrte seine dünnen, knochigen Finger so tief in Jamals Fleisch, dass der den Schmerz kaum aushalten konnte.

»Lass es wie einen Raubüberfall aussehen. Nimm seine Uhr, seine Brieftasche oder sonst was mit, aber vergewissere dich, dass er tot ist.«

»Was glaubst du eigentlich, wer du bist, du Arschloch?«, schrie Jamal, während er sich loszureißen versuchte.

Der andere drückte noch fester zu, zwang Jamal auf die Knie. »Willis, sag deinem Schoßhund, er soll zu kläffen aufhören, sonst reiß ich ihm den Arm aus dem Leib und schlage ihn damit tot.«

»Mach den Typ einfach kalt, Jamal, okay? Und stell keine Fragen.« Niemand hatte Radi je mit seinem richtigen Vornamen angesprochen, und der weiße Typ in dem schwarzen Anzug jagte ihm Angst ein.

»Kein Problem, Radi.« Jamal war erstaunt, als er seinen Boss erleichtert aufseufzen hörte.

Als er später einen Blick auf seine kürzlich geklaute Rolex warf, sah Jamal, dass er bereits drei Stunden die Straße hinauf- und hinunterging. Streifenwagen hatte er nicht gesehen. Er fühlte sich halbwegs sicher und würde das Viertel erst wieder verlassen, wenn er den Typ erledigt hatte. Er hatte kein Interesse daran, diesen unheimlichen Weißen wiederzusehen.

Kurzzeitig hatte er darüber nachgedacht, die Bar weiter oben an der Straße zu betreten, besonders seit es zu regnen begonnen hatte, aber er wollte nicht, dass ihn jemand genauer in Augenschein nehmen konnte. Wenn der Typ tot war, konnte ein Zeuge allenfalls sagen, der Angreifer sei ein junger Schwarzer in einer dunklen Lederjacke gewesen. Die Beschreibung traf auf die halbe Bevölkerung der Stadt zu.

Jamal sah den Lichtstrahl von Scheinwerfern über die dunklen Häuser gleiten und wusste, dass ein Wagen in die Straße eingebogen war. Er erblickte das Fahrzeug direkt hinter der Bar. Die große Glock 17 in seiner Tasche schien ihm plötzlich leichter zu sein. Es war Viertel nach elf, und in den anderen Häusern waren die Lichter schon gelöscht. Das musste sein Mann sein.

Ein verbeulter Chevy Cavalier setzte aus einer Parklücke direkt vor Tiny's Bar, als Mercer in seine Straße einbog. Er setzte den Jaguar sofort in die frei gewordene Lücke und betrat die Bar. Es war Viertel nach elf, und er hatte nicht vor, ohne einen Schlummertrunk zu Bett zu gehen.

»Der Liebling der Reichen und Schönen ist zurück«, grölte Harry, als Mercer eintrat. »Was ist passiert? Ist die Party zu Ende, oder haben sie dich rausgeschmissen?«

Mercer setzte wich wie üblich auf den Barhocker neben Harry und nippte an dem Gimlet, den Tiny sofort für ihn gemixt hatte. Harry befingerte den Stoff von Mercers Smoking und nickte anerkennend.

Dieser nächtliche Besuch bei Tiny war jetzt genau das, was Mercer brauchte, um Aggie Johnston und ihre Probleme zu vergessen. Er und Harry unterhielten sich mit einem schneidenden Sarkasmus, den andere Leute empörend gefunden hätten, doch beide wollten es nicht anders. Anderthalb Stunden später konnte Mercer die Drinks schon gar nicht mehr zählen, die er, Harry und ein paar andere Stammgäste hinuntergekippt hatten. Die Bar schloss um eins, und Tiny bestellte Taxis für die Kunden, die zu betrunken waren, um sich noch hinters Steuer zu setzen. Die halbwegs nüchternen bat er, andere Stammgäste mitzunehmen. Als Mercer und Harry gingen, hatten sie beide jeweils zwei Bierflaschen als Wegzehrung für den Heimweg dabei. Harry wohnte fünf Straßenecken weiter in der entgegengesetzten Richtung. Er torkelte davon, nachdem er noch ein paar Witze über Mercers Smoking gemacht hatte.

Mercer ließ seinen Wagen stehen. Alle paar Schritte trank er einen Schluck Bier und verschüttete dabei etwas. Wie betrunken er war, wurde ihm bewusst, als er fast gestolpert und auf den Bürgersteig geknallt wäre. Er blickte sich mit glasigen Augen um, um zu sehen, ob es jemandem aufgefallen war, doch die Straße lag verwaist da.

Er leerte die erste Bierflasche, als er die letzte Straßenecke vor seinem Haus erreichte, konnte die zweite in seinem Zustand aber nicht mal mehr öffnen. Als er beinahe wieder gestolpert wäre, musste er über sich selbst lachen. Von etlichen Leuten hatte er gehört, zu viel Alkohol mache depressiv, aber er fühlte sich ganz leicht und fand alles nur noch lustig, selbst die schemenhafte Gestalt, die vor seinem Haus hinter einem Lieferwagen hervortrat.

Er sah, wie der Mann ausholte und wollte seine Muskeln anspannen, doch sein vom Alkohol betäubter Körper reagierte nicht mehr. Sein Körper war völlig schlaff, und das rettete ihm das Leben. Der Mann knallte ihm den Griff seiner Pistole ins Gesicht, und Mercer stürzte zu Boden. Der andere versetzte ihm einen brutalen Tritt in die Rippen. Er rollte sich weg und kam wieder auf die Beine.

Sein Gesicht blutete, und er hatte einen metallischen Geschmack im Mund. Die Mündung der Glock zeigte auf seine Brust.

Die überraschende und brutale Attacke hätte jeden normalen Mann paralysiert, aber Mercer hatte ein gutes Reaktionsvermögen, auch wenn es jetzt durch die Gimlets beeinträchtigt war. Aber der Alkohol ließ ihn auch jede Vorsicht über Bord werfen. Er warf sich auf den anderen, und wäre mit seinen Ledersohlen fast auf dem nassen Asphalt ausgerutscht, aber es löste sich kein Schuss.

Jamal Lincoln verlor das Gleichgewicht, und er hatte die ihm nicht vertraute Pistole nicht richtig entsichert. Er drehte die große halbautomatische Waffe in seiner Hand und holte es nach. Die Mündung zeigte auf Mercers Brust, und wenn Jamal jetzt abdrückte, wäre auf die Entfernung kaum etwas von ihm übrig geblieben.

Mercer hielt immer noch die Bierflaschen in den Händen und holte mit beiden Armen aus. Dann trafen die beiden Flaschen gleichzeitig Jamals Kopf. Die volle Flasche zerschellte. Bier und grüne Scherben ergossen sich über die beiden Männer. Die leere Flasche blieb heil. Jamal verlor das Gleichgewicht, und als er abdrückte, traf die Kugel eine Hauswand auf der anderen Straßenseite. Jamal hätte fast das

Bewusstsein verloren, ging aber auf Mercer los, als der erneut zuschlug. Die nicht zerbrochene Flasche verfehlte Jamals Kopf knapp.

Aber Mercer setzte sofort nach und bohrte Jamal den scharfkantigen Hals der zerbrochenen Flasche tief in die Kehle. Jamal ließ die Glock fallen und griff nach seinem Hals. Es war die letzte bewusste Bewegung seines Lebens.

Mercer stürzte im selben Moment zu Boden wie Jamal. Der Alkohol, der Schock und die Angst hatten ihn ausgelaugt. Vor seinen Augen wurde alles schwarz. Er lag auf dem nassen Asphalt, und dann hörte er aus der Ferne Sirenen. Die Geräusche schienen aus einer anderen Welt zu kommen.

»Du bist tot, stimmt's, Howard?«, murmelte er. »Sie haben dich bereits erwischt.« Das waren seine letzten Worte, bevor er das Bewusstsein verlor.

Alyeska Marine Terminal, Valdez, Alaska

Im Licht der Natriumdampflampen wirkte der Rumpf der *Petromax Arctica* noch dunkler als das Wasser des Prinz-William-Sunds. Obwohl es schon nach neun Uhr abends war, war die Sonne in den nördlichen Breiten noch nicht untergegangen. Trotzdem verlangten die Vorschriften, dass die Lampen zu jeder Tageszeit eingeschaltet waren.

Der Supertanker war mehr als dreihundert Meter lang, doch wirklich erstaunlich war die Breite von über fünfzig Metern. Das rot gestrichene Deck war so groß und eben wie ein Parkplatz. Es gab Inspektionsluken und einen erhöhten Gang, der vom Aufbau am Heck bis zu dem stumpfen Bug führte. Der Aufbau mit der Laufbrücke war ein fünfzehn Meter hoher weißer Kasten mit Außentreppen. Auf dem einzigen Schornstein auf dem Dach prangte das Emblem von Petromax Oil, ein stilisierter Ölbohrturm mit den ineinander verschlungenen Buchstaben *P* und *O*.

Wegen ihrer Größe können Supertanker nicht wie gewöhnliche Schiffe gebaut werden. Bei Tankern werden durch Stahlwände voneinander getrennte Kammern aneinandergeschweißt. Die Konstrukteure behaupten, diese Schiffe seien sicher, und doch brechen immer wieder Tanker auseinander, manchmal wegen unberechenbarer Launen der Natur, manchmal wegen menschlichen Versagens.

Die *Petromax Arctica* war ein erst drei Jahre alter moderner Supertanker mit doppelter Bordwand, der allen Sicherheitsanforderungen entsprach. Aber sicher ist relativ, und deshalb sah Kapitän Lyle Hauser sein Schiff als eine Bombe mit brennender Zündschnur.

Hauser stand hoch oben auf der Brücke der *Arctica* und beobachtete, wie die Tanks mit einer Geschwindigkeit von zwanzigtausend Barrel pro Stunde mit Rohöl gefüllt wurden. Eigentlich war er im Ruhestand, doch er hatte sich breitschlagen lassen, noch einmal für einen erkrankten Kollegen einzuspringen. Dies war seine erste Fahrt auf einem Tanker dieser Größe, und er würde sich strikt an die Vorschriften halten, auch wenn das bedeutete, den ganzen Ladevorgang überwachen zu müssen. Das war bei ihm über die Jahre ohnehin zur Routine geworden, denn irgendwie hatte er immer den Gedanken im Hinterkopf, es werde eine Katastrophe geben, wenn er nicht alles im Blick behielt.

Da die Füllung der Tanks computergesteuert verlief, war sichergestellt, dass die Tanks gleichmäßig beladen wurden und dass kein Öl in den Prinz-William-Sund lief. Trotzdem hing der durchdringende Geruch von Rohöl in der Luft.

Er zog ein Walkie-Talkie aus der tiefen Tasche seines Kolanis. »Riggs, wie sieht's mit den Sauerstoffwerten in den Tanks aus?«

»Durchweg fünf Prozent.«

Öl ist eine der am leichtesten entflammbaren Substanzen überhaupt, doch bei zu wenig oder zu viel Sauerstoff fängt es nicht an zu brennen. Da die Maschinen Emissionen mit einem Gehalt in der Größenordnung von zwölf Prozent erzeugten, war die *Petromax Arctica* mit einem Nachbrennersystem ausgerüstet, wodurch die Abgase einen Sauerstoffgehalt deutlich unterhalb der Schwelle hatten, bei der Öl brennen kann. Diese Abgase wurden direkt in die Öltanks geleitet, um so ein Entflammen zu verhindern.

»Und wie weit sind die Tanks eins bis drei auf der Steuerbordseite gefüllt?«

»Zu siebenundzwanzig Prozent. Der Tanker liegt völlig eben im Wasser, Captain«, antwortete der Erste Offizier.

Hauser wusste, dass das Schiff so betankt wurde, dass es keine Schlagseite bekam. Er hatte sich durch seine Fragen eher vergewissern wollen, dass Riggs auf seinem Posten war und seine Arbeit tat.

Ihre Arbeit, musste Hauser sich ins Gedächtnis rufen. Obwohl sie eine tiefe, fast heisere Stimme hatte, die man am Walkie-Talkie für die eines Mannes halten konnte, war JoAnn Riggs eine Frau, die die Akademie der Handelsmarine in Maine absolviert hatte und seitdem neun Jahre auf diversen Schiffen gefahren war.

Hauser hoffte sich daran gewöhnen zu können, dass eine Frau seinem Befehl unterstand. In ihrer Personalakte, die er während des Fluges nach Alaska studiert hatte, war zu lesen, sie sei eine kompetente, disziplinierte Offizierin. Tatsächlich hatte sie mehr Erfahrung mit Supertankern dieser Größe als er. Und doch war da etwas an ihrem Verhalten und ihrem Blick, das ihm nicht gefiel. Nach fünfundvierzig Jahren, in denen er mit Hunderten von Leuten zusammengearbeitet hatte, war Hauser zu einem hervorragenden Menschenkenner geworden. Meistens stellte sich sein erster Eindruck als richtig heraus. Er mochte JoAnn Riggs einfach nicht, und das hatte nichts damit zu tun, dass sie eine Frau war.

Er nahm eine Zigarre aus einer schwarz und golden gemusterten Pappschachtel, steckte sie wieder in die Tasche und zog den dicken Wollstoff seines Kolanis fester um seinen Oberkörper, weil es für die Jahreszeit außergewöhnlich kalt war. Dann wollte er mit einer Bewegung, die ihm in Leib und Blut übergegangen war, sein Feuerzeug aus der Hosentasche ziehen, ein mit seinem Monogramm versehenes Zippo, das ihm seine Frau geschenkt hatte, doch es war in seinem Schreibtisch eingeschlossen. Vor über einem Jahr hatte er das Rauchen aufgegeben, und das Feuerzeug lag in der abgeschlossenen Schublade, damit er keine der Zigarren anzündete, auf denen er den halben Tag herumkaute.

»Dieser verdammte Gesundheitsminister und seine lächerlichen Warnhinweise auf der Zigarrenschachtel«, murmelte er.

Als er darüber nachdachte, fiel ihm auf, dass ihm die anderen drei Schiffsoffiziere, die er an diesem Morgen kennengelernt hatte, ziemlich egal waren. Hatte sich so viel verändert? Wegen des Zeitdrucks und des riesigen Wertes der Ladungen war es heute üblich, dass man Mannschaftsmitglieder erst auf den letzten Drücker kennenlernte, dazu noch an entlegenen Orten, etwa am Persischen Golf, in Kapstadt oder eben in Alaska. Es blieb keine Zeit, näher miteinander bekannt zu werden, denn schon waren die Schiffe wieder auf See. Manchmal wurden Crewmitglieder mit Hubschraubern zu den Schiffen gebracht, wenn diese schon unterwegs waren.

Das war eine der vielen traurigen Veränderungen im Seehandel, die sich im Laufe der Jahrzehnte vollzogen hatten, seit Hauser diesen Beruf ausübte. In der industrialisierten Welt mit dem alles beherrschenden Gesetz von Angebot und Nachfragte herrschte ein solcher Zeitdruck, dass die Mannschaften auf Tankern, Containerschiffen und Massengutfrachtern wie am Fließband arbeiteten. Für die Schiffsbesitzer und die Besatzungen hatte die Seefahrt jede Romantik verloren. Das war vor einem halben Jahrhundert noch anders gewesen. Heute war man nur noch ein weiteres Rädchen in einem riesigen Getriebe.

Vielleicht hatte Hauser deshalb nicht viel übrig für die Mannschaft, die er befehligen würde, bis der Tanker bei der Raffinerie El Segundo nördlich von South Beach anlegte. Diese Seeleute gehörten zu einer anderen Generation. Für sie war ihre Arbeit nur ein Job, keine Berufung, wie es noch bei ihm gewesen war, als er mit sechzehn zum ersten Mal zur See gefahren war. Er fragte sich, ob er vielleicht zu hart urteilte. Vielleicht hatte seine Frau recht gehabt, als sie sagte, er solle weiter seinen Ruhestand genießen und sich nicht zu dieser letzten großen Fahrt überreden lassen. Diese moderne Ära mit dem rasenden industriellen Fortschritt war nicht mehr die seine. Er trauerte der guten alten Zeit nach, die für immer untergegangen war.

»Ach, Teufel, lass ihnen etwas Zeit«, sagte Hauser laut. »Sie haben ein paar harte Tage hinter sich.« Er führte ständig Selbstgespräche.

Bis vor drei Tagen hatte die *Arctica* noch Petromax Oil gehört, und ihr Kapitän war Harris Albrecht gewesen. Dann hatte Petromax nach geheimen Verhandlungen seine letzten Tanker, darunter auch die *Arctica*, an Southern Coasting and Lightering verkauft, ein obskures, in Louisiana ansässiges Unternehmen. Als die Nachricht vom Verkauf des Schiffes die *Petromax Arctica* erreichte, erlitt Harris Albrecht, seit fast sechs Jahren Kapitän des Tankers, einen schweren Unfall.

Hauser kannte noch nicht die ganze Geschichte, wusste aber, dass Albrecht wegen der Ernsthaftigkeit seiner Verletzung von einem Helikopter abgeholt worden war, als der Tanker noch zweihundert Meilen von seinem Zielhafen entfernt war. Der Kapitän war direkt zum Providence Hospital in Anchorage geflogen worden. In Riggs' knappem Bericht über den Vorfall stand, Kapitän Albrecht habe bei einem Unfall im Maschinenraum einen Teil seines rechten Unterarms verloren, und dieser abgetrennte Teil sei nicht gefunden worden. Hauser war rücksichtsvoll genug, Riggs und dem Rest der Mannschaft Zeit zu lassen, um mit der Geschichte fertig zu werden. Dann konnte er immer noch nach Details fragen.

Southern Coasting and Lightering hatte mit dem Kauf des Schiffes auch die Arbeitsverträge der Seeleute übernommen. Aber sie hatten niemanden, der für den verletzten Kapitän Albrecht einspringen konnte, und wandten sich an Hauser, der zustimmte, seinen Ruhestand vorübergehend aufzugeben und den Tanker von Valdez nach Kalifornien zu bringen. Den größten Teil seines Lebens war Hauser an der Ostküste auf kleineren Tankern unterwegs gewesen. Er war seit Jahren nicht mehr auf einem Tanker in diesen nördlichen Gewässern gefahren und hatte noch nie für Southern Coasting and Lightering gearbeitet.

Er wollte einen detaillierten Unfallbericht hören und außerdem erfahren, warum die *Petromax Arctica* achtzehn Stunden zu spät im Hafen von Valdez eingelaufen war. Hinsichtlich eines lückenhaften Unfallberichts konnte man angesichts der Umstände Nachsicht üben, doch dass Briggs den Tanker ohne jede Erklärung erst mit einer Verspätung von einem Dreivierteltag an seinen Bestimmungsort gebracht hatte, war unverzeihlich. Das war kein vielversprechender Beginn seiner letzten großen Fahrt gewesen.

Die Glastür der Brücke öffnete sich mit einem Zischen, das Hauser aus seinen Gedanken riss. Seine Erste Offizierin trug mehrere Pullover und Jacken übereinander. Sie hatte ein hageres Gesicht, tief eingefallene Augen von unbestimmbarer Farbe und kniff immer die Lippen zusammen. Ihre Augenlider flatterten ständig.

»Ein Anruf vom Kontrollzentrum, Sir.« Ihre Stimme klang nicht nur über das Walkie-Talkie männlich.

»Worum geht's?«

»Ein Sattelzug mit den neuen Namensschildern für das Schiff ist eingetroffen.«

Hauser seufzte frustriert. Jetzt sollte auf dem Weg nach Kalifornien auch noch der Name des Schiffs geändert werden, während seiner Jungfernfahrt als Tanker von SC&L. Aus irgendeinem Grund war es ihm kalt den Rücken hinabgelaufen, als er von der Namensänderung erfuhr.

Ihm war klar, dass ein Tanker den Namen während seiner zwanzigjährigen Lebensspanne aufgrund von Verkäufen mehrfach wechselte. Das letzte Schiff, auf dem er gefahren war, bevor er in den Ruhestand trat, war siebenmal umbenannt worden, bevor sein letzter Besitzer es in Pakistan verschrotten ließ. Aber er mochte es nicht, als Kapitän auf einem Schiff zu fahren, während dieses umbenannt wurde. Jeder Seemann wusste, dass das Unglück brachte.

Er hatte SC&L gebeten, mit der Namensänderung zu warten, bis das Schiff in South Beach war, wo sowieso längst vereinbarte Wartungsarbeiten anfielen. Aber seine Bitte stieß auf taube Ohren. SC&L behauptete, Petromax habe die Umbenennung während der Fahrt verlangt. Daraufhin hatte er auf dem Weg nach Alaska aus Neugier bei Petromax angerufen und erfahren, SC&L habe die hastige Umbenennung gefordert. Die Firma bezahlte sogar die Arbeiter und die Schilder, die an den Bug und das Heck geschweißt werden würden und auf denen der neue Name des Tankers stand, *Southern Cross*.

Hauser war fast so weit gewesen, seine Zusage zurückzuziehen. Seine Frau wollte sowieso nicht, dass er auf so einem Supertanker fuhr. Die Namensänderung war schlimm genug, doch am meisten ärgerte ihn, dass man ihn angelogen hatte. Eigentlich konnte es ihm egal sein, wer die Namensänderung verlangt hatte, doch deswegen zu lügen, war unvernünftig und kindisch. Trotzdem, wenn er diese Kapitänsstelle ausschlug, würde er nie wieder ein Angebot bekommen. Und er sehnte sich danach, wieder zur See zu fahren.

»Soll ich ihnen sagen, dass sie an Bord kommen können?«

Er war so tief in Gedanken versunken gewesen, dass er ganz vergessen hatte, dass er nicht allein war. »Ja. Stellen Sie zwei Seeleute ab, die ihnen helfen sollen, und lassen Sie den Proviantmeister wissen, dass wir während der Fahrt mehrere Gäste an Bord haben werden.«

»Ja, Sir.«

Als Briggs verschwunden war, ließ Kapitän Hauser den Blick über den Ölhafen von Valdez gleiten. Auf einem Hügel über den fünf Anlegeplätzen umgaben große Erdwälle die Öltanks mit einem Fassungsvermögen von über zehn Millionen Barrel. Darunter befanden sich das East Manfold

Building, wo die tausenddreihundert Kilometer lange Trans-Alaska-Pipeline endete, und die Treibstofftanks für die Schiffe, die den Hafen anliefen. Daneben standen die Gebäude des Operation Control Center, des Marine Operating Office und der Emergency Response, des Katastrophenschutzes, wo am meisten passiert war, seit im Jahr 1989 die *Exxon Valdez* auf einem Riff im Prinz-William-Sund auf Grund gelaufen war.

An der Hafeneinfahrt für Kraftfahrzeuge sah er einen Sattelzug mit dunklen Planen über der Ladefläche, der eine dichte Abgaswolke hinter sich herzog. Ihm folgte ein weißer Lieferwagen.

Die beiden Fahrzeuge hielten neben einem Kran, der vor der *Petromax Arctica* stand. So würde er, Hauser, das Schiff auch weiter nennen, bis seine Arbeit getan war. Kurz darauf begannen die Arbeiter aus dem weißen Lieferwagen und der Kranführer, die neuen Namensschilder auf das Schiff zu verladen. Hauser glaubte, dass acht Männer an Bord kommen würden. Ihre Campingbeutel und Koffer lagen auf dem Kai. Es schien so, als würden nur die Fahrer des Lieferwagens und des Sattelzugs nach Anchorage zurückkehren.

»Warum zum Teufel brauchen sie acht Männer, um die Namensschilder des Tankers auszutauschen?« Ein Windstoß zerzauste Hausers schütteres graues Haar. »Und warum haben sie so viel Gepäck dabei? Um Himmels willen, dies ist kein Kreuzfahrtschiff.«

Später sollte es Hauser bereuen, eine Frage nicht gestellt zu haben. Warum bewegten sich die acht Männer, die doch nur Namensschilder austauschen sollten, wie bestens ausgebildete Elitesoldaten?

Vereinigte Arabische Emirate

Die trockene Wüstenhitze ließ an einen Hochofen denken. Der Wind wirbelte Sandspiralen auf, die so schnell wieder zusammenbrachen, wie sie entstanden waren. Der Himmel war tiefblau und nur im Westen etwas dunstig, wo das große leere Viertel der Rub el Khali, der Großen Arabischen Wüste, an den südlichen Persischen Golf grenzte. Die Landschaft war so verlassen wie die Oberfläche des Mondes. Es gab kaum Vegetation, nur etwas Dornengestrüpp und Salbei. Felsvorsprünge waren so aufgeheizt von der Sonne, dass sie aufbrachen wie überreife Früchte.

Das Land leuchtete in einer Unzahl von Farbnuancen, von dem blendenden Weiß der Sanddünen, die sich in der Ferne verloren, bis zum tiefsten Schwarz der Karaberge hinter der Grenze zum Oman. Aber ein großer Teil des Sandes war durch das Eisenoxid pinkfarben getönt. Es schien, als würde die Wüste rosten. Die spätnachmittägliche Temperatur betrug dreiundvierzig Grad, und auch am Abend würde die Hitze kaum mehr als ein paar Grad nachlassen.

Der *Chamsin*, der heiße Sommerwind, wehte trotz der fortgeschrittenen Jahreszeit noch immer. Mit voller Wucht, wie er es seit Urzeiten tat. In dieser Umgebung konnten nur die widerstandsfähigsten Arten überleben.

Prinz Khalid Al-Khuddari stand in dem gleißenden Sonnenschein, schwitzte aber kaum unter seinem dünnen Buschhemd aus Baumwolle, denn er war ein Geschöpf der Wüste.

Von Natur aus war er hellhäutig, doch da er so viel Zeit in der Wüste verbracht hatte, war seine Haut nun mahagonifarben. Seine hohen Wangenknochen und die Hakennase ließen an einen nordamerikanischen Indianer denken, genau wie das dichte schwarze Haar und die dunklen Augen.

Er war über eins achtzig groß, und wegen seines offenen Hemdes sah man seine unbehaarte, doch muskulöse Brust. Er war sehr schlank, aber athletisch. Sein linker Arm war auf Brusthöhe angehoben und angewinkelt, und auf seiner Hand saß ein Würgfalke, dessen gekrümmte Krallen so scharf waren, dass sie sich durch seinen Handschuh bohrten.

Der Würgfalke, die zweitgrößte Art der Familie Falconidae, war sechzig Zentimeter groß und hatte einen rötlichbraunen Körper und einen hellen Kopf. Sein Schnabel war so scharf gebogen, dass er fast die Brust berührte, und tödlich wie ein orientalischer Krummsäbel, während die Augen womöglich die schärfsten im ganzen Tierreich waren. Der Würgfalke war einer der besten Jagdvögel.

Schon vor der Domestizierung des Pferdes wurden Falken zur Jagd abgerichtet, und neben dem Hund ist der Würgfalke der älteste Begleiter des Menschen. Seit den Kreuzzügen war die Falknerei ein Steckenpferd der europäischen Elite, und zur arabischen Kultur gehört sie so sehr wie die fünf Säulen des Islam. Während im Westen wegen der Tierschutzbewegung die Falknerei im Niedergang begriffen ist, hat sie in den Golfstaaten überlebt, als Zeitvertreib der Reichen wie der Armen. Khalid war von einem Beduinen in die Falknerei eingeführt worden, dem Ältesten eines jener Stämme, die schon auf der Arabischen Halbinsel lebten, bevor der Prophet das Wort Gottes vernahm.

Der weibliche Würgfalke, dessen Name Sahara war, lauschte ruhig den besänftigenden Worten seines Meisters. Eine Lederkapuze über dem Kopf und lederne Schnüre um die Beine, die an Khalids Handschuh befestigt waren, verhinderten, dass der Jagdvogel losfliegen konnte, bevor sein Meister es wollte.

Khalid streichelte die Flügel des Falken. »Bist du so weit, meine Süße?« Der Vogel spürte den Atem seines Meisters, und die kleinen Glöckchen um seinen Hals bimmelten leise.

Es kam Khalid so vor, als wäre er mit dem Falken allein in den unendlichen Weiten der Wüste, doch das stimmte nicht. Hinter ihm, unter einer blendend weißen Zeltplane, saßen vierzig Gäste an gedeckten Tischen. Es hatte Lamm gegeben, über offenem Feuer gegrillt, dazu verschiedene Käsesorten, Datteln und Champagner. Viele der Anwesenden fühlten sich in ihre Stammesgeschichte zurückversetzt. An das Luxusleben und die Klimaanlagen von Abu Dhabi City gewöhnt, hielten sie den Nachmittag in der Wüste für ein großes Abenteuer. Dabei schien ihnen zu entgehen, dass das Zelt eigens für sie aufgeschlagen worden war und dass Diener dafür sorgten, dass ihre Weingläser nie leer waren. Diese Männer waren ihren Wurzeln entfremdet durch den westlichen Einfluss, der sich immer mehr durchgesetzt hatte, seit im Jahr 1958 das Öl entdeckt worden war.

Khalid blickte sich um. Hinter dem Zelt war die Straße durch eine Düne verborgen, doch er sah die Dächer der beiden Daihatsu-Laster, welche die Diener und alles andere gebracht hatten, das für die Ausrichtung der Feier erforderlich war. Er wusste, dass daneben eine Flotte von Mercedes-Limousinen stand, deren Chauffeure geduldig warteten, während ihre verwöhnten Herren es sich gut gehen ließen. Er neidete seinen Gästen ihren Reichtum und ihre Privilegien nicht, denn er war selbst einer von ihnen, aber es enttäuschte ihn, dass keiner von ihnen seine Liebe für jenes Land teilte, dessen Reichtum ihnen den Lebensstil ermöglichte, an den sie sich viel zu sehr gewöhnt hatten.

Das Land. Khalid ignorierte, dass ihm einige der weiblichen Gäste zuwinkten. Dem Land war nicht anzusehen, welchen Reichtum es unter der Oberfläche barg.

Die Vereinigten Arabischen Emirate, die ihren Wohlstand einst der Perlenzucht und der Piraterie verdankt hatten, verfügten nun über eines der größten Ölvorkommen weltweit, geschätzte zweiunddreißig Milliarden Barrel. Angesichts des Ölpreises vom Vortag war die Reserve siebenhundertfünfzig Milliarden wert.

Von diesem Reichtum profitierten die zweihunderttausend Bürger des Emirats, die das zweithöchste Pro-Kopf-Einkommen weltweit genossen. Khalid kannte die Bedeutung dieser Zahlen, denn er war Abu Dhabis Ölminister und der offizielle Repräsentant der Vereinigten Arabischen Emirate bei der OPEC. Auch wenn alle der sieben autonomen Scheichtümer, die zusammen die Vereinigten Arabischen Emirate bildeten, einen eigenen Ölminister hatten, war nur Abu Dhabi aufgrund seiner riesigen Ölreserven mächtig genug, um der OPEC beizutreten. Innerhalb des Kartells besaßen nur Kuwait und Saudi-Arabien noch mehr Öl als die Vereinigten Arabischen Emirate, die damit einen großen Einfluss auf die Strategie der OPEC und den Ölpreis hatten. Die Macht und Verantwortung ruhte auf Khalids Schultern, seit Abu Dhabis früherer Ölminister gestorben war.

Khalids Aufstieg in das Amt des Ölministers war höchst ungewöhnlich, und das nicht nur, weil er erst achtunddreißig Jahre alt war, sondern auch, weil er nicht zu Abu Dhabis Herrscherfamilie gehörte, nicht einmal zu deren Stamm. Seine Angehörigen waren Beduinen, die mit ihren Ziegen und Kamelen umherzogen und keine Grenzen kannten. Auch kannten sie keine Untertanentreue und politische Loyalitäten. Sie fühlten sich nur ihren eigenen Leuten und den Gesetzen der Scharia verpflichtet.

Khalids Vater mochte keine Untertanentreue kennen, doch der Herrscher von Abu Dhabi stand in der Schuld der Familie Al-Khuddari, weil diese das Herrscherhaus in den ersten Jahren der Unabhängigkeit der Vereinigten Arabischen Emirate von Großbritannien sehr unterstützt hatte. Folglich kam Khalid in den Genuss einer europäischen Erziehung. Eton, Cambridge, die London School of Economics. Nachdem er in seine Heimat zurückgekehrt war, brachten ihn sein scharfer Verstand und sein Verhandlungsgeschick innerhalb des Ölministeriums auf die Überholspur.

Der letzte Ölminister war kurz nach der Ankündigung des amerikanischen Präsidenten gestorben, die Ölimporte einzustellen. Darauf war im Ölministerium Chaos ausgebrochen. Es gab Zusammenstöße zwischen der alten Garde und der neuen Generation von Technokraten, die schon im Wohlstand des Ölbooms aufgewachsen waren und nichts von der Armut wussten, die vor dem Zweiten Weltkrieg in der Region geherrscht hatte. Letztlich wurde beschlossen, den Ministerposten an jemanden zu vergeben, der nicht zur Herrscherfamilie gehörte und folglich mit deren internen Streitereien nichts zu tun hatte.

Doch nun stand Khalid in der Schuld der königlichen Familie, die seine Ausbildung in Europa bezahlt hatte, und er nahm seine Pflichten sehr ernst, nicht nur die des Ölministers, sondern auch die eines quasi inoffiziellen Familienmitglieds. In dieser Funktion hatte er die Gäste eingeladen, damit sie dem Falken bei der Jagd zusehen konnten. Er war heute nicht in erster Linie hier, um sich den Nachmittag mit seiner größten Leidenschaft zu vertreiben.

»Meine Herren«, rief er, während er die Brust des Falken streichelte. »Warum kommen Sie nicht zu mir, um besser sehen zu können?«

Die etwa zwanzig Männer an dem Tisch erhoben sich, warfen zerknitterte Leinenservietten auf ihre Stühle und machten noch ein paar scherzhafte Bemerkungen, die ihre Frauen und Freundinnen mit Gelächter quittierten. Der Ölminister von Ajman musste sich von zwei muskulösen Lakaien beim Aufstehen helfen lassen. Hasaan bin-Rufti wog fast zweihundertfünfzig Kilo. Sein Körper war eine unförmige Masse, der Hals total verfettet, und seine Hände wirkten wie durch eine Krankheit angeschwollen. Er schwitzte stark, und sein weißer Anzug wirkte fast so groß wie das Zelt.

Als er sich schnaufend durch den Sand schleppte, fiel Khalid auf, dass seine rechte Hand, ein Psychopath namens Abu Alam, nicht mit in die Wüste gekommen war. Jetzt erinnerte er sich daran, dass seine Informanten ihm erzählt hatten, Alam sei seit einiger Zeit außer Landes. Weil diese Informanten größtenteils in Europa lebten und den in Frankreich geborenen Algerier, der sich als fanatischer Muslim gerierte, dort nicht finden konnten, hielt er sich vermutlich in den Vereinigten Staaten auf.

Als die Gruppe noch etwa fünfzehn Meter entfernt war, forderte Khalid sie mit einer Handbewegung zum Stehenbleiben auf. Wenn sie näher kämen, würde das den Falken irritieren.

Sahara war ein Nestfalke, und ihre Erziehung hatte längst begonnen, bevor sie zum ersten Mal bei der Mauser alle Federn verlor und zu fliegen lernte. Khalid besaß mehrere Jagdvögel, meistens Falken, die ausgewachsen eingefangen worden und folglich schwerer abzurichten waren. Aber sein Liebling war Sahara, und das nicht nur wegen ihrer Treue und Tapferkeit, sondern auch, weil dieser weibliche Würgfalke der erste Vogel war, den er nach seiner Ausbildung in Europa abgerichtet hatte. Sahara kam in die Jahre und war fast schon zu alt für die Jagd, besaß aber einen speziellen Platz in seinem Herzen.

Hundert Meter entfernt, im dürftigen Schatten eines abgestorbenen Baums, warteten zwei Männer neben einem großen Käfig mit einem Trappen. Es war ein europäischer Vogel, der eigens für dieses Ereignis in den Mittleren Osten gebracht worden war. Er war viel größer als die einheimischen Vögel am Golf und hatte eine Flügelspannweite von über zwanzig Zentimetern.

»Nur damit Sie wissen, was Sie erwartet«, begann Khalid auf Englisch, da neben Bürgern aus den Vereinigten Arabischen Emiraten auch einige Leute aus dem Westen unter seinen Gästen waren. »Wenn ich meinen Männern neben dem Käfig ein Zeichen gebe, lassen sie den Trappen frei, der sofort in unsere Richtung fliegen wird. Lassen Sie sich nicht durch seine Größe irritieren, er wird es nie bis zu uns schaffen. Sind Sie bereit?«

Die Gäste nickten gespannt. Sie mochten dem Erbe ihrer Vorfahren entfremdet sein, doch etwas davon schlummerte noch in ihrem Inneren. Man sah es an ihren Blicken und an ihrer gespannten Erwartungshaltung.

Khalid fiel auf, dass Hasaan bin-Rufti gelangweilt wirkte. Er richtete seine Schweinsäuglein auf das Essen, das noch auf dem Tisch stand.

Khalid schnippte mit den Fingern. Die Tür des Käfigs öffnete sich, und der Vogel flog davon und wirbelte Staub auf. Kurz darauf hatte er eine Höhe von gut vier Metern erreicht. Trotz seiner Größe wussten alle sofort, dass er keine Chance hatte, denn die Fluggeschwindigkeit des Falken war legendär, während der Trappe eher an ein überladenes Transportflugzeug erinnerte.

Der Trappe sah die reglos dastehenden Zuschauer nicht, weil er nur dem Käfig entkommen wollte. Er flog direkt auf Khalid zu, dem die Bewegung in Fleisch und Blut übergegangen war, dem Würgfalken die Kapuze abzunehmen und seine Fesseln zu lösen. Er bewunderte, wie schnell der Falke sein Opfer entdeckte und losflog. So schnell hätte kein Mensch reagieren können.

Khalids Timing war perfekt. Der Trappe sah den Falken und unternahm einen verzweifelten Fluchtversuch. Die Vögel waren dreißig Meter von den Zuschauern entfernt, die mit morbider Faszination auf den unvermeidlichen Kampf warteten. Einige von ihnen zuckten zusammen, als die beiden Vögel in der Luft aufeinanderprallten, doch es gab keinen Kampf.

Wie Eulen und andere Vögel, welche die Beute von Falken wurden, war der Trappe mit seiner Weisheit noch nicht ganz am Ende. Als Sahara mit ihren Krallen zuschlagen wollte, drehte sich der Trappe in der Luft und flog ein Stück höher, um dem Angriff zu entgehen. Wie der Pilot eines Kampfflugzeugs versuchte der Trappe, an Flughöhe zu gewinnen, und Sahara nahm sofort die Verfolgung auf.

Es war die Art von Jagd, von der alle Falkenzüchter träumten, ein Ereignis, das schon Generationen in Aufregung versetzt hatte. Die Vögel stiegen hoch in die Luft auf und umkreisten einander. Khalid fühlte sich nicht nur seinen Vorfahren, sondern auch dem Falken ganz nahe.

Der Falke hatte den fliehenden Trappen schnell eingeholt, stieg aber noch höher auf, bis er nicht mehr zu sehen war. Dann setzte Sahara mit einer unglaublichen Geschwindigkeit zu einem mörderischen Sturzflug an.

Der Falke war sehr viel kleiner als seine Beute. Am Boden war nichts zu hören, doch die Zuschauer sahen, was passierte. Sahara stürzte sich auf den Trappen und brach ihm das Genick. Das Opfer ließ sofort die Flügel hängen und stürzte mit gebrochenen Knochen und blutend zu Boden. Federn schwebten durch die Luft.

Khalid musste Sahara nicht mit einem Köder locken. Der Falke kam freiwillig sofort zurück und setzte sich gehorsam auf seinen Arm. Er setzte dem Vogel die Kapuze wieder auf und legte ihm erneut die Fußfesseln an.

Die Zuschauer brachen in Applaus aus. Sahara schien zu wissen, dass der Beifall ihr galt.

»Ich bleibe noch ein bisschen hier«, rief Khalid seinen Gästen zu. »Warum fahren Sie nicht mit den Frauen zu meinem Haus in der Oase Al-Ain? In einer halben Stunde komme ich nach.«

Die Vorstellung war vorbei, und die Gäste konnten es kaum abwarten zu verschwinden. Keiner von ihnen bot an, bei Khalid zu bleiben, dessen Beschäftigung mit dem Falken noch nicht beendet war. Das war die neue Zeit, das Verhalten, das man ihnen in Amerika und Europa beigebracht hatte. Das schnelle Vergnügen, gekoppelt mit einer Aufmerksamkeitsspanne, die kürzer war als die von Kleinkindern.

Er fixierte den fetten Minister aus Ajman, dem kleinsten der Emirate. »Warum kommen Sie nicht zu mir, Minister Rufti?«

Hasaan bin-Rufti begriff, dass das eher ein Befehl als eine Bitte war, aber er versuchte sich ihm trotzdem zu widersetzen. »Nein danke, mein Freund.« Die Stimme des fetten Mannes war unnatürlich hoch. »Ich muss Sie verlassen und mich nach Ajman begeben. Dort findet morgen ein wichtiges Treffen mit unserem Kronprinzen statt, bei dem ich anwesend sein muss.«

»Kommen Sie her«, sagte Khalid scharf.

»Aber ja, natürlich«, antwortete Rufti kleinlaut.

Khalid sah die Mehrzahl der Gäste, die seiner Einladung gefolgt waren, als Freunde oder doch zumindest als Geschäftsfreunde. Die einzige Ausnahme war Hasaan bin-Rufti. Niemand repräsentierte besser als er, was er an der Entwicklung seines Landes hasste. Rufti war nachlässig, gierig und krankhaft ehrgeizig, doch es war seine Gier, die Khalid am meisten abstieß. Dieses kleine informelle Gespräch war der einzige Grund für diesen Ausflug in die Wüste gewesen.

Er wartete, bis Rufti bei ihm war und ging mit ihm zu seinen beiden Stammesgenossen, die neben dem Käfig standen. Als würde sie die Anspannung wahrnehmen, reckte Sahara den Kopf, auch wenn sie nichts sehen konnte. Sie schien eine neue Beute zu wittern.

»Ihr Falke ist wirklich erstaunlich. So etwas wie eben habe ich noch nie gesehen.« Ruftis Stimme klang nervös, als er das Schweigen brach.

Khalid gab nicht zu erkennen, dass er Ruftis Worte gehört hatte. Die beiden Männer in den Gewändern wandten sich einem kleineren Käfig zu, der bisher nicht zu sehen gewesen war, und nahmen eine große graue Taube heraus, wie man sie in allen städtischen Parks dieser Welt findet. Die Taube war fett und bewegte sich träge.

»Ich habe mir gedacht, Sie würden eine weitere Vorstellung meines Falkens zu schätzen wissen, wenn auch eine etwas brutalere.« Er lächelte Rufti an. »Eben habe ich noch Rücksicht auf die Damen genommen, aber wir beide sind Männer, sodass ich denke, dass Sie auf Ihre Kosten kommen werden.«

Rufti schien sich etwas zu entspannen. Er lachte nervös. »Ich wusste, dass die Falknerei eine blutige Angelegenheit ist und dass Sie noch eine Vorführung in Reserve haben.«

Auch Khalid lächelte. »Würde es Ihnen gefallen, die Taube freizulassen?« Als er Ruftis angewiderte Miene sah, fügte er schnell hinzu: »Das ist eine Ehre.«

»Ja, natürlich«, stimmte Rufti zögernd zu. »Was soll ich tun?«

Einer der beiden Männer drückte ihm die Taube in die Hand. Ruftis Wurstfinger umklammerten den fetten Körper der Vogels. Khalid nahm Sahara die Kapuze ab, löste die Fußfesseln aber noch nicht. Die tiefschwarzen Augen des Würgfalken fixierten die Taube bedrohlich.

»Tauben sind intelligente Vögel«, sagte Khalid, ohne Rufti

anzublicken, doch seine Stimme war so bedrohlich wie der Blick des Falken. »Sie fressen nur so viel, wie für ihr Überleben erforderlich ist. Aber gelegentlich gibt sich ein Vogel der Völlerei hin, wenn sich die Möglichkeit bietet und kein Raubvogel in der Nähe ist. Diese Taube mussten wir zum Fressen zwingen. Krankhafte Fettleibigkeit scheint es nur bei Menschen zu geben.«

Rufti wurde bleich. An die Stelle der Nervosität war Angst getreten. Er hatte sofort gewusst, dass Khalid eine Verbindung zwischen ihm und der fetten Taube sah, doch er konnte nichts tun. Die letzte Limousine war vor einem Augenblick verschwunden, und damit gab es für ihn keine Möglichkeit mehr zu entkommen. Jetzt standen da nur noch die beiden Laster, die Khalid und seine Männer nach Al-Ain bringen würden, wo er die Party steigen ließ.

»Ich denke, dass …«

»Halten Sie den Mund.« Khalid wirbelte zu Rufti herum, und der Falke wäre fast von seinem Arm gerutscht. »Es wird Zeit für die Jagd. Ich nehme an, dass die bedauernswerte Kreatur noch fliegen kann, aber wir werden sehen.«

Rufti wirkte verunsichert und verängstigt. Er drückte die fette Taube an seine Brust, als hinge von ihrem auch sein eigenes Überleben ab. »Ich glaube nicht, dass ich das sehen möchte.«

»Loslassen!«

Rufti gehorchte erschrocken. Die fette Taube erhob sich nur durch Willenskraft mühsam in die Luft. Khalid löste die Fußfesseln des Falken.

Normalerweise sieht die Taktik eines Jagdfalken so aus, dass er hoch in die Lüfte aufsteigt, um dann im Sturzflug auf sein Opfer hinabzustoßen, doch Sahara ignorierte diesen Instinkt. Die Taube war so lethargisch, dass der Würgfalke mit ein paar Flügelschlägen bei ihr war.

Im Moment des Zusammenpralls bohrte Sahara ihre Krallen in den Körper der Taube, riss ihn in zwei blutige Stücke und ließ sie verächtlich in den Wüstensand fallen, der sich rötlich färbte. Das Ganze hatte drei, vier Sekunden gedauert. Sahara stürzte sich auf den toten Vogel, zerriss ihn weiter mit Schnabel und Krallen und fraß die Taube. Khalid ignorierte es und wandte sich Rufti zu, den das Schauspiel sichtlich aus der Fassung gebracht hatte.

»Auch wenn Sie nur mäßig intelligent sind, sollten Sie sich Ihrer augenblicklichen Lage bewusst sein. Die anderen Gäste sind verschwunden, und diese beiden Männer hier sind Mitglieder meines Stammes und würden kein Wort sagen, wenn hier etwas passiert. Glauben Sie nicht, dass ich zögern würde, Sie auf der Stelle umzubringen.

Ich mag noch nicht lange im Amt sein, Rufti, aber ich nehme meine Verantwortung sehr viel ernster, als Sie es sich auch nur vorstellen können. Ich habe mir Zeit genommen, um die Ölgeschäfte der Vereinigten Arabischen Emirate eingehend zu studieren, und mit Direktoren und einfachen Arbeitern gesprochen. Ich kenne alle, und mir entgeht nichts. Kürzlich habe ich Berichte erhalten, verstörende Berichte darüber, dass Geld in dieses Land geschleust wird, und zwar in der Form von Subventionen für die Ölexploration, nur sind keinerlei Aktivitäten feststellbar. Ich habe Einreise- und Ausreisevisa für Männer gesehen, die es gar nicht gibt, und ich habe von einem Ort tief in der Wüste Ihres Heimatlandes Ajman gehört, den aufzusuchen niemand einen Grund hat.«

Khalid beobachtete Rufti aufmerksam und glaubte etwas wie Trotz in seinem Blick zu erkennen. Das war charakteristisch. Rufti mochte wie ein Narr wirken, besaß aber eine große innere Stärke. Er war ein sehr gefährlicher Mann.

»Vor elf Monaten, kurz nach der Ansprache des amerikanischen Präsidenten bezüglich der neuen Energiepolitik, wurden Sie in Istanbul mit einem Mann namens Iwan Kerikow gesehen. Kerikow war früher ein hohes Tier beim KGB. Nicht lange danach begannen große Geldbeträge beim Ölministerium von Ajman einzugehen. Wir beide wissen, dass Ajman kein eigenes Öl besitzt, aber Ihr Ministerium hat jetzt ein Budget von dreißig Millionen Dollar, und niemand weiß, wo das Geld herkommt. Woher, Rufti? Sie sind zu dumm, um sich etwas Originelles einfallen zu lassen. Was immer Sie tun, ich will wissen, wer Ihre Aktivitäten finanziert.«

Rufti schien etwas sagen zu wollen, doch Khalid hob eine Hand.

»Halten Sie die Klappe. Ich will nichts hören. Was immer Sie jetzt auch sagen, es würde eine Lüge sein. Also halten Sie die Luft an.

Aufgrund Ihrer Stellung in der Regierung und der unsicheren Zeiten kann ich keine offizielle Untersuchung gegen Sie einleiten, aber Sie sollten sich nicht der Täuschung hingeben, dass die Sache damit ausgestanden ist. Heute kommt es wie nie zuvor darauf an, dass die Vereinigten Arabischen Emirate und die OPEC der Welt geeint gegenübertreten. Sie sind mein Gegner, Rufti. Ich werde Sie in meiner Funktion als Ölminister der Vereinigten Arabischen Emirate bekämpfen, als Freund der königlichen Familie und als ein Mann, der an Gerechtigkeit glaubt. Also seien Sie gewarnt.

Was immer Sie im Schilde führen, Sie werden keinen Erfolg haben.«

Khalid ließ den verblüfften Rufti stehen, wandte sich aber noch einmal zu ihm um.

»Meine beiden Vettern und ich fahren jetzt. Wenn wir in Al-Ain eintreffen, schicke ich einen Wagen, der Sie zu diesem wichtigen Treffen in Ajman bringen wird. Er wird in etwa einer Stunde hier sein. Das wird die längste Stunde Ihres Lebens. Nutzen Sie die Zeit gut. Denken Sie darüber nach, was ich gesagt habe. Wenn mir Ihre Erklärungen bei unserem nächsten Zusammentreffen nicht gefallen, wird kein Wagen mehr kommen, um Sie zu retten.«

Nach diesen Abschiedsworten ging Khalid mit den beiden anderen Männern zu den Lastern. Der übergewichtige Rufti wollte ihnen folgen, gab aber schnell auf und blickte Khalid und den beiden Beduinen nach.

Er stand noch mehrere Minuten reglos da, nachdem das Geräusch der Motoren sich in der Ferne verloren hatte. Als seine Wut so weit nachgelassen hatte, dass er wieder halbwegs klar denken konnte, huschte ein tückisches Lächeln über sein Gesicht. »Zu spät, Khalid Al-Khuddari«, murmelte er. »Charon ist bereits an seinem Anlegeplatz und bereitet sich darauf vor, die Seele der Vereinigten Staaten über den Styx ins Totenreich zu bringen. Du wirst nie erfahren, woher das Geld kommt, denn du wirst als Erster sterben.«

Arlington, Virginia

Die letzte Nacht war eine der schlimmsten seines Lebens gewesen. Nach dem Kampf mit dem Angreifer hatte Mercer vier Stunden in der Notaufnahme eines Krankenhauses in Washington verbracht, wo man die Schnittwunde an seiner Wange verband, ihn zwei Schmerztabletten schlucken ließ und seinen Oberkörper abtastete, um festzustellen, ob Rippen gebrochen waren. Die ganze Zeit über wurde er von zwei uniformierten Polizisten bewacht.

Als es im Osten zu dämmern begann, wurde er aus dem Krankenhaus entlassen und zur Polizeistation von Arlington gebracht, wo man ihm drei Stunden lang immer wieder dieselben schwachsinnigen Fragen stellte. Es konnte kein Zweifel daran bestehen, dass er in Notwehr gehandelt hatte, aber offenbar wollten sich die Cops an jemandem abreagieren, und er hatte das Pech, zur falschen Zeit am falschen Ort zu sein. Als sie ihn dann laufen ließen, gaben sie ihm die Warnung mit auf den Weg, er dürfe den Großraum Washington nicht verlassen und müsse über verdächtige Aktivitäten in seiner Nachbarschaft sofort berichten.

Zurück in seinem Haus in Arlington, streifte er auf dem Weg zur Bar seine Smokingjacke ab. Er hatte üble Kopfschmerzen, einen schlechten Geschmack im Mund und gerötete Augen. Als er Tiny's Bar verlassen hatte, war es ihm richtig gut gegangen, doch jetzt hatte er einen schlimmen Kater und war total erschöpft.

Ihm war klar, dass er in der letzten Nacht nicht zufällig Opfer des Angriffs geworden war. Genau wie Jerry und John Small war er gezielt ins Visier genommen worden, und er war sich ziemlich sicher, dass Howard Small mittlerweile auch tot war. Und was sie alle miteinander verband, war die *Jenny IV*.

Was an Bord des Schiffes hatte niemand sehen dürfen? Was war so wichtig, dass deshalb Menschen ermordet wurden? Er hatte nur das deformierte Stück Stahl mit der Aufschrift »roger« und wusste nicht, ob es irgendeine Bedeutung hatte.

Zwei Todesfälle, ein möglicher dritter, und dann der Versuch, ihn auszuschalten. Ihm war klar, dass er nicht weiter auf eigene Faust agieren konnte. Er brauchte Hilfe. Nachdem er eine Flasche Heineken aus dem altmodischen Kühlschrank genommen und sie geöffnet hatte, setzte er sich an die Bar und griff nach dem schnurlosen Telefon. Die Handynummer, die er jetzt wählte, war in seinem Kopf abgespeichert.

»Hallo?«

»Morgen, Dick, hier ist Mercer.«

»Mist, was ist jetzt wieder?«

Dick Henna war der Direktor des FBI und mittlerweile einer von Mercers engsten Freunden. Kennengelernt hatten sie sich während der Hawaii-Krise und seitdem immer engen Kontakt gehalten. Mercer war in Hennas Haus jederzeit zum Abendessen willkommen, und seine Frau Fay schien entschlossen, ihn zu verkuppeln.

»Was für eine freundliche Begrüßung«, sagte Mercer. »Aber ja, du hast recht, es ist wieder etwas passiert. Letzte

Nacht wurde ich auf dem Heimweg von Tiny's Bar angegriffen.«

»Mein Gott, bist du verletzt?«

»Nur ein paar Schnittwunden und Prellungen. Der Jugendliche, der mich angegriffen hat, ist tot, und ich glaube, dass es ein Mordversuch war, der wie ein Raubüberfall aussehen sollte.«

»Wie kommst du darauf?« Henna schien nicht an seinen Worten zu zweifeln, doch er war ein alter Polizist, für den etwas erst dann als Tatsache feststand, wenn es Beweise gab.

»Der Typ, der mich umbringen wollte, hieß Jamal Lincoln und wohnte in Anacostia, also fünfzehn Kilometer weit weg. Alle Autos in der Straße hatten die richtigen Parkausweise oder wurden von der Polizei überprüft. Vielleicht ist er mit öffentlichen Verkehrsmitteln gekommen, aber er hat mich nach Mitternacht angegriffen und wäre dann später nicht mehr nach Hause gekommen. Er muss einen Komplizen gehabt haben, der ihn abgesetzt hat und dann abgehauen ist, als der Mordversuch gescheitert war.«

»Und?«

»Komm schon, Dick, ich muss dir nicht erzählen, dass sich Raubüberfälle in aller Regel in der Nachbarschaft des Täters ereignen, in einer Gegend, die er gut kennt. Und diese Täter arbeiten allein, ohne einen Komplizen, der in einem Fluchtauto auf sie wartet. Diese Typen hauen zu Fuß ab und richten ihr Opfer allenfalls so zu, dass es ihnen nicht mehr folgen kann.«

»Möglicherweise hast du recht, aber ich habe trotzdem meine Zweifel. Vielleicht hat er Freunde in Arlington besucht und brauchte Geld für ein Taxi.«

»Ich würde dir zustimmen, wenn nicht zwei Männer, mit denen ich letzte Woche in Alaska fischen war, gestern Morgen tot aufgefunden worden wären. Und ich vermute, dass der andere Mann, der mit uns an Bord war, mittlerweile auch tot ist. Ich habe ihn zu erreichen versucht, aber es sprang immer nur der Anrufbeantworter an.«

Das Wort Alaska erregte Hennas Interesse. Wegen der heftigen landesweiten Debatte darüber, ob das Naturschutzgebiet Arctic Wildlife Refuge für die Ölförderung geöffnet werden sollte, war alles, das sich in Alaska ereignete, mittlerweile viel wichtiger als früher. »Ich dachte, du wärest mit dem Test irgendeines Tunnelbohrers beschäftigt.«

»War ich auch, und als wir fertig waren, habe ich mit dem Erfinder der Maschine, Howard Small, sowie mit seinem Vetter und dessen Sohn auf einem Charterboot eine Angelpartie gemacht.«

»Und sie sind alle drei tot?«

»Was Howard angeht, habe ich noch keine Bestätigung, aber ich bin mir ziemlich sicher. Ich rufe dich unter anderem auch deshalb an, weil ich dich bitten möchte, jemanden zu seinem Haus in Los Angeles zu schicken, damit er überprüft, ob Howard überhaupt zurückgekommen ist von der Reise.«

»Kein Problem. Wie kommst du darauf, dass du gezielt ins Visier genommen wurdest?«

Mercer erzählte Henna, wie sie die *Jenny IV* entdeckt hatten, und berichtete von seinem Verdacht, dass außer dem Brand noch etwas für die Zerstörung des Schiffs verantwortlich gewesen war. Er erwähnte, dass die Winsch zum Einholen der Netze zerstört und die Antennen für die Funkgeräte abgebrochen waren. Er hielt das deformierte Stück Stahl in der Hand, während er es Henna beschrieb.

»Irgendeine Ahnung, wer Roger sein könnte?«

»Nein. Ich habe ein paar Gespräche mit Leuten aus dem Heimathafen des Bootes geführt, und niemand kannte einen Roger, der etwas mit der *Jenny IV* zu tun hatte. Und der Hafenmeister konnte sich nicht erinnern, dass außer der Mannschaft noch jemand an Bord gewesen wäre, als die *Jenny IV* zu ihrer letzten Fahrt auslief.«

»Und was für einen Reim machst du dir auf das alles?« Hennas Stimme klang interessiert, was Mercer überraschte. Irgendetwas stimmte nicht in Alaska.

»Ich bin mir nicht sicher. Irgendetwas ist an Bord der *Jenny IV* explodiert, und die Explosion muss die Flammen des Sauerstoffs beraubt haben. Deshalb hat es nicht weiter gebrannt. Aber was da explodiert sein soll, ohne dass das Boot in Stücke gerissen wurde, ist mir ein Rätsel. Ich möchte dich bitten, dass sich ein paar Spezialisten aus Quantico dieses Stück Stahl genauer ansehen. Ich starre schon seit ein paar Tagen darauf, ohne dass mir etwas einfällt.«

»Klingt nach einer guten Idee. Ich schicke heute Nachmittag einen Kurier. Würde ich dich nicht kennen, würde ich dich für paranoid halten, aber weil ich dich kenne, weiß ich auch, dass du immer in irgendwelche dubiosen Geschichten hineingerätst. Was wirst du tun?«

»Abwarten, was deine Jungs herausfinden, und dann aus der Stadt verschwinden. Ich mache mich aus dem Staub, bevor wieder jemand versucht, mich umzulegen.«

»Hör zu, Mercer, wir beide wissen, dass in diesem Land zurzeit über nichts so hitzig debattiert wird wie über Alaska.

Deshalb nehme ich diese Geschichte so ernst. Vielleicht geht es deinem Freund aus Los Angeles gut, und er hat nur noch ein paar Tage Urlaub drangehängt, und du könntest zufällig Opfer eines Überfalls geworden sein, aber bevor ich nicht zweifelsfrei Bescheid weiß, hat dieser Fall meine volle Aufmerksamkeit.

Was Alaska betrifft, hat mir der Präsident genaue Anweisungen gegeben. Wir müssen allem auf den Grund gehen, das auch nur ansatzweise bedrohlich sein könnte. Geld spielt keine Rolle, und es ist egal, wie viel Personal wir dafür abstellen müssen. Der Präsident verlangt wöchentliche Berichte über die Aktivitäten der Umweltschutzorganisationen, die in Valdez und Anchorage Büros eröffnet haben. Außerdem will er Kopien von Drohbriefen sehen, die an Ölunternehmen geschickt wurden, die in dem Naturschutzgebiet aktiv werden wollen. Pro Woche gehen im Durchschnitt achtzig Drohbriefe ein, und unsere Leute nehmen sie alle ernst. Ist es denkbar, dass eine dieser Gruppen es auf dich abgesehen hat? Wenn ich mich richtig erinnere, hattest du doch beruflich etwas mit dem Bau der zweiten Trans-Alaska-Pipeline zu tun, oder?«

»Ja, Howard Small hat mit einem Bauunternehmen namens TAP Two zusammengearbeitet. Bei seiner letzten Testbohrung führte der Tunnel durch einen Berg etwa fünfzehn Kilometer nördlich von Valdez, und er verläuft parallel zu der alten Pipeline und wird für die neue genutzt werden. Durch den Einsatz des Mini-Maulwurfs gewinnt man zehn Wochen, die man sonst für Sprengungen und die Bewegung von Erdreich benötigt hätte.« Mercer wusste, worauf Henna hinauswollte. »Die Sicherheitsmaßnahen waren ziemlich streng. Nur wenige Leute wussten, weshalb wir da oben waren. Außerdem würde das nicht erklären, warum Howards Vetter und sein Sohn umgebracht wurden. Da könnte definitiv etwas vorgehen, von dem deine Leute nichts mitbekommen haben.«

»Wenn es irgendwelche Probleme mit der neuen Pipeline gibt oder den Arbeitern in dem Naturschutzgebiet etwas passiert, muss ich den Kopf dafür hinhalten«, sagte Henna. »Eine vage Vermutung ist besser als nichts. Hör zu, brauchst du Personenschutz? Es könnte ein paar Tage dauern, bis wir dieses Stück Stahl analysiert haben.«

Mercer dachte einen Augenblick nach und stimmte dann zu. »Ich bin kein Held. Schick eine ganze Truppe, wenn du Lust hast. Je mehr, desto besser.«

»Ich stelle einen Mann für dich ab, bis du die Stadt verlässt. Eigentlich müssten wir in der Lage sein, dieser Geschichte auf den Grund zu gehen, wenn bei der Untersuchung des Stücks Stahl etwas herauskommt. Ich rufe dich an, sobald ich aus Los Angeles etwas über Howard Small höre, und ich werde dafür sorgen, am Montagmorgen einen vorläufigen Bericht aus dem Labor zu bekommen.«

Nachdem er Henna Howard Smalls Telefonnummer und Adresse gegeben hatte, legte Mercer auf. Er leerte die Bierflasche und dachte darüber nach, die nächste zu öffnen, doch was er wirklich brauchte, das waren eine heiße Dusche und acht Stunden Schlaf.

Auf dem Weg zum Schlafzimmer trat er noch in sein Büro und zog eine verschlossene Kiste aus dem Schrank. Er öffnete sie und nahm eine 9-mm-Beretta und ein schwarzes Schulterholster heraus. Die Pistole, die auch vom amerikanischen Militär benutzt wird, stammte aus Armeebeständen und war ein Geschenk von Henna, weil Mercer letztes Jahr in Hawaii seine Waffe verloren hatte. Henna hatte ihm auch einen Waffenschein besorgt, der es ihm erlaubte, die Pistole überall in den Vereinigten Staaten zu tragen, nur nicht in Linienmaschinen. Nachdem er die Kiste zurückgestellt hatte, klemmte er sich die geladene Waffe und ein Reservemagazin unter den Arm. Seit Henna ihm die Pistole geschenkt hatte, war es das erste Mal, dass er glaubte, sie gebrauchen zu können, und es war ein sehr beruhigendes Gefühl, sie bei sich zu haben.

Zehn Minuten, nachdem er aus dem Bad gekommen war, traf der Kurier ein, um das Stück Stahl abzuholen. Mercer saß an der Bar, als es klingelte. Der Kurier war in Begleitung eines FBI-Beamten, der sein Haus bewachen und nach dem Ende seiner Schicht von einem Kollegen abgelöst werden sollte. Nachdem der Kurier verschwunden war und Mercer noch ein paar Minuten mit dem Personenschützer geredet hatte, legte er sich ins Bett und fiel in einen totenähnlichen Schlaf.

Zwei Stunden später rief Dick Henna an.

»Es tut mir leid, dass ich die schlechte Nachricht überbringen muss, aber es sieht so aus, als wäre Howard Small wirklich tot. Eine Nachbarin sagte, sie habe ihn seit seiner Abreise nach Alaska nicht mehr gesehen. Es wurde kein Gepäck entdeckt, und auf dem Anrufbeantworter fanden sich zwei Dutzend Nachrichten. Bei einer genaueren Untersuchung des Hauses fanden unsere Leute ein Einschussloch im Boden und auf einem Teppich Blut, das von Small stammt. Außerdem entdeckten sie den völlig zerfetzten Körper einer

Katze, der in einem Abflussrohr unter der Spüle in der Küche steckte. Alle anderen Spuren waren professionell beseitigt worden. Keine Fingerabdrücke, keine Reifenspuren.«

»Dann war das mit dem Angriff auf mich auch kein Zufall«, sagte Mercer. »Jemand macht Jagd auf mich.«

»Sieht so aus. Das Stück Stahl wurde gerade nach Quantico gebracht, und Frau Dr. Goetchell hat gesagt, sie habe den vorläufigen Bericht schon morgen am späten Vormittag fertig. Sobald ich den habe, sage ich dir Bescheid, und dann will ich, dass du verschwindest.«

»Mach dir um mich keine Sorgen. Ich werde mich unsichtbar machen.«

Um kurz nach sechs wurde Mercer wieder geweckt. Ein Hämmern an der Haustür riss ihn aus dem Reich des Vergessens. Durch das Oberlicht über seinem Bett sah er, dass am Himmel Regenwolken aufgezogen waren. Er zog Jeans und ein Oberhemd an und schlurfte die Treppe hinunter. Seine Prellungen taten weh, er bewegte sich wie ein alter Mann.

Durch den Spion sah er Special Agent Mike Peters und eine Frau, von der er nicht geglaubt hätte, sie so bald wiederzusehen. Er öffnete mit einem müden Lächeln die Tür.

»Es tut mir leid, Sie zu stören, Sir, aber diese Frau hat darauf bestanden, Sie zu sehen.«

Aggie Johnston sah in Jeans und einem schlichten weißen T-Shirt genauso wunderschön aus wie in einem Designerkleid. Ihr Haar war größtenteils unter einer Baseballkappe verborgen, und ihr ungeschminktes Gesicht erinnerte an eine Studentin im ersten Semester. Aber sie hatte etwas Lippenstift aufgetragen, der die Sinnlichkeit ihres Schmollmunds betonte. Ihre grünen Augen schauten Mercer an.

»Was für eine Überraschung.«

»Ich habe etwas zu essen besorgt, bevor ich herkam.« Sie hob eine Plastiktüte mit chinesischen Drachen und Schriftzeichen darauf. »Dann hat mich dieser Typ hier begrapscht. Was ist los?« Sie hielt inne, als sie Mercers verbundene Wange sah. »Mein Gott, was ist denn mit Ihnen passiert?«

Mercer wandte sich Peters zu. »Sie haben sie gefilzt?«

Der große FBI-Beamte wirkte verlegen. »Ich musste mich vergewissern, dass sie nicht bewaffnet ist.«

»Sie Glücklicher. Wenn ich das versucht hätte, hätte ich mir eine Ohrfeige eingefangen.«

»Was ist Ihnen zugestoßen, Mercer?«, fragte Aggie ungeduldig.

»Sie können hereinkommen. Ich erzähle Ihnen dann alles.« Er trat zur Seite, um ihr Platz zu machen, und zwinkerte Peters zu, als sie über die Schwelle trat.

Aggie betrachtete das Atrium. »Damit hatte ich nicht gerechnet. Es ist wundervoll.«

»Danke. Kommen Sie mit nach oben. Ich mache Ihnen einen Drink.« Er folgte ihr die Treppe hinauf und bewunderte ihren straffen Hintern.

Sie blieb in der Bibliothek stehen, ließ den Blick über die Bände schweifen und strich mit den Fingerkuppen über die Buchrücken von Diderots 28-bändiger *Encyclopédie Méthodique*. Sie schien eine Bibliophile zu sein. Viele von Mercers Büchern waren frühe Ausgaben von großen Werken über Geologie und Mineralogie.

Sie ging zu einem anderen Regal und zog *Wege zum Gleichgewicht* von Al Gore hervor. »Mit dem Buch hätte ich bei Ihnen nicht gerechnet.«

»War ein Geschenk«, sagte Mercer schnell. »Ich schwöre, dass ich es nie lesen werde.«

In der Bar strich Aggie über die Mahagonitheke und bewunderte die Wandtäfelung. »Das entspricht schon eher dem, was ich erwartet hatte.«

»Haben Sie meine Adresse von Ihrem Vater?«

»Ich habe sie aus seinem Karteikasten geklaut.« Sie stellte die Tüte mit dem Essen auf die Theke, setzte sich auf einen Barhocker und zog ein Bein an, sodass der Fuß auf der Sitzfläche ruhte. Er musste die Augen von dem verführerischen Anblick abwenden. »Also, erzählen Sie mir jetzt, warum Sie humpeln und warum Ihre Wange verbunden ist?«

Auch wenn sie ihn sonst eher aufzog, klang ihre Stimme jetzt aufrichtig besorgt.

Mercer trat hinter die Bar. Er wollte ihr einen Drink anbieten, fand es aber noch wichtiger, ein bisschen Abstand zwischen sich und Aggie Johnston zu bringen. Vielleicht war die Theke zwischen ihnen auch so etwas wie eine psychologische Barriere. In dieser chaotischen Situation wollte er nicht der Anziehung erliegen, die immer stärker wurde.

»Ist Weißwein okay?«, fragte er, während er im Kühlschrank nach der Flasche suchte.

»Ein Stinger wäre mir lieber.«

Mercer hob die Augenbrauen, während er nach den Flaschen mit Brandy und Pfefferminzlikör griff. »Nachdem ich Sie gestern Nacht in Georgetown abgesetzt hatte, habe ich noch an einer Bar ein bisschen weiter oben an der Straße angehalten, um einen Schlummertrunk zu nehmen.«

Er stellte den Drink vor ihr auf die Theke und goss für sich einen großzügigen Schuss Brandy in einen Kognakschwenker. Auf der Theke stand ein Aschenbecher, der hauptsächlich von Harry White benutzt wurde, und sie interpretierte es so, dass sie rauchen durfte. Sie ließ das Dunhill-Päckchen neben ihrem Glas liegen.

»Als ich die Bar zwei Stunden später ziemlich betrunken verließ, wollte mich auf dem Heimweg ein Mann ausrauben. Wie er mich zugerichtet hat, sehen Sie ja.« Er betastete seine Wange. »Da hat er mich mit dem Griff seiner Pistole getroffen.«

»Mein Gott!«, rief sie aus. »Wie sind Sie entkommen?«

»Ich habe ihn getötet.« Mercer glaubte, dass sie zusammenzucken würde, doch sie war Max Johnstons Tochter, und der Tod eines Kriminellen brachte sie nicht aus der Fassung. »Ich hatte die Bar mit zwei Bierflaschen verlassen und habe sie ihm über den Kopf gezogen. Eine zerbrach und ich habe ihm den scharfen Flaschenhals mit voller Wucht in die Kehle gebohrt. Dann habe ich das Bewusstsein verloren und bin erst im Krankenhaus aufgewacht, als eine Schwester mir das Blut abtupfte.«

Einen Augenblick schwieg Aggie. »Haben Sie immer noch Schmerzen?«, fragte sie schließlich.

»Nur wenn ich lache.« Er lächelte. »Am schlimmsten war der Kater.«

»Wenn es ein Raubüberfall werden sollte, warum steht dann ein FBI-Beamter vor Ihrer Tür und begrapscht Ihre Gäste?«

»Ich wusste nicht, das er Sie filzen würde, Ehrenwort. Ein Bekannter vom FBI hat mir einen Gefallen getan. Ich glaube, dass der Täter vielleicht einen Komplizen hatte. Ich habe ein bisschen Angst, dass er sich rächen könnte.«

Er mischte Fakten mit Erfundenem, um eine glaubwürdige Story zu präsentieren, hatte Aggie aber einmal mehr unterschätzt.

»Mein Vater hat Sie immer gemocht und wusste, dass ich in Sie verknallt war. Wann immer er etwas über Sie hörte, hat er mich damit aufgezogen. Dein Angebeteter hat dies getan, dein Angebeteter hat das getan.« Sie imitierte die Stimme ihres Vaters. »In jüngeren Jahren war ziemlich offensichtlich, dass ich in Sie verknallt war. Er hat mir erzählt, dass Sie vor dem Golfkrieg mit einem Team von Elitesoldaten im Irak waren, um eine Uranmine in Augenschein zu nehmen.

Außerdem hat er gesagt, es gebe einige Menschen, die sich immer wieder in Gefahr bringen würden, und Sie seien einer von ihnen. Ich weiß, dass Sie an die Geschichte von dem Raubüberfall nicht glauben, und Sie wissen, dass ich es auch nicht tue. Ich will jetzt nicht weiter darauf herumreiten, aber wenn Sie mir das nächste Mal etwas vorenthalten möchten, dann sagen Sie es bitte. Abgemacht?«

Er war außerordentlich beglückt darüber, dass es ein nächstes Mal geben würde. Tatsächlich konnte er es immer noch nicht glauben, dass sie hier war. Er fragte sie nach dem Grund Ihres Besuchs.

Sie zündete sich die nächste Zigarette an, eher aus Nervosität als wegen einer Nikotinabhängigkeit, wie ihm schien. Als sie sprach, schlug sie den Blick zu Boden. »Ich habe gestern Abend ein paar Dinge gesagt, die ich nicht hätte sagen sollen. Und ich habe Sie mit persönlichen Angelegenheiten behelligt. Ich bin etwas beschämt.«

Es war unübersehbar, dass es ihr nicht leichtfiel, sich zu entschuldigen. Ihr schüchternes Lächeln entblößte makellos weiße Zähne. Als sie ihn anblickte, war der Blick ihrer smaragdgrünen Augen fast flehend.

Dann lachte sie plötzlich, und die Anspannung löste sich. »Auch wenn ich hier bin und mich entschuldige, hasse ich trotzdem, was Sie tun, um Ihre Brötchen zu verdienen.«

»Ich verspreche Ihnen, die Erde erst nach Ihrem Tod zu ruinieren.«

Nach dem Essen unterhielten sie sich stundenlang, wobei sie in Erinnerung an den letzten Abend persönliche Themen vermieden. Obwohl sie gegensätzliche Ansichten vertraten, waren sie doch beide hochintelligente und gut informierte Menschen, und beide genossen das Gespräch auch dann, wenn aus der Diskussion ein Streitgespräch wurde. Um halb zehn saßen sie dicht nebeneinander auf dem Ledersofa und waren zum vertraulichen Du übergegangen. Um zehn machte Aggie den ersten Schritt und ergriff seine Hand. Er redete gerade und hatte plötzlich einen Kloß im Hals.

Er schaute sie an. Ihre Pupillen waren geweitet, ihr Mund leicht geöffnet. Er deutete ihre Miene, zog ihren Kopf zu sich heran und wollte sie küssen, als er plötzlich von unten Harry Whites Reibeisenstimme hörte.

»Bist du da, Mercer? Ich dachte, wir wollten bei Tiny Football gucken.«

Sofort war der Zauber gebrochen.

Er ließ sie los. »Dein Timing nervt, Harry«, brüllte er frustriert.

»Mein Timing? Ich habe zwanzig Dollar auf die Steelers gesetzt, da werde ich mir das Spiel doch wohl wenigstens ansehen.« Harrys Stimme wurde lauter, als er die Wendeltreppe hinaufstieg.

Plötzlich dämmerte ihm etwas, und er stand unter Schock. »Harry, wie bist du eigentlich reingekommen?«

»Natürlich mit dem Schlüssel, den du mir vor fünf Jahren gegeben hast. Stell dich nicht so dumm an.«

»Geh sofort in Deckung!«, schrie Mercer. »Hinter die Bar, Aggie, und behalte den Kopf unten.«

Dass Harry in das Haus gelangt war, ohne zuvor von Special Agent Peters angehalten zu werden, konnte nur bedeuten, dass dem Personenschützer vom FBI etwas zugestoßen war. Mercer verließ die Bar und rannte die hintere Treppe zu seinem Schlafzimmer hoch. Er sah die Beretta auf dem Nachttisch liegen und hechtete über das Bett, und in diesem Moment ließen Kugeln aus einer automatischen Waffe das Oberlicht explodieren. Scherben regneten herab, und Federn schwebten in der Luft, weil die Daunendecke zerfetzt worden war.

Mercer drehte sich, als er auf dem Boden landete, riss die Pistole vom Nachttisch und richtete sie auf die Decke. Innerhalb eines Sekundenbruchteils hatte er die Beretta entsichert und feuerte, bis das Magazin leer war.

Als er wieder auf den Beinen war, stürzte der leblose Körper des Angreifers durch die Fensteröffnung und knallte so hart auf das Bett, dass der Rahmen brach. Die Leiche rutschte von der blutverschmierten Bettdecke auf den Boden. Mercer wechselte routiniert das Magazin.

Der Adrenalinschub schärfte seine Sinne. Wenn Harry nicht von Mike Peters angesprochen worden war, musste er davon ausgehen, dass er tot war und dass mindestens ein Killer unten im Haus lauerte. Er konnte nur hoffen, dass der Mann auf dem Dach sein einziger Komplize gewesen war.

Mercer hatte keine Ahnung, wie sich der andere Mann verhalten würde. Vielleicht würde er fliehen, nachdem er die Schüsse gehört hatte, doch das schien unwahrscheinlich. Es war der zweite Mordversuch innerhalb von vierundzwanzig Stunden. Man wollte ihn so schnell wie möglich aus dem Verkehr ziehen. Da er sein Haus besser kannte als sein Gegenspieler, war es am besten, wenn er in die Offensive ging. Er musste an Aggie und Harry denken.

Er trat auf die Galerie hinaus, beugte sich über das Geländer und blickte in das Atrium hinab. Als er niemanden sah, feuerte er dreimal auf den Marmorboden. Funken stiegen auf, als die Kugeln abprallten. Er rannte durch das Schlafzimmer zu der hinteren Treppe. Wer immer unten wartete, würde nach den Schüssen damit rechnen, dass er die Wendeltreppe nehmen würde, aber er wollte dem Angreifer nicht in die Arme rennen, sondern sich ihm von hinten nähern.

Er ging vorsichtig die schmale Hintertreppe hinunter, mit gezückter Pistole, bereit, jeden Moment abzudrücken. Die Türen der beiden Gästeschlafzimmer waren geschlossen. Er ignorierte sie, da er vermutete, dass seinem Gegner nicht genug Zeit geblieben war, um ihn hier aus dem Hinterhalt anzugreifen. Ein bisschen weiter den Gang hinab war die Bar, und er wusste nicht, ob er bei Aggie eine Verteidigungsposition aufbauen oder in die Offensive gehen sollte.

»Komm raus, oder dein Vater stirbt«, befahl jemand.

Die Bibliothek, dachte Mercer. Der Typ hat Harry dort in seiner Gewalt und hält ihn für meinen Vater. Er rannte die Hintertreppe hinunter und nahm zwei Stufen auf einmal. Dann eilte er durch den Flur zwischen der Küche und dem Billardzimmer und betrat das Atrium. Er verursachte keine

Geräusche, war aber zu langsam. Der Angreifer würde schnell mit einer Antwort rechnen, und er hatte sich schon zu viel Zeit gelassen.

Er ging mit gezückter Waffe die Wendeltreppe hinauf. Kurz unterhalb des ersten Stocks schwang er sich über das Geländer und stieg weiter nach oben, die Zehenspitzen vorsichtig auf die Außenseite der Eichenstufen setzend. Er richtete sich auf und warf einen Blick in die Bibliothek. Das wäre lebensgefährlich gewesen, wenn er weiter zwischen den Geländern mitten auf der Treppe geblieben wäre.

Der Killer stand in einer Ecke, wo zwei Bücherregale aufeinanderstießen, und benutzte Harry als menschlichen Schutzschild. Er sah Mercer aus dem Augenwinkel und feuerte aufs Geratewohl einen Schuss ab, doch die Kugel ging ins Leere.

Mercer musste blitzschnell reagieren. Er sprang und hielt sich an einem eichenen Geländerpfosten der Galerie vor der Bibliothek fest. Sein Körper schwang hin und her, und er glaubte, der Arm würde ihm aus dem Schultergelenk gerissen. Er hob den anderen Arm, zielte in die Bibliothek und drückte ab, doch er hatte zu schnell gefeuert. Die Kugel traf Harry White direkt unterhalb des Knies. Sein Bein gab nach, und er riss den Killer mit sich zu Boden.

Mercer zog sich mit der rechten Hand hoch und kletterte über das Geländer, als der Angreifer einen verdutzten Harry zur Seite stieß, die Blutlache auf dem Boden ignorierte und sich aufrichtete. Einen Sekundenbruchteil schneller als Mercer hob er die Waffe. Der sparte sich das Zielen und feuerte aufs Geratewohl. Das Krachen des Schusses hallte wie Donner durch das Haus.

Dann spürte er sengende Hitze, als die Kugel des Killers seine Schulter streifte. Er wurde rückwärts gegen das Geländer geschleudert, das fast gebrochen wäre. Den Sturz auf den Marmorboden des Atriums hätte er nicht überlebt. Aber er hatte Glück. Jetzt sah er, dass seine Kugel den Killer mitten in die Brust getroffen hatte. Die Wucht des Aufpralls riss ihn von den Beinen, als hätte jemand an den Schnüren einer Marionette gezogen.

Der Körper wurde in die Bar geschleudert, wo der Sterbende in einer unnatürlichen Haltung liegen blieb. Aggies schriller Schrei zerriss die plötzliche Stille wie eine Sirene. Mercer ignorierte es; sie schrie vor Angst, nicht, weil sie Schmerzen hatte. Harry lag reglos am Boden, mit einem totenbleichen, wächsernen Gesicht. Mercer kroch zu seinem alten Freund. Aus der Wunde in seiner Schulter tröpfelte Blut auf den beigefarbenen Teppich. Er befürchtete, Harrys gesundes Bein getroffen zu haben.

»Du Dreckskerl«, sagte Harry, als er sich umdrehte. Er hielt seine zerschossene fleischfarbene Beinprothese in der Hand. »Hast du überhaupt eine Ahnung, was so ein Scheißding kostet?«

Erleichtert ließ sich Mercer zu Boden sinken und drückte sein Gesicht in den tiefen Teppich, während der Adrenalinstoß rasch abebbte. »Lass die Rechnung an mich schicken«, keuchte er.

»Mercer!«, kreischte Aggie in Panik.

Der Killer rappelte sich hoch und richtete seine Waffe auf Aggie, die in einer Ecke der Bar kauerte. Ein roter Fleck auf seinem Oberschenkel verriet, wo Mercers erste Kugel eingedrungen war, nachdem sie sich durch Harrys Beinprothese gebohrt hatte. Der Mann schnappte nach Luft, denn es hatte ihm den Atem verschlagen, als seine kugelsichere Weste bei Mercers zweitem Schuss Schlimmeres verhindert hatte. Mercer stieß einen wütenden Schrei aus, als er in die Bar stürmte.

Der Killer wandte sich um und zielte statt auf Aggie nun wieder auf Mercer. Der ignorierte es, stürzte sich auf den Mann und rammte ihm seine verletzte Schulter in die Brust. Beide Männer knallten gegen die hintere Wand, die Gläser in den Regalen hinter der Bar klirrten. Mercer nutzte seinen kleinen Vorteil, um dem Mann seine Pistole in den Bauch zu bohren, direkt unterhalb der kugelsicheren Weste, die ihm das Leben gerettet hatte. Der Killer spannte die Bauchmuskeln an, doch Mercer drückte den Lauf der Beretta tiefer in sein Fleisch, richtete ihn dann nach oben und feuerte vier Kugeln in seine Brusthöhle. Sie zerrissen innere Organe und traten am Rücken des Killers wieder aus. Blut spritzte auf die Holztäfelung der Bar.

Mercer taumelte zurück und ließ die Leiche zu Boden fallen. Seine Hände waren blutverschmiert. Er wandte sich um. Aggie war wieder auf den Beinen, schien aber noch weiche Knie zu haben. Sie klammerte sich an der Theke fest und blickte mit einer Mischung von Angst und Ekel auf die Leiche. Dann kam sie auf Mercer zu und sank in seine Arme.

Er schnappte nach Luft, als ihre Hand über seine verwundete Schulter glitt. Die Wunde blutete, und als er zu Boden sank, klammerte sich Aggie weiter an ihn. Ihr Blick richtete sich noch immer auf die Leiche, die ein paar Schritte weiter dalag.

»Das ist …«, stammelte sie.

»Was gibt's denn?«, keuchte Mercer, dessen Herzschlag raste und dessen Hände nun zu zittern begannen. Vor Angst, jetzt, wo die Gefahr vorbei war.

Sie riss ihre Augen von der Leiche los und blickte auf Mercers Wunde. »Er hat auf dich geschossen.«

»Ist nur ein Streifschuss, alles in Ordnung.« Er hob ihren Arm von seiner verwundeten Schulter.

»Guter Gott«, sagte Harry, als er in der Tür der Bar auftauchte. »Mir schießt man das Bein ab, und du machst hier mit einer Frau rum.«

Aggie schnappte nach Luft, als sie den einbeinigen Harry sah, der zwischen der Bar und der Bibliothek am Türrahmen lehnte. Ein Hosenbein hing schlaff herab, und er hielt die zerstörte Beinprothese wie ein Gewehr in den Händen. Mercer musste lächeln.

»Du siehst aus, als wärest du einem Horrorfilm entsprungen.«

»Du kannst mich mal«, schnaubte Harry. »Was war da gerade los, und wer zum Teufel ist das?« Er zeigte mit der Prothese auf Aggie.

»Das war der zweite Versuch innerhalb von vierundzwanzig Stunden, mich aus dem Verkehr zu ziehen, und das ist Aggie, Max Johnstons Tochter. Aggie, die bemitleidenswerte Kreatur da ist Harry White, mein ältester Freund und der Mann, dem wir beide unser Leben verdanken. Wenn du nicht aufgetaucht wärest, hätten uns diese Typen mit heruntergelassenen Unterhosen erwischt.« Mercer hielt inne. »Natürlich nur im übertragenen Sinn.«

Aggie begrüßte Harry mit einem schüchternen Lächeln. Harry bemerkte ihren Blick und ließ die Prothese sinken.

»Stören Sie sich nicht daran. Ich habe das Bein schon vor so langer Zeit verloren, dass ich mich gar nicht mehr daran erinnere, wie es war, als ich noch beide Beine hatte.«

Er hoppelte durch den Raum und stützte sich immer wieder an Möbeln ab, bis er die Bar erreicht hatte und die Prothese wie einen Regenschirm daranlehnte. »Mixt du mir einen Drink, während ich die Polizei anrufe, oder muss ich alles selber machen?«

Mercer rappelte sich vom Boden hoch. Harry hatte das Talent, jede Situation zu entspannen.

»Gute Idee.« Mercer ging hinter die Bar, holte ein paar Trockentücher und breitete sie über die Leiche. Dann schenkte er Harry ein Glas mit Jack Daniel's und Gingerale ein und genehmigte sich selbst einen großen Brandy. Das war ein besseres Anästhetikum als die Schmerztabletten, die sie ihm im Krankenhaus verabreichen würden. »Noch einen Stinger, Aggie? Ich denke, du könntest ihn gebrauchen.«

Sie warf einen Blick auf die zugedeckte Leiche, bevor sie antwortete. »Nein, ich muss sofort verschwinden.« Der Klang ihrer Stimme alarmierte Mercer.

»Wo ist das Problem«, knurrte Harry. »Der Typ kann Ihnen nichts mehr tun.«

»Darum geht es nicht.« Aggie sprang auf und ging zur Tür.

Mercer folgte ihr und holte sie an der Wendeltreppe ein. »Alles in Ordnung?«

Es war normal, dass sie Abstand gewinnen und die Schießerei vergessen wollte, doch Mercer war sich sicher, dass sie noch einen anderen Grund hatte, das Weite zu suchen. Er wusste, wie Menschen in solchen Situationen reagierten, besonders wenn sie zum ersten Mal Augenzeuge einer blutigen Auseinandersetzung wurden. Aber sie wollte noch aus einem anderen Grund fliehen, der nichts damit zu tun hatte, was gerade passiert war.

Er nahm sie in den Arm. »Worum geht's dann?«, flüsterte er besorgt.

»Ich kann nicht länger bleiben.« Sie löste sich aus seiner Umarmung. »Ich darf nicht mehr hier sein, wenn die Polizei eintrifft.«

Sie rannte davon und knallte die Haustür mit einer Entschlossenheit zu, die Mercer mehr schmerzte als seine Schulter.

Anchorage, Alaska

Iwan Kerikow knallte den Telefonhörer so hart auf die Gabel, dass er auseinanderbrach. Die beiden Hälften wurden nur noch von ein paar Kabeln zusammengehalten. Aber sein Zorn war noch nicht verraucht, und er nahm das ganze, zur Hälfte bereits zerstörte Telefon von dem Beistelltisch, schleuderte es gegen die mit Eiche getäfelte Wand, sprang auf und zermalmte es mit dem Absatz. Seine Atmung und sein Herzschlag hatten sich beschleunigt, und auf seiner Stirn standen Schweißperlen.

Er blickte durch das Panoramafenster seiner Hotelsuite im exklusiven Anchorage Holiday Inn hoch über Alaskas größter Stadt. Erst vor ein paar Stunden war er von dem Verhör Howard Smalls in Los Angeles nach Alaska gekommen, aber ihm war schon die Aussicht auf die schneebedeckten Gipfel der Brooks Range und auf den Mount McKinley aufgefallen, der nur selten hinter den Wolken auftauchte.

Zwischen der Stadt und den Bergen lag die Elmendorf Air Force Base. Kerikow hatte dort AWACS-Aufklärungsflugzeuge mit der unverwechselbaren flachen Hauptantenne oben auf dem Rumpf aufsteigen sehen, die dichte Rauchschwaden hinter sich herzogen. Er fragte sich, warum die Amerikaner sich noch so viel Mühe machten. Was Russland betraf, gab es nichts mehr, das auszuspionieren sich lohnte.

Er genoss noch einige Augenblicke den spätnachmittäglichen Ausblick und versuchte, seine Atmung zu beruhigen und wieder einen klaren Kopf zu bekommen. Aber er bemühte sich vergeblich, seine Gefühle in Schach zu halten. Ihm war bewusst, dass sein Tobsuchtsanfall gerade ein regelrechter Blackout gewesen war. Er hatte nicht mehr rational, sondern rein gefühlsmäßig gehandelt. Ein völliger Kontrollverlust. Diese Blackouts traten zurzeit beunruhigend häufig auf und dauerten länger. Begonnen hatte alles, als er für den KGB in Afghanistan Verhöre geführt hatte. Damals hatte er alle zwei oder drei Monate einen Blackout gehabt, und alles war fast sofort wieder vorbei gewesen.

Damals hatte er geglaubt, der Grund der Blackouts sei Stress, der Kampf an einer der schmutzigsten Fronten eines nicht zu gewinnenden Krieges. Gegen dessen Ende dauerten die Blackouts manchmal einen vollen Tag, und gelegentlich kam er erst in einem anderen Teil des Landes wieder zu sich, ohne zu wissen, wie und aus welchem Grund er dorthin gebracht worden war. Dann kam das Ende des Krieges. Die Sowjets zogen ihre Truppen genauso beschämt und gedemütigt aus Afghanistan ab wie die Amerikaner die ihren seinerzeit aus Saigon. Mehrere Jahre lang hatte Kerikow keine Probleme mehr mit den Blackouts. Selbst die Erinnerungen daran verblassten. Aber während der späten Achtziger- und frühen Neunzigerjahre ging es wieder los. Es war offensichtlich, dass er beim KGB keine Zukunft mehr hatte. Ein ehemaliger sowjetischer Satellitenstaat nach dem anderen wurde unter dem Einfluss des Westens zu einer Demokratie, und auch sein geliebtes Russland wurde von einer kapitalistischen Woge überrollt. Die Blackouts kamen zurück. Sie traten häufiger auf und dauerten länger als je zuvor. Ende der Neunzigerjahre kamen bei seinen Tobsuchtsanfällen Menschen ums Leben. Während seiner letzten Monate in Russland war er einmal wieder zu sich gekommen und hatte bemerkt, dass er vier Untergebene getötet hatte. Sie saßen mit durchgeschnittenen Kehlen an einem Konferenztisch. Er hatte keine Erinnerung daran, wie er es geschafft hatte, die anderen Männer in Schach zu halten, während er sich einen von ihnen vorknöpfte.

Jetzt sah er sich rasch in der Hotelsuite um, um sich zu vergewissern, dass er nicht wieder jemanden umgebracht hatte. Sein Gast, ein schlanker junger Mann in Jeans und Rollkragenpullover, schaute ihn durch dicke Brillengläser an. Sein Blick verriet Ratlosigkeit angesichts dessen, was er gerade miterlebt hatte.

Iwan Kerikow ließ sich nicht anmerken, wie erleichtert er war, dass der junge Amerikaner noch lebte. Er schenkte sich einen dreifachen Scotch ein und trank ihn ohne Eis. Dann stellte er das Glas an exakt dieselbe Stelle, wo es zuvor gestanden hatte.

Kerikow stand vor dem jungen Mann und verschränkte seine dicken Arme vor der Brust, was genauso einschüchternd wirkte, als hätte er drohend die Faust geschüttelt. Er versuchte, seine aufbrausenden Gefühle zu bändigen und ruhig zu sprechen. »Wegen der Inkompetenz anderer wird Ihr Job jetzt sehr viel schwieriger.«

Ted Mossey schwieg. Er saß auf der Kante eines Polstersessels wie ein verängstigter Vogel, der gleich davonfliegen wird.

Kerikow wies mit einer Kopfbewegung auf die Überreste des Telefons. »Das war eben meine Kontaktperson in Washington. Leider hat es zwei erfolglose Versuche gegeben, dem Feind Einhalt zu bieten, der jetzt in die Offensive gehen wird. Ich kenne ihn gut und weiß, dass wir ihn nur besiegen können, wenn wir unsere Pläne schneller durchziehen. Innerhalb von achtundvierzig Stunden müssen Sie fertig sein. Sonst könnten wir gezwungen sein, das Projekt fallen zu lassen.«

»Nein, auf keinen Fall!«, erwiderte Mossey, der vor Wut zitterte. Dann straffte er seine schmalen Schultern. Ted Mossey hatte Pausbacken, ein spitzes Kinn und Segelohren, die von seinem strähnigen blonden Haar fast verdeckt wurden. Die Akne war er seit der Pubertät nicht mehr losgeworden, aber Kerikow hatte ihn nicht wegen seines Aussehens angeheuert, sondern weil der Achtundzwanzigjährige ein Computergenie war.

Er konnte ein Programm testen, während er gleichzeitig ein anderes schrieb, wobei er mit jeder Hand eine Tastatur bearbeitete und sein Blick mit irrwitziger Geschwindigkeit zwischen zwei Monitoren wechselte. Mossey war verantwortlich für die 3-D-Simulationen der kommenden Generation von Computerspielen und hatte ein so fortschrittliches Programm geschrieben, das erst eingesetzt werden konnte, wenn die Rechengeschwindigkeit der Computer hundertmal schneller war.

Doch noch etwas anderes zeichnete Ted Mossey aus gegenüber den anderen Computergenies, welche die Vereinigten Staaten in einer so beunruhigenden Anzahl hervorbrachten. Obwohl viele von Kerikows früheren Kandidaten mit Sicherheit die erforderlichen Fähigkeiten besaßen, sprach für Mossey, dass er ein militanter Umweltschützer war, ein Öko-Terrorist, der sein Können einsetzte, um die Computersysteme von Holzfällerfirmen, Bergbauunternehmen und Konglomeraten der Schwerindustrie zu hacken. Während es vielen Umweltaktivisten eher um Publicity als um Resultate zu gehen schien, arbeitete Mossey hinter den Kulissen, ruinierte Computersysteme und richtete Schäden in Millionenhöhe bei jenen an, denen er die Zerstörung des Planeten vorwarf.

»Ich werde das nicht zulassen«, sagte Mossey wütend. »Dieses Projekt ist zu wichtig. Ich schaffe das in achtundvierzig Stunden, kein Problem.«

Mosseys Stimme klang äußerst entschlossen, aber Kerikow wollte keine beruhigenden Versicherungen hören, sondern die Wahrheit. »Sie werden die nächsten drei Tage nicht beim Alyeska Marine Terminal arbeiten, aber für mein Projekt müssen Sie innerhalb von zweien dort sein. Wie wollen Sie das schaffen?«

»Kein Problem. Direkt nachdem ich den Programmiererjob bekommen hatte, habe ich einen Virus in ihr System geschmuggelt, der vom Großrechner aus alle Bildschirmarbeitsplätze lahmlegen kann. Niemand wird seinen Computer benutzen können. Ich kann den Virus von zu Hause aus aktivieren und alle Computer der Alaska-Pipeline funktionsuntüchtig machen. Seit ein paar Monaten sehen sie mich als den größten hiesigen Experten, und folglich werden sie mich anrufen, um das System wieder flottzumachen.«

»Werden sie nicht bemerken, dass sich jemand von außerhalb Zugang zu ihrem System verschafft hat?«

Mossey sah das als Infragestellung seiner Fähigkeiten und schüttelte energisch den Kopf. »Ich habe die Backtrack-Unterroutine ihres Antivirenprogramms bereits gelöscht. Sie können nicht sehen, ob jemand von außen auf das System zugegriffen hat.«

»Wenn das so ist, können Sie dann nicht mein ursprüngliches Programm in ihrem Mainframe von Ihrem heimischen Computer aus starten?« Kerikow war kein Computerspezialist, wollte aber jedes Sicherheitsrisiko vermeiden.

»Ich habe es Ihnen bereits gesagt.« Mossey seufzte. »Ihr Programm ist seit dem Upgrade im Jahr 1986 tief vergraben im Kernel. Als Ihr damaliger Programmierer es dort auf dem Mainframe fest verdrahtete, hat er es unmöglich gemacht, es von irgendwo anders aus zu starten als aus der Computerzentrale in Valdez. So kann niemand auf seinem Desktop darüber stolpern oder es finden, indem er in das System hackt. Er hat es unmöglich gemacht, es zu entdecken, und schwierig, sich Zugang zu verschaffen. Mein Antibacktracker ist gar nichts gegen die Sicherheitsmaßnahmen Ihres damaligen Programmierers.«

Kerikow begriff, dass Mossey das Programm nur in der Computerzentrale der Hafenbehörde von Valdez aktivieren konnte. Es war vor über einem Jahrzehnt von einem seiner besten Agenten auf den Großrechner geschmuggelt worden. Dieser Akt der Computersabotage war der Auftakt des Projekts *Charons Überfahrt* gewesen. Abgesehen davon war vor dem Zusammenbruch der Sowjetunion nichts mehr passiert. Danach hatte er auf eigene Faust agiert, mit finanzieller Unterstützung von Hasaan bin-Rufti und anderen. Als er Russland verließ, hatte er nur die Computercodes des ehemaligen KGB-Projekts stehlen müssen.

»Wie schnell können Sie die anderen Computer lahmlegen und in Valdez vor Ort sein?«, fragte Kerikow, dessen Stimme schon jetzt einen triumphierenden Unterton hatte. Philip Mercer mochte noch leben, doch er konnte nichts mehr tun, um ihm Einhalt zu gebieten, wenn das Kontrollprogramm erst einmal aktiviert war.

»Ungefähr vier Stunden nach der Rückkehr in meine dortige Wohnung. Wenn ich das System lahmgelegt habe, werden sie sofort bei mir anrufen. Danach kann ich Ihr Programm innerhalb von ein paar Stunden starten.«

»Hervorragend. Ich möchte, dass Sie noch heute Abend nach Valdez zurückfahren, aber legen Sie das System erst dann lahm, wenn ich anrufe. Die Verzögerung wird nicht länger als vierundzwanzig oder höchstens sechsunddreißig Stunden dauern.«

»Ja, aber warum warten?«

»Die Aktivierung meines Computerprogramms ist nur ein Teil einer umfassenden Operation, von der Sie nicht alles wissen. Ich muss sicherstellen, dass alles arrangiert ist, bevor wir das gesamte System übernehmen.« Es gehörte nicht zu Kerikows Angewohnheiten, seine Befehle zu erklären.

Er wartete Mosseys Abschied nicht ab und ging ins Schlafzimmer. Weil er das andere Telefon zerstört hatte, musste er dort telefonieren. Während er die Nummer von Abu Alam wählte, der zwei Etagen unter ihm im Anchorage Holiday Inn wohnte, zog er ein Zigarettenpäckchen und ein Feuerzeug aus der Tasche.

»Ja?«

»Wir brechen in ein paar Stunden auf. Es hat eine kleinere Komplikation gegeben. Die Leute in Washington haben versagt.«

»Mercer lebt noch?« Obwohl ein unberechenbarer Psychopath, war Alam doch professionell genug, um die richtigen Fragen zu stellen.

»Ja. Aber wir sollten es nicht sofort wieder versuchen. Ich habe beschlossen, ihn nach Alaska zu locken und auf eine falsche Fährte zu führen. Wir können uns später um ihn kümmern. Um sicherzustellen, dass er auch wirklich kommt, müssen wir nach Homer zurückkehren. Tanken Sie den Wagen auf. Wir treffen uns in der Hotelhalle.« Kerikow blickte auf die Uhr. »Um zehn.«

»Bewaffnet?« Selbst Alam hatte einigen Respekt vor den amerikanischen Strafverfolgungsbehörden und nahm seine geliebte halbautomatische Schrotflinte nur mit, wenn es sich überhaupt nicht vermeiden ließ.

»Ja. Ich bringe noch zwei meiner Männer mit.« Statt Alams blutrünstiger arabischer Revolverhelden wollte er lieber die beiden Deutschen mitnehmen. Auch wenn die beiden ehemaligen Stasi-Agenten bei dem Verhör des Fischers und seines Sohnes versagt hatten, waren sie doch disziplinierte Profis, die er heute Nacht gut gebrauchen konnte. Er unterbrach die Verbindung und wählte sofort die nächste Nummer.

»Ich kann jetzt nicht reden, wir laden noch«, sagte jemand brüsk und legte auf.

Kerikow starrte einen Moment verdutzt auf den Hörer, aber eigentlich hatte er erfahren, was er wissen wollte. Er wählte erneut, ohne sich darum zu scheren, dass er den Mann am anderen Ende aus dem Bett holen würde.

»Hallo«, meldete sich kurz darauf eine verschlafene Stimme.

»Sie haben schon wieder versagt. Mercer lebt noch.« Kerikow hörte das Quietschen von Bettfedern.

»Das ist unmöglich. Ich habe meinen besten Mann geschickt. Der hat mich noch nie enttäuscht.«

»Einer meiner alten Informanten in Washington hat mich gerade aus Mercers Straße angerufen. Es sind zwei Dutzend Cops vor Ort, und er hat gesagt, Mercer habe sich mit Dick Henna unterhalten.«

»War noch jemand involviert?«

»Was spielt das für eine Rolle? Mercer lebt, und Sie haben mich zweimal im Stich gelassen. Ihre Unfähigkeit ist inakzeptabel.«

»Morgen ist er tot, und wenn ich ihn persönlich umlegen muss.«

»Das wäre idiotisch«, blaffte Kerikow ihn an. »Mittlerweile steht er unter dem Schutz des FBI. Ich muss ihn nach Alaska locken, wo ich mich persönlich um ihn kümmern werde. Ich habe noch eine Rechnung mit ihm offen.«

»Und was wollen Sie von mir?«

»Im Moment gar nichts. Ist mit Rufti alles arrangiert?«

»Ich habe heute Abend mit ihm gesprochen. Er glaubt, dass Khalid Al-Khuddari misstrauisch ist, hat mir aber versichert, dass er zuschlagen wird, bevor Khuddari herausfindet, wie real die Gefahr für die königliche Familie ist.«

»Was ist mit den Waffen?«

»Die sind an Bord der *Petromax Arabia*, die wegen unvorhergesehener Reparaturarbeiten in Abu Dhabi liegt. Ganz so, wie Sie es geplant haben.« Die Stimme des Mannes klang jetzt selbstbewusster. »Die *Arctica* sollte Valdez innerhalb von zwei Stunden verlassen, sodass auch hier alles nach Plan läuft. Auch wenn Mercer noch lebt, kann niemand mehr aufhalten, was wir in Bewegung gesetzt haben. Machen Sie sich keine Sorgen, Kerikow. Innerhalb von ein paar Tagen hat Amerika keinen Zugang mehr zu seinem letzten großen heimischen Ölvorkommen. Der Benzinpreis wird sich verdoppeln, und im Mittleren Osten wird sich einiges ändern. Und diesmal wird niemand in der Lage sein, die Veränderung rückgängig zu machen. Und wir drei sind am Ziel. Wir beide bekommen unser Geld und Rufti sein eigenes Land.«

»Ich glaube es erst, wenn es so weit ist. Hochmut hat schon ganz andere Leute zu Fall gebracht als Sie.« Dann wurde Kerikows Stimme nachdenklich. »Ich mache mir Sorgen wegen Rufti. Meiner Meinung nach hat dieser Fettsack weder den Mumm noch den Grips, um diesen Teil der Operation erfolgreich umzusetzen.«

»Bleibt Ihnen genug Zeit, um Khuddari in die Irre zu führen?«, fragte Kerikows Partner.

»Nein, und das macht mir Sorgen. Ich habe alles einen vollen Tag vorgezogen, sodass wir wegen ihm nichts mehr unternehmen können. Rufti wird auf sich allein gestellt sein, bis alles vorbei ist.«

Kerikows Stimme war seine Wut nicht anzumerken. In der guten alten Zeit hätte er einfach einen Killer losgeschickt, um Khuddari zu erledigen, aber er hatte nicht mehr die Macht und die Möglichkeiten wie seinerzeit beim KGB.

»Ich kenne Hasaan Rufti länger als Sie. Auch ich glaubte, seine Fresssucht deute auf eine tiefer liegende Charakterschwäche. Möglicherweise gibt es mit Khuddari Probleme, aber Rufti ist gierig und schlau genug, um ihn loszuwerden. Und es wird ihn nicht kümmern, was das kostet oder wer ihm in die Quere kommt. Rufti ist absolut skrupellos. Sie kennen seinen psychopathischen Lakaien, diesen Abu Alam. Mein Gott, Rufti ist doppelt so gestört wie dieser Wahnsinnige und zehnmal so gefährlich. Wie auch immer, ich werde morgen noch einmal mit ihm reden und sicherstellen, dass er begreift, warum Sie sich Sorgen machen.«

»Er weiß doch nicht etwa, dass wir beide zusammenarbeiten?« Kerikow schrie fast, und sein Gesicht lief rot an.

»Natürlich nicht«, beruhigte ihn der andere schnell. »Er wird denken, dass ich von meinen Sorgen rede. Machen Sie sich keine Gedanken. Er weiß nichts von unserem Deal.«

»Bauen Sie bloß keine Scheiße, sonst bekommen Sie es mit mir zu tun und werden nur noch den Tod herbeisehnen.« Kerikow knallte wütend den Hörer auf die Gabel. Bei der fahrlässigen Art seines Partners konnte man gut einen Herzstillstand erleiden. Er war seinem Ziel schon einmal so nahe gewesen, und dann war alles an der Gier eines seiner Agenten und an Philip Mercer gescheitert.

Er steckte sich die nächste Zigarette an, um seine blank liegenden Nerven zu beruhigen. In ein paar Minuten würde er mit den beiden Deutschen und Alam nach Homer aufbrechen. Wenn er die falsche Fährte für Mercer gelegt hatte, konnte er sich wieder ganz auf alle Aspekte des Projekts *Charons Überfahrt* konzentrieren.

Doch bevor er die Hotelsuite verließ, musste er noch ein letztes Telefonat führen. Diesmal dauerte es länger, denn die Verbindung wurde über Satellit aufgebaut. Eine Frauenstimme meldete sich.

»Bin ich mit der *Hope* verbunden?«, fragte er.

»Ja.«

»Hier ist Iwan Kerikow. Sagen Sie Ihrem Boss, dass wir vierundzwanzig Stunden früher zuschlagen. Stellen Sie sicher, dass alles bereit ist. Für den Fall, dass es Fragen gibt, rufe ich morgen noch mal an.«

J. Edgar Hoover Building, Washington, D.C.

Die massive Stahl-Glas-Konstruktion in der Innenstadt von Washington hätte man eher für die Zentrale eines Hightech-Unternehmens halten können als für das Hauptquartier von Amerikas wichtigster Strafverfolgungsbehörde. Das Gebäude war nach dem langjährigen Direktor der Bundeskriminalpolizei benannt. Das FBI führte zahllose Ermittlungen durch, von den alltäglichsten bis zu äußerst gefährlichen. Die Gründlichkeit der Bundespolizei grenzte für manche an Paranoia, aber ihre Mitarbeiter wussten, dass ihre Arbeit die Vereinigten Staaten zum sichersten Land der Welt machte.

Dick Henna residierte in einer Bürosuite im obersten Stock, doch wenn er keine Gäste beeindrucken musste, arbeitete er lieber in einem der Konferenzräume einige Etagen tiefer, weil er sich nicht wie so viele seiner Vorgänger in einem Elfenbeinturm verschanzen wollte. Henna hatte ein Bulldoggengesicht mit hängenden Backen und kleinen Augen, einen dicken Bauch und kurze Beine. Er hatte sich langsam in der Hierarchie hochgearbeitet und war seit einem Jahr Direktor des FBI, ohne seine frühen Jahre als Ermittler zu vergessen.

Gegenüber von ihm hatte es sich Mercer bequem gemacht. Er hatte sich von dem Angriff erholt und die Nacht unter dem Schutz des FBI im exklusiven Willard Hotel verbracht. Die durch den Streifschuss gerissene flache Wunde an seiner Schulter war eher ein Ärgernis als eine ernsthafte Verletzung. In ein paar Tagen würde alles vergessen sein. Mercer hatte einen Anzug an, den er genauso lässig zu tragen wusste wie seine Lieblingsjeans und ein Sweatshirt. Als am letzten Abend die Polizei vor seinem Haus vorgefahren war, zusammen mit Henna und zwei FBI-Beamten, hatten sie ihm gerade genug Zeit gelassen, um eine Reisetasche zu packen, und ihn zum Willard chauffiert. Harry war zu seiner Wohnung gebracht und dort vernommen worden.

Bis Mitternacht war er von den beiden FBI-Beamten gelöchert worden. Sie hatten ihn nach jedem Aspekt des Überfalls auf sein Haus gefragt, und Mercer zermarterte sich das Gehirn, um ihnen kein Detail vorzuenthalten. Er war völlig aufrichtig und kooperativ und log nur, als er sagte, er wäre allein gewesen, als Harry in seinem Haus aufgetaucht sei. Er glaubte, dass es besser war, Aggie Johnston nicht zu erwähnen. Um ihm einen Gefallen zu tun, würde Harry bestätigen, dass er Mercer allein angetroffen hatte.

Dem war keine Zeit geblieben, um Aggies Reaktion zu analysieren. Nachdem die beiden Männer endlich verschwunden waren, hatte er sich völlig erschöpft ins Bett gelegt. Aber Aggies plötzlicher Aufbruch verstörte ihn, und er fragte sich, was dahinterstecken konnte.

Henna war ungewöhnlich still. Am Vorabend hatte er noch mit Special Agent Peters' Frau telefoniert, und an diesem Tag wollte er sie persönlich besuchen. Es war keine angenehme Pflicht, doch er wollte sie nicht einem anderen überlassen. Obwohl er Peters nie persönlich begegnet war, traf ihn sein Tod so schwer wie der eines Freundes, und er würde auch am nächsten Tag an seiner Beerdigung teilnehmen.

Ein Bediensteter betrat mit einem Tablett das Büro. Mercer trank seinen Kaffee schwarz, Henna seinen mit Milch und zwei Löffeln Zucker.

»Warum siehst du schlimmer aus als ich, wo ich doch gestern angegriffen wurde?«

»Seit gestern Abend ist die Kacke wirklich am Dampfen.« Henna schüttelte traurig den Kopf. »Nach dem Mordversuch an dir habe ich den Präsidenten angerufen, der schon im Bett lag. Er hat mich autorisiert, in den Archiven der CIA und der NSA nach allem zu suchen, das etwas mit Alaska oder dir zu tun hat.« Henna zog ein zusammengefaltetes Blatt Papier aus der Tasche und glättete die Eselsohren. »Von der NSA kam vor zwei Stunden das hier.«

Mercer überflog die Seite und ignorierte den bürokratischen Jargon. Im Grunde stand auf dem Blatt nur, dass vor zwölf Tagen ein Mann namens John Krugger in die Vereinigten Staaten eingereist war. »Und?«

»Die Computer der NSA markieren automatisch Pässe mit verdächtigen Namen. Sie bearbeiten Tausende von gelben Markierungen pro Woche. Dabei geht es um Namen und Pseudonyme, die identisch sind oder ähnlich klingen und zu Terroristen oder anderen unerwünschten Personen gehören könnten. Bei Übereinstimmungen handelt es sich meistens um bedeutungslose Zufälle. In wichtigen Fällen wird ein Name rot markiert, und das war hier der Fall.«

»Der Name sagt mir gar nichts«, bemerkte Mercer möglichst beiläufig, obwohl ihm schon die Nackenhaare zu Berge standen.

»John Krugger ist die englische Variante von Johann Kreiger«, sagte Henna mit ausdrucksloser Stimme.

Mercer zuckte die Achseln, bereitete sich aber auf das Schlimmste vor.

»Johann Kreiger war ein Pseudonym von Iwan Kerikow, und nach Auskunft des KGB, der ihn immer noch tot sehen will, besitzt er einen englischen Pass, der auf den Namen John Krugger lautet.«

»Kerikow ist in den Vereinigten Staaten?«, keuchte Mercer. Er wurde von einer Unzahl von Gedanken und Gefühlen überwältigt, doch allmählich tauchte aus dem Chaos der Wunsch auf, Rache zu nehmen. Iwan Kerikow, die graue Eminenz hinter dem Projekt Vulkanfeuer, hatte ihm nach dem Leben getrachtet. Schon damals hatte er Rache nehmen wollen, doch Kerikow hatte es geschafft, sich in ein unbekanntes Land abzusetzen.

Aber jetzt war er in den Vereinigten Staaten, und er wollte die Chance nutzen, um den Russen zur Strecke zu bringen. Er schäumte innerlich vor Wut.

»Ich will ihn mir schnappen, Dick.«

»Darüber reden wir später. Jetzt müssen wir erst mal herausfinden, warum er hier ist.«

»Glaubst du, es hat etwas mit mir und Alaska zu tun?«

»Da ihm wegen dir während der Hawaii-Krise hundert Millionen Dollar durch die Lappen gegangen sind, bin ich sicher, dass es etwas mit dir zu tun hat, und angesichts der Stimmung im Land und der Regierung bestimmt auch mit Alaska.«

Jemand klopfte an der Tür und trat ein, ohne erst darauf zu warten, hereingebeten zu werden.

Dr. Lynn Goetchell war die Chefin des Forensic Crimes Laboratory des FBI im ländlichen Virginia und herrschte über ihr Reich mit dem Gebaren eines wohlwollenden Diktators. Ihr allgegenwärtiger Laborkittel glich dessen Uniform. Sie setzte sich neben Mercer, ohne ihn zur Kenntnis zu nehmen. Es war nicht so, dass sie wirklich unhöflich gewesen wäre, aber wenn man drei Doktortitel erworben hatte, brauchte das seine Zeit, und man entfremdete sich dem gesellschaftlichen Leben und seinen Umgangsformen. Sie trug einen konservativen dunkelblauen Hosenanzug und abgesehen von Ohrringen mit künstlichen Edelsteinen keinen anderen Schmuck.

Mercer konnte es nicht mit Sicherheit sagen, vermutete aber, dass Goetchell nicht mehr geschlafen hatte, seit sie das Stück Stahl von der *Jenny IV* analysieren konnte. Sie war bleich und hatte dunkle Ringe unter den Augen. Sie roch schwach nach Chemikalien.

»Am besten sage ich Ihnen gleich, dass ich absolut nichts herausgefunden habe«, erklärte Goetchell, nachdem sie Henna begrüßt hatte und nachdem dieser ihr Mercer vorgestellt hatte. »Wir hatten keine vierundzwanzig Stunden Zeit, und das reicht nicht für eine gründliche Analyse. Trotzdem verwette ich meinen guten Ruf darauf, dass wir auch später nicht weiterkommen werden.«

»Was haben Sie denn bisher herausgefunden?«, fragte Henna.

»Das ist ein ganz gewöhnliches Stück rostfreien Stahls, und die Tinte für den Aufdruck des Wortes ›roger‹ ist ein Standardprodukt, das allein in diesem Land unter Lizenz von zwanzig verschiedenen Unternehmen hergestellt wird.

Man kann die Herkunft nicht bestimmen. Dass wir Natrium und Kieselalgen entdeckt haben, liegt daran, dass das Stahlstück in Salzwasser gelegen hat. Die Salzkonzentration entspricht der im Nordpazifik und im Prinz-William-Sund. Wir haben ein hochmodernes Elektronenmikroskop benutzt und nichts Außergewöhnliches entdeckt.«

»Was ist mit den deformierten Rändern?«, fragte Mercer.

»Das Stück ist durch eine Explosion oder Implosion irgendwo herausgerissen worden. Etwas Genaueres kann ich nicht sagen. Wir haben keine Reste von Sprengstoff oder Chemikalien gefunden.«

»Eine Sackgasse«, sagte Mercer entmutigt.

»Genau«, stimmte Goetchell zu. »Eigentlich haben wir nur eine Sache gefunden, die man mit bloßem Auge nicht entdeckt hätte. Durch eine Computerextrapolation haben wir herausgefunden, dass das Stahlstück aus einem Behälter mit einem Umfang von ungefähr einhundertfünfzehn Zentimetern herausgerissen worden sein muss.«

Was einem Durchmesser von ungefähr fünfunddreißig Zentimetern entsprach, doch auch das verriet Mercer nicht mehr. »Was nun?«

»Wir müssen uns an die anderen Entdeckungen halten, die wir an Bord der *Jenny IV* gemacht haben.« Goetchell zog einen Schnellhefter aus ihrer Aktentasche. »Mit den Überbleibseln des Skeletts, die in der Kabine des Bootes entdeckt wurden, ließ sich nicht mehr viel anfangen. Die Knochen waren so verkohlt, dass wir von einem Feuer mit einer Hitze von über dreihundert Grad ausgehen müssen. Das passt zu dem verbrannten Holz, Kunststoff und Treibstoff. Wir konnten nicht einmal mehr eine DNA-Analyse durchführen. Der Tote wurde anhand von Röntgenbildern seines Zahnarztes identifiziert.

»Und die Leiche, die ich an Deck gefunden habe?«

»Die Todesursache waren schlimme Verbrennungen. Der Tote hatte vierzig Prozent seines Körpergewichts durch die Flammen verloren. Seine Lungen waren so verbrannt, dass er selbst dann innerhalb von Stunden gestorben wäre, wenn er den Brand überlebt hätte.« Sie reichte ein paar gruselige Fotos herum. Die Leiche war so entsetzlich entstellt, wie es sich in Mercers Erinnerung eingebrannt hatte. Verkohlte Arm- und Beinstümpfe, ein Gesicht, das seinen Namen nicht mehr verdiente. Ohne Augenbrauen, Ohren, Nase oder Lippen. Übrig geblieben waren nur schiefe gelbe Zähne.

Henna hielt eines der Fotos hoch. »Was haben wir hier?«

»Das Bild war im Bericht des amtlichen Leichenbeschauers nicht beschriftet, aber für mich sieht es aus wie das Foto einer Zellbiopsie. Mir scheinen das subkutane Fettzellen zu sein.«

»Für mich sehen sie zerstört aus«, bemerkte Mercer. Er hatte genügend Wissenschaftsprogramme im Fernsehen gesehen, um eine gesunde Zellstruktur erkennen zu können. Diese Zellen sahen aus wie Steine einer zerbröckelnden Mauer. Die Zellwände wirkten verschwommen und aufgebläht.

Dr. Goetchell nahm Henna das Foto aus der Hand und studierte es eingehend. »Verdammt, das ist mir völlig entgangen. Ein weiteres Rätsel.«

»Wie passiert so was?«, fragte Mercer.

»Eine große Menge an extrazellulären Salzen, Zucker und

Proteinen veranlasst die Zellen, Wasser abzusondern, um das Gleichgewicht der Konzentrationen wiederherzustellen«, erklärte Goetchell, als würde sie eine Vorlesung halten. »Wenn das chemische Gleichgewicht allzu sehr gestört ist, können die Zellen nicht genug Wasser ausscheiden, um ihre schützende Flüssigkeit zu verdünnen. Sie entleeren und zerstören sich, oder, um es genauer auszudrücken, sie implodieren. Was anfangs eine Schutzfunktion ist, führt letztlich zur Selbstzerstörung.«

»Wodurch wird das ausgelöst?«, fragte Henna, der sich alle Mühe geben musste, um Goetchell folgen zu können.

»Durch eine ganze Reihe von chemischen Verbindungen. Der menschliche Körper reagiert sehr sensibel auf Toxizität in seiner Umgebung. Aber es kann auch dadurch ausgelöst werden, dass ein Körper gefroren ist.«

»Mein Gott«, rief Mercer aus. »Warum bin ich nicht eher darauf gekommen?«

»Was soll daran so außergewöhnlich sein?« Henna schüttelte den Kopf. »Die Leiche wurde in Alaska gefunden, in eiskaltem Wasser.«

Allmählich sah Mercer klarer. »Frau Dr. Goetchell hat gesagt, der Körper sei *gefroren* gewesen.« Lynn Goetchell nickte ihm kurz zu. »Von was für einer Temperatur reden wir – etwa hundert Grad unter null?«

»Schwer zu sagen, aber die Zellen sind völlig zerstört.«

»Es ist auch egal.« Mercer riss ein Blatt von einem auf Hennas Schreibtisch liegenden Notizblock ab und zog einen Stift aus der Innentasche seiner Anzugsjacke. Henna und Goetchell beobachteten schweigend, wie er das Wort aufschrieb, dessen Bedeutung ihnen entgangen war: roger.

»Die Bruchstelle ist direkt hinter dem letzten *r*, stimmt's?« Er wartete nicht auf eine Antwort. »Aber vielleicht war es gar kein *r*.« Er machte aus dem *r* ein *n*.

... rogen.

Im Gegensatz zu Henna begriff Lynn Goetchell sofort, worauf er hinauswollte. Mercer vervollständigte das halbe Wort um die Buchstaben, die auf dem Stück Stahl nicht zu sehen waren, weil es durch die Explosion an Bord der *Jenny IV* aus einem Behälter herausgerissen worden war. Und dann fügte er das Wort hinzu, von dem er wusste, dass es ebenfalls auf einem Kryostat mit einem Durchmesser von fünfunddreißig Zentimetern gestanden hatte, der sich im Frachtraum des Bootes befunden hatte. *Liquid Nitrogen.* Flüssiger Stickstoff.

»Ich wette, dass die *Jenny IV* sehr viel mehr als nur einen Behälter mit flüssigem Stickstoff an Bord hatte«, sagte Mercer triumphierend. »Ich erinnere mich, dass die Winsch am Heck teilweise zerstört war. Außerdem waren die Funkantennen abgebrochen. Jetzt verstehe ich den Grund. Das Feuer muss den flüssigen Stickstoff in dem Frachtraum erhitzt haben. Da eine der von mir entdeckten Leichen noch auf einer Pritsche lag, muss sich der Brand schnell ausgebreitet haben. Das andere Mannschaftsmitglied war auf Deck, als die Hitze die Kryostaten explodieren ließ. Das Schiff muss eingehüllt gewesen sein in einen Nebel extrem kalten Gases, das die Flammen erstickt hat. Deshalb war diese Leiche nur zur Hälfte verkohlt.« Mercer sah das gruselige Bild wieder vor sich und stellte sich vor, was für ein entsetzlicher Tod das gewesen sein musste. Die brutale Temperaturänderung muss das Material der Winsch und der Antennen geschwächt haben. Sie sind unter ihrem eigenen Gewicht zusammengebrochen.«

Henna warf Goetchell einen fragenden Blick zu.

»Angesichts der vorläufigen Resultate der Autopsie scheint mir das plausibel zu sein. Stickstoff verflüssigt sich bei einhundertsechsundneunzig Grad unter Null. Das sind siebenundsiebzig Grad mehr als der absolute Temperaturnullpunkt auf der Kelvin-Skala. Das ist kalt genug, um einen solchen Zellschaden anzurichten. Und es erfordert keine so kostspielige Verflüssigungsapparatur wie für flüssigen Wasserstoff oder Helium. Ein Feuer in der Nähe der Kryostaten hat diese erhitzt und zerbersten lassen. Dann hat ihr Inhalt das Schiff schlagartig in eine Dunstwolke gehüllt. Eine solche Kälte schwächt Stahl, Kunststoff und Holz bis zu dem Punkt, wo sie selbst unter geringem Druck zerbrechen. Jeder Physikstudent im Land weiß, dass ein in flüssigen Stickstoff getauchter Nagel zerbricht, wenn man mit einem Hammer daraufhaut.«

»Warum?«, fragte Henna Mercer.

»Hey, lass mich einen Moment nachdenken. Vor einer Minute wussten wir noch nicht mal, was an Bord des Schiffes war.«

Für fünf Minuten hörte man nur das Ticken der Wanduhr mit dem weißen Zifferblatt und dem dünnen roten Sekundenzeiger.

»Woher hatten sie den Stickstoff?«, fragte Mercer schließlich leise. »Ich glaube nicht, dass sie ihn aus einem der anderen Bundesstaaten die ganze Küste hochgeschifft haben. Plausibler scheint es mir zu sein, dass sie ihn zu einem Hafen transportieren wollten, als der Brand ausbrach. Aber wo kommt man mitten im Golf von Alaska an flüssigen Stickstoff?«

»Ein Rätsel mehr«, sagte Henna pessimistisch.

»Nicht so schnell.« Mercer wandte sich Goetchell zu. »Können Sie mir das Datum und den Todeszeitpunkt nennen?«

»Die Leiche wurde am 17. Oktober entdeckt, und der amtliche Leichenbeschauer meint, der Tod sei am frühen Nachmittag des Vortages eingetreten. Ich habe keinen Beweis dafür, aber ich wette, dass er damit ziemlich richtig liegt.«

»Am Nachmittag des 16. Oktober.« Mercer blickte Henna an. »Ich brauche ein Telefon und zwei Stunden Zeit, dann weiß ich, wo diese Kryostaten mit dem Stickstoff herkamen. Hoffentlich kann ich dann auch sagen, warum sie an Bord waren.«

»Vergiss es. Deine Arbeit ist getan.«

»Was redest du da?« Mercer war geschockt, dass sein Freund glaubte, er habe seine Schuldigkeit getan.

»Nur für den Fall, dass du es vergessen haben solltest … In den letzten beiden Tagen wurden zwei Mordanschläge auf dich verübt. Ab jetzt bist du aus diesem Spiel raus.«

»Spiel hier nicht den besorgten FBI-Chef. Du hast immer noch keine Ahnung, was los ist, und das bedeutet, dass man mir weiter nach dem Leben trachten wird. Und wenn ich derjenige bin, der in Gefahr schwebt, will ich bei dieser Untersuchung auch etwas zu sagen haben.«

»Vergiss es, Mercer«, wiederholte Dick Henna bestimmt. »Zweihundert meiner Mitarbeiter sind in Alaska und untersuchen alles, was die Öffnung des Naturschutzgebietes für die Ölförderung und den Bau der zweiten Trans-Alaska-Pipeline gefährden könnte. Bis jetzt haben sie nichts herausgefunden. Mein Gott, letzte Nacht wurden in Anchorage Brandbomben auf zwei Tankstellen geworfen, keine fünf Straßenecken von unserem dortigen FBI-Büro entfernt. Jetzt haben wir eine Spur, und meine Leute werden sich darum kümmern. Nicht du.«

»Keiner von denen hat meinen wissenschaftlichen Sachverstand. Wenn das FBI Leute gehabt hätte, die gewusst hätten, dass die Kombination von Ammoniumnitrat und Heizöl einen Sprengstoff ergibt, wäre es zu dem Anschlag in Oklahoma City möglicherweise nie gekommen. Ich habe schon als Kind mit solchen Substanzen gespielt.«

»Frau Dr. Goetchell, würden Sie uns bitte einen Moment allein lassen?«, fragte Henna.

»Ich wollte sowieso gerade gehen.« Goetchell stand auf, schüttelte Mercer die Hand und nickte ihrem Vorgesetzten zu, bevor sie den Konferenzraum verließ.

Henna fuhr fort. »Erstens: Glaub bloß nicht, dass unsere Freundschaft dir das Recht gibt, so in Anwesenheit einer Mitarbeiterin mit mir zu reden. Das untergräbt meine Autorität. Zweitens: Ich weiß es zu würdigen, was du eben herausgefunden hast, aber deshalb lasse ich dir noch lange nicht freie Hand bei dieser Geschichte. Dies ist eine Untersuchung des FBI, kein persönlicher Kreuzzug. Ich will nicht, dass du umgebracht wirst. Beim letzten Mal war Kerikow zu weit weg, doch jetzt ist er hier im Land, und wenn du herumschnüffelst, wirst du genauso enden wie deine drei Freunde. Ich lasse nicht mit mir reden. Dieses Land gleicht einem Pulverfass, und Alaska ist die Zündschnur, an die jeden Augenblick jemand sein Feuerzeug halten kann. Ich habe genug Sorgen, da kann ich auf Ärger mit dir gut verzichten.«

Mercer wusste, dass Henna es ernst meinte. Er stand mit dem Rücken an der Wand. Obwohl eine Unmenge von Mitarbeitern mit der Alaska-Krise befasst war, hatten sie bisher absolut nichts herausgefunden. Er, Mercer, hatte gerade eine wichtige Entdeckung gemacht, aber es war ausgeschlossen, dass Henna ihn an den Ermittlungen teilhaben ließ. Er verstand seinen Freund und zollte seiner Entscheidung sogar Respekt, hatte aber nicht vor, sich ausbooten zu lassen.

Da es sinnlos war, Henna anzubetteln, änderte er die Taktik. »Weißt du mittlerweile mehr über die beiden Männer, die mich gestern Abend umlegen wollten?«

Henna ging fälschlicherweise davon aus, dass Mercer sich mit seiner Entscheidung abgefunden hatte. »Der Typ, der in deiner Bar lag, hieß Burt Manning. Bevor er 1990 bei der CIA ausstieg, nannte man ihn ›Der Geist‹. Du hast Schwein gehabt. Seit Manning für das Phoenix Project arbeitete, bist du unseres Wissens der Erste, der sich mit ihm angelegt und es überlebt hat. Der Mann war vier Jahre in Südostasien und hat zwanzig weitere als kalter Krieger gegen die Sowjetunion gekämpft. Er hat Operationen in Afrika, Süd- und Mittelamerika, Ost- und Westeuropa und Russland geleitet. Sein Dossier im CIA-Hauptquartier in Langley liest sich wie ein Spionagethriller.

Seit seinem Abschied von der CIA besaß er eine private Sicherheitsfirma hier in Washington. Er arbeitete für Unternehmen, die Angst haben, ihre Topmanager könnten entführt oder umgebracht werden. Der andere Mann, den wir in deinem Haus gefunden haben, war früher mit Manning bei der CIA. Wahrscheinlich wurde er von ihm extra für diesen Job angeheuert. Als meine Leute in Mannings Büro einbrachen, hat jemand Alarm ausgelöst. Auf seinem Computer wurde automatisch die Festplatte gelöscht. Zwei unserer Spezialisten versuchen, die Dateien wiederherzustellen, aber sie sind nicht gerade optimistisch. Wahrscheinlich werden wir nie erfahren, wer Mannings Auftraggeber war.«

»Mist«, sagte Mercer. »Wenn ihr den Namen hättet, würdet ihr jede Menge Zeit sparen.«

Henna blickte auf die Uhr. »Das war's. Ich muss mit unserem Büro in Anchorage sprechen und sie über diese neue Spur informieren. Kann ich noch etwas für dich tun?«

»Ich fahre nach Hause, um zu packen und um jemanden zu bestellen, der mein Oberlicht repariert. Dann mache ich Urlaub, vielleicht in Belize.«

»Der Handwerker ist jetzt gerade da. Wir haben ihn bestellt und bezahlt. Das war das Mindeste, das wir tun konnten. Ruf an, bevor du losfährst, damit wir deine Personenschützer informieren können. Ich wünsche dir einen schönen Urlaub. In zwei Wochen sollten wir diese Geschichte aufgeklärt haben. Bis dahin will ich dich hier nicht sehen.«

In seinem Hotelzimmer im Willard zog Mercer sofort das Jackett aus und lockerte seine Krawatte. Er warf den Schlüssel auf ein eichenes Sideboard. Auf dem großen Schreibtisch in einer Ecke des eleganten Hotelzimmers stand eine Pendeluhr. Halb elf morgens.

Er rief den Zimmerservice an. »Ich hätte gern zwei Gimlets und eine Flasche Jack Daniel's. In der Minibar ist praktisch kein Gingerale mehr, also bringen Sie auch davon ein paar Dosen.«

Er legte auf und wählte erneut. Kurz darauf meldete sich die Reibeisenstimme von Harry White. Seine Begrüßung klang eher so, als würde er fluchen.

»Hast du dich gut amüsiert gestern Abend?«

»Wenn man mit dir befreundet ist, kostet einen das eher das Leben als die Zigaretten und der Whisky.«

»Was macht das Bein?«

»Ich muss zwei Wochen mit dem elenden Holzbein herumhumpeln. So lange dauert es, bis die neue Prothese fertig ist, du undankbarer Dreckskerl.«

»Undankbar, sagst du? Dabei wollte ich dir gerade anbieten, dich ein paar Tage kostenlos in meinem luxuriösen Hotelzimmer wohnen zu lassen, um mich bei dir zu bedanken.«

»Wo bist du?«, fragte Harry misstrauisch.

»Im Willard Hotel.«

»In einer Stunde bin ich da.«

»Ich werde nicht mehr hier sein, hinterlasse aber den Schlüssel in einem Umschlag an der Rezeption. Die Zimmernummer steht auf dem Schlüssel. Auf dem Nachttisch findest du eine Flasche Jack Daniel's. Wähl die Null, wenn du Nachschub brauchst. Es gibt Kabelfernsehen, und das FBI zahlt für alles. Du kannst bleiben, bis sie dich rauswerfen.«

»Wohin willst du?«

»Zurück nach Alaska.«

»Du hast herausgefunden, wer Roger ist, stimmt's?«

»Kann man so sagen.«

Alyeska Marine Terminal, Valdez, Alaska

Der Tag war noch nicht angebrochen, und statt des Nieselregens fiel nun nasser Schnee. Es war ein gnadenloses Wetter, und Kapitän Hausers Kolani hatte sich bereits mit Nässe vollgesogen. Er stand mit seinem Walkie-Talkie auf der Plattform neben der Brücke. Seine Finger wurden allmählich taub von der Kälte. Am Himmel ballten sich dunkle Wolken, der Wind pfiff mit einer Geschwindigkeit von zwölf Knoten. Im gleißenden Licht der Scheinwerfer spiegelte sich der Himmel auf dem aufgewühlten Wasser des Prinz-William-Sund. Die Sicht war so schlecht, dass Hauser nicht einmal die Lichter von Valdez am anderen Ende der Bucht erkennen konnte.

»Wieder mal ein mieser Tag«, murmelte er vor sich hin. Er hob das Walkie-Talkie. »Ich höre.«

»Alles im grünen Bereich, Captain. Die Maschinen laufen mit neunundsechzig Umdrehungen pro Minute.« Selbst bei so wenigen Umdrehungen brachte es die riesige Hyundai-Maschine auf eine Leistung von 36.000 PS. Mehr als genug für eine Geschwindigkeit von sechzehn Knoten. »Hydraulikdruck stabil.«

»Inspektion des Steuergeräts?«

»Alles in Ordnung, sagt der Erste Maschinist.«

Das Seerecht schrieb nur vor, dass das Steuergerät und die Maschine zwölf Stunden vor dem Einlaufen in einen Hafen vom Ersten Maschinisten überprüft werden mussten, doch Hauser bestand auf einer zweiten Inspektion, um seine Nerven zu beruhigen. Im Jahr 1979 war bei dem 220.000-Tonnen-Supertanker *Amoco Cadiz* der Hydraulikdruck auf das riesige Ruder ausgefallen. Das Schiff lief an der französischen Küste auf Grund, und fast das gesamte Öl verseuchte den Ärmelkanal. Seitdem bestand Hauser darauf, dass sein Erster Maschinist vor dem Ablegen noch einmal alles kontrollierte. Hauser war abergläubisch und beruhigte sich mit Vorsichtsmaßnahmen.

»Erste Offizierin?«

»Hier, Sir«, antwortete JoAnn Briggs über das Walkie-Talkie.

Hauser sah Riggs in der Mitte des riesigen Öltankers, konnte aber wegen der großen Entfernung eigentlich nur ihre gelbe Öljacke erkennen.

»Geben Sie den Befehl, am Bug die Leinen loszumachen.«

Nachdem die dicken Taue aus Hanf und Nylon von den Pollern losgemacht worden waren, wurden sie automatisch von einer Winsch eingeholt. Die Fahrt der *Petromax Arctica* nach Südkalifornien hatte begonnen.

Der Neun-Zylinder-Dieselmotor und die Schiffsschraube nahmen den Kampf mit der immensen Trägheit des Supertankers auf. Laut Newtons Gesetz verharrt ein ruhender Körper in diesem Zustand, solange nicht eine Kraft auf ihn einwirkt. Weil dieser spezielle Körper in ruhendem Zustand 255.000 Tonnen wog, musste die Kraft, um ihn zu bewegen, genauso groß sein. Die Schiffsschraube aus Eisen und Bronze war so groß wie der Flügel einer Linienmaschine. Langsam, sehr langsam begann das Schiff Fahrt aufzunehmen. Obwohl am Heck angebracht, funktioniert eine Schiffsschraube wie der Propeller eines Flugzeugs; sie erzeugt niedrigen Druck vor den Blättern und hohen dahinter. Sie schiebt sich nicht durch das Wasser, sondern zieht sich hindurch.

Die Kolben mit einem Durchmesser von über einem Meter ließen selbst ein so riesiges Schiff wie die *Petromax Arctica* erzittern. Für Hauser war das Vibrieren unter seinen Füßen ein beruhigendes Gefühl.

Er stellte das Walkie-Talkie auf einen anderen Kanal ein. »Hafenaufsicht, hier ist die *Petro…«* Er verbesserte sich schnell. »Hier ist die *Southern Cross*. Wir sind unterwegs nach El Segundo.« Diese verdammte Namensänderung.

»Roger, *Southern Cross*. Ein ERV wird Sie begleiten.«

Der Einsatz von Escort Response Vessels gehörte zu den jüngsten Sicherheitsmaßnahmen der Hafenaufsicht. Es war nur eine von vielen Veränderungen seit der Havarie der *Exxon Valdez*. Jeder Tanker, der in Valdez ablegte, wurde von einem Spezialschiff begleitet, bis es den Golf von Alaska erreichte. Diese ERVs hatten Material an Bord, um einen Ölteppich einzudämmen oder ihn unter Einsatz von Wasserkanonen zu bewegen. Die Mannschaften dieser Schiffe bestanden aus bestens ausgebildeten Spezialisten. Das gut fünfzig Meter lange Schiff, das der *Petromax Arctica* durch die Bucht von Valdez folgte, eigentlich einen zwölf Meilen langen Fjord, war brandneu.

Die Fahrt der *Arctica* hatte begonnen. Kapitän Hauser war der Einzige an Bord, dessen Offizierspatent es gestattete, einen voll beladenen Supertanker durch solch gefährliche Gewässer zu manövrieren. Aber er musste auf der Brücke bleiben, bis der Prinz-William-Sund hinter ihnen lag. Er trat in den überdachten Teil der Brücke und klemmte sich in seinen Drehsessel, um eine Tasse Kaffee zu trinken. Nach der Übernahme seines neuen Kommandos hatte er sofort befohlen, zu jeder Tages- und Nachtzeit müsse ihm frischer Kaffee serviert werden können. Er trank mindestens fünfundzwanzig Tassen pro Tag. Seine Nikotinabhängigkeit hatte er überwunden, doch gegen die Koffeinsucht war nichts zu machen.

Schon jetzt lief es nicht gut. Technisch war alles in Ordnung, aber er hatte Probleme mit der Mannschaft, vor allem mit JoAnn Riggs. Er hatte kurz mit ihr über den Unfall geredet, bei dem der frühere Kapitän einen Teil seines Arms verloren hatte, war aber nicht zufrieden mit ihren extrem ausweichenden Antworten. Die anderen Offiziere und der Erste Maschinist waren bei Kapitän Albrechts Unfall nicht dabei gewesen und konnten Riggs Auskünften nichts hinzufügen.

Die Stunden zogen sich in die Länge, ohne dass etwas passierte. Der Supertanker mit dem mächtigen Bug pflügte durch das Wasser. Einem Schiff dieser Größe machten die sturmgepeitschten Gewässer des Sunds nichts aus.

»ERV an *Southern Cross*«, meldete sich jemand über Funk. Abgesehen von seinen eigenen leisen Kurskorrekturen hatte Hauser seit zwei Stunden keine menschliche Stimme mehr gehört.

»Hier ist die *Cross*. Ich höre.«

»Obwohl wir es nicht sehen können, sagen die LORAN-Koordinaten, dass wir die Einmündung zum Sund erreicht haben. Sie sind auf sich allein gestellt.« Die Stimme am anderen Ende klang müde.

Der Sturm hatte nicht nachgelassen. Schon seit Valdez lag eine zehn Zentimeter hohe Schneedecke auf dem Schiff, und auch jetzt noch schlugen weiße Flocken gegen das Panzerglasfenster der Brücke. Es war dunkel und unmöglich, eine Horizontlinie zwischen dem Meer und dem Himmel auszumachen. Selbst die Lichter am Bug waren kaum zu erkennen.

»Roger. Die *Southern Cross* bestätigt, dass wir sicher zum Prinz-William-Sund eskortiert worden sind«, antwortete Hauser förmlich.

Nach zehn Minuten beschloss er, die geräumige geheizte Brücke zu verlassen, doch vorher machte er noch einen Kontrollgang. Mit den Händen auf dem Rücken inspizierte er Dutzende von Anzeigeinstrumenten und Reglern. Alles war in bester Ordnung. Als er fertig war, blieb er noch einmal stehen und griff zu seinem Funkgerät.

»Steuermann …« Er erinnerte sich nicht an den Namen des Mannes, da ihm die Crew in aller Eile vorgestellt worden war, bevor sie aus dem Hafen ausgelaufen waren. »Offizierin Riggs soll hier übernehmen und ist acht Minuten zu spät dran. Wenn sie kommt, sagen Sie ihr, dass ich das schriftlich im Logbuch festgehalten habe. Falls sie in zehn Minuten immer noch nicht da ist, rufen Sie in meiner Kabine an.« Hauser musste so dringend auf die Toilette, dass er nicht darauf warten wollte, dass Riggs die Schiffswache übernahm.

Da ein moderner Supertanker mit einer Besatzung von nur dreißig Leuten fährt, haben die Mannschaftsmitglieder meistens eine Einzel- oder Doppelkabine. Insbesondere dem Kapitän fehlte es an nichts. Seine Suite befand sich unter der Brücke. Dazu gehörten ein geräumiges Büro und ein Schlafzimmer von der Größe eines Apartments. Die Räume waren mit einem dicken blauen Teppichboden ausgelegt, und die Holztäfelung war von erstklassiger Qualität, kein billiges Furnier wie in den Kabinen der anderen Offiziere. Auf dem Schreibtisch lag bereits reichlich Papierkram, um den er sich schnell kümmern musste. Als Kapitän war man leider auch ein Bürokrat, so lief das heutzutage. Die Tage, wo ein Kapitän noch von einer romantischen Aura umgeben gewesen war, gehörten längst der Vergangenheit an.

Er zog seine Schuhe und die schwarze Uniformjacke aus Kammwolle aus. Die dazugehörende Krawatte hatte er schon vor Stunden in die Tasche gesteckt. Er schwor, dass er sie erst wieder umbinden würde, wenn South Beach in Sicht war. Er glaubte nicht, dass die Disziplin an Bord durch eine strenge Kleiderordnung aufrechterhalten wurde. Wenn die Mannschaftsmitglieder sich wohlfühlten, arbeiteten sie besser. Das hatte er schon immer so gesehen.

Als er aus der Toilette kam, summte die Gegensprechanlage. »Ja, was gibt's?«

Es war der Steuermann. »Entschuldigen Sie die Störung, Captain, aber die Erste Offizierin Riggs ist immer noch nicht aufgetaucht. Ich habe in ihrer Kabine angerufen, doch sie hat sich nicht gemeldet.«

»Bin schon unterwegs«, antwortete Hauser verärgert. Riggs' Verhalten war inakzeptabel, eine ernsthafte Pflichtverletzung.

Er zog die Schuhe wieder an und entschied sich gegen die Uniformjacke.

Er riss wütend die Tür seiner Kabine auf und stieß mit

Riggs zusammen, die gerade anklopfen wollte. Die kleine Frau stürzte zu Boden, und der überraschte Hauser beugte sich vor und wollte ihr aufhelfen, mit einer Entschuldigung auf den Lippen. In diesem Moment sah er die Pistole, die Riggs bei dem Zusammenprall aus der Hand gerutscht war. Riggs streckte den Arm danach aus.

In ihrem Blick lag eine mörderische Wut, und Hauser trat ihr ohne weiteres Nachdenken aufs Handgelenk. Riggs schrie vor Schmerz auf und wand sich hin und her, um sich zu befreien. Als er sie gerade fragen wollte, was los sei, hörte er über sich, auf der Ebene der Brücke, einen Feuerstoß aus einer automatischen Waffe. Als Hauser den Gang hinabblickte, sah er eine schemenhafte Gestalt aus einem Notausgang treten und in die Kabine des Ersten Maschinisten stürmen.

Hauser blieben nur wenige Augenblicke, um zu reagieren. Sein Instinkt riet ihm zur Flucht. Er glaubte keine Zeit zu haben, Riggs' Pistole aufzuheben, und rannte einfach los. Er stieß die Tür eines Notausgangs auf und eilte die Treppen hoch. Auf dem obersten Treppenabsatz legte er ein Ohr an die Tür. Dahinter führte ein kurzer Durchgang zur Brücke.

Hauser hatte in seinem Leben viele gefährliche Situationen erlebt, aber noch nie eine Schießerei an Bord eines seiner Schiffe. Dennoch galten seine ersten Gedanken nicht der aktuellen Lage, sondern seiner Gattin, die trotz ihrer Falten und ihrer weißen Haare für ihn immer noch die schönste Frau überhaupt war. Als sie ihn zum Flughafen gebracht hatte, war ihr Blick ernst und ein bisschen vorwurfsvoll gewesen. Sie hatte ihn davor gewarnt, diesen Job zu übernehmen, und plötzlich war er ihrer Meinung

Trotzdem war er für die Sicherheit des Schiffs und der Mannschaft verantwortlich. Das Feuer aus der automatischen Waffe konnte nur eines bedeuten. Das Schiff wurde von Terroristen übernommen, und Riggs unterstützte sie. Seit dem Zusammenprall mit ihr war kaum eine Minute vergangen, doch in seinem Kopf reifte bereits ein Plan heran. Er musste zur Brücke gelangen und einen Notruf absetzen.

Wie viele Crewmitglieder arbeiteten noch mit ihnen zusammen? Darüber konnte er nicht mal spekulieren.

Die Tür, hinter der er sich versteckte, befand sich in der Mitte des Ganges, der die Brücke mit dem größten Aufzug des Supertankers verband. Wenn er es riskierte, würde er keine Deckung finden, bis er die Brücke erreichte. In dem Gang war er einem Angriff schutzlos ausgeliefert. Er nahm seinen Mut zusammen, von dem er nie geglaubt hätte, ihn zu besitzen, atmete tief durch, riss die Tür auf und rannte wie noch nie in seinem Leben.

Einer der Männer, deren Aufgabe es angeblich war, die Namensschilder des Tankers auszutauschen, bewachte die geschlossene Tür des Lifts. Zu seinen Füßen lag die Leiche eines Mannschaftsmitglieds, das bei einem Fluchtversuch erschossen worden war. Der bewaffnete Mann blickte in die andere Richtung, als Hauser aus dem Treppenhaus in den Gang stürmte.

Die Brücke war nur zwei Dutzend Schritte entfernt. Hauser hatte den Terroristen sofort gesehen, doch es gab kein Zurück mehr. Noch ein Dutzend Schritte. Als der andere ihn erblickte, hob er sofort seine israelische Uzi-Maschinenpistole. Noch vier Schritte. Durch die offene Tür der Brücke hörte er einen leisen Signalton des Radargeräts. Noch drei Schritte.

Der Mann mit der Uzi eröffnete das Feuer. Kugeln prallten von den Wänden ab und schlugen in die Brücke. Der Lärm war ohrenbetäubend, als der Terrorist das ganze Magazin leerte. In der Luft hing der Gestank von Schießpulver.

Die meisten Kugeln schlugen gegen das Panzerglasfenster der Brücke, und die Sprünge erinnerten an Spinnennetze. Der zerfetzte Körper des Steuermanns lag in einer Blutlache am Boden.

Hauser hatte sich mit einem Hechtsprung auf die Brücke gerettet, wo er neben dem Kartentisch landete.

Durch Fenster und Bullaugen drang noch immer kein Tageslicht. Eine Kugel hatte ein Kabel zerfetzt und einen Kurzschluss ausgelöst, sodass das Licht ausgegangen war. Jetzt hatte sich die Notbeleuchtung eingeschaltet, und ein schriller Alarm zerriss die nächtliche Stille.

Hauser hatte vielleicht ein paar Augenblicke Zeit gewonnen, war aber noch nicht entkommen. An der Konsole konnten zwei verschiedene Notrufsysteme aktiviert werden, doch dafür blieb jetzt keine Zeit. Seine einzige Chance bestand darin, auf den offenen Teil der Brücke zu gelangen, wo sich in einer Halterung eine EPIRB-Notfunkbake befand. Wenn er die in die Finger bekam und über Bord warf, würde der Kontakt mit dem Salzwasser das System aktivieren, und dann wurde via Satellit ein Notruf abgesetzt. Über alles Weitere konnte er sich danach Gedanken machen.

Er zwang sich, die Leiche des Steuermanns zu ignorieren, und kroch auf die Tür zu. Seine Arme zitterten so sehr, dass sie sein Körpergewicht kaum tragen konnten. Die Angst hatte bei ihm kalten Schweiß ausbrechen lassen. Nur der Gedanke an die Kugeln des Killers ließ ihn durchhalten.

Er schaffte es zur Tür und rechnete damit, dass der Terrorist ihm eine Kugel in den Rücken jagen würde, doch nichts geschah. Er begriff nicht, was ihn aufhielt. Als er sich hochgerappelt hatte und nach der Türklinke griff, hörte er eine scharfe, fremde Stimme.

»Rühren Sie sich nicht vom Fleck.«

Hauser ignorierte den Befehl. Der Adrenalinschub verlieh ihm neue Kraft. Er riss die Tür auf und stemmte sich gegen den eisigen Wind, der über das Schiff fegte, doch der war so stark, dass er in den Schnee stürzte. Hinter ihm fielen schnell nacheinander drei Pistolenschüsse, und die Kugeln schlugen nur Zentimeter neben seinem Körper ein und wirbelten Schnee auf. Hauser bewegte sich, so schnell er konnte, doch die Laufbrücke war eine Sackgasse. Er saß in der Falle.

Die Sicht betrug keine zehn Meter. Schnee, Schneematsch und gefrorener Regen schlugen ihm ins Gesicht, der Wind pfiff mit einer Geschwindigkeit von zweiundvierzig Knoten. Er war nicht richtig angezogen für dieses Wetter. Seine Uniformbluse war durchnässt, und wahrscheinlich erhielt ihn nur die Angst am Leben. Ihm war klar, dass es keine Viertelstunde dauern würde, bis er wegen der Unterkühlung keine Kontrolle mehr über seinen Körper haben würde. Wieder fiel ein Schuss. Die Kugel verfehlte ihr Ziel, pfiff aber so dicht an ihm vorbei, dass er den Kopf einzog. Vermutlich würde er schon tot sein, bevor die Unterkühlung einsetzte.

Lyle Hauser hatte sich nie für einen tapferen Mann gehalten. Schon wahr, er hatte Dinge getan, die andere nicht riskiert hätten. So war er mit zwanzig einmal an Deck eines brennenden Lastkahns gesprungen, um einen in den Flammen gefangenen Matrosen zu befreien. Er hatte immer nur das getan, was ihm notwendig zu sein schien. Wenn andere das als tapfer oder heroisch ansahen, war das ihre Sache. Er tat nur seinen Job.

Und im Moment bestand der darin, einfach zu überleben. Er hatte nur eine Chance, und um die wahrzunehmen, brauchte er tatsächlich alle ihm zur Verfügung stehende Tapferkeit. Er rannte zum Ende des nicht überdachten Flügels der Brücke, um die EPIRB-Notfunkbake zu holen, doch sie war verschwunden, die Halterung leer. Riggs musste sie als Vorsichtsmaßnahme an sich genommen haben, als sie die Übernahme des Schiffes in die Wege leitete.

Ihm blieb keine Zeit mehr. Er blickte über das brusthohe Geländer der Brücke. Er sah nur dichtes Schneegestöber, aber gut vier Meter unter ihm war der äußere Gang des Stocks unter der Brücke. Wenn er auf diesem Vorsprung landete, hatte er eine Chance zu entkommen. Er würde einen stillen Ort finden, wo er sich für eine Weile verschanzen und über seinen nächsten Schritt nachdenken konnte. Aber wenn er den schmalen stählernen Gang verfehlte, der um den Schiffsaufbau herumführte, würde er zwölf Meter tiefer auf dem Deck aufschlagen. Oder in den Nordpazifik stürzen, was ihn sofort das Leben kosten würde.

Hauser stand genau an der Stelle, wo der Flügel der Brücke über die Bordwand des Schiffs hinausragte. Er musste sich wieder mehr in die Mitte des Tankers bewegen, bevor er sprang. Doch damit würde er sich auch dem Mann nähern, der ihn erschießen wollte. Er war auf der Brücke, mit gezückter Waffe, und seine Augen suchten die Dunkelheit nach einer schemenhaften Gestalt ab, auf die er feuern konnte.

Hauser machte kehrt und musste aufpassen, auf dem glitschigen Boden nicht auszurutschen. Am liebsten hätte er vor Angst laut geschrien. Als er die rötliche Notbeleuchtung im Inneren der Brücke sah, kletterte er auf das Geländer und versuchte, den gähnenden Abgrund unter sich zu ignorieren. Dann spürte er, wie seine Füße von dem vereisten Geländer abglitten.

Der bewaffnete Mann war erstaunt, als er Hauser in dieser unnatürlichen Haltung auf dem Geländer sah. Als er seine Pistole hob, verschwand Hauser in der Tiefe. Es war eher ein Sturz als ein Sprung.

Auf der Brücke übernahm JoAnn Riggs unverzüglich das Kommando. Eigentlich hätte Gewaltanwendung überflüssig sein sollen, wenn man ein Schiff von einer unbewaffneten Mannschaft übernahm, aber es war eben nicht nach Plan gelaufen. Zwei Mannschaftsmitglieder waren tot, und die technische Ausrüstung der Brücke war mehr oder weniger zerstört. Zuerst schaltete Riggs die Alarmsirenen aus und sorgte dafür, dass die normale Beleuchtung wieder funktionierte. Einer der Terroristen, der auf die Brücke gestürmt war, als er die Schüsse hörte, hatte bereits ein Feuer unter der Konsole des Steuermanns gelöscht, und zwei andere Männer hatten dessen Leiche hinausgetragen. Riggs gab dem Ersten Maschinisten, einem Elektriker und dem zweiten Steuermann ihre Befehle. Die Männer waren aus der Mannschaftsmesse geholt worden, wo man sie festgehalten hatte.

Riggs machte keinen Hehl daraus, wer jetzt das Sagen

hatte. Sie befehligte sowohl die Mannschaft als auch die Terroristen. Im hinteren Teil der Brücke sahen die ungerührt zu, als Riggs den Crewmitgliedern befahl, das Chaos auf der Brücke zu beseitigen und die Kontrolle über das Schiff wieder zu übernehmen.

Alle auf der Brücke hielten einen Moment inne, als die Tür aufflog und ein eiskalter Windstoß in den Raum fegte. Der Anführer der Terroristen, ein Mann mit stahlharten Gesichtszügen, den alle nur Wolf nannten, trat ein. Die Mannschaftsmitglieder betrachteten ihn schweigend und fragten sich insgeheim, welche Gefahr nun wieder drohte. Riggs und die anderen schauten ihn erwartungsvoll an.

Riggs brach das Schweigen. »Haben Sie ihn geschnappt?«

Wolf schüttelte sich Schnee aus dem dunklen Haar und steckte seine Sig Sauer weg. »Er wollte mir entwischen, indem er über das Geländer kletterte, hat es aber nicht geschafft«, sagte er kalt und mit einem deutschen Akzent. »Er ist abgerutscht und in die Tiefe gestürzt.«

»Wo war das?«, fragte Riggs nervös.

»Etwa in der Mitte des Brückenflügels. Entweder ist er im Wasser oder unten auf dem Deck gelandet.«

»Nehmen Sie ein paar Männer mit, und überprüfen Sie das. Er darf nicht überleben.« Sie wandte sich den Mannschaftsmitgliedern zu und ignorierte deren anklagende Blicke. Ihnen war klar, dass Riggs über ihren neuen Kapitän gesprochen hatte.

Zwanzig Minuten später kam Wolf mit dreien seiner Männer zurück. Wenn ihnen das Wetter unangenehm gewesen war, ließen sie es sich nicht anmerken. Sie klopften ihre Kleidung ab und taten so, als wäre ihnen der Schneesturm egal. Riggs wusste, dass es ehemalige ostdeutsche Geheimpolizisten waren, und die hatte man für ganz andere Situationen als die auf diesem Tanker ausgebildet.

»Also?«

»Keine Spur von ihm. Wegen des Windes und der Wärme des Öls in den Tanks liegt auf dem Hauptdeck kein Schnee. Wir haben keine Fußspuren entdeckt, und nach einem Sturz aus einer solchen Höhe müsste es Blutspuren geben, wenn er wegzukriechen versucht hat. Er muss das Deck verfehlt haben und ins Meer gestürzt sein.«

»Gut«, sagte Riggs erleichtert. »Eine Sorge weniger.«

»Wie schlimm ist es?« Wolf blickte sich auf der verwüsteten Brücke um.

Der Elektriker und ein Assistent krochen unter den Konsolen herum, sodass nur ihre Hinterteile zu sehen waren. Sie überprüften, welchen Schaden die elektronischen Geräte genommen hatten.

»Bis jetzt sieht es nicht besonders gut aus. Der Radar ist hinüber. Eine Kugel hat die Kathodenstrahlröhre und den digitalen Bildprozessor zerstört. Das Gerät können wir abschreiben. Wir haben die Kontrolle über die Steuerung, aber beschleunigen können wir nur direkt aus dem Maschinenraum. Damit kann man leben. Unser größtes Problem sind die internen Pumpen. Als die Konsolen hier zerschossen wurden, hat ein Stromstoß die meisten Systeme zerstört. Monitore, Anzeigeinstrumente und die Kontrollsysteme der Pumpen sind schwer beschädigt. Wir können das Öl in den Tanks nicht mehr umpumpen, um das Schiff zu trimmen, und wissen auch nicht, ob die Abgase in den Tanks oberhalb des Öls sich nicht entzünden werden. Die Pumpen an sich sind in Ordnung, doch die Sensoren der Tanks funktionieren nicht. Jemand muss persönlich inspizieren, wie viel Öl in jedem Tank ist.«

Riggs und Wolf wussten, wie bedeutsam dieses System war, um die Kontrolle über den Supertanker zu behalten. Ohne die Pumpen konnte die *Arctica* zerbrechen, wenn sie in raue See geriet. Und wenn sie ihr Ziel erreichten, würden die Pumpen entscheidend sein für den Erfolg ihrer Mission.

»Kann der Schaden repariert werden?«

»Woher soll ich das wissen, ich bin kein Ingenieur«, erwiderte Riggs gereizt. »Ihr schießwütiger Handlanger hat richtig Scheiße gebaut.«

Wolf ignorierte ihren Zorn. »Ich werde ihn mir vorknöpfen.«

»Das hilft uns jetzt auch nicht mehr.« Riggs kochte vor Wut. »Ich hätte ihn mit der Mannschaft in der Messe einsperren sollen, aber wir könnten ihn vor dem Ende dieser Reise noch brauchen.« Sie blickte Wolf an. »Aber wenn seine Arbeit getan ist, will ich, dass er getötet wird.«

»Er untersteht meinem Befehl.«

Riggs Miene verfinsterte sich weiter. »Und Sie meinem.«

Ein ironisches Lächeln huschte über Wolfs Gesicht. »Ja, Sir.«

Vereinigte Arabische Emirate

Der Rotor des Aerospatiale-Gazelle-Helikopters wirbelte Sandfontänen auf, denn der Militärhubschrauber flog nur gut zehn Meter über der Wüste. Der Pilot und der Copilot waren voll konzentriert.

Am Horizont ging gerade die Sonne auf, doch an dem tiefblauen Himmel waren immer noch die helleren Sterne zu sehen.

Darunter gab es nichts als Sand und Felsbrocken. Nur in der Ferne, am Arabischen Golf, erhoben sich die gezackten Gipfel des Hadschar-Gebirges.

Colonel Wayne Bigelow zündete sich eine Zigarette an und betrachtete den anderen Passagier mit väterlicher Zuneigung. Er hatte großen Anteil daran gehabt, dass aus einem unerfahrenen Jugendlichen ein reifer und umsichtiger Mann geworden war. Bigelow war Absolvent der Königlichen Militärakademie im englischen Sandhurst und hatte den größten Teil seines Lebens am Golf verbracht, zuerst als Mitglied der britischen Besatzungsmacht, später als militärischer Berater des Kronprinzen. Das war eine eigens für ihn geschaffene Stellung ohne wirkliche Bedeutung, denn der alte Mann liebte es, Bigelows Geschichten über die alten Zeiten zu lauschen. Der Kronprinz bemerkte häufig, Bigelow hätte zu der Zeit leben sollen, als T. E. Lawrence mit dem arabischen Prinzen Faisal den Aufstand gegen die türkischen Herrscher organisiert hatte. Diese Epoche sagte ihm mehr zu als die Gegenwart. Bigelow hatte ihm nie widersprochen.

Neben ihm in dem Helikopter saß Khalid Khuddari, ein Mann, den man sich auch gut in einer früheren Zeit hätte vorstellen können, der aber keineswegs in der Vergangenheit lebte. Bigelow wusste, wie bemerkenswert es war, dass Khuddari den Posten des Ölministers bekleidete, denn er entstammte nicht der königlichen Familie. Im Vertrauen hatte der Kronprinz Bigelow anvertraut, er liebe Khuddari mehr als seine eigenen Söhne, von denen drei mit ihren verschwendungssüchtigen Gattinnen in Europa lebten.

Bigelow war dabei gewesen, als Khalids Vater mit seinem Sohn aus der Wüste zum Kronprinzen gekommen und diesen an sein Versprachen erinnert hatte, sich als Gegenleistung für den Loyalitätsschwur des Beduinen um seinen Sohn zu kümmern. Der Kronprinz, auf dessen Wort Verlass war, hatte den jungen Khalid in seinem Haus aufgenommen. Bigelow hatte das Glück gehabt, zu einem von Khalids Erziehern zu werden, eine Aufgabe, die ihm schon deshalb gefiel, weil der Junge so intelligent und wissbegierig war. Jetzt, ein Vierteljahrhundert später, empfand er ein bisschen Stolz, wenn er Khalid betrachtete. Als ewiger Junggeselle sah er in Khalid den Sohn, den er sich sonst gewünscht hätte.

»Blick nicht so finster drein, die harte Arbeit ist getan«, brüllte Bigelow, um den Lärm des Helikopters zu übertönen. Sein Arabisch war makellos.

Khuddari war weiter in düsterer Stimmung. »Meiner Meinung nach fängt die harte Arbeit gerade erst an.«

»Wenn der Kronprinz herausfindet, was wir tun, haben wir ganz andere Sorgen.«

Der Helikopter flog ohne Genehmigung im Luftraum von Ajman. Während die internationale Gemeinschaft die sieben Scheichtümer, welche die Vereinigten Arabischen Emirate bildeten, als ein Land sah, besaß doch jedes dieser Scheichtümer ein hohes Maß an Souveränität, was seinen Teil der Wüste betraf. Durch das Eindringen in den Luftraum von Ajman hatten Khuddari und Bigelow unbefugt eine Landesgrenze überquert.

»Erzähl mir, wie du es entdeckt hast«, sagte Khalid.

Bigelow beugte sich vor, damit er nicht so schreien musste. Khuddari hatte auch einen zivilen Helikopter zu seiner Verfügung, in dem es leise wie in einer Luxuslimousine war, doch die beiden Männer hatten sich geeinigt, dass für diesen Ausflug in die Wüste der Militärhubschrauber geeigneter war.

»Es war keine große Sache. Da es keine Straßen gibt, die von der Stadt Ajman so weit in die Wüste führen, musste alles mit Helikoptern zu dem Camp gebracht werden, was gewöhnlich nachts geschah. Ein Bekannter am Flughafen hat sie von der Abenddämmerung bis zum Morgengrauen starten und landen sehen. Da wir den Hubschraubern nicht folgen konnten, ohne uns zu verraten, habe ich einen Berater der Luftstreitkräfte von Saudi-Arabien angesprochen, der mir einen Gefallen schuldete. Ich hatte 1964 vier Monate mit ihm als Friedenswächter in Zypern verbracht und ihm bei den Bombenanschlägen vom 9. August das Leben gerettet. Gestern Nacht habe ich ihn angerufen, bevor einer von Ruftis Helikoptern in die Wüste flog. Er hat eines der AWACS-Flugzeuge, welche die Saudis von den Amis gekauft haben, von der irakischen Grenze abgezogen und es ein bisschen für uns spionieren lassen.«

»Und?«

»Die Koordinaten, die er mir genannt hat, stimmten genau. Unser Sturmtrupp hat das Camp vor vier Stunden entdeckt. Es war ein Kinderspiel.«

»Was habt ihr herausgefunden?«, fragte Khalid erwartungsvoll.

»Landung in zwei Minuten«, gab der Pilot über die Bordsprechanlage durch.

»Du wirst es gleich selbst sehen.« Bigelow lehnte sich zurück und zupfte an seinem Schnurrbart.

Hinter einer Düne sahen sie in ein paar Meilen Entfernung Rauch aufsteigen.

Einer von Bigelows Männern am Boden gab dem Piloten ein Zeichen, wo er landen sollte, und kurz darauf setzte der Helikopter hundert Meter vor dem Camp auf. Khuddari und Bigelow sprangen aus dem Hubschrauber und liefen wegen des Abwinds des Rotors in gebückter Haltung los. Beide trugen einen leichten Tarnanzug, aber nur Bigelow war mit einem schweren Revolver bewaffnet. Es wurde bereits heiß, und Bigelow standen Schweißperlen auf der Stirn, als sie die Hälfte des Weges zu dem niedergebrannten Camp zurückgelegt hatten.

Es lag in einer Mulde, eingefasst von hohen Sandwänden. Die Mitte des Camps war eine Art Exerzierplatz gewesen und umgeben von den verkohlten Pfählen Dutzender von Zelten. Stählerne Streben übersäten den Exerzierplatz und wurden bereits von Sand überdeckt. Die beiden Toyota Land Cruiser mit Maschinengewehren auf dem Dach, mit denen Bigelows Soldaten gekommen waren, standen am Rand des Camps.

»Woher hat er es gewusst?«, zischte Khuddari, während er sich umblickte. »Woher hat dieses fette Schwein es gewusst?«

»Die letzten Helikopter kamen nicht mehr, um Material zu bringen. Sie waren bereits dabei, das Camp zu räumen. Soweit wir wissen, wurde es gestern Abend angezündet.« Bigelows Tonfall ließ sich unschwer entnehmen, wie unangenehm es ihm war, dass sie zu spät gekommen waren, doch alles Jammern half jetzt nicht mehr. »Aber um ein Camp dieser Größe aufzugeben, müssen sie schon ein paar Tage vor deinem Gespräch mit Rufti damit begonnen haben.«

»Er wusste, dass ich ihm im Nacken saß. Haben deine Männer irgendeinen Hinweis darauf gefunden, was Rufti hier vorhatte?«

»Bisher noch nicht.« Bigelow trat nach einer verkohlten Zeltplane. »Aber was ich hier sehe, erinnert mich an meine Zeit beim Special Air Service. Der SAS hat solche Zelte benutzt, um Gebäude nachzuahmen, wobei Rechtecke aus den Zeltplanen geschnitten wurden, um Fenster vorzutäuschen. Das war eine billige und einfache Methode, um sich auf Antiterroreinsätze in Großstädten vorzubereiten. Ich würde meine Altersversorgung darauf verwetten, dass Ruftis Männer hier etwas Ähnliches getan haben.«

Khuddari betrachtete die Szenerie, fühlte sich aber an keine reale Gegend erinnert. Bigelow zuckte nur die Achseln, als sein Schützling ihn anblickte. »Es könnte die Straßenecke in Manchester sein, wo ich aufgewachsen bin.«

»Rufti hat nicht genug Fantasie, um sich irgendetwas außerhalb der Vereinigten Arabischen Emirate vorzustellen. Dies hier sollte eine Straße in Abu Dhabi City sein. Fragt sich nur, welche.«

»Was sollen wir tun?«

Bevor Khuddari antworten konnte, rief sie einer von Bigelows Männern, der am Rande des Exerzierplatzes kniete, weit von den verbrannten Zelten entfernt. Er hatte strahlend weiße Zähne und einen dichten schwarzen Schnurrbart. Bigelow und Khuddari gingen zu ihm, um zu sehen, was er gefunden hatte.

Bigelow griff nach der Patronenhülse und begutachtete sie so eingehend wie ein Diamantschleifer einen Edelstein.

Eine Parabellum-Patronenhülse, Kaliber 9 mm«, sagte er. »Darauf ist oben FIO aufgestempelt, was bedeutet, dass sie von Fiocci in Italien produziert wurde.«

»Kannst du sagen, in was für einer Waffe die Patrone verwendet wurde?«

»Nicht ohne eine Laboranalyse. Das dauert zwei Wochen. Von einer Luger bis zu einer Uzi ist alles denkbar.« Bigelow steckte die Patronenhülse in die Brusttasche seines Tarnanzugs. »Meiner Meinung nach ist es ein paar Wochen her, dass sie abgefeuert wurde, denn sie riecht kein bisschen mehr nach Schießpulver. Das verdammte Ding könnte auch schon seit dem Zweiten Weltkrieg hier liegen.«

»Hoffentlich.« Khuddari drehte sich um und ging zu dem Helikopter zurück, dicht gefolgt von Bigelow. »Schick deine Soldaten nach Hause. Sie waren lange genug hier. Ich glaube nicht, dass wir noch etwas herausfinden werden.«

Bigelow pfiff schrill, und der Anführer seiner Männer begann, die anderen zusammenzurufen. Sie gingen mit gezückten Waffen zu ihren Fahrzeugen. Bigelows Soldaten waren gut gedrillt und diszipliniert. Wie der Mann, der sie ausgebildet hatte.

Der Rotor des Helikopters drehte sich bereits, als sie sich näherten. Der Lärm war ohrenbetäubend. Die beiden Männer stiegen in die Kabine und schnallten sich an. Einige Augenblicke später hob der in Frankreich gebaute Helikopter ab. Der Abwind des Rotors wirbelte Sand auf und löschte alle Spuren an die Landung aus. Bigelow und Khuddari schwiegen, bis sie wieder im Luftraum von Abu Dhabi waren.

»Rufti ist heute Morgen nach London geflogen, um als Beobachter an einem OPEC-Treffen teilzunehmen, das in zwei Tagen beginnt. Offensichtlich haben seine Männer ihre Übungen beendet, was immer sie auch vorhaben. Deshalb bin ich sicher, dass sie bald zuschlagen werden. Rufti ist zu feige, um dabei zu sein, wenn die Kugeln durch die Luft pfeifen.«

»Du bist überzeugt, dass sie einen Anschlag planen?«

»Das ist offensichtlich. Wir wissen nur nicht, wo sie zuschlagen werden. Heute Nachmittag habe ich eine Audienz beim Kronprinzen und werde ihm erzählen, was wir herausgefunden haben. Und auch, dass ich nicht an dem Treffen in England teilnehmen werde.«

»Findest du, dass das eine gute Idee ist? Wenn du nicht dabei bist, wird das für den Rest der Familie nicht gut aussehen. Dies ist das erste Treffen der OPEC, seit du Ölminister geworden bist.«

»Das ist mir völlig egal«, erwiderte Khuddari gereizt. »Diese Geschichte ist wichtiger als meine politische Laufbahn. Ich kann nicht in London herumhängen, wenn Rufti zuschlägt. Ich hätte das fette Schwein umbringen sollen, als ich die Möglichkeit hatte.«

»Glaub's mir, wir werden den Dreckskerl fassen.«

Aus dem Fenster des Helikopters sahen sie Abu Dhabi City. Nur ein paar Häuser waren älter als fünfundzwanzig Jahre. Moderne Gebäude waren an die Stelle der traditionellen Architektur getreten, während das Land in das einundzwanzigste Jahrhundert aufbrach. Vor nicht allzu langer Zeit hätten sich Männer wegen des Diebstahls einer Ziege oder der Beleidigung eines Familienmitglieds bis aufs Blut bekämpft, doch seit das Öl die Petrodollars in die Kassen schwemmte, endeten Rivalitäten nicht mit einem Opfer, sondern mit Hunderten oder gar Tausenden von Todesfällen. Ruftis Ziel war es, die zerbrechliche Föderation der Vereinigten Arabischen Emirate zu destabilisieren. Er hatte viel Geld und Engagement in seinen Plan investiert. Wo immer er auch zuschlagen würde, Khuddari war sich sicher, dass es das Ende der Emirate als eines geeinten Landes sein würde.

Es war schwer zu entscheiden, ob die unablässig sprudelnden Ölquellen die Rettung des Landes oder seine Verdammnis waren. Das Geld, welches die Elite in den Vereinigten Arabischen Emiraten besaß, hatte den unnachgiebigen Charakter der Menschen nicht gezähmt, sondern ihre Unberechenbarkeit noch gefördert. Ruftis Gier konnte die lebenswichtige Ölarterie durchtrennen, die ihm seine Existenz ermöglichte.

Wenn Rufti einen Umsturz plante, das musste Khuddari zugeben, hätte er sich keinen besseren Zeitpunkt aussuchen können. Der Kronprinz hatte sich mit den meisten Mitgliedern des Obersten Föderationsrates überworfen, in dem die sechs Herrscher der anderen Emirate saßen, aber auch mit denen des Ministerrates. Diese Spannungen waren die Folge der Ankündigung des amerikanischen Präsidenten, während der nächsten zehn Jahre alle Ölimporte einstellen zu wollen. Das konnte die auf Geld basierende Machtstruktur der Emirate zum Einsturz bringen und die Stellung des Kronprinzen so schwächen, dass viele einen Umsturz eher begrüßen würden. Das politische Klima schien reif für eine Veränderung. Die Zukunft war ungewiss, und Rufti konnte das ausnutzen. Khalid hoffte, den Kronprinzen davon überzeugen zu können, dass das Land in Gefahr schwebte, aber eine Patronenhülse und ein Verdacht waren keine überzeugenden Beweise. Er befürchtete, dass seine Worte auf taube Ohren stoßen würden.

Er reckte den Kopf und blickte durch das Fenster auf die unter ihnen liegende Stadt. Das Wasser des Golfs war fast unnatürlich blau. Da es hier nicht einmal zwei Meter tief und siebenunddreißig Grad warm war, war am Strand nichts los. Am Horizont, wo das Wasser tiefer war, lag ein entladener, in einem stumpfen Rot gestrichener Supertanker vor Anker. Wegen der Entfernung konnte Khalid den Namen am Bug nicht lesen. Die kleinen Boote, die um den Tanker herumfuhren, deuteten auf Reparaturarbeiten hin.

Geistesabwesend fragte sich Khalid, warum das Schiff nicht im Trockendock der riesigen neuen Werft von Port Rashid in der Nähe von Dubai City lag. Der Pilot des Helikopters bereitete sich auf die Landung vor, und er dachte nicht weiter darüber nach.

Richardson Highway
Nördlich von Valdez, Alaska

Der Richardson Highway, womöglich eine der landschaftlich schönsten Straßen der Welt, verläuft parallel zum Fluss Tiekel, der durch einen Canyon fließt. Nördlich von Valdez gibt es schon auf den ersten fünfundsiebzig Kilometern fünfundzwanzig Rastplätze mit spektakulären Aussichten. Manchmal ist das Tal kaum breit genug für den Fluss und eine zweispurige Straße, dann wieder verbreitert es sich und gibt den Blick frei auf Seitentäler, die Chugach Mountains und den Worthington-Gletscher. Der Highway führt auch über den Thompson-Pass, wo jahreszeitlich, monatlich und an einzelnen Tagen landesweit am meisten Schnee fällt. In dieser Nacht würde es keinen neuen Rekord geben. Es stürmte, und der Niederschlag war eine Mischung von Schneematsch und Regen.

Der Öllastzug rollte Richtung Norden, doch sein Fahrer konnte die Landschaft nicht würdigen, weil die Scheinwerfer in dem Sturm die Finsternis nicht gut genug durchdrangen. Gelegentlich sah er aus dem Augenwinkel einen der vielen Wasserfälle.

Brock Holt war gar nicht glücklich, obwohl aus allen acht Lautsprechern in der Fahrerkabine seine geliebte Country Music ertönte. Das üble Wetter beunruhigte ihn nicht sonderlich. Für einen Einheimischen war so ein Sturm eher ein kleines Ärgernis. Ihn beunruhigte der volle Tank mit Petromax-Benzin, weit über dreißigtausend Liter. Eigentlich hätte er erst in zwei Tagen von dem Depot in Anchorage aufbrechen sollen, doch wegen der Invasion von Journalisten gab es in der Gegend um Valdez angeblich kaum noch Benzin. Der Einsatzleiter hatte ihm versichert, die vorgezogene Fahrt sei notwendig, doch als er bei den Petromax-Tankstellen eintraf, hörte er, man habe nicht nach ihm gerufen. Tatsächlich würde wahrscheinlich nicht einmal das Benzin benötigt werden, das er bei seinen regulären Fahrten transportierte.

Die Besitzer der Petromax-Tankstellen lamentierten, eine Umweltorganisation habe protestiert und zum Boykott ihrer Betriebe aufgerufen. Während die anderen Tankstellen in der Stadt offenbar gute Geschäfte machten, waren bei denen von Petromax während der ganzen Woche keine zweihundert Liter verkauft worden. Der Einsatzleiter musste angenommen haben, dass es bei Petromax genauso gut lief wie bei den anderen Tankstellen. »Scheiße«, fluchte Holt, als er die lange Rückfahrt Richtung Norden antrat. Er würde sich Hank Kelso, den Einsatzleiter, persönlich vorknöpfen.

An diesem Abend wurde im Kabelfernsehen eine Wiederholung der Verleihung der Country Music Awards gesendet. Das würde er verpassen, und er tröstete sich damit, eine neue CD einzulegen. Positiv war nur, dass auf dem Highway in einer Nacht wie dieser praktisch nichts los war. Er fuhr so schnell wie möglich, um vielleicht doch noch um kurz vor Mitternacht das große Finale der Preisverleihung mitzubekommen.

* * *

Auf einem einsamen, mit Kies bestreuten Parkplatz neben dem Thompson Pass, in der Nähe des Worthington-Gletschers, etwa fünfzig Kilometer von Valdez entfernt, stand in dieser stürmischen Nacht ein gelber Range Rover. Die Schweinwerfer waren ausgeschaltet, und der Motor lief im Leerlauf, damit die Heizung weiter funktionierte. Dass Menschen darin saßen, sah man nur an den beschlagenen Scheiben. Der Rover stand schon so lange da, dass man die Reifenspuren wegen des unablässigen Schneefalls nicht mehr sehen konnte.

Zwei der drei Männer in dem Fahrzeug rutschten seit zwei Stunden unruhig auf den Ledersitzen hin und her, seufzten gelegentlich und schauten ungeduldig auf das unter dem Armaturenbrett in seiner Halterung steckenden Mobiltelefon, das sie endlich klingeln hören wollten. Der dritte Mann, der Fahrer, saß gelassen hinter dem Steuer und blickte auf das Schneegestöber.

Seine kräftigen, tief gebräunten Hände ruhten auf dem Lenkrad. Dass er gelegentlich mit dem Zeigefinger darauf trommelte, deutete darauf hin, dass auch er eine gewisse innere Unruhe empfand. Sein unbewegtes Gesicht verriet nichts davon. Während die anderen beiden Männer dick vermummt waren und trotzdem zitterten und jammerten, trug er nur einen Norwegerpullover und eine Jeans. Die Kälte schien ihm nicht das Geringste auszumachen. Für ihn waren niedrige Temperaturen etwas ganz Natürliches.

Seiner Meinung nach musste man die Natur mit Ehrfurcht betrachten. Es hatte keinen Sinn, ihre überwältigende Macht bekämpfen zu wollen. Wenn wir versuchen, die Oberherrschaft über die Natur zu gewinnen, hatte er oft gesagt, wird sie zurückschlagen, und zwar noch heftiger als zuvor. Ihm erschien es sinnvoller, ihre elementare Macht anzuerkennen und sie zu bewundern.

Er versuchte das seinen Anhängern beizubringen, doch nur wenige verstanden es. Schon wahr, einige waren bei ihm, wenn er in eiskalten Gewässern schwamm oder durch die Wüste joggte, doch für sie war das eher ein Test ihrer Willenskraft. Sie wollten beweisen, Extrembedingungen aushalten zu können, doch ihm ging es darum, die Natur zu verehren. Die Konfrontation mit den Naturgewalten war für ihn so, als würde er vor seinem Schöpfer stehen.

Der einzige Mensch, der das wirklich verstand, war Aggie. Sie sah die Dinge wie er, sah einen Wintersturm oder einen tropischen Regenguss als höchsten Ausdruck der Vollkommenheit der Natur. Sollten doch andere Gemälde von Picasso oder die Sixtinische Kapelle bewundern. Das waren von Menschenhand geschaffene Kunstwerke und daher unvollkommen. Er und Aggie erbleichten angesichts der Schönheit eines Sonnenuntergangs in den Tropen oder eines Korallenriffs. Aggie glaubte ihm, wenn er sagte, die Menschheit sei zu einer Gefahr für den Planeten geworden. Sie zuckte nicht zusammen, wenn er die Ansicht vertrat, das Ende der Menschheit müsse in Kauf genommen werden, wenn das der Preis dafür sei, die Erde zu retten.

Das Telefon zirpte leise, und die Männer in dem Rover zuckten zusammen. Zwei lange Stunden hatten sie darauf gewartet, doch es war überflüssig, den Anruf anzunehmen. Ihr Späher hatte bereits aufgelegt und sich unverzüglich von seinem Beobachtungsposten auf dem Thompson Pass auf den Rückweg nach Valdez gemacht.

Die drei Männer stiegen schweigend aus dem Fahrzeug und reckten ihre steifen Glieder. Dann öffnete der Fahrer die Hecktür. Auf der Ladefläche standen Zwanzig-Liter-Kanister aus rotem Kunststoff, die knapp zwanzig Kilogramm wogen. Jeder der Männer trug zwei, doch nur dem Fahrer schien es nichts auszumachen.

Der Schneesturm wütete weiter, als sie den Parkplatz überquerten und zum Richardson Highway gingen. Sie hatten diese Stelle aus zwei Gründen ausgewählt. Die Straße führte steil bergab und schlängelte sich dann am Ufer des Flusses Tiekel entlang.

Der Plan war gut ausgearbeitet. Der Anruf des Spähers bestätigte, dass der Petromax-Tanklaster den höchsten Punkt des Thompson Pass erreicht hatte und dass keine anderen Fahrzeuge aus der Richtung unterwegs waren. Jeder Mann goss das Wasser aus seinen Kanistern an einer bestimmten Stelle auf die Straße. Bald war ein großer Teil des Highways von einer dünnen, unsichtbaren schwarzen Eisschicht bedeckt. Da das noch keine Garantie dafür war, dass der Laster gefährlich ins Schlingern geriet, mussten sie zu dem Rover zurückkehren, bevor er auftauchte.

»Beeilung«, sagte der Fahrer, obwohl er wusste, dass ihnen noch einige Minuten blieben.

Als der letzte Kanister geleert war und das Wasser einen Moment die steile Straße hinablief, bevor es fror, eilten die drei Männer zu dem Rover zurück. Der Fahrer klemmte sich hinter das Steuer. Seine beiden Gefährten murrten über das Wetter und klopften ihre Kleidung ab. Ihre jugendlichen Gesichter wirkten gespannt. Für sie schien alles nur ein Spiel zu sein.

Der Fahrer, fünfzehn Jahre älter und deutlich intelligenter, wusste genau, was auf dem Spiel stand. Ihm war klar, was sie gerade getan hatten, und er wünschte sich insgeheim, dass sie es häufiger tun könnten.

Brock Holt hatte die höchste Stelle des Passes erreicht und legte einen höheren Gang ein. Während der letzten sechs Jahre hatte er diese Strecke so oft zurückgelegt, dass er genau wusste, dass er während der nächsten dreieinhalb Kilometer nicht mehr herunterschalten musste. Erst dann begann die steile Talfahrt. Seit er in Valdez losgefahren war, stürmte es stärker, aber er machte sich immer noch keine Sorgen. Er hielt mit einer Hand das Lenkrad, während er sich mit der anderen ein Kaugummi in den Mund schob. Und den Song von der CD mitsummte. Ein Blick auf die Uhr sagte ihm, dass er vielleicht noch rechtzeitig in Anchorage sein würde, um auf dem kleinen Schwarzweißfernseher in Hank Kelsos Büro den Höhepunkt der Preisverleihung zu sehen.

Jetzt führte die Straße steil bergab. Er schaltete herunter, und der Dieselmotor wurde lauter. Kurz darauf schaltete er noch einen Gang tiefer, um weiter abzubremsen. Als die Vorderreifen auf das schwarze Eis trafen, fuhr er langsam genug, um das leichte Schlingern auszugleichen, doch die vereiste Fläche war so groß, wie er es bisher nicht erlebt hatte.

Die Reifen des Sattelschleppers fassten nicht mehr und drehten sich auf dem spiegelglatten Boden, und doch musste er eine Kurve nehmen, die sich mit bedrohlicher Geschwindigkeit näherte. Er trat auf die Bremse und schaltete noch einen Gang herunter, um den Laster auf der Straße zu halten. Ihm fiel auf, dass sein Herz wie wild klopfte. Für einen Sekundenbruchteil hätte er beinahe die Kontrolle verloren, aber er schaffte es, den Laster wie ein Wildpferd zu bändigen.

In diesem Moment bog ein gelber Range Rover auf den Highway und versperrte ihm den Weg.

Er trat mit voller Wucht auf die Bremse. Es war eine reine Instinktreaktion. Er verfluchte den Idioten in dem anderen Fahrzeug und spürte, dass er jetzt wirklich die Kontrolle verlor. Der Druck des Anhängers auf den Sattelschlepper war zu stark. Der Anhänger scherte aus und drückte die Zugmaschine an den Straßenrand. So schnell er aufgetaucht war, wich der gelbe Range Rover dem außer Kontrolle geratenen Anhänger aus.

Aber Brock Holt war nicht mehr zu helfen.

Der Sattelschlepper schoss die vereiste Straße hinunter, und die Leitplanke, welche die Straße von dem tiefer gelegenen Fluss trennte, war nur ein dünnes Stück Stahl. Brock versuchte den Laster wieder auf Kurs zu bringen, doch der Anhänger mit der Ladung von achtundzwanzig Tonnen Benzin übte einen unkontrollierbaren Druck aus.

In einer letzten Verzweiflungsaktion gab Brock Holt Gas. Er hoffte, dadurch den Anhänger herumreißen und wieder in seine normale Position bringen zu können. Fast hätte es geklappt. Die Räder der Zugmaschine waren über die vereiste Fläche hinaus, fanden Bodenhaftung und zogen den Anhänger langsam wieder gerade hinter die Kabine. Wäre die Kurve dreißig Meter weiter weg gewesen, hätte er es geschafft. Kurz darauf brach der Tanklastzug durch die Leitplanke und stieß gegen einen Felsvorsprung, der den Anhänger aufriss. Eine Woge von Benzin ergoss sich über die dunklen Felsbrocken und in den Fluss. Der Laster rollte die

Böschung hinunter, riss Pflanzen und Felsbrocken mit sich und krachte in den Fluss.

Die beiden jüngeren Männer in dem Rover wollten herausspringen, aber der Fahrer hielt sie mit einem scharfen Befehl zurück. Er setzte den Wagen im Rückwärtsgang von dem Parkplatz auf den Richardson Highway und fuhr dann langsam vorwärts, wobei er den Rover behutsam über seine eigenen Reifenspuren steuerte, damit es so aussah, als wären sie gerade erst gekommen.

»Die Flasche«, befahl er, als er den Motor abgestellt hatte.

Der Mann auf der Rückbank zog eine silberne Taschenflasche aus seinem Parka, goss etwas von ihrem säuerlich riechenden Inhalt in jeden der sechs Kanister und schüttelte sie, damit die Flüssigkeit sich gleichmäßig verteilte. Dann ließ er die Flasche wieder in der Tasche verschwinden.

»Vergesst nicht, was wir besprochen haben«, warnte der Fahrer. »Wir wurden Zeugen eines entsetzlichen Unfalls und waren die Ersten am Ort der Katastrophe. Seht zu, dass eure Fußspuren im Schnee so aussehen, als hättet ihr es eilig gehabt, um dem Fahrer des Tanklasters zu helfen. Los, auf geht's.«

Sie stiegen aus dem Range Rover und zogen die Füße etwas nach, damit es so aussah, als hätten sie unter Schock gestanden. Dann rannten sie über die Straße auf die zerstörte Leitplanke zu. Der Übelkeit erregende Gestank des Benzins stieg ihnen schon in die Nase, als sie noch fünfzig Meter von dem Abgrund entfernt waren.

Der Tanklaster lag zur Hälfte in dem schnell fließenden Wasser, wie ein auf dem Rücken liegender Käfer. Im Licht ihrer Taschenlampen sahen die Männer, dass das Wasser flussabwärts durch das ausgelaufene Benzin in allen Farben des Regenbogens schillerte. Von ihrem Beobachtungsposten auf der Böschung konnten sie nicht sehen, was aus dem Fahrer geworden war.

»Vergewissert euch, dass er tot ist«, sagte Dr. Jan Voerhoven. Was bedeutete, dass der Fahrer getötet werden musste für den Fall, dass er wie durch ein Wunder überlebt haben sollte. »Ich rufe die Polizei an.«

Er ging zu dem Rover zurück und richtete den Lichtstrahl der Taschenlampe auf das Emblem auf der Vordertür. Es zeigte einen Erdball, auf dem Kontinente und Küstenlinien klar zu erkennen waren. Farbige Segmente markierten ökologische Problemzonen. Die Zukunft der Erde stand auf dem Spiel. Unter dem Logo stand in großen Blockbuchstaben der Name PEAL.

Er wählte die Notrufnummer, und die Polizeistation in Valdez meldete sich sofort. »Hallo, mein Name ist Dr. Jan Voerhoven. Ich wurde gerade auf dem Richardson Highway Zeuge eines Unfalls.«

Es dauerte eine Stunde, bis zwei Streifenwagen und eine Ambulanz kamen. Voerhoven hatte dem Polizisten am Telefon versichert, es bestehe kein Grund zur Eile, da es keine Überlebenden gebe. Nur einige Minuten nach der Polizei trafen vier Übertragungswagen mit den Logos verschiedener Fernsehsender auf dem Parkplatz ein. Voerhoven musste lächeln. Perfekt. Er wusste, dass Journalisten den Polizeifunk abhörten.

Angesichts der weltweiten Reputation von PEAL gingen die Polizisten in jeder Hinsicht gründlich vor. Zwei von ihnen nahmen sich die Zeit, die Reifenspuren und Fußabdrücke im Schnee zu inspizieren. Sie schienen zufrieden zu sein mit Voerhovens Erklärung, sie seien auf dem Weg nach Valdez gewesen, als sie Zeugen des Unfalls geworden seien.

Der Leiter der Ermittlungen, ein korpulenter Mann mit einer roten Nase – vielleicht ging es auf die Kälte zurück, vielleicht auf seinen Alkoholkonsum – verlangte von einem von Voerhovens Männern, er solle alle sechs Kanister öffnen, die hinten in dem Rover standen. Er schnüffelte daran, um Voerhovens Aussage zu verifizieren, die Fahrzeuge von PEAL hätten immer Reservekanister mit einem umweltfreundlichen Treibstoff dabei, bestehend aus bleifreiem Benzin und Ethanol, der seit der Ölkrise des Jahres 1970 in den Vereinigten Staaten nicht mehr kommerziell vertrieben wurde. Die paar Tropfen Gasohol, die einer von Voerhovens Männern aus der Taschenflasche in die Kanister gekippt hatte, rochen intensiv genug, um den Polizisten davon zu überzeugen, dass die Kanister tatsächlich mit Gasohol gefüllt gewesen waren.

Durch Vorsicht und eine Aufmerksamkeit für das kleinste Detail hatte Voerhoven es bisher geschafft, dass PEAL praktisch nie für seine Aktionen verantwortlich gemacht werden konnte.

Als die Polizisten seine Befragung abgeschlossen hatten, schickte Voerhoven seine beiden Männer zu dem Rover zurück und wandte sich den Journalisten zu, die auf ihn warteten wie Gesangsschüler auf ihren Chorleiter.

»Da dies eine überraschende und ziemlich schwierige Situation für mich war, habe ich kein vorformuliertes Statement für Sie. Trotzdem bin ich sicher, dass Sie eine Reihe von Fragen haben.« Sein leichter Akzent und seine sympathische Stimme weckten bei den Journalisten sofort Vertrauen. Im gleißenden Licht der Schweinwerfer wirkten seine blauen Augen noch faszinierender.

»Angesichts der Tatsache, dass die Proteste von PEAL sich in jüngster Zeit gegen Petromax Oil richteten, scheint es mir ein seltsamer Zufall zu sein, dass ausgerechnet Sie Zeuge dieses Unfalls waren. Was meinen Sie?« Diese Frage kam nicht von einem Journalisten eines großen Senders, sondern von einer Lokalreporterin mit lauter Stimme.

»Seltsamer Zufall? Ich finde es eher tragisch, dass jemand mit ansehen musste, was hier heute Nacht passiert ist.« Damit wandte er sich einem Wochenend-Anchorman von CNN zu, der positiv über PEAL berichtet hatte, seit ihr Schiff *Hope* im Prinz-William-Sund aufgetaucht war.

»Herr Dr. Voerhoven, wie reagieren Sie persönlich auf dieses tragische Ereignis, und wie wird Ihre Organisation offiziell darauf reagieren?«

Das war – wie erhofft – das Stichwort für Voerhoven, um laut und deutlich seine Meinung zu äußern.

»Sie wollen wissen, wie ich mich fühle?«, fragte er den CNN-Moderator. »Um ehrlich zu sein, hat mir das alles einen Riesenschrecken eingejagt. Der Fahrer des Tanklasters fuhr viel zu schnell angesichts der Wetterbedingungen, was mir bezeichnend zu sein scheint für die fahrlässige Sorglosigkeit des Unternehmens, das ihn beschäftigte. Petromax Oil hat heute Nacht unter Beweis gestellt, dass man nicht einmal garantieren kann, dass ein paar Tausend Liter Benzin sicher über einen gut ausgebauten Highway transportiert werden können. Trotzdem wollen sie Millionen von Barrel Rohöl durch die unberührte Landschaft des Naturschutzgebiets Arctic Wildlife Refuge pumpen.

Heute ist nur ein bisschen Benzin in einen Gebirgsbach geflossen. Damit wird die Natur fertig, doch was passiert, wenn dieses Unternehmen einen sehr viel schlimmeren Unfall bei der Ölbohrung am North Slope verursacht? Das unverantwortliche Verhalten eines Mannes hat Folgen, mit denen wir klarkommen können, doch die Konsequenzen der Handlungsweise seines Unternehmens werden unser aller Zukunft belasten. Wenn Petromax und die anderen Ölunternehmen das Naturschutzgebiet in eine stinkende, matschige Ödnis verwandeln, können wir sie noch so sehr anschwärzen. Dadurch wird die Umwelt nicht wieder sauber.

Was die offizielle Haltung von PEAL angeht, so kann ich Ihnen versichern, dass wir hier sind, um zu verhindern, dass so etwas jemals passiert.«

Voerhoven nickte einem anderen landesweit bekannten Fernsehjournalisten zu.

»Als der Präsident ankündigte, alle Ölimporte einstellen zu wollen, hat PEAL dazu keinen offiziellen Kommentar abgegeben. Aber seit der Öffnung des Arctic Wildlife Refuge hat Ihre Organisation sich unüberhörbar zu diesem Thema geäußert. Was haben Sie dazu zu sagen?«

Voerhoven lächelte ihn mit strahlenden Augen an. »Eine Ankündigung folgte so schnell der anderen, dass uns keine Zeit zum Reagieren blieb.« Die Reporter schmunzelten mit ihm. »Selbstverständlich begrüßen wir die Einstellung von Ölimporten. Jeder Supertanker weniger auf den Weltmeeren ist ein großer Erfolg. Und selbstverständlich unterstützen wir die Erforschung alternativer Energien. Doch nur einige Wochen nach der Rede des Präsidenten sehen wir, dass dieser Erfolg seinen Preis hat. Indem er so schnell eingeknickt ist gegenüber den mächtigen Lobbyisten der Ölindustrie, hat der Präsident demonstriert, dass ihm die Umwelt eigentlich ziemlich egal ist. Wenn wir nach den von ihm angekündigten zehn Jahren immer noch keine tragfähigen alternativen Energiequellen gefunden haben, können Sie darauf wetten, dass die Ölunternehmen wieder bereitstehen, um ihr Umweltgift zu verkaufen.«

»Was sagen Sie zu Max Johnstons Gründung eines Thinktanks, dessen einzige Aufgabe darin besteht, einen Ausweg aus der Abhängigkeit vom Öl zu finden?«

Voerhovens Blick durchbohrte den Journalisten, der die Frage gestellt hatte. »Sie machen jede Menge Wind und versprechen, kurz vor einem großen Durchbruch zu stehen, aber in zehn Jahren werden sie nichts vorzuweisen haben. Die Johnston Group wird in aller Stille wieder aufgelöst, und Max Johnston wird sein Geld wieder im Ölgeschäft machen.«

Voerhovens desillusionierte Antwort veranlasste denselben Journalisten zu einer provokanten Frage. »Wie reagieren Sie auf den Vorwurf, PEAL sei eine Bande sogenannter Öko-Terroristen?«

»Sie nennen meine Organisation eine Bande von Öko-Terroristen?«, fragte Voerhoven gereizt. »Haben Sie sich den Tanklaster mal genau angesehen, der hier durch die Leitplanke gebrochen und in den Fluss gestürzt ist? Tausende von Litern Benzin sind ausgelaufen. Aber auf der Seitenwand stand nicht PEAL, sondern Petromax Oil. Das sind die Leute, die den Planeten ruinieren. Also nennen Sie mich nicht einen Terroristen.«

»Herr Dr. Voerhoven, Sie wissen genau, was ich meine. Viele halten die Taktik von PEAL, die Umweltproblematik in das allgemeine Bewusstsein zu rücken, für so extrem, dass sie an Terrorismus grenzt.«

»Wenn jemand für eine Sache kämpft, die Sie nicht mögen, nennen Sie ihn einen Terroristen, sympathisieren Sie hingegen mit seinen Ansichten, ist er ein Freiheitskämpfer«, konterte Voerhoven. »In unserer heutigen Welt geht es kaum noch um Inhalte, sondern mehr darum, wie die Dinge wahrgenommen werden. Sind die Ziele und Methoden von PEAL extrem? Für einige bestimmt, aber wenn Sie uns Terroristen nennen, geben Sie sich als ein Feind der Umwelt zu erkennen. Wenn Sie nicht daran glauben, dass der Zustand unserer Erde es wert ist, dafür zu kämpfen, nun gut, dann sind wir Öko-Terroristen. Aber für diejenigen, die unsere Sache als gerecht und unsere Methoden als notwendig ansehen, sind wir Freiheitskämpfer in einem Krieg, bei dem es darum geht, den Planeten zu retten, der uns das Leben geschenkt hat.

Um aus diesem Krieg siegreich hervorzugehen, müssen wir jede einzelne Schlacht gewinnen. Alaska wird eine Invasion von Ölunternehmen erleben, denen es nur um den schnellen Profit geht, und PEAL ist hier, um das zu verhindern. Es muss etwas getan werden gegen die Ölfirmen und ihre Zerstörungswut.«

Damit ließ er die Journalisten stehen und ging zu dem Range Rover zurück.

Ein Mann, der Fahrer eines Tanklasters, war bei einem entsetzlichen Unfall gestorben und hatte seine Frau und zwei Töchter hinterlassen. Als die Fernsehteams ihre Sachen zusammenpackten, schien ihnen das fast schon gerecht zu sein. So gefährlich war Voerhovens Überredungskunst.

Georgetown

Vor achtundvierzig Stunden war alles noch einfacher, war die Welt noch in Ordnung gewesen. In Aggie Johnstons Leben war bisher immer alles glattgegangen, vom Kindergarten über die Privatschulen bis zum Universitätsabschluss. Sie hatte Ökologie studiert und sich damit ein Gebiet erschlossen, das sie leidenschaftlich interessierte. Ihre jetzigen Aktivitäten erschienen ihr deshalb nicht als Arbeit. Vor zehn Monaten war Jan Voerhoven in ihr Leben getreten, und wenn er ihr auch keinen formellen Heiratsantrag gemacht hatten, war es doch eine ausgemachte Sache, dass sie bald ein Ehepaar sein würden. Einen Monat vor ihrem zweiunddreißigsten Geburtstag lag ein Leben vor ihr, wie sie es sich vorgestellt hatte. Ein Leben im Dienst einer guten Sache und mit einem Partner, der genauso dachte wie sie.

Doch jetzt hatte sich alles geändert. Sie musste schwierige Entscheidungen treffen, und deren Konsequenzen würden ihr Leben für immer verändern. Wahre Verantwortung ängstigte Aggie Johnston mehr, als sie zuzugeben bereit war.

Alles war zusammengebrochen, als Philip Mercer bei der Abendgesellschaft ihres Vaters aufgetaucht war. Er wusste seinen Smoking zu tragen, und sein dichtes Haar, sein verführerischer Blick und sein Lächeln konnten jede Frau um den Verstand bringen.

Sie erhob sich von ihrem Sofa, durchquerte das Wohnzimmer und trat auf den Balkon, von dem man auf den

Kanal blickte. Ein nicht abreißender Strom von Joggern lief unter ihren Fenstern vorbei. Sie stand dort, bis ihr die feuchtschwüle Hitze unangenehm wurde. Das T-Shirt klebte ihr am Leib, und sie schloss die Glastür und kehrte in die Wohnung zurück, wo die Klimaanlage lief.

In ihrer Wohnung standen einige Möbelstücke aus kostbaren Hölzern, die ihr Vater ausgemustert hatte und die sie nicht mochte. Aber sie hatte sie behalten, um ihm einen Gefallen zu tun. Eigentlich liebte sie nur einen Lehnstuhl, den sie vor dem Beginn ihres Studiums in einem Trödelladen gekauft hatte. Sie hatte sich nie davon trennen können. Mittlerweile war der Lehnstuhl etliche Male repariert worden. Sie setzte sich und fühlte sich geborgen. Genau das brauchte sie jetzt.

Sie hatte gewusst, dass Philip Mercer auf der Gästeliste für die Abendgesellschaft stand. Ihr Vater hatte sie damit aufgezogen, seit er die Einladungen abgeschickt hatte. Sie hatte gehofft, dass er nicht auftauchen würde, und zugleich gebetet, dass er kommen würde. Als Mercer der Bitte nicht nachkam, auf die Einladungskarte zu antworten, war sie zugleich erleichtert und bedrückt. Und dann war er doch gekommen, und wieder war sie so verknallt wie damals als junge Studentin, als sie ihn zum ersten Mal gesehen hatte. Plötzlich war ihr Leben so kompliziert geworden, wie sie es sich kaum hätte vorstellen können. Neue Gedanken und Ideen bedrängten sie, bis sie keine andere Möglichkeit mehr sah, als auf Konfrontationskurs zu gehen.

Sie wusste nicht, warum sie ihn gestern in seinem Haus besucht hatte. Auch nicht, ob es eine bewusste Entscheidung gewesen war, ihre verführerischste Unterwäsche anzuziehen. Seit sie über seine Schwelle getreten war, hatte sie keinen Gedanken mehr an Jan verschwendet. Sie konnte ihre Gefühle für Mercer nicht leugnen, und das ärgerte sie. So starke Gefühle waren ihr fremd. Sie hatte sie nicht einmal empfunden, als sie sich in Jan verliebt hatte.

»Verdammter Mist!«, fluchte sie, als sie aufstand, um ihre Zigaretten zu suchen.

Das Päckchen lag auf dem Küchentisch. Sie zündete sich eine Zigarette an, um sich zu beruhigen.

Natürlich hätte sie ihn am letzten Abend nicht besuchen dürfen, doch sie hatte nichts dagegen tun können. Sie liebte Jan und würde ihn heiraten. Genau das wollte sie. Er stand für das, was ihr in diesem Leben wichtig war. Warum sollte sie das aufgeben für einen Mann, dessen Ansichten sie abstoßend fand?

Sie dachte weiter darüber nach, bis drei neue Zigarettenstummel in dem überquellenden Aschenbecher lagen, fand aber keine Antwort. Sie wusste nicht, was diese Geschichte für ihr Leben bedeuten würde. Würde sie sich für immer weiter auf flüchtige Affären einlassen, wann immer sie jemanden attraktiv fand? Oder war Mercer ein Sonderfall, ein Mann, in den man sich verliebte, wie es nur einmal im Leben geschah? Bis zu diesem Tag hatte sie noch nie an Selbstzweifeln gelitten. Und sie wurde auch noch von einer anderen Frage gequält, die zweifellos wichtiger war. Wann immer sie daran rührte, fürchtete sie sich vor der Antwort. Es war ein Gefühl wie dann, wenn sie ihre Tage nicht bekam und eigentlich mehr Angst vor dem Schwangerschaftstest als vor der Schwangerschaft hatte.

Sie war verwirrt, konnte der Frage aber nicht länger ausweichen. Warum hatte ihr Vater Burt Manning geschickt, damit er Mercer ermordete?

Manning hatte schon etliche Jahre für ihren Vater gearbeitet. Sie kannte ihn seit ihrem letzten Jahr auf dem College. Der Überfall in Mercers Haus war das Ereignis ihres Lebens gewesen, das sie wie nichts zuvor verängstigt hatte, und als sie Manning tot am Boden liegen sah, hatte sie es nicht mehr ausgehalten und so schnell wie möglich die Flucht ergriffen. Sofort begriff sie, warum ihr Vater gesagt hatte, sie dürfe Mercer nicht sehen. Er wusste, dass Manning sein Haus aufsuchen würde, um ihn zu ermorden.

Ihr traten Tränen in die Augen. Sie hatte gehofft, sich während der letzten Nacht ausgeheult zu haben, doch als sie ein Papiertaschentuch aus dem Päckchen zog, wurde ihr klar, dass sie es womöglich nie überwinden würde. Schließlich musste sie so heftig schluchzen, dass sie am ganzen Leib zitterte. Sie sank auf den gefliesten Boden und lehnte sich an einen Schrank.

Während der letzten achtundvierzig Stunden war alles zusammengebrochen, alles, wofür sie sich engagiert und wovon sie geträumt hatte. Ihr Verlobter, den sie liebte und mehr respektierte als alle anderen, konnte dem Vergleich mit Philip Mercer in keiner Weise standhalten. Und ihr Vater, den sie nie gemocht, aber doch immer geliebt hatte, war ein Ungeheuer, das Killer beschäftigte. Sie wollte nur noch die Augen schließen und im Schlaf Vergessen finden. Dann würde sie aufwachen und begreifen, dass alles nur ein Albtraum war.

Als es klingelte, hörte sie es wie aus weiter Ferne. Doch dann drehte sich ein Schlüssel im Schloss der Wohnungstür, und sie rappelte sich hoch, fuhr sich mit den Fingern durchs Haar und wischte sich die Tränen ab.

Ihr Vater trat in die Küche. Seine Miene wirkte zutiefst besorgt. Wie üblich trug er einen perfekt geschneiderten dunklen Anzug, ein weißes Hemd und eine dezent gemusterte Krawatte. Nur seine Schuhe waren wie immer etwas abgetragen und nicht geputzt. Er glaubte, dass auf Hochglanz polierte Schuhe nur etwas für jene waren, denen Schein wichtiger als Sein war.

»Ich habe den ganzen Tag über versucht, dich zu erreichen, aber du hattest den Hörer danebengelegt. Ich habe mir Sorgen um dich gemacht.« Dann bemerkte er, dass Aggie geweint hatte. »Was ist denn, meine Süße?«

Es spielte keine Rolle mehr, wenn er wusste, dass sie rauchte. Sie zündete sich eine Zigarette an. »Ich war gestern Abend bei Mercer, Daddy. Ich weiß, was du vorhattest.«

»Wovon redest du, Aggie?«, fragte Max Johnston leise.

»Ich war gestern Abend in seinem Haus, als Burt Manning versucht hat, ihn zu ermorden.«

»Burt Manning?«

»Er ist in Mercers Haus eingebrochen. Er und ein Komplize. Sie wollten ihn töten. Und ich weiß, dass sie in deinem Auftrag da waren. Du wolltest Mercer umbringen lassen.« Trotz ihres Zorns begann sie erneut zu weinen.

Ihr Vater riss schockiert die Augen auf. »Burt Manning hat gestern Abend versucht, Mercer umzubringen? Bist du sicher?«

»Ich war dabei, Daddy. Manning und der andere Mann sind in das Haus eingebrochen. Sie haben einen FBI-Beamten getötet, und Manning hätte mich fast umgebracht, bevor Mercer ihn erschossen hat. Mercer wurde in die Schulter getroffen und ein Freund von ihm ins Bein. Gott sei Dank war es eine Prothese, sodass ihm nichts passiert ist.« Es brach alles nur so aus ihr heraus. »Ich weiß, dass du sie geschickt hast. Deshalb wolltest du auch nicht, dass ich Mercer wiedersehe.«

Max nahm seine zitternde Tochter in die Arme, strich ihr übers Haar und flüsterte ihr beruhigende Worte ins Ohr. »Ist ja schon gut, es ist alles in Ordnung.«

Als Aggie sich nach ein paar Minuten beruhigt hatte, blickte ihr Vater ihr direkt in die Augen. »Dir ist nichts passiert?« Sie schüttelte den Kopf, und er drückte sie erneut erleichtert an sich.

»Hör zu, Aggie«, sagte er schließlich. »Burt Manning arbeitet nicht mehr für mich, schon seit Monaten nicht mehr. Er hat eine eigene private Sicherheitsfirma. Auch als er noch für Petromax arbeitete, war mir klar, dass er unberechenbar ist. Er hat seinen Job getan, war aber nicht zu kontrollieren. Im letzten Frühjahr habe ich ihn gefeuert. Ich weiß nichts davon, dass er versucht hat, Mercer umzubringen, und ich kann dir versichern, dass ich nichts damit zu tun habe.« Er lächelte, und sein Blick verriet, wie besorgt er um seine geliebte Tochter war. »Seit du ein kleines Mädchen warst, hast du mir viele Dinge vorgeworfen, und manchmal hattest du sogar recht. Aber ich gebe keine Morde in Auftrag. Und überhaupt, warum sollte ich Mercer umbringen lassen wollen? Wir sind gute Freunde.«

»Aber du hast gesagt, ich solle ihn nicht wiedersehen«, sagte sie vorwurfsvoll.

»Weil ich dich beschützen wollte, mein Mädchen. Ich

weiß, dass du in ihn verknallt warst und wollte nicht, dass du leidest. Was Frauen betrifft, hat er einen gewissen Ruf. Auch wenn du ihn Jahre nicht gesehen hattest, war mir klar, dass es dir das Herz brechen würde. Ich mag Mercer, möchte aber nicht, dass er dir zu nahekommt. Deshalb habe ich dich davor gewarnt, ihn wiederzusehen. Ach, mein armes kleines Mädchen.« Er drückte sie wieder an sich, wie er es häufiger hätte tun sollen, als sie noch ein Kind war, doch auch jetzt war es noch nicht zu spät. »Aggie, ich weiß von deiner Beziehung zu dem Vorsitzenden dieser Umweltschutzorganisation, für die du arbeitest. Ich mag ihn nicht, weiß aber, dass er dich anständig behandelt und dich glücklich macht.«

Er wusste nicht, dass sie heiraten wollten. Sie hatte nie den Mut aufgebracht, es ihm zu erzählen.

»Vergiss Philip Mercer«, fuhr ihr Vater fort. »Es ist nur zu deinem Besten.«

Aggie nickte.

»Ich mache dir einen Vorschlag, meine Süße. Ich sage nichts dazu, dass du rauchst, und frage auch nicht, was du gestern Abend um Viertel nach zehn in Mercers Haus zu suchen hattest, wenn du mir versprichst, ihn zu vergessen.«

Aggie lächelte und umarmte ihren Vater. »Ich liebe dich, Dad.«

»Du bist alles, was ich auf dieser Welt habe, Sweetheart. Vergiss das nicht. Wird es dir bald wieder besser gehen?«

»Ich glaube schon. Ich denke, ich sollte verreisen. Ich brauche etwas Abstand.«

»Ja, tu das. Hör zu, das Ferienhaus meines Unternehmens auf der Insel Hilton Head vor der Küste von South Caro[illegible] ist im Moment nicht besetzt. Ich könnte dich mit einem Firmenjet von Petromax innerhalb einer Stunde hinbringen lassen. Soll ich das arrangieren?« Aggie nickte. »Wunderbar. Ich muss für zwei Tage nach London, aber wenn ich zurück bin, könnte ich zu dir kommen. Was meinst du?«

»Das wäre wundervoll«, antwortete sie mit einem etwas gekünstelten Lächeln.

Als ihr Vater verschwunden war, rief sie US Airways an. Bevor sich jemand meldete, lief einige entnervende Minuten ein Band.

»Wann startet auf dem Reagan Airport die nächste erreichbare Maschine?«, fragte sie.

»Wohin wollen Sie denn?«

»Eigentlich nach Alaska, doch im Moment spielt es keine Rolle. Ich will nur aus Washington weg.«

Sie hatte ihrem Vater nicht gesagt, wann sie am letzten Abend in Mercers Haus gewesen war, und doch wusste er es.

Sie wusste weder ein noch aus.

Arlington, Virginia

Während Aggie Johnston hektisch ihre Sachen packte, um die Hauptstadt zu verlassen, war Mercer nur fünfzehn Kilometer weiter ebenfalls mit Reisevorbereitungen beschäftigt. Aber er hatte keine Angst und fühlte sich auch nicht unter Druck. Was das Packen betraf, hatte er kein Problem. Er nahm nichts Überflüssiges mit, vergaß aber auch nichts Wichtiges. Und es ging schnell. Nach gut zehn Minuten hatte er die Reißverschlüsse seiner beiden Reisetaschen zugezogen.

Seit er das Willard Hotel am späten Vormittag verlassen hatte, waren dies die ersten zehn Minuten, wo er nicht telefoniert hatte. Wenn er auf den Personenschutz des FBI verzichtete, musste er sich möglichst gut absichern und Informationen beschaffen, die er in Alaska gebrauchen konnte. Er zapfte alle nur denkbaren Quellen an. Auch wenn Kerikow ihn um jeden Preis umbringen wollte, hatte er nicht vor, diese Geschichte fallen zu lassen. Zwei Männer waren in sein Haus eingebrochen und hatten Harry und Aggie in Lebensgefahr gebracht. Dass man ihm nach dem Leben trachtete, war nichts Neues.

Aggie stand nicht im Telefonbuch, doch er hatte die Nummer von einem Freund bekommen, der für ihr Telekomunternehmen arbeitete. Aber wenn er ihre Nummer wählte, hörte er immer nur ein Besetztzeichen.

Als er gerade seine Reisetaschen nach unten bringen

wollte, klingelte es. Das schnurlose Telefon lag auf dem Nachttisch. »Hallo?«

»Dr. Mercer? MacLaughlin in Homer hier. Sie haben auf meinen Anrufbeantworter gesprochen.«

»Danke, dass Sie zurückrufen. Ich möchte, dass Sie etwas für mich überprüfen. Es hat mit dem Tod von Jerry und John Small zu tun.«

»Tut mir leid, aber das muss warten, Herr Dr. Mercer. Gestern Abend hat es hier einen Mordfall gegeben. Die ganze Stadt ist in Aufruhr.«

»Ein Mord? Was ist passiert?«

»Eine Meile südlich der Stadt wurde ein Fischerboot an den Strand angespült. Der Besitzer wurde mit durchgeschnittener Kehle in der Kabine entdeckt. Eine ziemlich gruselige Geschichte. Sie verstehen, was ich sagen will.«

Mercer standen die Nackenhaare zu Berge. »War es ein Boot aus Homer?«

»Ja, es lag immer hier im Hafen. Der Besitzer wurde hier geboren und ist in Homer aufgewachsen.«

»Was für ein Boot war das?«

»Tut mir leid, Herr Dr. Mercer, ich habe im Moment wirklich keine Zeit.« MacLaughlins Stimme klang müde, ganz so, als wären ihm die Ereignisse der letzten Tage über den Kopf gewachsen.

Mercer konnte ihn verstehen, gab aber nicht nach. »Ich würde nicht fragen, wenn es nicht wichtig wäre.«

»Es war kein kommerzielles Fischerboot, sondern ein großes Charterboot. Das größte im hiesigen Hafen, wenn Sie es genau wissen wollen. Mit Platz für zwanzig Personen.«

»Glauben Sie, dass der Tote die LORAN-Koordinaten der

Stelle kannte, wo die Küstenwache die *Jenny IV* versenkt hat?«

»Bestimmt. Die Küstenwache gibt sie bekannt, damit ein paar Jahre später niemand auf ein Riff aufläuft.«

»Sie müssen jemanden rausschicken, damit er den Meeresboden absucht und sich vergewissert, dass das Wrack noch da ist.« Mercer bezweifelte es, doch er musste es wissen.

MacLaughlin schien Mercers fordernder Ton nicht zu gefallen. »Ich weiß Ihre Kooperation zu schätzen, was das Schicksal der Smalls betrifft, aber ich habe hier wichtige Ermittlungen zu führen und im Moment keine Zeit für Sie.«

Mercer bemühte sich um einen umgänglichen Tonfall. »Falls mein Verdacht stimmt, werden Sie herausfinden, dass der Besitzer des Bootes gestern Abend getötet wurde, nachdem man ihn gezwungen hatte, das Wrack der *Jenny IV* zu bergen. An der Stelle, wo die Küstenwache sie versenkt hatte. Es muss sich etwas auf dem Wrack befunden haben, das niemand entdecken durfte. Den Mord haben mit Sicherheit dieselben Männer begangen, die auch Jerry und John Small auf dem Gewissen haben. Und Howard Small.«

»Und wer sind diese Männer?«, fragte MacLaughlin misstrauisch, aber trotzdem neugierig.

»Ich weiß es noch nicht«, log Mercer. »Aber verlassen Sie sich darauf, ich werde es herausfinden.«

MacLaughlin ließ sich lange Zeit mit seiner Antwort. »Ich denke, ich kann meinen Schwager bitten, mit seinem Boot rauszufahren. Er kann einen Greifhaken an einem Seil festmachen und damit den Meeresboden absuchen. Meiner Meinung nach wird er das Wrack sofort entdecken.«

»Darauf würde ich nicht wetten. Das Wrack der *Jenny IV*

wird nicht mehr da sein. Wenn Ihr Schwager zurückkommt, werden Sie mich hier nicht mehr telefonisch erreichen. Ich fliege heute Abend nach Alaska und rufe Sie später an.«

»Ja, tun Sie das. Für den Fall, dass ich nicht hier bin, gebe ich Ihnen besser meine private Telefonnummer.«

»Ich kann Ihnen gar nicht sagen, wie wichtig mir diese Geschichte ist.« Mercer notierte MacLaughlins Nummer und unterbrach die Verbindung.

Er seufzte erleichtert auf, weil MacLaughlin seine Hilfe zugesagt hatte. Er mochte es nicht, den Polizeichef anzulügen, doch ihm blieb keine andere Wahl. Er bezweifelte, dass MacLaughlins Ermittlungen ihn über die Stadtgrenze von Homer hinausführen würden. Je weniger er wusste, desto besser standen seine Chancen, dass Iwan Kerikow nicht auf ihn aufmerksam wurde. Ein Polizeichef aus der Provinz konnte nicht wissen, wie gefährlich dieser Mann war, und Mercer wollte nicht dafür verantwortlich sein, wenn er ums Leben kam, weil er dem Russen zu nahe gekommen war. Aber weil er sich um den Verbleib des Wracks der *Jenny IV* kümmerte, hatte Mercer Zeit für andere Dinge.

Er nahm die Reisetaschen von seinem Bett und bemerkte, dass greller Sonnenschein durch das neue Oberlicht ins Zimmer strömte. In ein oder zwei Tagen würde nichts mehr von dem Überfall auf sein Haus zu sehen sein. Dick Henna hatte Handwerker angeheuert, um alle Spuren zu beseitigen. In der Bar war bereits neuer Teppichboden verlegt worden, wo Blutflecken den alten verunstaltet hatten. Ein Mann kümmerte sich um die Einschusslöcher in der Bibliothek, auf der Galerie und in der Treppe aus dem neunzehnten Jahrhundert.

Aus Erfahrung wusste Mercer, dass die psychischen Folgeerscheinungen sehr viel länger anhalten würden.

Als er gerade nach unten ging, klingelte das Telefon erneut. Er ließ die Reisetaschen in der Bibliothek stehen und rannte in sein Büro, um dort den Hörer abzunehmen.

»Enrico Caruso hat das gesagt«, verkündete eine triumphierende Stimme, bevor Mercer sich melden konnte.

»Hat ja lange genug gedauert«, antwortete Mercer lächelnd.

David Saulman, ein langjähriger Freund, und Mercer stellten sich seit Jahren knifflige Fragen. Beiden machte das großen Spaß. Saulman konnte seine unerschöpflichen Quellen anzapfen, Mercer testete sein phänomenales Gedächtnis.

Die letzte Frage hatte Mercer vor drei Monaten gestellt, und Saulman hatte sich Zeit gelassen mit seiner Antwort. »Wer hat angeblich gesagt, ›Der Kronleuchter sprang an die Decke, und die Stühle jagten sich auf dem Boden?‹« Das bezog sich auf das Erdbeben in San Francisco vom 18. April 1906. Es war eine für Mercer eher ungewöhnliche Frage, aber er hatte sie gestellt, weil ihm nicht eingefallen war, dass Benjamin Briggs der Kapitän der *Mary Celeste* gewesen war. Das war Saulmans letzte Frage gewesen.

Mercers Fragen drehten sich normalerweise um den Bergbau und die Naturwissenschaften, während Saulman sich auf des Seerecht und die Geschichte konzentrierte. Beide waren Experten auf ihren Fachgebieten und verfügten dort über ein unglaubliches Wissen.

Ende der Fünfziger- und Anfang der Sechzigerjahre war Saulman Schiffsoffizier gewesen, doch bei einem Unfall im Maschinenraum hatte er sich so schlimme Verbrennungen an der linken Hand zugezogen, dass sie amputiert werden musste. Er war gezwungen, die Handelsmarine zu verlassen und studierte Jura. Ein paar Jahre darauf war er eine Koryphäe auf dem Gebiet des Seerechts. Seine Kanzlei in Miami hatte hundertfünfzig Partner, und seine Dependance in London, die kürzlich in der Nachbarschaft von Lloyd's eröffnet worden war, schlug sich besser als erwartet. Er kannte Hafenarbeiter wie Tycoons und wusste über die Welt der Schifffahrt mehr als jeder andere.

»Meine Sekretärin hat mir heute Morgen Ihre Nachricht gezeigt«, sagte Saulman, dessen Aussprache immer noch anzumerken war, dass er aus Brooklyn kam. »Ich habe gerade die Informationen bekommen, nach denen Sie gefragt haben.«

»Erstaunlich, dass es so schnell ging.«

»Ich weiß schon gar nicht mehr, wie wir vor dem Computerzeitalter unsere Geschäfte abgewickelt haben«, sagte Saulman in Erinnerung an die alten Zeiten. »Wem schicke ich diesmal die Rechnung?«

Mercer lachte. Saulman hätte ihm auch umsonst geholfen, wusste aber, dass immer noch ein anderer an den Informationen interessiert war, wenn Mercer um einen Gefallen bat. »Schicken Sie sie an das FBI. Dann findet Dick Henna eben heraus, dass ich ihn bezüglich meiner Reisepläne angelogen habe. Also, was haben Sie herausgefunden?«

»Moment, ich sehe nach.« Mercer hörte an dem Rascheln, dass Saulman Papiere durchblätterte. »Zu der Zeit, nach der Sie gefragt haben, waren einhundertdrei Schiffe im Golf von Alaska unterwegs, vierundneunzig davon private oder kommerzielle Fischerboote, darunter die *Jenny IV*. Dazu gehören auch vier große Fähren und drei Containerschiffe der Lykes Line, die Material für den Bau der neuen Pipeline an Bord hatten. Schließlich hätten wir da noch ein Schiff namens *Hope*, das der Umweltorganisation PEAL gehört, und einen Tanker, der nach Valdez unterwegs war.«

Die Erwähnung von PEAL ließ Mercer aufhorchen. »Was wissen Sie über die *Hope*?«

»Das ist ein ehemaliges englisches Vermessungsschiff, das sie vor einem Jahr gekauft und in ein Pseudo-Forschungsschiff umgewandelt haben. Für mich geht es da eher um Publicity als um Wissenschaft. Sie werden die *Hope* überall finden, wo es ökologische Kontroversen gibt. Seit fast drei Wochen liegt sie im Prinz-William-Sund vor Anker.«

»Hat sie die Gegend kürzlich verlassen?«, fragte Mercer schnell mit einem optimistischen Funkeln in seinen grauen Augen.

Saulman zerstörte seine Hoffnung. »Leider nicht.«

Er hätte darauf getippt, dass das Schiff von PEAL die große Menge an flüssigem Stickstoff in die Gegend geschmuggelt hatte, aber wenn es die Anker nicht gelichtet hatte, musste er den Gedanken fallen lassen. »Okay, was ist mit dem Tanker?«

»Moment, ich sehe nach«, sagte Saulman, während er nach den Papieren suchte. »Ah, da haben wir's. Das war die *Petromax Arctica*, ein 255.000-Tonnen-Supertanker, der regelmäßig zwischen Valdez und South Beach pendelt.«

»Petromax?«, fragte Mercer. »Ich habe kürzlich mit Max Johnston gesprochen. Er meinte, sie hätten ihre Tanker verkauft.«

»Lassen Sie mich ausreden. Ich wollte sagen, dass sie als

die *Arctica* in Valdez einlief und vorgestern unter dem Namen *Southern Cross* ausgelaufen ist. Der neue Besitzer ist ein Unternehmen namens Southern Coasting and Lightering, das in New Orleans residiert. Für SC&L ist das ein großer Schritt.«

»Was wollen Sie sagen?«

»Das ist ein mittelgroßes Unternehmen. Vor dem Kauf der Petromax-Tanker war ihr größtes Schiff ein vierzehn Jahre alter Hunderttausendtonner. Für die *Arctica* und ihre Schwesterschiffe haben sie hundertfünfzig Millionen Dollar hingeblättert. Für sie ist das so, als würde man von einem Kleinwagen auf einen Bentley umsteigen.«

»Haben Sie die Kaufverträge gesehen?«

»Nein, das Geschäft ging in Louisiana über die Bühne, aber als ich davon hörte, wurde ich etwas misstrauisch und habe recherchiert. Das war von Anfang an eine seltsame Geschichte. Petromax konnte es gar nicht abwarten, die Schiffe loszuwerden. Sobald bekannt wurde, dass Petromax Oil sich von seiner Tankerflotte trennen wollte, stellt Southern Coasting einen Scheck über hundertfünfzig Millionen Dollar aus, ohne Verhandlungen.«

»Klingt so, als hätte er das Geld gebraucht«, sagte Mercer.

»Die Griechen oder Japaner hätten sehr viel mehr für diese Tanker bezahlt. Mein Gott, die *Petromax Pacifica* ist erst acht Monate alt. Sie allein muss fünfundsiebzig Millionen Dollar wert sein.«

»Im Ernst?«

»Allerdings. Und jetzt kommt die nächste seltsame Geschichte. Southern Coasting verlangte, die Schiffe müssten sofort nach der Vertragsunterzeichnung umbenannt werden, nicht nur in den Büchern, sondern auf den Namensschildern am Bug und Heck der Tanker. Sie haben sogar einem Team den Flug nach Valdez bezahlt, damit es die Namensschilder während der Fahrt von Alaska nach Kalifornien austauscht.«

»Was ist mit den anderen beiden Tankern?«

»Die *Petromax Arabica* ist im Persischen Golf. Sie heißt jetzt *Southern Accent*, und die *Petromax Paficica*, die gerade in Tokio entladen wird, wird auf den Namen *Southern Hospitality* umgetauft.«

»Merkwürdig, aber das hilft mir nicht weiter.« Mercer versuchte, sich seine Enttäuschung nicht anmerken zu lassen. »Können Sie mir sonst noch etwas erzählen?«

»Ja, die *Arctica* lief achtzehn Stunden zu spät in Valdez ein, und ihr Kapitän musste mit einem Helikopter von dem Schiff nach Anchorage gebracht werden, weil er bei einem Unfall verletzt worden war.«

»Mein Gott, warum haben Sie das nicht gleich gesagt?«

»Moment, Sie wollten eine Liste der Schiffe im Golf von Alaska. Den Grund haben Sie mir nicht genannt.«

»Sorry«, sagte Mercer verlegen. »Kommt es häufig vor, dass ein Tanker zu spät im Zielhafen einläuft?«

»Eigentlich nicht. Der Betrieb eines dieser Supertanker kostet ungefähr tausend Dollar pro Stunde, sodass wir hier von achtzehntausend Dollar reden, nur für Treibstoff, Löhne und Versicherungen. Dann kommt noch eine Konventionalstrafe hinzu. Nein, Tanker kommen nie zu spät.«

»Wissen Sie, was dem Kapitän zugestoßen ist?«

»In dem Bericht über den Unfall, der bei Lloyd's eingereicht wurde, steht nur, er habe einen Unterarm verloren.

Petromax bezahlt seine Behandlung durch einen Spezialisten in Seattle.«

Mercer schwieg ein paar Augenblicke. Er wollte glauben, dass der flüssige Stickstoff von der *Arctica* ins Land geschmuggelt und auf die *Jenny IV* umgeladen worden war, doch das ergab keinen Sinn. Als weltweit führendes Unternehmen auf dem Gebiet der Ölexploration würde man sich nicht auf so etwas einlassen. Wegen der Öffnung des Arctic Wildlife Refuge für die Ölförderung war Petromax' Position in Alaska bereits problematisch, und man würde nichts tun, das einen in die Schlagzeilen bringen konnte.

»Ich glaube, damit lässt sich nichts anfangen«, sagte Mercer schließlich.

»Erzählen Sie mir, wonach Sie suchen. Vielleicht kann ich es finden.«

»Tut mir leid, es geht nicht. Hören Sie, Sie haben mir dadurch geholfen, dass ich jetzt weiß, wo ich nicht mehr suchen muss. Auch das ist wichtig.«

Um Mercer aus seiner düsteren Stimmung zu reißen, beschloss Saulman, ihm eine Quizfrage zu stellen. »Also, bevor ich auflege … Nach wessen Plänen wurde die ursprüngliche *Monitor* für die Navy der Union gebaut?«

»Zu einfach«, antwortete Mercer prompt. »John Ericsson.« Er hörte Saulman noch gut gelaunt fluchen und unterbrach die Verbindung.

Ein paar Minuten später stellte Mercer seinen Jaguar auf dem kleinen Parkplatz hinter Tiny's Bar ab, direkt neben dem alten Pontiac des früheren Jockeys. Er warf seine Reisetaschen auf die Rückbank des Autos seines Freundes, bevor er den Jaguar abschloss.

Die Bar war leer, wenn man davon absah, dass zu Mercers Überraschung Harry auf dem üblichen Barhocker saß. Er hielt ein fast leeres Glas in seiner knochigen Hand, zwischen seinen blutleeren Lippen klebte eine Zigarette. Vor ihm stand ein großer Karton mit Whiskyflaschen, Marke Jack Daniel's.

»Was zum Teufel hast du hier zu suchen?«, fragte Mercer, als er die Bar durch die selten benutzte Küche betrat.

»Du wirst es nicht glauben.« Harry war so aufgeregt wie ein Kind vor der Weihnachtsbescherung. »Ich habe vier Kartons Jack Daniel's geordert, und die Idioten aus dem Hotel schleppen sie tatsächlich an. Sie haben sogar ein Taxi für mich bestellt, damit ich die Flaschen bequem hierher transportieren konnte. Im nächsten Jahr muss ich keinen Drink selbst bezahlen.«

»Was berechnen sie pro Flasche?«, fragte Mercer besorgt. Henna würde ihn umbringen, wenn er die Rechnung sah.

»Keine Ahnung, aber ich gehe mal von einem Hunderter aus.« Als Harry sein Glas leerte, stelle Tiny schon das nächste vor ihm auf die Theke. »Gott segne das FBI und seine tiefen Taschen.«

Mercer antwortete nicht sofort. Er konnte wütend sein, weil Harry das Angebot mit dem Hotelzimmer ausgenutzt hatte, oder sich von der guten Laune der anderen beiden hatte anstecken lassen. »Wenn du ins Hotel zurückkehrst, bring mir ein paar Flaschen Absolut-Wodka mit, aber das sollte es dann gewesen sein. Ich bin sicher, dass das Willard sich bald bei Dick Henna melden wird. Ach, und steck noch eine Flasche Rémy Martin für Tiny ein. Ich weiß, dass er keinen mehr hat.«

»Wie großzügig von dir«, sagte Tiny säuerlich. »Was soll aus meinem Geschäft werden, wenn Harry seinen eigenen Whisky trinkt?«

»Du kannst ja den doppelten Preis für das Gingerale berechnen«, witzelte Mercer. »Er wird trotzdem weiter kommen. Hör zu, Paul, du musst mir einen Gefallen tun.«

Tiny entging nicht, dass Mercers Stimme jetzt ernst klang. »Ich höre.«

»Du sollst mich nur zum Flughafen bringen. Außerdem bitte ich dich, meinen Wagen für ein paar Tage hinter deiner Bar parken zu dürfen.«

»Was ist denn los?« Trotz seines alkoholisierten Zustands entging auch Harry nicht, dass sich Mercers Tonfall geändert hatte.

»Ich habe eine Spur, durch die ich die Auftraggeber der Killer finden könnte, die gestern Abend in meinem Haus herumgeballert haben.«

»Ich dachte, das FBI würde sich darum kümmern.«

Mercer blickte seinen Freund an. »Das ist nicht ihre Liga. Iwan Kerikow ist wieder aufgetaucht …«

Das musste Harry erst einmal verdauen. Er spürte einen Phantomschmerz. Das sowjetische Projekt Vulkanfeuer hatte ihn sein Bein gekostet, jenes Projekt, das später von Kerikow übernommen worden war. Tiny verstand nicht, was Mercer und Harry durch den Kopf ging; er hatte keine Ahnung, wie gefährlich Kerikow war. Harry und Mercer wussten es nur zu gut. Oft hatten sie darüber diskutiert, ob Kerikow irgendwann wieder auf der Bildfläche erscheinen würde, und nun war es passiert. Wieder empfand er den Phantomschmerz. Es war so, als wäre sein Bein wieder da.

»Glaubst du, dass es ihm um Rache geht?«

Mercer schüttelte den Kopf. »Hier geht es um zu viele andere Dinge, aber falls ich durch eine Kugel aus dem Verkehr gezogen werde, vergießt der Dreckskerl bestimmt keine Tränen.«

»Nun, ein Zufall kann das nicht sein.«

»Vielleicht ist es Schicksal.« Als Kerikow sein letztes Projekt umsetzen wollte, waren die Vereinigten Staaten fast in einen Bürgerkrieg abgeglitten. Er hatte wirklich Angst, was diesmal passieren würde.

»Bring ihn zum Flughafen, Tiny«, sagte Harry. »Ich passe auf die Bar auf.«

Tiny legte kommentarlos seine Schürze ab und warf sie auf die Theke.

Mercer war schon fast an der Hintertür, als er sich noch einmal zu Harry umdrehte. »Wenn ich nicht zurückkomme, bleib in Deckung, okay? Er weiß, wer du bist.«

»Wenn du nicht zurückkommst, kann ich mich genauso gut umbringen und Kerikow die Arbeit ersparen.« Harry schaute einen Augenblick auf sein Glas, und als er den Blick wieder hob, war seine Miene tief besorgt. »Pass gut auf dich auf, Philip.«

Seit sie sich kannten, war es das erste Mal, dass Harry ihn mit seinem Vornamen ansprach, und es klang fast nach einem endgültigen Abschied. Mercer blickte seinem alten Freund in die Augen und nickte fast unmerklich.

Prinz-William-Sund

Im Jahr 1964 von Yarrow & Co. als Vermessungsschiff der Hecla-Klasse für die Royal Navy gebaut, sah man der *Hope* trotz ihres grellgelben Anstrichs auch heute noch ihre militärische Herkunft an. Das Schiff war über siebzig Meter lang und hatte einen zweistöckigen Aufbau mit einem rechteckigen Schornstein in der Mitte. Es gab einen Hubschrauberlandeplatz und unter der Brücke eine Garage, in der zwei gelbe Range Rover standen, die mit einem Kran an Land oder wieder an Bord gehievt werden konnten.

Einst hatte das Schiff hundertdreiundzwanzig Mannschaftsmitglieder beherbergt. Damit war mehr als genug Platz vorhanden für die zweiundzwanzig Aktivisten von PEAL, die Crew und sechzig andere Leute, welche die *Hope* auf ihren Fahrten begleiteten. Sie tauchte überall dort auf, wo tatsächliche oder potenzielle Umweltkatastrophen anzuprangern waren. Die Höchstgeschwindigkeit des Schiffes betrug nur dreizehn Knoten, aber es ließ sich gut manövrieren. Mit ihren drei Paxman-Ventura-Dieselmotoren vom Typ V-12 und ihrem verstärkten Rumpf war die *Hope* auch in schwerem Eis ein sicheres Schiff.

Als PEAL es gekauft hatte, war im Inneren des Schiffs kaum etwas verändert worden. Es gab weiter zwei Laboratorien, ein Fotoatelier und die großen Laderäume. In allen Gängen war blauer Teppichboden verlegt worden, und die einst militärisch grauen Wände waren nun in zarten Pastelltönen gestrichen. An den meisten Wänden hingen Poster, die zur Rettung der Regenwälder, der Meere und bedrohter Arten aufriefen. Einige zeigten qualmende Fabrikschornsteine und verseuchte Gewässer.

Das einprägsamste Bild hatte einen Ehrenplatz in der Messe und wurde von PEAL für Anzeigenkampagnen verwendet. Darauf war ein sechsjähriger südamerikanischer Indianerjunge in zerrissenen Shorts zu sehen. Hinter ihm stiegen am Rand eines brasilianischen Regenwaldes Flammen und Rauch in den Himmel auf. Der Junge betrachtete traurig einen riesigen Bulldozer. Das Gesicht des Fahrers war nicht zu erkennen, da er eine Gasmaske trug. Bei einem solchen Bild konnte man auf Text verzichten.

Da sie zu tief im Wasser lag, konnte die *Hope* nicht an einem der Kais von Valdez festmachen. Sie lag mehrere Hundert Meter von der Küste entfernt vor Anker und war – abgesehen von den Tankern, die zum Ölhafen am anderen Ende der Bucht unterwegs waren – das größte Schiff im Prinz-William-Sund. Seit ihrer Ankunft hatte sie sich nur einmal der Küste genähert, um im Fährhafen einen der Geländewagen an Land zu hieven.

Da das Schiff weiter draußen vor Anker lag, blieben Jan Voerhoven ein paar Minuten, um seinen Gast zu betrachten, der in einem der motorisierten gelben Zodiac-Schlauchboote zur *Hope* gebracht wurde. Trotz des strahlenden Sonnenscheins war es bitterkalt. Eine arktische Front hatte ganz Alaska fest im Griff, und die Temperatur war um zehn Grad niedriger als sonst zu dieser Jahreszeit. Die Einheimischen sagten, dies könnte der strengste Winter seit einem halben Jahrhundert werden, und dabei war es erst Ende Oktober.

Die beiden dick vermummten Männer in dem Schlauchboot waren dem eisigen Wind ausgesetzt, der über den Sund fegte, aber ihrem Gast schien die Kälte nichts auszumachen. Er saß stoisch in der Mitte des Schlauchboots und hatte nicht mal eine Wollmütze aufgesetzt. Voerhoven sah sein graues, militärisch kurz geschnittenes Haar.

Selbst aus dieser Entfernung glaubte Voerhoven die arrogante Miene seines Besuchers zu erkennen. Er hatte die Schönheit der Natur immer verehrt, doch dieser Mann hatte damit nichts am Hut. Er schien sie eher zu verachten. Voerhoven spürte, wie ihm die Galle hochkam.

Soweit seine Erinnerungen zurückreichten, hatte er die Welt geliebt, nicht die Städte, Straßen und künstlichen Kanäle seines Vaterlands Holland, sondern die natürliche Welt, den Wind, die Meere, das Land. Als Junge hatte er stundenlang im Garten gesessen und die vorüberziehenden Wolken betrachtet. Er glaubte, nichts könne wundervoller sein als der Boden, auf dem er lebte. Er war zehn, als er herausfand, dass das alles eine Lüge war.

Er erfuhr, dass sein Land zum großen Teil der Nordsee abgetrotzt – gestohlen – worden war. Sein Lehrer hatte stolz erklärt, die Niederländer hätten es sich »zurückgeholt«. Deich- und Dränagetechnik im Polderland ermöglichten die Kultivierung des gewonnenen Bodens. Der Lehrer hielt das für ein überzeugendes Beispiel menschlichen Erfindungsreichtums.

Der junge Jan sah das alles als Diebstahl. Wie konnte etwas zurückgewonnen werden, das einem nie gehört hatte? Mit zehn hatte er begriffen, dass die Landgewinnung auf die Gier der Menschen zurückging. Er glaubte, dass seine

Landsleute kein Recht dazu hatten, der Natur das Land abzutrotzen. Die Natur konnte sich nicht dagegen wehren, dass der Mensch sie missbrauchte.

Ab diesem Tag hatte er sein Leben dem Ziel gewidmet, die Natur zu schützen und der Zerstörung des Planten durch den Menschen Einhalt zu gebieten. Er war noch zu jung gewesen, um sich in der Bewegung der Grünen zu engagieren, die in Europa an Einfluss gewannen. Auf der Universität, in den frühen Achtzigerjahren, hatte er Umwelttechnologie studiert und Boykottaktionen und Demonstrationen organisiert. Es war eine aufregende Zeit. Prügeleien mit Polizisten, Tränengas, nächtliche Diskussionen, Flugblätter.

Promoviert hatte er hauptsächlich, weil er weiter mit aufmüpfigen Studenten zusammen sein wollte. Es hatte nie ein Zweifel daran bestanden, dass er nach seiner Promotion Dozent werden würde, um seine ökologischen Vorstellungen zu verbreiten, aber vier Jahre später hatte er seine Stellung verloren, weil seine Ansichten selbst den liberalsten Wissenschaftlern zu radikal waren. Aber er war nicht mehr verbittert über den Rauswurf, denn unmittelbar darauf hatte er PEAL gegründet. Wenn er Dozent geblieben wäre, hätte er nie die Zeit gehabt, eine Organisation zu schaffen, die jetzt im Begriff war, Greenpeace den Rang abzulaufen.

Das Schlauchboot hatte die *Hope* fast erreicht, und Voerhovens Gedanken kehrten zu seinem Gast zurück.

Er hatte schon mit vielen gefährlichen Menschen zu tun gehabt. Mit Neonazis, die er selbst engagiert hatte, damit sie seine eigenen Demonstrationen störten und so das Interesse der Medien anheizten. Mit Brandstiftern, die Anschläge auf Tankstellen in Holland und Belgien verübt hatten. Mit Einbrechern, die Aktivisten von PEAL beibrachten, wie man in Forschungseinrichtungen einbrach, wo mit Versuchstieren experimentiert wurde. So fanatisch und unheimlich diese Männer gewesen sein mochten, sie konnten es nicht mit seinem heutigen Gast aufnehmen, der gleich an Bord der *Hope* gehen würde.

Zum ersten Mal waren sie sich vor einem Jahr persönlich begegnet. Der Besucher hatte das vollgestopfte Büro von PEAL in der Nähe des Amsterdamer Hauptbahnhofs betreten, sich kurz vorgestellt und einen Scheck auf Voerhovens Schreibtisch gelegt. Zu der Zeit hatte PEAL keine zwanzig Mitglieder gehabt, meistens ehrenamtliche Mitarbeiter, und ein Budget von fünfzigtausend Dollar, die zum größten Teil aus Voerhovens privatem Vermögen stammten. Der Scheck über zehn Millionen Dollar war auf die PEAL ausgestellt.

»Der Erhalt des Geldes ist an eine Bedingung geknüpft«, hatte Voerhovens Wohltäter verkündet.

Er erinnerte sich, dass er in die eiskalten Augen des Mannes geblickt und seine Gefährlichkeit gewittert hatte, doch das hatte ihn nicht davon abgehalten, dem Vorschlag zuzustimmen und seine Seele an den Teufel zu verkaufen. Iwan Kerikow war so bösartig und tödlich wie ein Krebsgeschwür. Durch seine Kontakte in Europa hatte Voerhoven später erfahren, dass Kerikow früher ein hochrangiger KGB-Offizier gewesen war und sich mit geheimen Unterlagen aus dem Staub gemacht hatte. Er wurde von den Amerikanern, den Russen und einigen anderen gejagt. Seine Gewalttätigkeit war legendär.

Innerhalb von Wochen hatte Kerikow PEAL in eine straff organisierte Gruppe verwandelt. Pluspunkte waren Voerhovens natürliches Charisma und sein nie erlahmendes Engagement. Kerikow ermöglichte es PEAL, das alte Vermessungsschiff zu kaufen, das jetzt *Hope* hieß. Er beauftragte eine renommierte Werbeagentur damit, die Publicity-Kampagnen von PEAL zu managen. Die Tage, als die Aktivisten sich auf Mund-zu-Mund-Propaganda verlassen und fotokopierte Flugblätter an Telegrafenmasten geklebt hatten, gehörten der Vergangenheit an. PEAL zog in eine zentral gelegene, luxuriöse Bürosuite im Gebäude einer Bank. Jetzt gab es Sekretärinnen, ein hochmodernes Computersystem und genug Raum für zweihundert Angestellte. Innerhalb von ein paar Monaten nahm die Zahl der Mitglieder sprunghaft zu, und bei dieser Entwicklung war kein Ende abzusehen. Von einer kleinen, obskuren Clique verschworener Umweltschützer war PEAL zu einer Organisation geworden, deren Mitglieder Beiträge zahlten. Zu einer der führenden Organisationen der internationalen Umweltbewegung.

Kerikow managte all dies mit seinen machiavellistischen Methoden, wobei er nie mit jemandem anderem als Voerhoven sprach. Seine Erfolge waren spektakulär. Der Mann hatte die Fähigkeit, Probleme einfach verschwinden zu lassen. Aber auch Menschen. Als bei einem Brandanschlag eines PEAL-Aktivisten unbeabsichtigt der Besitzer einer Tankstelle ums Leben kam und sich dessen aufgebrachte Frau an die Medien wandte, war sie kurz darauf spurlos verschwunden. Beim Aufbau von PEAL ging Kerikow zielstrebig und skrupellos vor, ohne jemals seine Beweggründe zu nennen. Voerhoven nahm sein Geld und verließ sich auf seine Hilfe, wagte es aber nicht, sich zu fragen, welchen Preis er irgendwann dafür zahlen musste.

Erst vor drei Monaten hatte Kerikow schließlich die Bedingung genannt, die er bei seinem ersten Treffen mit Voerhoven erwähnt hatte. Der war fasziniert von Kerikows skizzenhaft vorgestelltem Projekt und verblüfft, wie weit dieses ohne sein Wissen schon vorbereitet worden war. Kerikow ermöglichte PEAL den definitiven Akt ökologischen Protests, die Chance, eine unvermeidliche Umweltkatastrophe zu verhindern und ein ganzes Ökosystem zu retten. Die Umsetzung von Kerikows Plan würde gewährleisten, dass es nie wieder eine Havarie wie die des Tankers *Exxon Valdez* geben würde und dass der Mensch keine Möglichkeit mehr hätte, die Ölvorkommen im Naturschutzgebiet Arctic Wildlife Refuge auszubeuten.

Das Schlauchboot legte an der Plattform mit der Gangway an, und Kerikow, der für einen Mann von Mitte fünfzig sehr beweglich wirkte, kam an Bord der *Hope*.

Voerhoven begrüßte Kerikow, der keine Anstalten machte, ihm die Hand zu schütteln. Der Niederländer versuchte, sein Unbehagen zu kaschieren. Dies war ein außerplanmäßiges Treffen, das Kerikow erst an diesem Morgen verlangt hatte. Voerhoven wusste mittlerweile, dass sein Gast nichts ohne konkreten Grund tat, hatte aber keine Ahnung, warum er jetzt hier war. »Lassen Sie uns in Ihre Kabine gehen.« Kerikow kannte das Schiff gut und steuerte zielstrebig auf die ehemalige Offiziersmesse zu.

Voerhoven hatte die größte Kabine auf der *Hope*, aber man hatte kaum das Gefühl, sich an Bord eines Schiffs aufzuhalten. Die stählernen Schotte waren verkleidet und gestrichen, und der Teppichboden auf dem harten Boden war doppelt verlegt worden. Nur die beiden Bullaugen erinnerten daran, wo man sich befand. Eigentlich bestand Voerhovens Kabine aus drei Räumen, einem Bad, einem Schlafzimmer und einem Büro mit einem Eichenschreibtisch und einem Konferenztisch für zehn Leute.

Sobald Voerhoven die wasserdichte Tür geschlossen hatte, packte ihn Kerikow an der Schulter, wirbelte ihn herum und verpasste ihm eine so harte Ohrfeige, dass er zurücktaumelte und ein gerahmtes Foto von der Wand riss.

»Was …?«

Kerikow versetzte ihm einen Schlag gegen die Schläfe. Voerhoven ging zu Boden und riss sich an auf dem Teppichboden liegenden Glasscherben die Hände auf.

»Halten Sie die Klappe«, sagte der Russe. »Ich lasse Sie wissen, wann Sie den Mund wieder aufmachen können.«

Er setzte sich ans Kopfende des Konferenztisches und wartete, bis Voerhoven sich hochgerappelt und ihm gegenüber Platz genommen hatte. Aus einem seiner Mundwinkel sickerte Blut, aber er machte keine Anstalten, es abzuwischen.

»Ich frage nicht, was Sie sich bei dieser Aktion in der letzten Nacht gedacht haben, denn ich bin sicher, dass Sie überhaupt nicht nachgedacht haben.« Kerikows ruhige Stimme konnte seine Wut nicht ganz kaschieren. »Ich habe zehn Millionen Dollar in dieses Projekt gesteckt und Ihre jämmerliche kleine Protestgruppe aufgebaut. Mehr als ein Jahr habe ich dafür gearbeitet, dass wir jetzt da stehen, wo wir sind. Und Sie gefährden das alles, indem Sie einen Lastwagenfahrer töten, um mit ein paar Sätzen in die Fernsehnachrichten zu kommen.«

»Nicht ich habe ihn getötet, sondern Petromax«, erwiderte Voerhoven schnell.

»Sie sollen Ihre verdammte Klappe halten«, fuhr Kerikow ihn an. »Sie können der Welt gern etwas von Ihren edlen Motiven und der Gier der Unternehmen erzählen, aber mich interessiert das nicht. Für mich spielte es keine Rolle, ob Sie, Petromax oder irgendwelche Außerirdischen den Fahrer getötet haben. Sie waren vor Ort, als es passierte, und hatten in Ihrer Mediengeilheit nichts anderes im Sinn, als ins Fernsehen zu kommen. Ich habe Ihren Boykott der Petromax-Tankstellen hier in Valdez genehmigt, weil dadurch halbwegs plausibel wird, weshalb Sie hier sind. Aber ich habe Ihnen nicht gestattet, Ihren Kreuzzug in einer anderen Region weiterzuführen. Schon jetzt habe ich Probleme mit Nachahmern, die in Anchorage Brandanschläge auf Tankstellen durchführen. Falls ich herausfinde, dass Sie auch da dahinterstecken, reiße ich Ihnen die Eingeweide raus.«

Voerhoven hatte den Blick zu Boden geschlagen und schwieg. Nie hätte er sich getraut, Kerikow offen zu widersprechen.

»Nachdem wir dieses unangenehme Thema abgehandelt haben, müssen wir uns anderen Dingen zuwenden«, fuhr Kerikow in einem noch immer bedrohlichen Tonfall fort. »Konnten Sie genug flüssigen Stickstoff besorgen, um den Verlust wettzumachen, den wir mit der *Jenny IV* erlitten haben?«

»Ich denke, wir haben alles gekauft, was in Vancouver und Seattle zu bekommen war. Ja, wir haben es geschafft, das Zeug lagert hier, in Fairbanks. Es ist uns gelungen, vier Tonnen zu besorgen.«

»Bei dem Brand auf der *Jenny IV* sind sechs verloren gegangen.«

»Zwei mehr, als eigentlich erforderlich. Diesen Luxus können wir uns jetzt nicht mehr leisten. Es gibt in der Region Pacific North nicht genug Lieferanten für medizinischen Bedarf und Chemikalien, um nochmals an eine solche Menge heranzukommen. Um keinen Verdacht zu erregen, haben sich meine Leute aus unserem Büro in San Francisco etwas einfallen lassen.«

»Als was haben sie posiert?«

»Als Leute vom Film, die bei einer teuren Produktion für die Spezialeffekte zuständig sind.«

»Sehr gut.« Kerikow zündete sich eine Zigarette an.

»Bitte lassen Sie das.«

Kerikow warf Voerhoven einen aggressiven Blick zu, ließ die Zigarette fallen und trat sie mit dem Absatz aus. Auf dem Teppichboden blieb ein schwarzer Brandfleck zurück. Der Russe zündete sich sofort die nächste Zigarette an. Diesmal schwieg Voerhoven. »Wir müssen die Behälter mit Hubschraubern zum Einsatzort bringen«, sagte Kerikow. »Wir werden mehrere Male fliegen müssen, und das gefällt mir nicht.«

»Wir können den Piloten mit Geld das Maul stopfen«, schlug Voerhoven vor.

»Mir machen nicht nur die Piloten Sorgen. Da ist auch noch das Bodenpersonal.« Kerikow schwieg ein paar Augenblicke. Als er dann weitersprach, klang seine Stimme fest und entschlossen. »Ihre Leute mieten einen Laster und bringen die Behälter nach Norden, nach Fox oder in eine andere Kleinstadt, wo es einen Flugplatz gibt. Wenn wir dort die Helikopter beladen, werden wir wieder als Leute vom Film posieren.« Seinen nächsten Gedanken behielt Kerikow für sich. Nach dem Transport würden sie die Piloten umbringen.

Einhundertzwanzig Meilen westlich von British Columbia

Das Unwetter wurde schlimmer, die Wellen im Pazifik schlugen immer höher. Aber dies waren nicht die Wellen, über die sich Surfer freuten, sondern Elementargewalten.

Die *Petromax Arctica*, nun auf den Namen *Southern Cross* umgetauft, hatte kein Problem damit, auch wenn die Gischt hoch über ihren Bug spritzte.

Sie war für solche Bedingungen ausgelegt. Nur die größten kommerziellen Fischerboote und Tanker trauten sich auf diese raue See hinaus.

Die spürbare Anspannung auf der Brücke hatte nichts mit dem schlimmer werdenden Wetter zu tun. Seit der Übernahme des Schiffs fürchteten die Mannschaftsmitglieder um ihr Leben. Wenn sie nicht im Dienst waren, wurden sie in der Messe eingesperrt und von zwei Wachtposten beaufsichtigt. Bei den Gesprächen an den langen Tischen wurden nur unverfängliche Themen angeschnitten.

Trotz ihrer unglaublichen Größe wurden Supertanker mit einer Crew von nur zwanzig Mannschaftsmitgliedern und zehn Offizieren betrieben, und da nur der Maschinenraum, die Zentrale für die Beobachtung der Tanks und die Brücke überwacht werden mussten, konnten die acht Terroristen unter dem Befehl von JoAnn Riggs alles mühelos kontrollieren.

Riggs saß auf dem Drehsessel des Kapitäns, einem von zwei bequemen Stühlen auf der geräumigen Brücke. Seit der

Übernahme des Schiffs hatte sie Befehle ausgegeben, misstrauisch die Crewmitglieder auf der Brücke beäugt und eine Zigarette nach der anderen geraucht. Zu ihrer Rechten schien der Steuermann seine Arbeit vorschriftsmäßig zu tun. Wenn er nicht auf den Horizont blickte, schaute er auf die Digitalanzeigen oder auf seine neue Vorgesetzte. Hinter dem Steuermann stand Wolf, der Anführer der Terroristen, bewaffnet mit einer Maschinenpistole. Obwohl er da war, fühlte sich Riggs wehrlos. Um dieses Gefühl zu verbergen, brüllte sie die Mannschaftsmitglieder an und zwang sie, die Schäden zu reparieren, welche die danebengegangenen Kugeln der Terroristen bei ihrem Angriff auf Lyle Hauser angerichtet hatten.

Eigentlich war es nicht JoAnn Riggs' Aufgabe gewesen, für die Führung des Supertankers verantwortlich zu sein, doch nach dem Unfall des ursprünglichen Kapitäns hatte es sich schließlich so ergeben. Albrecht hätte das Schiff nach South Beach zurückbringen und die Übernahme durch die Terroristen anführen sollen, wobei sie weiter nur die Erste Offizierin geblieben wäre. Doch dann hatte er seinen Unterarm verloren und musste mit einem Hubschrauber ins Krankenhaus gebracht werden. Dadurch war Southern Coasting and Lightering gezwungen gewesen, Petromax um einen neuen Kapitän zu bitten, denn Riggs hatte keine Erfahrung in diesen Gewässern. Sie hatte ihre Pläne geändert und beabsichtigt, Hauser gewähren zu lassen, bis das Schiff ein gutes Stück von Alaska entfernt war, und ihn dann mit den Mannschaftsmitgliedern in der Messe einsperren zu lassen. Dann hätte sie das Schiff bis zu seinem Einlaufen im Zielhafen befehligt. Mit Albrechts Ausscheiden hatte sich

Riggs' Lohn verdoppelt, aber sie hatte es mit Wolf und seinen Männern zu tun. Mit Mannschaftsmitgliedern, die praktisch Gefangene waren. Und mit einem Schiff, bei dem wichtige Systeme durch die Kugeln der Terroristen zerstört worden waren.

Die nächste Welle krachte gegen den eine Viertelmeile entfernten Bug. Die Gischt stieg fast bis zur Höhe der Brücke in die Luft auf. Dann schlug das Wasser auf das Deck und lief wie ein reißender Fluss auf die Speigatts zu. Als es gerade abgelaufen war, begannen auf der Kontrollkonsole der Brücke gelbe und rote Warnlämpchen zu blinken, und unmittelbar darauf wurde Alarm ausgelöst.

Riggs reagierte blitzschnell und stand sofort neben dem Steuermann. »Was ist passiert?«, fuhr sie ihn an.

»Automatische Notabschaltung der Maschine durch den Computer.«

»Warum?«

»Weiß ich noch nicht«, antwortete der Steuermann. »Die Software arbeitet noch an der Fehleranalyse.«

Riggs griff nach dem Mikrofon der Gegensprechanlage und wählte die Nummer der Messe. »Riggs hier. Der Erste Maschinist soll sofort mit drei Männern in den Maschinenraum kommen.« Sie behielt das Mikrofon in der Hand für den Fall, dass sie weitere Befehle geben musste. »Brennt es irgendwo?«, fragte sie den Steuermann.

»Nein. Die Temperatur im Maschinenraum ist normal. Das hat den Alarm nicht ausgelöst.«

Sie blickte aus dem Fenster. Kein anderes Schiff weit und breit. Selbst wenn sie es nicht sofort schaffen sollten, die Maschine neu zu starten, bestand kaum Anlass zur Sorge. Es waren keine anderen Schiffe in der Nähe, und so schnell würde der Tanker nicht näher Richtung Küste getrieben werden. Mit der zweihunderttausend Tonnen schweren Ladung würde es sechs Stunden dauern, bis das Schiff sich nach dreißig Kilometern nicht mehr bewegen würde. Danach waren sie den Launen des Nordpazifiks ausgesetzt.

Über die Gegensprechanlage ertönte die blechern klingende Stimme des Ersten Maschinisten George Patroni. »Ich bin jetzt im Maschinenraum. Es gibt keinen Notfall. Die Maschine bringe ich in etwa einer Stunde wieder zum Laufen, aber wir haben ein anderes Problem.«

»Was für eins? Moment, warten Sie. Ich komme runter.«

Der Maschinenraum der *Southern Cross* war sehr hoch, und unter der Decke verliefen zahllose Rohre und Kabel. Alles in dem Raum war aus Stahl, Aluminium oder Kupfer. Er war makellos sauber, doch in der Luft hing der durchdringende Geruch von Dieselkraftstoff und Maschinenöl. Er blieb in den Kleidungsstücken hängen und haftete auf der Haut.

Die Neun-Zylinder-Maschine war ungefähr so groß wie zwei aneinandergestellte Überlandbusse und passte perfekt zu dem Supertanker, der in jeder Hinsicht rekordverdächtig war. Wenn sie lief, war der Krach ohrenbetäubend und nicht zu ertragen. Selbst der jetzt zu hörende Lärm der Notfallgeneratoren und Pumpen erreichte fast die Schmerzgrenze.

JoAnn Riggs verließ den stillen Aufzug und betrat den Maschinenraum auf einer höheren Ebene, wo an der Wand entlang ein stählerner Gang verlief. Der Krach ließ sie zusammenzucken, als hätte man ihr einen Schlag versetzt. Patroni beugte sich über das Geländer des Ganges und studierte mit seinen Assistenten von oben die Maschine. Wolf und einer seiner Männer waren schon vor Riggs eingetroffen und beobachteten die Techniker aus einigen Schritten Entfernung.

Wegen des Lärms bemerkte Patroni Riggs erst, als sie ihm auf die Schulter klopfte. »Also?«, brüllte sie ihm ins Ohr.

Der Erste Maschinist gab Riggs ein Zeichen, ihm zu folgen.

Sie gingen in den angrenzenden Kontrollraum. Es war heiß, und Riggs wurde von dem in der Luft hängenden Geruch ganz übel. Patroni öffnete die Glastür, ließ alle eintreten, und schloss sie wieder. Durch die dicken Glasscheiben hatte man den ganzen Maschinenraum im Blick, doch von dem Lärm war nur noch ein leises dumpfes Brummen zu hören, und wegen der Lüftung konnte Riggs auch wieder frei atmen.

»Also?«, wiederholte sie.

Patroni antwortete nicht sofort, da er noch damit beschäftigt war, die zahllosen Anzeigeinstrumente an den Wänden zu studieren. Mit jedem Blick auf ein Display wurde sein Stöhnen ein bisschen lauter, und seine Miene verfinsterte sich weiter.

»Ich habe Ihnen gesagt, dass der Maschinenraum rund um die Uhr besetzt sein muss«, sagte er in einem anklagenden Ton. »An dieser Panne sind einzig und allein Sie schuld.« Patroni ignorierte, dass Wolf und sein Handlanger ihre Maschinenpistolen auf ihn richteten.

»Erzählen Sie einfach, was passiert ist«, befahl Riggs verärgert.

»Der Computer hat Ablagerungen im Treibstofffilter von

Zylinder Nr. 5 registriert. Wäre jemand vor Ort gewesen, hätte er bequem auf eine andere Kraftstoffeinspritzung umschalten und den Filter reinigen können, aber es war eben niemand da. Der Filter versagte, und der in den Zylinder gepumpte Kraftstoff war verunreinigt. Die Maschine lief nicht mehr ordentlich, und der Computer hat das registriert, aber wiederum war niemand da. Bei ruhiger See hätten wir an dem Vibrieren unter unseren Füßen gespürt, dass Zylinder Nr. 5 kurz vor der Explosion stand. Als es so weit war, wurde der Zylinderkopf beschädigt. Der Computer hat Metallspäne in dem System entdeckt und die Notabschaltung ausgelöst.«

»Sie haben gesagt, Sie könnten die Maschine wieder flottmachen.«

»Kann ich. Ich nehme den Druck von Zylinder Nr. 5 und lasse ihn ohne Antrieb mitlaufen, aber wir haben hundert Kilo Altmetall in dem Kurbelgehäuse, das den Rest der Maschine auseinanderreißen wird, wenn ich sie richtig neu starte.«

»Lassen Sie das Öl ab, und füllen Sie mit Lagerbeständen auf«, sagte Riggs.

»Das löst höchstens das halbe Problem«, bemerkte Patroni. »Die Maschine wird wieder versagen. Wenn wir mit halber Kraft fahren, schaffen wir es vielleicht bis hinüber nach Seattle, bevor die Maschine völlig den Geist aufgibt.«

»Es ist mir egal, wie Sie das anstellen, aber Sie werden dafür sorgen, dass wir es bis San Francisco schaffen. Wenn nicht, lasse ich Ihre Männer vor Ihren Augen kastrieren, bevor ich Sie persönlich erschieße. Habe ich mich deutlich ausgedrückt?« Riggs schaute Wolf an, dem es Respekt einzuflößen schien, wie sie mit der Situation umging. »Halten Sie es für möglich, dass Sabotage dahintersteckt?«, fragte sie.

»Seit wir das Schiff in unsere Gewalt gebracht haben, war niemand hier unten. Außer bei der Inspektion, doch da waren meine Männer dabei. Das ist eine ganz normale Panne. Purer Zufall.«

»Ich glaube nicht an Zufälle«, erwiderte Riggs gereizt, bevor sie den Kontrollraum verließ, um sich wieder auf die Brücke zu begeben.

»Also gut, Jungs.« Patroni wandte sich seinen drei Assistenten zu. »Ken und Paul, ihr beide geht ins Lager und holt drei Fässer Öl. Du entleerst die Zylinder, Pete. Stell ein paar Filter unter die Abflussöffnungen, damit ich eine Vorstellung davon habe, wie viel Mist in dem Kurbelgehäuse ist. Ich möchte das ganze System durchspülen und das nach einem Teststart noch einmal wiederholen. Dann werden wir das Öl wieder auffüllen. Ach, und vergiss nicht, die Heizung anzustellen, um den Treibstoff vorzuwärmen, sonst ist er wieder kalt, wenn wir so weit sind, um die Maschine neu zu starten. Ich muss mir mal eben Arbeitsklamotten anziehen.« Patronis Männer hatten bereits Overalls an, aber er trug noch seine Uniform und musste sich umziehen, bevor sie sich daranmachten, dreihundert Liter Maschinenöl auszutauschen. »Ich hoffe, Sie haben nichts dagegen«, sagte er in einem ironischen Ton zu Wolf.

Der Deutsche entließ ihn mit einer Handbewegung. Er machte sich eher Sorgen darum, dass Patronis Männer die Reparatur der Maschine sabotieren könnten. Der Erste Maschinist wusste mit Sicherheit, was auf dem Spiel stand, und würde schnell wieder zurück sein.

George Patroni drückte wütend auf den Knopf des Aufzugs und verfluchte insgeheim alle, die ihren Anteil daran hatten, dass seine geliebte Maschine ausgefallen war. Zuerst war da natürlich diese Schlampe von Riggs, dicht gefolgt von Wolf und seinen Handlangern. Dann kamen die Idioten, welche den defekten Einspritzmotor installiert hatten. Oder jene, die ihn gebaut hatten. Er schäumte immer noch vor Wut, als der Aufzug kam und er in die leere Kabine trat.

Er nahm nicht einmal wahr, dass die Notausstiegsluke in der Decke offen stand. »Habe ich es geschafft, das Schiff anzuhalten?«

Patroni zuckte erschrocken zusammen, blickte zu der Luke auf und sah Kapitän Lyle Hauser. Ihm fiel die Kinnlade herunter.

»Jesus, Maria und Josef«, murmelte er.

»Schalten Sie die Alarmanlage aus, und halten Sie den Aufzug an«, befahl Hauser.

Patroni öffnete das Fach über den Bedienelementen und deaktivierte den Alarm. Als der Lift urplötzlich anhielt, blieb alles still.

»Ich dachte, Sie wären tot«, sagte Patroni, nachdem er die Fassung zurückgewonnen hatte.

»Ja, damit hatte ich auch gerechnet.« Hauser ließ sich durch die Luke in die Kabine herab.

Überlebt hatte er nur durch einen glücklichen Zufall. Als er in der letzten Nacht von der Brücke springen wollte, war er im entscheidenden Moment ausgeglitten und auf das Geländer eines weiter unten um den Aufbau herumführenden Ganges geknallt. Trotz des unerträglichen Schmerzes, besaß er genug Geistesgegenwart, sich an dem Geländer festzuklammern, weil er sonst auf das zwölf Meter tiefer liegende Hauptdeck gestürzt wäre.

Da ihm klar war, dass Riggs jemanden schicken würde, der sich vergewissern sollte, dass er tot war, musste er eine Zuflucht finden. Durchgefroren, mit tauben Gliedern und von Schmerzen gequält, hatte er sich gewaltsam Zugang zu einem der Rettungsboote verschafft, das direkt am Heck hing. Die anderen beiden Rettungsboote waren von der Brücke aus zu sehen und kamen daher nicht in Betracht. Er hatte darüber nachgedacht, das Rettungsboot zu Wasser zu lassen und zu verschwinden, aber er war der Kapitän der *Petromax Arctica* und würde das Schiff und die Mannschaft nicht sich selbst überlassen.

Trotz seiner Angst aß er etwas von den auf dem Rettungsboot aufbewahrten Notrationen. Er zog einen der gelben Rettungsanzüge an, damit er keine Unterkühlung bekam, und schaffte es sogar, ein paar Stunden zu schlafen. Als der Morgen dämmerte, was er ausgeruht genug, um den Plan in die Tat umzusetzen, den er sich während der Nacht zurechtgelegt hatte.

Er war erst ein paar Stunden an Bord der *Petromax Arctica* gewesen, als sie von den Terroristen übernommen worden war, aber nach einem langen Berufsleben kannte er sich mit Schiffen aus, insbesondere mit Tankern. Er wusste, wo zwischen den Decks die Röhren mit den Luken verliefen, durch die das Wartungspersonal krabbelte. So konnte er sich auf dem Supertanker bewegen, ohne entdeckt zu werden. Er dagegen konnte von seinem Beobachtungsposten Mannschaftsmitglieder und Terroristen sehen.

Als er an diesem Morgen den Maschinenraum erreicht

hatte, führten der Erste Maschinist und ein Assistent unter den wachsamen und bösartigen Blicken eines Terroristen eine planmäßige Inspektion durch. Dadurch zerschlug sich seine Hoffnung, die Maschine sabotieren zu können. Solange der Maschinenraum besetzt war, konnte er nichts tun. Doch als er sich gerade auf den Rückweg zu dem Rettungsboot machen wollte, trieb der Terrorist den Ersten Maschinisten und seinen Helfer zum Aufzug zurück.

Durch eine Luke in einem Tunnel hatte er Zugang zu den Treibstofflagern für die Zylinder mit den ungeraden Zahlen, die an den Maschinenraum angrenzten. Die Metallspäne, die er dort auf dem Boden fand, eigneten sich ideal für den Plan, den er sich ausgedacht hatte. Er warf sie einfach in den Dieselkraftstoff und wartete, bis sich die Maschine abstellte. Das würde die Weiterfahrt des Tankers nicht lange hinauszögern, denn es war nicht sein Ziel, die Maschine irreparabel zu zerstören. Es war gefährlich, wenn ein manövrierunfähiger Tanker abgetrieben wurde. Er hoffte, die zu erwartende Konfusion nutzen zu können, um ein paar Minuten mit einem Mannschaftsmitglied unter vier Augen zu sprechen. Dass er jetzt mit dem Ersten Maschinisten reden konnte, war ein Geschenk des Himmels.

»Uns bleibt nicht viel Zeit«, sagte er zu dem immer noch verdutzten Patroni. »Man wird sich wundern, wo Sie bleiben. Also fassen Sie die Lage kurz zusammen.«

»Terroristen haben das Schiff in ihre Gewalt gebracht, und Riggs steckt unter einer Decke mit ihnen.«

»Das weiß ich alles«, fiel ihm Hauser ins Wort. »Was ist mit dem Schiff?«

»Was immer Sie da in den Treibstoff geworfen haben, Sie

haben Zylinder Nr. 5 betriebsuntüchtig gemacht. Danach hat der Computer eine Notabschaltung der Maschine ausgelöst. In einer oder zwei Stunden haben wir sie wieder flottgemacht. Aber um die Maschine nicht zu zerstören, werden wir nur mit halber Kraft weiterfahren können. Riggs hat gesagt, wir müssten es auf jeden Fall bis nach San Francisco schaffen.«

»Frisco? Wieso Frisco?«

»Hat sie nicht gesagt, aber sie hat unmissverständlich klargemacht, dass das unser Ziel ist«

»Was ist mit der Mannschaft?«

»Uns geht's so weit ganz gut. Wer nicht im Dienst ist, wird in der Messe eingesperrt. Wir bekommen nur eine Mahlzeit pro Tag und müssen auf dem Boden oder auf Stühlen schlafen, aber es könnte alles schlimmer sein. Sie haben uns ein paarmal bedroht, und zwei von uns sind tot. Einer von ihnen war Larry Walker, der Steuermann. Der hat die Kugeln abbekommen, die Ihnen zugedacht waren.«

»Wie sieht's auf der Brücke aus? Da haben sie wie wild herumgeballert.«

»Wohl wahr. Den Radar können wir komplett abschreiben. Völlig ausgeschlossen, dass ich das reparieren könnte. Die Sensoren für den Druck in den Tanks funktionieren auch nicht. Riggs will, dass das Problem so schnell wie möglich behoben wird. Unser Elektriker baut in anderen Systemen Teile aus, um das hinzubekommen. Die Bedienung des Steuergeräts funktioniert noch, aber wenn wir die Geschwindigkeit ändern wollen, muss das manuell im Maschinenraum passieren.«

»Sie haben keine Kontrolle von der Brücke aus, und dann

lassen sie den Maschinenraum unbemannt?«, fragte Hauser, geschockt über so viel Nachlässigkeit. Die automatische Navigation wurde unter normalen Umständen allenfalls nachts oder bei ruhiger See aktiviert.

»Ich gebe keine Befehle, ich befolge sie nur.«

»Ich frage mich, warum ihnen die Kontrolle der Tanks so wichtig ist. Es ist wichtiger, die Geschwindigkeit wieder von der Brücke aus regeln zu können.«

Weder Hauser noch Patroni hatten die geringste Ahnung, welche Motive hinter der gewaltsamen Übernahme des Schiffes standen.

»Was wissen Sie über diese Terroristen?«, fragte Hauser.

»Nur, dass ihr Anführer Wolf heißt, doch auch der untersteht dem Befehl von JoAnn Riggs.«

»Wie denken Sie über diese Geschichte? Sie sind schon früher mit Riggs auf einem Schiff gefahren.«

»Keine Ahnung, Captain. Es stimmt, ich bin mit ihr gefahren, aber nur zweimal. Auf diesem Schiff bin ich fast so ein Neuling wie Sie. Ich weiß nur, dass Riggs auf ziemlich gutem Fuß mit Harris Albrecht stand, dem früheren Kapitän.«

»Glauben Sie, dass Albrecht etwas mit dieser Sache zu tun hatte?« Hauser glaubte, nur zwei und zwei zusammenzählen zu müssen, kam aber nicht weiter.

»Da bin ich mir sicher.«

»Wissen Sie etwas über seinen Unfall oder darüber, warum das Schiff zu spät in Valdez eingelaufen ist?«

»Albrecht hat die meisten Mannschaftsmitglieder in ihre Kabinen geschickt, als wir bei abgeschalteter Maschine im Golf von Alaska trieben. Oben durften sich nur er und Riggs aufhalten. Und es war nicht das erste Mal, dass wir da draußen angehalten haben. Aber diesmal hat es länger gedauert. Keine Ahnung, wie das mit Albrechts abgetrenntem Unterarm passiert ist. Aber ich weiß, dass er nicht gefunden wurde, falls Sie verstehen, was ich meine.«

»Was wollen Sie damit sagen?«

Patroni blickte Hauser an, als könnte er nicht fassen, dass der Kapitän nicht begriffen hatte, was er sagen wollte. »Dieses Schiff mag verdammt groß sein, doch wenn man hier einen Arm verliert, findet man ihn sehr schnell. Und dann findet man hoffentlich einen Arzt, der ihn einem wieder annäht. Der Rettungshubschrauber kam schon nach zwanzig Minuten, aber von Albrechts Unterarm war nichts zu sehen.«

»Hat ihn jemand über Bord geworfen?«

»Und wie hat er es überhaupt geschafft, den Unterarm zu verlieren?«

Darauf wusste Hauser auch keine Antwort.

»Ich habe mit ein paar Männern gesprochen, die länger mit Albrecht und Riggs unterwegs waren. Es war schon mehrfach vorgekommen, dass sie angehalten und die Mannschaft nach unten geschickt hatten. Sie haben etwas mehr Geld bekommen, und deshalb hat sich niemand beschwert.«

»Hat bei Petromax nie jemand nach dem Grund dieser Verspätungen gefragt?«

Patroni schüttelte den Kopf. »Nicht dass ich wüsste.«

Hauser blickte auf die Uhr. »Sie sollten besser verschwinden, bevor sich jemand fragt, wo Sie bleiben. Ich verstecke mich in dem Rettungsboot am Heck. Wenn Sie neue Informationen haben, müssen Sie mich unterrichten.«

»Wird gemacht, Sir. Ich will diese Dreckskerle so wenig an Bord unseres Schiffes sehen wie Sie.«

»Hören Sie …« Hauser war vor dem Zwischenfall noch nicht lange genug an Bord gewesen, um sich die Namen seiner Offiziere einzuprägen.

»Patroni.«

»Hören Sie, Patroni, ich könnte gezwungen sein, das Schiff zu verlassen. Das Funkgerät auf dem Rettungsboot hat keine besonders große Reichweite, und die Welt muss erfahren, was hier passiert ist. Lassen Sie sich etwas einfallen, wie das Rettungsboot zu Wasser gelassen werden kann, ohne dass es auffällt. Ich möchte nicht, dass die Mannschaft wegen meiner Flucht Probleme bekommt.«

»Verstehe«, antwortete Patroni. »Wenn ich einen Kurzschluss herbeiführe, leuchten die Lämpchen nicht, wenn der Kran das Boot zu Wasser lässt. Aber passen Sie den richtigen Zeitpunkt ab.«

»Es wird noch eine Weile dauern«, sagte Hauser, während er sich darauf vorbereitete, wieder durch die Luke auf das Dach der Kabine zu steigen. »Seien Sie vorbereitet. Ich melde mich, sobald ich kann. Und kümmern Sie sich um die Mannschaft, Patroni. Was auch passiert, meine Männer kommen zuerst.«

»Ja, Sir. Sie können sich auf mich verlassen.«

Einige Augenblicke später war Hauser verschwunden, und Patroni drückte auf den Knopf, damit der Aufzug weiterfuhr.

Abu Dhabi City, Vereinigte Arabische Emirate

Khalid Al-Khuddari knallte laut die Tür des Vorzimmers seines Büros ins Schloss, ohne es eigentlich zu wollen, aber sein aufgestauter Zorn war stärker. Siri Patal, seine Sekretärin, blickte erschrocken auf und wirkte besorgt, als sie sah, wie Khuddari neben der Tür stand und sich zu beruhigen versuchte.

»Entschuldigung«, sagte Khuddari mit einem bedauernden Lächeln. »Ich habe einen schlechten Tag, und es ist noch nicht mal Mittag.«

Siri blickte ihn mit kaum verhohlener Bewunderung an. Seit sie für ihn arbeitete, hatte sie an kaum etwas anderes gedacht als daran, mit ihm zusammen sein zu können, doch dazu würde es nie kommen. Sie war Inderin, die zweitälteste Tochter eines erfolgreichen Kaufmanns, der während des Booms der Sechzigerjahre mit seiner Familie an den Golf gezogen war, und Khuddari war Araber. Er war Muslim, sie Hindu. Der Abgrund war zu tief, um jemals überbrückt werden zu können.

Sie verdrängte ihre Gefühle und lächelte ihn strahlend an. »Ist es so schlimm?«

»Ja.« Er konnte seine Enttäuschung nicht verbergen.

Khuddari kam gerade von einem Treffen mit dem Kronprinzen, das eigentlich schon am Vortag hätte stattfinden sollen, doch der Herrscher der Vereinigten Arabischen Emirate hatte es in letzter Minute abgesagt. Stattdessen hatte er Khuddari heute zu einem späten Frühstück eingeladen, was an sich schon ein schlechtes Omen war. Da der Prinz bereits Ende siebzig war, wurden die wichtigsten Besprechungen nachmittags abgehalten, nach dem Mittagsschlaf des alten Mannes. Er war noch immer ein guter Herrscher, musste aber auf seinen Körper Rücksicht nehmen. Khalid war pünktlich um zehn eingetroffen und hatte sachlich über sein Misstrauen gegenüber Hasaan bin-Rufti berichtet. Außerdem erzählte er dem Prinzen, dass er mit Bigelow in dem Helikopter nach Ajman geflogen war.

Der Prinz hörte schweigend zu und zupfte hin und wieder an seinem schütteren grauen Bart. Dem Blick seiner wachen dunklen Augen ließ sich nichts entnehmen, als Khalid sprach. Man konnte nicht wissen, ob er interessiert oder gelangweilt war.

Als Khalid seinen Bericht beendet hatte, lehnte er sich zurück und legte einen Arm über die Rückenlehne des englischen Stuhls aus dem neunzehnten Jahrhundert. Er hoffte, dass die lässige Pose seine Aufregung kaschieren würde. Der Prinz schenkte mit leicht zitternden Händen erneut Mokka in die kleinen Tässchen ein.

Er sprach leise, vielleicht nicht verwunderlich angesichts der Gebrechlichkeit seines Körpers, doch das Alter hatte der Klarheit seines Denkens nichts anhaben können. Oft sprach er auf eine Weise, die eher in eine frühere Zeit gepasst hätte.

»Seit den Zeiten des Propheten Mohammed hat es nie einen politischen Führer gegeben, dessen Autorität nicht in Frage gestellt worden wäre. Man könnte von Berufsrisiko reden.

Du liebst mich wie ein Sohn, kommst mit den besten Absichten und erzählst mir von einem weiteren Versuch, mir die Macht zu entreißen. Ich bin dir dafür dankbar, Khalid, muss dir aber trotzdem sagen, dass du deine Kompetenzen überschritten hast. Du bist kein Polizist, sondern der Ölminister, der über unseren größten natürlichen Reichtum wacht. Was du getan hast, war nicht richtig. Ohne Genehmigung in den Luftraum von Ajman einzudringen, ist ein ernsthafter Fehltritt. Ich glaube nicht, dass dir bewusst war, in welche Lage du mich gebracht hättest, wenn ihr erwischt worden wäret. Du weißt so gut wie ich, dass meine Autorität als Vorsitzender des Obersten Föderationsrates geschwächt ist wie nie zuvor. Du hättest mir schweren Schaden zufügen können.«

Khalid wollte den Kronprinzen unterbrechen, doch der gebot ihm mit einer Handbewegung Einhalt.

»Ich weiß, dass du dich im Recht glaubtest. Die Beweise, die du gegen Rufti zusammengetragen hast, deuten darauf hin, dass man mir nach dem Leben trachtet. Aber wir dürfen uns nicht auf sein Niveau hinabbegeben und die Souveränität eines unserer Nachbarn verletzen. Mit Colonel Bigelows Rolle werde ich mich zu einem späteren Zeitpunkt befassen. In seinem Alter hätte er es besser wissen müssen, als sich von einem jungen Mann zu so einer Aktion überreden zu lassen.«

Khalid musste seinen Mentor in Schutz nehmen. »Colonel Bigelow trifft keine Verantwortung. Obwohl ich nicht befugt bin, ihm Befehle zu geben, hat er erst zugestimmt, mich zu begleiten, als ich Druck auf ihn ausgeübt habe.«

Zum ersten Mal an diesem Morgen musste der Kronprinz

lächeln. »Wie ich Bigelow kenne, hat er sich freiwillig erboten, sobald er von deinen Plänen hörte, aber es ist lobenswert, dass du ihn in Schutz nimmst. Hör zu, Khalid. Was du getan hast, hast du für mich getan, so viel ist klar. Aber du musst verstehen, dass hier mehr auf dem Spiel steht, als dir bewusst ist.

Menschen wie Hasaan bin-Rufti hat es schon immer gegeben. Es wird stets jemand bereit sein, etwas an sich zu reißen, das ihm nicht zusteht. Angesichts seines Timings mag Rufti potenziell gefährlich sein, aber er ist auch nicht gefährlicher als andere seines Schlages, mit denen ich es bisher zu tun hatte. Von Ruftis Absichten weiß ich seit Monaten, eigentlich schon seit einem Jahr, seit seinem Aufenthalt in Istanbul im letzten Winter.

Aber ich kann erst reagieren, wenn er handelt. Durch mein Amt bin ich gezwungen, in der Defensive zu bleiben. Ich kann keine Aktionen gegen ihn autorisieren, ohne mir den Zorn der anderen Mitglieder des Föderationsrates zuzuziehen.«

»Sie werden nichts tun?«

»Wenn ich ihn verhaften lasse, wird der Scheich von Ajman mich sofort angreifen, und ich befürchte, dass Dubai und mehrere andere Emirate auf seiner Seite stehen werden. So eine Koalition wäre mächtig genug, um mich als Vorsitzenden des Föderationsrates abzusetzen.

Im Augenblick sehen wir uns mit einer Krise konfrontiert, nicht nur innerhalb der Vereinigten Arabischen Emirate, sondern überall am Golf, und die meisten Leute sehen sie nicht einmal. Fünfzig Jahre lang hatten wir die Macht, das Leben im Westen zu einem Stillstand zu bringen, weil wir ihnen den Ölhahn zudrehen konnten. Das Embargo in den Siebzigerjahren war nur eine Erinnerung daran, dass man uns hier am Golf nicht ignorieren darf. Jetzt hat der Präsident der Vereinigten Staaten uns den einzigen Trumpf genommen, von dem sie befürchtet haben, wir könnten ihn erneut ausspielen. Wenn Amerika die Ölimporte einstellt und sich alternativen Energiequellen zuwendet, werden Europa und Asien bald nachziehen. Und wo stehen wir dann? Wir werden wie Sattelmacher nach der Erfindung des Automobils dastehen. Öl wird nur noch eine altmodische Kuriosität sein.

Die Vereinigten Arabischen Emirate existieren als Nation nur, weil wir eines der weltweit größten Ölvorkommen besitzen. Wenn das nichts mehr bedeutet, weil das Öl durch andere Energiequellen ersetzt worden ist, wird unser Land zerbrechen, wie auch das meiste um uns herum. Glaubst du, Präsident Bush hätte eine halbe Million Männer zur Verteidigung Kuwaits geschickt, wenn es dort kein Öl gegeben hätte?«

Khalid dachte schweigend darüber nach. Trotz seines Alters hatte der Kronprinz einen wachen und realistischen Blick auf die Welt. Gleichwohl zweifelte er an den Absichten der Amerikaner. »Glauben Sie wirklich, dass sie ohne Öl auskommen können?«

»Ich habe gelernt, dass man die Vereinigten Staaten nie unterschätzen darf. Diese Amerikaner besitzen eine Entschlossenheit, die sich rational kaum richtig verstehen lässt. Das sind intelligente Menschen, und wenn sie sagen, sie würden alternative Energiequellen finden, sollte man es ihnen besser glauben.«

Khalid war immer noch nicht überzeugt, dass der Prinz

die Amerikaner richtig einschätzte. Er kam auf das ursprüngliche Thema zurück. »Was soll ich wegen Rufti unternehmen?«

»Du wirst bei dem OPEC-Treffen in London erwartet. Ich möchte, dass du daran teilnimmst. Du bist unser Ölminister, nicht mein Leibwächter. Du musst in England die Interessen unseres Landes wahrnehmen, statt hier für mich den Altenpfleger zu spielen.«

»Und das Ausbildungslager, das wir in der Wüste entdeckt haben?«

»Es dauert noch zehn Jahre, bis die Amerikaner die Ölimporte einstellen. In der Zeit werden wir uns großen Herausforderungen gegenübersehen, aber der entscheidende Schritt der Vereinigten Staaten ist noch zu weit entfernt, um zu glauben, dass Rufti schon jetzt eine Gefahr ist. Schon klar, diese Geschichte mit dem Ausbildungslager ist beunruhigend. Trotzdem glaube ich nicht, dass Rufti in naher Zukunft einen Mordanschlag auf mich in die Wege leiten wird. Bis es bei den Amerikanern so weit ist, wird er sich weiter den Bauch vollschlagen mit dem Geld, das ihm unser Öl einbringt, als Bürger der Emirate und als Ölminister von Ajman.«

»Die Briten haben geglaubt, sie hätten jede Menge Zeit, als sie sich Hongkong für neunundneunzig Jahre sicherten«, erwiderte Khalid. »Jetzt haben sie es verloren, und Sie können alle fragen, die dabei waren. Die letzten zehn Jahre sind am schnellsten vergangen.« Sofort begriff Khalid, dass er sich zu weit vorgewagt hatte. Er stand schnell auf, um seine Verlegenheit zu kaschieren. »Ich werde an der OPEC-Konferenz teilnehmen.«

Der Kronprinz wollte sich schon von Khalid verabschieden, stellte aber noch eine Frage. »Liest du häufig Kriminalromane?«

»Nein. Ich finde selten Zeit, um zum Vergnügen zu lesen.«

»Zu schade«, bemerkte der Prinz. »In einem Punkt scheinen sich die Ermittler alle einig zu sein, und das habe ich immer interessant gefunden. Wenn man bei einem Verdächtigen kein Motiv hat, muss man sich um seine Finanzen kümmern.«

»Ich verstehe nicht«, sagte Khalid.

»Nur weil ich gesagt habe, dass du Rufti vergessen sollst, glaube ich noch lange nicht, dass du meinen Rat befolgen wirst. Erinnere dich an meine Worte, wenn du mit deinen Nachforschungen weitermachst.«

Zurück in seiner Büro-Suite, zog Khalid das Jackett aus. Obwohl viele Geschäftsmänner und Politiker in der arabischen Welt die traditionellen weißen Gewänder trugen, bevorzugte er Anzüge im westlichen Stil. Aber er trug nicht die überteuerten italienischen Anzüge, welche die Saudis und Kuwaiter so liebten, sondern konservativ geschnittene englische aus feinstem Tuch. Siri kam hinter ihrem teuren Schreibtisch hervor, um das Jackett auf einen Bügel zu hängen. Khalid ging aus dem Vorzimmer in sein Büro und schloss die Tür.

Einen Augenblick später trat Siri ein. Sie hatte einen eleganten Gang, doch Khalid nahm es nicht zur Kenntnis. Sie nahm vor seinem Schreibtisch Platz.

Sein Büro war groß, viel zu groß für seinen Geschmack, denn er war ein bescheidener Mann. Die Wände waren mit Kirschholz getäfelt, das täglich poliert wurde und in dem hellen Sonnenlicht funkelte, das durch die hohen Fenster hereinströmte. Der Teppich auf dem Parkettboden stammte entweder aus Afghanistan oder Usbekistan. An den Wänden hingen die Reproduktion eines Porträts des Kronprinzen und Gemälde von Wüstenlandschaften.

»Hat Trevor James-Price schon angerufen?«, fragte Khalid, während er geistesabwesend ein paar Papiere durchblätterte, die Siri während seines Treffens mit dem Kronprinzen auf seinen Schreibtisch gelegt hatte.

»Nein, das Telefon hat den ganzen Morgen nicht geklingelt.«

Seltsam, sonst klingelte es ständig. Aber wahrscheinlich glaubten die meisten Leute, er sei bereits in London.

»Werden Sie an dem OPEC-Treffen teilnehmen?«, fragte Siri.

Khalid blickte sie müde an. »Mir bleibt keine andere Wahl. Buchen Sie den nächsten Flug. Aber behalten Sie es für sich. Kein offizieller Empfang am Flughafen, keine Bodyguards.«

»Sie könnten einen der Firmenjets nehmen.«

Als Ölminister saß Khalid auch im Aufsichtsrat der Abu Dhabi National Oil Company, und dessen Mitglieder genossen viele Privilegien. Aber aus irgendeinem Grund, den Siri sich nicht vorstellen konnte – und es nahm sie noch mehr für ihn ein –, lehnte Khalid es ab, diese Privilegien in Anspruch zu nehmen. Er zog es vor, mit Linienmaschinen zu fliegen und auch auf andere Vergünstigungen zu verzichten.

Siri verschwand wieder ins Vorzimmer, um den Flug zu buchen, und Khalid blieb allein mit seinen beunruhigenden

Gedanken zurück. Statt als Vorbereitung für das OPEC-Treffen die Berichte zu lesen, die Siri ihm auf den Schreibtisch gelegt hatte, drehte er sich auf seinem Schreibtischstuhl und blickte aus dem Fenster auf den Persischen Golf.

Sofort fiel ihm der Tanker auf, den er gesehen hatte, als er mit Bigelow aus Ajman zurückgekehrt war, doch heute war er nicht von kleineren Schiffen umgeben. Er sah aus wie ein Geisterschiff.

Khalid wandte sich wieder seinen Papieren zu und verdrängte den Tanker aus seinen Gedanken, doch nachdem er ein paar Minuten gelesen hatte, war die Neugier stärker als sein Pflichteifer. Jim Gibson, ein amerikanischer Consultant für Ölexploration, dessen Büro sich zwei Etagen unter seinem befand, besaß ein wundervolles Fernglas aus Messing, mit dem er die Sonnenanbeterinnen hinter dem Sheraton Hotel beobachtete. Khalid griff zum Telefon und wählte seine Nummer. Gibson nahm sofort ab.

»Khalid Khuddari hier, Mr Gibson. Gibt's am Strand was Lohnenswertes zu beäugen?«

»Nur bis aufs Skelett abgemagerte oder fette Weiber.«

Khalid lachte. »Dann können Sie mir ja vielleicht einen Gefallen tun und mir sagen, wie der Tanker in der Bucht heißt.«

»Kein Problem, Moment.« Nach etwa einer Minute war Gibson wieder am Apparat. »Der Winkel ist ziemlich unglücklich, aber ich denke das Schiff heißt *Southern Arabia.*«

»Besten Dank, Mr Gibson. Der Tanker war mir gestern aufgefallen, und ich wollte den Namen wissen.«

»Gestern, dass ich nicht lache. Der Pott liegt schon seit zwei Wochen da.«

Jetzt war Khalids Interesse erst recht geweckt. »Wissen Sie etwas über das Schiff?«

»Tut mir leid. Ich suche Öl, mit dem Transport kenne ich mich nicht aus.«

»Trotzdem besten Dank. Wenn ich aus London zurück bin, lade ich Sie mal ein.«

»Mich wundert, dass Sie noch nicht da sind.«

»Als Minister hat man seine Arbeit nie getan.« Khalid legte auf, bevor Gibson weiter nachfragte, warum er noch nicht bei der Konferenz war, an der er zum ersten Mal als offizieller Repräsentant der Vereinigten Arabischen Emirate teilnahm.

Sein Computer war bereits eingeschaltet, der Bildschirmschoner zeigte sich bewegende geometrische Muster. Es dauerte etwas, bis er die Datei gefunden hatte, die er suchte, eine alphabetische Liste mit den Namen von Tankern, die regelmäßig in den Gewässern des Golfs unterwegs waren. Er klickte sie an, fand aber keinen Tanker namens *Southern Arabia*. Als er gerade im Begriff war, die Hafenbehörde anzurufen, meldete sich Siri über die Gegensprechanlage.

»Trevor James-Price auf Leitung eins, Herr Minister.«

»Danke, Siri.« Er griff lächelnd nach dem Hörer. Er und Trevor hatten gemeinsam in Cambridge studiert.

Während ihrer Studententage war Trevor der Einzige von Khalids Freunden gewesen, der das Leben nicht nur als eine endlose Kette von Problemen sah, die überwunden werden mussten. Er betrachtete jeden Tag als Geschenk, jede Stunde musste voll ausgeschöpft werden. Dabei spielte es keine Rolle, ob er sich unter Zeitdruck auf sein Abschlussexamen vorbereitete oder mit einem hübschen Mädchen im Pub bei einem Glas Bier saß. Trevor hatte das Talent, aus jedem Augenblick das Beste zu machen. Da jedes Leben für ihn eine Kette unberechenbarer Zufälle war, die Geburt eingeschlossen, musste man dieses Geschenk annehmen und so lange wie möglich das Beste daraus machen. Er hatte sein Studium der Philosophie und der Antiken Literatur mit der Bestnote abgeschlossen. Die ruhmreiche Universität Cambridge hatte kaum je einen besseren Studenten gesehen.

Mit nur vierundzwanzig Jahren hatte er sein erstes philosophisches Werk veröffentlicht, und mit dreißig war er der Liebling der europäischen Geisteselite. Doch dann, mit fünfunddreißig, war er nur noch ein ausgebrannter Alkoholiker, ein geschiedener Mann mit drei Kindern, die er seit Jahren nicht gesehen hatte. Heutzutage verdiente er seinen Lebensunterhalt mühsam als freiberuflicher Journalist, und gegenwärtig arbeitete er an einem Artikel über das OPEC-Kartell. Khalid hatte seinen Freund gebeten, Hasaan bin-Rufti während seines Aufenthalts in London im Auge zu behalten.

»Wie sieht's aus im nebligen alten England, Trevor?«

»Ich weiß nicht, was feuchter ist, das Wetter oder das Höschen meiner Süßen, wenn ich sie an den richtigen Stellen anpacke.«

»Wenn ich es richtig verstanden habe, hat es auf der Insel ziemlich lange nicht geregnet. Also, wie läuft's bei der Konferenz?«

»Die einleitenden Nettigkeiten sind ausgetauscht, und diese ganzen armseligen Funktionäre sorgen dafür, dass sie auch während des nächsten Jahres nicht von der Arbeitslosenunterstützung leben müssen. Wie du weißt, treffen sich die hohen Tiere morgen. Das Knistern in der Leitung sagt mir, dass dies kein Ortsgespräch ist. Habe ich recht?«

»Ich bin noch in Abu Dhabi. Fehlt außer mir noch jemand?«

»Juan de la Bruille aus Venezuela. Die anderen Ölbonzen sind alle da, auch dein korpulenter Freund.«

»Rufti ist nicht mein Freund«, rief Khalid Trevor ins Gedächtnis. »Also, was führt er im Schilde?«

»Willst du die lange oder die kurze Version hören?«

»Fass dich kurz. Ich habe noch jede Menge Arbeit, bevor ich abreise.«

»Dann wird der hohe Herr uns also die Ehre erweisen?«

»Ich muss kommen, Trevor. Hier stehen die Dinge nicht zum Besten. Uns bläst ein steife Brise ins Gesicht.«

»Gefangen zwischen Skylla und Charybdis, was?«

»Ich habe keine Ahnung, was das heißen soll.«

»Kleine Anspielung auf die antike griechische Mythologie. Man könnte es auch frei übersetzen mit der Wendung ›in der Zwickmühle sitzen‹.«

»Ja, so kann man unsere Lage charakterisieren.«

»Darüber reden wir später.« Trevor hatte den düsteren Unterton in der Stimme seines Freundes bemerkt und wollte das Thema vorerst auf sich beruhen lassen. »Nun, Rufti hat bei den Ölbonzen von den Seven Sisters und einiger etwas kleinerer Unternehmen antichambriert.«

»Hat er sich bei jemandem besondere Mühe gegeben?«

»Ja, allerdings, und zwar bei niemand anderem als Max Johnston. Seit seiner Ankunft heute Morgen sind er und Rufti unzertrennlich.«

»Sind Gerüchte über die beiden im Umlauf?«

»Nach dem, was ich gehört habe, will er von Petromax Geld für die Exploration neuer kleinerer Ölquellen in Ajman, die möglichst schnell ausgebeutet werden sollen. Dann wird an der nächsten Stelle weitergebohrt. Bis zur Einstellung der amerikanischen Ölimporte schein das das Einzige zu sein, was sie noch tun können. Längerfristige Projekte sind nicht mehr drin.«

»Klingt plausibel«, sagte Khalid. »Ajman besitzt ein paar Ölvorkommen, und sie wollen das schwarze Gold fördern, bevor die Yankees als Kunden ausfallen.«

»Katar und Dubai handeln ähnliche Deals mit den Big Seven aus. Sie wollen das Öl mit einer massiven Preissenkung auf den Markt bringen.«

»Hattest du den Eindruck, dass die OPEC auf breiter Front die Preise senken will?«

»Ausgeschlossen«, antwortete Trevor. »Diese Deals werden unter der Hand abgeschlossen. In ihren öffentlichen Erklärungen sprechen die Minister von einer Erhöhung des Preises um vier Cent pro Barrel als Reaktion auf den Preisanstieg beim Nordseeöl Brent Light Sweet.«

»Also findest du Ruftis Verhalten nicht verdächtig?«

»Das habe ich nicht gesagt. Rufti, der Ölminister des Iran und der neue Repräsentant des Irak haben an abgelegenen Orten geheime Treffen abgehalten.«

»Iran und Irak? Was zum Teufel hat er mit denen zu schaffen?«

»Keine Ahnung. Die Sicherheitsmaßnahmen bei diesen Geheimtreffen sind extrem. Tagsüber tun sie so, als würden sie sich nicht kennen, aber an den letzten beiden Abenden wurden ihre Limousinen vor demselben Hotel oder Restaurant gesehen. Worüber sie auch reden mögen, es unterliegt der höchsten Geheimhaltungsstufe.«

»Du musst für mich herausfinden, worüber sie reden, Trevor.«

»Ich würde es ja versuchen, aber ich habe einen Artikel zu schreiben. Es war eine nette Ablenkung, für dich den Detektiv zu spielen, aber ich habe verdammt hohe Alimente zu bezahlen. Tut mir leid, ich muss zurück an die Arbeit.«

»Ich stelle sofort einen Scheck über hunderttausend Dollar aus. Besorg mir die Informationen, und das Geld gehört dir.«

»Ich brauche deine Hilfe nicht, Khalid«, sagte Trevor wütend.

»Aber ich deine.« Khalid legte auf, ohne sich zu verabschieden.

Alyeska Marine Terminal,
Valdez, Alaska

Da Mercer häufig in der ganzen Welt unterwegs war, hatte er mit dem Jetlag keine Probleme. Er konnte sich jederzeit zwingen, wach zu bleiben oder sofort einzuschlafen. Innerhalb eines Tages hatte er sich überall akklimatisiert, egal, ob er dreizehn oder drei Stunden geschlafen hatte. Trotzdem, der Flug nach Alaska, mit Zwischenstopps in Chicago und Seattle, war durch schlechtes Wetter und eine Panne in Midway aufgehalten worden, und er hatte eine Nacht in einem Hotel am Flughafen verbringen müssen. Als er schließlich am Morgen um kurz nach zehn in Anchorage landete, war es ausgeruht und hellwach.

Er mietete einen Blazer mit Allradantrieb und fuhr damit die vierhundertfünfzig Kilometer ins südlich gelegene Valdez, wobei er nur anhielt, um zu tanken, Kaffee zu trinken oder auf die Toilette zu gehen.

Um kurz vor vier war er da und beschloss, sofort zum Alyeska Marine Terminal zu fahren, statt erst sein Hotel aufzusuchen.

Er hielt vor dem Wärterhäuschen an der Einfahrt des riesigen Hafengeländes und war erleichtert, dass sein Name seit den Tests mit Howard Smalls Mini-Maulwurf immer noch auf der Gästeliste stand. Er fuhr am East Manifold Building vorbei, wo überwacht wurde, wie pro Stunde 88.000 Barrel Öl durch die Pipeline flossen, und an den riesigen Tanks, in denen das kontaminierte Ballastwasser der Öltanker aufbereitet wurde.

Er stellte den Blazer auf einem Parkplatz ab, der eigentlich für Angestellte der Hafenbehörde reserviert war, direkt neben dem Anlegeplatz Nummer vier, wo ein Tanker mittlerer Größe mit Rohöl beladen wurde. Es war bitterkalt, und der Wind machte alles noch schlimmer. Das Hafengelände war zugeschneit, aber Straßen und Parkplätze waren geräumt worden. Wenn man gesagt hätte, es sei für die Jahreszeit zu kalt, wäre das wahrlich eine Untertreibung gewesen.

Er eilte in das Gebäude der Hafenverwaltung und zog den Reißverschluss seiner Jacke auf, als ihm warme Luft entgegenschlug. Die Frau am Empfang las einen Thriller und blickte Mercer so wütend an, dass er sich sicher war, sie an einer der spannendsten Stellen gestört zu haben.

»Kann ich Ihnen helfen, Sir?«

»Ja, ich habe angerufen. Mein Name ist Philip Mercer.«

»Ach ja, Sie möchten mit Andy Lindstrom reden.« Der Bürostuhl quietschte, als die korpulente Frau aufstand. »Hier entlang. Er rechnet noch nicht mit Ihnen, aber es wird ihm mit Sicherheit nichts ausmachen.«

Lindstrom, Chef der Hafenbehörde und für die Überwachung des Betriebs der Pipeline zuständig, stand hinter seinem Schreibtisch, als Mercer das Büro betrat. Er trug Jeans, ein dickes Flanellhemd und eine Baseballkappe mit dem Emblem der Seahawks. Er war Ende vierzig, sah aber deutlich älter aus mit seiner nach zwanzig Jahren Alaska wettergegerbten Haut. Er telefonierte, und seine Stimme hörte sich so an, als würde er zwei Päckchen Zigaretten pro Tag rauchen. Die rötlichen Bartstoppeln verrieten, dass er sich zwei Tage nicht rasiert hatte, und seine blauen Augen wirkten müder, als Mercer sie von ihrem letzten Treffen in Erinnerung hatte.

Das Büro mit nur einem Fenster war klein und wurde von Neonröhren erhellt. Auf Lindstroms Schreibtisch türmten sich Papierstapel, die jeden Moment umzukippen drohten. Auf einem Sideboard und einem Aktenschrank lagen ebenfalls Papiere, dicke Handbücher und Ersatzteilkataloge. An einer Wand hing eine topografische Karte von Alaska, auf der eine rote Linie den Verlauf der Pipeline markierte. An der gegenüberliegenden Wand hing das Poster eines Reisebüros. Es zeigte einen Strand mit Frauen in Bikinis.

Lindstrom winkte Mercer zu und zeigte auf den Telefonhörer in seiner anderen Hand. Da sein Gesicht rot angelaufen war, musste er sich über seinen Gesprächspartner ärgern.

»Halt, Moment. Ich habe das Ersatzteil vor zwei Tagen an das Depot in Fairbanks geschickt, und wenn Sie es noch nicht bekommen haben, beschweren Sie sich bei denen und nicht bei mir.« Er blickte Mercer an und verdrehte die Augen. »Jetzt hören Sie mal gut zu, ich bin nicht Ihr Prügelknabe. Für mich hört sich das nach einem internen Problem an. Ich habe nur versucht, Ihnen einen Gefallen zu tun, aber das heißt noch lange nicht, dass ich mich jedes Mal von Ihnen anrufen lassen will, wenn Sie eine Panne mit einer Ihrer Maschinen haben. Vielleicht sollten Sie beim nächsten Mal ein amerikanisches Produkt kaufen.«

Er legte auf und seufzte tief.

»Lassen Sie mich raten«, sagte Mercer. »Das war eines der Ölunternehmen aus dem Arctic Wildlife Refuge.«

»So ist es.« Lindstrom zündete sich eine Zigarette an.

»Wir haben versprochen, ihnen zu helfen, und demnächst rufen sie noch an, wenn ihnen das Toilettenpapier ausgeht. Früher war alles besser. Da wussten diese Typen noch, was Arbeit ist.«

Lindstrom schüttelte Mercer die Hand.

»Ich war etwas überrascht, als Sie gestern anriefen«, fuhr er fort. »Ich dachte, Sie hätten Alaska nach dem Abschluss der Tests mit Howard Small wieder verlassen. Und ich bin verdammt neugierig, warum Sie meinen Sicherheitschef Mike Collins bei unserem Gespräch dabeihaben wollen. In ein paar Minuten wird er hier sein. Macht es Ihnen was aus, mir zu erzählen, warum Sie diesmal in Alaska sind?«

»Damit warte ich lieber, bis Collins hier ist. Das ist eine ziemlich komplizierte Geschichte, und ich habe keine Lust, sie zweimal zu erzählen.«

»Liege ich richtig mit der Vermutung, dass es etwas mit den Tests zu tun hat?«

»Indirekt. Haben Sie das mit Howard Small gehört?«

»Nein, was ist mit ihm?«

»Er wurde ermordet. Und der oder die Täter haben auch zweimal versucht, mich aus dem Verkehr zu ziehen.«

»Mein Gott. Und das alles wegen eines Tunnelbohrers?«

Bevor Mercer antworten konnte, klopfte es an der Tür, und Mike Collins trat ein, ohne eine Reaktion abzuwarten. Er war ein großer, massiger Mann und alt genug, um im Vietnamkrieg gekämpft zu haben. Mercer vermutete, dass die große Narbe, die seine rechte Gesichtshälfte verunstaltete, auf eine Kriegsverletzung zurückging. Wie Lindstrom trug auch er Jeans und ein Flanellhemd.

Weil Mercer Collins bei seinem letzten Aufenthalt in Valdez nicht kennengelernt hatte, stellte Lindstrom sie einander vor. Sein Händedruck war fest, und er hatte fast so viel Hornhaut an den Händen wie Mercer. Lindstrom erzählte Collins von dem Mord an Howard Small und von den beiden Mordversuchen, die auf Mercer verübt worden waren.

»Hatte es etwas mit Minnie zu tun?«, fragte Lindstrom erneut.

»Nein, überhaupt nicht. Nachdem wir die Tests beendet hatten, sind wir nach Homer gefahren, um mit Howards Cousin und seinem Sohn zu fischen. Auf dem Meer entdeckten wir etwa dreißig Meilen vor der Küste das ausgebrannte Wrack eines Fischerboots. Was ich an Bord gefunden habe, hat Howard das Leben gekostet.«

»Und was war das?«, fragte Collins im scharfen Tonfall eines Polizisten.

»Das FBI-Labor in Washington hat herausgefunden, dass ein Stück Stahl, das ich auf dem Wrack entdeckt hatte, aus einem Behälter herausgebrochen war, der flüssigen Stickstoff enthalten hatte. Wir vermuten, dass die Kryostaten mit dem Zeug auf dem Boot nach Alaska hineingeschmuggelt wurden.«

»Warum sollte das jemand tun, wo Stickstoff doch frei verkäuflich ist? Man muss auch nicht töten, wo es nichts zu vertuschen gibt.«

»Das FBI beschäftigt sich gerade damit«, antwortete Mercer. »Mir macht Sorge, was sie mit dem Stickstoff vorhaben.«

»Sie glauben, es könnte etwas mit uns zu tun haben?«, fragte Collins.

Bevor Mercer antworten konnte, schaltete sich Lindstrom ein. »Von wie viel Stickstoff reden wir?«

»Bevor ich Washington verließ, habe ich den Hafenmeister von Seward angerufen. Das war der Heimathafen des Fischerbootes. Er erzählte mir, die *Jenny IV* sei im letzten Jahr achtzehnmal ausgelaufen, doch keine der Fisch- oder Konservenfabriken, bei denen ich angerufen habe, erinnert sich daran, etwas von einem Fang gekauft zu haben. Außerdem erzählte mir der Hafenmeister, der Kapitän der *Jenny IV* habe gerade einen neuen Pick-up bar bezahlt. Irgendwie muss er zu Geld gekommen sein. Das Schiff ist achtzehnmal ausgelaufen und hat eine Ladefähigkeit von dreizehn Tonnen. Rechnen Sie mal. Das ist verdammt viel flüssiger Stickstoff.«

»Trotzdem kapiere ich es immer noch nicht. Das Zeug ist keine Droge oder Sprengstoff. Es ist frei erhältlich. Warum machen Sie eine so große Sache daraus?«

»Für mich lautet die einzig plausible Erklärung Sabotage, und ich denke, dass Dick Henna vom FBI meiner Meinung ist«, fuhr Mercer fort. Die beiden Männer schauten ihn erstaunt an. »Flüssiger Stickstoff verändert die Molekularstruktur von Materialien und schwächt Stahl so sehr, dass er unter seinem eigenen Gewicht zerbrechen kann. Und es würde keine Spuren für eine Manipulation geben. Nehmen wir an, jemand sprüht irgendeinen Ausrüstungsgegenstand damit ein. Später, wenn er benutzt werden soll, ist er defekt, ohne dass es einen logischen Grund oder eine plausible Erklärung dafür gibt. Was ist, wenn jemand den Stickstoff benutzt, um einen Abschnitt der Pipeline zu schwächen? Wenn die zerbirst, haben wir eine Umweltkatastrophe, und keiner weiß warum. Vielleicht ist die neue Pipeline das Anschlagsziel dieser Terroristen.«

Mercer bemerkte, dass Andy Lindstrom hellhörig geworden war, doch überzeugt war dieser Veteran des Ölgeschäfts noch nicht. Mercer schwieg, um ihn nachdenken zu lassen, musste sich jedoch bemühen, sich seine Erregung nicht anmerken zu lassen. Er hatte gerade eine Bombe platzen lassen, und Lindstrom wusste nicht, dass er nicht paranoid war und für Verschwörungstheorien nichts übrig hatte. Komm schon, Mann, dachte er. Du weißt, dass das eine realistische Bedrohung ist.

»Die Pipeline wäre bestimmt ein plausibles Anschlagsziel, doch es würde nicht funktionieren«, sagte Lindstrom schließlich. Er zog eine Whiskyflasche aus der Schreibtischschublade und schenkte ihnen allen einen Schuss ein. »Die Rohre sind aus sehr dehnbarem, etwa anderthalb Zentimeter dickem Stahl und halten einem internen Druck von mehr als achtzigtausend Hektopascal stand. Selbst wenn jemand einen Abschnitt vereisen würde, bräuchte er einen Bulldozer, um das Rohr zu zerbrechen, und unser Sicherheitspersonal wäre schnell vor Ort, um eine Flucht der Täter zu verhindern.«

»Was ist mit den Stützen?«, fragte Mercer schnell. Er musste am Ball bleiben, damit seine Warnung nicht auf taube Ohren stieß.

Wo die Pipeline oberirdisch verlief, wurde sie in der gefrorenen Tundra im Abstand von zwanzig Metern getragen von 78.000 Stützkonstruktionen. Diese Türmchen im Abstand von etwa zwanzig Metern waren so ausgelegt, dass sich die Rohrleitung in ihrem Bett dreieinhalb Meter horizontal und etwa fünfzig Zentimeter vertikal bewegen konnte, um der thermischen Ausdehnung und Zusammenziehung des Materials Rechnung zu tragen. Aber die Stützen dienten zusätzlich auch als Puffer, falls sich ein verheerendes Erdbeben wie das vom Karfreitag des Jahres 1964 wiederholen sollte. Die Konstruktionen waren unterschiedlich tief im Boden verankert, je nachdem, wie stark dieser gefroren war. Außerdem waren sie mit einer passiven Ammoniak-Kühlung ausgestattet, die verhindern sollte, dass die durch das fließende Öl erzeugte Wärme den gefrorenen Boden auftaute.

»Ich gebe dieselbe Antwort. Selbst wenn man das Material der Stützpfosten durch flüssigen Stickstoff schwächen würde, bräuchte man trotzdem schwere Ausrüstung, um sie zum Einsturz zu bringen. Für diese Pipeline mussten 1347 staatliche und bundesstaatliche Genehmigungen eingeholt werden, und Sie können darauf wetten, dass alle sich abgesichert und dafür gesorgt haben, dass das ganze System so sehr doppelt und dreifach gesichert ist, dass selbst Gott persönlich es nicht zerstören könnte.«

»Dasselbe hat man von der Titanic auch behauptet.« Mercer schwieg einen Augenblick, um seine Worte richtig nachhallen zu lassen, und fuhr dann fort. »Was ist mit einigen der Brücken? Gibt es nicht eine, die dreihundert Meter lang ist?«

»Wo die Pipeline den Tanana River überquert, verläuft sie auf einer dreihundertfünfzig Meter langen Hängebrücke. Aber noch mal, selbst wenn man das Material an den kritischen Stellen schwächen würde, bräuchte man trotzdem Dynamit, um die Brücke einstürzen zu lassen. Warum mit Stickstoff herumspielen, wenn man sowieso Sprengstoff benötigt?«

»Ich weiß, dass Chemikalien in das Öl gekippt werden,

um seine Temperatur zu erhöhen und seine Fließgeschwindigkeit zu verbessern. Könnte man nicht auch das Öl in der Pipeline gefrieren lassen, sie so verstopfen und damit beschädigen?«

»Wenn das Öl gefrieren würde, wäre die Ausdehnung nicht groß genug, um das Rohr platzen zu lassen, und was die Verstopfung betrifft, hätten wir das Problem in ein paar Monaten erledigt«, antwortete Lindstrom.

Mercer sah, dass Lindstrom im Begriff war, seine Argumentation auseinanderzunehmen.

»Und Sie vergessen einige andere attraktive Anschlagsziele in Alaska wie etwa die Elmendorf Air Force Base oder die Radarstationen an der Nordküste. Und was ist mit den neuen Produktionsanlagen im Arctic Wildlife Refuge? Ein paar davon sind bereits in Betrieb.« Als Lindstrom sich die nächste Zigarette anzündete, fiel ihm noch etwas ein. »Der einzige Ort, wo wir ernsthaft getroffen werden könnten, ist unser Depot in Fairbanks, wo Ausrüstung im Wert von einer halben Milliarde Dollar gelagert ist, etwa Bohrgestänge und Bohrköpfe.«

»Sie würden einen Haufen Bohrstangen mit Stickstoff spröde machen und mit einem Hammer zertrümmern.« Collins war Lindstroms sarkastischer Ton nicht entgangen, aber er schien ernsthaft über die Möglichkeit nachzudenken. »Das Rohr würde nicht bersten, denn es ist zu stabil, aber es würde mikroskopisch kleine Risse bekommen. Im Einsatz würden diese Stangen bersten und das Bohrloch auf ewig unbrauchbar machen.«

»Wie sind die Sicherheitsmaßnahmen in Ihrem Depot?«, fragte Mercer Collins. Vielleicht konnte er wenigstens ihn überzeugen, dass seine Befürchtungen realistisch waren, und ihn auf seine Seite ziehen.

»Das wirklich teure Zeug, etwa die Bohrköpfe mit den Industriediamanten, ist unter Verschluss, und in dem Depot wird rund um die Uhr patrouilliert«, antwortete Collins. »Vieles liegt aber auch nur herum und wartet auf den Abtransport zum North Slope.« Collins kratzte sich am Kopf, und auf einem goldenen Ring des Marine Corps reflektierte sich die durch das Fenster hereinfallende Abendsonne.

»Ich schlage vor, das Sicherheitspersonal zu verstärken«, sagte Mercer.

»Das wird nicht nötig sein«, widersprach Lindstrom. »Wenn sie sich über zweihundertdreißig Tonnen flüssigen Stickstoff besorgt haben, ist ihr Anschlagsziel wichtiger als ein Lagerhaus mit Ersatzteilen.«

»Woran denken Sie?«, fragte Mercer, der noch einen letzten Versuch machte, Lindstrom auf seine Seite zu ziehen. Hoffentlich nahm er seine Sorgen jetzt ernster.

»Hier bei uns im Hafen ist alles sicher, und Prudhoe Bay ist so abgeschieden, dass es für mich keine plausible Wahl wäre.«

»Was bleibt dann noch?«

»Nicht viel. Die Pipeline kann man mit der von Ihnen dargelegten Methode nicht gefährden. Unser Hafen könnte ein bevorzugtes Anschlagsziel für Terroristen sein, und ich schließe nichts aus, bis die Auseinandersetzungen wegen des Naturschutzgebiets nicht beendet sind, doch das mit dem flüssigen Stickstoff ergibt für mich einfach keinen Sinn.«

Mercer wandte sich Collins zu in der Hoffnung, dass der das Interesse noch nicht verloren hatte. »Warum haben Sie gesagt, der Hafen sei sicher? Ich hatte kein Problem, auf das Gelände zu kommen.«

»Sie standen noch auf der Gästeliste. Alle anderen werden abgewiesen. Selbst die regelmäßige Rundfahrt des Touristenbusses haben wir abgeblasen. Außer der Zufahrtsstraße führt kein anderer Weg auf das Hafengelände. Zäune, Sensoren und Patrouillen halten alle auf Abstand.«

»Sie haben sich auf die Frage konzentriert, warum jemand flüssigen Stickstoff nach Alaska geschmuggelt haben sollte, Mercer. Haben Sie auch eine Vermutung, wer dahinterstecken könnte?« Obwohl Lindstrom sein eigenes Reich nicht bedroht glaubte, sah er doch die Gefahr terroristischer Anschläge.

»Ich weiß es bereits«, erwiderte Mercer scharf.

»PEAL?«, fragte Collins.

»Nein, in dieser Liga spielen sie nicht.«

»PEAL?« Lindstrom schien der Name auf Anhieb nichts zu sagen. »Ach, Moment. Ist das nicht die Umweltorganisation, deren Forschungsschiff in der Bucht vor Anker liegt?«

»Ja«, antwortete Collins. »Sie sind seit zwei Wochen hier, rufen zum Boykott von Petromax-Tankstellen auf und sprechen mit dieser Journalistenhorde, die ihnen überallhin folgt. Den Leuten hier geht das alles allmählich schwer auf die Nerven.«

»Diese Öko-Aktivisten haben hiermit nichts zu tun«, wiederholte Mercer. »Sie wollen, dass die Bohrungen in dem Naturschutzgebiet eingestellt werden, aber diese Geschichte ist einfach eine Nummer zu groß für sie. Es ist eine Sache, Tankstellen zu boykottieren, eine ganz andere dagegen, einen Anschlag auf die Alyeska Pipeline durchzuführen. Hören Sie, ich bin nicht in irgendeinem offiziellen Auftrag hier oben, das FBI leitet die Ermittlungen. Mit meinem Aufenthalt in Alaska widersetze ich mich sogar einem ausdrücklichen Befehl des FBI-Direktors. Sie suchen nach Anhaltspunkten, vergessen aber meiner Meinung nach, potenzielle Anschlagsziele zu überwachen. Es überrascht mich, dass noch niemand vom FBI mit Ihnen geredet hat. Aber so ist das, wenn man zu viele Juristen und zu wenig Leute mit Grips einstellt.«

»Es scheint so, als wüssten Sie, wer den flüssigen Stickstoff ins Land geschmuggelt hat«, sagte Collins. »Wer war es?«

»Ein ehemaliger KGB-Oberst namens Iwan Kerikow. Ich hatte schon einmal mit ihm zu tun. Er ist völlig skrupellos und mordet, ohne mit der Wimper zu zucken. Mist, das erinnert mich an etwas. Kann ich mal telefonieren?«

Lindstrom nickte, und Mercer wählte eine Nummer, die er wie etwa hundert andere in seinem Gedächtnis abgespeichert hatte.

Bei der Polizei von Homer meldete sich MacLaughlin persönlich.

»Mr MacLaughlin, hier ist Philip Mercer …«

Der Polizeichef fiel ihm sofort ins Wort. »Woher zum Teufel wussten sie, dass die *Jenny IV* nicht mehr da sein würde?«

»Nur so eine Ahnung.«

»Reden Sie keinen Unsinn«, fuhr MacLaughlin ihn an. »Kein Mensch hat solche Ahnungen. Ich habe den Tod von Jerry und John Small gerade zu Mordfällen hochgestuft. Und dazu kommt noch der Tod von Dave Heller. Das war der Mann, der in seinem Boot an Land gespült wurde. Damit habe ich drei unaufgeklärte Mordfälle, und das in einer Stadt, wo es nicht einen Mord gegeben hat, seit ich Polizeichef bin. Ich will Antworten auf meine Fragen.«

»Sie bekommen sie, sobald ich sie kenne. Es tut mir leid, aber mehr kann ich im Moment nicht sagen. Höchstens noch, dass Sie die Mörder nicht in Ihrer Stadt finden werden. Sie sind längst über alle Berge.«

»Was Sie nicht sagen«, erwiderte MacLaughlin sarkastisch. »Nur weil ich Polizist in einer Kleinstadt bin, bin ich noch lange kein Idiot.«

»Das hat niemand behauptet, aber Sie sollten sich bei Ihren Nachforschungen besser darauf konzentrieren, wo die *Jenny IV* zum zweiten Mal versenkt wurde.«

»Ja, da stehen meine Chancen super. Nachdem mein Schwager keinen Erfolg hatte, als er den Meeresboden absuchte, habe ich vierzig Boote aus unserem Hafen rausgeschickt, alle mit Sonargeräten ausgerüstet. Auch sie haben nichts gefunden. Sie müssen hundert Quadratmeilen abgesucht haben.«

Mercer konnte sich diese Suche lebhaft vorstellen. Betrunkene Kapitäne und Mannschaften, begeistert davon, mal für einen Tag Cop spielen zu dürfen. Vermutlich hatten sie völlig unsystematisch gesucht und es bei zehn Quadratmeilen bewenden lassen. Aber es war sinnlos, darauf herumzureiten. Im Augenblick war MacLaughlin so wütend, dass jede Kritik ihn erneut explodieren lassen würde. Mercer konnte es ihm nicht verübeln. Diese Geschichte war zu groß für ihn, und er wusste kaum noch, was er tun sollte.

»Wirklich?« Mercer versuchte, seine Stimme beeindruckt klingen zu lassen, während er zugleich darüber nachdachte,

Dick Henna ein Spezialschiff für die U-Boot-Abwehr schicken zu lassen. Mit dessen Sonargeräten würde man das Wrack schnell finden. »Ich weiß Ihre Bemühungen wirklich zu schätzen, Mr MacLaughlin. Wenn ich mehr in Erfahrung bringe, lasse ich es Sie wissen.«

Er unterbrach die Verbindung, bevor MacLaughlin noch etwas sagen konnte.

»Worum ging's da gerade?«, fragte Collins misstrauisch.

»Vielleicht hat es etwas zu bedeuten, vielleicht ist es nur eine falsche Fährte. Vor ein paar Nächten wurde das Wrack der *Jenny IV* von der Stelle weggeschleppt, wo die Küstenwache es versenkt hatte. Wer immer das getan hat, hat den Besitzer des Bootes ermordet, das er benutzte.«

»Sie glauben, das war dieser Kerikow?«

»Entweder er oder jemand, der für ihn arbeitet.« Mercer spürte, dass er wütend wurde. »Wie bereits gesagt, ich bin nicht in offizieller Mission hier, rede aber mit Ihnen. Ich riskiere hier meinen Arsch. Ich bin der einzige Zeuge, der die Entdeckung der *Jenny IV* überlebt hat, und ich glaube, dass Kerikow keine Ruhe geben wird, bis ich tot bin. Meine einzige Chance ist es, ihm vorher Einhalt zu gebieten. Wenn hier irgendetwas Außergewöhnliches passiert, muss ich davon erfahren.«

»Aber ja, wir halten Sie auf dem Laufenden«, sagte Lindstrom.

Mercer nannte ihm den Namen seines Hotels. Er glaubte, sich richtig verhalten zu haben und hoffte, dass seine Warnung ernst genommen werden würde.

* * *

Zwanzig Minuten später parkte er vor seinem Hotel, einem großen, mit Schindeln verkleideten Haus, das schon bessere Tage gesehen hatte. Es war nicht das erste Hotel am Ort, doch das war ihm ganz recht. Er ging auf sein Zimmer, duschte schnell und ließ sich dann in dem fast leeren Restaurant ein Lachsgericht servieren. Da in der angrenzenden Bar fast genauso wenig los war, entschloss er sich zu einem Spaziergang. Vielleicht ergab sich die Möglichkeit, mit einem der PEAL-Aktivisten zu reden.

Er glaubte nicht, dass PEAL etwas mit dem eingeschmuggelten Stickstoff zu tun hatte, wollte aber mehr über die Organisation herausfinden, und das nicht zuletzt auch wegen Aggie Johnston, denn PEAL schien ihr Lebensinhalt zu sein.

Seit sie an jenem Abend fluchtartig sein Haus verlassen hatte, waren seine Gedanken häufig zu ihr zurückgekehrt. Zuerst hatte er versucht, diese Gedanken zu verdrängen, doch das hatte er schnell aufgegeben. Aggie gehörte nicht zu den Frauen, die man schnell vergaß. Innerhalb kurzer Zeit hatten sich die Erinnerungen an sie in seinem Kopf festgesetzt. Er glaubte, den Duft ihres Haares zu riechen oder wieder jenen Blick zu sehen, mit dem sie ihn angeschaut hatte, als sie seine verbundene Wange sah. Er hatte nie an die Binsenweisheit geglaubt, dass Gegensätze sich anziehen, hatte aber auch noch keine Erfahrungen mit diesem Phänomen gemacht. Dass Aggie sich nicht mehr gemeldet hatte, verletzte und verwirrte ihn, aber er hatte zu viel um die Ohren, um sich von den Gedanken an sie ablenken zu lassen. Trotzdem wollte er sehr viel mehr über sie herausfinden. Alles.

Er schlenderte den North Harbor Drive hinab, der an dem kleinen Yachthafen vorbeiführte. Die Sonne war untergegangen, und die wenigen Straßenlaternen verbreiteten ein nur trübes Licht. In der Luft hing der Geruch des Salzwassers. Obwohl doch einige Leute unterwegs waren bei einem Ort mit nur dreitausend Einwohnern, empfand man hier dasselbe Gefühl von Einsamkeit wie fast überall in Alaska. In der Ferne sah er die Positionslichter eines großen Schiffs, von dem er wusste, dass es die *Hope* war.

Schließlich entdeckte er eine Bar mit grellen Neonreklamen, die ihm vielversprechend erschien. Country Music drang nach draußen, als ein junges Paar das Lokal betrat. Sie hielten Mercer die Tür auf.

Er bedankte sich und trat ein.

Die Bar war eine ziemliche Spelunke. Der abgetretene Teppichboden war mit Kaugummis übersät. Die Wände waren gelb vom Zigarettenrauch, der wie dichter Nebel in der Luft hing. An der U-förmigen Theke, in die etliche Monogramme eingeritzt waren, fanden ungefähr zwanzig Gäste Platz. Es gab ein Dutzend Tische, eine kleine Tanzfläche und eine noch kleinere Bühne, doch die Musik kam aus einer verbeulten Jukebox neben der Eingangstür. Der Laden war etwa halb voll.

Mercer wollte einen Gimlet mit Wodka bestellen, doch dies war eines jener Lokale, wo man entweder Bier oder Whisky pur trank. Er orderte ein Bier bei der vollbusigen Barkeeperin und setzte sich neben einen Mann, den er wegen seiner Statur und der Gummistiefel für einen Fischer hielt. Die Frau hinter der Bar schob Mercer eine Flasche Coors zu und gewährte ihm einen tiefen Blick in ihren Ausschnitt. Er lächelte sie an.

»Gehören Sie zu uns oder zu denen?«, sagte der Mann zu

Mercers Linken, ohne sich mit einleitenden Nettigkeiten abzugeben.

»Hängt davon ab, wer wir und wer sie sein sollen.« Mercer wusste nicht, ob der Mann betrunken oder verrückt war.

»*Sie*, das sind diese Umweltfreaks und die ganzen Journalisten, die wegen ihnen hier sind.« Er wies mit einer Kopfbewegung auf zusammengeschobene Tische an einer Wand, an denen etwa zehn Leute saßen. »Der Rest, das sind *wir*.«

»Glauben Sie's mir, ich gehöre zu Ihren Leuten«, sagte Mercer. »Ich bin Bergbauingenieur. Was treiben Sie so?«

»Ich arbeite auf einem der Schiffe, die die Tanker durch den Prinz-William-Sund begleiten.« Der Mann trank einen Schluck Bier. »Ich verstehe nicht, wovon diese Protestler leben. Werden Sie dafür bezahlt, dass sie andere Leute nerven?«

»Sie würden sich wundern, wenn Sie wüssten, wie viel Geld die meisten Umweltorganisationen haben. Und zumindest ein Mitglied dieser speziellen Gruppe ist stinkreich.«

»Typisch. Diese faulen Geldsäcke haben Schuldgefühle und spielen die Gönner.«

»Die moderne Variante von ›Adel verpflichtet‹«, murmelte Mercer.

Er nahm sich einen Augenblick Zeit, um die Gruppe zu beobachten. Es war leicht zu erkennen, wer Journalist und wer ein Mitglied von PEAL war. Erstere waren ausgebuffte Profis mit harten, zynischen Gesichtszügen. Die Umweltschützer waren meistens jünger und wirkten vergleichsweise unschuldig mit ihren naiven Gesichtern und dem offenen Lächeln, wie Footballspieler eines siegreichen College-

Teams mit ihren Freundinnen. Sie hatten ein Ideal, das sie stärker zusammenschweißte als Freundschaft. Sie waren Kreuzfahrer, Waffenbrüder im heiligen Auftrag.

»Was wissen Sie über diese Leute?«, fragte Mercer seinen Nachbarn, der wie die meisten Einwohner von Alaska nur zu bereit war, mit einem Fremden zu reden.

»Nicht viel, aber ich will, dass sie wieder verschwinden«, antwortete er genervt. »Sie und die Reporter hängen schon ein paar Wochen hier rum. Diese Medientypen halten uns Vorträge, als wären wir Idioten, und die Umweltapostel sind noch schlimmer.«

Als er gerade anfangen wollte, Mercer die Geschichte von dem verunglückten Tanklaster zu erzählen, öffnete sich die Tür, und ein kalter Luftzug drang in die Bar. Etwa zehn Männer und fünf Frauen traten lachend in das Lokal. Wenn man nur nach der Haarlänge gegangen wäre, hätte man sie schlecht auseinanderhalten können.

Als er sie sah, war Mercer nicht überrascht. Es schien nur logisch, dass sie in Alaska war. Die größte Protestveranstaltung in der Geschichte ihrer Organisation ging in Valdez über die Bühne, und ihr Flaggschiff lag in der Bucht vor Anker. Es gab keinen Grund, warum sie nicht an den Aktionen teilnehmen sollte. Er hatte am Kai mehrere Zodiac-Schlauchboote von PEAL gesehen. Als er sie anblickte, fragte er sich, ob er wirklich rein zufällig hier war, wie er es sich gern eingeredet hätte. Oder hatte er insgeheim gehofft, ihr in dieser Bar zu begegnen? Selbst wenn es so war, war er jetzt nicht darauf vorbereitet, sie wirklich zu sehen.

Aggie Johnston bemerkte ihn nicht, als sie mit einem strahlenden Lächeln die Bar betrat. Sie ging sofort zu den

Tischen, an denen ihre Gesinnungsgenossen und die Journalisten saßen. Wie an dem Tag, als er sie in der George Washington University zum ersten Mal gesehen hatte, trug sie einen formlosen grünen Anorak.

Er hörte ihre Freunde vor Freude aufschreien, als sie zu ihnen trat. Es war offensichtlich, dass sie Aggie seit einiger Zeit nicht gesehen hatten, und ihre Anwesenheit versetzte sie in Feierstimmung. Nachdem er sie noch ein paar Augenblicke betrachtet hatte, wandte er sich abrupt ab. Er war wütend auf sich selbst, weil er sich wie ein unglücklich verliebter Teenager verhielt, der einer Sommerromanze nachtrauert.

»Mein Gott«, keuchte sein Nachbar. »Die Kleine könnte mir gefallen.«

Aggie hatte ihren Anorak abgelegt. Sie trug einen engen schwarzen Rollkragenpullover. Eigentlich hätte er erwartet, dass sein Nachbar eher auf die vollbusigen Schönheiten aus Männermagazinen stand, doch auch ihm war nicht entgangen, dass Aggie das gewisse Etwas hatte.

Mercers Blick verdüsterte sich.

Nachdem er noch zwei Flaschen Bier getrunken hatte, wollte er gehen. Mittlerweile platzte die Bar aus allen Nähten. Die Band legte die erste Pause ein, und das Licht ging wieder an. Ein paar Einheimische hatten versucht, die Frauen an dem Tisch von PEAL zum Tanzen aufzufordern, allerdings durchweg ohne Erfolg. Die Mädchen hatten spöttisch gekichert. Die meisten hatten mit Aggie tanzen wollen. Sie hatte die Männer vielleicht ein bisschen höflicher, aber genauso entschieden abgewiesen.

Einer der Männer an dem Tisch, ein Riese mit einem schwarzen Bart, der so etwas wie eine Respektsperson zu sein schien, wie man dem ehrfürchtigen Schweigen der anderen entnehmen konnte, stand auf und hob sein Glas. »Auf Brock Holt, einen Umweltsünder, der für seine Taten bezahlt hat.«

Obwohl der Mann sich an seine Gesinnungsgenossen gewendet hatte, ließ er den Blick über die anderen Gäste schweifen. Offensichtlich hatte er eine Reaktion provozieren wollen. Sein fiebriger Blick verriet, dass er schon einige Flaschen Bier intus hatte. Niemand wusste, dass er in jener Nacht mit Jan Voerhoven am Richardson Highway gewesen war. Selbst die hartgesottenen Journalisten waren verdutzt angesichts seiner unangemessenen Worte.

Er musste nicht lange warten auf eine Reaktion. »Was hast du da gesagt, du Arschloch?«, brüllte ein Betrunkener, der etwa zehn Barhocker von Mercer entfernt saß.

»Ich glaube nicht, dass ich mit dir geredet habe«, sagte der Umweltschützer drohend.

Die Stimmung in der Bar war angespannt. Die Frau hinter der Theke griff bereits nach dem Telefon, um die Polizei zu benachrichtigen. Wenn die Dinge außer Kontrolle gerieten, würden die drei Rausschmeißer der Bar überfordert sein.

»Brock Holt war mein Freund.« Der betrunkene Einheimische stand schwankend da, ganz von seinen Emotionen ergriffen. Er trug einen blauen Parka mit dem Logo von Petromax auf der linken Brusttasche.

»Dann solltest du genauso erleichtert sein wie wir, dass er nicht mehr in der Lage ist, Gift durch die Gegend zu kutschieren«, antwortete der Aktivist mit einem höhnischen Grinsen. Aggie wollte ihn auf seinen Stuhl zurückziehen, doch er machte sich aus ihrem Griff frei. Seine Gefühle waren so aufgeputscht, dass er nicht mehr wusste, was er sagte und wo er war.

Die beiden Männer traten aufeinander zu. Stühle wurden zurückgezogen, die Gäste teilten sich in zwei Lager. Diese Auseinandersetzung zwischen Aktivisten und Einheimischen hatte sich schon seit dem Eintreffen von PEAL in Valdez abgezeichnet, und nachdem noch ein paar Beleidigungen ausgetauscht worden waren, brach Chaos aus. Beide Seiten glaubten, im Recht zu sein. Die Umweltschützer prügelten sich für das hehre Ziel, den Planeten zu retten, den Einheimischen ging es um Arbeitsplätze und darum, ihre Familien durchzubringen. Die Journalisten zogen die Köpfe ein und beobachteten die Schlägerei mit unverhohlenem Vergnügen.

Nur etwa die Hälfte der Einheimischen wollte sich prügeln, der Rest eilte zur Tür und machte sich so schnell wie möglich aus dem Staub. Von den fünfundzwanzig Mitgliedern von PEAL wollten fast alle dabei sein, darunter auch etliche Frauen. Zuerst wollte Mercer ebenfalls verschwinden, doch als er zum Ausgang ging, wurde ihm klar, dass er Aggie nicht allein lassen durfte, solange er nicht wusste, dass sie in Sicherheit war. Er machte kehrt und bahnte sich unter Einsatz der Ellbogen den Weg durch die Menge.

Gläser und Mobiliar gingen zu Bruch. In dem allgemeinen Tumult hörte er einen Schrei. Aggie wurde an der hinteren Wand der Bar mit dem Rücken gegen eine große Lautsprecherbox gepresst. Ein dunkelhäutiger Mann in einer schwarzen Lederjacke hielt Aggies Hände über ihrem Kopf fest. Auf seiner Stirn standen Schweißperlen. Mercer eilte zu ihr und musste dabei Schläge und Tritte austeilen.

Jemand versetzte ihm einen Schlag in den Unterleib, dann wurde ihm von einem Fremden ein Kinnhaken verpasst. Als er sich halbwegs erholt hatte, kam ein PEAL-Aktivist mit geballten Fäusten auf ihn zu. Mercer taxierte ihn routiniert, wich seinem Hieb gekonnt aus, packte seinen ausgestreckten Arm und schlug ihn mehrfach so brutal in die Seite, dass mehrere Rippen brachen.

Er trat zur Seite, als der Umweltschützer zusammenbrach, und konzentrierte sich auf den Mann, der Aggie in seiner Gewalt hatte und ihr jetzt mit einer Hand zwischen die Beine fassen wollte. Aggie versuchte sich zu wehren, konnte aber nichts ausrichten. Mercer stieß zwei Kampfhähne zur Seite und erreichte Aggie nur eine Minute, nachdem die Schlägerei ausgebrochen war.

Wenn es sich nicht um sexuelle Belästigung gehandelt hätte, wäre Mercer vielleicht geneigt gewesen, Aggie die Konsequenzen ihres Handelns spüren zu lassen. Sie spielte durch die rücksichtslose Durchsetzung ihres Projekts mit dem Schicksal anderer Menschen, ohne daran zu denken, was auf dem Spiel stand für die Männer rund Frauen, die in Valdez lebten. Protestaktionen wie diese richteten sich ausschließlich an die Medien. PEAL war nicht in Alaska, um das öffentliche Bewusstsein für den Umweltschutz wachzurütteln, sondern einzig und allein deshalb, um die Welt von der Existenz ihrer Organisation wissen zu lassen. Ihr Interesse an Alaska und Valdez würde nur so lange anhalten, wie die Medien sich dafür interessierten. Wenn das nicht mehr so war, würde die Karawane weiterziehen. Aber der Mann, der Aggie festhielt, hatte den Fehler gemacht, sie zu begrapschen.

Mercer griff nach einer halb vollen Bierflasche, die auf einem der wenigen nicht umgekippten Tische stand, und zog sie dem dunkelhäutigen Mann mit voller Wucht über den Kopf. Die Flasche zerbrach, und der Typ ging in dem Scherbenregen zu Boden.

Aggie wurde durch seinen Sturz fast aus dem Gleichgewicht gebracht, und als sie sich wieder gefangen hatte, riss sie die Augen auf, als sie Mercer vor sich stehen sah.

»Also, was hat ein nettes Mädchen wie du … Ach, egal, lass uns verschwinden.« Er packte ihr Handgelenk und zog sie zur Hintertür. Als er sie aufriss, stürmte vorne die Polizei in die Bar. Mercer blickte sich noch einmal um und sah, dass fast alle PEAL-Aktivisten sich noch immer prügelten. Etliche Einheimische lagen benommen am Boden.

Die Seitengasse hinter der Bar war nur trübe beleuchtet, der Müllcontainer neben dem Hinterausgang quoll über. Mercer wollte so schnell wie möglich Land gewinnen. Er hatte keine Lust, die Nacht mit diesen Streithammeln in einer öffentlichen Ausnüchterungszelle zu verbringen. Er zog Aggie zur nächsten Straßenecke, wo es heller war.

Sie machte sich von Mercers Griff frei. »Was zum Teufel hast du hier zu suchen?«

»Geht dich nichts an.«

»Verdammt, beantworte meine Frage.«

»Hey, ich war zur richtigen Zeit am richtigen Ort. Wenn du zurück in die Bar willst, nur zu. Ich bin mir sicher, dass dieser geile Typ es nur zu gerne noch mal versuchen würde.«

»Du kannst mich mal.«

»Bis dann, Aggie.« Er ging los und war erleichtert, als sie ihm folgte und ihn am Ärmel festhielt.

»Es tut mir leid. Es ist mir egal, warum du hier bist, und ich bin dir dankbar.« Ihre smaragdgrünen Augen schauten ihn nachdenklich an.

Er wünschte sich nichts so sehr, wie sie zu küssen, wandte sich aber ab und ging weiter. Er hasste es, so verwirrt zu sein, und hätte am liebsten die Flucht ergriffen, doch damit war das Problem nicht aus der Welt.«

»Warte, Mercer.« Sie holte ihn erneut ein, und sie gingen nebeneinander her. Er zog wortlos seine Lederjacke aus und legte sie ihr um die Schultern.

»Wir müssen reden«, sagte sie.

»Worüber?«

»Über den Mann, der in dein Haus eingebrochen ist. Ich kannte ihn.«

»Ja, ich weiß.« Mercer war dankbar, dass sie diesem Thema nicht auswich. Es hatte ihn seit jenem Abend beschäftigt. »Mir war klar, dass du ihn erkannt hattest.«

Dann kam die Überraschung. »Er hat für meinen Vater gearbeitet.«

Er blieb stehen und blickte sie an. »Was sagst du da?«

»Nun, zumindest früher. Gestern habe ich meinen Vater zur Rede gestellt. Er hat behauptet, Burt Manning vor ein paar Monaten gefeuert zu haben.«

»Hast du ihm geglaubt?«

»Ja. Nein. Nun, vielleicht. Ich weiß es nicht.«

»Aggie, es geht hier um Menschenleben, insbesondere um meins.«

»Als ich mit meinem Vater sprach, wusste er, zu welcher Zeit ich in deinem Haus war, und er kann es nur gewusst haben, wenn Manning mich gesehen und ihn angerufen hat, bevor er in dein Haus eingebrochen ist, um dich zu töten. Manning muss für ihn gearbeitet haben.« Sie schwieg einen Augenblick und schien kurz davor zu stehen, in Tränen auszubrechen. »Ich kann es einfach nicht fassen. Mein Vater ist ein Ungeheuer, aber er würde nie jemanden umbringen lassen, besonders nicht dich. Ihr beide seid befreundet. Nach unserem Gespräch hatte ich solche Angst. Ich wusste nicht mehr, was ich glauben sollte, und bin deshalb ein paar Tage früher als geplant nach Alaska gekommen.«

»Tu dir selbst einen Gefallen und verschwinde wieder, Aggie. Du bist hier nicht in Sicherheit.«

»Eher als in Washington.«

Sie gingen weiter.

»Manning war nicht hinter dir her, sondern hinter mir, und seine Gründe hatten nichts mit deinem Vater zu tun. Kehr nach Hause zurück.«

»Warum willst du nicht, dass ich in Alaska bin?«

»Mir fehlt die Zeit, das zu erklären.« Er unterdrückte seine Gefühle und sprach ohne Verbitterung. »Du und deine Freunde, ihr solltet euren Kram packen und woanders protestieren.«

»Wir bleiben, bis unsere Arbeit getan ist«, erklärte sie kategorisch.

»Wenn ihr euch an Bäume anketten und Demos organisieren wollt, ist das in Ordnung, aber hier sterben Menschen, und leider ist es noch nicht vorbei. Kapierst du es nicht? Du gerätst da in etwas hinein, das weitaus gefährlicher ist als eine Kneipenschlägerei. Dein Leben ist zu wertvoll, um es aufs Spiel zu setzen, nur weil du hier ein bisschen Krach schlagen willst wegen der Umwelt. Hör zu, Aggie, dein Vater hat nichts zu tun mit dem Einbruch in mein Haus und dem Mordanschlag. Dahinter steckte ein ehemaliger KGB-Oberst namens Iwan Kerikow, und der ist jetzt in Alaska und hat bereits vier Menschenleben auf dem Gewissen. Drei von den Toten waren meine Freunde.«

»Aber mein Vater wusste, wann ich in deinem Haus war«, beharrte Aggie.

Sie gingen zum Yachthafen zurück, wo etliche PEAL-Aktivisten bei den beiden großen Zodiac-Schlauchbooten standen. Ihr Gelächter schien darauf hinzuweisen, dass allenfalls ein paar von ihnen festgenommen worden waren. Mercer führte diese Nachsichtigkeit auf die große Medienpräsenz zurück. Wieder kamen ihm diese Typen wie eine Horde von College-Studenten vor, die sich amüsieren wollten. Er stand mit Aggie vor einem dunklen Schaufenster und nahm die Umweltschützer etwas genauer in Augenschein. Sie wirkten zu entspannt, und etwas daran irritierte ihn.

»Also, da sind deine Freunde. Ich weiß, dass du nicht auf mich hören wirst, denn du bist zu halsstarrig. Aber sei vorsichtig, okay?«

»Mercer, ich …«

»Pass gut auf dich auf.« Damit ließ er sie stehen und verschwand so schnell, dass sie ganz überrascht war.

Einen Augenblick später war sie wieder bei ihren Freunden und lachte mit ihnen darüber, wie gut sie sich bei der Schlägerei gehalten hatten. Dann stiegen sie in die Schlauchboote, um zur *Hope* zurückzufahren. Aggie hoffte, dass Mercer am Kai stand und ihr nachblickte, doch er war verschwunden.

Aber ein anderer Mann lauerte in der Dunkelheit und beobachtete sie. Er fasste sich lüstern zwischen die Beine, als auch Aggie in ein Schlauchboot stieg und er ihren Hintern studieren konnte.

Ein Knackarsch, dachte Abu Alam. Er betastete die Beule auf seinem Kopf. Er konnte sich jetzt nicht an dem Mann rächen, der ihm die Flasche auf dem Schädel zertrümmert hatte. Kerikow erwartete einen Bericht über die Aktivitäten von PEAL in Valdez. Aber er hatte sich das Gesicht des Mannes genau eingeprägt. Wenn er ihn aus dem Weg geräumt hatte, würde ihn nichts mehr davon abhalten, sich zu vergewissern, ob ihr Hintern wirklich so geil war.

Motorschiff Hope

Die hölzerne Gangway wurde an der Seitenwand des Forschungsschiffs auf die Plattform herabgelassen, und die Männer und Frauen in den Schlauchbooten gingen an Bord der *Hope*. Aggie folgte ihnen und achtete darauf, nicht auszurutschen auf den durch den Nebel rutschigen Sprossen. Sie war nicht in der gleichen Partylaune wie die anderen Aktivisten.

Bei den letzten Schritten half ihr ein norwegischer Student, der zehn Jahre jünger war als sie. Er hob sie an Bord und lächelte sie an. Sie bemühte sich, das Lächeln zu erwidern, doch plötzlich kam ihr alles irreal vor, ganz so, als gehörte sie hier nicht mehr hin, als wäre dies nicht mehr ihre Welt.

Das Gefühl der inneren Unruhe ließ auch nicht nach, als sie in die gut geheizte Messe trat. Erst da fiel ihr auf, dass sie immer noch Mercers Lederjacke trug. Sie schlug den Kragen hoch, der nach altem Leder, Mercers Körpergeruch und seinem Aftershave roch. Der Geruch war angenehm, beruhigend. Sie zog die Jacke schnell aus und hängte sie über die Stuhllehne, als würde sie sich schuldig fühlen, als hätten die Leute um sie herum erahnt, wie sie sich fühlte.

Sie empfand eine große Distanz zu den anderen, hörte ihr angeregtes Geplauder nicht und nahm kaum wahr, wann jemand eine Flasche Bier vor ihr auf den Tisch stellte. Vielleicht war sie zu lange fort gewesen und benötigte ein bisschen Zeit, um sich zu akklimatisieren. Oder hatte sie sich verändert in dem Monat, seit sie zuletzt an Bord der *Hope* gewesen war? Da hatte sie sich als Mitglied einer Großfamilie gefühlt.

In ihrem Leben war einiges geschehen. Burt Mannings Tod, die mögliche Verstrickung ihres Vaters in den Mordanschlag auf Mercer. Mercer. Geistesabwesend betastete sie seine abgetragene Lederjacke.

Es war ein Gefühl völliger Hilflosigkeit gewesen, als der Mann in der Bar sie gepackt und begrapscht hatte. Er hätte sie an Ort und Stelle vergewaltigen können, und sie bezweifelte, dass es bei dem Tumult jemandem aufgefallen wäre. Und dann war urplötzlich Mercer aufgetaucht, wie der Held aus einem jener kitschigen Liebesromane, die sie als Mädchen gelesen hatte. Warum er in der Bar gewesen war, wusste sie immer noch nicht, aber sie war ihm dankbar. Natürlich hatte sie sich das nicht anmerken lassen. Die widersprüchlichen Gefühle, die er hervorrief, waren fast zu viel für sie. Sie empfand etwas wie eine unwiderstehliche magnetische Anziehung, aber wann immer sie zusammen waren, schaffte er es, sie mit ein paar Worten oder nur mit einem Blick wütend zu machen.

Sie fragte sich, ob sie wegen ihrer eigenen Verunsicherung ihm gegenüber aggressiv wurde, ob sie deshalb eine Mauer zwischen ihnen errichten wollte. Ihr war klar, dass es besser gewesen wäre, überhaupt nicht an Mercer zu denken. Sie liebte Jan Voerhoven und hoffte, eines Tages seine Frau zu sein. Trotzdem hatte sie das Gefühl, in etwas hineingeraten zu sein, womit sie nicht klarkam.

Sie zündete sich eine Zigarette an und stand mechanisch

auf, ohne das Bier angerührt zu haben. Als sie in Valdez eingetroffen war, hatte sie Jan nicht an Bord der *Hope* angetroffen. Es wäre besser gewesen, seine Rückkehr abzuwarten. Seit einem Monat waren sie und Jan getrennt gewesen, und sie hätte sich auf das Wiedersehen freuen sollen. Stattdessen fühlte sie sich leer und verletzlich.

Sie ging langsam zu Jans Kabine und verfluchte sich für ihre mangelnde Entschlossenheit. Bisher hatte sie immer gewusst, was sie wollte, und es auch stets bekommen. Aber jetzt? Guter Gott, ich habe die Nase voll, dachte sie. Sie klopfte an der Kabinentür und trat sofort ein.

Jan saß an seinem Schreibtisch. Trotz der aufgedrehten Heizung trug er einen dicken Pullover. Es war offensichtlich, dass er noch nicht lange zurück war, denn sonst hätte er sich umgezogen, weil er überheizte Räume nicht mochte. Der Schreibtisch war mit Papieren übersät, die er konzentriert studierte, mit einem Stift in der Hand, um sich Notizen zu machen. Als er schließlich aufblickte, lächelte er sie an. Sie stand so schüchtern da, als erwartete sie eine Bestrafung.

»Mein Gott, Aggie, ich bin so glücklich, dich zu sehen.« Jan stand auf, nahm sie in die Arme, drückte sie fest an sich und gab ihr einen Kuss. Als sie nicht reagierte, trat er einen Schritt zurück. »Stimmt was nicht, Liebling?«

»Oh, Jan.« Sie wusste selbst nicht, was nicht stimmte. »Ich hatte heute Abend solche Angst. Hast du das gehört mit der Schlägerei in der Bar?«

»Ja, man hat's mir bereits erzählt. Heinz und Pierre müssen wegen Trunkenheit in der Öffentlichkeit und ungebührlichen Benehmens bis morgen im Gefängnis bleiben. Jemand hat gesagt, du wärest fast sexuell belästigt, aber von irgendeinem Einheimischen durch die Hintertür nach draußen gebracht worden. Das muss schrecklich für dich gewesen sein.«

»Ja.« Sie war erleichtert, dass Jan nicht wissen konnte, wie sehr sie die Gedanken an diesen »Einheimischen« beschäftigten.

»Wenn ich gewusst hätte, dass du früher nach Alaska kommst, hätte ich dich in Anchorage abgeholt. Warum hast du nicht angerufen?« Er blickte tief in ihre smaragdgrünen Augen.

»Ich weiß es selber nicht. Es war eine spontane Entscheidung.« Sie sagte nichts von der Panik, die sie vor ihrer Abreise aus Washington empfunden hatte.

»Ist ja jetzt auch egal. Ich bin einfach glücklich, dass du hier bist.« Er lächelte sie an, und seinem Tonfall war unschwer zu entnehmen, was er wollte.

»Bitte, Jan, nicht jetzt. Ich weiß, dass es lange her ist, aber ich bin einfach nicht in der richtigen Stimmung. Du verstehst schon. Dieser Mann in der Bar …«

»Oh, Darling, darum ging es mir nicht. Gut, zum Teil schon. Aber hör zu, hier werden wichtige Dinge geschehen, an denen du teilhaben solltest.«

Plötzlich fiel ihr Mercers Warnung ein. »Was für Dinge, Jan?«

»Aggie, wir sind im Begriff, diesen faschistischen Unternehmen, die den Planeten zerstören, einen vernichtenden Schlag zu versetzen.«

»Gehört das Unternehmen meines Vaters auch dazu?« Eigentlich hatte sie nicht vor, ihren Vater zu verteidigen, doch ihre Stimme klang hart und anklagend.

»Wir haben darüber geredet.« Voerhoven hob die Hände, als müsste er einen Angriff abwehren. »Ich dachte, du hättest begriffen, dass er schon immer einer unserer schlimmsten Feinde war. Petromax ist eines der skrupellosesten Unternehmen weltweit. Ich dachte, du würdest mit unseren Idealen übereinstimmen. Zahllose Male hast du versichert, du wolltest dich an ihm rächen. Jetzt hast du die Chance dazu! Wir ziehen hier etwas durch, wodurch Alaska und letztlich vielleicht sogar die Welt gerettet wird. In den nächsten paar Tagen werden wir die Welt zwingen, ohne Öl auskommen zu müssen, Aggie. Weißt du nicht, was das bedeutet?«

»Nein, Jan. Was bedeutet es?«, fragte sie in einem scharfen Tonfall. Er schien seine Macht über sie verloren zu haben. Zum ersten Mal sah sie ihn so, wie er war, nicht so, wie sie ihn sehen wollte. Was hat Mercer bloß mit mir gemacht?, dachte sie.

»Du wirst es verstehen, wenn wir die Sache durchgezogen haben. Wir werden den Planeten von einem der größten Probleme befreien. Der Durst nach dem Öl wird an ein Ende kommen.«

Wieder musste sie an Mercers Worte denken. »Wodurch wirst du das Öl ersetzen?«

»Was?«

»Wenn du die Ölzufuhr abschneidest, woher kommt dann die Energie für Schulen und Krankenhäuser? Was wird aus den zahllosen Menschen, die vom Öl abhängig sind, um ihren Lebensunterhalt zu bestreiten?« Sie löste sich aus seiner Umarmung.

»Ich werde die Welt nicht von der Ölzufuhr abschneiden,

sondern im allgemeinen Bewusstsein verankern, dass Öl eine so widerliche Energiequelle ist, dass niemand es mehr haben will.«

»Wovon redet du?«

Als er sie erneut fest an sich drückte, spürte sie seine Erektion. Er streichelte ihren Rücken. »Später, Aggie.« Er küsste ihren Hals.

»Bitte, Jan, ich habe dir gesagt, dass ich nicht will.«

Er ignorierte es. »Wir haben uns lange nicht gesehen, Aggie. Ich will dich.«

Er drängte sie aus dem Büro in sein Schlafzimmer. Sie hätte sich ihm widersetzen können, ließ es aber geschehen. Er schien nicht zu bemerken, dass ihr ganzer Körper verspannt war.

Er legte sie auf die Daunendecke des Bettes. Das Begehren hatte sein Gesicht gerötet. »Du bist so schön.«

»Bitte nicht, Jan«, flüsterte sie. Was war hier los? Warum ließ sie es zu, dass es geschehen würde? Sie wollte ihm Einhalt gebieten, doch eine innere Stimme flüsterte ihr zu, sie stehe in seiner Schuld. Und doch wusste sie, dass das nicht stimmte. Sie schuldete ihm nichts.

Er öffnete den Knopf ihrer Jeans und zog langsam den Reißverschluss auf. Sie machte keinen Versuch, es zu verhindern. Das Gefühl seiner Hände auf ihren Hüften und auf ihren Brüsten war so vertraut. War sie es ihm nicht doch schuldig? Sie waren seit fast einem Jahr zusammen. Alles war ganz normal.

Er zog sich aus, und kurz darauf drang er in sie ein. Es tat weh, denn ihr Körper hatte nicht reagiert auf seine Berührungen. Er schien es nicht zu bemerken und nahm sie. Er hatte den Kopf in den Nacken geworfen und die Augen geschlossen. Er kam und vergrub danach seinen Kopf an ihrer Schulter.

Sie fühlte sich wie eine Hure.

Als Mercer in sein Hotel zurückkehrte, war es Mitternacht. Er hatte die heftigen Gefühle, die er noch vor einer Stunde empfunden hatte, energisch abgeschüttelt und wieder einen klaren Kopf. Er war völlig durchgefroren. Da er Aggie seine Lederjacke gelassen hatte, musste er im Hemd zum Hotel zurückgehen, und dafür war es in Alaska entschieden zu kalt. Zuerst dachte er daran, heiß zu duschen, doch dann erinnerte er sich an die Uhrzeit und beschloss, erst zu telefonieren.

Er wählte und war verwundert, dass erst nach dem vierten Klingeln am anderen Ende abgenommen wurde. »Was gibt's?«, fragte eine mürrische Stimme.

»Hier ist Mercer, Dick.«

»Mein Gott, Mercer, wo bist du? Ich habe einen ganzen Trupp damit beauftragt, dich zu suchen.«

»Komm schon, Dick, du weißt, dass ich im Willard Hotel bin.«

»Guter Scherz«, schnaubte Henna. »Sie werden dir die Rechnung schicken für den ganzen Fusel, den Harry aus dem Hotel fortgeschleppt hat. Also, wo bist du?«

»In Alaska. Valdez, um genau zu sein.«

»Ich hab dir doch gesagt, dass du in Alaska nichts zu suchen hast. Bist du taub?«

»Komm schon, Dick. Die Quastenflosser sind auf Laichwanderung. Da soll man einen guten Fang machen können.«

»Nur zu deiner Information, Quastenflosser gibt's nur im Indischen Ozean.«

»Dann hab ich wohl deshalb noch keinen gefangen.« Mercer lachte. »Ich dachte schon, ich würde den falschen Köder benutzen.«

»Okay, du bist also in Alaska«, sagte Henna resigniert. »Was hast du herausgefunden?«

»Nichts Konkretes, aber ich habe die eine oder andere Vermutung. Übrigens, Dick, wo bist du?«

»Im Weißen Haus. Ich sitze mit dem Präsidenten und der Energieministerin zusammen. Möchtest du mit einem von den beiden reden?«

»Sag Connie, sie soll die Gesundheitsschuhe wegwerfen, die sie kürzlich bei der Abendgesellschaft anhatte. Die Dinger sind schrecklich!«

Als Mercer Connie Van Buren lachen hörte, wusste er, dass Henna den Raumlautsprecher eingeschaltet hatte.

»Wie läuft's denn so mit Max Johnstons Tochter?«, rief Van Buren. »Ich habe gesehen, dass ihr beiden die Party gemeinsam verlassen habt.«

»Du weißt doch, wie das mit mir und den Frauen ist, Connie.« Mercer lachte. »Sie hasst mich wie die Pest. Hör zu, Dick, du musst mir einen Gefallen tun.«

»Sonst noch was?«

»Kennst du PEAL? Die Umweltorganisation? Ich glaube, dass diese Aktivisten hier etwas vorhaben.«

»So sehen wir das hier nicht, Mercer. Uns interessiert, was Kerikow vorhat. PEAL hat damit nichts zu tun.«

»Ich habe einige dieser friedliebenden Umweltapostel beobachtet, wie sie eine von Einheimischen besuchte Bar auseinandergenommen haben. Auf mich wirken diese Typen eher wie eine Privatarmee.«

»Wenn du mal die Güte hättest, mir zuzuhören … Ich wollte sagen, dass wir in Sachen Kerikow eine Spur haben«, sagte Henna. »Er scheint mit ein paar Typen aus dem Mittleren Osten zusammenzuarbeiten, nicht mit irgendwelchen Öko-Aktivisten.«

Mercer wurde ernst. »Was habt ihr herausgefunden?«

»Im Holiday Inn Tower Hotel in Anchorage hat er seinen gefälschten Pass benutzt. Er hat eine Suite für sich gemietet und zwei Zimmer, vermutlich für Bodyguards. Die Angestellten erinnern sich an drei dieser Leibwächter, alle Araber, und an einen Mann, auf den Kerikows Beschreibung passt. Vor zwei Tagen haben sie das Hotel verlassen. Zu der Zeit, als Howard Small spurlos verschwunden ist. Als wir heute Morgen in dem Hotel eine Razzia durchgeführt haben, waren sie seit zwei Stunden ausgezogen.«

»Mist«, sagte Mercer. »Hat er irgendwelche Telefonate geführt?«

»Bestimmt, aber keine, die sich nachverfolgen ließen. Sie gingen an eine private manuelle Vermittlung in New York.«

»Eine was?«

»Das ist so was wie ein toter Briefkasten, nur eben für Telefonate. Man wählt einen bestimmten Ort an und wird dort manuell auf die andere Leitung umgestöpselt. Jede Nachverfolgung endet dann bei dieser Vermittlung und nicht bei der angerufenen Person. Als alter Hase vom KGB kennt Kerikow sich mit so was aus.«

Mercer dachte nach. »Irgendwie ergibt das alles keinen Sinn. Während der letzten zwei Monate wurden mehr als zweihundert Tonnen flüssiger Stickstoff nach Alaska geschmuggelt. Um damit etwas anzufangen, braucht Kerikow mehr Leute als ein paar Araber und Bodyguards.«

»Und Sie glauben, PEAL ist in die Geschichte verstrickt?« Das war die unverwechselbare Stimme des Präsidenten, der bis jetzt nur zugehört hatte.

»Ja, Sir, so ist es. Ich habe keine Beweise, aber diese Aktivisten machen mich extrem misstrauisch.«

»Was sollen wir tun?«, fragte Henna.

»Durchsucht ihr Schiff und findet heraus, ob etwas von dem Stickstoff an Bord ist oder ob es spezielle Kühlsysteme gibt, die sie zur Lagerung des Zeugs benutzt haben könnten. Verhaftet sie, auch wenn ihr nur eine Maschine zur Herstellung von Speiseeis findet. Ich weiß, dass sie etwas mit der Geschichte zu tun haben.«

»Mercer, ich kann nicht einfach Schiffe beschlagnahmen, die unter ausländischer Flagge fahren.«

»Komm schon, Dick, du bist der Boss des allmächtigen FBI. Dir wird schon was einfallen, um ein paar Männer an Bord der *Hope* zu bringen. Sie können ja sagen, sie kämen vom Gesundheitsamt. Irgendwas in der Art.«

»Wenn du dich täuschst, sitzt du in der Scheiße«, drohte Henna.

»Ich dachte, das wäre ohnehin schon so, weil ich nach Alaska geflogen bin.«

»Okay, was hast du noch zu bieten?«

»Nichts. Oder vielleicht doch. Ich habe herausgefunden, dass Burt Manning für Max Johnston gearbeitet hat. Und Johnston wusste genau, wann der Einbruch in mein Haus stattgefunden hat.«

»Was sagen Sie da?« Der Präsident witterte sofort einen Skandal. Er hatte gerade erst eine Runde Golf mit Johnston gespielt.

»Ich habe kürzlich mit seiner Tochter gesprochen, Sir, und er hat ihr einen ziemlichen Schreck eingejagt.«

Jetzt schaltete sich Connie van Buren über die Freisprechanlage ein. »Mercer, du glaubst doch nicht etwa, dass Johnston etwas mit dieser Geschichte zu tun hat? Für ihn steht in Alaska mehr auf dem Spiel als für fast jeden anderen.«

»Da bin ich deiner Meinung, Connie. Deshalb bin ich mir auch noch nicht sicher, ob er in irgendeiner Weise in die Sache verstrickt ist. Ich habe nur eine Information aufgeschnappt und wollte das weitergeben.«

»Wir tun dir den Gefallen und überprüfen das mit der *Hope*, aber ich will, dass du so schnell wie möglich nach Washington zurückkommst«, unterbrach Henna.

»Wird gemacht, Dick«, sagte Mercer. »Aber ich will dabei sein, wenn dein Team an Bord der *Hope* geht.«

»Das ist eine Ermittlung des FBI. Du bist nur ein ganz normaler Bürger.«

»Komm schon, vertrau dem ganz normalen Bürger einfach. Durch mich könntest du eine Spur haben, während deine zweihundert Leute in Alaska nur herumbummeln und bis jetzt nichts zutage gefördert haben.«

Jetzt schaltete sich wieder der Präsident ein. »Ich sorge dafür, dass Sie dabei sind, Herr Dr. Mercer, aber nur als Beobachter.« Die Stimme des Präsidenten klang kühl und sachlich. »Trotzdem müssen Sie mir persönlich versprechen, dass Sie danach mit der ersten Maschine nach Washington zurückkehren.«

»Verlassen Sie sich darauf«, sagte Mercer.

Richard Henna legte auf, als er begriff, dass Mercer die Verbindung getrennt hatte, und lehnte sich zurück. Er und Connie Van Buren saßen im Oval Office vor dem Schreibtisch des Präsidenten. Alle waren informell gekleidet, doch die Atmosphäre war angespannt. Mittlerweile saßen sie seit zwei Stunden zusammen, um über die Umsetzung der neuen Energierichtlinie zu diskutieren. Keiner der mächtigen Washingtoner Insider war naiv genug, um nicht damit zu rechnen, dass es hinsichtlich der Ankündigung des Präsidenten auf nationaler und internationaler Ebene ernsthafte Probleme geben würde. Nicht nur Ölunternehmen fühlten sich bedroht durch diese einsame Entscheidung.

Eine große Zahl von Öl exportierenden Ländern sah diese Entscheidung als Bestanteil eines amerikanischen Plans, ihren Lebensstil zu ruinieren, und ihre Repräsentanten trafen sich gerade in London. Militante Splittergruppen innerhalb der OPEC konnten die Vereinigten Staaten bedrohen oder einschüchtern, weil sie immer noch über eine mächtige ökonomische Waffe verfügten. Der Präsident, Van Buren und Henna mussten sicherstellen, dass mögliche Vergeltungsmaßnahmen Amerika nicht treffen würden.

»Dieser Dreckskerl von Mercer«, sagte Henna, während er zu einem Sideboard ging, um sich einen doppelten Scotch einzuschenken, den er mit einem Schluck hinunterkippte.

»Warum sagen Sie das?«, fragte Van Buren.

»Weil er mehr weiß als wir. Wieder mal. Ich schwöre bei Gott, dass er mich schlecht aussehen lassen will«, sagte Henna müde. »Aber ich glaube nicht, dass Sie das richtig gehandelt haben, Mr President.«

»Warum?«

»Wenn er Ihrer Anweisung folgt und nach Washington zurückkehrt, haben wir unseren besten Mann in Alaska verloren.«

»Was ist denn mit Ihren eigenen Leuten in Alaska?«, fragte Van Buren.«

»Ich habe da zweihundert FBI-Beamte vor Ort, die nichts herausgefunden haben. Sie folgen Auslieferungsfahrern von FedEx, wenn ihnen ein Paket verdächtig zu sein scheint. Das sind reine Verzweiflungsaktionen. In nur zwei Tagen hat Mercer uns mehr Spuren geliefert als alle anderen zusammen. Keiner meiner Männer hat seinen wissenschaftlichen Sachverstand oder seine Intelligenz. Mercer weiß, was flüssiger Stickstoff ist und wofür man ihn verwenden kann, während ich über Männer mit ordentlich kurz geschnittenen Haaren und der Statur von Footballprofis verfüge, die nur Türen eintreten und anderen den Schädel einschlagen können. Keiner von ihnen kann wie Mercer kombinieren und die Teile eines Puzzles zusammenfügen. Er ist unser bester Mann in Alaska, und wenn er zurückkommt, werden wir wahrscheinlich alle den Preis dafür bezahlen.«

»Ich kenne Mercer länger als Sie«, sagte Van Buren zu Henna. »Glauben Sie nicht, dass Sie ihn etwas zu sehr zum Superman machen?«

»Sie hatten mit der Hawaii-Krise nichts zu tun«, sagte der Präsident zu seiner Energieministerin. »Bei Mercer überrascht mich gar nichts mehr.« Er wandte sich Henna zu. »Glauben Sie, dass an seinem Verdacht gegen PEAL oder Max Johnston etwas dran ist?«

»Was PEAL betrifft, vielleicht schon. Ihr Anführer ist ein

pathologischer Fall.« Henna ließ sich wieder auf seinen Stuhl fallen. »Bei Johnston halte ich es für ausgeschlossen. Der Mann ist erzkonservativ.«

»Wir beide kennen Philip Mercer«, sagte der Präsident zu Henna. »Bei der Hawaii-Krise hat er mir den Arsch gerettet. Wenn er einen Verdacht hegt, folge ich ihm. Stellen Sie im Fall Johnston ruhig ein paar Nachforschungen an. Aber bitte diskret.«

Valdez, Alaska

Die Nacht war stockfinster, die Morgendämmerung noch Stunden entfernt. In Valdez war alles still. Man hörte nur die sanft an die Küste schlagenden Wellen und gelegentlich das Pfeifen des Windes. Es war fast vier Uhr morgens, die Stunde des Tiefschlafs. Elektrisches Licht und die modernste Technologie hatten nichts daran geändert, dass der Mensch diese Stunde genauso fürchtete wie seine frühesten Vorfahren. Es war die Zeit der Hexen und des Teufels. Und die Stunde von Iwan Kerikow.

Die Stille der Nacht wurde zerrissen durch ein lauter werdendes, aus Richtung Norden kommendes Brummen. Es näherte sich eine Propellermaschine, eine Cessna 310 mit hellen Landescheinwerfern. Der Pilot griff zum Mikrofon, und unter ihm flammten automatisch die Lichter neben der einzigen Landepiste des Flugplatzes von Valdez auf. Der Pilot musste gegen den Seitenwind aus Richtung des Prinz-William-Sunds gegensteuern.

Das Fahrgestell setzte auf der Landebahn auf, und der Pilot ließ die Maschine ausrollen. Das Licht einer Taschenlampe wies ihm den Weg zu einer Gruppe von Menschen, die auf dem ansonsten verwaisten Flugplatz warteten. Die Atemwolken vor ihren Mündern wirkten wie Zigarettenrauch.

Der Pilot schaltete die Maschine ab, und kurz darauf war alles wieder still. Ein paar Augenblicke später stieg Iwan Kerikow aus der Cessna und reckte seine tauben Glieder. Sein

Gesicht wirkte mitgenommen, doch der Blick war bedrohlich wie immer.

»Voerhoven?«, rief er.

Jan Voerhoven ließ seine Männer allein und schlenderte mit der Taschenlampe in der Hand zu der Cessna. Er war erst einige Minuten vor der Landung der Propellermaschine gekommen. Aggie lag zusammengekrümmt und schlafend in seinem Bett an Bord der *Hope*.

»Fertig?«, fragte Kerikow herrisch.

»Ja, alles bereit«, antwortete Voerhoven. »Und ich habe gute Neuigkeiten. Wir haben herausgefunden, dass unsere Information über die Straße zum Pumpspeicherwerk Nr. 5 nicht stimmte. Eine Fahrgenehmigung für den Dalton Highway benötigt man nur, wenn man nach dem Atigun Pass noch weiterfahren will. Danach darf die Straße nur noch von Fahrzeugen des Alyeska Marine Terminal benutzt werden. Weil wir letzten Monat Helikopter benutzt haben, um unser Material zu Orten nördlich des Pumpwerks Nr. 5 zu bringen, bin ich davon ausgegangen, dass wir sie erneut benutzen müssten. Ich hatte mich geirrt. Wir können den Rest des flüssigen Stickstoffs mit Lastwagen transportieren, die schon in Fairbanks bereitstehen.«

»Wie weit ist es bis zu dem Pumpwerk?«

»Gut dreihundert Kilometer von der Stelle, wo wir den Stickstoff lagern. Aber die Straße ist größtenteils nicht asphaltiert. Die Fahrt wird mindestens vier Stunden dauern.«

Kerikow schob die Manschette seines Hemdes zurück, um einen Blick auf die Uhr zu werfen. »Damit wären wir um etwa einundzwanzig Uhr bei dem Pumpwerk. Auf der Straße ist bestimmt nichts los, und Patrouillen von Arbeitern des Alyeska Marine Terminal sollten auch kein Problem sein. Hervorragend, Jan. Gut mitgedacht.«

»Hören Sie …« Voerhovens Stimme wurde ernst. »Ich muss wissen, was meine Leute erwartet.«

»Wovon reden Sie?«

»Wenn wir uns bis jetzt an der Pipeline zu schaffen gemacht haben, dann an entlegenen Orten, wo praktisch kein Risiko bestand, entdeckt zu werden. Diesmal sind wir ganz in der Nähe eines Pumpwerks, wo Leute arbeiten.«

»Haben Sie etwa Schiss?«, höhnte Kerikow mit einem süffisanten Grinsen, das so verletzend war wie eine Beleidigung.

»Nein, aber ich will wissen, ob meine Leute in Gefahr schweben.«

»Unser Ablenkungsmanöver in Fairbanks ist vorbereitet. Wir werden es höchstens mit der Hälfte der Belegschaft des Pumpwerks Nr. 5 zu tun haben.« Kerikows Lachen hallte unnatürlich laut über den Flugplatz. »Außerdem sind die Angestellten des Alyeska Marine Terminals sämtlich unbewaffnet. Mit denen fertig zu werden ist auch nicht schwieriger, als einen unbewaffneten Lastwagenfahrer zu töten, Voerhoven. Wenn Ihre Leute den Anschlag auf die Pipeline so ernst nehmen, wie Sie behaupten, müssten sie sich doch auf ein bisschen Action freuen. Aber wenn Ihnen das lieber ist, können sie auch bei den Lastern warten, während meine Männer jeden Widerstand ersticken.«

Voerhoven wollte protestieren, doch dann erinnerte er sich an die demütigende Erfahrung von vor zwei Tagen, als Kerikow ihn geohrfeigt hatte. Also hielt er lieber den Mund. Kerikow ahnte, was dem Niederländer durch den Kopf ging, und nickte befriedigt. Den Typ hatte er voll im Griff.

»Steigen Sie ins Flugzeug. Wir starten in ein paar Minuten.«

Kerikow entfernte sich ein paar Schritte, zog sein Mobiltelefon aus der Tasche und wählte eine der vielen eingespeicherten Nummern. Beim ersten Versuch sprang ein Anrufbeantworter an, doch dann meldete sich der Mann, mit dem er reden wollte.

»Hallo?«, ertönte eine belegte Stimme.

»Hier ist Kerikow, Mossey. Es ist so weit.«

»Guter Gott«, lamentierte Ted Mossey. »Es ist vier Uhr morgens.«

»Ja, ich weiß«, versicherte Kerikow dem jungen Computergenie. »Voerhoven und ich fliegen gleich in den Norden, um die letzte Lieferung zu platzieren. Ich brauche Sie im Alyeska Marine Terminal. In etwa vierundzwanzig Stunden werde ich den ursprünglichen Computervirus aktivieren. Sie müssen unverzüglich mit der Installation beginnen.«

Als er das hörte, wurde Mossey deutlich lebhafter. »Jetzt schon?«, fragte er voller Vorfreude. »Mein Gott, das ist ja fantastisch. In zwei Stunden habe ich ihre Systeme lahmgelegt. Danach werden sie sofort bei mir anrufen. Oh Mann, was für ein Spaß!«

»Beruhigen Sie sich«, blaffte ihn Kerikow an. »Wenn Sie die Computer lahmgelegt und sie Sie benachrichtigt haben, benötigen Sie etwa zehn Stunden, um unser altes Programm ans Laufen zu kriegen. Habe ich das richtig verstanden?«

»Ja, zehn, höchstens zwölf Stunden. Als ich mir die Dokumentation ihres Programms ansah, habe ich gesehen, dass ihr damaliger Programmierer es sehr gut in dem Großrechner fest verdrahtet hat. So leicht kommt man da nicht ran.«

Kerikow fiel Mossey ins Wort, bevor er einen seiner endlosen Vorträge über Computer und ihre unbegrenzten Möglichkeiten halten konnte. »Und wenn Sie so weit sind, kann ich das Programm aus der Ferne aktivieren?«

»Sie brauchen nur ein Telefon, selbst mit Ihrem Handy klappt das. Oh Mann, was für ein Spaß. Die ultimative Hackerattacke. Und ich kassiere auch noch richtig Geld dafür. Niemand wird mir jemals glauben, wenn ich ihm das erzähle.«

Mit diesem letzten Satz hat er sein eigenes Todesurteil unterzeichnet, dachte Kerikow. Voerhoven und seine Anhänger gingen bereitwillig Risiken ein, weil sie hundertprozentig an ihre Sache glaubten, doch Mossey war ein anderer Fall. Kerikow wusste, dass er nicht nur als Umweltaktivist an dem Projekt *Charons Überfahrt* teilnahm, sondern weil er ein großes Ego hatte und das Unmögliche wahr machen wollte. Die PEAL-Aktivisten würden nie etwas über ihre Aktivitäten verlauten lassen, weil es ihrer Organisation zu sehr schaden würde. Dagegen würde Mosseys Geltungsbedürfnis ihn mit der Zeit dazu verleiten, im Gespräch mit einem anderen Computerfreak anzugeben, und bald würde die halbe Welt davon wissen. Man musste ihn mit einem sauberen Kopfschuss für immer zum Schweigen bringen.

»Beruhigen Sie sich«, mahnte Kerikow erneut. »Noch sind wir nicht am Ziel. Denken Sie immer daran, dass niemand vom Alyeska Marine Terminal vermuten darf, dass irgendetwas nicht stimmt.«

»Keine Sorge. Das alles ist das reinste Kinderspiel. Für sie bin ich nur ein weiterer durchgedrehter Nerd. Wenn Sie anrufen, um das Programm zu aktivieren, sitze ich längst im

Flieger nach Japan, wo ich ein sehr viel besseres Leben haben werde. Haben Sie überhaupt eine Ahnung, was man da als guter Programmierer verdient?«

Kerikow antwortete nicht sofort. Er musste Mossey dazu bringen, noch so lange in Valdez zu bleiben, dass Abu Alam ihn umlegen konnte, vielleicht, wenn der Programmierer zum Flughafen von Anchorage fuhr. Das war das Schöne an Valdez – es gab nur eine Straße, die in den Ort hinein- und aus ihm herausführte, eine gefährliche Straße, auf der erst vor ein paar Tagen jemand tödlich verunglückt war. Und Mosseys Tod würde unauffälliger sein, denn diesmal würde kein Voerhoven die Medien benachrichtigen.

»Nachdem Sie das Kontrollprogramm installiert haben, kehren Sie in Ihre Wohnung zurück und warten auf meinen Anruf«, sagte Kerikow.

»Und warum, wenn ich fragen darf?«

»Weil ich es sage«, blaffte Kerikow ihn an und senkte die Stimme, als er sah, dass Voerhoven zu ihm hinüberblickte. Er hatte dem Niederländer nie etwas von dem Hacker erzählt, auch nicht von dem Computervirus. »Ich werde dafür sorgen, dass Ihnen genug Zeit bleibt, Alaska zu verlassen, bevor ich den Virus aktiviere.«

»Hey, so war das nicht vereinbart«, lamentierte Ted Mossey.

»Jetzt ist es so.« Kerikow klappte das Mobiltelefon zu, zog ein Päckchen Zigaretten und ein Feuerzeug aus der Tasche und steckte sich eine Marlboro an. Die Flamme war in der Finsternis blendend hell.

Er wählte erneut, diesmal jedoch eine Nummer, die nicht auf dem Handy, sondern in seinem Gedächtnis abgespeichert war. Trotz der Uhrzeit nahm Abu Alam schon nach dem ersten Klingeln ab. Es klang so, als wäre er noch nicht im Bett gewesen. Wenn er überhaupt jemals schlief.

»Ich habe sie mir heute Abend noch nicht geschnappt«, sagte er, ohne Kerikow zu begrüßen, denn außer dem Russen hatte niemand seine Handynummer.

»Was ist passiert?«

»Es war jemand bei ihr. Ich hatte sie schon fast, doch dann hat mir irgendein Dreckskerl eine Bierflasche über den Schädel gezogen und sie zu dem Schlauchboot von PEAL zurückbegleitet. Wir hätten sie uns nicht schnappen können, ohne zuerst ihn aus dem Verkehr zu ziehen, und Sie haben gesagt, wir sollten sie entführen, ohne Aufsehen zu erregen.«

»Mein Gott! Nur ein Mann, und Sie haben nicht zugeschlagen? Ein Mann ist kein Hindernis. Sie hätten ihn bewusstlos schlagen und mit ihr verschwinden sollen, solange die Möglichkeit da war. Jetzt hören Sie gut zu. Sie müssen sie bis spätestens morgen Abend kidnappen und bleiben dann bei ihr auf der Plattform. Passen Sie gut auf sie auf, aber rühren Sie die Frau nicht an. Habe ich mich deutlich ausgedrückt?«

»Warum soll ich sie bewachen? Von dort kann Aggie Johnston nirgendwohin flüchten.«

»Keine Namen, verdammt! Ich brauche Sie wegen der letzten Vorbereitungen auf der *Omega*. Außerdem müssen Sie nach dem Anschlag unseren Computerexperten eliminieren.«

»Was ist hier los, Kerikow? Sie haben Minister Rufti versichert, Sie hätten alles unter Kontrolle, würden Ihren Leuten vertrauen und bräuchten sonst keine Hilfe. Das ist jetzt das zweite Mal, dass Sie mich und meine Männer bitten,

Ihnen aus der Klemme zu helfen. Sind Sie sicher, genau zu wissen, was Sie tun? Ich denke, dass es an der Zeit ist, den Minister darüber zu informieren, dass die Dinge nicht wie geplant laufen.«

»Sie irren sich, es läuft alles wie geplant«, erwiderte Kerikow wütend. »Nur sind Sie eben nicht in den gesamten Plan eingeweiht. Schnappen Sie sich die Frau, bringen Sie sie zur *Omega* und warten Sie meine weiteren Instruktionen ab. Seit Rufti in das Projekt eingestiegen ist, haben Sie gewusst, dass Sie mehr sein würden als ein bloßer Beobachter.«

»Rufti wird davon hören, da können Sie sicher sein«, drohte Abu Alam. »Sie sind nicht der, für den Sie sich halten.«

»Oh doch, genau der bin ich«, sagte Kerikow. Er klappte das Handy zu und steckte es in die Tasche.

Obwohl er sein halbes Leben für einen der mächtigsten Geheimdienste gearbeitet hatte, wunderte Kerikow sich noch immer, wie schnell aus einem Aktivposten eine Belastung werden konnte. Freund und Feind waren keine Antonyme, sondern eher schon Synonyme. Nur die Umstände und das Timing ließen es manchmal anders erscheinen. Das galt für die Beziehungen zwischen Supermächten genauso wie für die zwischen Individuen. Und in der Welt der Spionage galt diese Wahrheit erst recht.

Er ließ die Zigarettenkippe auf den Boden fallen, trat sie mit dem Absatz aus und ging zu der Cessna zurück. Der Pilot war startbereit, der Propeller rotierte bereits.

Valdez, Alaska

Das Hämmern an der Tür erinnerte an das Feuer eines Maschinengewehrs. Mercer hielt sich für einen Moment die Ohren zu und quälte sich dann aus dem Bett. Zuerst wusste er nicht, wo er war und hätte sich fast an dem Nachttisch den Kopf gestoßen. Er riss sich zusammen und stöhnte, als ihm einfiel, dass er in Alaska war, und außerdem hatte er am letzten Abend mehr getrunken, als er geglaubt hatte.

Er zog seine Jeans an und öffnete die Tür. Im Flur vor dem Zimmer standen drei Männer in dunkelblauen Windjacken aus Nylon. Er wusste, dass auf der Rückseite in großen goldenen Buchstaben FBI stand. Die Razzia auf der *Hope* konnte beginnen.

»Herr Dr. Mercer, mein Name ist Dave Fielding«, sagte der FBI-Beamte in der Mitte. »Mein Auftrag lautet, Sie hier abzuholen, bevor wir an Bord des PEAL-Schiffes gehen.« Fielding war ein muskulöser Mann mit einem energischen Kinn und haselnussbraunen Augen.

»Moment, bin gleich da.«

Er zog ein dickes Hemd an und knöpfte es auf dem Weg ins Badezimmer zu. Er urinierte, zog den Reißverschluss der Jeans zu, wusch sich die Hände und putzte sich die Zähne. Dabei fielen ihm im Spiegel seine geröteten Augen auf.

Dann zog er Socken an und schnürte seine schweren Stiefel zu. Zwei Minuten nach dem Klopfen machten sie sich auf den Weg. Es war kurz vor sechs Uhr morgens.

Der Hafen war nur zwei Straßenecken von dem Hotel entfernt. Als sie den Kai entlanggingen, sehnte sich Mercer verzweifelt nach einer Tasse Kaffee, aber es war offensichtlich, dass Fielding und seine Kollegen es eilig hatten. Heute Morgen würde es Ärger geben. Unter Fieldings Jacke zeichnet sich der Griff seiner in einem Schulterholster steckenden Pistole ab.

Ein strahlend weißes Boot mit dem Emblem der Küstenwache erwartete sie. Der Motor tuckerte im Leerlauf. Auf dem Vorderdeck sah Mercer zwei auf Dreifüßen montierte Maschinengewehre, und ein halbes Dutzend Männer mit Schnellfeuergewehren warteten am Heck. Sonst war keine Menschenseele zu sehen, die großen Trawler lagen vor Anker. Auch die Charterboote und Yachten schaukelten verlassen auf den Wellen. Mercer zweifelte nicht daran, dass man den Fischern gesagt hatte, sie sollten morgens zu Hause bleiben und die Rechnung über den Verdienstausfall an das FBI schicken.

Er hoffte, dass er mit seinen Vermutungen über PEAL richtig lag. Fielding führte ihn zu einer Bank am Heckwerk. Die Männer vom FBI und der Küstenwache bereiteten sich professionell auf ihren Einsatz vor. Sie waren schon seit Stunden auf den Beinen. Beim FBI freute man sich auf die Razzia, da alle Ermittlungen der letzten Monate in Sackgassen verlaufen waren. Sie waren schon zu lange in Alaska und wollten, dass endlich etwas passierte. Nun war es so weit. Nur Mercer wusste, dass diese Razzia eher eine Warnung sein sollte.

Er war sich sicher, dass sie an Bord der *Hope* nichts finden würden. Selbst wenn seine Vermutung stimmte, dass PEAL mit Iwan Kerikow zusammenarbeitete, würden die Aktivisten nicht dumm genug sein, Beweise herumliegen zu lassen. Dieser Einsatz sollte ihnen einen Schreck einjagen und Kerikow wissen lassen, dass Jagd auf ihn gemacht wurde. Mercer vermutete, dass Dick Henna während des Telefongesprächs der vergangenen Nacht seine Absichten durchschaut hatte, denn sonst wäre er jetzt nicht hier gewesen. Aber es sah so aus, als hätte Henna seine Leute nicht richtig eingeweiht, denn sie schienen sich auf eine Seeschlacht vorzubereiten.

Ein Mann mit Helm und einer kugelsicheren Weste machte die Leinen am Bug los, ein anderer in identischer Aufmachung die am Heck. Das Patrouillenboot löste sich vom Kai, und der Steuermann manövrierte es in die Bucht hinaus. Agent Fielding setzte sich neben Mercer auf die Bank und klemmte das Schnellfeuergewehr zwischen seine Knie.

Dicht mit Kiefern und Eichen bewachsene Berge umschlossen die Bucht. Die Luft war sauber und so eisig, dass es Mercer Tränen in die Augen trieb, aber er bekam wieder einen klaren Kopf und konnte besser denken.

Die *Hope* mit dem zitronengelb gestrichenen Rumpf war direkt vor ihnen. Die Arme des Krans ragten über die Reling des Decks. Nur durch ein paar Bullaugen drang etwas Licht, die anderen waren dunkel. An Bord schien alles ruhig zu sein. So früh morgens war niemand an Deck, und aus dem Schornstein stieg nur ein dünner Rauchfaden auf. Zwei Meeresvögel, Papageientaucher oder Seeschwalben, flogen vom Heck auf, um die Essensreste zu fressen, die der Koch während der Nacht über Bord geworfen hatte.

»Wenn ich es richtig verstanden habe, kam dieser Tipp von Ihnen?«, fragte Fielding mit erhobener Stimme, um den Lärm des Motors zu übertönen.

Mercer nickte nur. Er war immer noch nicht wach genug für ein Gespräch. Die Begeisterung der anderen Männer hatte ihn nicht angesteckt.

»Ich möchte, dass Sie auf diesem Boot warten, bis wir an Bord der *Hope* alles gesichert haben. Wir rechnen nicht mit Ärger, aber es wäre besser, wenn Sie sich da raushalten. Sie sind doch mehr oder weniger nur ein Beobachter, sehe ich das richtig?«

»Dies ist keine Invasion, Mr Fielding«, sagte Mercer schließlich, da er der Frage schlecht ausweichen konnte. »Es gibt keine zwingenden Beweise, die diese Razzia unbedingt erforderlich machen würden. Es war eher so ein Bauchgefühl. Ich schlage vor, dass Sie und Ihre Männer sich ein bisschen beruhigen. Diese Umweltfreaks werden ein bisschen lamentieren, aber keinen Widerstand leisten.«

»Wir müssen auf alles gefasst sein.« Fielding zog den Reißverschluss seiner Windjacke auf und entsicherte den in seinem Schulterholster steckenden Colt.

»Darf ich einen Vorschlag machen?« Mercer zeigte auf den Kai, der jetzt zweihundert Meter hinter ihnen lag. »In Valdez leben dreitausend Menschen, und die meisten von ihnen sind Frühaufsteher. Wir müssen denen kein öffentliches Spektakel bieten. Meiner Meinung nach wäre es besser, wenn wir an der Steuerbordseite an Bord der *Hope* gehen würden, wo wir neugierigen Blicken entzogen sind. Gestern Abend sind mir zwei Zodiac-Schlauchboote von PEAL aufgefallen, die eben nicht mehr am Kai lagen, aber auf dieser

Seite des Schiffes auch nicht zu sehen sind. Deshalb vermute ich, dass sie auf der anderen Seite der *Hope*, an einer Gangway festgemacht sind.«

Fielding blickte Mercer wütend an. Seiner Miene war unschwer zu entnehmen, dass er daran nicht gedacht hatte. Er und seine Männer hatten sich darauf gefreut, das PEAL-Schiff mit Enterhaken und Stricken zu stürmen. Fielding stand kopfschüttelnd auf und ging zum Steuermann, um ihm zu sagen, er solle sich der *Hope* auf der anderen Seite nähern.

Das Patrouillenboot beschrieb einen großen Bogen, aufgewühltes weißes Kielwasser hinter sich her ziehend, und umrundete den Bug der *Hope*. Die Schlauchboote waren tatsächlich an einer heruntergelassenen Gangway vertäut. Auf Deck, am oberen Ende der Gangway, beobachtete ein Mann durch ein Fernglas das Boot der Küstenwache. In der anderen Hand hielt er ein Gewehr.

Als sie die Waffe sahen, reagierten Fielding und seine Männer sofort. Sie griffen nach ihren Schnellfeuergewehren oder zogen Pistolen. Alles ging so schnell, dass Mercer ganz verdutzt war. Jemand warf Fielding ein Megafon zu. Er fing es mit seiner freien Hand auf und hob es an die Lippen.

»Hier ist das FBI. Legen Sie Ihre Waffen nieder und die Hände hinter den Kopf. Rühren Sie sich nicht vom Fleck, oder wir eröffnen das Feuer.« Der Motor des Patrouillenboots tuckerte nur noch im Leerlauf, und Fieldings verstärkte Stimme hallte laut über das Wasser.

Der Umweltaktivist an Bord des Forschungsschiffs machte keine Anstalten, seine Waffe sinken zu lassen, aber das Fernglas baumelte nur noch an einem Lederriemen um seinen Hals.

»Lassen Sie sofort die Waffe fallen!«, brüllte Fielding.

»Sie können nicht an Bord dieses Schiffes kommen«, rief der Mann, und seine Stimme klang leise, weil er im Gegensatz zu Fielding kein Megafon hatte. Sein Englisch hatte einen französischen, vielleicht auch niederländischen Akzent. »Das Schiff ist in Holland registriert. Sie haben kein Recht, uns zu belästigen. Wir fahren unter der Flagge eines befreundeten Landes.«

»Ihr Schiff liegt in amerikanischen Hoheitsgewässern vor Anker«, schrie Fielding aufgebracht. »Da lasse ich mir von einem Arschloch wie Ihnen gar nichts sagen.«

Jetzt richteten sich auch die beiden Maschinengewehre auf den Öko-Aktivisten.

Nun tauchten weitere Leute an Deck auf, die meisten komplett angezogen. Das sagte Mercer, dass sie die Annäherung des Patrouillenboots durch die Bullaugen beobachtet hatten. Soweit er sehen konnte, schien von den Neuankömmlingen niemand bewaffnet zu sein. Das Boot der Küstenwache näherte sich der Gangway, und die Umweltschützer beugten sich neugierig über die Reling.

»Lass jetzt die Waffe fallen, François«, sagte eine unverkennbar weibliche Stimme, die Mercer sofort erkannte.

»Wir können es nicht zulassen, dass sie an Bord kommen, Aggie«, protestierte François. »Schon vergessen, was die Franzosen mit der *Rainbow Warrior* gemacht haben?«

»Tu, was ich sage.«

Während François mit Aggie Johnston sprach, erklommen Fielding und seine Männer die Gangway. Innerhalb von ein paar Sekunden waren acht FBI-Beamte an Bord der *Hope* und befahlen den Aktivisten, sich zu Boden zu werfen und die Hände hinter den Kopf zu legen. Bei einigen halfen sie nach und stießen die schreienden Umweltschützer auf das Deck. Mercer hörte auch Aggie schreien und setzte sich in Bewegung, ohne sich um Fieldings Befehl zu kümmern, auf dem Patrouillenboot zu bleiben. Kurz darauf war er an Bord der *Hope* und hielt nach Aggie Ausschau.

Ein FBI-Beamter zog eine kleine automatische Pistole aus dem Hosenbund eines Mannes, während einer seiner Kollegen sein Schnellfeuergewehr auf den Aktivisten richtete.

Hinter den Fenstern der Messe tauchten neugierige Gesichter auf, und kurz darauf waren weitere Leute an Deck, vor Angst und Panik schreiend.

»Verdammt, Fielding, Sie machen alles schlimmer, als es sein muss«, rief Mercer.

Fielding wandte sich zu ihm um, und das Funkeln in seinem Blick verriet, wie sehr er sich auf eine Auseinandersetzung freute. »Ich habe gesagt, Sie sollen auf dem Boot der Küstenwache warten. Los, hauen Sie ab.«

»Den Teufel werde ich tun«, erwiderte Mercer, der schon auf dem Weg zu Aggie war. Er kniete neben ihr nieder und strich ihr beruhigend über den Rücken. Sie hob den Kopf und drehte ihn.

Als sie Mercer sah, blitzten ihre smaragdgrünen Augen vor Wut. »Du mieser Dreckskerl.«

»Ich wollte nur meine Lederjacke holen«, sagte er lächelnd und half ihr auf die Beine. Aggie wischte sich die Hände an ihrer Hose ab und wich angewidert zurück.

Ein FBI-Beamter blieb auf Deck, um die etwa zehn Aktivsten zu bewachen, während die anderen den Aufbau betraten.

»Hör zu, Aggie, ruf Voerhoven über die Gegensprechanlage und sag deinen Freunden, sie sollen sich kooperationsbereit zeigen.« In diesem Augenblick ertönte aus dem Inneren des Schiffs ein schriller Schrei, gefolgt von einer unheimlichen Stille.

Dann fiel ein Schuss, und die Aktivisten an Deck zückten erschocken zusammen. Einige wollten aufstehen, um zu sehen, was passiert war.

»Liegen bleiben!«, brüllte der FBI-Beamte mit dem Schnellfeuergewehr drohend.

»Mein Gott, Aggie, tu bitte, was ich sage.«

»Er ist nicht hier«, antwortete sie mit ausdrucksloser Stimme. Erst jetzt schien ihr der Ernst der Lage wirklich bewusst zu werden.

Mercer packte ihre Hand. »Komm mit.«

Er zog sie in Richtung Brücke. Sie stiegen eine schmale Treppe hinauf, und Mercer öffnete die wasserdichte Tür. Zwei PEAL-Aktivisten richteten ihre Pistolen auf seinen Kopf. Ihre Hände zitterten nicht. Da er unbewaffnet war, blieb Mercer keine andere Wahl, als Aggie loszulassen und die Hände zu heben. Durch das Fenster sah er, dass das Wasser in der Bucht so unbewegt war wie das eines friedlichen Teichs.

»Alles in Ordnung«, sagte Aggie zu ihren beiden Kameraden. »Er ist ein Freund.«

Die beiden Männer ließen die Waffen sinken, blickten Mercer aber weiter misstrauisch an.

Aggie nahm das Mikrofon aus der Halterung. »Alle herhören, hier ist Aggie. Widersetzt euch nicht, denn genau das wollen sie. Glaubt mir, sie werden noch teuer für diese Aktion bezahlen. Fürs Erste tut ihr einfach, was sie sagen. Sie werden schon sehen, was sie von diesem Schwachsinn haben.« Sie schaltete das Mikrofon aus und schaute Mercer an. »Wie gesagt, ihr werdet sehen, was ihr davon habt. Für unser Image ist das nur gut. Besser hätten wir es selbst nicht inszenieren können.«

»Tut mir leid, dass wir euch zuvorgekommen sind. Wie ich höre, ist es bei PEAL üblich, Events zu inszenieren.« Dann wurde er ernst. »Wo ist Jan Voerhoven?«

»Ich habe doch gesagt, dass er nicht hier ist.«

Mercer schaute ihr in die Augen und begriff, dass Aggie und Voerhoven ein Liebespaar waren. Diese Erkenntnis erschütterte ihn. Plötzlich war er eifersüchtig auf Voerhoven, und das machte ihn wütend auf sich selbst. Er hätte nichts empfinden sollen für sie, doch es war nicht so, und er litt. Obwohl Aggie nie wirklich sein gewesen war, empfand er ein großes Verlustgefühl. »Aggie, dein Treuhandvermögen wird euch in diesem Fall nicht aus der Klemme helfen. Also, wo ist er?«

»Ich weiß es nicht. Er ist mitten in der Nacht verschwunden.«

»Wir haben uns ungefähr um Mitternacht getrennt, und kurz danach ist er schon wieder abgehauen. Muss ja ein großartiges Wiedersehen gewesen sein.«

»Besser, als du es dir auch nur vorstellen kannst«, erwiderte sie aggressiv.

Sie trug ein viel zu großes T-Shirt und eine alte Trainingshose. Ihr Haar war zerwühlt und ihr Gesicht gerötet von der Aufregung. Für Mercer war sie trotzdem die schönste Frau, die ihm jemals begegnet war. Warum muss es so sein, wie es ist?, fragte er sich traurig. Warum mussten sie sich als Feinde gegenüberstehen?

Er schob diese Fragen und seine Gefühle wütend beiseite. In Aggies Gegenwart war er so dünnhäutig, wie er es noch nie bei einer Frau erlebt hatte. Er musste sich einen Schutzpanzer zulegen.

Fielding und einer seiner Männer stürmten auf die Brücke, als sich die knisternde Anspannung zwischen Aggie und Mercer zu entladen drohte.

Fieldings Begleiter hatte sein Schnellfeuergewehr angelegt, und die beiden PEAL-Aktivisten legten ihre Pistolen auf die Konsole und hoben die Hände.

Mercer ignorierte die Situation. »Wo ist Jan Voerhoven?«, wiederholte er leise.

Sie fuhr sich mit der Hand durchs Haar. »Auch wenn ich es wüsste, würde ich es dir nicht erzählen.« Mercer glaubte, dass auch sie tief in ihrem Inneren litt.

»Ich versichere es dir, Voerhoven hat keine Ahnung, worauf er sich hier einlässt. Kerikow wird ihn und die restlichen PEAL-Aktivisten vernichten, wenn er sein Ziel erreicht hat. Dein Freund ist zu tief in die Geschichte verstrickt, um das zu begreifen. Hilf mir, Aggie. Hilf ihm. Es muss sein. Ich kann alle auf diesem Schiff verhaften lassen. Alle ohne amerikanischen Pass werden ausgeliefert und die Amerikaner vor Gericht gestellt. Wie die Anklage lauten wird, kann ich mir noch in Ruhe überlegen. Du hast dich da auf etwas eingelassen, das weitaus gefährlicher ist, als du glaubst. Der Vorfall in der Bar gestern Abend war nur eine erste Warnung.«

Dave Fielding hatte seine Waffe sinken lassen und schaute zwischen Aggie und Mercer hin und her.

Mercer glaubte, dass Aggie nachgeben würde.

»Er hat mir nicht gesagt, wohin er will«, sagte sie wütend. »Wir haben uns gestern Nacht zu Bett gelegt, und als ich heute Morgen durch dieses Theater geweckt wurde, war er nicht mehr da. Ich habe keine Ahnung, wo er ist. Als wir geredet haben, hat er sich seltsam verhalten. Er hat gesagt, dass etwas passieren würde, ohne mir anzuvertrauen, was er meinte.« Sie blickte Mercer an und senkte die Stimme. »Ich hasse dich.«

»Ich wünschte, dasselbe sagen zu können, Aggie, aber ich kann es nicht.«

Mercer verließ die Brücke, ohne Fielding und seinen Begleiter noch eines Blickes zu würdigen. Kurz darauf folgte ihm Fielding und packte ihn am Arm, als er ihn eingeholt hatte. Er stieß Mercer gegen die Wand. Der ließ es geschehen. Fieldings Gesicht war vor Wut gerötet.

»Was zum Teufel sollte das alles?«, fuhr er Mercer an.

»Sie haben Ihren Job getan. Klagen Sie die Typen mit den Knarren wegen unerlaubten Waffenbesitzes an. Aber lassen Sie mich bloß in Ruhe.« Er versuchte sich zu befreien, doch Fielding presste seine Schultern weiter gegen die Wand.

Mercer hatte die Nase voll und rammte ihm das Knie in die Genitalien. Dem FBI-Beamten verschlug es den Atem, und er kippte vornüber und stürzte von Schmerzen gepeinigt zu Boden. Mercer stand ungerührt daneben.

»Diese Aktion sollte nur eine Warnung sein«, sagte er ruhig. »Aber der Mann, um den es mir ging, war nicht hier. Ich kann nur hoffen, dass die Warnung vielleicht auch bei jemandem angekommen ist, der noch wichtiger ist.«

Er blickte mit einem traurigen Lächeln in Richtung Brücke. Dann ging er los, um das Forschungsschiff so schnell wie möglich zu verlassen.

Erst im Laufe der Zeit würde sich zeigen, ob dieser Einsatz etwas Gutes bewirkt oder eher Schaden angerichtet hatte.

Die Schreie der Möwen über der *Hope* klangen wie Gelächter.

Supertanker Southern Cross

Das Wetter hatte sich beruhigt, und der riesige Öltanker schlingerte nicht mehr, sondern glitt ruhig dahin wie ein Ruderboot auf einem Bergsee. Der Bug verdrängte tief dunkelgrüne Wassermassen. Trotz der beschädigten Maschine fuhr der Tanker mit einem Tempo von zehn Knoten, und die Geschwindigkeit des von achtern kommenden Windes betrug nochmals zehn Knoten.

Unter Deck, in der Messe, waren die Mannschaftsmitglieder schon zu lange eingesperrt. Es roch nach ungewaschenen Körpern, kaltem Zigarettenrauch und überquellenden Abfalleimern, die neben der Spülküche standen. Da die Tür zur Toilette von den Terroristen aus Sicherheitsgründen offen gelassen wurde, stank es auch aus der Richtung. Der Mief war ekelerregend.

Die Crew, mittlerweile seit vier Tagen gefangen und von Terroristen mit Maschinenpistolen bedroht, war in völlige Lähmung verfallen. Aschfarbene, unrasierte Gesichter, abgestumpfte, leblose Blicke, müde Bewegungen. Die Männer schlürften mechanisch Kaffee aus Tassen, die permanent nachgefüllt wurden. Die Verzagtheit war so groß, dass sie sich kaum noch anschauten.

Als alles begonnen hatte, war da noch ein bisschen Hoffnung gewesen, etwas tun zu können, doch die hatte sich im Laufe der Tage in nichts aufgelöst, zumal die Wachsamkeit der Terroristen nicht nachließ. Jetzt saßen die Männer schicksalsergeben da, mit hängenden Köpfen, ständig mit einer Zigarette zwischen den Lippen, selbst diejenigen, die früher nie geraucht hatten. Da war nichts als Apathie. Mit dem viel diskutierten Stockholm-Syndrom, wo der Gefangene schließlich mit dem Entführer sympathisiert, hatte das alles nichts zu tun.

Einzig George Patroni, der Erste Maschinist, und seine drei Assistenten waren nicht in diesem Stupor versunken.

Patroni hatte es geschafft, seine Männer nach der unerwarteten Begegnung mit Kapitän Hauser in dem Aufzug sofort zu informieren, und zwar in dem Moment, als die Maschine wieder ansprang. Der Lärm war so ohrenbetäubend, dass die beiden sie bewachenden Terroristen nicht mithören konnten. Die Eingeweihten waren professionell genug, um sich von den Neuigkeiten nicht ablenken zu lassen. Sie verhielten sich genauso wie ihre apathischen Kameraden. Wenn sie nicht die Maschine inspizieren mussten oder sonstige Arbeiten zu erledigen hatten, saßen sie mit den anderen in der Messe, schlürften Kaffee oder schliefen auf dem Boden. Niemand hätte vermutet, dass sie mehr wussten als die anderen.

Patroni war klein und untersetzt, aber unglaublich stark. Als Sohn eines New Yorker Hafenarbeiters hatte er schon immer gewusst, dass er eines Tages zur See fahren würde. Eigentlich hatte sein Vater sich gewünscht, dass George die Highschool beendete und dann wie er die riesigen Schiffe entlud, die New York City mit Gütern aus der ganzen Welt versorgten, aber er hatte Verständnis gezeigt, als sein siebzehnjähriger Sohn einen Job als Öler auf einem Containerschiff angenommen hatte.

Als er zum ersten Mal die Maschine dieses Schiffes sah, hatte George Patronis Berufswunsch festgestanden. Es dauerte zwanzig Jahre, bis er Erster Maschinist wurde, und weitere fünf, bevor er für die gigantische Maschine eines Supertankers zuständig war, aber er hatte seinen in jugendlichem Alter gefassten Entschluss nie bereut. Seine Frau und seine drei halbwüchsigen Kinder lebten in einem bescheidenen Haus in Jersey City und liebten ihn, auch wenn er keinen Nine-to-five-Job um die Ecke hatte und deshalb meistens nicht da war.

Patroni war nicht zum ersten Mal in seinem Leben in einer gefährlichen Situation. Seit er auf Tankern fuhr, war er meistens zwischen dem Persischen Golf und Europa gependelt. Er hatte während der berüchtigten Winterstürme das Kap der Guten Hoffnung umschifft und die Straße von Hormus durchquert, als iranische und irakische Kriegsschiffe Raketen abfeuerten auf alles, was sich bewegte. Patroni war Augenzeuge gewesen, als die *Seawise Giant*, der größte Tanker der Welt, nur eine Seemeile von seinem Schiff entfernt von einer Rakete getroffen wurde.

Doch nichts hatte ihn auf diese Erfahrung vorbereitet, die spürbare Angst seiner Kameraden und die wütenden Mienen der Terroristen mit ihren Maschinenpistolen.

Patroni saß allein an einem Tisch in der Messe, den Kopf in die Hände gestützt. Auf der fleckigen Tischplatte mit der Kunststoffbeschichtung stand eine leere Kaffeetasse, daneben ein Aschenbecher mit einem halben Dutzend Kippen. Er saß mit leerem Blick da, als plötzlich ein zusammengefaltetes Stück Papier vor ihm auf dem Tisch landete.

Er machte keine Anstalten, danach zu greifen, sondern

hob den Blick und schaute sich um. Keiner beachtete ihn, und es saß auch niemand in der Nähe, der den Zettel auf seinen Tisch geworfen haben konnte. Er lehnte sich zurück, gähnte demonstrativ und studierte die Decke. Direkt über ihm war das Gitter eines Lüftungsschachts, und er glaubte, dass es sich unmerklich bewegte, weil jemand es an seinen richtigen Platz zurückschob.

Er schnippte zusammen mit ein bisschen Asche und Tabak den Zettel in seine Hand, wischte sich die Hände an seinem Overall ab und ließ dabei das Blatt Papier in einer Tasche verschwinden. Seine Bewegungen waren so unauffällig, dass niemand in seine Richtung blickte.

Wir von den Terroristen befohlen, hob er die Hand, um zu signalisieren, dass er auf die Toilette musste. Schließlich befanden die bewaffneten Wachtposten mit den misstrauischen Blicken, dass es sich nun lohnte, ihn mit einer Handvoll anderer Gefangener zur Toilette zu eskortieren.

Deren Tür stand immer offen, um den Terroristen die Kommunikation untereinander zu erleichtern, aber die Gefangenen durften die Kabinentüren verschließen. Patroni wartete geduldig, bis er an der Reihe war. Nur ein leichtes nervöses Zucken seiner Wange verriet, wie aufgeregt er war. Schließlich durfte er eine Kabine betreten. Er zog den Reißverschluss seines Overalls auf, ließ ihn auf die Fußknöchel fallen und hockte sich auf den noch warmen Toilettensitz. Während er sein Geschäft verrichtete, zog er den Zettel aus der Tasche, entfaltete ihn und las.

Mir geht es gut. Niemand vermutet, dass ich noch an Bord bin. Ich habe mitgehört, dass Riggs ihren Plan schneller durchziehen und alles in Seattle erledigen will. Ich schätze, dass wir noch drei Tage brauchen werden, um diesen neuen Zielhafen zu erreichen. Mir ist jetzt klar, dass Sie keine Möglichkeit haben, Kontakt zu mir aufzunehmen, aber ich muss das Schiff verlassen und näher an die Küste herankommen, um das Funkgerät benutzen zu können. Wenn es möglich ist, sollten Sie heute um Mitternacht den Kurzschluss auslösen, damit ich das Rettungsboot zu Wasser lassen kann. Sollte es heute nicht möglich sein, versuchen Sie es morgen um dieselbe Zeit. Hauser.

Er ließ den Zettel in die Kloschüssel fallen, betätigte die Spülung und verließ die Kabine. Während er sich die Hände wusch, beobachtete ihn einer der bewaffneten Wachposten. Patroni fühlte seinen misstrauischen Blick auf seinem Rücken. Aber ihm war nicht anzumerken, welche Gedanken ihm durch den Kopf gingen.

Sie mussten warten, bis der letzte Mann seine Kabine verlassen hatte. Erst dann wurden sie in die Messe zurückgeführt. Der Terrorist, der Patroni beobachtet hatte, stieß ihm den Lauf seiner MP-5 in die Nieren, und er konnte sich nur auf den Beinen halten, indem er sich an der Rückenlehne eines Stuhls festhielt.

Patroni wirbelte mit geballten Fäusten herum, doch da hielt ihn die Hand des Elektrikers fest, gegen dessen Stuhl er gestoßen war. »Das ist genau das, was er will«, flüsterte sein Kamerad so leise, dass sich seine Lippen kaum bewegten.

Patroni entspannte sich und ließ die Fäuste sinken. Während er zu seinem Tisch zurückging, musste er insgeheim lächeln. Irgendwie würde er einen Weg finden, um Hauser zu helfen.

Hauser war bewusst, dass er zu alt war für solche Abenteuer. Sein Herz schlug so heftig wie das eines wilden Tieres, das seinem Käfig zu entkommen sucht. Schweißtropfen liefen ihm von der Stirn in die Augen. In dem Rohr über der Decke der Messe stank es so sehr nach Zigarettenrauch, dass es nicht auszuhalten war. Kaum auszudenken, dass er selber mal freiwillig geraucht hatte. Er hielt sich an einer stählernen Leitung fest, die in dem großen Rohr verlief, durch das auch Wartungspersonal kriechen können musste. Seine Finger und Schultern schmerzten von der Anstrengung. Seine Bewegungen wirbelten Staub auf, der jeden Moment einen Niesanfall auslösen konnte.

Kapitän Hauser machte sich auf den anstrengenden Rückweg. Ein Ventilator in der Nähe war laut genug, um seine mühsamen Atemzüge zu übertönen. Als er über der Küche war, zwängte er sich aus dem Rohr, denn die feuerfeste Decke war stabil genug, um sein Gewicht zu tragen. Er bekam kaum noch Luft, und es dauerte einige Minuten, bis seine Hände nicht mehr zitterten.

»Du bist nur noch ein alter Sack«, murmelte er.

Nach einer weiteren anstrengenden Stunde, in der er sich durch weitere Rohre quälen musste, erreichte er einen Lüftungsschacht mit einer Luke, die nach draußen führte. Kühle Seeluft schlug ihm ins Gesicht, eine willkommene Abwechslung nach dem Zigarettenrauch, dem Staub und der unerträglichen Hitze. Aber die Mühe hatte sich gelohnt. Patroni würde einen Weg finden, die Anzeigelämpchen auf der Kontrollkonsole zu deaktivieren. Niemand würde wissen, dass er das Rettungsboot zu Wasser gelassen hatte, und keiner seiner Männer würde dafür büßen müssen. Entscheidend war, dass die Terroristen nicht vermuten durften, dass jemand entkommen war.

Sein Beitrag zum Vietnamkrieg hatte darin bestanden, in Südostasien Öl und Fracht zu befördern, aber er hatte genügend Soldaten kennengelernt, um zu wissen, dass jeder mit einer Waffe in der Hand ausnahmslos alle verdächtigte. Alles, was von der Normalität abwich, bedeutete Ärger, und die einzige logische Reaktion bestand darin, das Feuer zu eröffnen. Wenn die Terroristen Verdacht schöpften, so viel war Hauser klar, würden einige seiner Männer mit dem Leben dafür bezahlen.

Er löste das Gitter des Lüftungsschachts aus der Halterung und sprang auf das Deck. Er war nur noch fünf Meter von dem Rettungsboot entfernt, und es war niemand in der Nähe. Das Schiff war zu groß, um es von einer Handvoll Terroristen effektiv überwachen zu lassen. Er gestattete es sich, für einen Augenblick das Meer zu betrachten, bevor er die Luke des Rettungsboots öffnete und sich hineinzwängte.

Obwohl der Tanker nur mit einer dreißigköpfigen Crew fuhr, bot jedes der Rettungsboote Platz für zwanzig Personen, und auf jedem fanden sich eine Notfunkbake und ein Transceiver, ein Funkgerät, mit dem man Nachrichten senden und empfangen konnte. Obwohl man davon ausging, dass sich niemand länger als einen oder zwei Tage in so einem Boot aufhalten würde, besonders nicht in den viel befahrenen Schifffahrtsstraßen für Tanker, reichten Proviant und Wasser für eine Woche.

Nachdem er sich auf eine Kunststoffbank gesetzt hatte, vergewisserte er sich, dass alle Bullaugen mit Decken verhängt waren. Dann begann er sich zu entspannen.

In ein paar Stunden würde Patroni dafür sorgen, dass er das Rettungsboot unbemerkt zu Wasser lassen konnte. Ein anderes Schiff oder jemand an Land würde seinen Funkspruch empfangen. Bis dahin musste er geduldig warten. Er wandte sich wieder der Frage zu, die ihn schon beschäftigte, seit er ein Gespräch zwischen zwei Terroristen mitgehört hatte, als er über ihrer Kabine durch ein Rohr kroch.

Seattle. Was hatte Riggs in Seattle vor?

Etliche Gedanken gingen ihm gleichzeitig durch den Kopf, doch er fand keine plausible Antwort. Warum war die Hafenstadt im Bundesstaat Washington wichtig? Er versuchte sich zu erinnern, was laut Patroni für Riggs Priorität hatte. Die Kontrolle der Tanks, das war es. Sie wollte in der Lage sein, das Öl von einem der separaten Tanks in einen anderen umzufüllen. Normalerweise tat man das, um bei rauer See das Gewicht gleichmäßig zu verteilen. Manchmal wurde die Fracht auch in zwei Häfen gelöscht. Das Gleichgewicht eines Tankers war wichtig, aber so wichtig nun auch wieder nicht.

All das ergab keinen Sinn.

Der – von Alaska abgesehen – nördlichste Hafen der Vereinigten Staaten und die Möglichkeit, das Öl in dem gigantischen Rumpf anders zu verteilen, wo war da die Verbindung? Plötzlich begriff er, und Angst und Entsetzen nahmen ihm den Atem.

»Mein Gott, das darf nicht wahr sein. Niemand würde so etwas tun.«

London, England

Im Herbst gab es in London nur zwei Arten von Wetter – warm, regnerisch und bedeckt, oder kalt, regnerisch und noch stärker bedeckt. Schon nach den paar Schritten von der Limousine zum Eingang des Belgravia Hotels fror Khalid Khuddari, und sein Burberry-Trenchcoat war durchnässt, als er in der luxuriösen Halle stand. Der livrierte Portier schien beleidigt, dass der Gast seine Dienste nicht in Anspruch genommen hatte, denn er hielt einen riesigen Schirm in der Hand.

Ein Page führte Khalid zur Rezeption, einem Teakholzschreibtisch aus dem neunzehnten Jahrhundert mit reichen Verzierungen und geschwungenen Beinen. Das Lächeln der Empfangschefin war so herzlich, dass Khalid das schlechte Wetter fast vergessen hätte. »Guten Tag, Minister Khuddari. Ich entschuldige mich für das Wetter. In den Fernsehnachrichten hieß es, es sollte mittlerweile aufgeklart haben.«

Es überraschte Khalid nicht, dass sie seinen Namen kannte. In Hotels dieser Kategorie wusste man alles über seine Gäste. »Ich werde mich beim Hotelmanager beschweren.« Er lächelte. »Ich erwarte, dass es während meines gesamten Aufenthalts nicht mehr regnet.«

»Ich rufe die BBC an.« Sie erwiderte sein Lächeln. »Mal sehen, vielleicht kann deren Wetterfrosch was machen.«

So wie viele der älteren und besseren Schweizer Banken von außen nicht wie Geldinstitute aussahen, hatte auch das

St. James Belgravia keine Ähnlichkeit mit einem Hotel. Es glich eher einer großen Privatvilla im Stil der Georgianischen Epoche mit seinen Flügelfenstern und dicken Wänden, die auch Kanonenkugeln standgehalten hätten. Es gab nicht einmal ein Schild mit dem Namen des Hotels.

In der Halle mit dem Marmorboden standen außer dem Schreibtisch um einen Tisch aus Kirschholz drei rötlichbraune Ohrensessel und, unter einem vergoldeten Spiegel, ein Sideboard mit Kristallkaraffen und Gläsern. In einem silbernen Eiskübel steckte eine Flasche Dom Perignon.

Man musste schon Geld haben, um überhaupt zu wissen, dass es solche Hotels gab. Und noch mehr, um darin absteigen zu können.

Khalid musste lächeln, denn er wusste, dass Siri nicht nur den Flug erster Klasse, sondern auch das Hotelzimmer und die Limousine für ihn gebucht hatte. Das war ihre Art, ihm ihre Zuneigung zu zeigen.

»Normalerweise würde ich nicht danach fragen, Herr Minister«, sagte die Empfangschefin in einem fast entschuldigenden Ton. »Aber da Sie noch nie bei uns gewohnt haben, muss ich Sie bitten, mir für einen Augenblick Ihren Pass zu überlassen.«

Khalid zog den Diplomatenpass aus der Innentasche seines Trenchcoats und legte ihn offen vor ihr auf den Schreibtisch. Nachdem sie eine Karte ausgefüllt hatte, gab sie ihm lächelnd den Pass zurück. »Besten Dank, Herr Minister. Ein Page müsste Ihr Gepäck mittlerweile auf Ihr Zimmer gebracht haben und wird Ihre Sachen auspacken, falls Sie das wünschen. Sie haben das Zimmer Nummer sieben. Alfred wird Sie dorthin begleiten.«

In seinem Zimmer angekommen, entließ Khalid die beiden Pagen. Ihm fiel auf, dass sie nicht auf ein Trinkgeld warteten, und das ließ ihn erneut lächeln. In Hotels dieser Kategorie hatte man das nicht nötig, aber er war sich sicher, dass ihn allein der Service hier mehr kostete, als sein Großvater in seinem ganzen Leben verdient hatte. Nachdem er geduscht und sich rasiert hatte, verließ er das Zimmer. Er hatte den Chauffeur der Limousine gebeten, vor dem Hotel auf ihn zu warten.

»Zum Savoy, bitte«, sagte er zu dem Fahrer, der offensichtlich aus der Karibik stammte.

Khalid machte es sich auf dem Ledersitz des schwarzen Mercedes bequem. Trotz des dichten Verkehrs brachte ihn der Fahrer in Rekordzeit zum vielleicht berühmtesten Hotel der Welt.

Da Trevor James-Price nicht nur gut aussah, sondern auch stundenlang Gedichte der englischen Romantik rezitieren konnte, fand Khalid es nicht weiter überraschend, dass er an der langen Bar neben der attraktivsten Frau saß, die sich zurzeit in der American Bar des Savoy aufhielt. Sie unterhielten sich auf eine vertrauliche Weise, die Khalid glauben ließ, dass die beiden ein Liebespaar waren. Das Lachen der Frau, die vermutlich verheiratet war, klang sehr sinnlich.

»Ah, da bist du ja, Trevor. Die Wärter haben dich überall gesucht, als wir bemerkten, dass du die Anstalt ohne deine Medikamente verlassen hast.« Trevor verstand diese Art von Humor.

Trevor James-Price blickte auf, und das sandfarbene Haar fiel ihm in die Stirn. Die Wiedersehensfreude ließ seine Augen funkeln. Sie schüttelten sich bewegt die Hand.

»Darf ich dir Millicent Gray vorstellen, Khalid? Millie, das ist Khalid Khuddari, der Dieb von Bagdad.«

Khalid gab ihr die Hand.

»Würdest du uns jetzt bitte unter vier Augen reden lassen, Millie?«, fragte Trevor. »Ich muss ihm ausreden, das Parlament in die Luft zu sprengen. Wir sehen uns um neun im Les Ambassadeurs.«

Sie stand auf, strich Trevor über die Hand, lächelte Khuddari an und schlenderte durch die Bar Richtung Ausgang. Mindestens ein halbes Dutzend Männer drehte die Köpfe und blickte ihr nach.

»Also im Les Ambassadeurs, was?«, fragte Khalid. »Ich dachte, du wärest pleite.«

»Was soll ich sagen? Sie hat mich eingeladen.« Trevor trank sein Mineralwasser aus und orderte beim Barkeeper zwei Flaschen. »Schön, dass du zum ersten Mal als Ölminister an einem Treffen der OPEC teilnimmst.«

»Beinahe hätte ich es nicht geschafft«, sagte Khalid düster.

»Den Eindruck hatte ich bei unserem Telefonat auch. Willst du darüber reden?«

»Eigentlich nicht. Vielleicht sehe ich nur Gespenster, aber es könnte auch sehr ernst sein.« Khalid schüttelte den Kopf.

Trevor antwortete nicht sofort. »Ja, vielleicht bist du in einer sehr schwierigen Lage«, sagte er dann. »Ich habe herausgefunden, dass Rufti mit den Irakern und Iranern unter einer Decke steckt. Wenn sie ihren Plan umsetzen … Ich habe endlich jemanden gefunden, der offen mit mir geredet hat, einen saudischen Prinzen, der behauptet, von Rufti erpresst worden zu sein. Er will den fetten Dreckskerl am Boden liegen sehen. Sieht so aus, als hätten die Mitglieder der königlichen Familie die Nase voll davon, wegen ihrer extravaganten Freuden erpresst zu werden.

Letztes Jahr hat sich Rufti in Istanbul auf der Yacht dieses Prinzen mit einem ehemaligen KGB-Oberst namens Iwan Kerikow getroffen. Außerdem habe ich herausgefunden, dass Kerikow sich seitdem bei verschiedenen Gelegenheiten mit Irakern und Iranern verabredet hat. Da ich vermutete, dass sie alle nichts Gutes im Schilde führten, habe ich einen Kellner des Restaurants bestochen, das Rufti und seine Kumpane gestern Abend besucht haben. Rufti hatte ein Aufnahmegerät unter dem Tisch versteckt und hat das Gespräch mitgeschnitten.«

»Und weiter?«, fragte Khalid, als Trevor eine Kunstpause einlegte, um seine Worte richtig wirken zu lassen.

»Wegen der bedrohlichen Ankündigung des amerikanischen Präsidenten, die Ölimporte einzustellen, haben die Iraker und Iraner beschlossen, wegen des zu erwartenden ökonomischen Drucks ihre religiösen Differenzen beiseitezuschieben. Sie sorgen sich um ihre Schweizer Konten. Mit der Hilfe der Vereinigten Arabischen Emirate haben sie nichts Geringeres vor, als den gesamten Golf unter ihre Kontrolle zu bringen. Wie du weißt, können die Iraner mit ein bisschen Hilfe seitens der Vereinigten Arabischen Emirate die Straße von Hormus dichtmachen, und zwar für Tanker und Kriegsschiffe. Und dann, mit einer gemeinsamen Armee von zehn Millionen Mann und chemischen und biologischen Waffen, von denen die UN-Inspektoren nicht einmal etwas ahnen, werden die Iraker und Iraner Kuwait und einen guten Teil von Saudi-Arabien schlucken, bevor irgendjemand weiß, was los ist.«

»Das ist doch lächerlich. Die Amerikaner würden umgehend reagieren, mit Rückendeckung der NATO. Es wäre eine Neuauflage des Golfkriegs.«

»Glaubst du?« Trevor hob eine Augenbraue. »Als Saddam 1990 seine Soldaten in Kuwait einmarschieren ließ, hatte er sich nur in einem Punkt verkalkuliert. Er hat sich nicht vorstellen können, dass man es amerikanischen Soldaten gestatten würde, Saudi-Arabien als Basis für Vergeltungsmaßnahmen zu nutzen. Vielleicht erinnerst du dich, dass bei den Saudis nur mit einer knappen Mehrheit beschlossen wurde, ausländische Truppen auf der Arabischen Halbinsel zu dulden. Ihr Turbanträger seit echt empfindlich, wenn es darum geht, wer auf eurem heiligen Wüstensand wandeln darf.

Saddam hätte niemals an der saudischen Grenze haltgemacht, wenn die Amerikaner nicht die Genehmigung für die Stützpunkte bekommen hätten. Diesmal kannst du darauf wetten, dass die Panzer erst mitten in Riad anhalten werden.

Und außerdem: Trotz Präsident Bushs gegenteiliger Versicherungen wurde der Golfkrieg natürlich einzig und allein wegen des Öls geführt. Die Leiden des kuwaitischen Volkes waren den Amerikanern völlig schnuppe. Bis zu dem Krieg wussten die meisten Yankees wahrscheinlich nicht mal, wo Kuwait liegt. Das alles hatte nichts mit höheren Prinzipien und Moral zu tun, sondern nur mit wirtschaftlichen Interessen. Nun, in zehn Jahren wird den Amis das Öl scheißegal sein. Sie werden den Hahn zudrehen und zusehen, wie der Mittlere Osten kollabiert. Wenn eine gemeinsame Armee von Irakern und Iranern es erneut versucht mit einer Invasion Kuwaits, wird der Kongress nur sagen, was geht uns das an?« Trevor imitierte höhnisch den typischen amerikanischen Akzent. »›Sollen sich diese Feigen fressenden Nigger der Wüste doch gegenseitig abschlachten, das ist nicht mehr unser Problem‹, wird irgendein Senator aus den Südstaaten sagen. Sie werden keine Kampftruppen schicken, wenn sie alternative Energiequellen erschließen und Amerika der Ölpreis egal sein kann. Punkt.

Wenn Saudi-Arabien von irakischen Truppen geteilt und die Straße von Hormus von Kriegsschiffen der Iraner und der Vereinigten Arabischen Emirate dichtgemacht wird, könnten die Amerikaner ohnehin nichts tun. Sie wären nicht mehr präsent in der Region und müssten auf Luftwaffenstützpunkte in der Türkei oder in Zypern zurückgreifen, wobei für ihre Kampfjets bei einem Einsatz der Treibstoff knapp werden würde. Und eine in Westanatolien zusammengezogene Invasionstruppe sähe sich unzugänglichen Bergen gegenüber, die Armeen schon seit Jahrhunderten Kopfzerbrechen bereiten. Sie hätten keine Chance, trotz ihrer intelligenten Bomben und Tarnkappenbomber. Nein, mein Freund, es wäre mit größter Wahrscheinlichkeit keine Neuauflage des Golfkriegs. Und vergiss nicht: Wenn Iran und Irak mithilfe eines Marionettenregimes in den Vereinigten Arabischen Emiraten herrschen würden, kannst du darauf wetten, dass die Dominosteine fallen würden. Jordanien, Syrien und selbst Israel könnten geschluckt werden, bevor die Aufregung sich gelegt hat.«

Khalid zuckte zurück, als hätte man ihm einen Schlag versetzt. Was Trevor gesagt hatte, klang völlig plausibel. Die Politik der Amerikaner im Mittleren Osten war immer dadurch bestimmt worden, den reibungslosen Nachschub an

Öl zu sichern. Wenn das nicht mehr notwendig war, würde die Region so unwichtig sein wie Togo oder Bhutan. Amerika pumpte Milliarden Dollar in Form von Rüstungskrediten in die Levante, um eine Machtbalance zwischen den Nationen zu wahren. In der Regel waren diese Versuche ungeschickt und brachten genau jene Diktatoren hervor, welche die Vereinigten Staaten fürchteten. Und trotzdem war das Öl, von einigen kleineren Krisen abgesehen, fünfzig Jahre lang kontinuierlich geflossen.

Wenn das Problem mit dem Öl entfiel, würden die Amerikaner jedes Interesse an den politischen Verhältnissen im Mittleren Osten verlieren. Ein bisschen Säbelrasseln, ein paar UN-Resolutionen, und damit würde es sein Bewenden haben. Die meisten Geschichtsbücher behandelten Gründe und Auswirkungen von Kriegen, doch was die Gründe betraf, waren diese ausnahmslos immer wirtschaftlicher Natur gewesen.

»Deine Argumentation scheint mir in einem wichtigen Punkt fehlerhaft zu sein«, antwortete Khalid schließlich. »Die Vereinigten Arabischen Emirate würden nie auf der Seite des Irans und des Iraks stehen, wenn diese in Kuwait oder Saudi-Arabien einmarschieren würden.«

Trevor hatte das unfehlbare Talent, einen Gesprächspartner mit einem Blick zum Schweigen zu bringen. »Die Vereinigten Arabischen Emirate existieren seit knapp dreißig Jahren. Meiner Meinung nach könnte ihre Zeit abgelaufen sein.«

»Denkst du an Rufti?«

»Du sagst es.«

»Ich habe mit dem Kronprinzen über dieses Thema gesprochen und stimme mit seiner Einschätzung der Lage überein. Was Rufti betrifft, könntest du recht haben, doch bis zur Einstellung der amerikanischen Ölimporte bleibt uns genug Zeit, um uns um ihn zu kümmern.«

»Bist du vielleicht etwas einfältig, alter Knabe? Vielleicht versucht er nicht gleich, die komplette Regierung zu übernehmen, aber ich bin mir verdammt sicher, dass er nichts dagegen hätte, deinen Job an sich zu reißen. Mein Gott, so wie er sich hier aufführt, könnte man schwören, er sei bereits der Ölminister der gesamten Vereinigten Arabischen Emirate, nicht nur der dieses Mini-Scheichtums Ajman.«

Daran hatte Khalid nicht gedacht.

Sein Job war in einem großen Ausmaß administrativer Natur, aber ihm war klar, dass ein OPEC-Ölminister im internationalen Wirtschaftsleben immer noch ein hohes Ansehen genoss. Dieser Job wäre eine großartige Ausgangsposition für jemanden, der Macht an sich reißen wollte, ohne zu viel Aufmerksamkeit auf sich zu ziehen. Angesichts der angespannten Atmosphäre innerhalb des Obersten Konföderationsrates der sieben Emirate war es denkbar, dass die kleineren Scheichtümer den Kronprinzen unter Druck setzen würden, Rufti zum Ölminister zu ernennen, wenn Khalid nicht mehr in der Lage sein würde, seinen Pflichten nachzukommen. Zum Beispiel, weil er tot war.

Trevor riss ihn aus seinen Gedanken. »Immer mit der Ruhe, alter Knabe. Du bist so bleich, als hättest du ein Gespenst gesehen.«

»Ja, kann schon sein.« Das Ausbildungslager, das er mit Bigelow inspiziert hatte, kam ihm jetzt noch unheimlicher vor. »Hör zu, diese Geschichte mit Rufti und den Irakis, bist du dir da sicher?«

»Einiges davon ist eher hypothetisch«, räumte Trevor ein. »Die Informationen auf dem Band waren bruchstückhaft, doch eigentlich passt alles. Insbesondere, wenn man bedenkt, wie du kürzlich agiert hast.«

Khalid blickte auf die Uhr. »Ich muss zu einem Empfang im British Museum. Die Saudis haben einige frühe islamische Manuskripte an das Museum ausgeliehen, und heute Abend wird die Ausstellung eröffnet. Das soll eine Art informeller Auftakt des morgen beginnenden OPEC-Treffens sein. Hör zu, angesichts deiner Verabredung mit Miss Gray würde ich dich normalerweise nicht darum bitten, aber wir müssen uns später noch einmal in meinem Hotel treffen.«

»Wenn es dir so wichtig ist, komme ich natürlich.« Trevor stand auf und schüttelte Khalid die Hand. »Ach übrigens, sie ist Mrs Gray. Oder Lady Gray, um genau zu sein.«

Khalid wartete unter dem Säulenvorbau des Savoy, weil der Chauffeur wenden musste. Ein Portier mit Schirm begleitete ihn zu dem Mercedes. Der Fahrer fädelte die Limousine in den Verkehr ein und fuhr Richtung Bloomsbury. Khalid hätte sich gern mit dem Fahrer unterhalten, um sich die Zeit zu vertreiben, doch die getönte Glasscheibe hinter den Vordersitzen konnte man offenbar nicht herunterlassen.

Er dachte daran, an die Scheibe zu klopfen, lehnte sich aber stattdessen zurück und schaute aus dem Fenster auf das Treiben in Soho. Am Cambridge Circus bogen sie nach rechts in die von Leuchtreklamen erhellte Bloomsbury Street ab. An den Scheiben rannen dicke Regentropfen hinab.

Hinter der New Oxford Street änderte sich der Charakter der Stadt. Niedrige Häuser im Tudor-Stil, Holzschilder über den Eingängen kleiner Läden und ein paar übrig gebliebene Gaslaternen ließen einen an die Romane von Dickens denken. Dann tauchte rechts das British Museum auf. Die Great Russell Street wurde von den Scheinwerfern von Kamerateams erhellt, die auf Bilder von Prominenten hofften. Khalid sah auch die Blitze der Kameras von Paparazzi. Das konnte nur bedeuten, dass gerade ein Filmstar oder ein berühmter Musiker eingetroffen war.

Als der Wagen in die Great Russell Street einbog, ragte links das Museum auf, während nach rechts eine kleine, von Häusern aus dem achtzehnten Jahrhundert gesäumte Seitenstraße abzweigte. Hinter den Toren vor dem Museumseingang war die Straße durch Streifenwagen und ein paar Motorräder blockiert. Uniformierte Polizisten bewachten eine Absperrung, hinter der sich Journalisten und etwa hundert Schaulustige drängten. Bekanntere Reporter und Fotografen standen dagegen neben der Treppe, die zum Eingang des Museums hinaufführte.

Die Szenerie kam ihm vertraut vor. Obwohl er während seines Studiums viele Male das British Museum besucht hatte, glaubte er, exakt diese Bilder schon einmal gesehen zu haben. Die Absperrung, die Straßen und die Gebäude erschienen ihm so, als hätte er sie kürzlich in einem Traum gesehen.

Die Wüste, ein gerade verlassenes, niedergebranntes militärisches Ausbildungslager, und dann diese Straßen und Gebäude …

In diesem Augenblick wurde die Scheibe zwischen den Vordersitzen und der Rückbank langsam heruntergelassen. Der Chauffeur des Mercedes hatte hinter einer Reihe anderer Luxuslimousinen angehalten, doch statt des Mannes aus der Karibik, der ihn von seinem Hotel zum Savoy gebracht hatte, saß nun jemand auf dem Fahrersitz, der ein Türke oder vielleicht auch Afghane zu sein schien. Khalid hatte das gerade registriert, als der Mann eine automatische Pistole mit Schalldämpfer hob.

Khalid konnte gerade noch seitlich ausweichen, und die Kugel riss ein Loch in das Lederpolster. Es roch nach Schießpulver. Khalid riss die Tür auf und sprang aus dem Auto. Die zweite Kugel zerfetzte das Schulterpolster seiner Anzugsjacke.

Er schlug hart auf dem nassen Asphalt auf, stieß gegen den Bordstein, rappelte sich auf und suchte hinter einem riesigen Blumentopf Schutz. Die Fotografen richteten ihre Kameras auf ihn. Noch nie im Leben hatte er sich so nackt gefühlt, doch er durfte sich nicht bewegen. Das Fenster auf der Fahrerseite des Mercedes war offen, und der Killer hielt nach ihm Ausschau. Der Blumentopf bot keinen wirklichen Schutz.

Khalid dachte daran, hinter den Wagen zu springen und in die Seitenstraße zu flüchten. In diesem Moment erinnerte er sich an die 9-mm-Patronenhülse, die Bigelow in dem aufgegebenen Ausbildungslager gefunden hatte. Immerhin kannte er sich so gut mit Waffen aus, dass er erkannt hatte, dass der Fahrer mit einer automatischen Pistole vom Kaliber 22 bewaffnet war. Es waren noch andere hinter ihm her.

Auf der anderen Straße schien in einer Wohnung im ersten Stock Licht anzugehen, doch es war der Feuerschweif einer von der Schulter abgefeuerten Rakete, die unmittelbar darauf in die Motorhaube des Mercedes einschlug und explodierte.

Als die Limousine in die Luft flog, stank es nach brennendem Treibstoff und geschmolzenem Stahl. Khalid wurde durch die Druckwelle von den Beinen gerissen und durch die Luft geschleudert. Er prallte gegen das gusseiserne Tor vor dem Museum und bekam keine Luft mehr.

Von dem Fahrer hinter dem Steuer des Mercedes war nichts mehr zu sehen.

Während er mit klingelnden Ohren verzweifelt um Atem rang, hörte er das Knattern automatischer Waffen, und als er sich umdrehte, sah er grelles Mündungsfeuer.

Über dem Atlantischen Ozean

Die glitzernde Boeing 737, ein zweimotoriges Düsenflugzeug, normalerweise für Linienflüge eingesetzt, bot hundert Passagieren Platz, doch in dieser Maschine reiste nur ein Mann, umgeben von dekadentem Luxus, wie es ihn vielleicht zuletzt während der britischen Oberherrschaft in Indien gegeben hatte.

Max Johnston saß mit ausgestreckten Beinen in einem der Ledersessel im großen Salon. Dahinter lagen eine Bordküche, wo jedes Spitzenmenü zubereitet werden konnte, ein Besprechungszimmer mit einem Konferenztisch aus afrikanischem Tropenholz und ein Schlafgemach mit einem riesigen, am Boden festgenieteten Bett, das Johnston bei einem exklusiven Antiquitätenhändler erstanden hatte. Die Frisierkommode stammte aus dem frühen neunzehnten Jahrhundert, und wenn man sich in dem fleckigen Spiegel betrachtete, fühlte man sich an alte Fotografien erinnert. Das ganze Flugzeug war mit einem kastanienbraunen Teppichboden ausgelegt, und darauf lagen kleine Orientteppiche, die gut zu den geschmackvollen Tapeten passten.

Das vor zwei Jahren gekaufte Flugzeug gehörte Petromax Oil und durfte offiziell von allen Topmanagern des Unternehmens benutzt werden. Trotzdem war es ein ungeschriebenes Gesetz, dass die Boeing 737 Max Johnstons Privatflugzeug war, und folglich war außer ihm bisher niemand sonst darin geflogen.

Das Eis in seinem Glas war geschmolzen und der Whisky so verwässert, dass man ihn nur noch wegkippen konnte. Sein Jackett lag zusammengeknüllt neben ihm und war so zerknittert, dass sein Diener ihm nach seiner Rückkehr nach Washington bestimmt sofort einen neuen Anzug herauslegen würde. Er hatte seine Krawatte gelockert, und das Hemd war mit Whiskyflecken gesprenkelt. Seine Haut war bleich und wächsern, und nach ein paar schlaflosen Nächten hatte er dunkle Ringe unter den Augen. Er sah aus wie jemand, den man gerade vom Galgen abgenommen hatte.

Johnston stand mühsam auf, kippte den ungenießbaren Inhalt seines Glases ins Spülbecken der Bar, schenkte sich einen vierundzwanzig Jahre alten schottischen Whisky ein und kippte ihn mit einem Schluck hinunter. Seit die Maschine vor zwei Stunden auf dem Londoner Gatwick Airport gestartet war, hatte er vier Gläser Whisky geleert. Er war betrunken und musste sich an den Möbeln abstützen, doch gegen das Gefühl der Selbstverachtung konnte der Alkohol nichts ausrichten. Tatsächlich machte er alles nur schlimmer.

Er ließ sich wieder in den Sessel fallen. Das Kinn sackte auf seine Brust. Er bot ein Bild des Jammers. Dabei stand er kurz vor seinem größten Triumph. Petromax würde ganz oben mitspielen, in der Liga von General Motors, Exxon und IBM. Den Namen seines mächtigen Unternehmens würde man überall auf der Welt kennen. Er ging sehr viel höhere Risiken ein als andere Geschäftsmänner und hatte seine Seele verkauft, um die letzten Stufen zum Gipfel des Erfolgs zu erklimmen. Nach dem Start in London hatte er sich wie ein Handelsfürst der Renaissance gefühlt. Seine Geschäfte machten ihn nicht nur reich, sondern beeinflussten das Schicksal ganzer Länder.

Doch nun, nur wenige Stunden nach dem Abschluss seiner Geschäfte, war er betrunken und verzweifelt. Die Depression hatte ihn direkt nach dem Start der Maschine eingeholt, und er hatte die spöttische Stimme schon gehört, als die Limousine ihn zum Flughafen brachte. Die Stimme.

Die Stimme seines Vaters.

Die gespenstisch dürre Hand seines Vaters legte sich auf seine Schulter, und er zuckte zusammen und verschüttete den Inhalt seines bereits wieder aufgefüllten Glases auf den Orientteppich. Die Geste, die nur in seiner Vorstellung existierte, brachte wie immer deprimierende Gefühle zurück. Wenn er die gespenstische Präsenz seines Vaters empfand, war es mit jedem rationalen Denken vorbei. Alles schnurrte auf eine bittere Erinnerung zusammen. So viel er auch erreicht hatte, sein Erfolg würde ihn nie vergessen lassen, mit welch vernichtenden Worten ihn sein Vater gedemütigt hatte, als er ein sechzehnjähriger Schüler gewesen war.

Er hatte einen Freund bei einer Klassenarbeit abschreiben lassen, und natürlich waren sie erwischt und bestraft worden. An diesem Abend hatte sein Vater ihn in sein Büro gebeten. Sie wohnten in einem Landhaus, seit Keith Johnston mit Spekulationen ein Vermögen gemacht hatte. Er arbeitete hart, hatte aber auch Glück gehabt, als er innerhalb eines halben Jahres zwei Ölfelder entdeckte und Petromax Oil gründete, benannt nach seinem einzigen Sohn. Max fürchtete sich vor der Enttäuschung des Mannes, den er für einen Gott hielt, und das Gefühl der Scham war nicht zu ertragen. An diesem Abend war sein Vater eine Stunde zu spät nach

Hause gekommen, und Max wartete schicksalergeben wie ein zum Tode Verurteilter.

Keith Johnston betrat das Büro in einem staubigen Anzug, denn trotz seines Erfolges besuchte er immer noch persönlich seine Ölfelder im südlichen Texas, um nach den Bohrtürmen und den Arbeitern zu sehen. Seine Frau hatte ihm von Max' Vergehen erzählt, und seine Stimmung war schlecht. Max, ein großer Junge für sein Alter, zuckte erschrocken zusammen.

»Betrug!«, hatte sein Vater geschrien. »Es gibt nichts Schlimmeres als einen Betrüger, es sei denn, man betrügt zu seinem eigenen Vorteil. Aber der schlimmste Betrüger ist der, der betrügt, um einem anderen zu helfen, denn er lässt sich praktisch von ihm ausrauben. Hör gut zu, mein Junge, denn was jetzt kommt, sage ich nur einmal.

Dieses Unternehmen habe ich für dich aufgebaut. Ich habe gelogen, betrogen und gestohlen, damit du in meine Fußstapfen treten kannst. Und jetzt muss ich feststellen, dass ich für einen Schwächling gearbeitet habe, der andere von seinem mühsam erworbenen Wissen profitieren lässt. Hättest du betrogen, um eine bessere Note zu bekommen, hätte ich das verstanden, doch du hast dein Wissen verschenkt, damit ein anderer eine genauso gute Note wie du bekommt. Es ist eine Schande, du bist das geborene Opfer für jeden, der dich ausnutzen will. Ich kann's nicht fassen, dass du mein Sohn sein sollst.

Wir hatten nichts, und wenn wir wegen deiner Unfähigkeit demnächst wieder im Elend landen, bringe ich dich höchstpersönlich um.« Seine hasserfüllte Stimme war unerträglich. »Du kotzt mich an.«

Danach hatten Vater und Sohn nie wieder miteinander geredet. Keith Johnston erschien weder zur Abschlussfeier der Highschool noch zu jener der Universität, bei der Max eine Rede hielt. Auch bei seiner Hochzeit tauchte er nicht auf, und er gratulierte auch nicht, als Max seinen Posten als CEO übernahm, nachdem er in den Ruhestand getreten war. Den phänomenalen geschäftlichen Erfolg seines Sohnes kommentierte er mit keinem einzigen Wort. Die letzten Zeilen seines Testaments, vorgelesen von einem verlegenen Anwalt, hatten Max so tief verletzt, dass er in seiner Hilflosigkeit den Juristen feuerte, der eigentlich ein Freund war.

»Nur weil ich tot bin, heißt das noch lange nicht, dass ich jemals vergessen oder dir verzeihen kann, wie du wirklich bist. Keiner deiner Erfolge wird mich vergessen machen, dass du ein Schwächling bist. Eines Tages wird das nicht nur dich, sondern auch Petromax zerstören, dessen Übernahme du nie verdient hattest.«

Er hatte die Verbitterung nie überwunden, und der Scotch ließ sie ihn allenfalls zeitweise halbwegs vergessen.

»Du wirst mich schon noch respektieren«, sagte er leise. Noch immer sehnte er sich nach der Anerkennung seines Vaters, nach dessen Tod aber für alle Zeiten vergeblich.

Ein Hochschulabschluss hatte keinen Eindruck gemacht auf seinen Vater, der die Highschool nicht beendet und seit seinem zwölften Lebensjahr gearbeitet hatte. Dass er auf der Schule wie auch auf der Universität der Primus gewesen war, hatte ihm nicht das Lob eingetragen, nach dem er sich so verzweifelt sehnte. Er hätte wissen sollen, dass akademische Leistungen seinem Vater nichts bedeuteten. Ihm war es nie um Wissen gegangen, sondern immer nur um Geld.

Wenn er Petromax Oil zu einem global operierenden, milliardenschweren Unternehmen machte, würde der alte Mann ihn wieder lieben, eine imponierende finanzielle Bilanz musste ihn einfach beeindrucken. Doch selbst als Petromax zwei Milliarden schwer war, wartete er vergebens auf eine Reaktion.

Nach diesem Fehlschlag begann Max darüber nachzudenken, was all dieses Geld bedeutete. Weshalb wollte man so reich werden? Er brauchte Jahre, um zu begreifen, dass die Anhäufung von Reichtum seinem alten Herrn nichts bedeutet hatte. Ihm war es um die Macht gegangen, die das Geld mit sich brachte. Danach hatte er gestrebt, und er würde nur jemanden respektieren, der ebenfalls möglichst viel Macht an sich riss.

Als Max zum ersten Mal ins Weiße Haus eingeladen wurde, war Keith Johnston ein sabbernder Invalide, der nicht mehr allein auf die Toilette gehen konnte, und als er dann sechs Jahre tot war, kaufte Max für acht Millionen Dollar einen jüngeren Kongressabgeordneten und finanzierte seinen ersten Wahlkampf. Obwohl sein Vater tot war, verfolgte Max seine Projekte weiter mit dem Ziel, ihn noch im Jenseits beeindrucken zu wollen. Heutzutage diskutierte der Präsident der Vereinigten Staaten regelmäßig mit ihm über den Mittleren Osten und über Fragen der Energieversorgung, doch er wusste, dass auch das seinem alten Herrn nicht imponiert hätte.

Macht. Die Fähigkeit, die Leben anderer zu kontrollieren, ohne mit Strafe rechnen zu müssen.

Max Johnston war auf dem besten Weg, mehr Macht an sich zu reißen als irgendjemand sonst seit den Tagen von

Stalin und Hitler. Es ging ihm nicht um akademische Ehren, unermesslichen Reichtum oder den Einfluss auf Politiker, sondern um die Anhäufung von so viel Macht, dass die ganze Welt aufhorchen musste. Dann hätte auch sein Vater ihm wieder Respekt gezollt. Alles in seinem Leben war nur das Vorspiel dieses großen Moments, der nun gekommen war.

Die Konsequenzen seines Handelns spielten keine Rolle. Auch wenn Menschen starben, gleichgültig wie viele, war das bedeutungslos. Wegen ihm würden Kriege entfesselt werden und Länder zusammenbrechen, vielleicht sogar sein eigenes, aber ihm war alles recht, wenn nur der Moment kam, wo sein Vater ihn respektierte und er nicht mehr diese nächtlichen Stimmen hören musste.

Johnston hasste sich, hasste, was aus ihm geworden war, hasste sein öffentliches Image, hasste den Sechzehnjährigen, der immer noch in ihm steckte und dessen Scham er nicht überwunden hatte. Er war ein genauso kalter, hasserfüllter und eigensinniger Mann geworden wie jener, der sein ganzes Leben dominiert hatte. Er hatte ethische Standards verletzt, moralische Ideale verraten und internationale Gesetze gebrochen. Jetzt gab es nichts mehr, das zu tun er nicht bereit gewesen wäre. Für ihn gab es keine Grenzen mehr. Und alles andere war unwichtig.

Aus irgendeinem Grund war sein Glas schon wieder leer, und er stand auf, um sich nachzuschenken, wobei er sich hütete, in den Spiegel hinter der Bar zu blicken. Als er es dann doch tat, lagen in seinem Blick Fanatismus und eiserne Entschlossenheit.

Und diese Entschlossenheit, seine Dämonen zu besiegen,

würde für die Welt Konsequenzen haben. Tausende Quadratkilometer verwüstetes Land, zahllose Todesfälle, durch ihn verursacht. Aber der Preis war nicht zu hoch. Er hätte alles getan, um sich endlich wieder geliebt zu fühlen von einem längst toten Ungeheuer.

Da seine ahnungslose Tochter in Alaska war, würde auch sie unter seinem persönlichen Kreuzzug leiden müssen. Doch er würde auch ihren Tod in Kauf nehmen, wenn die Erinnerung an seinen Vater ihn dann endlich in Ruhe lassen würde.

London

Als sich im British Museum die erste Aufregung gelegt hatte, wusste niemand so genau, wer als Erster reagiert hatte auf die durch die Marmorsäle hallenden Schüsse, eine schreiende Frau oder die Bodyguards oder einer der zahllosen Polizisten, die bei der Ausstellungseröffnung für Sicherheit sorgen sollten. Nachdem die Rakete den Mercedes zerstört hatte, führten die Leibwächter die von Panik gepackten Gäste zu einer Tür mit der Aufschrift »Zutritt nur für befugtes Personal« und dann durch eine Hintertür.

Viele der betuchten Gäste, sowohl Araber als auch Engländer, hatten mit der Bedrohung durch Terroristen gelebt, durch islamische Extremisten oder durch die nordirische IRA. Viele reagierten besonnener, als sie es selbst von sich erwartet hätten, und folgten diszipliniert den Anweisungen der Personenschützer. Kaum jemand sagte etwas auf dem Weg zum Hinterausgang. Er führte durch lange Gänge mit Marmorböden, vorbei an Vitrinen mit kostbaren archäologischen Exponaten. Überraschenderweise zeigten die arabischen Ehepaare ihre Emotionen offener als die Engländer. Erstere hielten sich bei den Händen und versuchten sich gegenseitig zu beruhigen.

Während des Feuergefechts war keine einzige Kugel auf das Museum selbst gerichtet worden.

* * *

Khalid hatte nur wenige Thriller zu Ende gelesen, doch immer wurde das schwirrende Geräusch von Kugeln beschrieben, die ihr Ziel knapp verfehlten, aber kein Autor erwähnte die sengende Hitze, die man in diesem Moment auf der Haut spürte.

Die Kugeln rissen Betonsplitter aus dem Bordstein, die Khalids Hände und Gesicht trafen. Er rollte zur Seite und machte sich so klein wie möglich, als ein halbes Dutzend Männer mir knatternden Schnellfeuergewehren auf ihn zukam.

Das automatische Feuer wurde jetzt erwidert durch die Polizisten an der Absperrung weiter oben an der Great Russell Street. Khalid lag am Boden, und über ihn pfiffen Kugeln hinweg. Es gab keine Deckung, dem brennenden Wrack des Mercedes konnte er sich nicht nähern. Aber vielleicht bot ihm die daraus quellende dunkle Rauchwolke ein bisschen Schutz. Auf dem Weg dorthin traf ein Streifschuss seinen Rücken, und die Kugel riss von der Hüfte bis zur Schulter die Haut auf.

Die Hitze neben der brennenden Limousine war so extrem, dass er schon Blasen an der linken Hand bekam. Sein Anzug musste jeden Moment zu brennen anfangen. Aber er wagte nicht, sich zu bewegen.

Ein Scharfschütze der Polizei erschoss zwei Terroristen, zwei andere lagen verwundet am Boden. Der dichte Rauch hüllte Khalid so ein, dass die Kugeln der Angreifer sämtlich um einige Meter danebengingen. Die Schaulustigen, die wegen der erwarteten Prominenten gekommen waren, hatten in Panik die Flucht ergriffen, wobei einige von ihnen niedergetrampelt worden waren.

Von den Journalisten hatte keiner auch nur mit der Wimper gezuckt, als die Schießerei begann. Seit Herb Morrisons Augenzeugenbericht über den Brand und Absturz der *Hindenburg* diesen zu einem berühmten Mann und den Journalismus für immer verändert hatte, träumte jeder Reporter von einem Augenblick wie diesem. Jeder versuchte, das Beste daraus zu machen. Sie blickten ruhig hin und her zwischen einem eintreffenden Parlamentsmitglied und der wüsten Scheißerei. Ihre gelangweilten Mienen hatten sich aufgehellt, als das Feuer eröffnet wurde, ein Journalist hatte sogar gelacht, als die Rakete den Mercedes explodieren ließ.

In dem dichten Rauch sah Khalid nichts von alldem, denn er hatte die Augen fest zugekniffen. Kugeln pfiffen an ihm vorbei, und er rechnete mit dem Ende. Er lag völlig reglos in der Gosse der Great Russell Street. Nichts in seinem Leben hatte ihn auf so eine Situation vorbereiten können, doch trotz der Todesgefahr, gelang es ihm zu seinem Erstaunen, nicht die Fassung zu verlieren.

Und dann war plötzlich alles vorüber. Die Polizisten an der Absperrung hatten die letzten beiden Terroristen niedergestreckt. Einer war durch einen Kopfschuss getötet, der Körper des anderen durch einen Kugelhagel fast in zwei Teile gerissen worden. Jetzt war der Lärm verebbt, und man hörte das Surren und Klicken der Nikon- und Leica-Kameras.

Es hatte stark geregnet, und das Wasser in der Gosse, das Blätter, Betonsplitter und Kronkorken wegspülte, wusch Khalid den Dreck und Ruß von einer Gesichtshälfte. Er stöhnte, aber nicht aus Angst oder vor Schmerzen. Das würde später kommen. Er war einfach nur erleichtert, dass er mit dem Leben davongekommen war.

Das Heulen der Sirenen von Streifenwagen und Ambulanzen zerriss die Stille nach dem Sturm. Es trafen Soldaten ein, weitere Reporter, neue Schaulustige. Trotz des Regens blieb Khalid in der Gosse liegen. Erst als er jemanden erschrocken »Mein Gott« sagen hörte, versuchte er aufzustehen.

Er schaffte es nicht, jetzt waren die Schmerzen zu stark. Er war schlimmer verwundet, als er geglaubt hatte.

»Er lebt«, schrie eine Männerstimme. »Holt sofort einen Arzt.«

»Das wird schon wieder, Kollege«, sagte der Mann so ruhig, wie es ihm angesichts des vielen Blutes möglich war. »Sie haben einiges abbekommen, doch das kommt wieder in Ordnung.«

»Haben Sie eine Ahnung, wer das ist?«, fragte ein Sanitäter den neben Khalid stehenden Soldaten.

»Ja, der größte Glückspilz, der mir je begegnet ist.«

Hasaan bin-Rufti ohrfeigte den vor ihm stehenden Mann mit aller Kraft, zuerst mit der Innen-, dann mit der Rückseite seiner Hand. Bei der zweiten Ohrfeige riss sein vierkarätiger Diamantring seinem Opfer die Wange auf. Befriedigt ohrfeigte Rufti ihn noch einmal auf dieselbe Weise, schaffte es aber irgendwie, dass er sich selber mit dem Ring das Fett seiner Wurstfinger aufriss. Er fluchte und saugte das Blut von seinem Finger.

»Ich war schon immer nur von Idioten umgeben«, lamentierte er mit einem Blick auf die beiden Männer, die hinter dem geohrfeigten, am Boden kauernden Typ standen. Er zog den Finger aus dem Mund und biss in ein Stück Toastbrot mit Kaviar.

»Ist es so schwer, jemanden mit einer Rakete umzulegen?«, fuhr er schließlich fort. »Ihr Auftrag lautete, die Rakete abzufeuern, sobald der Wagen hielt, aber Sie mussten ja warten, damit Khuddari entkommen konnte.«

»Bitte hören Sie, der Fahrer war für mich wie ein Bruder, das wissen Sie doch sicher«, jammerte der kurdische Freiheitskämpfer.

»Ihre Organisation hat eine Million Dollar dafür bekommen, dass Sie diesen Mann töten, und Sie finden es nicht in Ordnung, dass jemand im Dienst seiner Sache ein Opfer bringt? Der Fahrer würde sterben, dass wusste er selbst so gut wie Sie. Er sollte Khuddari erschießen und dann bei der Explosion der Rakete ums Leben kommen. Sein Märtyrertod war ein entscheidender Faktor bei dieser Operation. Wie im Namen Allahs und seines Propheten wollen Sie Ihre Ideale verbreiten, wenn kein Mensch Ihre Gruppe kennt? Wenn man seine Sache voranbringen will, braucht man Märtyrer.« Seine Wut ließ Ruftis wulstige Lippen zittern. »Kurdische Heimat. Dieses ganze Gerede ist lächerlich.«

Rufti blickte auf die Uhr. Deren Armband war eine Spezialanfertigung, weil auch sein Handgelenk total verfettet war. »In zehn Minuten erhält die BBC einen Brief. Darin steht, dass Ihre Organisation Vereintes Kurdistan für den Angriff vor dem Museum verantwortlich ist und dass die Anschläge weitergehen werden, wenn Ihre Forderung nach einer unabhängigen Nation nicht erfüllt wird. Nach diesem Fiasko wird sich die Welt aber kaum davor fürchten. Sieben tote Kurden, die nichts ausgerichtet haben. Wenn Sie weiter mit solchen Dilettanten arbeiten, werden Sie bald keine Kämpfer mehr haben.

Geld gegen die Ermordung von Khalid Khuddari, das war unser Abkommen.« Ruftis Doppelkinn zitterte vor Erregung. »Mir ist klar, dass Sie zu dumm sind, um zu begreifen, wie wichtig sein Tod für mich ist. Tatsache ist, dass Sie im letzten Moment von Ihren Instruktionen abgewichen sind. Und jetzt jammern Sie mir hier etwas vor.«

Rufti kostete die Situation aus, fühlte sich genau so, wie er sich selbst sah. Er hatte jetzt Macht, echte Macht. Seine beiden Handlanger würden den Kurden töten, wenn er es sagte, und er würde es anordnen. Aber er genoss es, dass der Freiheitskämpfer zu seinen Füßen kauerte, und wollte die Sache noch etwas in die Länge ziehen. Er hatte die Macht, die ihm zustand, er entschied darüber, was richtig und was falsch war. Und über Leben und Tod. Caligula muss sich auch so gefühlt haben, dachte er.

Von einem großen silbernen Tablett, auf dem er sich Häppchen servieren ließ, nahm er drei Cracker mit Gänseleber-Paté und stopfte sie sich in den Mund. Dann trank er ein Glas alkoholfreien Champagner und schenkte sich so gierig nach, dass er einiges davon verschüttete.

Wenn er nicht gerade mit den Iranern und Irakern verhandelte, hatte er die letzten paar Tage damit verbracht, seine Rede für die morgige Eröffnungsfeier des OPEC-Treffens vorzubereiten. Darin betonte er, wie betrübt er sei über den Tod Khalid Khuddaris, den er so sehr bewundert habe. Er denunzierte den sinnlosen Anschlag, der Khuddari das Leben gekostet hatte, und zierte sich, selbst der offizielle Repräsentant der Vereinigten Arabischen Emirate bei der Konferenz zu werden. Während der Plan für Khuddaris Ermordung schon seit Wochen feststand, hatte er sich für die Abfassung seiner Rede bis zum letzten Moment Zeit gelassen.

Sie sollte glaubwürdig wirken, ganz so, als hätte er spontan auf Khuddaris Ableben reagiert.

Ihm drehte sich der Magen um, als er daran denken musste, wie er den Iranern und Irakern erklären sollte, dass Khuddari noch lebte. Dessen Ermordung hatte so viele Ereignisse auslösen sollen, die jetzt nicht eintreten würden. Insbesondere die Irakis würden auf Rache sinnen. Sie hatten den Löwenanteil des Geldes für die Ausbildung der kurdischen Freiheitskämpfer bereitgestellt, von dem ein großer Teil auf Ruftis Privatkonto gelandet war, und würden eine Erklärung von ihm verlangen.

Was hatte der irakische Abgeordnete noch gesagt? Mit der Bekanntgabe von Khuddaris Tod sollten zwanzigtausend Mann und achttausend Panzer zur irakischen Südgrenze gebracht werden. Rufti trank einen Schluck, und sein Blick wurde hart, als er auf den vor ihm knienden Kurden fiel. Ich werde diesen Ziegentreiber mit meinen eigenen Händen umbringen, dachte er.

Irgendwo in der weitläufigen Eigentumswohnung mit zehn Zimmern klingelte leise ein Telefon. Einen Augenblick später erschien ein Diener mit einem schnurlosen Telefon auf einem Silbertablett.

»Was gibt's?«, blaffte ihn Rufti an.

»Das ist Tarik, Herr Minister. Er ist in dem Krankenhaus, in das sie Khuddari eingeliefert haben.«

»Allah sei Dank.« Er warf seinen beiden Handlangern einen vielsagenden Blick zu. »Endlich mal jemand, der ein bisschen Initiative zeigt.« Dann hob er das Telefon ans Ohr.

»Tarik, ich hoffe, der Dreckskerl ist seinen Verletzungen erlegen.«

»Leider nicht, Herr Minister. Khuddari lebt, aber sein Zustand wird als kritisch eingeschätzt. Als ich eintraf, wischte noch ein Angestellter in der Eingangshalle der Notaufnahme das Blut auf.«

Rufti wusste, dass Tarik über eine nicht abhörsichere Handyverbindung anrief und ermahnte ihn, keine Namen zu nennen. »Hören Sie, Sie bleiben dort, halten sich aber von Khuddari fern. Ihre Anwesenheit darf nicht mit mir in Verbindung gebracht werden. Wie sieht es mit den Sicherheitsvorkehrungen in dem Krankenhaus aus?«

»Kaum der Rede wert, zumindest bisher nicht. Ich glaube nicht, dass sie hier wissen, wer Khuddari ist. Ich komme mühelos in sein Zimmer. Ein sauberer Kopfschuss, und das war's.«

»Keine Namen«, wiederholte Rufti. »Und Sie tun ihm vorerst nichts. Bleiben Sie einfach nur da. Ich brauche etwas Zeit zum Nachdenken. Vielleicht schicke ich diesen kurdischen Idioten, damit er ihn erledigt.« Rufti unterbrach die Verbindung, zeigte auf den vor ihm knienden Kurden und schaute seine beiden Handlanger an. »Sperrt ihn fürs Erste irgendwo ein. Vielleicht brauche ich ihn noch.«

Rufti wünschte, Abu Alam wäre bei ihm gewesen. Er hätte Khuddari eliminiert und wäre entkommen, bevor irgendjemand gewusst hätte, was passiert war. Tarik traute er nicht so viel zu. Er war vorsichtig und verfügte nicht über Alams pathologischen Fanatismus. Aber Alam war in Alaska unabkömmlich. Er musste aufpassen, dass Kerikow ihn nicht betrog, und außerdem die Entführung von Aggie

Johnston überwachen, damit deren Vater nicht auf die Idee kam, bei seinem Teil des Geschäfts einen Rückzieher zu machen.

Khalid Khuddari litt entsetzlich. Seine Gesichtszüge waren verzerrt, und er glaubte, nie wieder sehen zu können. Der Schmerz. Er ging vom Gesäß aus und erstreckte sich bis zu seinem Hals. Aber vor allem hatte er Kopfschmerzen. Es war, als wäre sein Gehirn geschwollen und drückte gegen die Schädeldecke. Sein Gesicht fühlte sich an, als sei er von etlichen Wespen gestochen worden.

Er stöhnte.

»Aha!«, hörte er jemanden sagen.

Er öffnete mühsam ein Auge und sah einen Inder von etwa fünfzig Jahren mit einer Nickelbrille, grau meliertem Haar und einem fast weißen Schnurrbart. Er trug einen Chirurgenkittel, und um seinen Hals baumelte ein. Stethoskop.

»Ich denke, dass Sie im Moment große Schmerzen haben«, sagte der Arzt in einem Englisch mit indischem Akzent. »Aber ich weiß nicht, ob Sie möchten, dass ich Ihnen Morphin verabreiche. Vermutlich sind Sie Muslim, und Ihre religiösen Überzeugungen könnten dagegen sprechen, oder?«

»Geben Sie mir die Spritze«, brachte Khalid mühsam hervor.

»Kein Problem, Sir.« Der Arzt gab das Morphin in den Infusionsbeutel mit Plasma, der über Khalids Bett baumelte.

»Mein Name ist Dr. Ragaswami. Ich hatte in der Notaufnahme Dienst, als Sie eingeliefert wurden. Sie haben viel

Blut verloren, aber Glück gehabt. Drei Kugeln, aber es waren nur Streifschüsse. Die Wunden mussten genäht werden.« Der Arzt blickte auf den Monitor neben Khalids Bett und nickte befriedigt, als er sah, dass mit dem Herzen seines Patienten alles in Ordnung war.

»Wie spät ist es?«, fragte Khalid unter Schmerzen.

»Fast zehn Uhr abends«, antwortete Ragaswami mit einem Blick auf seine billige Digitaluhr. »Sie sind seit über fünf Stunden hier. Es ist sehr erstaunlich, dass Sie schon wieder bei Bewusstsein sind. Sie sind ein starker Mann. Andernfalls wären Sie erst morgen wieder aufgewacht.«

»Ich muss telefonieren«, murmelte Khalid mit belegter Stimme.

»Ja, natürlich, zu dem Thema wollte ich gerade kommen. Da Sie keinen Ausweis oder Pass dabeihatten, als Sie eingeliefert wurden, konnten wir Ihre Familie nicht benachrichtigen.«

Khalid begann die Wirkung des Morphins zu spüren. Die Schmerzen ließen bereits etwas nach.

»Ich habe keine Angehörigen hier in England«, sagte Khalid. »Aber einen Freund, Trevor James-Price. Er speist heute Abend im Les Ambassadeurs.«

Nachdem der Arzt einer Schwester gesagt hatte, sie solle versuchen, James-Price zu erreichen, inspizierte der Arzt die Schusswunden an Khalids Rücken. Er murmelte vor sich hin und schien zufrieden zu sein damit, wie er die Wunden vernäht hatte.

Die hagere Schwester steckte den Kopf durch die Tür. »Es tut mir leid, aber Mr James-Price hat keinen Tisch reserviert in dem Restaurant.«

»Nein, er wurde eingeladen.« Khalid versuchte, sich an das Gespräch mit Trevor und an seine Begleiterin zu erinnern. Es hatte nicht so gewirkt, dass sie sich schon lange kannten, und das mit dem Abendessen schien ihre Idee gewesen zu sein, nicht seine. Jemand wie Trevor hätte nicht kurzfristig einen Tisch im Les Ambassadeurs reservieren lassen können.

»Der Tisch wurde unter dem Namen Millicent reserviert …« Er unterbrach sich für fast eine Minute. Das Morphin schien nicht nur die Schmerzen zu lindern, sondern auch sein Gedächtnis zu beeinträchtigen. »Millicent Gray. Sagen Sie Trevor, dass ich ihn brauche.«

Fünf Minuten später konnte Khalid kaum noch die Augen offen halten, und er sehnte sich auch verzweifelt danach, einzuschlafen und den Schmerzen zu entkommen. Schließlich kam die Schwester mit einem schnurlosen Telefon zurück und hielt es Khalid ans Ohr, damit er sich nicht bewegen musste.

»Das geht jetzt doch ein bisschen weit, alter Knabe«, sagte Trevor genervt. »Ich dachte, wir würden uns später am Abend noch treffen. Ich werde nicht jeden Tag von einer Frau wie Millie ins Les Ambassadeurs eingeladen.«

»Halt die Klappe, Trevor«, stöhnte Khalid. »Ich bin in Schwierigkeiten.«

»Was du nicht sagst. Ihr verdammten Kameltreiber habt doch immer Probleme.«

»Willst du mir bitte zuhören, Trevor?« Das Sprechen fiel ihm durch das Morphin leichter, aber er wusste nicht mehr so genau, was er sagen wollte. »Ich liege im Krankenhaus und werde von einem indischen Arzt namens Dr. Ragaswami behandelt. Du musst herkommen. Mit deiner Freundin.«

»Sonst noch was? Was hat sie damit zu tun?«

»Auf mich wurde geschossen. Du musst mich hier rausholen. Es ist noch nicht vorbei. Es wird nie vorbei sein, verstehst du? Niemals.«

»Wovon redest du, Khalid? Lass mich mit dem Arzt sprechen.«

»Nein«, sagte Khalid. Dr. Ragaswami hatte das Zimmer verlassen, aber versprochen, in ein paar Minuten zurückzukommen. »Heute nicht mehr, das schaffe ich nicht. Du musst morgen früh vorbeikommen, mit Millicent Gray. Sie ist groß genug.«

»Wovon redest du, Khalid? Mein Gott, du jagst mir Angst ein. Ist alles in Ordnung?«

»Sie haben mir Morphin gegeben. Ich kann jetzt nicht länger reden. Morgen früh, mit Mrs Gray. In einem Tschador, voll verschleiert. Sie muss von Kopf bis Fuß wie eine strenggläubige Muslimin aussehen. Sag den Leuten hier, sie sei meine Frau. Hast du mich verstanden?«

Trevor hörte, wie verzweifelt Khalid war. »Verlass dich darauf, mein Freund, wir werden da sein. Mein Gott, glaub's mir, für dich würde ich selbst diesen verdammten Schleier tragen.«

Das Morphin und die Schmerzen ließen Khalid das Bewusstsein verlieren. Hätte er die letzten Worte seines Freundes noch gehört, hätte er ihm das Leben gerettet, aber er war bereits eingeschlafen. Das Telefon knallte so hart auf den Boden, dass die Akkus herausfielen, und damit war die Verbindung unterbrochen.

Im Les Ambassadeurs gab Trevor dem wartenden Kellner das Telefon zurück und wandte sich seiner Freundin zu. »Das war mein Freund, den du in der Bar des Savoy kennengelernt hast. Sieht so aus, als bräuchte er unsere Hilfe.«

»Erzähl mir nicht, dass er weiß, dass mein Mann Parlamentsmitglied ist.«

»Aber nein, meine Liebe.« Trevor schob einen Teller beiseite und ergriff ihre Hand. »Morgen Vormittag wirst du die Haremsdame spielen, bitte tu mir den Gefallen.«

»Ich dachte, dafür müsste man Jungfrau sein. Damit kann ich nicht dienen. Aber für dich tue ich ja alles.«

Motorschiff Hope

Die betagte Zentralheizung zischte und ächzte, wenn Wasser durch die Rohre gespült wurde, und die Geräusche waren so laut, dass Aggie ständig zusammenzuckte. Durch das Bullauge sah sie, dass sich dunkle Wolken vor die spätnachmittägliche Sonne geschoben hatten, und es wurde neblig. Außerdem hatte es zu regnen begonnen. Der vom nördlichen Polarkreis kommende Wind blies gefrorene Tropfen gegen die Glasscheibe. Das Digitalthermometer neben der Kabinentür zeigte eine Außentemperatur von zwei Grad an, doch durch den Wind kam es einem deutlich kälter vor.

Es war erst Ende Oktober, doch der Winter hatte das Land der Mitternachtssonne bereits fest im Griff.

Die Temperatur in der Kabine betrug zwanzig Grad, aber Aggie kam es sehr viel wärmer vor. Sie trainierte seit zwei Stunden und hatte gerade fünfzig Sit-ups hinter sich gebracht. Aerobic, isometrisches Muskeltraining, Übungen aus dem Fechtunterricht. Sie schwitzte so sehr, dass ihr die Haare am Kopf und die Klamotten wie eine zweite Haut am Leib klebten.

Jetzt reichte es allmählich. Sie sah sich in dem an der Wand hängenden Spiegel. Ihre smaragdgrünen Augen blitzten immer noch vor kalter Wut. Die Fitnessübungen hatten nichts daran geändert.

»Männer«, stieß sie verächtlich hervor.

Sie hatte immer ihre Unabhängigkeit unter Beweis gestellt, sich jeder Herausforderung gestellt und meistens alle Probleme relativ mühelos bewältigt. Sie hatte einen Universitätsabschluss und war das, was sie aus sich gemacht hatte. Jahrelang hatte sie gegen die Einflüsse ihrer Eltern gekämpft, die ihr Leben verpfuscht hatten. Man erwies ihr den Respekt, den sie verdiente, und sie engagierte sich für eine Sache, an die sie glaubte. Doch während der letzten vierundzwanzig Stunden hatte man sie behandelt, als zählte ihre Meinung überhaupt nicht.

»Die beiden können mich mal!«

Jan mit seinem mysteriösen Auftrag und dem Gefasel darüber, die Menschen würden das Öl bald so widerlich finden, dass niemand es mehr nutzen wolle. Mercer mit seinem väterlichen Rat, sie solle Alaska in ihrem eigenen Interesse verlassen. Sie lebte nicht im neunzehnten Jahrhundert und war kein unselbstständiges Mädchen, dem geholfen werden musste. Guter Gott, die beiden führten sich auf, als wüssten nur sie, was am besten für sie war. Es schien, als spielten ihre Wünsche und ihre Meinung keine Rolle.

Man musste es so sehen, dass Jan sie am letzten Abend vergewaltigt hatte. Der Mann, der sie heiraten wollte, hatte sich nicht um ihre Gefühle geschert. Sie hätte auch eine aufblasbare Puppe sein können. Sie hatte geglaubt, ihn zu lieben – ihre Gedanken und Gefühle ähnelten sich so sehr –, doch jetzt sah sie zum ersten Mal, wie anders er war. Natürlich wusste sie, dass er geltungssüchtig und egozentrisch war, doch jetzt wurde ihr klar, dass nichts anderes sein Handeln motivierte. Schon der bloße Gedanke an ihn war ihr unangenehm.

Und Mercer, der an diese Morgen brüllend und mit gezückter Waffe mit dem FBI ihr Schiff gestürmt hatte, als wäre es ein entführtes Flugzeug? Seine Drohung, sie alle verhaften zu lassen? Er hätte es tun sollen, jeder auf der *Hope* war bereit, für seine Ideale ins Gefängnis zu gehen. Er hatte diese herablassende Art. Ein kleiner Klaps für die Umweltschützerin mit dem riesigen Vermögen. Sei vorsichtig, Aggie. Sie glaubte fast, seine Stimme zu hören. Du spielst mit dem Feuer, und ich möchte nicht, dass dir etwas passiert.

Hey, ich bin erwachsen, dachte sie verbittert. Ich weiß, was ich tue. Im nächsten Monat wurde sie zweiunddreißig, und er behandelte sie wie eine Sechsjährige. So viele Männer in ihrem Leben hatten diese Beschützerrolle gespielt, besonders ihr Vater. Er hatte seine Probleme mit ihrer Mutter verborgen, bis es zu spät war, weil er befürchtete, eine Scheidung oder auch nur Trennung würde Aggie psychisch zu sehr aus dem Gleichgewicht bringen. Das war lächerlich. Hatte der Selbstmord ihrer Mutter sie etwa kalt gelassen?

Und was hatte es zu bedeuten, dass Mercer gesagt hatte, er könne sie nicht so hassen wie sie ihn?

Zu ihrem Erstaunen sah sie im Spiegel, dass ihr Blick und ihre Miene sich verändert hatten. Es war fast schon ein angedeutetes Lächeln.

Sie wusste, was das hieß.

»Okay, verehrter Dr. Mercer, ich werde dir deinen Wunsch erfüllen«, sagte sie laut und entschlossen. »Ich werde Alaska verlassen, aber auch Jan und ganz besonders dich. Doch erst sage ich dir noch die Meinung.«

Es ist lächerlich, dass ich überhaupt in diesen Typ verknallt war, dachte sie. Damit hätte schon vor Jahren Schluss sein müssen.

Als Jan und sie sich verlobt hatten, hatte er ihr keinen Diamantring geschenkt, weil er die Förderung von Diamanten nicht gutheißen könne. Er werde nicht auf die Werbung der Schmuckindustrie hereinfallen, ein Diamant garantiere lebenslange Treue. Der Ring, den er ihr geschenkt hatte, war aus dem Horn eines Geweihs gefertigt. Das schien zu ihren ökologischen Idealen zu passen. Sie nahm das Kästchen mit dem Ring aus ihrer Tasche und starrte darauf.

»Du bist ein geiziger Dreckskerl«, sagte sie und warf den Ring auf Jans Schreibtisch.

Nachdem sie geduscht und sich angezogen hatte, packte sie ein paar Sachen in ihren Rucksack. Die meisten Kleidungsstücke ließ sie da. Wenn sie erst in San Diego war, wo sie bei einer früheren Kommilitonin unterkommen würde, konnte sie sich neue Klamotten kaufen. Sie wollte nur noch alles zurücklassen. Jan, Mercer, PEAL, dieses ganze verkorkste Jahr. Sie hatte ein riskantes Spiel gespielt. Jetzt war es an der Zeit, wieder ein normales Leben zu führen.

Sie kannte den Namen von Mercers Hotel, weil sie in einer Tasche seiner Lederjacke die Quittung für sein Abendessen gefunden hatte. Kurzzeitig dachte sie daran, ihn anzurufen, doch dann entschied sie sich für einen Überraschungsbesuch.

Mercer saß auf seinem Hotelbett, gegen das Kopfbrett gelehnt, und schaute auf den Fernseher, in dem ein packendes Footballspiel zwischen zwei College-Auswahlmannschaften aus Florida und Georgia lief. Im dritten Viertel stand es erst zehn zu vierzehn. Die Abwehr beider Teams war gut genug, um die raffiniertesten Angriffe des Gegners zu vereiteln.

Auf dem Nachttisch stand eine Flasche Bier, und Mercer

trank einen Schluck. Dann warf er einen Blick auf die Uhr. Er hoffte, dass er für den Rest des Nachmittags seine Ruhe haben würde. Aber ihm war klar, dass irgendwann das Telefon klingeln würde.

Wieder hatte er das Gefühl, dass etwas Schlimmes passieren würde. Dass Jan Voerhoven nicht an Bord der *Hope* war, konnte nichts Gutes bedeuten, doch da waren noch andere Fragen, auf die er vorerst keine Antwort hatte. Wieder spielte er in Gedanken alles durch, fragte sich, warum er sich so sicher war, dass etwas nicht stimmte. Wahrscheinlich war diese Art von hartnäckigem Nachdenken überflüssig, doch es lag in seiner Natur, jedem Problem nachzuspüren. Selbst dann, wenn dessen Lösung auf der Hand zu liegen schien.

Warum waren Tonnen flüssigen Stickstoffs in den Bundesstaat geschmuggelt worden? Wer hatte es getan und aus welchem Grund? Außerdem war die weltweit radikalste Umweltorganisation in Alaska, und ihr Anführer war in irgendeiner mysteriösen Mission unterwegs, über die seine Freundin nichts wusste. Und dann war da noch Iwan Kerikow, dieser skrupellose Strippenzieher, der offenbar über unbegrenzte Mittel verfügte und keine anderen Interessen als seine eigenen kannte. Auch er war in Alaska, in Begleitung von drei Arabern.

Was konnten ein ehemaliger KGB-Oberst, ein paar arabische Handlanger und eine Umweltorganisation am Vorabend der Öffnung des Arctic Wildlife Refuge für die Ölförderung mit flüssigem Stickstoff vorhaben? Diese Frage stimmte ihn äußerst nachdenklich.

Doch das war nicht alles. Er dachte daran, dass Aggie ihm versichert hatte, ihr Vater habe genau gewusst, wann sie sich in seinem Haus aufgehalten hatte. Zu der Zeit, als jemand das Haus überfallen hatte und Aggie und er nur deshalb mit dem Leben davongekommen waren, weil plötzlich Harry White aufgetaucht war. War Max Johnston irgendwie in all das verwickelt? War es nicht einer seiner Tanker, der zu spät im Alyeska Marine Terminal eingelaufen war, um Öl aus Prudhoe Bay zu laden? Hatte das überhaupt etwas zu bedeuten?

Er griff nach dem Telefon, um Dave Saulman in Miami anzurufen und ihn zu bitten, mehr über den Tanker herauszufinden. Was ihm durch den Kopf ging, war weit hergeholt, aber er musste alles versuchen. Als er gerade wählen wollte, klopfte es laut. Er stand auf, öffnete die Tür und wich einen Schritt zurück. Aggie Johnston stand vor ihm. Sie trug Jeans, einen Pullover, ihren olivfarbenen Anorak und eine Baseballkappe, unter der ein paar Haarsträhnen hervorschauten. Sie hatte seine Lederjacke dabei. Ihre Miene war wütend, doch Mercer glaubte noch etwas anderes darin zu erkennen. Etwas, das sie bestimmt lieber vor ihm verborgen hätte. Er wusste, dass sie litt und Angst hatte. Sein Herz schlug heftig.

»Ich muss dir ein paar Dinge sagen.«

»Tatsächlich?«, fragte er möglichst ruhig.

Sie trat ein und schloss die Tür. »Du sollst wissen, dass ich Jan verlasse und aus Alaska abreise.«

»Warum?«, erkundigte er sich lächelnd.

»Was, warum? Warum ich verschwinde?«

»Mich interessiert, warum du es mir erzählst.« Sie wirkte verwirrt. Es war klar, dass sie mit der Frage nicht gerechnet hatte.

»Ich wollte es eben«, antwortete sie nervös. »Ich habe genug von Jans aufgeblasenem Ego und seiner Herablassung. Und auch davon, dass du immer die Rolle des Helden spielen musst.«

»Es ist keine Rolle«, sagte er, um sie zu ärgern.

»Verdammt, Philip, ist für dich immer alles nur lustig?«

Es überraschte ihn, dass sie seinen Vornamen benutzte. Plötzlich schien in dem Hotelzimmer eine vertrautere Atmosphäre zu herrschen.

»Nein, Aggie«, sagte er so zärtlich, wie er noch nie mit ihr gesprochen hatte. »Ich finde das mit Kerikow und deinem Ex überhaupt nicht lustig. Das mit dem Überfall auf mein Haus auch nicht. Und die Morde an Howard Small, seinem Cousin und dessen Sohn finde ich auch nicht lustig. Das habe ich dir klarzumachen versucht.«

»Und was ist mit uns?«, fragte sie so leise, dass er sie kaum verstand.

Jetzt war er aus dem Konzept gebracht durch eine Frage, die er nicht erwartet hatte. Bevor er antworten konnte, wandte sie den Blick ab und drehte sich zur Tür.

»Ach, vergiss es«, sagte sie. »Es spielt keine Rolle. Für mich ist alles vorbei. Das mit PEAL, das mit Jan und auch das mit dir.«

Als sie nach der Türklinke griff, rief er sie zurück. Er konnte sie nicht gehen lassen. Es war das erste Mal, dass keiner von ihnen in der Defensive war. Sie standen sich nicht als Gegner gegenüber, sondern als Mann und Frau, und beide waren sich sicher, was sie füreinander empfanden.

Sie durchquerte das Zimmer, streifte ihren Anorak ab, packte seinen Kopf und küsste ihn leidenschaftlich.

Er nahm sie in den Arm und zog ihr mit einer Hand das T-Shirt aus der Hose, während er mit der anderen über ihren Rücken strich und sie dann um ihren schlanken Hals legte. Sie zog ihn dichter an sich heran und schmiegte sich in seine Arme wie ein verängstigtes Tier. Und doch küsste sie ihn leidenschaftlich.

Ihre Bewegungen wurden verlangender, getrieben von einem Begehren, das zur Explosion drängte. Schon lagen sie auf dem Bett, vor Erregung stöhnend.

»Warum?«, flüsterte er neugierig.

Sie packte seinen Hintern und zog ihn dichter an sich heran. »Weil wir es beide wollen.«

Ihr T-Shirt war bis zum Hals hochgerutscht, und sie zog es sich über den Kopf. Sie trug keinen BH, und Mercers Erregung steigert sich weiter. Ihre Brüste waren klein, fast mädchenhaft.

Wann immer er eine Frau berührte, war er verlegen wegen der Hornhaut und Narben an seinen Händen, den Spuren harter körperlicher Arbeit. Als seine Hand über ihre Brust fuhr, schrie sie auf. Er zog die Hand sofort zurück, weil er fürchtete, ihr wehgetan zu haben, doch sie packte sie und presste sie wieder auf ihre Brust. Sie atmete schwer.

»Oh mein Gott«, stieß sie zwischen zwei Küssen hervor.

Sie nahm seine Hand und legte sie zwischen ihre Beine. Er öffnete ihre Jeans. Da war nichts mehr als dieses Verlangen. Er küsste ihre steife Brustwarze und zog ihr die Hose herunter. Ihr winziger Seidenslip war feucht vor Erregung.

Das Telefon klingelte, und das Geräusch klang übermäßig laut. Noch nie in seinem Leben hatte Mercer sich so sehr gewünscht, einen Anruf ignorieren zu können, doch es ging nicht. Er machte sich von ihrer Umarmung frei, und ihre verwirrte Miene schmerzte ihn. Er griff nach dem Telefon. »Hallo?«

»Hier ist Mike Collins. Ich rufe aus dem Hafen an.« Mercer sah ihn wieder vor sich, den Sicherheitschef des Alyeska Marine Terminal, den ehemaligen Soldaten mit dem aufmerksamen Blick und der langen Narbe im Gesicht.

»Ich habe Ihren Anruf erwartet«, sagte er.

Aggie kehrte ihm den Rücken zu und zog sich an.

»Ja, das hat Andy Lindstrom vermutet. Bei uns ist die Hölle los. In unser großes Depot in Fairbanks sind gewalttätige Einbrecher eingedrungen, und hier im Hafen funktioniert kein einziger Computer mehr. Andy hat mich gebeten, Sie anzurufen, weil Sie eine Ahnung hatten, dass etwas passieren würde. Fällt Ihnen etwas dazu ein, was ich gerade erzählt habe?«

»Ich bin schon unterwegs«, sagte Mercer. »Haben Sie schon die Polizei benachrichtigt?«

Aggie zog ihren Anorak an und warf ihm noch einen letzten Blick zu. Dann verließ sie das Zimmer und schloss leise die Tür hinter sich.

Mercer konnte sie nicht aufhalten, aber sie hätte es auch nicht gewollt. Sie hatte sich entschieden. Er war traurig, versuchte aber, sich wieder ganz auf das Telefonat mit Collins zu konzentrieren.

»Noch nicht, zumindest nicht wegen dieser Computergeschichte. Was den Ärger in Fairbanks betrifft, haben die Cops uns benachrichtigt. Es scheint so, als sei eine Protestveranstaltung vor dem Tor unseres Depots eskaliert. Laut der örtlichen Polizei kommen die Demonstranten nicht von

PEAL, sondern von einer Initiative für die Rechte der Ureinwohner, denen wir ihr geheiligtes Land wegnahmen.«

»Machen Sie sich wegen dieses Krawalls keine Gedanken. Das ist eine unbedeutende Episode.« Mercer hatte das Telefon wischen Kinn und Schulter geklemmt und band sich die Schnürsenkel seiner Stiefel zu. Er nannte Collins Dick Hennas persönliche Handynummer. »Rufen Sie ihn an und erzählen Sie ihm, wer Sie sind. Sagen Sie ihm, dass ich will, dass auf der Elmendorf Air Force Base die Sicherheitsvorkehrungen verschärft werden.«

»Warum? Sie haben gerade gesagt, die Krawalle in Fairbanks hätten nichts zu bedeuten. Diese Typen haben nur ein sentimentales Verhältnis zu den Eskimos. Ein Teil meines Sicherheitspersonals – die Leute arbeiten weiter oben an der Trans-Alaska-Pipeline – ist bereits hierher unterwegs.«

»Wenn Ihre Männer Phantome jagen, wird Kerikow an einer anderen Stelle zuschlagen. Dann ist Ihr Sicherheitspersonal nicht in der Nähe und kann sich nicht darum kümmern. Ich bin in zwanzig Minuten bei Ihnen.«

Von Aggie war nichts zu sehen auf dem Parkplatz, als er in den Mietwagen stieg und den Motor anließ. Wenn er nicht später nach ihr suchte, befürchtete er, sie nie wiederzusehen. Auch wenn Letzteres wahrscheinlich am besten war, empfand er ein quälendes Gefühl der Leerc.

Aggie hatte sich ein Stück den Flur hinab von Mercers Zimmer in einer Nische mit einem Getränkeautomaten versteckt. Ihre Augen waren verweint, als Mercer die Tür öffnete und verschwand. Als sie Jans Ring auf seinen Schreibtisch geworfen hatte, war damit das Ende ihrer Beziehung und des Engagements für PEAL besiegelt gewesen. Und wenn sie mit Mercer geschlafen hätte, so wäre auch das für sie eine Art Abschluss gewesen. Aber es war nicht dazu gekommen. Wieder einmal befanden sie sich in einer Art Schwebezustand. Sie waren weder Feinde noch Liebende. Jetzt war ihr klar, dass sie hierhergekommen war, um mit ihm zu schlafen und ihre Gefühle abzuschütteln, doch nun waren diese noch stärker, weil es nicht geklappt hatte. Weil sie nicht miteinander geschlafen hatten, hatte sie es irgendwie geschafft, die Möglichkeit einer Beziehung aufrechtzuerhalten. Als sie ihn den Flur hinabgehen und verschwinden sah, schnürte es ihr die Brust zusammen, und ihr stiegen erneut Tränen in die Augen.

Sie wartete noch ein paar Minuten und verließ dann das Hotel. Von Mercer war nichts mehr zu sehen, und der Parkplatz lag fast verwaist da. Vor dem Hotel standen nur ein dunkler Lieferwagen und etwas weiter weg ein verbeulter Pick-up. Ihr Mietwagen war neben dem Kombi geparkt.

Sie zog den Ring mit ihren Schlüsseln aus der Tasche und schloss das Autos auf, ohne zu bemerken, dass der Motor des Lieferwagens lief. Als sich die Tür des Laderaums öffnete, wirbelte sie mit den Schlüsseln in der Hand herum. Es war eine Reflexreaktion. Vielleicht konnte sie sich damit wehren. Zumindest hatte sie das mehrfach getan, als sie nachts in Washington zu ihrem Auto gegangen und belästigt worden war.

Zwei Gestalten sprangen aus dem Lieferwagen und nahmen sie in die Zange. In dem engen Raum zwischen den beiden Fahrzeugen gab es kein Entkommen. Sie blickte den beiden Männern für einen Sekundenbruchteil ins Gesicht und geriet in Panik, als ihr bewusst wurde, wie klug dieser Überfall eingefädelt war. Einer der beiden hielt einen weißen Stofflappen in der Hand, den er von sich weghielt, als röche er nach etwas Giftigem. Aggie erkannte in ihm jenen Mann, der sie am letzten Abend in der Bar sexuell belästigt hatte. Dann packte sein Partner von hinten ihre Arme und verdrehte sie ihr hinter dem Rücken.

Sie holte mit dem Fuß aus und trat gegen den Spann des Mannes, der sie festhielt. Als der seinen Griff für einen Moment lockerte, riss sie sich los, wirbelte herum und hob den Arm, um dem Typ den Ellbogen unters Kinn zu rammen. Der Angreifer taumelte gegen den Lieferwagen. Er war nicht bewusstlos, aber benommen. Sie versuchte, durch die Lücke zwischen ihm und ihrem Wagen zu entkommen.

Der Mann mit dem Stofffetzen in der Hand sprang auf sie zu, packte ihre Schulter und bohrte seine Finger in das Fleisch unter ihrem Hals. Sie war fast völlig paralysiert durch den Schmerz. Trotzdem versuchte sie sich loszureißen, aber der Mann drückte noch fester zu. Sie schrie auf und fiel auf die Knie.

Vor den beiden Fahrzeugen öffnete sich das Fenster eines Hotelzimmers, und ein Mann mit nacktem Oberkörper steckte den Kopf heraus. Er hatte ein gerötetes Gesicht und war unrasiert. Seine dichten schwarzen Brusthaare ließen an einen amerikanischen Nerz denken.

»Was zum Teufel tun Sie da?«, fragte er im schleppenden Tonfall eines Hinterwäldlers.

Abu Alam ließ Aggie Johnston los, warf den mit Chloroform getränkten Lappen auf den Boden und riss eine Schrotflinte unter seiner Jacke hervor. Beim ersten Schuss ging nur die Fensterscheibe in Stücke, der Vogelschrot traf nicht den neugierigen Hotelgast. Abu Alam feuerte sofort erneut, und diesmal wurde der Mann direkt ins Gesicht getroffen. Gehirnmasse spritzte gegen die Wände des Hotelzimmers.

Gerade hatte der Mann noch etwas besorgt aus dem Fenster geschaut, und jetzt hatte er keinen Kopf mehr. Alam ließ die Franchi-Schrotflinte wieder unter seiner Lederjacke verschwinden und schaute auf die vor ihm kniende Aggie herab. Sie war leichenblass, und ihre Lippen bebten.

»Los, in den Lieferwagen«, befahl Alam, während er den getränkten Lappen aufhob.

Aggie war wie gelähmt. Sie schaute auf das offene Fenster, wo gerade noch ein Mensch gestanden hatte. Als Alam mit einem widerwärtigen lüsternen Grinsen auf sie zukam, riss sie sich zusammen und rappelte sich auf. Der andere Mann, den sie am Kinn getroffen hatte, war wieder hellwach und packte von hinten erneut ihre Arme. Er presste sich an sie, und sie spürte seine Erektion. Abu Alam drückte ihr den Lappen ins Gesicht, und ihre smaragdgrünen Augen weiteten sich.

Trotz aller Anstrengungen konnte sie gegen die betäubende Wirkung des Chloroforms nichts ausrichten. Ihre Gedanken verschwammen, und ihr Körper wurde gefühllos, aber sie spürte noch vage die Hand eines der Männer zwischen ihren Beinen. Die Männer legten sie mit gespreizten Beinen auf die Ladefläche des Lieferwagens, und Abu Alam, der »Vater des Schmerzes«, starrte sie an, während sein Kumpan fuhr.

* * *

Mercer rechnete mit Chaos, als er auf dem Hafengelände vor dem Operations Control Center hielt. Auf dem Parkplatz vor dem Gebäude sah er keinen einzigen der roten Pick-ups des Alyeska Marine Terminals, und aus den unter dem Dach angebrachten Megafonen ertönten keine lauten Durchsagen. Der Sendemast auf dem Dach war wegen des Nebels nicht zu erkennen, und von dem hinter dem Kontrollzentrum liegenden Kraftwerk sah man nur blinkende Warnlichter. In dem Gebäude der Hafenaufsicht waren die Flure verwaist. Das Geräusch seiner Schritte wurde laut von den Wänden zurückgeworfen, als er zur Einsatzzentrale ging.

Andy Lindstrom stand vor einer der blau beleuchteten Kontrollkonsolen neben einem billigen Schreibtisch mit einer Tasse Kaffee darauf. Vor ihm saß ein junger Mann in einem schwarzen Rollkragenpullover mit reichlich Schuppen auf den Schultern. Sein gerötetes, pockennarbiges Gesicht wirkte voll konzentriert, als er auf einem der vielen Bildschirme den Quellcode des Computerprogramms studierte. Mercer sah, dass seine Brillengläser schmierig waren, und auf den Enden der Bügel hatte er herumgebissen.

Mike Collins telefonierte. Er hatte einen Fuß auf einen der verchromten schwarzen Stühle gesetzt und rauchte eine dicke Zigarre. Unter den Ärmeln seincs derben Flanellhemds zeichneten sich dunkle Schweißflecken ab, und die Narbe auf seiner Wange leuchtete purpurfarben. Lindstrom und der Computerspezialist ignorierten seine Verbalinjurien. Sie wussten nicht einmal, mit wem er telefonierte.

»Leck mich am Arsch, Ken. Ich habe nie Probleme gemacht, wenn du bei einem Notfall unsere Ausrüstung oder meine Leute brauchtest. Also erzähl mir nicht, dass der Krawall vor unserem Depot eine interne Angelegenheit ist und die Polizei des Bundesstaats Alaska nichts angeht. Männer aus den Pumpwerken 5 und 6 sind dorthin unterwegs, aber es wird ein paar Stunden dauern, bis sie da sind. Laut meinen Leuten vor Ort kümmert sich die Polizei von Fairbanks um die Krawallmacher, doch es sind einfach zu viele Demonstranten.« Collins schwieg, während er der Antwort des Staatspolizisten lauschte. Sein Gesicht lief dunkelrot an, und sein Blick wurde hart. »Ich weiß, dass sie dich nicht wegen Verstärkung angerufen haben. Um Himmels willen, was zum Teufel glaubst du, weshalb ich jetzt mit dir rede? Jesus, Maria und Josef, hörst du überhaupt zu? Wir brauchen Hilfe bei dem Depot, und zwar sofort!«

Collins knallte wütend und frustriert den Hörer auf die Gabel und wandte sich Mercer zu. »Wenn ich nur daran denke, dass ich auch mal ein Cop wie er war und mich ständig mit diesen beschissenen Vorschriften herumschlagen musste. Mein Gott, was für ein Elend.«

»Was ist denn los?« Mercer zog seine Jacke aus und warf sie auf einen Tisch im hinteren Teil des Raums.

»Wir haben gleich zwei dicke Probleme«, antwortete Lindstrom für seinen Sicherheitschef. »Mercer, dies ist Ted Mossey, unser Computerspezialist. Aber im Moment sieht es so aus, als würde ihm der Schlamassel über den Kopf wachsen.«

Mossey machte keine Anstalten, aufzustehen und Mercer die Hand zu geben. Stattdessen begnügte er sich mit einem Blick über die Schulter. Mercer erkannte ihn, denn er hatte ihn am letzten Abend in der Bar gesehen. Mossey hatte nicht an der Schlägerei zwischen den Ölarbeitern und den PEAL-Aktivisten teilgenommen. Ihm war klar, dass Mossey auch ihn wiedererkannt hatte, denn der junge Mann wandte sich zu schnell ab, um sich wieder seinen Computern zuzuwenden. Für einen Augenblick war Mercer sich sicher, dass Mossey Angst vor ihm hatte.

Warum?

Lindstrom zündete sich an dem glühenden Stummel seiner Zigarette die nächste an und rieb sich die Müdigkeit aus den rot geränderten, tränenden Augen. »Wie's aussieht, ist jetzt die Kacke richtig am Dampfen. Heute Morgen hat unser Sicherheitspersonal in dem Depot in Fairbanks vier Leute auf dem Gelände entdeckt, in der Nähe von Materialien, die nach North Slope geschickt werden sollten. Sie haben die Eindringlinge festgehalten und sofort die Polizei benachrichtigt. Dann, um zehn Uhr, hat PEAL in Fairbanks eine große Pressekonferenz abgehalten und uns beschuldigt, mehrere ihrer Mitglieder widerrechtlich festzuhalten. Um Himmels willen, sie haben gesagt, wir hätten uns wie die Gestapo aufgeführt. Keiner von den verdammten Journalisten ist auf die Idee gekommen, uns anzurufen und zu fragen, was wirklich passiert ist. Sie haben einfach die Darstellung von PEAL übernommen. Innerhalb von zwei Stunden demonstrierten zweihundert Leute vor dem Haupttor des Depots. Zuerst war der Protest friedlich, doch jetzt haben wir dort einen echten Krawall. Sie werfen Flaschen und legen sich auf die Zufahrtsstraßen. Und die Demonstranten sind nicht alle Mitglieder von PEAL, sondern ein bunter Haufen auch anderer Aktivisten. Initiativen für die Rechte der Ureinwohner, Kernkraftgegner und so weiter. Was die da zu suchen haben, weiß ich nicht, aber wenn es erst einmal losgeht, ist jeder Verrückte bereit, da mitzumachen. Diese Typen vermehren sich schneller als jeder Virus.«

»Gibt es eine Verbindung zu Ihren Computerproblemen hier?«, fragte Mercer.

»Nein«, sagte Lindstrom müde. »Das mit den Computern ist heute unsere kleinere Sorge. Vor zwei Stunden hat das ganze System den Geist aufgegeben. Nichts ging mehr. Tastaturen und CD-Laufwerke funktionierten nicht. Ted versucht gerade herauszufinden, was da passiert ist.«

»Wie denken Sie darüber?«, fragte Mercer Mossey, der ihm den Rücken zukehrte.

»Über diese Panne? Vielleicht stimmt was nicht mit den Konfigurationsdateien, oder es hat Spannungsschwankungen gegeben.«

»Halten Sie es für möglich, dass ein Hacker dahinterstecken könnte?«

»Nein, dafür ist das Problem zu vertrackt. Die Sicherheitsprotokolle hätten entdeckt, wenn sich jemand unberechtigt Zugang verschafft hätte und den Hacker so schnell identifiziert, dass er schon verhaftet worden wäre, bevor er Zeit gefunden hätte, irgendwo einen Kaffee trinken zu gehen. Unser System hier ist besser als das des Großrechners des FBI.«

»Was mich an etwas anderes erinnert.« Mercer wandte sich Collins zu.

»Ja, ich habe Dick Henna angerufen«, sagte Collins. »Ich kann's nicht fassen, dass Sie die Handynummer des FBI-Direktors haben. Mein Gott, das war mal was anderes, mit so einem hohen Tier zu reden.«

»In seinem tiefsten Inneren ist er ein Cop, Collins, genau wie Sie. Er hat ein größeres Büro und einen imposanten Job, aber das war's. Hat er gesagt, ob er sich bei der Elmendorf Air Force Base melden wird?«

»Ja, er meinte, Admiral Morrison habe Kontakt aufgenommen zu General Kelly, dem für die Air Force zuständigen Mann bei den Vereinigten Stabschefs. Er hat seine volle Kooperationsbereitschaft zugesagt.«

»Was soll das mit den Luftstreitkräften, Mercer«, fragte Lindstrom. »Womit rechen Sie? Mit dem Ausbruch des dritten Weltkriegs?«

»Nein, mit einem Manöver der Pfadfinder. Wir müssen auf alles vorbereitet sein.«

Mossey wirbelte mit verkniffener Miene in seinem Bürosessel herum. »Hört zu, Kollegen, ich hab hier ein echtes Problem, da kann ich auf euer Geschwätz gut verzichten. Ich brauche Ruhe. Und auf den Tabakqualm kann ich erst recht verzichten.«

»Schon gut, Mossey«, sagte Lindstrom, der sich über den aggressiven Ton des Computerspezialisten wunderte, der immer friedlich gewesen war, seit er hier arbeitete. Lindstrom vermutete, dass das Computerproblem Mossey mehr forderte, als er zuzugeben bereit war. »Wir verschwinden in mein Büro. Rufen Sie an, wenn Sie etwas gefunden haben.«

»Okay.« Mossey wandte sich wieder dem Monitor zu. Seine Finger schwebten über der Tastatur wie die eines Pianisten, der auf seinen Einsatz lauert.

In Lindstroms Büro begann das lange Warten.

»Mein Gott, entspannen sie sich«, sagte Lindstrom, dem nicht entging, wie nervös Mercer war. »Wir haben gestern darüber gesprochen und waren uns einig. Wenn jemand versuchten sollte, mit dem flüssigen Stickstoff die Pipeline lahmzulegen, wäre es nur logisch, dass er bei unserem Depot in Fairbanks zuschlägt, und da haben wir vier Typen festgenommen.«

»Hatten die Behälter mit Stickstoff dabei?«, fragte Mercer.

»Nein. Wahrscheinlich wollten sie nur die Örtlichkeit auskundschaften, um zu sehen, wo sie zuschlagen können. Das Gelände dieses Depots ist vierzig Morgen groß. Da braucht man schon zwei Stunden, um eine Toilette zu finden.«

Mercers Blick ließ Lindstrom verstummen. Mike Collins nickte ihm anerkennend zu.

Für eine Weile sagte niemand etwas.

»Wie viele von Ihren Aktivitäten kontrolliert dieses Computersystem?«, fragte Mercer schließlich.

»Alle. Sie wissen, wie das heutzutage läuft. Nichts passiert, solange der Computer nicht seine Zustimmung gegeben hat.«

»Könnte es den Betrieb der gesamten Pipeline einstellen?«

»Ja. Wir könnten den Betrieb von hier aus steuern, tun es aber nicht. Alle Pumpwerke funktionieren autonom, werden aber rund um die Uhr kontrolliert. Sie haben das letzte Wort darüber, was geschieht. Falls es ein Problem gibt, können auch Sie den Betrieb der Pipeline einstellen.«

»Gibt es etwas wie eine automatische Notabschaltung? Eine Methode, durch die das System die Pumpwerke ignoriert und autonom funktioniert?«

»Ich kann nicht ganz folgen.«

»Kann Ihr Computer den Betrieb der kompletten Pipeline steuern?«, fragte Mercer.

Lindstrom antwortete nicht sofort, und als er es tat, gefiel ihm die Antwort nicht. »Keine Ahnung.«

Das Telefon klingelte, und Collins und Lindstrom zuckten zusammen. Lindstrom nahm ab, lauschte ein paar Sekunden und reichte den Hörer dann seinem Sicherheitschef. Er wandte sich Mercer zu und zündete sich nervös eine Zigarette an. Seine Augen waren geweitet, und ihm standen Schweißperlen auf der Stirn. Collins sagte kaum etwas, grunzte nur ein paarmal und fluchte dann leise. Als er auflegte, war er bleich, und seine Hände zitterten.

»Das war Ken Bassett von der Polizei des Bundesstaats. Es hat einen Unfall gegeben. Die beiden Kombis mit unseren Männern aus den Pumpwerken 5 und 6, die das Sicherheitspersonal in dem Depot verstärken sollten, sind vom Dalton Highway abgekommen. Zwei Streifenwagen sind vor Ort, und es sieht so aus, als hätte niemand überlebt.«

»Wann?« Mercers Stimme klang wie ein Peitschenknall.

»Die Polizei ist gerade erst eingetroffen, doch es sieht so aus, als hätte sich das Unglück schon deutlich eher ereignet. Vor mindestens sechs Stunden, wenn man bedenkt, wie weit es von den Pumpwerken bis zum Unfallort ist.«

Mercer schaute durch die aufgezogene Jalousie aus dem Fenster hinter Lindstroms Schreibtisch. Es begann zu dämmern, bald würde es stockfinster sein. Regentropfen liefen an der Scheibe herab. »Wir müssen uns da oben im Norden umsehen.«

»Das sind siebenhundertfünfzig Kilometer.«

»Umso mehr Grund, nicht weiter hier herumzusitzen«, erwiderte Mercer gereizt. »Sie müssen doch einen Helikopter haben.«

»Ja, aber …« Lindstrom war der Situation offenbar nicht gewachsen.

Mercer wandte sich an Collins. »Rufen Sie in diesen Pumpwerken an. Vergewissern Sie sich, ob alles in Ordnung ist.«

»Wir können die Werke über den Computer kontrollieren«, antwortete Collins.

»Die Computer funktionieren nicht, schon vergessen? Und die Mehrheit der Arbeiter aus den Pumpwerken wurde nach Fairbanks gerufen und ist tödlich verunglückt. Ich muss wissen, ob die Männer, die nicht mitgefahren sind, noch leben.«

Collins begriff sofort, dass alle Probleme miteinander zusammenhingen. Er wollte in sein Büro, um von dort zu telefonieren.

An der Tür drehte er sich noch einmal zu Lindstrom um. »Andy, ruf den Piloten an und sag ihm, dass wir einen Notfall haben. Er muss uns zum Dalton Highway fliegen. Ich melde mich in Elmendorf. Wir werden sie brauchen.«

Auch Mercer war bereits auf dem Weg zur Tür.

»Was ist denn los?«, fragte Lindstrom.

»Es wird ernst.«

Alyeska Marine Terminal

Zwanzig quälende Minuten vergingen. Das Ticken der Wanduhr klang wie der Herzschlag eines Sterbenden. Mercers Anruf bei der Elmendorf Air Force Base hatte bewirkt, dass man ihnen zwei Huey-Helikopter mit jeweils acht Elitesoldaten zur Verfügung stellen würde. Dick Henna hatte Wort gehalten und in Washington seinen ganzen Einfluss geltend gemacht. Andy Lindstrom hatte einen Hubschrauberpiloten angerufen, der für das Alyeska Marine Terminal auf Abruf bereitstand und seiner Meinung nach bestimmt scharf darauf sein würde, zu den Pumpwerken im Norden zu fliegen. Sie wollten sich in einer Stunde mit ihm auf dem Flugplatz von Valdez treffen. Mercer und Lindstrom warteten darauf, dass Mike Collins sein Telefonat beendete. Dann würden sie Ted Mossey fragen, ob es ihm gelungen war, das Betriebssystem der für die Überwachung der Pipeline zuständigen Computer zu reaktivieren.

Zehn Minuten vor dem Treffen mit dem Piloten tauchte Collins endlich mit finsterer Miene aus seinem Büro auf. Sein Blick wirkte glasig und leblos.

»Ich kann die Pumpwerke 5 und 6 nicht erreichen. Ich habe es telefonisch, mit dem Funkgerät und über Kurzwelle versucht. Und mit einem Fax. Keine Reaktion.«

»Was soll das heißen, keine Reaktion?«, fragte Lindstrom erregt. »Du hast doch nicht etwa alle Männer nach Fairbanks geschickt?«

»Natürlich nicht. Hältst du mich für beschränkt?«

»Schluss jetzt.« Mercer sah einen Streit mit gegenseitigen Schuldzuweisungen voraus und schob dem sofort einen Riegel vor. Für so etwas fehlte ihm nicht nur die Geduld, sondern auch die Zeit. »Wir haben ganz andere Probleme, als mit dem Finger aufeinander zu zeigen.«

Wieder einmal traf Mercer die Entscheidungen für Lindstrom und Collins, und die beiden ordneten sich unter, ohne Fragen zu stellen. Er wandte sich an Lindstrom. »Sie bleiben hier, koordinieren die Kommunikation und machen diesem Computerfreak Druck. Es ist entscheidend, dass Sie wieder die Kontrolle über das System haben. Collins und ich fliegen zum Pumpwerk 5. Es ist unerlässlich, dass wir uns vor Ort umsehen. Hat Ihr Hubschrauber die richtige technische Ausrüstung, um Kontakt zur Elmendorf Air Force Base aufzunehmen?«

»Keine Ahnung«, gestand Collins, der einen Pfriem Kautabak von einer Backentasche in die andere schob. »Darüber müssen Sie mit Ed reden, dem Piloten.«

»Also gut, sprechen wir mit Ed.« Mercer hatte eine seiner Vorahnungen, die er nie in Frage stellte.

Als sie auf dem Flugplatz eintrafen, war die Nacht hereingebrochen. Es war stockfinster. Nachdem es den ganzen Nachmittag über geschüttet hatte, regnete es nun nicht mehr, aber es war sehr windig. Heftige Böen pfiffen über den Flugplatz.

Dort standen Cessnas, Twin Otters, ein Privatjet und ein Helikopter vom Typ Bell JetRanger, der vierzig Meter vom Terminal entfernt wartete und im gleißenden Licht der Scheinwerfer wie ein übergroßes Insekt wirkte. Ein Mann lehnte lässig mit vor der Brust verschränkten Armen an der Plexiglasscheibe des Cockpits.

Der Pilot sah seine Passagiere eher als sie ihn und lachte rau, als er einen der beiden Männer erkannte.

»Bleib, wo du bist«, sagte der Pilot, ein Afroamerikaner mit tiefer Stimme. »Der Chef der Militärjustiz hat mich ausdrücklich berechtigt, dir in den Arsch zu treten, wenn du mir zu nahe kommst.«

»Eddie?«, rief Mercer. »Eddie Rice?«

»Genau, und ich mache keine Witze, Mann. Bleib, wo du bist. Mit dir zu fliegen bringt Unglück, und darauf kann ich gut verzichten. Bevor du in mein Leben getreten bist, hatte ich als Pilot eine makellose Bilanz, aber mit dir an Bord bin ich sofort abgestürzt.«

»Trinkst du immer noch, wenn du im Dienst bist?«, rief Mercer.

Er und Eddie Rice waren während der Hawaii-Krise so etwas wie Freunde geworden, hatten aber nicht damit gerechnet, sich jemals wiederzusehen. Eddie war nicht so groß wie Mercer, aber breitschultrig und muskulös und erinnerte an einen Profisportler. Seine tief liegenden Augen wirkten intelligent und hatten einen offenen Blick. Weniger anziehend waren seine schlechten Zähne.

Vor einem Jahr war Lieutenant Edward Rice im Dienst der Navy Pilot eines Helikopters vom Typ Sikorsky Sea King gewesen und hatte das Pech gehabt, Mercer während der Hawaii-Krise vom Flugzeugträger *Kitty Hawk* zum Kampflandungsschiff *Inchon* fliegen zu müssen. Mercer hatte wie ein Luftpirat agiert und Rice gezwungen, ihn nach Hawaii zu bringen, damit er eine Invasion verhindern konnte, welche die Vereinigten Staaten für immer zerrissen hätte. Nachdem er einen Nuklearschlag verhindert hatte, waren Mercer, Eddie und ein russischer Wissenschaftler namens Valerij Borodin während ihrer Flucht gezwungen gewesen, den Helikopter in den Nordpazifik stürzen zu lassen. Eddie hatte bei dem Absturz die ernsthaftesten Verletzungen davongetragen und drei Monate im Marinehospital von Pearl Harbor gelegen. Zuletzt hatte Mercer gehört, die Navy habe ihn ehrenhaft entlassen und ihm eine Pension zugebilligt, von der er bis ans Ende seiner Tage gut leben konnte. Mercer hätte mit allem gerechnet, nur nicht damit, in Alaska Eddie Rice wiederzusehen. Eine Begegnung mit Nanuk dem Eskimo hätte ihn weniger gewundert.

»Manchmal nehme ich schon noch einen Schluck«, antwortete Rice. Während ihrer Flucht aus Hawaii, als sie verzweifelt versuchten, ein russisches Unterseeboot zu entdecken, hatte Mercer Eddie eine Flasche Bier angeboten, die der Pilot dankbar angenommen hatte, denn ihre Chancen standen so schlecht, dass es äußerst unwahrscheinlich war, dass Rice Probleme wegen Alkohol im Dienst bekommen würde. Während ihres Aufenthalts im Krankenhaus hatten die beiden Männer häufig darüber gelacht, und letztes Jahr hatte Rice Mercer zu Weihnachten eine einzelne Flasche Sapporo-Bier geschickt, das sie auch während dieses Fluges getrunken hatten.

»Was hast du hier zu suchen?«, fragte Mercer.

»Das sollte ich besser dich fragen. Jemand ruft mich an meinem freien Tag an und sagt, ich müsste in einem Notfall einspringen, und wer taucht auf? Der gefährlichste Mann, dem ich jemals begegnet bin. Also, was ist los?«

»Erinnerst du dich an den Russen, der während der Hawaii-Krise im Hintergrund die Strippen gezogen hat, Iwan Kerikow? Er ist wieder aufgetaucht und hält sich im Moment wahrscheinlich im Norden von Alaska auf.«

»Willst du mich verarschen?«

»Ich wünschte, es wäre so.«

»Mist, der Typ ist schlimmer als die Killer von den Tonton Macoutes«, sagte Rice, dessen Familie aus Haiti stammte.

»Oder als Jack the Ripper.«

Kurz darauf war der Helikopter in der Luft und gewann an Flughöhe. Dass Flusstal des Tiekel River war in der Finsternis nicht zu sehen. Mercer saß auf dem Sitz des Kopiloten, Collins hinter ihm in der Kabine. Die Anzeigeinstrumente in dem Cockpit leuchteten in einem unheimlichen Grün. Die drei Männer trugen Kopfhörer, um sich wegen des Lärms besser verständigen zu können.

»Also, worum geht's hier?«, fragte Eddie, nachdem er den Helikopter auf den richtigen Kurs gebracht hatte.

»Vor ein paar Stunden habe ich einige Männer aus den Pumpwerken 5 und 6 nach Fairbanks geschickt«, antwortete Mike Collins, der sein Mikrofon nicht richtig justiert hatte, sodass seine Stimme verzerrt klang. »Sie waren in zwei Lieferwagen unterwegs und kamen bei einem Unfall ums Leben, sämtlich Männer, die ich seit Jahren kannte. Und dann ist es uns vor etwa vierzig Minuten nicht gelungen, Kontakt zu dem Personal aufzunehmen, das in den Pumpwerken geblieben war.«

»Hat das alles etwas zu tun mit dem Ärger in dem Ausrüstungsdepot, von dem ich gestern in den Nachrichten gehört habe?«

»Ja«, antwortete Mercer. »Doch das ist eher ein Ablenkungsmanöver. Richtig Ärger gibt's meiner Meinung nach in einem der Pumpwerke.«

Collins beugte sich vor. »Hören Sie, Mercer, Sie scheinen mehr darüber zu wissen, was hier vorgeht, und ich denke, es wird Zeit, dass Sie mich einweihen. Etliche meiner Männer sind ums Leben gekommen, und etwas sagt mir, dass das noch nicht alles war. Sie enthalten mir etwas vor, und ich habe das Recht zu wissen, worum es dabei geht.«

»Was ist mit dem Kapitän der *Petromax Arctica* geschehen?«, fragte Mercer.

»Wie bitte?«

»Der ursprüngliche Kapitän der *Petromax Arctica* wurde mit einem Helikopter von dem Schiff nach Anchorage gebracht, von dort mit einer Privatmaschine mit medizinischem Personal nach Seattle. Den Flug hat Max Johnston höchstpersönlich bezahlt. Haben Sie eine Ahnung, warum der Tanker etliche Stunden zu spät in Ihrem Hafen anlegte? Wenn sie keine Kosten gescheut haben, um Harris Albrecht von dem Tanker abzuziehen, dann doch wohl, damit der pünktlich in Valdez war. Warum lief das Schiff zu spät ein? Warum dümpelte ein leerer Supertanker ohne Kapitän im Golf von Alaska herum, während ein Anlegeplatz für ihn reserviert ist?«

»Wovon reden Sie eigentlich? Das alles hat nichts mit dieser Geschichte zu tun. Die *Petromax Arctica* hat angelegt, lange bevor …«

Mercer fiel ihm ins Wort. »Beantworten Sie einfach meine Frage.«

»Harris Albrecht wurde zu einem Arzt in Seattle gebracht,

einer Koryphäe, die sich auf das Wiederannähen von Gliedmaßen, auf Amputationen und die Anpassung von Prothesen spezialisiert hat.«

Mercer drehte sich um und bedachte Collins mit einem durchbohrenden Blick. »Haben Sie sich mal kundig gemacht über diesen Arzt?«

»Ich habe seinerzeit ein paar Telefonate geführt.«

»Und?«

»Eigentlich ist er auf die Behandlung von Erfrierungserscheinungen spezialisiert. Er ist einer der anerkanntesten Experten für ...« Collins unterbrach sich.

Die Rotoren über ihren Köpfen waren so laut, dass sie das Geräusch der Turbine des Helikopters erstickten. Eddie hielt eine konstante Flughöhe und widerstand dem Bedürfnis, zum Tiefflug überzugehen, wie man es ihm in seiner militärischen Ausbildung beigebracht hatte. Im Golfkrieg hatte er Aufklärungsteams der Marines an den gefährlichsten Landezonen abgesetzt, und die riskante Flugweise war ihm weiterhin am liebsten.

»Wie oft hat die *Petromax Arctica* während des letzten Jahres unter Kapitän Harris Albrecht ohne Zwischenfälle in Valdez angelegt?«, fragte Mercer. »Wie konnte es sein, dass er während einer normalen Fahrt von Long Beach, Kalifornien, nach Valdez einen Arm verloren hat und dann von einem Spezialisten für Erfrierungserscheinungen behandelt werden musste? Er hat vor Ihrer Nase flüssigen Stickstoff nach Alaska geschmuggelt. Aber bei seiner letzten Fahrt ist etwas schiefgegangen.«

»Sie glauben doch nicht etwa, dass das etwas mit unserem aktuellen Problem zu tun hat?«

Mercer warf ihm einen vernichtenden Blick zu. »Um Himmels willen, natürlich hängt das alles miteinander zusammen. Warum sitze ich wohl mit einem verrückten Piloten in diesem Helikopter, wo ich doch genauso gut in meiner Stammkneipe in der Nachbarschaft ein paar Drinks kippen könnte? Howard Small ist tot, Collins, genau wie sein Cousin und dessen Sohn. Auch auf mich wurden Mordanschläge verübt, weil wir das Boot entdeckt haben, auf das die Behälter mit dem flüssigen Stickstoff von der *Petromax Arctica* umgeladen wurden, damit die *Jenny IV* sie an Land brachte. Kerikow und PEAL versuchen sich abzusichern, indem sie jeden eliminieren, der etwas von ihren Aktivitäten mitbekommen hat. Und Ihr Computerproblem? Auch das ist kein Zufall, was immer Ihr Computerguru auch sagen mag. Der Krawall in dem Depot, die Unfälle Ihrer Lieferwagen? Was immer Kerikow vorhat, es geht genau jetzt über die Bühne.«

Er hatte nicht vorgehabt, so viel zu sagen. Es entsprach nicht seiner Art, aber die innere Anspannung setzte ihm zu. An ihm nagte das Gefühl, dass er bereits zu spät dran war. Er war nicht wütend auf Mike Collins, weil der die Gefahr nicht erkannt hatte, sondern auf sich selbst, weil er nicht schnell genug geschaltet hatte.

Als Aggie Johnston ihm erzählt hatte, ihr Freund sei unter mysteriösen Vorwänden verschwunden, hätte er reagieren und eine Fahndung nach dem Boss von PEAL veranlassen müssen.

Er war sich sicher, dass der Polizei dabei auch Kerikow ins Netz gegangen wäre, und dann wäre dieses ganze Himmelfahrtskommando überflüssig gewesen.

»Wann ungefähr werden wir auf der Elmendorf Air Force Base landen, Eddie?«

»Kann ich nicht so genau sagen. Was gibt's da?«

»Auf dem Stützpunkt warten zwei Kampfhubschrauber nebst ein paar Elitesoldaten auf uns.« Er grinste Rice an. »Ich will nicht noch mal erleben, dass wir beschossen werden.«

»Da sagst du was, mein Freund.« Rice lächelte, und seine schadhaften Zähne leuchteten unheimlich im grünen Licht der Anzeigeinstrumente. »Ich würde sagen, dass wir unter diesen Bedingungen noch etwa siebzig Minuten brauchen.«

»Ich muss so bald wie möglich Funkkontakt zu ihnen aufnehmen. Sie rechnen damit, dass ich mich melde.« Mercer bemühte sich um einen entspannteren Ton. »Also, was sagt deine Frau dazu, dass du immer noch fliegst?«

»Gar nichts«, antwortete Rice traurig. Wir haben uns getrennt, als ich noch im Krankenhaus lag. Sieht so aus, als hätte sie eine Affäre mit dem Arzt in Pearl Harbor gehabt.«

»Oh Mann, das tut mir leid.«

»Ach, Quatsch. Das Leben geht weiter, oder? Außerdem, ein gut aussehender schwarzer Pilot. Hinter mir sind mehr Weiber her, als mir lieb ist.« Er grinste, obwohl in seiner Stimme etwas Verbitterung lag.

Eine Stunde später sahen sie die hellen Lichter von Anchorage unter sich. Die Gewässer des Cook Inlet waren tintenschwarz. Der Sturm, der nachmittags in Valdez gewütet hatte, war weiter nach Norden gezogen. Dicke Regentropfen trommelten gegen die Plexiglasscheibe des Cockpits. Trotz der Scheibenwischer war die Sicht schlecht. Windböen schüttelten den JetRanger durch, und Eddie musste sich voll konzentrieren. Ein weniger guter Pilot hätte es in so einer Nacht überhaupt nicht gewagt, einen Helikopter zu besteigen.

»Alyeska-Flug One-eleven, wir haben Sie jetzt auf dem Radar. Entfernung zwölf Meilen, Kurs 305 Grad.«

»Roger, Elmendorf«, bestätigte Eddie. »Geschätzte Ankunftszeit in fünf Minuten.«

»Verstanden, One-eleven.«

»Du weißt, was du zu tun hast?«, fragte Mercer.

»Nein, ich habe keinen blassen Schimmer.«

Knapp fünf Minuten später landete der Bell-Helikopter an der Stelle, die der Tower Rice zugewiesen hatte, vor einem großen Hangar mit Stahlwänden. Daneben standen zwei Huey-Transporthubschrauber vom Typ UH-1, die selbst in dem trüben, aus dem Hangar kommenden Licht Furcht einflößend aussahen. Durch die offen stehenden Außentüren sah man auf Dreifüßen montierte M-60-Maschinengewehre. Die Rotoren des JetRangers standen noch nicht still, als schon Techniker herbeieilten, die von dem Eisregen nichts mitzubekommen schienen. Ein Tanklaster fuhr neben dem Helikopter vor, und zwei Männer entrollten den dicken Schlauch.

Mercer sprang aus dem JetRanger und lief mit hochgeschlagenem Kragen über die mit Pfützen übersäte Landebahn zu dem beheizten Hangar, um sich vor der Nässe und Kälte in Sicherheit zu bringen. Seine Finger waren fast taub.

In dem riesigen Hangar standen zwei »Strike Eagles«, F-15-Kampfflugzeuge, dahinter warteten Männer mit Sturmgewehren und geschwärzten Gesichtern. Sie schenkten Mercer keine Beachtung, doch kurz darauf löste sich ein kleiner, muskulöser Mann aus der Gruppe. Sein Haar war militärisch kurz geschnitten, aber er musste sich mal wieder rasieren. Er hatte eine Hakennase, buschige Brauen und Lachfältchen neben den Augenwinkeln. Sein Blick wirkte intelligent.

»Colonel Knoff?«

»Sie müssen Mercer sein.«

Als Knoff ihn begrüßte, glaubte Mercer, seine Hand würde in einem Schraubstock stecken. Er verzichtete darauf, ihm Paroli zu bieten. Es ging Knoff nicht darum, ihn zu beeindrucken. Er dachte sich einfach nichts dabei. Wahrscheinlich begrüßte er jeden so.

»Wenn ich ehrlich sein soll, muss ich zugeben, dass Sie uns ein bisschen auf dem falschen Fuß erwischt haben«, sagte Knoff. »Vor einer Stunde habe ich mir noch mit einigen meiner Männer Pornos angeschaut, und plötzlich habe ich General Samuel Kelly von den Vereinigten Stabschefs am Apparat. Wer sind Sie, dass Sie solche Strippen ziehen können?«

Mercer mochte den Mann sofort. Knoff gehörte nicht zu den Berufssoldaten, die auf jeden herabblickten, der keine Uniform trug. Er hatte nicht vergessen, dass er als Soldat der Allgemeinheit diente.

»Fragen Sie irgendeinen Politiker, und er wird Ihnen bestätigen, dass ich der mächtigste Mann im Land bin.« Mercer lächelte. »Ein amerikanischer Steuerzahler.«

»Erzählen Sie mir, worum es hier überhaupt geht?«

Mercer konnte verstehen, warum Knoff die Frage stellte, denn er war für seine Männer verantwortlich. Trotzdem blieb keine Zeit, herumzustehen und lange darüber zu reden.

»Colonel, es ist mir gelungen, Ihre Vorgesetzten von der

Wichtigkeit dieses Einsatzes zu überzeugen. Vertrauen Sie einfach auf ihre Urteilskraft und spielen Sie mit. Wenn ich recht habe, könnte es verdammt gefährlich werden. Mir bleibt keine Zeit, Sie in die Hintergründe einzuweihen, aber ich muss wissen, ob Sie taktische Fragen hinsichtlich dieser Operation haben. Fragen Sie jetzt, sonst besteht die Gefahr, dass einige Ihrer Jungs nicht zurückkommen.«

»Machen Sie sich um uns keine Sorgen, Mr Mercer. General Kelly hat kurz gesagt, womit wir rechnen müssen. Ich mache mir eher Sorgen wegen Ihnen und diesem Piloten. Meine Piloten kennen ihn nicht und können kein Interesse daran haben, dass ihnen ein ziviler Helikopter in die Quere kommt.«

Damit hatte Mercer gerechnet, aber er konnte Knoff beruhigen. »Ich bin letztes Jahr während der Hawaii-Krise von diesem Piloten geflogen worden. Er war früher bei der Navy und ist Golfkriegsveteran. Wir bleiben zwei Meilen hinter Ihren Kampfhubschraubern zurück und verfolgen die Lage über Funk. Sie und Ihre Jungs streichen das große Geld dafür ein, dass auf Sie geschossen wird. Mein Mann wird die Instruktionen Ihrer Piloten aufs Wort befolgen.«

»Wie sieht's mit Ihrer Erfahrung aus?«

»Waren Sie im Irak?« Knoff nickte. »Ich war schon vor Kriegsbeginn dort, im Rahmen der Operation Prospector, für welche die Delta Force verantwortlich war. Wir mussten uns vergewissern, dass der Irak keine Nuklearwaffen hatte. Wahrscheinlich war ich schon in mehr Feuergefechte verstrickt als alle Ihre Soldaten zusammen, aber mir bleibt keine Zeit, Ihnen meine Narben zu zeigen. Sonst noch was?«

Knoff war etwas überrascht von Mercers Antwort. Natürlich gab es unter den Eliteeinheiten Rivalitäten, und man war verschwiegen, aber trotzdem kursierten Gerüchte über schwarze Operationen. Es war offensichtlich, dass Knoff von der Operation Prospector gehört hatte und wusste, dass ein Zivilist ein kleines Wunder vollbracht und einigen der Männer das Leben gerettet hatte, deren Aufgabe es war, ihn zu beschützen.

»Nein, Sir, das reicht mir. Ich habe die Koordinaten der beiden Pumpwerke, und ein Mann namens Lindstrom hat mir zwei improvisierte Karten gefaxt. Landen wir zeitgleich bei den beiden Pumpwerken?«

»Nein«, antwortete Mercer ruhig. »Wenn wir Ihre Einheit splitten, ist die Gegenseite wahrscheinlich in der Überzahl. Bis wir da oben sind, habe ich Informationen darüber, welches Pumpwerk besetzt wurde.«

»Okay.« Knoff hatte keine weiteren Fragen mehr.

»Auf geht's«, sagte Mercer. Er musste einen Optimismus verbreiten, von dem er selbst nicht überzeugt war.

Iwan Kerikow saß hinter der Kontrollkonsole des Pumpwerks. Auf seinen Oberschenkeln lag eine Maschinenpistole von Heckler & Koch. Die Leichen der wenigen Angestellten des Alyeska Marine Terminal, die in dem Pumpwerk die Stellung gehalten hatten, waren bereits entsorgt. Er zog seinen schweren Mantel aus und fragte sich, ob er auch den dicken Pullover ablegen sollte. In den späten Siebzigerjahren war er als Nachrichtendienstler bei einer Eliteeinheit des KGB aktiv gewesen. Bei einem Ausbildungseinsatz hatten sie ein von »Terroristen besetztes« Pumpwerk mitten in Sibirien einnehmen müssen. Nie hatte er die Abgeschiedenheit des Ortes in der Tundra und die unerträgliche Kälte vergessen. Da er in Alaska mit identischen Bedingungen rechnete, hatte er sich für den Angriff auf Pumpwerk Nr. 5 dick angezogen. Bisher war das seine einzige Fehlkalkulation gewesen.

Seit seiner Ankunft in Alaska hatte es Rückschläge, Verzögerungen und etliche andere Probleme gegeben. Er hatte sie auf die für ihn typische Weise gelöst. Reparaturen, auf Zeit spielen, Morde. Aber jetzt zahlte sich seine Arbeit aus. Der vormalige Kapitän der *Petromax Arctica* und die PEAL-Aktivisten hatten dafür gesorgt, dass tausendachthundert Tonnen flüssigen Stickstoffs an strategisch wichtigen Stellen der Trans-Alaska-Pipeline platziert werden konnten. Der Stickstoff, der das Rohr nicht vorzeitig vereisen durfte, verbarg sich in der Ummantelung der Pipeline, die einen Durchmesser von einem Meter fünfzig hatte. Kerikow hatte sogar dafür gesorgt, dass Witterungsspuren eines Vierteljahrhunderts imitiert worden waren, sodass von den Aufsehern des Alyeska Marine Terminal keine Sabotage vermutet werden würde. In den letzten Monaten hatte noch nie jemand Verdacht geschöpft.

Die Instrumentalisierung von PEAL war sein Meisterstück gewesen. Nur noch übertroffen davon, dass er PEAL eigentlich erst geschaffen hatte. Hasaan bin-Rufti hatte seinen Plan spöttisch beäugt. Er hatte auf seine eigenen Leute zurückgreifen wollen, um den flüssigen Stickstoff zu platzieren, doch Kerikow hatte darauf hingewiesen, dass fünfzig Araber in Alaska zu viel Verdacht erregen würden. Was bei einer Gruppe von Umweltschützern, wie man sie mittlerweile überall in den Vereinigten Staaten und Alaska kannte, seit der Präsident das Naturschutzgebiet für die Ölförderung geöffnet hatte, natürlich nicht der Fall war. Sie protestierten an mehreren Stellen entlang der Pipeline, während ihre Gesinnungsgenossen sie anderswo sabotierten.

Das Schöne war auch, dass die Aktivisten von PEAL die Motive im Hintergrund nicht kannten. Jan Voerhoven und sein trauriger Haufen wussten nicht, dass sich hinter ihren Sabotageakten sehr viel mehr verbarg als nur ökologischer Protest. Sie glaubten daran, was Kerikow ihnen erzählt hatte, und was sie glauben wollten. Nicht einer von ihnen hatte jemals einen Gedanken daran verschwendet, dass das Einfrieren der Pipeline nur ein temporärer Rückschlag für das Alyeska Marine Terminal und die künftige Erdölförderung in dem Naturschutzgebiet sein würde.

Voerhoven war der Schlimmste von allen. Er war intelligent, wahrscheinlich sogar hyperintelligent, hatte aber ein völlig aufgeblasenes Ego. Er, Kerikow, hatte ihn von einem Außenseiter der ökologischen Protestbewegung zu einem der größten Widersacher der industrialisierten Welt gemacht, doch der Mann glaubte, es sei sein eigenes Werk. In zwanzig Jahren beim KGB hatte Kerikow es gelernt, andere zu manipulieren. Manchmal brauchte man dafür Geld, oder man musste den Leuten Angst einjagen, doch bei Voerhoven hatte es gereicht, seinem Ego zu schmeicheln. Als PEAL mit der Sabotage der Pipeline begann, hatte Voerhoven geglaubt, die Idee für den Anschlag sei von Anfang an auf seinem eigenen Mist gewachsen.

Einer von Kerikows Männern betrat mit verschneiter Kleidung den Raum. »Wir werden zwei Stunden länger benötigen, um die Pipeline einzufrieren.« Er sprach Russisch mit einem deutschen Akzent, und seine Stimme klang defensiv. »Wir wussten nicht, dass die Pipeline in der Nähe des Pumpwerks so hoch verläuft. Da wir nur zwei Laser mit Kränen haben, dauert alles beträchtlich länger.«

Von Kerikows Selbstzufriedenheit war nicht mehr viel übrig.

Die letzten Kryostaten, entscheidend für die gesamte Operation, waren verloren gegangen, als einer der Behälter einen Riss bekommen hatte während des Transports von der *Arctica* zu dem Fischerboot *Jenny IV*. Der Stickstoff hatte eine Temperatur von minus hundertsechsundneunzig Grad Celsius, und Kapitän Albrecht war dadurch ein Unterarm abgefroren. Während der Verwirrung nach dem Unfall war an Bord der *Jenny IV* ein Brand ausgebrochen. Die Crew hatte das Feuer nicht löschen können, bevor die bereits an Bord gelagerten Kryostaten sich erhitzten. Die daraus resultierende Explosion hatte das Fischerboot zerstört. JoAnn Riggs hatte Kerikow versichert, dass das Wrack nach spätestens einer Stunde gesunken sein würde, doch das war nicht passiert, und die *Jenny IV* war am nächsten Tag gesichtet worden. Er war gezwungen gewesen, die Männer zu eliminieren, die das Wrack entdeckt hatten, doch wichtiger war es gewesen, neuen flüssigen Stickstoff aufzutreiben und ihn an Ort und Stelle zu bringen. Der ursprüngliche KGB-Plan hatte vorgesehen, achtzig Tonnen flüssigen Stickstoffs zu platzieren an einem entlegenen Ort, wo die Pipeline die Brooks Range hinabführte, fünfundsiebzig Kilometer nördlich des jetzigen Anschlagsortes. Ohne die erforderliche Menge an Stickstoff hatte er den Plan ändern und eine deutlich kleinere Menge direkt bei dem Pumpwerk 5 anbringen müssen.

Er hatte den Sabotageakt so geplant, dass nur ungefähr zwölf Stunden vergehen würden zwischen dem Angriff auf das Pumpwerk und der Freisetzung des Stickstoffs, doch jede Sekunde, die sie hier verbrachten, erhöhte die Chance, geschnappt zu werden oder den Stickstoff eher explodieren lassen zu müssen, was die Wirkung beeinträchtigen würde. In gewisser Weise gab er sich die Schuld dafür, Voerhoven nicht gesagt zu haben, diesen entscheidenden Abschnitt der Pipeline zuerst zu sabotieren und damit nicht bis zum Schluss zu warten. Hierher gekommen zu sein, war ein kalkulierbares Risiko, doch er wollte das Schicksal nicht herausfordern.

»Befehlen Sie Ihren Männern, die Hilfe für die PEAL-Aktivisten einzustellen. Schon klar, dadurch verlieren wir weitere Zeit, aber ich brauche Sie und Ihre Männer für den Fall, dass die Amerikaner reagieren. Mittlerweile müssen sie wissen, dass wir hier sind. Ich rechne in Kürze mit einem Angriff.« Kerikows Stimme klang wieder zuversichtlich. »Platzieren Sie die Raketen und raketengetriebenen Granaten und schicken Sie einen Wagen los, damit unten an der Straße jemand aufpasst. Die Sicherheitsbehörden hatten nicht genügend Zeit, ihren Angriff zu planen, sodass wir einen taktischen Vorteil haben. Und vergessen Sie nicht, wie wichtig ein Raketenangriff ist. Wenn Sie einen ihrer Helikopter verfehlen, können sie über Funk Verstärkung herbeirufen. Mittlerweile bin ich mir sicher, dass die Kombis mit den Mitarbeitern des Alyeska Marine Terminal, die wir von der Straße abgedrängt haben, die Polizei misstrauisch gemacht haben. Die Cops könnten schnell hier sein, wenn sie vermuten, was da passiert ist.«

Während die PEAL-Aktivisten mit Lastwagen beim Pumpwerk 5 eingetroffen waren, die auch den Stickstoff transportierten, waren Kerikow, seine beiden Leibwächter und Voerhoven mit einem Helikopter gekommen. Wenn die Amerikaner kamen, konnten sie den erneut benutzen, um zu entkommen, und die Umweltschützer sich selbst überlassen.

Wenn Voerhoven etwas dagegen hatte, dass seine Anhänger als Kanonenfutter dienten, so hatte er sich davon nichts anmerken lassen. Er war draußen im Sturm, feuerte seine Jünger an und erzählte ihnen, dies sei das Abenteuer ihres Lebens, an das sie sich bis ans Ende ihrer Tage erinnern würden.

Aber natürlich würde er, Kerikow, keinen von ihnen überleben lassen, selbst wenn sie den bevorstehenden amerikanischen Angriff mit heiler Haut überstanden. Er lächelte und zündete sich eine Zigarette an.

Supertanker Southern Cross

Auf dem Leuchtzifferblatt seiner Armbanduhr sah Hauser, dass es zwanzig Minuten vor zwölf war. Noch zwanzig Minuten, dann sollte der Erste Maschinist Patroni verhindern, dass man auf der Konsole auf der Brücke sah, wie er das Rettungsboot zu Wasser ließ. Aber seine Hoffnungen hatten sich zerschlagen. Die zwanzig Minuten würden verstreichen, Mitternacht würde kommen und gehen.

Vor einer Stunde hatte er das Feuer automatischer Waffen gehört, und es hatte sich so angehört, als wären die Schüsse auf der Brücke gefallen. Er lag unter mehreren Decken in dem Rettungsboot, übersät mit Krümeln der Notrationen, von denen er sich ernährte. Die Schüsse … Das konnte nur bedeuten, dass Patroni entdeckt worden war bei seinem Versuch, die Lämpchen für die Rettungsboote zu deaktivieren. JoAnn Riggs und die Terroristen mussten ihn mit ihren Uzi-Maschinenpistolen ermordet haben.

Er hatte keine Hoffnung mehr. Mit Sicherheit würde Riggs untersuchen lassen, warum sich Patroni an den Anzeigeinstrumenten zu schaffen gemacht hatte, und er saß in der Falle und konnte nichts tun. Hier gab es keine Waffen, nur eine Leuchtpistole, aber die in dem Rettungsboot abzufeuern wäre Selbstmord gewesen. Die Leuchtspurmunition würde das Boot in Brand setzen, und die giftigen Phosphordämpfe würden ihn bewusstlos machen, während um ihn herum der Fiberglasrumpf schmolz.

Zehn vor zwölf.

Patroni war tot, doch vielleicht wusste Riggs nicht, was er vorgehabt hatte. Zumindest hoffte Hauser das. Vielleicht konnte er sich noch ein paar Stunden in dem Rettungsboot verstecken und entscheiden, was am besten war, nicht nur für ihn, sondern auch für die Crew. Wenn er das Boot jetzt zu Wasser ließ, würde auf der Brücke das Lämpchen aufleuchten und ein Alarm ertönen. Riggs würde jemanden schicken, der ihn mit seiner Maschinenpistole erledigen würde, weil er noch längst nicht weit genug von dem Tanker entfernt sein würde. Ein spektakulär kurzer Fluchtversuch.

Er begann, sich einen neuen Plan zurechtzulegen. Es war offensichtlich, dass er nicht unbemerkt von der *Southern Cross* entkommen konnte. Seine einzige Chance lag in einem weiteren Sabotageakt, um so zu verhindern, dass der Tanker einen kontinentalen Hafen erreichte. Er erinnerte sich an das belauschte Gespräch und daran, wie wichtig es Riggs war, in Seattle einzulaufen. Vermutlich waren sie noch eine Tagesreise von dem Tiefseehafen im Bundesstaat Washington entfernt.

Plötzlich hörte er in der nächtlichen Stille eine Stimme. »Ich checke jetzt das Rettungsboot am Heck.«

Hauser reagierte blitzschnell. Er schlug die Decken zurück und richtete die Leuchtpistole auf die Eingangsluke, an der sich draußen bereits jemand zu schaffen machte.

Es war vorbei. Von allen Ängsten, die er schon durchlitten hatte, war dies die schlimmste. Sein Mund war ausgetrocknet, seine Hände zitterten, Schweißtropfen rannen ihm von der Stirn in die Augen. Gleich würde der Terrorist die Tür aufstoßen und sein Versteck entdecken.

Wie auch immer, er würde auf jeden Fall feuern. Durch Patronis Verhalten wusste Riggs, dass er noch an Bord war, und es war nur eine Frage der Zeit gewesen, bis man ihn finden und erschießen würde. Er würde sterben, aber noch einen von diesen Dreckskerlen mit in den Tod nehmen.

Schließlich öffnete sich die Luke mit einem leisen Zischen. Lyle Hauser lag wieder unter den Decken, und nur die Mündung der Leuchtpistole verriet seine Anwesenheit. Als die kalte, salzige Brise hereindrang, wurde ihm bewusst, wie abgestanden die Luft in dem Rettungsboot war. Der Terrorist beugte sich durch die Öffnung.

Er war schwarz gekleidet und mit einer Uzi-Maschinenpistole und einem Colt bewaffnet. Er hielt eine kleine Taschenlampe zwischen den Zähnen, wie eine Zigarre, und ein Funkgerät in der linken Hand. Hauser bewegte sich unwillkürlich und wurde entdeckt.

»Ich glaube, ich hab hier wen gefunden«, brüllte der Mann in sein Funkgerät.

In diesem Moment fühlte sich Hauser so lebendig und wach wie nie zuvor. Der Mann riss die Augen auf, als er die Leuchtpistole sah, und er konnte kaum noch den Mund aufmachen, als Hauser abdrückte.

Die Leuchtspurmunition traf den Mann in die Brust und setzte seinen Parka sofort in Flammen. Hauser sah, dass der brennende Körper ihm den einzigen Ausweg aus dem Rettungsboot versperrte und wusste, dass sein eigenes Ende nicht mehr weit war.

JoAnn Riggs spürte die neue Last der Verantwortung. Ihr Gesicht war faltig, und sie hatte dunkle Ringe unter den Augen. Sie fühlte sich erschöpft und konnte nicht mehr klar denken. Vor einer Stunde hatte sie sich erleichtert gefühlt, als Wolf ihr erklärt hatte, wie man eine Uzi bediente, doch damit war es vorbei. Jetzt war sie wieder auf der Brücke und beobachtete wachsam die entmachteten Crewmitglieder.

Wolf, der in Iwan Kerikows Diensten stand, hieß tatsächlich Wolfgang Schmidt und stand direkt hinter ihr, bereit, jeden Moment nach seiner Waffe zu greifen. Ein Steuermann und ein Navigationsoffizier saßen vor den Konsolen und versuchten, die Terroristen zu ignorieren. Patroni hockte unter der Hauptkonsole. Sein Hintern war halb sichtbar wie bei einem Klempner aus der Vorstadt. Neben ihm kniete der Elektriker. Einer von Wolfs Männern, ebenfalls mit einer Uzi bewaffnet, beobachteten sie eingehend. Seine Augen funkelten unheimlich in der gedämpften Nachtbeleuchtung auf der Brücke.

Die Fahrtgeschwindigkeit der *Southern Cross* war weiterhin nur aus dem Maschinenraum, nicht von der Brücke aus zu regeln, aber Patroni und seine Männer hatten es geschafft, die Kontrolle für die Überwachung der Tanks wiederherzustellen, indem sie bei weniger wichtigen Systemen Ersatzteile ausgebaut hatten. Sie leisteten bewundernswerte Arbeit, wenn man bedachte, unter welchem Zeitdruck sie standen und dass sie ständig vom Tod bedroht waren, falls sie versagten.

Für das Problem mit der Regelung der Fahrtgeschwindigkeit würde Patroni sich Zeit nehmen. Mit Hilfe des Elektrikers hatte er es bereits geschafft, die Lösung des Problems aufzuschieben. Sie hatten absichtlich einen Kurzschluss ausgelöst, weißer Rauch quoll unter der Konsole hervor. Er hatte eine misstrauische Riggs gewarnt, eine Reparatur sei vielleicht unmöglich, doch sie schien sich wegen der Verzögerung keine allzu großen Sorgen zu machen.

Patroni war aus einem weiteren wichtigen Grund auf der Brücke. Bevor Kapitän Hauser das Rettungsboot zu Wasser ließ, wollte er die Anzeigelämpchen und den Alarm deaktivieren, doch dafür hätte er sich zur anderen Seite der Brücke begeben müssen, und Riggs wäre misstrauisch geworden. Sie wusste, wie lange Patroni für die Reparatur der Systeme benötigen würde, oder wann klar war, dass man sie abschreiben konnte. »Also, Patroni?«, fragte sie mit einer Zigarette zwischen den Lippen.

»Tut mir leid, aber womöglich ist nichts mehr zu machen. Die Energieversorgung ist im Eimer, der Spannungsmesser zeigt nichts mehr an. Das ist etwas anderes als das Problem mit der Kontrolle der Tanks, wo ich improvisieren konnte. Hier brauche ich spezielle Ersatzteile, die wir nicht haben.« Patroni erhob sich und massierte seinen Rücken.

»Sie werden das Problem lösen«, sagte Wolf drohend.

Allmählich hatte Patroni die Nase voll. »Sie wollen, dass ich das hier repariere?« Er riss die Tür unter der Hauptkonsole auf, aus der ein Chaos von elektronischen Komponenten hervorquoll. Niemand außer ihm und dem Elektriker konnte sich darunter etwas vorstellen. »Okay, kommen Sie her und versuchen Sie es selbst. Keine Lust? Haben Sie Schiss, es nicht zu schaffen? Dann lassen Sie mich endlich in Ruhe.«

Wolf zeigte keine Reaktion, doch sein Gefährte trat vor und stieß Patroni den Lauf seiner Maschinepistole in die Rippen. Er schien sich kaum beherrschen zu können, auf den Abzug zu drücken.

»Nein!«, schrie Wolf auf Deutsch.

Patroni hatte sich nicht bewegt. Er lächelte und schien die Waffe nicht zu bemerken, mit der er bedroht wurde. Er stand jetzt vor der Konsole mit den Anzeigelämpchen für den Start der Rettungsboote.

Der Terrorist trat zurück und richtete die Waffe nacheinander auf die anderen Crewmitglieder.

JoAnn Riggs sprang auf und war mit drei Schritten bei Patroni. Sie hatte die Hand erhoben, als wollte sie ihn schlagen. Obwohl sie den Ersten Maschinisten noch nicht lange kannte, war ihr klar, dass sein Wutausbruch nicht zu seiner Persönlichkeit passte. Irgendetwas stimmte nicht. Wolf trat vor, als das Funkgerät an seinem Gürtel zu knistern begann.

»Ich glaube, ich hab hier wen gefunden«, sagte die Stimme am anderen Ende.

Der Elektriker reagierte zuerst. Er sprang auf und schleuderte einen schweren Drehmomentschlüssel auf den schießwütigen Terroristen. Wolf riss seine Pistole aus dem Holster und feuerte. Die 9-mm-Kugel traf den Elektriker und zerfetzte sein Herz und seine Lunge.

Patroni hatte einen Sekundenbruchteil schneller reagiert.

Hausers Leben zählte nicht. Sein Schicksal war eigentlich schon besiegelt gewesen, als Riggs und die Terroristen das Schiff in ihre Gewalt gebracht hatten, und in den letzten Sekunden seines Lebens begriff und akzeptierte er das.

Die grell brennende Leuchtspurmunition bohrte sich in die Brust des schreienden Terroristen, der keine Überlebenschance hatte. Selbst in seiner Todesangst hütete er sich, wegen der extremen Hitze an die Wunde in seiner Brust zu fassen. In nur wenigen Sekunden stieg die Temperatur in dem Rettungsboot von knapp über null auf fünfzig Grad. Es stank nach Phosphor und verbranntem Fleisch. Rauch quoll nach draußen und wurde von der steifen Brise hinweggetragen.

Der Terrorist hatte seinen Colt fallen lassen, als sich die Leuchtspurmunition in seine Brust bohrte, griff aber jetzt nach der um seinen Hals baumelnden Uzi, deren Kunststoffgriff geschmolzen war. Obwohl schon halb tot, hob er die Maschinenpistole, um Kapitän Hauser mitzunehmen ins Reich des Vergessens.

Der Drehmomentschlüssel traf den Terroristen am Hals, und der ließ die Maschinenpistole sinken, bevor er abdrückte. Kugeln ließen Glas zersplittern und zerstörten weitere elektronische Geräte auf der Brücke. Vier Kugeln trafen den Elektriker in die Brust, und sein bereits lebloser Körper wurde durch die zersplitterte Scheibe nach draußen geschleudert.

George Patroni schien nichts davon zu bemerken, stürzte auf Riggs zu und stieß sie mit der Schulter zur Seite. Sie holte aus und versetzte ihm einen Schlag gegen den Hinterkopf, aber Patroni war wie besessen von seinem Auftrag und bemerkte nichts davon. Er ignorierte die durch die Brücke pfeifenden Kugeln und riss an Kabeln und Schaltungsplatten, damit die Rettungsboote automatisch zu Wasser gelassen wurden. Kalter Wind drang in die Brücke und vertrieb den Gestank des Schießpulvers. Riggs lag nach Patronis Bodycheck am Boden und griff hektisch nach dessen Beinen.

Wolf feuerte zweimal. Patroni stürzte mit ausgestreckten Armen gegen die Konsole des Steuermanns. Auf seinem

Overall zeichneten sich blutige Flecken ab. Der Steuermann war bereits tot, ihm war der halbe Kopf weggerissen worden.

Patroni hatte Hausers Rettungsboot zu Wasser lassen wollen, ohne dass es jemand mitbekam. Er hatte den verängstigten Elektriker davon überzeugt, dass es das Risiko wert war. JoAnn Riggs und ihre Verbündeten würden nichts davon merken. Und wenn doch? Wie viele der Mannschaftsmitglieder werden noch sterben, dachte er, als er seinen letzten Atemzug tat.

Im letzten möglichen Moment, als Hauser in den Lauf der Uzi blickte, machte George Patroni sein Wort wahr. Der Kran hob das Rettungsboot an, und die Kugeln des sterbenden Terroristen, der in der offenen Luke hing, gingen ins Leere. Lyle Hauser war zu verblüfft, um zu reagieren. Wegen der dichten giftigen Phosphorwolke hatte er nicht genau sehen können, was passierte. Kein Zweifel, das Rettungsboot wurde automatisch zu Wasser gelassen.

Als der Arm des Krans voll ausgefahren war, gab es nur einen Spalt von gut fünfzig Zentimetern zwischen dem Boot und dem Heck der *Southern Cross*. Als die Winde das Boot losließ, verhedderte sich der Körper des Terroristen in dem engen Zwischenraum. Seine Beine verfingen sich an der Reling, während sein Oberkörper noch in der Luke klemmte, und als das Boot in die Tiefe stürzte, wurde der bereits Tote in zwei Stücke gerissen.

Hauser schrie wie ein Besessener, als der noch immer brennende Torso in das Innere des Bootes fiel. Dann schlug das Rettungsboot mit markerschütternder Wucht auf dem Meer auf, und Wasser spritzte durch die offene Luke. Einen

Augenblick später wurden die Leinen zur *Southern Cross* durchtrennt, und plötzlich trieb das Rettungsboot frei auf den Wellen. Die anderen beiden Rettungsboote, die sich weiter vorn auf dem Tanker befunden hatten, wurden gleichzeitig mit dem Hausers zu Wasser gelassen, kenterten aber sofort und sanken kurz darauf. Hinter dem Heck des Tankers blieb Hauser das Schicksal des Ertrinkens erspart, aber das Boot schaukelte bedrohlich, bis es aus dem Kielwasser des Supertankers heraus war.

Noch immer halb bewusstlos von dem giftigen Rauch des Phosphors, kickte er angeekelt den Torso des toten Terroristen über Bord. Dann schloss er die Luke.

Es war zwei Minuten nach Mitternacht.

Er wusste nicht, was auf der Brücke passiert war und ihm die Flucht ermöglich hatte. Es war ein Geschenk der Vorsehung, und er wollte seine Chance bestmöglich nutzen. Da das Radargerät der *Southern Cross* irreparabel zerstört war, würde Riggs nie in der Lage sein, das Rettungsboot auf dem Nordpazifik zu entdecken. Aber es war denkbar, dass sie seine Position orten konnte, wenn er den Notruf zu früh absetzte. Das Funkgerät auf dem Rettungsboot war klein und hatte nur eine begrenzte Reichweite. Um es vernünftig nutzen zu können und sein Leben zu schützen, musste er weit von dem Tanker entfernt und näher an der Küste sein. Dann konnte er nur hoffen, dass jemand in der Nacht Funksprüche abhörte. Er war zweihundertdreißig Seemeilen von der Küste entfernt und wusste nicht, dass ein elfjähriger Junge von seinem Vater beauftragt worden war, an Bord von dessen Trawler vor dem Funkgerät aufzupassen.

Aber der Junge schlief fest.

Miami, Florida

David Saulman war schon seit vielen Jahren Witwer und hatte es sich angewöhnt, in aller Herrgottsfrühe mit der Arbeit zu beginnen. Er schaute in diverse Büros seiner großen Kanzlei, machte Licht und nahm Expressbriefe und Telegramme von den Schreibtischen seiner Teilhaber. Als er sein persönliches Büro betrat, gurgelte dort schon die Kaffeemaschine, die sich automatisch einschaltete, wenn er die Tür der Kanzlei aufschloss, die ein ganzes Stockwerk in dem Hochhaus am Meer einnahm.

Der Kaffee war bereits durchgelaufen, und Saulman schenkte sich einen riesigen Becher voll. Am Horizont zeigten sich die ersten Lichtstreifen. Die Stadt schlief noch, um sich zu erholen für einen zweifellos wieder extrem heißen Tag.

Wenn bei der Kanzlei Berkowitz, Saulman & Little neue Partner einstiegen, erfuhren sie schnell, dass es nie Teilhaber namens Berkowitz und Little gegeben hatte. Die Namen hatte Saulman erfunden, als er vor drei Jahrzehnten die Kanzlei gegründet hatte. Für ihn hatte sich das solider angehört als nur sein eigener Name. Und danach hörten die neuen Partner, dass ihr Chef immer schon vor ihnen im Büro sein und ihre Post durchsehen würde.

David Saulman war so etwas wie ein gutmütiger Diktator. »Was in meiner Kanzlei abgegeben wird, gehört mir«, hatte er einst gesagt. Während der Achtzigerjahre hatten Fahrradkuriere ständig Kokain für einige der jüngeren Anwälte gebracht, und bald hatte er mehr davon, als die Polizei bei ihren Razzien beschlagnahmte. Er stellte die Anwälte nicht zur Rede, weil ihm bewusst war, dass normale Menschen ohne Aufputschmittel diesen Hundert-Stunden-Wochen nicht gewachsen waren.

Heute lag nur ein Dutzend Kuverts vor ihm. Ein Nachtwächter brachte die während seiner Arbeitszeit zugestellten Expressbriefe in die Büros von Saulmans Mitarbeitern. Nach ein paar Minuten hatte er alle überflogen. Meistens stammten sie von Mandanten, die in Panik waren, weil sie Geld zu verlieren befürchteten.

Saulman trug einen dunklen Nadelstreifenanzug. Er hatte das Hemd am Kragen aufgeknöpft und den Knoten seiner Seidenkrawatte gelockert.

Weil er um halb neun eine Besprechung hatte, trug er seine Armprothese. Lieber ließ er den Ärmel schlaff herabhängen, doch der Anblick schien viele seiner Mandanten verlegen zu machen.

Er war nur eins fünfundsechzig groß und bekam einen Bauch. Seine nervöse Energie hielt ihn ständig in Bewegung. Er wippte mit dem Fuß, fuchtelte mit dem gesunden Arm und grimassierte. Irgendwie gelang es ihm, alle einzuschüchtern.

Er saß an seinem riesigen Schreibtisch und dachte darüber nach, in seiner Londoner Dependance anzurufen, die er kürzlich gegründet hatte. Dort war es schon bald Mittag, und die meisten seiner Mitarbeiter würden mit dem Verkauf eines niederländischen Unternehmens beschäftigt sein, das sich auf den Bau von Schleppern spezialisiert hatte. Aber es gab dort auch genug Anwälte, die sich um weniger spektakuläre Fälle kümmern mussten.

Als er gerade nach dem Telefon greifen wollte, um sich in London nach dem Rechten zu erkundigen, betrat eine seltsame Gestalt sein Büro. Saulman erkannte den Mann sofort, aber sein abgerissenes Aussehen schockierte ihn. Bud Finley ließ sich vor Saulmans Schreibtisch auf einen Stuhl fallen. Er war Privatdetektiv.

Finley trug einen billigen Anzug und ein Hemd aus dem Sonderangebot, und sein Frisör schien auch kein Meister seines Fachs zu sein. Er hatte fettige Strähnen über eine kahle Stelle gekämmt. Er war ein muskulöser, breitschultriger Mann mit einem geröteten Gesicht. Seinem Blick entging nichts, und er war gerissener als eine Kanalratte.

Obwohl Saulman Finley erwartet hatte, irritierte ihn der derangierte Zustand seines Besuchers. Finley sah wirklich aus, als käme er direkt aus der Gosse.

»Sie sind früh dran«, bemerkte Saulman, der sich genau daran erinnerte, die Tür seiner Kanzlei wieder abgeschlossen zu haben. Was für Finley offenbar kein Hindernis gewesen war.

Finley riss ein Zündholz an einem Fingernagel an und zündete sich eine filterlose Zigarette an. »Bestimmt haben Sie darauf gewartet, was ich Ihnen zu sagen habe«, bemerkte er im schleppenden Tonfall des tiefen Südens.

Seit Mercer sich über Tanker im Golf von Alaska erkundigt hatte – insbesondere über die Schiffe von Petromax Oil –, war Saulmans Interesse geweckt. Mercer geriet immer in die tollsten Geschichten hinein. Saulman hatte auf eigene Kosten seine besten Quellen angezapft. Bud Finley hatte die

Firmensitze von Petromax Oil in Delaware und den von Southern Coasting and Lightering in Louisiana aufgesucht.

Obwohl sie sich seit Jahren kannten, hatte Mercer Saulman immer fasziniert. Er präsentierte einfache Lösungen für komplizierte Probleme, oder komplizierte Lösungen für scheinbar einfache Probleme. Seine Intuition täuschte ihn nie, und wenn Mercer ihn um einen Gefallen bat, war das bestimmt der Beginn einer verzwickten Geschichte.

Als er kürzlich angerufen hatte wegen der Schiffe im Golf von Alaska, wusste Saulman, dass sich hinter der schlichten Frage sehr viel mehr verbarg. Wenn etwas dahintersteckte, dass die *Petromax Arctica* zu spät im Hafen von Valdez eingelaufen war, würde ein gewiefter Profi wie Finley das herausbekommen. Und während Saulman selbst beiläufig, wenn auch ohne Erfolg, gefragt hatte, warum die Petromax-Flotte an SC&L verkauft worden war, glaubte er, dass Finley jetzt die Wahrheit herausgefunden hatte.

Er hatte Finley frühestens am Abend erwartet, denn der hatte nur achtundvierzig Stunden Zeit gehabt, um die Informationen zu beschaffen. Er hätte sich nicht vorstellen können, dass Finley bei einem renommierten Großunternehmen wie Petromax Oil oder einer eher obskuren Firma wie SC&L so schnell etwas herausbekommen würde. SC&L war erst kürzlich von einem unbekannten Käufer übernommen worden. Saulman konnte sich nicht vorstellen, dass sich in dieser Branche etwas tat, ohne dass er etwas davon mitbekam.

»Haben Sie schon mal von einem Araber namens Hasaan bin-Rufti gehört?«, fragte Finley.

Zwanzig Minuten später, nachdem ihm Finley die ganze

Geschichte erzählt hatte, versuchte Saulman, Mercer zu erreichen, doch es meldete sich nur der Anrufbeantworter. »Sie wissen, wer sich meldet. Rufen Sie so schnell wie möglich zurück. Ich weiß, warum die *Petromax Arctica* zu spät in den Hafen von Valdez eingelaufen ist, doch das ist nur die Spitze des Eisbergs. Rufen Sie mich zu Hause an. Nach dem, was ich eben gehört habe, mache ich einen Tag Urlaub.«

London

In dem Wartezimmer mit den gekachelten Wänden und dem zerschlissenen Teppichboden saßen nervöse Patienten und Familienangehörige. In dieser Umgebung war Lady Millicent Gray eine extrem auffällige Erscheinung mit ihrem leuchtend roten Haar und den langen Beinen, die nur teilweise verborgen waren durch ihr bequem geschnittenes Leinenkleid. Ihr Gesicht ließ selbst um diese frühe Morgenstunde nichts erahnen von den sexuellen Ausschweifungen der letzten Nacht und spiegelte das Selbstvertrauen einer blaublütigen Dame der Gesellschaft. Alle drehten sich nach ihr um und vergaßen für einen Augenblick ihren Kummer.

Wenn man die etwa vierzig wartenden Leute später gefragt hätte, hätte sich bestimmt niemand daran erinnert, eine voll verschleierte Araberin an ihrer Seite gesehen zu haben.

An der Anmeldung raunte Millicent der Gestalt neben ihr etwas zu. »Hoffentlich weißt du, dass ich dieses Outfit auch noch tragen werde, wenn wir hier fertig sind, Trevor. Ich will, dass du mich nimmst wie ein barbarischer Pirat.«

»Machst du Witze?«, fragte Trevor James-Price. »Ich bin jetzt eine Frau und weiß, warum die so gern Röcke tragen. Die frische Luft an meinen Eiern. Und keine engen Hosen mehr.«

Millie Gray lächelte. »Mein Gott, du bist wirklich unverbesserlich.«

Der Krankenpfleger an der Anmeldung fragte Millicent nicht, warum sie Khalid Khuddari sehen wolle. Er war zu sehr damit beschäftigt, ihre Brüste anzustarren. Der Gestalt an ihrer Seite schenkte er keine Beachtung. Er sagte, Khalid Khuddari liege in einem Privatzimmer im dritten Stock. Millicent Gray und der verkleidete Trevor James-Price gingen zu den Aufzügen und mussten sich schwer beherrschen, nicht Händchen zu halten. Lord Harold Gray würde erst in gut zwei Wochen von seinem Jagdausflug in Afrika zurückkommen, und bis dahin würden sie jede Minute ihrer Affäre genießen.

Fünf Minuten, nachdem Trevor und Millie in den Aufzug getreten waren, schlenderte ein junger Kurde in das Wartezimmer. In seiner linken Brusttasche steckte ein Mobiltelefon und unter seiner Achsel eine Sig Sauer P220 mit Schalldämpfer.

Tarik hatte ihm in dem Parkhaus vor dem Krankenhaus Khalids Zimmernummer genannt, die er am letzten Abend mühsam in Erfahrung gebracht hatte. Dem Kurden blieben genau zwanzig Minuten, um Khalid zu töten und in das Parkhaus zurückzukehren, wo Tarik in dem Fluchtauto wartete. Der junge Mann trödelte fünf Minuten in dem Wartezimmer herum, um seinen Mut zusammenzunehmen. Zwei Sicherheitsbeamte plauderten mit Reportern, die wissen wollten, wer in der letzten Nacht mit Schusswunden eingeliefert worden war.

Der Killer beschloss, dass der richtige Zeitpunkt gekommen war. Falls man ihn erwischte, würde er sich das Leben nehmen, um sein Versagen vom Vortag wiedergutzumachen. Er würde ein Märtyrer sein. Wenn es klappte, würde der Schuss durch den Schalldämpfer schon vor Khuddaris Zimmer nicht mehr zu hören sein. Niemand blickte ihm nach, als er zu den Aufzügen ging.

Vor knapp zwei Stunden hatten die Schmerzen Khalid Khuddari aufwachen lassen, denn die Wirkung des Morphins ließ nach. Die Wunden an seinem Rücken brannten und juckten fürchterlich. Die kleinste Bewegung ließ ihm Tränen in die Augen treten. Und wenn die Tränen in die Schnittwunden in seinem Gesicht liefen, war es, als würde jemand Salz in die Wunden reiben.

Er blickte sich in dem Krankenzimmer um und sah Millicent Gray und Trevor James-Price. Trevor schlug den schwarzen Schleier seines Tschadors zurück, und das blonde Haar fiel ihm in das jungenhafte Gesicht. Trotz seines selbstgefälligen Lächelns spiegelte der Blick seiner strahlend blauen Augen echte Sorge um seinen Freund. »Mein Gott, Khalid, alter Kameltreiber, du siehst furchtbar aus.«

»Du hast keine Ahnung, was für Schmerzen ich habe.«

»Ich muss auch gar nicht weiter nachfragen, wie du dich fühlst, weil ich gestern Abend mit dem Arzt gesprochen und heute Morgen die Zeitungen gelesen habe. Ich weiß also, was passiert ist. Aber warum wolltest du, dass ich in diesem Aufzug herkomme? Übrigens sind die Sicherheitsvorkehrungen in diesem Krankenhaus absolut lächerlich.«

»Nicht weiter überraschend. Niemand weiß, wer ich bin, und so soll es auch bleiben.« Khalid setzte sich mühsam und mit schmerzverzerrtem Gesicht auf. Als er die Beine über die Bettkante schwang, war er außer Atem und schwitzte.

»Immer mit der Ruhe, alter Knabe.« Trevor durchquerte das Krankenzimmer und legte Khalid eine Hand auf die

Schulter. Schon diese sanfte Berührung ließ ihn vor Schmerz zusammenzucken.

»Ich muss von hier verschwinden, Trevor.« Khalids Gesicht war leichenblass, seine Lippen hatten sich bläulich verfärbt. »Ich muss in die Vereinigten Arabischen Emirate zurückkehren.«

»An Ihrer Stelle würde ich mich nicht vom Fleck rühren«, sagte Millicent Gray, die neben Trevor getreten war. Man konnte Khalid nicht ansehen, ohne tiefes Mitgefühl zu empfinden.

»Mir bleibt nichts anderes übrig. Trevor kann Ihnen den Grund erklären, aber im Moment bin ich auf Ihre Hilfe angewiesen. Für Mitleid kann ich mir nichts kaufen.«

Khalid wirkte hundertprozentig entschlossen, und Trevor zog bereits wieder den Schleier vor sein Gesicht. Trotz seiner Bemerkung gegenüber Millicent trug er unter dem Tschador seine Anzugshose und ein weißes Hemd, dessen Kragen mit Lippenstift verschmiert war.

»Was soll sie für dich tun?«, fragte Trevor.

»Ich habe doch gestern Abend gesagt, dass *sie* den Tschador tragen sollte.«

»Spielt doch keine Rolle, alter Knabe«, erwiderte Trevor schnodderig. »Ich wollte immer schon mal ein Transvestit sein.«

Khalid schwieg, als Trevor ein paar Klamotten auspackte, die er und Millie in Lord Grays Ankleidezimmer eingesteckt hatten. Millicents Gatte musste groß und dick sein. Die Hose war zu lang und viel zu weit. Nachdem Trevor Khalid beim Ankleiden geholfen hatte, zog er den schwarzen Tschador so weit herunter, dass nur noch seine Schuhe zu sehen waren.

»Ich hoffe, du weißt, was du tust, Khalid. Eigentlich dürftest du dieses Zimmer nicht verlassen. Von dem Rückflug in die Vereinigten Arabischen Emirate will ich gar nicht erst reden.«

»Mir bleibt nichts anderes übrig«, antwortete Khalid unter Schmerzen. Es war kaum zu glauben, doch allmählich gewöhnte er sich daran.

Millicent trat schnell vor und packte den Arm des taumelnden Khalid. »Du solltest ihm nicht helfen, Trevor. Er ist halb tot.«

»Hier stehen mehr Leben auf dem Spiel als nur seines«, erwiderte Trevor ruhig. »Es tut mir leid, dass ich dich in diese Geschichte hineingezogen habe. Dazu hatte ich eigentlich kein Recht, aber ich bitte dich noch mal, uns zu helfen. Die Männer, die ihn gestern vor dem British Museum eliminieren wollten, werden es mit größter Wahrscheinlichkeit erneut versuchen. In diesem Zimmer gibt er eine prima Zielscheibe ab.«

»Warum wenden Sie sich nicht an Ihre Botschaft?«, fragte Millie Khalid.

»Weil ich im Augenblick nicht weiß, wem ich da vertrauen kann.«

»Aber er wird ohne Reservierung keinen Flug bekommen«, sagte Millie zu Trevor, als wäre Khalid gar nicht da.

»Er hat einen Diplomatenpass. Damit bekommt man immer ein Ticket.« Trevor hielt den Pass hoch, den er aus Khalids Hotelzimmer geholt hatte. »Da hier gestern Abend niemand wusste, wer er ist, habe ich mir gedacht, dass er keine Ausweispapiere dabeihatte.«

Khalid nickte seinem Freund dankbar zu und nahm ihm

den Diplomatenpass aus der Hand. »Das ist doch endlich mal ein nützliches Privileg. Es tut mir leid, Lady Gray, aber ich bleibe bei meiner Entscheidung. Und wie Trevor schon sagte, hier stehen viele Leben auf dem Spiel.«

»Okay, ich helfe Ihnen. Aber nur, wenn Trevor dafür sorgt, dass wir in Heathrow von Sicherheitspersonal und einem Arzt in Empfang genommen werden.« Millie glaubte zwar, dass die beiden Männer die Lage dramatisierten, aber sie würde mitspielen, denn mit ihrem Mann, dem millionenschweren Parlamentsmitglied, langweilte sie sich zu Tode.

»Es ist am besten, wenn sie hierbleibt, Trevor«, sagte Khalid. »Man könnte uns folgen, wenn wir das Krankenhaus verlassen haben.«

»Unsinn.« Trevor zog den Schleier über Khalids Gesicht. »Niemand wird dir die geringste Beachtung schenken.«

Er drückte Millie die Schlüssel für den alten Bentley in die Hand, den er seit seiner Scheidung fuhr, und streichelte kurz ihre Finger. Millie lächelte, und er zwinkerte ihr zu. »Schaffst du es, ihn aus dem Krankenhaus zu schmuggeln? Ich könnte mitkommen, bis ihr im Auto sitzt.«

»Nein!«, widersprach Khalid, dessen Stimme durch den Schleier gedämpft wurde, aber äußerst entschlossen klang. »Ich schaffe das schon.«

An der Tür drehte sich Khalid noch einmal zu seinem Freund um. Das durch das Fenster strömende Sonnenlicht vergoldete Trevors blondes Haar. »Wir sehen uns bald wieder, du verdammter englischer Snob.«

»Pass gut auf dich auf, du stinkender Kameltreiber.«

Khalid gestattete es Millie, seine Hand zu nehmen und

ihn aus dem Zimmer zu führen. Er spielte die Rolle eines leidgeprüften Angehörigen, der ein sterbendes Familienmitglied besucht hatte. Und tatsächlich musste er sich bemühen, nicht zusammenzubrechen. Keiner der beiden beachtete den Mann in dem Trenchcoat, der ihnen im Flur entgegenkam. Hätten sie sich kurz darauf umgedreht, hätten sie gesehen, wie der Mann etwas aus der Manteltasche zog, als er sich Khalids Krankenzimmer näherte. Vielleicht hätten sie Trevor retten können.

Als die schwere Tür langsam ins Schloss fiel, betrat Trevor gerade das Bad. Er glaubte, Millie sei zurückgekommen, um ihm einen Abschiedskuss zu geben. Lächelnd drehte er sich um. Ein Unbekannter zog seine Waffe und feuerte hastig einen Kugelhagel ab. Die meisten Kugeln schlugen in die Badezimmertür, doch eine traf Trevor direkt zwischen den Augen. Die Wunde blutete kaum, als er tot auf den harten Linoleumboden fiel.

Der Mörder blickte den verwaisten Flur hinab. Als er sich sicher war, dass niemand die Schüsse gehört hatte, kehrte er in das Krankenzimmer zurück. Nachdem er die Waffe weggesteckt hatte, untersuchte er die Leiche und erkannte, dass er einen schlimmen Fehler gemacht hatte. Der Tote war nicht Khalid Al-Khuddari.

Sein Handy klingelte. Er zog es aus der Tasche und nahm den Anruf an, brachte aber kein Wort heraus. Sein entsetzliches Versagen hatte ihm die Stimme verschlagen.

»Also?«, hörte er Hasaan bin-Rufti fragen. Der Kurde wünschte sich, es wäre Tarik gewesen, denn mit dem glaubte er ein bisschen besser klarzukommen als mit seinem korpulenten Boss.

»Er ist entkommen«, sagte der Mörder ohne weiteres Nachdenken.

»Was?«, brüllte Rufti.

»Als ich eintraf, hatte er das Krankenhaus bereits verlassen. Ich weiß nicht, wohin er verschwunden ist.« Der Mörder glaubte allenfalls noch durch Lügen sein Leben retten zu können. Denn Rufti würde versuchen, ihn zu ermorden, um ihn für sein Versagen zu bestrafen.

»Wenn Sie ihn nicht finden, ziehe ich Ihnen bei lebendigem Leibe die Haut ab.« Hasaan bin-Rufti knallte das Handy auf die Armlehne seines Sitzes und wandte sich dem vor ihm wartenden Diener in der schneeweißen Jacke zu. »Sagen Sie dem Piloten, wenn wir nicht in sechzig Sekunden in der Luft sind, ziehe ich ihm bei lebendigem Leibe die Haut ab.«

»Ja, Herr Minister«, sagte der Lakai mit einer unterwürfigen Verbeugung und entschwand mit schnellen Schritten in Richtung Cockpit.

Der Hawker-Siddeley-Privatjet hatte eine äußerst exklusive Innenausstattung in Tropenholz und Leder, aber für Ruftis Geschmack war er zu klein. Die meisten Menschen hätten es nicht fassen können, so ein Flugzeug zu ihrer Verfügung zu haben, aber Rufti war neidisch darauf, dass Khuddari eine Boeing für sich beanspruchen konnte. Die er nie benutzte, dieser Idiot.

So ein Flugzeug sollte jemandem zur Verfügung stehen, der es zu würdigen weiß, dachte Rufti. Jemandem wie ihm.

Sie saßen immer noch in Gatwick fest, mittlerweile seit fast zwei Stunden, weil eine El-Al-Maschine aufgrund technischer Probleme statt in Heathrow hier notlanden wollte, wodurch ein Dutzend Flugzeuge, darunter auch Ruftis Privatjet, keine Starterlaubnis bekam.

»Diese miesen Juden«, fluchte er, als wären die der Grund all seiner Probleme.

Kerikow war bereit für den Anschlag auf die Pipeline in Alaska, und die Iraner und Iraker warteten nur darauf, ihre Truppen in Bewegung zu setzen. Aber er saß hier fest und musste sich gedulden, bis ein paar reiche Juden ihr Flugzeug verlassen hatten, damit sie den Rest der Welt auch noch aufkaufen konnten. Zweihundert seiner eigenen Soldaten warteten am Golf darauf, dass er den Coup in den Vereinigten Arabischen Emiraten anführte, durch den das Marionettenregime gestürzt werden sollte, das die Briten in den Siebzigerjahren eingesetzt hatten.

Der Kronprinz war zwar misstrauisch, rechnete aber jetzt nicht mit einem Umsturz. Der frühe Zeitpunkt von Ruftis Coup war entscheidend, um am Persischen Golf die Macht zu übernehmen. Es wäre keine Option gewesen zu warten, während Saudi-Arabien, Kuwait und die Vereinigten Arabischen Emirate sich auf die Veränderungen vorbereiteten, welche die Einstellung der amerikanischen Ölimporte mit sich bringen würde. Wenn er wartete, konnte das seiner Sache nur schaden. Er musste jetzt zuschlagen, wo die Regierungen verunsichert waren, was die Zukunft bringen würde.

Ein verwirrter Gegner war leicht zu besiegen.

Und die Regierungen am Golf waren im Moment konfus, und er würde sie stürzen. Das Timing hätte nicht besser sein können. Seit er vor einem Jahr in Kerikows Projekt eingestiegen war, Amerika die Ausbeutung seines letzten einheimischen Ölvorkommens unmöglich zu machen, hatte er im

Geheimen rastlos daran gearbeitet, seinen großartigen Plan Realität werden zu lassen. Ohne die Unterstützung des Irans und Iraks konnte er nicht darauf hoffen, den Thron der Vereinigten Arabischen Emirate zu besteigen und seine Stellung zu festigen. Aber wenn er es nicht schaffte, wie vereinbart Khuddari ermorden zu lassen, konnte er seine Ambitionen vergessen, den Mittleren Osten zu beherrschen. Und er würde nicht mehr zu viele Sonnenaufgänge sehen. Speziell die Irakis hatten damit gedroht, ihn im Falle eines Versagens umzubringen.

Irakische Panzer standen bereit für die Invasion Kuwaits. Der Anschlag auf die Pipeline in Alaska würde in den Vereinigten Staaten eine innenpolitische Krise auslösen, die Amerika unfähig machen würde, auf die Invasion zu reagieren. Kuwait würde innerhalb von ein paar Tagen fallen, Saudi-Arabien nur etwa eine Woche später. Ein paar auf Tel Aviv und Jerusalem abgefeuerte Scud-Raketen mit Anthrax in den Sprengköpfen, und der Krieg war vorbei. Amerika würde über keine Stützpunkte verfügen, um eine Gegenoffensive zu starten, und die USA würden nie Atomwaffen einsetzen, um die Iraker und ihre neuen iranischen Verbündeten aus dem Sattel zu heben.

Ohne das Öl aus Alaska und mit einer Reserve für den Notfall, die allenfalls für einen oder zwei Monate reichen würde, waren die Vereinigten Staaten genötigt, sich mit den neuen Herrschern im Mittleren Osten zu arrangieren – mit dem Iran, dem Irak und den Vereinigten Arabischen Emiraten. Rufti rechnete mit einer Verzehnfachung des Ölpreises, und das würde nur der Anfang sein. Schon jetzt sah er sich als einen der reichsten Männer der Welt. In den Emiraten schlummerten unter der Wüste noch so gigantische Ölvorkommen, dass seinem Traum nichts im Wege stand.

Wenn sie nur bald den Rückflug nach Abu Dhabi City antreten konnten …

Sein Mobiltelefon zirpte so leise, dass er es wegen seiner Erregung fast überhört hätte. Beim vierten Klingeln nahm er ab.

»Ja?«

»Hier ist Tarik.«

Nach Abu Alam war Tarik derjenige von Ruftis Mitarbeitern, dem er am meisten vertraute. Er war nach dem brutalen Bürgerkrieg im Libanon als Waisenkind in einem Flüchtlingslager aufgewachsen. Tarik war extrem loyal und völlig skrupellos. Während für Abu Alam das Töten etwas wie eine Droge für den Süchtigen war, agierte Tarik wie ein eiskalter Profi. Rufti hatte ihn zu dem Krankenhaus geschickt, weil er diesem idiotischen Kurden nicht traute.

»Ja, ich höre.«

»Ich folge einem blauen Bentley zum Flughafen Heathrow.« Tariks Stimme klang verzerrt, weil der Handyempfang beeinträchtigt war. »Kurz nachdem der Kurde Khuddaris Zimmer aufsuchte, verließen zwei Frauen das Parkhaus des Krankenhauses, eine Europäerin und eine Araberin. Letztere trug einen Tschador und war verschleiert. Ich habe sie gesehen, als sie ankamen. Es sah so aus, als gehörte das Auto der Araberin, weil sie hinter dem Steuer saß, doch eben fuhr die Europäerin, und sie schien mit dem Wagen nicht vertraut zu sein.«

»Kommen Sie endlich zur Sache«, fuhr Rufti Tarik an.

»Ich glaube, dass das Gewand eine Verkleidung ist und

dass ich Khuddari auf den Fersen bin. Er will das Land verlassen.«

Das Fünkchen Hoffnung weckte sofort wieder Ruftis Appetit. Er hatte bestimmt seit einer halben Stunde nichts gegessen und klingelte den Diener herbei, bevor er das Telefonat fortsetzte. »Ist es wirklich Khuddari?«

»Meine Intuition sagt Ja.«

»Wie lange brauchen Sie noch bis Heathrow?«

»Nur etwa zehn Minuten. Ich nehme an, dass sie zum Terminal 4 wollen.«

»Ja, ja, lassen Sie mich mal kurz nachdenken.« Jetzt blieb keine Zeit mehr für einen weiteren Mordanschlag. Sie mussten eine Möglichkeit finden, Khuddari noch für ein paar Stunden in London festzuhalten, damit ihm, Rufti, Zeit blieb, in die Vereinigten Arabischen Emirate zurückzukehren und den Umsturz in die Wege zu leiten. »Haben Sie irgendwelchen Sprengstoff dabei?«

»Nur zwei Granaten.«

»Perfekt.« Rufti strahlte. Der Diener servierte ihm einen ganzen Lachs. »Nach unserem Telefonat rufen Sie diesen idiotischen Kurden an und geben meine Befehle weiter. Und von Ihnen erwarte ich Folgendes …«

Vielleicht hatte der zehn Jahre alte Bentley schon bessere Tage gesehen, aber er war immer noch ein zuverlässiger Luxusschlitten, mit dem Millicent, die sich mittlerweile an den ungewohnten Wagen gewöhnt hatte, auf der verstopften Autobahn mühelos jedes andere Fahrzeug überholen konnte. Der Fahrer eines Sattelschleppers hupte wegen ihrer aggressiven Fahrweise, und sie stieß einen einer Aristokratin nicht angemessenen Fluch aus, zeigte ihm den Stinkefinger und entschuldigte sich bei Khuddari. Wenn sie in ihrem Rolls unterwegs sei, traue sich nie jemand, sich zu beschweren.

Während der bisherigen Fahrt hatte Khuddari praktisch nichts gesagt, denn er litt weiter unter den Schmerzen in seinem Rücken und den Beinen. Manchmal wurde es etwas besser, dann wieder war es kaum zu ertragen. Außerdem gingen ihm unzählige Gedanken durch den Kopf, aber er konnte sich kaum konzentrieren. Hin und wieder warf ihm Millicent einen fragenden Blick zu, aber er reagierte nicht darauf.

Jetzt hatten sie die von Rasenflächen mit Büschen gesäumte Zufahrtsstraße des Flughafens erreicht, und bald sahen sie riesige Parkplätze und Wellblechschuppen. Millicent folgte den Schildern mit der Aufschrift »Internationale Flüge« und überholte immer wieder Touristenbusse, deren Abgase die Luft verpesteten.

»Welche Fluglinie?«, fragte sie, als sie sich dem Terminal 4 näherten.

»Ist mir egal«, antwortete Khalid, der gerade den Tschador abstreifte. »Mit meinem Diplomatenpass kann ich problemlos ein Ticket für einen Flug nach Abu Dhabi City bekommen.«

»Sind Sie sicher?« Sie manövrierte den Bentley vor einem der zahllosen Gebäude von British Airways in eine Parklücke. Vor ihnen stiegen Dutzende ärmlich gekleideter Pauschaltouristen aus einem Bus. »Ich kann Sie auch zu einem anderen Krankenhaus bringen oder hier einen Arzt suchen.«

Er zog ein Taschentuch hervor, zeigte ihr die darin liegenden Schmerztabletten und schluckte sie auf einen Schlag hinunter. »Die habe ich aufbewahrt. Percodans, glaube ich. Damit sollte ich durchhalten.«

»Moment, sollten wir hier nicht von irgendwelchem Sicherheitspersonal in Empfang genommen werden?«

»Trevor hat sich nur zum Schein auf Ihren Vorschlag eingelassen, damit Sie mitspielen. Er hätte nicht genug Zeit gehabt, um so etwas zu arrangieren. Ich muss jetzt gehen.« Er öffnete die Tür. »Vielen Dank, Lady Gray. Morgen früh werden Sie sehen, warum Sie mich hergebracht haben.«

Er stieg aus und ging mit unsicheren Schritten auf das Terminal zu, ohne die Menschenmenge um ihn herum zur Kenntnis zu nehmen, die ihn sofort verschluckte. Er war nur einer von Tausenden von Fluggästen und ihren Angehörigen, die das Terminal verstopften. Seine Beine zitterten, die dick verbundenen Wunden am Rücken und an den Schultern brannten höllisch. Wenn die Wirkung der Schmerztabletten nicht bald einsetzte, würde er zusammenbrechen.

Er brauchte ein paar Minuten, um bei British Airways einen Platz in der nächsten Maschine nach Abu Dhabi zu buchen, die einen Zwischenstopp in Riad einlegte. Er musste nur seinen Diplomatenpass vorlegen, um das Ticket zu bekommen. Bisher hatte er von diesem Privileg nie Gebrauch gemacht, und er gelobte, dass es nicht zur Gewohnheit werden sollte. Aber es war beruhigend, im Notfall davon Gebrauch machen zu können.

Trevor war so weitsichtig gewesen, ein Bündel Zwanzig-Pfund-Noten in seine Hosentasche zu stopfen, und er kaufte eine Sonnenbrille und einen stabilen Schirm, den er als Gehstock benutzte, um das schlimmer schmerzende Bein zu entlasten. Die Sonnenbrille konnte die Schnittwunden im

Gesicht nicht völlig verbergen, und er strich sich das Haar in die Stirn. Man hätte ihn für jemanden halten können, der glimpflich einen Autounfall überstanden hatte.

Vor der letzten Sicherheitskontrolle trat eine junge Frau in einer blauen Uniform zu ihm.

»Herr Minister Khuddari, mein Name ist Vivica Smith.« Die Hostess von British Airways strahlte ihn an. Sie war Anfang zwanzig und hatte blondes Haar und einen sanften Blick. Sie verglich seinen Pass mit den Informationen, die sie von ihrer Fluglinie bekommen hatte. Als sie sah, wie schlimm Khuddari humpelte, organisierte sie einen elektrischen Rollstuhl, damit er bequemer die Boeing 767 erreichte, die auf ihren letzten Passagier wartete.

»Danke, dass Sie sich um mich gekümmert haben«, sagte Khuddari. Die Schmerztabletten begannen endlich zu wirken. Auf dem Weg zur Maschine lieh er sich von der Hostess ihr Mobiltelefon, um Colonel Wayne Bigelow in Abu Dhabi anzurufen. Die alte Wüstenratte war nicht in seiner Junggesellenwohnung. Der Anrufbeantworter sprang an. Khuddari nannte die Nummer seines Flugs und bat Bigelow, ihn am Flughafen abzuholen.

Schwer bepackte Passagiere machten dem Rollstuhl Platz, und sie kamen an Duty-free-Shops, zahllosen Zeitungsständen und eleganten Boutiquen vorbei, die ein Markenzeichen des Terminals 4 waren. Bei der Boeing angekommen, begleitete Vivica Smith ihn die Gangway hinauf und brachte ihn zu seinem Sitz in der Ersten Klasse. Die Maschine hatte extra auf ihn gewartet, und das auf den letzten Drücker erstandene Ticket würde ihn teuer zu stehen kommen. Wenn man Privilegien in Anspruch nahm, war das nicht eben billig.

Als das Flugzeug startete, gab er den Kampf gegen die Müdigkeit auf. Die Augen fielen ihm zu, und er schlief schnell ein.

Der Zeitzünder der tschechischen Splittergranate war statt der üblichen vier Sekunden auf eine volle Minute eingestellt. Die Granate eignete sich gut für einen Terroranschlag an einem von vielen Menschen besuchten Ort. Während der Countdown lief, leerte Tarik seinen Limonadenbecher und ließ ihn mit der Granate in einen Abfallbehälter fallen, neben dem er seit einer Viertelstunde gewartet hatte. Dann verließ er den Flughafen und ging zu seinem auf dem Kurzzeitparkplatz stehenden Auto.

Selbst wenn ihn jemand als den Mann erkannte, der die Granate platziert hatte, war dies doch sein erster Anschlag außerhalb des Mittleren Ostens, und er hielt es für unwahrscheinlich, dass eine Personenbeschreibung die Sicherheitsbehörden zu ihm führen würde.

Als die Splittergranate explodierte, wurde der Körper eines neunzehnjährigen norwegischen Au-pair-Mädchens zerrissen. Die junge Frau starb, und acht Menschen wurden bei dem Anschlag verwundet. Darunter war auch ein Priester aus Nigeria, der später in der Notaufnahme des Flughafens seinen Verletzungen erliegen sollte.

Noch bevor in dem Terminal Panik ausbrechen konnte, klingelte in einem Büro der Flughafenverwaltung das Telefon. Nach der Notlandung der El-Al-Maschine in Gatwick und den sich daraus ergebenden Komplikationen war die Stimmung von Geoff Wilberforce bereits auf einem Tiefpunkt, aber er konnte den Anruf schlecht ignorieren.

»Was gibt's?«, fragte er barsch, weil er wieder mit einem Anruf aus Gatwick rechnete.

»In genau dem Moment, als Ihr Telefon klingelte, ist im Terminal 4 eine Granate explodiert. Das war nur ein kleiner Vorgeschmack. Wir haben überall auf dem Flughafen Sprengsätze platziert. Wenn nach zwei Minuten nach dem Ende dieses Telefonats noch eine Maschine eine Starterlaubnis bekommt und abhebt, werde ich die anderen Sprengsätze zünden. Dann klebt das Blut unschuldiger Opfer an Ihren Händen. Landeerlaubnisse dürfen noch für eine Stunde erteilt werden, danach ist Heathrow nach dem Willen der Organisation Vereintes Kurdistan vorläufig geschlossen.«

Der Anrufer unterbrach die Verbindung, und Wilberforce hörte nur noch den Wählton. Als er gerade aufstand, stürmte seine Sekretärin in das Büro. Sie war den Tränen nah.

»Es hat eine Explosion gegeben, Geoff.«

Die Boeing 767 der Britisch Airways wartete mit drei anderen Maschinen neben der Rollbahn auf den Start eines nach New York fliegenden Jumbojets. Plötzlich wurden die bereits warm laufenden Triebwerke abgestellt, und aus den Lautsprechern in der abgedunkelten Kabine tönte die Stimme des Flugkapitäns.

»Ladies and Gentlemen, hier spricht Ihr Kapitän. Es gibt hier in Heathrow ein technisches Problem. Radargeräte und Computer sind gerade ausgefallen. Wir müssen mit dem Start warten, bis das Problem behoben ist. Im Namen von British Airways möchte ich mich mit dem Rest der Crew für die Verzögerung entschuldigen. Sollte ich etwas Neues erfahren, werde ich Sie sofort informieren. Ich habe die Flugbegleiter gebeten, sich mit einem Gläschen bei Ihnen für die Unannehmlichkeiten zu entschuldigen. Vielen Dank.«

Khalid Khuddari schlief fest und bekam nichts mit von den Worten des Kapitäns.

Südlich von Fairbanks, Alaska

Selbst aus tausendfünfhundert Metern Flughöhe war deutlich zu erkennen, dass südwestlich des Zentrums von Fairbanks, Alaskas zweitgrößter Stadt, ein Großbrand wütete. Trotz des strömenden Regens stiegen hohe Flammen in den nächtlichen Himmel auf. In der Nähe des International Airport brannte das neue Alyeska-Ausrüstungsdepot. Mercer, Eddie und Mike Collins sahen Feuerwehrfahrzeuge und Krankenwagen mit eingeschaltetem Blaulicht. Es sah so aus, als wären angesichts der Größe des Brandes – er wütete auf einem Terrain von zwei Morgen – viel zu wenige Löschzüge und Feuerwehrmänner vor Ort.

»Mein Gott, was ist da los?«, fragte der vierte Mann in dem Helikopter, ein junger Sergeant, den Colonel Knoff damit beauftragt hatte, sich um eine reibungslose Kommunikation zwischen Eddie Rice und den beiden eine halbe Meile vor ihnen fliegenden Kampfhubschraubern zu kümmern.

»Ein teuflisches Ablenkungsmanöver«, antwortete Mercer aus der Kabine des JetRanger. »Sieht so aus, als würden wir keine Unterstützung aus Wainwright bekommen.«

Vor dem Start auf der Elmendorf Air Force Base hatte Colonel Knoff vorgeschlagen, einen Konvoi mit Militärpolizisten vom Fort Wainwright Military Airfield den Dalton Highway hinauf zu den Pumpwerken 5 und 6 zu schicken. Mercer hatte zugestimmt, weil er wusste, dass die drei Helikopter die Pumpwerke lange vor den Militärpolizisten erreichen würden. Aber wenn Kerikow bereits verschwunden war, würde er ihnen vielleicht in die Arme laufen.

In den Augen von Lokalpolitikern war ein Großbrand wie der unter ihnen bestimmt wichtiger als Mercers Mission. Jeder verfügbare Soldat aus Wainwright war mit Sicherheit damit beschäftigt, Menschenleben zu retten und Brandopfer medizinisch zu betreuen. Die Insassen der drei nach Norden fliegenden Helikopter waren auf sich allein gestellt.

Mike Collins saß mit zusammengekniffenen Lippen neben Mercer und drückte sich die Nase an der Plexiglasscheibe platt, um das Ausmaß des verheerenden Feuers zu studieren. »War diesen Wahnsinnigen überhaupt bewusst, dass in dem Depot ungefähr tausend Tonnen Sprengstoff lagern?«

»Wahrscheinlich schon«, bemerkte Mercer.

Collins wandte sich um und warf ihm einen aggressiven Blick zu. »Das war kein Witz.«

»Ich weiß, aber ich garantiere Ihnen, dass das hier nur ein Nebenschauplatz ist. Die Hauptveranstaltung kommt noch. Kerikow musste mit einer Reaktion rechnen, nachdem wir den Kontakt zu den Pumpwerken verloren hatten, und jetzt will er uns anderswo festhalten.«

»Woher wollen Sie das wissen? Vielleicht ging es ihm von Anfang an nur um die Brandstiftung.«

»Ich weiß, wie der Dreckskerl tickt. Die Geschichte da unten ist nicht groß genug für ihn.« Mercer wurde von dem Sergeant unterbrochen, der ihn wissen ließ, Colonel Knoff wolle mit ihm reden. »Ja, Colonel, was gibt's?«

»Ich habe gerade eine wichtige Nachricht aus Wainwright

bekommen. Sie brauchen unsere Helikopter, um Brandopfer nach Anchorage auszufliegen und auf dem Rückweg zusätzliche Ärzte nach Fairbanks zu bringen.«

»Tut mir leid, wir machen weiter wie geplant.«

»Sie haben selbst gesagt, dass S ie möglicherweise auf einer falschen Fährte sind, und in Fairbanks sterben Menschen. Wir werden da gebraucht.«

»Wenn nicht eines der Pumpwerke angegriffen worden wäre, würde es den Brand gar nicht geben. Das ist nichts als ein Ablenkungsmanöver, Colonel.«

»Dieses Ablenkungsmanöver hat bereits fünfundzwanzig Menschenleben gefordert, Herr Dr. Mercer«, sagte Knoff gereizt.

»Sorry, aber meine Mission ist wichtiger. Das war's.«

»Sie sind ein hartherziger Dreckskerl«, sagte Collins, bevor er wieder aus dem Fenster blickte, wo Fairbanks hinter ihnen zurückblieb.

Mercer saß schweigend da, mit vor der Brust verschränkten Armen und einem unergründlichen Blick. Sein Gehirn arbeitete fieberhaft. Habe ich recht?, fragte er sich. Oder verurteile ich unschuldige Menschen zum Tode, indem ich die Helikopter weiter für mich beanspruche?

»Andy Lindstrom hat sich gemeldet, Mercer«, sagte Rice über die Bordsprechanlage. »Er sagt, im Pumpwerk 5 melde sich immer noch niemand, aber im Pumpwerk 6 sei noch eine Notbesatzung, die geantwortet hat. Er will wissen, ob er einige dieser Arbeiter ins Pumpwerk 5 schicken soll.«

»Nein! Diese Männer dürfen ihr Werk unter keinen Umständen verlassen. Sie würden niedergemäht werden, bevor sie dort die Einsatzzentrale erreichen. Pumpwerk 5 ist von

Terroristen besetzt. Sergeant, melden Sie sich bei Colonel Knoff. Sagen Sie ihm, dass das Pumpwerk 5 das Anschlagsziel ist. Wann werden wir da sein, Eddie?«

»Wir brauchen mindestens noch eine Stunde und zwanzig Minuten. Das Wetter ist extrem mies, und die beiden Hueys vor uns fliegen relativ langsam, weil sie voll besetzt sind.«

»Mist! Der Kontakt zum Pumpwerk 5 ist bereits seit Stunden abgerissen. Vielleicht ist Kerikow schon wieder verschwunden.«

Die Zeit verging quälend langsam. Wann immer Mercer auf seine Armbanduhr blickte, schien sich der Minutenzeiger kaum bewegt zu haben. Das rhythmische Geräusch des Rotors über seinem Kopf lullte ihn ein. Er fühlte sich leer und benommen und hörte es kaum, wenn Rice über Funk mit den Piloten der beiden Hueys sprach. Dann kamen die Gedanken zurück. Angst, Zweifel. Außerdem war er völlig erschöpft. Seit zweiundzwanzig Stunden hatte er kein Auge mehr zugetan. Doch nicht das zermürbte ihn.

Plötzlich schienen ihm die Suche nach dem Unbekannten und der Wahrheit, die sein Leben beherrscht und ihn zu dem gemacht hatte, was er war, nicht mehr wichtig zu sein. Am liebsten hätte er Eddie gebeten, zurück nach Anchorage zu fliegen. Dies alles war nicht sein Problem. Mittlerweile war er schon zu oft in solchen Situationen gewesen und hatte sein Leben riskiert für ein Ideal, das er nicht wirklich benennen oder definieren konnte.

Und dies war immer am schlimmsten, das Warten. Er hatte es schon häufig erlebt, einmal mit Eddie, aber auch mit anderen, von Angst und Zweifeln geplagten Männern, die sich in Lebensgefahr begeben mussten. Schon lange fragte er sich nicht mehr, warum er ständig in gefährliche Situationen geriet. Er hätte sich fragen sollen, wie lange er es noch überleben würde, die Feuerwehraufträge in irgendwelchen Minen oder an Bord irgendwelcher Helikopter, um Männer wie Iwan Kerikow auszuschalten. Wie lange würde er es noch unbeschadet überstehen? Pessimismus überkam ihn.

Mein Gott, ich hab's so satt.

»Noch zehn Minuten bis zum Pumpwerk«, rief Eddie.

Mike Collins warf Mercer einen seltsamen Blick zu, fast so, als hätte er seine Gedanken gelesen. Mercer ignorierte es und beugte sich vor, um durch die Scheibe der Kabinenhaube zu blicken. Er sah die blinkenden Positionslichter der beiden Huey-Helikopter der Air Force. Unter ihnen erstreckten sich Tausende von Quadratmeilen mit Birken- und Tannenwäldern, die zwischen den Bergen der Alaskan Range und der Brooks Range lagen, deren Ausläufern sie sich nun näherten. In dieser Gegend gab es viele Flüsse und kleine Seen.

»Fahren Autos auf dem Dalton Highway?«

»Hab noch keins gesehen, und wir folgen seit einer halben Stunde dem Verlauf des Highways. Nicht mal Streifenwagen an der Stelle, wo die Alyeska-Kombis angeblich von der Straße abgekommen sind.« Rice schwieg kurz. »Es ist so, als gäbe es die Straße überhaupt nicht.«

»Melde dich bei Knoff und sag ihm, dass wir fast da sind.«

»Ist bereits geschehen.«

»Gut. Ich möchte, dass du mindestens eine Meile hinter den beiden Hueys zurückbleibst, bis sie gelandet sind und

Knoff uns grünes Licht gibt. Wenn Kerikow und seine Männer noch da sind, sollten Knoffs Soldaten mit ihnen fertig werden. Wegen des Brandes in Fairbanks wird er nicht mit einer so starken Einheit rechnen.«

»Heißt das, dass dir deine Todessehnsucht abhandengekommen ist«, spottete Eddie. »Als wird das letzte Mal zusammen geflogen sind, musste ich da landen, wo zwei Minuten später eine Atombombe hochgehen sollte.«

Mercer lachte. »Wegen Budgetkürzungen bei der Regierung haben sie mir die Gefahrenzulage gestrichen. Jetzt bekomme ich kaum noch den Mindestlohn. Schnapsläden stürme ich nur auf ausdrücklichen Befehl des Präsidenten. Wobei mir auffällt, dass ich jetzt verdammt gut einen Drink gebrauchen könnte. Was zum Teufel …?«

Ein greller Blitz in der dunklen Tiefe unter ihnen, dann schoss etwas auf sie zu, wie ein Laserstrahl, so schnell, dass man eine durchgezogene Lichtlinie sah. Die Rakete traf den ersten Huey, der sofort explodierte und in die Tiefe stürzte. Der Pilot des zweiten Kampfhubschraubers wollte gerade zu einem Ausweichmanöver ansetzen, als am Boden die zweite Grail-Rakete abgefeuert wurde.

Bei der NATO stand die Grail SA-7 im Ruf schlechter Zielgenauigkeit, und ihr Gefechtskopf enthielt auch nur etwa drei Kilo Sprengstoff. Aber es war eine hitzesensitive Rakete, und ihre Infrarotsensoren hatten kein Problem damit, in der kalten Nacht die Hitzelinie der niedrig fliegenden Kampfhubschrauber zu finden. Der zweite Huey explodierte.

Als Mercer begriff, was los war, brachte Eddie Rice den Helikopter in Schräglage und versuchte, mit Höchstgeschwindigkeit der Reichweite der von der Schulter abgefeuerten Raketen zu entkommen.

Die brennenden Trümmer der explodierten Hueys krachten auf die Erde. Das konnte niemand überleben. Kiefern fingen Feuer und brannten bald lichterloh. Der Regen würde Stunden brauchen, um diesen Brand wieder zu löschen.

»Haltet die Augen offen!«, schrie Rice, der jetzt im Zickzackkurs flog, um den Terroristen unter ihnen das Zielen schwerer zu machen.

»Da kommt wieder eine, auf meiner Seite«, rief Mercer, der ungläubig zusah, wie erneut ein Lichtblitz aus dem dunklen Wald schoss.

»Ich seh's.« Rice reagierte sofort. Innerhalb weniger Sekunden verlor der JetRanger drastisch an Flughöhe.

Die Infrarotsensoren der Rakete schafften es nicht, die Hitzespur zu lokalisieren. Die Grail Sa-7 verfehlte ihr Ziel und stürzte wieder in die Tiefe, weil der Raketenmotor keinen Treibstoff mehr bekam. Niemand sah, dass unter ihnen schon die nächste Rakete abgefeuert wurde.

Sie war direkt hinter ihnen, und ihr Lenksystem fand die Hitzelinie. Die Rakete änderte leicht den Kurs und schoss auf die Unterseite des Rumpfes des Bell-Helikopters zu.

»Mein Gott!«, brüllte Mike Collins, während der junge Soldat auf dem Sitz des Kopiloten ohne Unterlass schrie.

Die Angst, die Mercer die Brust zusammengeschnürt hatte, seit die beiden Kampfhubschrauber getroffen worden waren, war in diesem letzten Moment auf einmal wie weggeblasen, und er konnte seinem Tod ruhig ins Auge sehen, mit fast gleichgültiger Teilnahmslosigkeit.

Nur Eddie Rice hatte noch nicht aufgegeben. Direkt bevor der Gefechtskopf die Unterseite des JetRangers traf, riss er den Helikopter wieder hart auf die Seite, sodass die Unterseite vertikal aufragte. Die Rakete traf die Verankerung des Heckrotors und explodierte.

Die Wucht der Explosion verpuffte größtenteils in die andere Richtung, weil Eddie blitzschnell geschaltet und hervorragende Reflexe hatte, aber der JetRanger war trotzdem tödlich getroffen. Er wurde brutal durch die Luft geschleudert, Rauch drang in die Kabine. Die Stromversorgung fiel aus, die Treibstoffleitungen waren zerstört. Es stank nach Flugbenzin, und die vier Männer bekamen kaum Luft. Immerhin brannte der Helikopter nicht. Noch nicht.

Der Rauch war so dicht, dass Eddie nicht einmal mehr die Bordinstrumente sehen konnte. Der Helikopter überschlug sich, während er in die Tiefe stürzte, und die Männer wurden gegen die Kabinenwand geschleudert. Eddie konnte den Absturz ein bisschen abbremsen, weil der Hauptrotor noch halbwegs funktionierte.

»Ich sehe nichts!«, schrie er.

Mercer beugte sich vor und tastete nach der Heckler & Koch-Maschinenpistole, die dem Sergeant aus den Händen gefallen war, als der JetRanger getroffen wurde. Er richtete sich auf und hob die MP-5. »Zieh den Kopf ein!«

Er zielte über Eddies Schulter und gab einen Feuerstoß auf die Haube des Cockpits ab.

Sie wurde in einem Stück abgerissen, aber ein einzelner scharfer Splitter bohrte sich in die Schulter des bewusstlosen Mike Collins. Der Wind vertrieb den Rauch und den Gestank des Flugbenzins aus der Kabine.

Als er wieder sehen konnte, sondierte Eddie die Lage. »Wir werden es nicht schaffen«, schrie er.

Etwa dreihundert Meter unter ihnen gähnte ein dunkler Abgrund. In der sternenlosen Nacht war nichts zu erkennen. Sie wussten nicht, ob sie auf Felsen, einer Wiese oder einem See aufprallen würden. Eddie musste praktisch blind so etwas wie eine Notlandung hinlegen. Nicht einmal der Höhenmesser funktionierte noch.

»Da!« Mercer zeigte nach links.

Aus der Finsternis tauchten hohe, dicht beieinander stehende Tannen auf, welche die Bruchlandung abfedern würden. Eddie steuerte darauf zu, aber der noch verbliebene Treibstoff war fast aufgebraucht.

»Es wird nicht klappen, Mann. Das ist noch zu weit weg.« Alle waren vom strömenden Regen durchnässt. Der Soldat wischte Eddie mit dem Ärmel seines Kampfanzugs das Wasser aus dem Gesicht, weil der Pilot keine Hand frei hatte.

Plötzlich kam Eddie eine Idee. »Die Kabinentüren können in Notfällen manuell geöffnet werden. Worauf wartet ihr?«

Mercer und der Sergeant gehorchten. Sie zogen an den großen roten Griffen, und die Türen glitten auf. Weiterer Regen strömte in die Kabine, der Wind war extrem stark.

»Es sind noch gut fünf Meter bis zu den Baumwipfeln. Worauf wartet ihr?«

»Vergiss es, Eddie«, rief Mercer. »Ich werde dich und Collins nicht allein lassen.«

»Bevor wir alle abkratzen, ist es doch besser, wenn ihr beide euch vielleicht retten könnt. Lasst euch die Chance nicht entgehen.«

Mercer widersprach nicht. Er stand in der offenen Kabinentür und bereitete sich innerlich auf den Sprung vor. Der böige Wind zerrte an seinen Kleidungsstücken. Eddie manövrierte den JetRanger direkt über den Baumwipfeln zum Rand des Waldes. Das Geräusch des noch funktionierenden Rotors hallte laut in der nächtlichen Stille. Als er genauer hinsah, fiel Mercer auf, dass die Tannen nicht annähernd so dicht beieinanderstanden, wie er zuerst vermutet hatte. Wenn man aus dieser Höhe durch eine der Lücken auf den Boden knallte, hatte man keine Chance. Er klammerte sich mit einer Hand an dem Türrahmen fest, in der anderen hielt er die MP-5.

»Spring!«, schrie Eddie, während er versuchte, den Helikopter für einen Moment auf der Stelle schweben zu lassen. Dann manövrierte er ihn wieder weg. Wenn die Rotoren an Baumstämmen zerschellten, konnten die abgebrochenen Flügel Mercer und den Sergeant in Stücke reißen.

Der Soldat zögerte eine Sekunde zu lange und verfehlte den Baum, den er sich ausgeguckt hatte. Er stürzte im freien Fall in die Tiefe und schlug mit voller Wucht auf dem lehmigen Boden auf. Er brach sich die Wirbelsäule, Rippen, Schultern, Hüften, Arme und Beine und war schon tot, bevor er noch einen Schmerz spüren konnte.

Mercer hatte Eddie beobachtet und sprang in dem Moment, als der Afroamerikaner den Mund öffnete. Nach etwa drei Metern stieß er auf die Zweige einer besonders hohen Tanne, die seinen Sturz abbremsten, wenn auch unter üblen Schmerzen. Dann prallte er mit der Schulter gegen den ersten dickeren Ast.

Er fiel weiter, riss sich an der rauen Rinde die Haut auf.

Ein Ast bohrte sich in seinen Magen, und er bekam keine Luft mehr. Der nächste traf seinen Oberschenkel, und er spürte den Schmerz von den Zehen bis zur Hüfte. Es war eine einzige Tortur, doch der Baum rettete ihm das Leben. Schließlich konnte er sich an einem Ast festklammern, knapp zwei Meter über dem Boden. Sein Gesicht und seine Hände bluteten.

In dem Moment hörte er, dass der JetRanger abstürzte. Die Rotorblätter zerfetzten Zweige und zerbrachen schließlich. Ein Stück davon flog dicht über Mercer hinweg. Er ließ sich zu Boden fallen und blieb liegen.

Der Mast des großen Rotors brach ab und bohrte sich zwei Meter tief in die Erde. Der Rest des Helikopters blieb in den Bäumen hängen, ohne auf den Boden zu krachen.

Mercer lag auf dem Rücken. Das Regenwasser roch nach Tannennadeln und brannte in seinen Augen. Er drehte sich auf die Seite. Es dauerte seine Zeit, bis er genug Kraft gesammelt hatte, um aufzustehen. Sein Rücken und die Schultern schmerzten höllisch. Als er einen Hilferuf hörte, griff er nach der Maschinenpistole, die neben ihm auf dem Boden gelandet war, und lief los. Metallteile und abgetrennte Äste übersäten den Boden.

Nach etwa fünfundzwanzig Metern stolperte er über den zerschmetterten Körper des Sergeants. Es bedurfte nur eines kurzen Blickes, um zu wissen, dass nicht er um Hilfe gerufen hatte. Dann kam er zu der Stelle, wo der Helikopter in den Bäumen hing. Eddie schrie erneut und bekam dann einen Hustenanfall.

»Hey, Eddie, was zum Teufel hast du hier zu suchen?«, rief er möglichst ungezwungen.

»Oh Mann, was für ein Schlamassel.«

»Wie geht's denn so?«

»Angesichts der Umstände nicht übel. Ein Ast hat mir zehn Zähne abgebrochen. Der Kiefer ist bestimmt auch hin. Scheiße, jetzt bin ich so hässlich wie du.« Eddie schien dagegen ankämpfen zu müssen, nicht das Bewusstsein zu verlieren. »Collins hat es nicht geschafft. Er hat sich das Genick gebrochen.«

»Der Sergeant ist auch tot. Aber zwei Überlebende sind besser als nichts. Du hast dich verdammt gut geschlagen. Kannst du da oben durchhalten, bis Hilfe eintrifft? Ich hab keine Möglichkeit, dich da runterzuholen.«

»Mach dir um mich keine Gedanken. Aber wenn du weiter durchhalten kannst, leg diese Arschlöcher um, okay?«

»Es spielt keine Rolle, wie es mir geht. Sie werden dafür bezahlen.« Mercers Stimme klang stahlhart. Er zweifelte nicht mehr an seinem Durchhaltevermögen. »Eddie, der Sergeant hatte einen Kampfgürtel dabei. Ich habe ihn im Cockpit vor seinem Sitz liegen sehen. Siehst du ihn?«

»Moment. Ja, ich hab ihn.«

»Wirf ihn runter. Ich kann ihn gebrauchen. Aber behalte die Pistole für dich selbst.« Der schwere Gurt hätte sich beinahe in den Zweigen verfangen, bevor er ein paar Schritte vor Mercer auf dem Boden landete. Er schlang den Gürtel um seine Taille. Daran hingen ein Messer, ein Beutel mit Verbandszeug, eine Taschenlampe und vor allem ein Kompass. An vier zusätzlichen Clips konnte er die Maschinenpistole befestigen.

»Eddie, es könnte eine Weile dauern, bis die Air Force ein Team schickt, das dich da rausholt. Ich bezweifle, dass sie uns noch auf ihrem Radar gesehen haben, als die Raketen abgefeuert wurden. Aber wenn sie kommen, benutzt du die Beretta für den Notruf. Dreimal kurz nacheinander feuern. Falls ich in dem Pumpwerk versage und Kerikow Leute schickt, damit sie sich versichern, dass niemand überlebt hat, überzeuge dich davon, wer da kommt.«

»Wirst du es schaffen?«

»Erzähle ich morgen, wenn wir im besten Stripteaselokal von Anchorage einen trinken gehen«, scherzte Mercer.

Eddie lachte. »Gebongt, Kollege.«

Aber Mercer hatte bereits auf den Kompass geblickt und sich in Bewegung gesetzt.

Der dichte Regen übertönte das Geräusch seiner Schritte in dem Wald, als er schnell loslief. Es war schwer, in der Finsternis Baumstümpfen und dichten Brombeerbüschen auszuweichen. Er vermutete, drei Kilometer von der Stelle entfernt zu sein, wo die Raketen abgefeuert worden waren, befürchtete aber nicht, über eine Patrouille zu stolpern.

Er ignorierte seine Schmerzen und schaffte es in einer knappen halben Stunde bis zum Dalton Highway, wobei es im letzten Abschnitt des Weges steil bergan ging. Der Begriff »Highway« war ein Euphemismus. Es war nichts als eine nicht asphaltierte Piste, die angelegt worden war, um das Material für den Bau der Trans-Alaska-Pipeline heranzuschaffen.

Mercers Schweiß vermischte sich mit dem Regen, der unbarmherzig herabströmte. Die Temperatur betrug ein Grad über null, und angesichts seiner durchnässten Kleidungsstücke musste er damit rechnen, wegen Unterkühlung zusammenzubrechen und zu erfrieren.

Die in dem regnerischen Zwielicht silbrig glänzende Pipeline auf ihrer Stützkonstruktion verlief auf der anderen Seite der Straße, über die sonst schwere Sattelschlepper zu den Ölfeldern von Prudhoe Bay fuhren. Die Straßenränder waren von dürren, vertrockneten Gräsern gesäumt.

Irgendwo zu seiner Rechten befand sich das Pumpwerk Nr. 5, besetzt von einer unbekannten Zahl schwer bewaffneter Terroristen, zu seiner Linken führte die Straße zurück in die Zivilisation. Einige Kilometer weiter würde er Hilfe finden, das geheizte Blockhaus eines Rangers, eine dampfende Tasse Kaffee, ein Bett. Er entsicherte die MP-5 und ging nach rechts, in Richtung Norden. Er musste sich darauf verlassen, dass seine hervorragenden Augen und seine Instinkte ihn davor bewahrten, in einen Hinterhalt zu geraten.

Nach einigen Kilometern schleppte er sich nur noch dahin. Er konnte sich nicht erinnern, sich jemals geistig und körperlich so kraftlos gefühlt zu haben. Sein Durchhaltevermögen war erschöpft. Er taumelte weiter, geriet mehrfach ins Stolpern und schlug schließlich auf die Straße. Kleine Steine bohrten sich schmerzhaft in seine bereits zerschundenen Handteller.

Er lag auf der nassen Straße, mit dem Gesicht nach unten und geschlossenen Augen. Plötzlich hörte er den Motor eines Lasters anspringen. Er hob den Kopf und sah durch den Nieselregen die Lichter des Fahrzeugs in der Dunkelheit verschwinden. Wäre er fünf Minuten schneller gewesen, wäre er Kerikows Männern in die Arme gelaufen. Der Laster fuhr nach Norden, in Richtung des Pumpwerks.

Er wusste nicht, wie er darüber denken sollte. Wollte Kerikow verschwinden und seine Leute zusammenziehen, weil er nicht mehr mit einem Angriff über den Dalton Highway rechnete? Ein neues Gefühl von Entschlossenheit packte ihn. Wenn Kerikow im Begriff war, das Pumpwerk zu verlassen, würde er nie wieder die Chance bekommen, seine Rechnung mit ihm zu begleichen. Mit einer einzigen Maschinenpistole war gegen einen Konvoi von Lastern nichts auszurichten. Er war sich sicher, dass Kerikow mindestens vier benutzt hatte, um Männer und Material zu dem Pumpwerk zu bringen. Männer, die das Werk unter ihre Kontrolle gebracht hatten und unter anderem mit Raketenwerfern ausgerüstet waren. Er musste möglichst schnell zu dem Pumpwerk gelangen, wenn er Kerikow eliminieren wollte, bevor dieser sich erneut in Sicherheit brachte.

Er rappelte sich auf und lief weiter. Mittlerweile regnete es stärker, und das Wasser weichte die nicht asphaltierte Straße auf. An seinen Stiefeln klebte Matsch. Er ging zum Straßenrand, wo der Boden weniger glitschig war. Als er an einem Felsvorsprung vorbei war, der ihm den Blick Richtung Norden versperrt hatte, verließ er die Straße. Er ließ sich die Böschung hinunterrollen und landete in einem Graben. Vor sich sah er im gleißenden Scheinwerferlicht das Pumpwerk und seine unmittelbare Umgebung. Plötzlich begriff er, warum Kerikow das Risiko eingegangen war, die Pipeline direkt zu attackieren.

Sechs Tieflader standen dicht vor der Pipeline, zwei davon mit Kränen auf der Ladefläche, die lange runde Ummantelungen über der eigentlichen Ölleitung platzierten. Männer und Frauen eilten geschäftig umher, und selbst aus dieser Entfernung konnte er ihre Schreie hören. Dafür hatte Kerikow den flüssigen Stickstoff benötigt. Er vereiste an strategisch wichtigen Stellen das Rohr der tausenddreihundert Kilometer langen Pipeline, um den Ölfluss zu unterbrechen. Vermutlich war dies hier der Stickstoff, der für die auf der *Jenny IV* verloren gegangenen Kryostaten beschafft worden war.

Er sah, wie Teile der schützenden Ummantelung der Ölleitung mit einem Schneidbrenner entfernt und durch optisch völlig identische Duplikate ersetzt wurden. Mercer begriff, wie clever die Operation durchgeführt wurde. Hätte er nicht gerade gesehen, was hier vor sich ging, wäre ihm selbst bei einer eingehenden Inspektion der Pipeline nie etwas aufgefallen. Die manipulierten Stellen waren optisch nicht zu entdecken. An wie vielen Abschnitten der Pipeline hatten sie den flüssigen Stickstoff platziert?

Er kroch durch den nassen und matschigen Graben und versuchte, den Regen, die Kälte und seine Schmerzen zu ignorieren. Trotz ihrer gelben Öljacken und der Südwester erkannte er einige der PEAL-Aktivisten, die er in der Bar in Valdez gesehen hatte. Sie agierten wie ein erfahrenes Team. Einige warfen Teile der ursprünglichen Ummantelung der Pipeline auf einen Laster. Wenn sie den Stickstoff auf der Innenseite der neuen Ummantelung freisetzten, würde es Wochen oder gar Monate dauern, die Sabotage zu entdecken, und selbst wenn, wer würde an einen so verwegenen Plan glauben?

Er musste daran denken, was Andy Lindstrom über das Einfrieren des Öls in der Trans-Alaska-Pipeline gesagt hatte. Er konnte sich vorstellen, dass PEAL damit zufrieden sein würde, die Pipeline temporär stillzulegen. Danach würden Säuberungen und Reparaturen Monate in Anspruch nehmen. Aber er bezweifelte, dass sich Iwan Kerikow mit einem für ihn bestimmt immer noch eher symbolischen Akt des Öko-Terrorismus zufriedengeben würde. Es musste mehr dahinterstecken, doch er wusste nicht was. Das konstante Geräusch der Hauptturbine des Pumpwerks ließ an den Bohrer eines Zahnarztes denken.

Etwas Hartes bohrte sich in sein Genick. Einer von Kerikows ehemaligen ostdeutschen Geheimpolizisten bedrohte ihn mit seiner Uzi. Mercer verfluchte sich. Er hatte sich zu sehr von den Ereignissen an der Pipeline in Bann schlagen lassen und den Mann nicht gehört.

»Aufstehen.«

Als Mercer sich hochrappelte, trat der andere zurück, damit er nicht den Lauf der Waffe packen konnte. Der Mann wusste genau, wie er mit einem Gefangenen umzugehen hatte.

Als der Deutsche die an Mercers Kampfgurt baumelnde Maschinenpistole sah, trat er unwillkürlich weiter zurück und umklammerte seine Uzi fester. Er glitt mit dem linken Fuß am Rand des Grabens aus und musste sich für einen Moment darauf konzentrieren, nicht das Gleichgewicht zu verlieren.

Mercer reagierte sofort. Er stürzte sich auf den Mann und drückte den Lauf der Uzi nach oben. Die Schusswunde, die Burt Manning ihm in seinem Haus beigebracht hatte, öffnete sich wieder und begann zu bluten. Er hatte sich mit solcher Wucht auf den Mann geworfen, dass sie beide stürzten. Der Deutsche lag in dem schlammigen Wasser, Mercer auf ihm. Er winkelte den rechten Arm an und verpasste dem anderen drei harte Kinnhaken. Der Deutsche war fast bewusstlos. Ohne weiteres Nachdenken packte Mercer seinen Kopf und drückte ihn unter Wasser, bis der Mann sich nicht mehr bewegte.

Erst dann wurde Mercer bewusst, wie heftig sein Herz vor Angst schlug. Er schnappte nach Luft und trank dann etwas Wasser, weil der Adrenalinschub ihn so durstig gemacht hatte. Nachdem er sich noch einen Augenblick ausgeruht hatte, kroch er aus dem Graben, um zu überprüfen, ob jemand in der Nähe des Pumpwerks etwas von der Auseinandersetzung mitbekommen hatte.

Es schien niemandem etwas aufgefallen zu sein. Der Lärm der Turbine in dem Pumpwerk und die lauten Dieselmotoren der Laster mussten alle Geräusche übertönt haben.

Ohne Vorwarnung schoss vor ihm eine Fontäne in die Luft. Nasse Erde spritzte ihm ins Gesicht. Er duckte sich wieder und presste sich auf den Boden. Einen Augenblick später hörte er das Knattern einer Maschinenpistole. Wieder wurde am Rand des Grabens Erde aufgewirbelt, so nah, dass er sich völlig schutzlos fühlte.

»Der Mann, den Sie gerade getötet haben, gehörte früher zur ostdeutschen Geheimpolizei und wurde von den besten sowjetischen Spezialisten ausgebildet. Ich muss den amerikanischen Eliteeinheiten meinen Respekt bekunden. Das haben Sie sehr professionell erledigt.« Die Stimme, die ihm aus der Finsternis entgegenschlug, klang guttural und völlig emotionslos. »Wie auch immer, ich glaube nicht, dass Sie gegen Kugeln immun sind. Werfen Sie Ihre Waffe weg, legen Sie die Hände hinter den Kopf und kommen Sie aus dem Graben.«

Zweimal in zwei Minuten, dachte Mercer, während er die

MP-5 wegwarf und aufstand. Gut zehn Meter weiter die Straße hinauf, direkt am Rande des Werksgeländes, wurde eine Taschenlampe eingeschaltet. Der Mann, der ihn entdeckt hatte, war Zeuge des Kampfes mit dem Deutschen gewesen, hatte aber nicht eingegriffen. Dabei hätte er ihn problemlos erschießen können, als er den Mann ertränkt hatte. Er hatte keine Erklärung dafür, warum er noch lebte, wusste aber, dass ihm der Grund nicht gefallen würde.

Der grelle Lichtstrahl der Taschenlampe richtete sich auf ihn, als der Mann auf ihn zukam. »Also, sind Sie ein Ranger der Army oder von den Marines? Ich weiß, dass Ihre Regierung nicht in der Lage war, so schnell ein Team der SEALs oder der Delta Force nach Alaska zu schicken.«

»Tut mir leid, Sie enttäuschen zu müssen, aber niemand hat die Bedrohung durch Sie ernst genug genommen, um deswegen Elitesoldaten zu schicken. Ich heiße Dan Gerous und komme von den Pfadfindern. Teufel, ich bin nicht mal Soldat. Sondern Geologe.«

Wieder wirbelten Kugeln vor Mercers Boden Erde hoch. Einige prallten gegen Steine, und die Querschläger landeten im Wald. Mercer war völlig hilflos.

»Ich bin hier, weil mein Späher über Funk von einem Eindringling berichtet hat. Nie hätte ich gedacht, dass Sie das sein könnten, Herr Dr. Mercer. Ich kann Ihnen gar nicht sagen, wie beglückt ich bin, Ihr Leben in meinen Händen zu halten. Sie werden eines entsetzlichen Todes sterben, das kann ich Ihnen versichern.«

Jetzt wusste Mercer, dass er es mit Iwan Kerikow zu tun hatte.

Sekunden später waren zwei Männer an seiner Seite, die

seine Hände herunterrissen und die Gelenke so fest mit Klebefolie umwickelten, dass er zu bluten begann. Einer stieß ihm einen Gewehrlauf in die Nieren, und Mercer setzte sich in Bewegung. Aus einiger Entfernung wirkten Kerikows Schultern so breit wie der Dalton Highway.

»Ein Jahr lang habe ich auf diesen Tag gewartet«, sagte Kerikow, als seine Handlanger ihm Mercer vorführten. »Als ich erfuhr, dass die Operation Vulkanfeuer wegen Ihnen gescheitert ist, habe ich daran gedacht, einen Auftragskiller anzuheuern, der Sie in Ihrem Haus in Arlington eliminieren sollte. Aber ich habe beschlossen, das höchstpersönlich zu erledigen.«

Kerikows Miene und der Blick seiner blassblauen Augen waren grausam, doch selbst in diesem Moment des Triumphes verriet seine Stimme praktisch keine Emotion. Seine zurückgenommene Art war beängstigender, als wenn er getobt und Mercer verhöhnt hätte.

Mercer war angewidert, durfte es aber nicht zeigen. Er wollte sich nichts von seiner Angst anmerken lassen, nicht hier, unter den Augen des Russen. »Wenn Sie Ihren Lebenssinn darin sehen, sich an einem Nobody wie mir zu rächen, finde ich wirklich, dass Sie Ihre Karriereziele noch mal überdenken sollten, Kerikow. Sie tun mir leid.«

Kerikow ließ seine Waffe auf die Straße fallen, holte mit der rechten Faust aus und verpasste Mercer einen so brutalen Kinnhaken, dass der sofort das Bewusstsein verlor und es für Stunden nicht wiedererlangen sollte.

»Verfrachten Sie diesen Dreckskerl in den Helikopter«, befahl Kerikow seinen Männern. »Und sagen Sie dem Piloten, dass er sich startklar machen soll. Wir verschwinden.«

Er kehrte zum Pumpwerk zurück und massierte verstohlen seine rechte Hand, weil ihm wegen des Kinnhakens die Knöchel wehtaten.

Die Arbeiten an der Pipeline waren fast beendet. Gerade wurde das letzte Stück der neuen Ummantelung mit dem flüssigen Stickstoff montiert. Die beiden halbrunden Hälften schlossen sich um das Rohr, durch welches das Öl floss. Damit waren weitere sechs Meter der Trans-Alaska-Pipeline mit zwei Tonnen superkalten verflüssigten Stickstoffs präpariert, in diesem Zustand gehalten durch eine dünne Vakuumummantelung. Geschickt verborgene Riegel wurden vorgeschoben, damit die Ummantelung sich fest um die Ölleitung schloss. Ein weiterer Teil der Pipeline war vorbereitet für Kerikows Anschlag.

Eine Technikerin mit einem Laptop kletterte auf die Pipeline, aktivierte den elektronischen Auslöser in der neuen Ummantelung, durch welchen der Stickstoffbehälter zur Explosion gebracht werden würde, und stellte die von Kerikow vorgegebene Frequenz ein. Sie überprüfte auch die Verbindung zu den kleinen Transmittern in anderen von PEAL präparierten Abschnitten der Pipeline, denn alles sollte wie eine Kettenreaktion ablaufen, um den denkbar größten Schaden anzurichten. Mit von der Kälte steifen Fingern checkte sie alle Schaltkreise auf Fehler und Kurzschlüsse. Dann zog sie das Kabel des Computers aus der fast unsichtbaren Buchse in der neuen Ummantelung. Der freigesetzte Stickstoff und eine kleine Sprengladung würden die anderen elektronischen Komponenten zerstören. Zurückbleiben würden nur etwas zerbrochener Kunststoff und Kabel. Die Manipulation war praktisch nicht zu entdecken. Sie signalisierte dem Vorarbeiter mit erhobenem Daumen, dass alles in Ordnung war.

»Das war's, Jan«, rief der Vorarbeiter Verhoeven zu, der etwas abseits stand.

Kerikow trat zu Voerhoven und fragte sich insgeheim, warum der Niederländer noch nicht erfroren war, denn er trug nur ein T-Shirt und eine dünne Windjacke. »Sagen Sie Ihren Leuten, dass sie ihren Kram zusammenpacken sollen. Die Laster müssen zerstört werden, und alle müssen so schnell wie möglich wieder an Bord der *Hope* sein. Wenn wir morgen den Stickstoff explodieren lassen, müssen Ihre Schützlinge sämtlich in Valdez sein und so unschuldig wie Schulkinder wirken.«

Wenn am nächsten Morgen alle wieder an Bord des ehemaligen Vermessungsschiffes waren, war es für Abu Alam sehr viel leichter, sie alle schnell zu töten. Der sadistische arabische Schlächter hätte sich am liebsten jeden einzeln vorgeknöpft, doch Kerikow hatte entschieden, das Schiff in die Luft zu jagen.

»Meine Leute sind besser, als Sie erwartet haben, was?«, sagte Voerhoven mit unverhohlenem Stolz.

»Ja, sie haben sich sehr gut geschlagen«, antwortete Kerikow, dem klar war, dass Voerhovens Ego wieder ein paar Streicheleinheiten brauchte. »Sie haben exzellente Leute, und ihre Loyalität Ihnen gegenüber ist bemerkenswert. Als Belohnung möchte ich Ihnen dies hier geben.« Kerikow reichte ihm ein schwarzes Mobiltelefon. »Damit geben Sie den Startschuss. Sie müssen nur 555-2020 wählen und auf SEND drücken. Das Signal wird nur eine Zehntelsekunde brauchen. Sie halten die Zukunft dieses gesamten Bundesstaates in den Händen und werden als der größte Umweltschützer der Welt in die Annalen eingehen.«

»Manchmal habe ich Ihre Motive und Überzeugung in Frage gestellt«, sagte Voerhoven, der das Telefon hochhielt. »Aber dies sagt mehr als alle Worte. Wenn der Augenblick da ist, werde ich nicht zögern.«

Kerikow hätte den militanten Umweltschützer am liebsten ausgelacht, beherrschte sich aber. »Es wird Zeit, dass wir verschwinden. Ich möchte, dass Sie in meinem Helikopter mitfliegen. Wenn mein Gefangener wieder bei Bewusstsein ist, möchte ich Ihnen jemanden vorstellen.«

»Kehren wir zur *Hope* zurück?«

»Nein. Wir machen einen kleinen Umweg, um meinen Gefangenen abzusetzen. Dann erst geht es nach Valdez zurück.«

Während er zu dem wartenden Helikopter ging, rief Kerikow mit einem anderen Mobiltelefon Ted Mossey in der Hafenbehörde des Alyeska Marine Terminal an. Das Computergenie versicherte ihm, das ursprüngliche KGB-Programm sei jetzt installiert und müsse nur noch durch den Code aktiviert werden. Wenn Kerikow den an den Computer sende, hätten sie die komplette Kontrolle über die tausenddreihundert Kilometer lange Pipeline und die zehn Pumpwerke. Dann konnte niemand mehr die vorprogrammierte Abfolge der Ereignisse aufhalten.

Heathrow Airport
London

Eigentlich gab es keinen Grund dafür, warum Khalid Khuddari aufwachte. Er war körperlich so übel zugerichtet und hatte trotz der Tabletten solche Schmerzen, dass ein normaler Mensch für mindestens vierundzwanzig Stunden ins Koma gefallen wäre. Und doch hatte ihn etwas dem ersehnten Reich des Vergessens entrissen. Er war wieder bei Bewusstsein.

Khalid hielt die Augen geschlossen, doch seine anderen Sinne begannen langsam wieder zu funktionieren. Er brauchte über eine Minute, bis ihm bewusst wurde, dass er nicht das beruhigende Geräusch der Triebwerke hörte. Die Maschine schien zu stehen.

Verblüfft öffnete er nun doch die Lider und schaute aus dem Fenster. Statt der Sahara sah er Terminals, riesige Hangars und eine lange Reihe von Flugzeugen. Nur an einigen Stellen drangen Sonnenstrahlen durch die graue Wolkendecke.

Khalid wandte sich seiner Nachbarin zu, einer korpulenten Frau, die hektisch auf ihrem Laptop tippte. Das Geräusch ihrer manikürten Fingernägel auf den Tasten glich einem Trommelwirbel. Offenbar bemühte sie sich, sich nicht anmerken zu lassen, dass sie bemerkt hatte, dass Khalid aufgewacht war. Aber da ihm bewusst war, wie mitgenommen er aussehen musste, nahm er es ihr nicht übel.

»Entschuldigen Sie, aber als ich meinen Platz eingenommen hatte, bin ich sofort eingeschlafen.«, sagte er, wobei er sich um die Aussprache der britischen Upperclass bemühte. »Warum ist die Maschine nicht gestartet?«

Sie schaute ihn genervt an und seufzte tief. »Wenn ich es richtig verstanden habe, sind wir Geiseln.«

Offenbar hatte sie vor, es dabei zu belassen. Sie sprach in dem affektierten Ton einer Frau, für die alle Männer schwer von Begriff waren.

Khalids Herzschlag setzte einen Moment aus. »Was sagen Sie da?«

Die Frau speicherte ihre Datei, wandte sich Khalid zu und sprach so langsam, als befürchtete sie, er könnte sonst nicht folgen. »Terroristen haben Heathrow unter ihre Kontrolle gebracht und verlangt, dass kein Flugzeug starten oder landen darf. Ansonsten wollen sie etliche Sprengsätze zünden, die sich angeblich in Flugzeugen und den Terminals befinden.« Sie sprach mit einer unnatürlichen, unheimlichen Ruhe.

Khalid wollte seinen Ohren nicht trauen.

»Zuerst wollte der Kapitän uns erzählen, es gebe Probleme mit dem Radar«, fuhr sie fort. »Aber nachdem mir aufgefallen war, dass noch für eine weitere Stunde Maschinen landeten, wusste ich, dass das nicht stimmen konnte. Ich wies die Stewardess darauf hin, und nach einem Wortwechsel zwischen mir und dem Piloten – übrigens ein unerträglicher Typ –, informierte der die Passagiere darüber, was tatsächlich geschehen war. Bei einem Anschlag im Terminal vier sind zwei Menschen ums Leben gekommen. Bis jetzt hat das Sicherheitspersonal keine weiteren Sprengsätze gefunden.« Jetzt kam die Frau in Fahrt. »Ich halte das für einen schlechten Scherz. Nach dem gestrigen Anschlag vor dem British Museum haben wir es hier bestimmt mit einem durchgedrehten Trittbrettfahrer zu tun. Verrückte bringen Verrückte hervor, das hat schon Melville in *Moby Dick* gesagt. Ein Terrorist verübt einen Anschlag, und urplötzlich gibt es diese Horde von Trittbrettfahrern. Nach den Ereignissen von Lockerbie sind die Verantwortlichen verpflichtet, alle Vorsichtsmaßnahmen zu ergreifen, so unangenehm das für uns auch sein mag.«

Khalid war entsetzt über die Gefühllosigkeit der Frau. Zwei Menschen waren gestorben, und sie regte sich auf wegen der Wartezeit. Er würde die Menschen aus dem Westen nie verstehen und war dankbar dafür. Als er auf die Uhr blickte und sich erfolglos zu erinnern versuchte, wann die Maschine ursprünglich starten sollte, wurde ihm klar, dass er nicht wusste, wie lange die Boeing schon am Boden festgehalten wurde. Er fragte seine Sitznachbarin.

»Seit vier Stunden«, antwortete sie mit einem Blick auf ihre mit Diamanten besetzte Uhr.

Khalids Verstand begann wieder normal zu funktionieren, und auch die Schmerzen waren mittlerweile halbwegs zu ertragen.

»Gibt es einen Grund dafür, warum wir die Maschine nicht verlassen dürfen?«, fragte er eine vorbeikommende Flugbegleiterin.

»Das gehört zu den Forderungen der Terroristen, Sir. In einem zweiten Communiqué haben sie mit der zeitgleichen Zündung aller Sprengsätze gedroht, wenn ein Flugzeug sich bewegt oder der Kapitän Passagiere aussteigen lässt. Sie behaupten, den ganzen Flughafen überwachen zu können. All das tut mir sehr leid für Sie, Herr Minister Khuddari. Ich habe gehört, was Sie durchgemacht haben. Kann ich etwas für Sie tun? An Schmerztabletten kann ich Ihnen nichts Stärkeres als Aspirin anbieten, aber soll ich Ihnen vielleicht einen Drink machen?«

»Danke, im Augenblick lieber nicht«, antwortete Khalid schnell.

Zum ersten Mal in seinem Leben war er versucht, gegen die Vorschrift des Korans zu verstoßen und Alkohol zu trinken. Es wäre ihm nicht darum gegangen, seine Schmerzen zu betäuben, sondern darum, nicht an Rufti denken zu müssen.

Der feiste Dreckskerl musste in Erfahrung gebracht haben, dass er in die Vereinigten Arabischen Emirate zurückwollte. Wahrscheinlich hatte er ihn verfolgen lassen, als er das Krankenhaus verließ. Er wagte nicht daran zu denken, was passieren konnte, wenn Rufti wusste, dass Trevor und Millicent Gray ihm geholfen hatten. Beide schwebten in großer Gefahr. Da er volle vier Stunden geschlafen hatte, war es wahrscheinlich zu spät, um noch etwas für sie tun zu können.

Er verdrängte den Gedanken und konzentrierte sich darauf, was politisch auf dem Spiel stand. Rufti war mit Sicherheit auf dem Rückweg in die Vereinigten Arabischen Emirate. Dort würde er unverzüglich seinen Plan in die Tat umsetzen, die Regierung zu stürzen. Der Kronprinz war in einer schwierigen Situation. Er musste die Vereinigten Staaten beschwichtigen, aber auch militante reaktionäre Kräfte am Golf, alte Gegner, die durch die unsicheren Aussichten auf dem Ölmarkt nervös geworden waren.

Rufti konnte die Emirate so mühelos unter seine Kontrolle bringen, dass die internationalen Medien den Umsturz bestimmt als »unblutig« charakterisieren würden. Dann würde iranisches und irakisches Militär vorrücken und der ganze Golf diktatorisch regiert werden. Wenn die neuen Machthaber das Öl als ökonomische Waffe einsetzten, würde sich die Aufregung über den Coup in Europa und Amerika sehr schnell legen.

»Ich brauche ein Telefon.« Khalid wurde erst bewusst, dass er laut gesprochen hatte, als die Frau ihm einen seltsamen Blick zuwarf.

Er rief erneut die Stewardess herbei und erklärte ihr, er müsse ein wichtiges Telefonat führen. Sie antwortete kategorisch, es dürfe niemand telefonieren, solange die Maschine noch auf der Rollbahn stehe. Die Sicherheitsbehörden befürchteten, dass durch elektronische Interferenzen, ausgelöst durch ein Funkgerät oder ein Mobiltelefon, die Zündung der Sprengsätze ausgelöst werden könne.

»Es gibt keine weiteren Sprengsätze mehr, ich versichere es Ihnen. Ich muss sofort telefonieren.«

Wieder schüttelte die Frau nur den Kopf.

»Dann lassen Sie mich mit dem Kapitän reden«, forderte Khalid energisch. Als er aufstand, war er überrascht, dass seine Kräfte zurückzukehren begannen. Er fixierte die junge Flugbegleiterin. »Also?«

»Es tut mir leid, Herr Minister, doch auch das wird nicht möglich sein«, antwortete sie tapfer.

»Sofort, verdammt!«, schrie Khalid. Die Frau trat erschrocken zurück, als er mit schweren Schritten durch den Gang stolperte.

Da er ein ausländischer Minister war, führte die Stewardess ihn zum Cockpit. Trotz ihrer augenblicklichen Machtlosigkeit wirkten die Crewmitglieder imposant mit ihren gestärkten weißen Hemden und den schwarzen Krawatten und Hosen. Der Kapitän, ein stark gebräunter grauhaariger Mann mit einem ruhigen Blick, konnte es nicht fassen, dass ein Unbefugter sein allerheiligstes Refugium betreten hatte. Als er Khalids schlecht sitzende Kleidung und seine verbundenen Wunden sah, umklammerte er krampfhaft den Steuerknüppel des Flugzeugs.

»Kapitän Darson«, sagte die Stewardess förmlich, »dies ist Herr Minister Khuddari, der Passagier, der im letzten Moment an Bord gebracht wurde.«

Darson blickte Khalid weiter misstrauisch an. »Ja, was kann ich für Sie tun?«

»Der Anschlag sollte mich daran hindern, nach Abu Dhabi zurückzukehren, Captain. Es gibt keine weiteren Sprengsätze und keine weiter bestehende terroristische Bedrohung. Einer meiner Rivalen versucht, meine Regierung zu stürzen, und außer mir weiß niemand etwas von seinen Absichten. Indem er es geschafft hat, diesen Flug hinauszuzögern, könnte es ihm gelingen, in meinem Land die Macht an sich zu reißen.« Khalid musste sich bemühen, deutlich zu sprechen. Seine Gedanken drohten sich wieder zu verwirren, und vor seinen Augen begann alles zu verschwimmen.

»Soll das heißen, dass Sie dieses Flugzeug verlassen wollen?«

»Ja, Sir, und falls das nicht möglich ist, müssen sie mir wenigstens erlauben, ein Telefonat zu führen, um unsere rechtmäßige Regierung zu warnen.«

»Ich verstehe Ihre Lage, Sir, aber Sie dürfen auch meine nicht aus dem Blick verlieren. Ich habe den ausdrücklichen Befehl, kein Funkgerät oder Telefon zu benutzen, bis die Sicherheitsbehörden davon überzeugt sind, dass keine weiteren Sprengsätze mehr auf dem Flughafen oder in den Maschinen versteckt sind. Trotz allem, was Sie sagen, nimmt unsere Regierung die Drohungen sehr ernst angesichts dessen, was gestern Abend vor dem British Museum passiert ist.«

»Ich war das Ziel dieses Anschlags, Captain. Sie wollten mich töten, verstehen Sie?« Er machte eine ausladende Handbewegung. »Diese Aktion hier dient nur dazu, meine Abreise hinauszuzögern.«

»Es tut mir leid, aber mir sind die Hände gebunden. Die Antiterroreinheit der Polizei müsste in ein paar Stunden alles überprüft haben. Sie ist vorsichtig für den Fall, dass die Terroristen tatsächlich das gesamte Flughafengelände überwachen können. Wenn wir grünes Licht bekommen, können Sie das Flugzeug sofort verlassen. Bis dahin kann ich leider nichts für Sie tun.«

»Das reicht mir nicht!«, schrie Khalid. Der Kopilot stand auf und kam mit einem finsteren Blick auf Khalid zu. Seine Absicht war klar, und Khalid ließ es geschehen, dass er aus dem Cockpit hinauskomplimentiert wurde. Hier hatte er nichts mehr zu gewinnen.

Die Stewardess geleitete ihn zu seinem Sitz zurück. Khalid setzte sich. In seinem Kopf jagten sich die Gedanken. Wieder drohte ihn der Schmerz zu überwältigen. Er musste die Boeing verlassen und Colonel Bigelow anrufen, damit der den Kronprinzen warnen konnte. Alles andere war unwichtig.

Er beugte sich vor und stützte den Kopf in die Hände. Er fühlte sich geschlagen. Trotz all seiner herkulischen Anstrengungen, seiner Opfer und seines Durchhaltevermögens war ihm nun klar, dass Rufti gewinnen würde. Er saß hier ohnmächtig in der Ersten Klasse eines Flugzeugs und war zur Untätigkeit verurteilt, während ein machtversessener Verrückter sein Heimatland zerstörte.

Er musste handeln und sprang auf, bevor ihm schon richtig bewusst war, was er vorhatte.

Die große Kabinentür war nur ein paar Meter entfernt. Khalid stürmte wie von Sinnen los und stolperte über die Beine seiner konsternierten Nachbarin, ignorierte aber ihre Beschwerden. Aus dem Augenwinkel sah er ein gutes Stück weiter weg die Stewardess, die in seine Richtung schaute, aber erst reagierte, als sie ihn nach der Türverriegelung greifen sah. Sie ließ eine Decke in den Schoß eines Passagiers fallen und rannte los.

Auch der einzige männliche Flugbegleiter riss erschrocken die Augen auf.

Khalid nahm seine noch verbliebenen Kräfte zusammen und zog an dem Griff, bis die Tür mit einem Zischen zurückglitt.

Er konnte nicht fassen, dass keine Zentralverriegelung aktiviert war. Verängstigte Passagiere begannen zu schreien. Einige sprangen auf und rannten in den hinteren Teil der Maschine, weil sie Khalid offenbar für einen Terroristen hielten.

Die Gangway war weggerollt, und Khalid wappnete sich für den Sprung in die Tiefe. Der Flugbegleiter machte einen Satz, um seine Klamotten zu packen, doch Khalid war schon gesprungen. Er musste sich am Türrahmen festklammern, um nicht selbst aus dem Flugzeug zu stürzen.

Als Khalid auf der Rollbahn landete, gaben seine Beine nach, und er schlug mit dem Kopf auf den Asphalt.

Er hörte die Schreie der Crewmitglieder, doch das war bedeutungslos. Er war frei. Er würde Bigelow anrufen, damit der den Umsturz verhinderte, und damit würde im Mittleren Osten hoffentlich wieder Stabilität einkehren. Als er aufzustehen versuchte, konnte er sich nicht mehr bewegen. Er wartete darauf, dass jemand ihm aufhalf und ihn wegtrug. Dann erinnerte er sich erschrocken, ein knackendes Geräusch gehört zu haben, als er auf dem Boden aufschlug, wie das Brechen eines Astes in einem Sturm. Bestimmt hatte er sich etwas gebrochen. Über ihm wölbte sich der Rumpf des Flugzeugs wie der Unterleib einer trächtigen Walkuh. Er wollte unter den Rumpf rollen, doch es ging nicht.

Ein Tanklaster mit dem Logo einer Reinigungsfirma hielt vor der Boeing. Drei Männer befestigten einen schweren Schlauch am Rumpf der Maschine, damit Abwässer und Fäkalien in den Tank geleitet werden konnten. Unterdessen krochen unter dem Laster vier Männer vom Special Air Service hervor und rannten zu Khalid. Den Elitesoldaten des SAS war sofort klar, dass es lebensgefährlich sein konnte, Khalid zu bewegen, aber sie hatten den Befehl, jedes Flugzeug zu überprüfen und Bericht zu erstatten, wenn ihnen etwas Verdächtiges auffiel.

Jede Sekunde, wo der Betrieb stillstand, kostete die Flughafenbetreiber Zehntausende, und deshalb musste das riesige Gelände möglichst schnell überprüft werden. Zwei

Männer packten Khalid unter den Achseln und zogen ihn zu dem Tanklaster, den sie als Tarnung benutzten. Eigentlich hätten sie vor ihrer Rückkehr zum Terminal noch vier weitere Flugzeuge überprüfen sollen, doch da Khalid ein potenzieller Verdächtiger war, beschloss der verantwortliche Unteroffizier, sofort zurückzufahren.

Eine knappe Viertelstunde später wurde ein halb toter Khalid Khuddari in ein spartanisch eingerichtetes Büro in dem Terminal gebracht. Zwei Elitesoldaten bezogen neben der Tür Stellung, und nach zehn Minuten kam mit finsterer Miene und gerötetem Gesicht Geoff Wilberforce hereingeschlendert. Er arbeitete seit achtundzwanzig Jahren auf dem Flughafen, doch dies war der schlimmste Tag seines Lebens, und er suchte nach einem Sündenbock. Ob es dabei den Richtigen traf, war ihm egal. Er würde wegen dieses Schlamassels nicht den Kopf hinhalten.

»Hey?« Wilberforce verpasste Khalid eine Ohrfeige. »Wach sofort auf, oder du findest die ewige Ruhe.«

Khalid öffnete mühsam die Lider und hob den Kopf, um Wilberforce in Augenschein zu nehmen. Wegen des Schmerzes waren seine Gesichtszüge maskenhaft, doch sein Blick wirkte immer noch entschlossen.

»Ich brauche ein Telefon«, krächzte er.

»Kein Problem«, höhnte Wilberforce. »In ungefähr fünfzig Jahren, wenn sie dich aus dem Knast lassen. Internationaler Terrorismus ist so ziemlich das einzige Verbrechen, das hierzulande noch ernst genommen wird, und du wirst unsere Antiterrorgesetze voll zu spüren bekommen, Freundchen. Dein Kumpel hätte dieses Au-pair-Mädchen und den Priester nicht ermorden dürfen. Ein schwerer Fehler.«

»Ich sollte das Opfer sein«, sagte Khalid erschöpft. Er wollte seinen Diplomatenpass präsentieren, war aber nun endgültig mit den Kräften am Ende.

Ein Krankenwagen der Polizei brachte ihn mit eingeschalteter Sirene nach London zurück, wo ihm zwei mit schlimmen Krisensituationen vertraute Sanitäter Schmerz- und Beruhigungsmittel spritzten. Sie konnten nicht fassen, wie tapfer sich ihr neuer Patient gehalten hatte. Bevor ihn die Spritzen einschlafen ließen, hatte er bis zum letzten Moment nach einem Telefon verlangt und vergeblich zu erklären versucht, wer er war.

Einhundertachtzig Meilen nördlich des Puget-Sunds

Es war stockfinster und das Meer aufgewühlt. Der hohe Seegang machte der *Suzy's Pride* zu schaffen, einem dreißig Jahre alten Fischerboot, das diesmal so weit auf den Pazifik hinausgefahren war, dass das alte Radargerät die Küste des Bundesstaates Washington nicht mehr erkennen konnte.

Es war mitten in der Nacht, die Zeit, wo alle Welt schlief. Seit fast drei Tagen folgte Steve Hanscom einem Schwarm von Meerbarschen in der Hoffnung, dabei auf einen noch größeren Schwarm von Sardinen zu stoßen. Aber die Aussicht auf zwei mögliche Fänge zerschlug sich, als er das Pech hatte, dass ein paar Schwertwale seinem Schiff folgten und die Schwärme auseinandertrieben.

Zuerst hatte er sich gefreut, seinem jungen Sohn die Wale zeigen zu können, doch jetzt verfluchte er sie, weil sie der *Suzy's Pride* unentwegt folgten. Die Männer aus Hanscoms Familie waren seit vier Generationen Fischer, und er wusste, dass es keine fünfte mehr geben würde. Es wurde immer schwieriger, von diesem Beruf zu leben, der seine Familie seit der Mitte des neunzehnten Jahrhunderts ernährt hatte. Sein Boot und sein Haus waren mit einer Hypothek belastet, und sein Auto verbrauchte mehr Öl als Benzin. Ihm war nur zu bewusst, was ein großer Fang für ihn und seine Familie bedeutete.

Wenn er noch zwei- oder dreimal über den Puget-Sund so

weit auf den Pazifik hinausfuhr, ohne mit dem großen Fang zurückzukehren, war er bankrott.

Er hatte seinen elfjährigen Sohn Joshua für einen Monat von der Schule genommen, damit er die Arbeit auf dem Boot kennenlernte. In den paar Wochen, die sie gemeinsam verbringen würden, hoffte Steve seinem Sohn beizubringen, was es hieß, auf dem Meer zu arbeiten, sein eigener Herr zu sein und seinen Stolz zu haben. In ein paar Monaten, mit Sicherheit im Frühling, würde er nur noch ein x-beliebiger Arbeiter sein, der für einen anderen schuftete, aber noch war er sein eigener Herr, und sein Sohn musste wissen, was für ein Gefühl das war.

Es würden noch andere darunter leiden, wenn er sein Boot verlor, besonders der alte George Boudette, der alles über die Fischerei wusste und schon mit seinem Vater und Großvater gefahren war, doch am meisten machte er sich Sorgen um seinen Sohn. Es waren schlicht wirtschaftliche Gründe, die ihn aus dem Geschäft drängten – der nordwestliche Pazifik war überfischt –, doch er sah es als subjektives Versagen, dass er nicht in der Lage sein würde, die Familientradition weiter fortzusetzen.

Seit die *Suzy's Pride* den Hafen von Seattle verlassen hatte, stand Steve Hanscom allein im Ruderhaus. Seine Hände umklammerten das alte eichene Steuerrad, und er blickte auf die Anzeige eines Echolots. Er hoffte, den Sardinenschwarm wieder unter dem Boot zu sehen und das Beutelnetz auswerfen zu können.

»Ich löse dich ab.« Die Stimme von George Boudette riss ihn aus seinen Gedanken und ließ ihn erschrocken zusammenzucken.

Steve wandte sich um. »Nein danke, George. Leg dich etwas hin.«

»Ich bin achtzig und brauche keinen Schlaf mehr. Und bald kommt der große Schlaf.« George Boudettes Augen leuchteten wie eine Glühbirne, die noch einmal heller wird, bevor sie endgültig erlischt.

»Was macht Josh?«, fragte Steve.

»Ist vor dem Funkgerät eingeschlafen«, antwortete George. »Du hättest ihn nicht ins Bett schicken und ihn gleichzeitig beauftragen sollen, den Funkverkehr abzuhören.«

»Da wir sowieso keinen Fang machen, sollte er das Gefühl haben, etwas Wichtiges zu tun. Wenn er den Funkverkehr der großen Containerschiffe abhört, die nach Seattle fahren, ist das besser, als wenn er nur an Deck sitzt und Däumchen dreht.«

»Wir werden noch vor dem Morgengrauen auf einen Fischschwarm stoßen«, sagte George mit unbeirrbarer Zuversicht.

Unter Deck wachte Josh Hanscom auf und empfand wieder diese Erregung, die ihn schon im Griff hielt, seit sein Vater gesagt hatte, er müsse diesen Monat nicht zur Schule gehen. Es war ein Gefühl wie Weihnachten. Und da war noch etwas. Sein Vater hatte ihm eine Aufgabe anvertraut. Er sollte den Funkverkehr abhören, und genau das würde er jetzt wieder tun. Ihm war nicht bewusst, dass das aus der Sicht seines Vaters eher eine Art Beschäftigungstherapie war.

Immer noch beschämt, dass er eingenickt war, rieb er sich den Schlaf aus den Augen und gähnte, bevor er sich wieder dem Funkgerät zuwandte. Er schaltete von einer Frequenz zur nächsten und hoffte etwas zu hören, das seinem Vater helfen würde, einen Fang zu machen.

Fast wäre es ihm entgangen. Trotz der Störgeräusche und des Knisterns hörte er eine schwache Stimme. Er versuchte, den Empfang besser einzustellen, doch das Signal war zu schwach. Er hatte keine Ahnung, was es hieß, einen Funkspruch auf der Frequenz 2182 MHz zu empfangen, lauschte der verzerrten Stimme aber angestrengt.

»Mayday, Mayday, Mayday. Hier spricht der Kapitän des Tankers *Southern Cross*. An alle Schiffe im …«

Josh stürmte aus der Kabine und lief zur Brücke. »Hey, Dad«, rief er.

»Was gibt's denn, Jakey?« Das war der Spitzname seines Sohnes. Steve beugte sich gerade über das Sonargerät. Neben ihm stand George, der mit einer Hand das Ruder hielt, ohne aufs Meer zu blicken.

»Sieh dir das an«, raunte George ehrfürchtig, obwohl er schon Jahrzehnte zur See fuhr. »So einen Riesenschwarm habe ich noch nie gesehen.«

»Mein Gott, George, wir sind auf eine Goldader gestoßen.« Steve richtete sich auf und wandte sich seinem Sohn zu. »Geh nach unten und weck die Männer, Jakey. Es gibt Arbeit.«

George Boudette verminderte die Fahrgeschwindigkeit und riss das Steuerrad herum. Die *Suzy's Pride* beschrieb einen Bogen um den Fischschwarm direkt unter der Wasseroberfläche. Die Sardinen wurden verrückt gemacht von den hungrigen Seebarschen, die durch ihren Schwarm schossen. Steve wandte sich von dem Sonargerät ab. Er konnte sich auf George verlassen, während er mit den beiden Matrosen die Vorbereitungen treffen würde, um das Beutelnetz auszuwerfen.

»Aber Dad«, beharrte Josh. »Ich habe gerade auf der Frequenz 2182 MHz einen Notruf gehört.«

Steve Hanscom brauchte ein paar Sekunden, um zu begreifen, was sein Sohn gesagt hatte. »Du hast einen Notruf auf 2182 gehört? Bist du sicher?« Urplötzlich ließ die Freude über die Entdeckung des Fischschwarms nach.

»Ja, ein Mann hat mehrfach Mayday gesagt«, antwortete Josh. Er wusste nicht, was für Konsequenzen seine Worte haben würden.

»Macht euch zum Auswerfen des Netzes bereit«, schrie George aus dem Ruderhaus.

Steve zögerte. Er sah das aufgeregte Gesicht seines Sohnes und wünschte, der Junge hätte nichts auf 2182 MHz gehört. Das war eine international genutzte Frequenz für Notrufe. Während der nächsten paar Augenblicke musste er eine Entscheidung treffen, denn sonst würde sich der Fischschwarm auflösen.

»Werft das Netz aus!«, brüllte er den beiden Matrosen zu, die bereits alles vorbereitet hatten. George hatte sie aus dem Schlaf gerissen, indem er mit den Füßen auf den Boden trampelte, denn ihre Kabine lag direkt unter dem Ruderhaus.

Das riesige Netz mit den Schwimmern und Gewichten wurde am Heck von Hand ausgeworfen, am Rande des Schwarms, um möglichst viele Fische zu fangen.

Normalerweise hätte Steve beim Auswerfen seines kostbaren Netzes geholfen, doch jetzt packte er die Hand seines Sohnes und zog ihn in die Kabine mit dem Funkgerät.

»Zeig's mir«, sagte er.

Verängstigt schaltete Josh den bewunderungswürdigen Motorola-Transceiver ein. Während das Gerät warmlief, wagte er es nicht, seinem Vater in die Augen zu blicken. Das Display und die Regler leuchteten auf, und er stellte die Frequenz 2182 ein. Aus dem Lautsprecher kam nichts als Knistern und weißes Rauschen. Steve atmete auf. Gott sei Dank hatte sein Sohn sich geirrt. Kein Schiff war in der Nähe, niemand rief um Hilfe.

Im Falle eines Notrufs wäre er durch das Seerecht verpflichtet gewesen, seine persönlichen wirtschaftlichen Interessen hintanzustellen. Die Rettung von Menschenleben ging vor. Er wäre gezwungen gewesen, das Netz abzuschneiden und mit voller Geschwindigkeit das in Seenot geratene Schiff zu suchen und Hilfe zu leisten. Wenn es diesen Notruf gegeben hätte, wäre er finanziell am Ende gewesen. Aber Josh hatte sich getäuscht. Es war falscher Alarm gewesen, und er musste sich um seinen Fang kümmern.

Als er den Transceiver gerade ausschalten wollte, tönte plötzlich eine laute Stimme aus dem Lautsprecher. Sie war so deutlich zu verstehen, als wäre der Mann mit ihnen in der Kabine.

»Mayday, Mayday, Mayday. Hier spricht der Kapitän des Tankers *Southern Cross*. An alle Schiffe im …«

Hanscom gefror das Blut in den Adern. Aber es lag nicht daran, dass sich seine Zukunftsaussichten verdüstert hatten, sondern an der Nachricht selbst. Das musste einer der Supertanker sein, die zwischen Alaska und Kalifornien pendelten. Er erinnerte sich daran, wie er nach der Katastrophe mit der *Exxon Valdez* stundenlang vor dem Fernseher gesessen hatte. Wenn einer dieser Tanker verunglückte und das Öl in den Puget-Sund lief, wäre er nur einer von Tausenden Fischern gewesen, die nie wieder in ihrem Beruf arbeiten würden.

Er musste nicht lange nachdenken, denn eigentlich blieb ihm gar keine Wahl. Im Falle eines Notrufs war er verpflichtet zu helfen, aber er wollte es auch. Wenn er dazu beitragen konnte, eine Umweltkatastrophe zu verhindern, hatte er kein Problem damit, sein Netz zu opfern und so schnell wie möglich zu dem in Seenot geratenen Schiff zu fahren.

»Josh, sag Paul, dass er das Netz abschneiden soll. Für George heißt es mit voller Kraft voraus.« Wenn er sein Boot verlieren würde, durfte es nicht vergebens sein. Er checkte die Zahlen auf dem Funkpeiler des Transceivers und rechnete schnell. »Kurs 342 Grad. Und wie gesagt, George soll Vollgas geben. Und wenn der Motor dabei draufgeht.«

Josh stürmte aus der Kabine und gab mit aufgeregter Stimme die Instruktionen seines Vaters weiter. Steve griff nach dem Mikrofon. »Hier spricht der Kapitän des Trawlers *Suzy's Pride*. Ich höre Sie mit Signalstärke vier. Bitte versuchen Sie, das Signal zu verbessern. Ich bin mit Höchstgeschwindigkeit zu Ihnen unterwegs. Geben Sie Ihre Position durch und sagen Sie, was passiert ist.«

Lyle Hausers Erleichterung war mit Worten nicht zu beschreiben. »Gott sei Dank, dass Sie da sind, Captain. Ich habe gedacht, zu weit von der Küste entfernt zu sein, um das Signal empfangen zu können. Ich dachte, bis dahin würde es noch zehn Stunden dauern. Terroristen, die mit einigen Mannschaftsmitgliedern zusammenarbeiten, haben mein Schiff unter ihre Kontrolle gebracht. Ich treibe in einem

Rettungsboot schätzungsweise zweihundertfünfzig Meilen nord-nordwestlich von Bellingham. Genauer kann ich meine Position nicht bestimmen.«

Steve fühlte sich an die *Meuterei auf der Bounty* erinnert. Ein entführtes Schiff und ein Kapitän, der in einem Rettungsboot dahintrieb? Am Vorabend des einundzwanzigsten Jahrhunderts geschahen solche Dinge nicht mehr. Man konnte es nicht glauben. War das alles ein schlechter Scherz?

Aber die *Suzy's Pride* war so weit draußen, dass sie von der Küste aus mit Funkgeräten kaum noch zu erreichen war und laut Funkpeiler kam das Signal vom offenen Meer. Die Geschichte konnte stimmen. *Mein Gott,* dachte er. Terroristen, die einen Supertanker unter ihre Kontrolle gebracht haben?

»Sie müssen die Behörden benachrichtigen«, fuhr der Mann fort. »Aber die Eigentümer meines Schiffes dürfen auf keinen Fall informiert werden. Ich befürchte, dass sie mit den Terroristen unter einer Decke stecken.«

»Captain, wir sind zu weit draußen, um Kontakt zur Küste aufzunehmen, dafür ist mein Funkgerät nicht gut genug. In ein paar Stunden werden wir bei Ihnen sein.«

»Nein. Steuern Sie so schnell wie möglich den nächsten Hafen an und sagen Sie der Küstenwache, was passiert ist. Sie müssen die *Southern Cross* an der Weiterfahrt hindern. Der Tanker müsste mittlerweile in der Nähe von Seattle sein. Ich glaube, dass sie vorhaben, ihn im Puget-Sund zu versenken.«

Steve schaltete die Deckenbeleuchtung ein, zog eine Karte aus dem Schrank unter dem Funkgerät hervor und beschwerte die Ecken mit zwei leeren Kaffeetassen und einem Navigations-Lehrbuch, anhand dessen er Josh in die Geheimnisse seines Berufs einweihte. Nachdem er die Karte studiert hatte, stellte er schnell ein paar Berechnungen an.

»Captain, ich bin gleich weit von Port Hardy und Bamfield entfernt. Ich kann Sie retten und trotzdem schnell Kontakt aufnehmen.« Er berechnete die ungefähre Entfernung anhand der Signalstärke des Funkgeräts. »Ich werde in etwa fünf Stunden bei Ihnen sein, und drei Stunden danach kann ich mich über Funk in Port Hardy melden. Das scheint mir am besten zu sein.«

»Verstanden, Captain.« Hauser begriff, dass er sehr viel weiter aufs offene Meer hinausgetrieben war, als er vermutet hatte. Jetzt wurde ihm klar, wie viel Glück er gehabt hatte, dass jemand so spät in diesen ruhigen Gewässern seinen Notruf gehört hatte. Bis zu den nächsten Schifffahrtsstraßen waren es fast zweihundert Meilen.

»Wir lassen diese Frequenz eingeschaltet, bis wir Sie sehen. Das war's. Bis dann.«

Steve klemmte das Mikrofon in die Halterung und ging nach oben. George Boudette stand im Ruderhaus hinter dem Steuerrad. Steve trat neben ihn und bemerkte, dass George nicht mit Höchstgeschwindigkeit fuhr. Er stieß die beiden Regler bis zum Anschlag nach vorne. Die Dieselmotoren unter Deck heulten auf, und das Schiff begann zu vibrieren. Wenn er mehr als ein paar Stunden mit dieser Geschwindigkeit fuhr, würde das die Motoren und vielleicht auch die Schiffsschraube dauerhaft ruinieren.

»Wenn sowieso die Bank mein Boot bekommt, kann ich auch dafür sorgen, dass es für nichts mehr zu gebrauchen ist.«

Cook Inlet, Alaska

Seit dem Beginn der Zivilisation hat der Mensch seine Fähigkeit unter Beweis gestellt, die natürlichen Ressourcen zu nutzen, die sich in der Umgebung seiner frühesten Siedlungen fanden. Aber seit den Zeiten der Sumerer, seit den Tagen von Mesopotamien und des alten Ägyptens hatte er wenig Verwendung für die klebrige schwarze Flüssigkeit, die aus der Erde sprudelte. Während einige Kulturen sie für den Bau von Straßen oder das Abdichten von Schiffen nutzten und die Ägypter mit Bitumen getränkte Leinentücher um ihre einbalsamierten Mumien wickelten, blieb der wahre Wert des Öls für Jahrtausende unerkannt.

Erst um die Mitte des neunzehnten Jahrhunderts, als die industrielle Revolution Fahrt aufnahm, begann der Mensch, sich wieder mit dem Öl zu befassen. Es wurde für die Herstellung industrieller Schmiermittel benutzt. Um dieselbe Zeit trieben kommerzielle Walfangflotten durch eine drastische Verringerung der Bestände den Preis für Walöl in die Höhe, bis dieses schließlich nicht mehr gebraucht wurde, um Häuser und Fabriken zu beleuchten. Mit der Nutzung von Kerosin läutete das Totenglöckchen für die Walfänger von Neuengland. Für etwa sechzig Jahre, in denen die Ölunternehmen Kerosin raffinierten, wurden die Abfallprodukte verbrannt, in erster Linie ein hochgradig entflammbares, aber vermeintlich nutzloses Nebenprodukt namens Gasolin. Unmengen davon gingen in Flammen auf.

Sieht man von der legendären Bohrung ab, die Edwin Drake 1859 in Pennsylvania durchführte, gab es während dieser Zeit nur sehr wenige Fortschritte bei der Ölexploration und -förderung. Die wachsende Nachfrage nach Kerosin konnte durch simple Bohrmethoden und oberirdische Erdölaustritte problemlos gedeckt werden. Es gab keinen Bedarf für Innovationen. Die Kombination der Erfindungen von Nikolaus Otto und Gottlieb Daimler, ein mit Benzin betriebener Viertakt-Verbrennungsmotor und ein Verfahren der Treibstoffeinspritzung, brachte den Durchbruch.

Durch Edisons Erfindung der elektrischen Beleuchtung im Jahr 1879 verminderte sich der Bedarf an Kerosin, durch die des Automobils stieg der an Benzin. Und die Nachfrage wurde immer größer.

Die Ölindustrie, wie wir sie heute kennen, war geboren.

1901 war in Spindletop in Texas der erste moderne Rotary-Bohrturm in Betrieb, und innerhalb eines Jahres wurden in der Region fast vierhundert Ölquellen entdeckt. Sehr schnell begann sich die Jagd nach dem Öl auch auf die Meere auszudehnen. H.L. Williams frühe Experimente mit Offshorebohrungen führten zu fest verankerten Bohrinseln im Golf von Mexico. Eine immer weiter steigende Nachfrage zwang die Unternehmen, verschiedene Typen von Bohrinseln zu entwickeln und die Ölexploration geografisch auszudehnen.

Die Suche erstreckte sich auch auf lebensfeindliche Gebiete, wo der Mensch ohne moderne Technologie keine Überlebenschance hatte. Es wurde immer tiefer gebohrt, so lange, bis eine Quelle erschöpft war. Aber was Offshore-Plattformen betraf, war die Bohrtiefe nicht das einzige Problem.

Die Natur ist so launisch, dass sie einige der größten Ölvorkommen an den unwirtlichsten Stellen versteckt hat – am Persischen Golf mit seinen extremen Temperaturen, im Golf von Mexico, wo schwere Hurrikane drohen oder weit draußen in der Nordsee. Nun begannen Ölfirmen mit der Exploration in den Gewässern bei Prudhoe Bay im Nordpolarmeer, wo die Bohrinseln dem Druck des Polareises standhalten mussten.

Während jede Innovation auf dem Gebiet der Offshore-Technologie mittels Medien-Hype als Endpunkt einer Entwicklung gefeiert wird, dauert es doch meistens nur ein paar Monate, bis eine noch bessere Lösung angepriesen wird. Aber die in der Mündung des Cook Inlet verankerte Bohrinsel *Petromax Prudhoe Omega*, die sich wie eine Stadt hoch über die dunklen Gewässer erhob, war wahrlich ein Gipfel der technischen Entwicklung und sollte eigentlich bis ins einundzwanzigste Jahrhundert hinein keine Konkurrenz fürchten müssen.

Der Helikopter, in dem Mercer, Iwan Kerikow und Jan Voerhoven saßen, hatte den Flug vom Pumpwerk Nr. 5 zügig zurückgelegt und flog jetzt dicht über der Wasseroberfläche des Cook Inlet.

»Die Gezeiten sind das wirkliche Problem in dieser Bucht«, sagte der Pilot zu einem desinteressierten Kerikow, der neben ihm im Cockpit saß. »Schon klar, gelegentlich kommen vom Golf von Alaska hohe Wellen, und im Winter sieht man manchmal einen hohen Eisberg, aber die wahre Gefahr sind die Gezeiten. Der Tidenhub beträgt neun Meter, erzeugt gefährliche Strömungen und behindert die Schifffahrt. Deshalb wird die Ladung häufig schon in Whittier gelöscht und mit dem Zug nach Anchorage gebracht.

Das ist einfacher, als mit einem Frachter das ganze Cook Inlet zu durchqueren.«

Seit dem Start bei dem Pumpwerk hatte der Pilot ohne Punkt und Komma geredet, und es trieb Kerikow zum Wahnsinn. Obwohl er Philip Mercer in seiner Gewalt hatte und es nur noch ein paar Stunden dauern würde, bevor er seinen größten Erfolg feiern konnte, war seine Stimmung düster. Ihm drehte sich der Magen um, wenn er den Piloten plappern hörte. Er befürchtete einen weiteren unkontrollierbaren Wutanfall, einen dieser Blackouts, wo er gewalttätig wurde, weil sein Verstand komplett aussetzte.

Er kämpfte grimmig dagegen an, so wie ein Schiffspassagier gegen die Seekrankheit kämpft, mit zusammengebissenen Zähnen und verzweifelt darum bemüht, an etwas anderes zu denken als seine gegenwärtige Umgebung. Er hatte das Gefühl, als würde ein anderer in seinem Inneren darum kämpfen, sich zu befreien, und musste um die Wahrung seiner Identität kämpfen. Die Anspannung des letzten Jahres, wenn nicht seines ganzen Lebens, drohte ihn zu zerreißen. Er kämpfte verbissen darum, nicht wieder in die Welt des Wahnsinns und der Gewalttätigkeit abzugleiten. Wenn doch nur dieser Einfaltspinsel neben ihm endlich die Klappe halten würde.

Er riss den Kopf zur Seite, als der Helikopter abrupt ins Schwanken geriet, und starrte erstaunt auf das aus dem Mundwinkel des Piloten sickernde Blut. Auch seine Hand war blutverschmiert. Er hatte keine Erinnerung daran, den Piloten geschlagen zu haben, der ihn geschockt und verängstigt anblickte. Kerikow lächelte und drehte sich um.

Mercer saß zwischen seinem Leibwächter und Jan Voerhoven. Er war mit Isolierband gefesselt und geknebelt. Sein Blick wirkte unergründlich. Als er sah, dass Kerikow ihn beobachtete, wurde seine Miene trotzig, und er zwinkerte ihm zu. Trotz des Knebels glaubte Kerikow zu sehen, dass Mercer lächelte. Ungeachtet seiner völligen Hilflosigkeit machte dieser Geologe sich über ihn lustig.

Unglaublich.

»Da wären wir«, sagte der Pilot nach ein paar Minuten.

In der Finsternis ließ sich die wahre Größe der *Petromax Prudhoe Omega* kaum abschätzen, denn zurzeit war die Bohrinsel nicht in Betrieb, und die meisten Scheinwerfer waren ausgeschaltet. Nur durch einige wenige, weit auseinanderliegende Bullaugen sickerte Licht, und über ihnen funkelten rote Warnlichter auf den hohen Kränen.

Der Pilot vergrößerte die Flughöhe und steuerte einen der Hubschrauberlandeplätze neben dem Wohngebäude der Crew an, das so groß wie ein Straßenblock war und sechshundert Männern Unterkunft bot. Aber die anderen Module, unabhängig voneinander gebaut, bevor die komplette Bohrinsel nach Alaska geschleppt worden war, waren noch viel größer. Auf dem Hubschrauberlandeplatz prangte das Logo von Petromax Oil.

Das Fahrgestell des Helikopters setzte sanft auf, und zwei Arbeiter eilten herbei, um die Reifen zu blockieren. Die Turbine wurde ausgeschaltet, und bald drehte sich der Rotor nur noch so träge wie ein Deckenventilator. Kerikow sprang als Erster aus dem Helikopter. Er öffnete die seitliche Kabinentür, packte Mercers Schultern und zog ihn nach draußen und über das windgepeitschte Deck. Hinter dem Hubschrauberlandeplatz, der sich ganz am Rand der Bohrinsel befand, versetzte er seinem Gefangenen von hinten einen brutalen Stoß, und Mercer ging über Bord und befand sich im freien Fall.

Wegen des Knebels konnte er nicht einmal schreien. Seine grauen Augen waren vor Angst und Ekel geweitet. Eine Sekunde später landete er in einem Sicherheitsnetz, das vor dem Hubschrauberlandeplatz angebracht war. Er war gerade mal zwei Meter in die Tiefe gestürzt und hörte Kerikow laut lachen.

»Haben Sie sich in die Hose gemacht, tapferer Mann?«, rief der Russe gut gelaunt. »Wenn meine Männer Sie aus dem Netz ziehen, müssen sie sich mit Sicherheit die Nase zuhalten.«

Nein, er hatte sich nicht in die Hose gemacht, aber viel hatte nicht gefehlt. Er lag in dem Netz und musste mühsam durch die Nase atmen. Sein Herz klopfte heftig. Der unerwartete Stoß hatte ihn mehr in Panik versetzt als der Sturz selbst. Es war ein urplötzlicher, völlig unvorhersehbarer Gewaltausbruch gewesen. Als zwei Männer ihn befreiten, wusste Mercer, dass er noch vor dem Ende der Nacht erneut in die Tiefe stürzen würde. Nur würde es dann kein Sicherheitsnetz mehr geben.

Er sollte recht behalten.

Auf einer so großen Ölbohrinsel wie der *Omega* war der Job des »Vorarbeiters« größtenteils bürokratischer Natur, und seine »Kabine« war so groß und komfortabel wie eine Suite in einem Luxushotel.

Als Mercer hereingeführt wurde, saß Iwan Kerikow auf einem tiefen grünen Sofa, mit einem Glas in der einen und einer Zigarre in der anderen Hand. Das Licht in der Kabine war grell, aber Mercers Augen brauchten nur einen Moment, um sich daran zu gewöhnen. Von Jan Voerhoven war nichts zu sehen. Kerikow schien immer noch die Erinnerung daran zu genießen, wie er Mercer von der Plattform gestoßen hatte.

»Es ist schon merkwürdig.« Kerikow winkte einen seiner Handlanger herbei, damit er Mercer den Knebel abnahm. »Hätten Sie sich nicht als Geologe vorgestellt, hätte ich Sie auf der Stelle getötet und nie erfahren, dass Philip Mercer vor mir gestanden hatte. Das hätte mich um das Vergnügen gebracht, Sie langsam sterben zu sehen. Ihnen hätte es dagegen stunden-, vielleicht sogar tagelange Folter erspart. Ihr seltsamer Humor wird Sie noch teuer zu stehen kommen.«

Der Mann riss das Isolierband von Mercers Lippen, und der zuckte vor Schmerz zusammen. Ja, er hatte Iwan Kerikow irgendwann wiederbegegnen wollen, doch mit vertauschten Rollen wäre es ihm lieber gewesen. Aber er würde sich nicht anmerken lassen, wie sehr ihm die Situation zusetzte.

»Ihnen wird das Scherzen noch vergehen«, fuhr Kerikow fort. »Und nun? Kommt jetzt das große verbale Duell zwischen dem Schurken und dem Helden, dem Guten und dem Bösen?«

»Wenn Sie wollen, ich bin bereit. Ich spiele nur auf Zeit, bis die Army mit zwei Dutzend Kampfhubschraubern kommt.«

»Wie diese Hueys, die wir letzte Nacht mit Raketen vom Himmel geholt haben? Ich glaube nicht, dass jemand kommt. Nein, diesmal nicht.« Kerikow nippte an seinem Drink und sprach dann gelassen weiter. »Sie hatten nicht genug Zeit, um einen Gegenangriff zu organisieren. Es hat gerade für dieses kleine Ärgernis gereicht, das wir uns vom Hals geschafft haben. Angesichts ihres Rufes hätte ich ein bisschen mehr von Ihnen erwartet.«

»So schlecht bin ich doch gar nicht«, sagte Mercer mit gespielter Bescheidenheit. »Immerhin habe ich es geschafft, letzte Woche zwei Mordversuche zu überstehen.«

»Das waren übereilt angeheuerte Amateure. Mit denen wäre selbst meine alte Mutter spielend fertig geworden.«

»Dann darf ich's mir ja mit ihrer Mutter nicht verscherzen.« Mercer wechselte das Thema. »Wissen die Leute von PEAL, dass die Pipeline in ein paar Monaten wieder voll funktionsfähig sein wird?«

»Glauben Sie's mir, es wird nicht so kommen. Während unsere netten Umweltfreunde glauben, es gehe nur darum, die Pipeline zu verstopfen, kann ich Ihnen versichern, dass sie an circa achtzig Stellen bersten wird und dass fünfhunderttausend Barrel Öl auslaufen werden. Ungefähr doppelt so viel wie 1989 bei der Katastrophe mit der *Exxon Valdez*.«

»Das Öl in der Pipeline gefrieren zu lassen, wird das Rohr nicht zerbrechen. Es ist anderthalb Zentimeter dick, und der interne Druck ist nicht hoch genug.«

»Sie haben recht, aber wenn ich es sage, können Sie sich darauf verlassen, dass ich den Druck so erhöhen kann, dass das Öl drei Kilometer weit spritzt«, sagte Kerikow mit einem aalglatten Lächeln.

Plötzlich hatte Mercer nicht mehr nur um sein eigenes Leben Angst. Es konnten kaum Zweifel daran bestehen, dass Kerikow die Wahrheit sagte. Er hatte eine Möglichkeit gefunden, die tausenddreihundert Kilometer lange Trans-

Alaska-Pipeline platzen zu lassen wie einen Luftballon. Mercer wollte nicht einmal daran denken, was für verheerende Konsequenzen eine solche Katastrophe haben würde. Der Bundesstaat Alaska würde durch eine schmierige schwarze Ölspur in zwei Hälften geteilt sein. Es würde Jahre dauern, die Folgen zu beseitigen – wenn es überhaupt möglich war. So radikal und gefährlich PEAL sein mochte, er konnte sich nicht vorstellen, dass die Öko-Aktivisten zu Propagandazwecken eine so abscheuliche Tat gutheißen würden. Das war, als würde eine palästinensische Terrorgruppe Jerusalem mit einer Atombombe zerstören. Organisationen wie PEAL wollten für ihre Ideale werben, nicht aber die Natur zerstören, deren Schutz ihr Ziel war.

Die Aktivisten hatten bestimmt nichts dagegen, die Pipeline zu verstopfen, um sie für ein paar Monate stillzulegen. Oder auch für immer, wenn man sie das hatte glauben lassen. Das wäre ein großer Sieg für sie gewesen. Aber sie würden nie zustimmen, die Natur mit fünfhunderttausend Barrel Öl zu zerstören.

Und er konnte sich beim besten Willen nicht vorstellen, dass Aggie Johnston einem solchen Plan zustimmen würde. Sie würde auch nicht müßig zusehen, wenn ihre Organisation die Natur von Alaska zerstörte. Er glaubte, dass sie nichts über Kerikows wahre Absichten wusste. Und wenn sie, Jan Voerhovens Freundin, nichts davon wusste, schien es ihm sicher, dass auch der Rest der Aktivisten nicht eingeweiht war. Er war wütend, nicht nur auf Kerikow, sondern auch auf sich selbst, weil er die Gefahr nicht eher gesehen und schon Alarm ausgelöst hatte, als er auf das Wrack der *Jenny IV* gestoßen war.

Kerikow schien zu wissen, welche Gedanken ihm durch den Kopf gingen. Dass er Stimmungen und Charaktere gut einschätzen konnte, war eine Gabe, von der schon beim KGB profitiert hatte. »Sie beginnen gerade erst, ansatzweise die Dimensionen meines Plans zu erkennen. Was hier geschehen wird – die Zerstörung der Pipeline und des Ökosystems – ist für mich, was meine wahren Ziele betrifft, nur ein Schauplatz. Mein Plan ist umfassender. Hätte die Sowjetunion oder Russland sich getraut, das Projekt *Charons Überfahrt* in die Tat umzusetzen, wäre es bei der Aktion in Alaska geblieben, aber ich habe es ausgebaut und der aktuellen Situation angepasst. Es ist extrem lukrativ. Sie würden sich wundern, wie viele Leute größtes Interesse daran haben, dass die Vereinigten Staaten weiter von den Ölimporten abhängig bleiben.« Er grinste. »Und Sie wären überrascht zu erfahren, dass viele von ihnen selbst Amerikaner sind.«

»*Charons Überfahrt?* Ist das der Name Ihrer Aktion?«

»Ursprünglich stammt der Plan aus der Zeit des Kalten Krieges. Es ging darum, die Ölförderung der Amerikaner zu sabotieren für den Fall, dass wir in Westeuropa einmarschieren würden. Der Plan sah einen simultanen Anschlag auf die Pipeline und den Hafen von Valdez vor, wo sie endet. Benannt war das Projekt nach Charon, dem Fährmann der griechischen Mythologie, der die Seelen der Toten nach der Fahrt über den Styx zum Eingang der Unterwelt brachte.«

»Warum erzählen Sie mir nichts von der größeren Dimension ihres Plans?«, fragte Mercer möglichst beiläufig. »Sie haben mich in Ihrer Gewalt und riskieren nichts.«

Er bemerkte sofort, dass er einen Fehler gemacht hatte. Kerikows Verhalten änderte sich. Während er bisher lässig auf dem Sofa gesessen hatte, richtete er sich jetzt auf, legte die Zigarre in einen Glasaschenbecher auf einem Beistelltisch zu seiner Linken und setzte auch sein Glas dort ab. Als er sich wieder Mercer zuwandte, war seine Miene absolut mörderisch. Er hatte seine buschigen Augenbrauen dicht zusammengezogen.

»Für wie dumm halten Sie mich eigentlich«, sagte Kerikow eiskalt und hasserfüllt. »Kommen Sie rein, Alam.«

Die getäfelte Tür öffnete sich, und Abu Alam, der »Vater des Schmerzes«, trat mit seiner halbautomatischen Schrotflinte ein. »Gehört er jetzt mir?«, fragte er Kerikow.

»Nein, ich will, dass Sie ihn mit dem anderen einschließen und vorerst keinem der beiden ein Haar krümmen. Wir haben heute Nacht noch einiges vor.«

»Sie haben es mir versprochen und werden dafür bezahlen, wenn ich sie mir nicht vorknöpfen darf.«

Mercer sah die Mordlust in den Augen dieses Wahnsinnigen. Er konnte es gar nicht abwarten, ihn und diesen anderen Gefangenen – vermutlich Voerhoven – kaltblütig zu ermorden.

Mercer glaubte, eine Rivalität zwischen den beiden Männern zu bemerken. Es war offensichtlich, dass es dem Araber nicht gefiel, den Befehlen des Russen gehorchen zu müssen. Abu Alam schien für einen anderen als Kerikow zu arbeiten und war nur bei ihm, weil sein Boss es so wollte. Aber unter den gegenwärtigen Umständen kann es mir egal sein, dachte er. Trotzdem hätte er gern gewusst, wer dieser andere Mann war.

»Im Moment haben wir Wichtigeres zu tun, als uns um unsere Gäste zu kümmern.« Kerikow blickte erst Mercer, dann Abu Alam an. »Holen Sie ein paar Sprengsätze aus dem Lager. Wenn morgen alles gelaufen ist, können Sie sich mit unserem geschätzten Dr. Mercer amüsieren. Was den anderen Gefangenen betrifft, müssen wir fürs Erste noch warten.«

»Ist die Zeit gekommen, diese Aktivisten auszuschalten?«, fragte der Araber.

»Zumindest die, dass wir uns darauf vorbereiten.« Kerikows Geduld mit Alam war offenbar erschöpft. Mercer hatte den Eindruck, dass er Probleme damit hatte, den sadistischen und mordlustigen Araber unter Kontrolle zu halten. »Bringen Sie ihn jetzt nach unten, und dann kommen Sie mit dem Sprengstoff hierher zurück. Ich will die Bohrinsel innerhalb einer Stunde wieder verlassen.«

Für Mercer klang das so, als hätte Kerikow ein ambivalentes Verhältnis zu dem jungen Killer, aber eigentlich war er genauso. Auch wenn der Russe sich um geschliffene Umgangsformen bemühte und weltmännisch erscheinen wollte, war er genauso krank wie Abu Alam. Es war so, als würde man den Wahnsinn von Hitler mit dem von Goebbels vergleichen.

Alam zog Mercer von seinem Stuhl hoch und stieß ihn durch den Raum. Jeder Gedanke an Flucht wäre Wahnsinn gewesen. Seine Hände waren immer noch gefesselt, und Alam und seine beiden Handlanger verfügten über sieben Schusswaffen. Da er wusste, dass sie nur darauf warteten, ihn umzulegen, ließ er es zu, dass sie ihn herumschubsten. Er wurde von einem Gefühl der Niederlage übermannt. Seine Situation war aussichtslos, es gab kein Entkommen. Aber er würde alles tun, damit es nicht so endete, wie Kerikow und Alam es sich vorstellten. An der Tür drehte er sich noch einmal zu dem Russen um. Der schlürfte seinen Drink, als hätte er keine anderen Sorgen auf dieser Welt.

»Pech für Sie, dass die Computer in Valdez vor zwei Wochen registriert haben, dass die Temperatur des Öls in der Pipeline gesunken ist. Irgendwo muss es ein Leck gegeben haben, durch das Ihr Stickstoff ausgetreten ist, Kerikow. Sicherheitsexperten der Pipelinebetreiber haben Ihr PEAL-Team verfolgt und den Stickstoff sofort wieder entfernt, sobald die Aktivisten verschwunden waren.«

Kerikows Stimme klang so, als hielte er Mercers Bluff für so mitleiderregend, dass er eigentlich keine Antwort verdiente. »Sie lügen«, sagte er grinsend. »Seit einem knappen Monat habe ich die Kontrolle über diese Computer. Seit ich mir Zugang verschafft habe, ist nichts Außergewöhnliches vorgefallen. Ich hätte Sie für intelligenter gehalten.«

Man kann's ja mal versuchen, dachte Mercer.

Abu Alam stieß ihm den Lauf seiner Schrotflinte in den Rücken und schob ihn nach draußen. Mercer blieb nichts anderes übrig, als sich von Alam in ein anderes Gebäude drängen zu lassen, wo es statt hell erleuchteter Korridore ein Labyrinth schmaler Gänge gab.

Nach einem Fußmarsch von einer knappen Viertelstunde hätte Mercer trotz seines erstklassigen Orientierungssinns den Rückweg nicht mehr gefunden. Sie waren tief im Inneren des größten Aufbaus der Bohrinsel, aber er wusste nicht wo. Jede Kreuzung zweier Gänge ähnelte der vorherigen. Ohne Ariadnefaden würde er aus diesem Labyrinth nie mehr herausfinden.

Sie blieben vor einer unauffälligen Tür stehen, die aussah wie alle anderen, an denen sie bisher vorbeigekommen waren. Mercer wirbelte herum, doch Alam war bereits zurückgetreten und richtete seine Waffe auf ihn.

Einer seiner Handlanger öffnete die Tür, und Alam zielte mit der Schrotflinte in die Aufzugskabine, als rechnete er damit, dort einen Feind zu sehen. Mercer betrachtete den Lift. Er war brandneu, wie alles auf der *Omega*.

»Los, rein.« Alam bohrte Mercer erneut den Gewehrlauf in den Rücken.

Mercer gehorchte. Fast rechnete er damit, dass Alam sich Kerikows Befehl widersetzen und ihn von hinten erschießen würde. Aber es passierte nichts. Obwohl er wusste, dass es vergeblich war, wandte er sich an Alam. »Sie werden nicht ungeschoren davonkommen. Man wird Sie schnappen und töten.«

»Ich bete dafür, im Kampf gegen den Großen Satan den Märtyrertod sterben zu dürfen«, erwiderte Alam, und seine beiden Handlanger nickten zustimmend.

»Seien Sie vorsichtig, Ihr Wunsch könnte in Erfüllung gehen.«

Er wurde in die Kabine gestoßen, und der Aufzug setzte sich in Bewegung.

Es war keine richtige Kabine, sondern eine bewegliche Plattform mit einem Geländer. Sie bewegte sich in einem der riesigen Stützpfeiler der Bohrinsel nach unten. Mercer kam sich vor wie in einem Getreidesilo. Er blickte über die offene Seite der Plattform. Der Boden des Schachts wirkte gerade mal so groß wie ein Kanaldeckel.

Die Plattform schoss weiter in die Tiefe. Bisher hatte Mercer nie unter Schwindel gelitten, doch er glaubte, dass sich das nun ändern konnte. Er heftete den Blick auf die gegenüberliegende Wand des Schachts. Die Luft war kühl und feucht.

Irgendwann glaubte er zu spüren, dass sich der Aufzug unterhalb der Wasseroberfläche befinden musste. Die Temperatur fiel um weitere fünf Grad. Er zog die Lederjacke fester um seinen Oberkörper.

Endlich unten angekommen, brauchte er nur ein paar Minuten, um das Isolierband durchzuscheuern, mit dem seine Handgelenke gefesselt waren. Dann fiel ihm auf, dass die Bedienungselemente zerstört worden waren. An den Knöpfen hingen ein paar geschwärzte Kabel. Er drückte trotzdem mit aller Kraft auf den grünen Knopf, als würde Gewaltanwendung den Aufzug doch wieder nach oben fahren lassen.

Natürlich passierte nichts. Jemand hatte absichtlich einen Kurzschluss herbeigeführt. Dies war die moderne Version eines mittelalterlichen Verlieses. Er weigerte sich, über die Aussichtslosigkeit seiner Lage nachzudenken und begann, nach einem anderen Ausweg zu suchen. Das Drahtseil, an dem die Kabine nach unten glitt, schien ihm am aussichtsreichsten zu sein. Er kletterte auf das Dach der Kabine mit den offenen Seitenwänden.

Wie erwartet war das Drahtseil so glitschig vom Schmierfett, dass er es kaum festhalten konnte. Daran konnte man sich unmöglich nach oben ziehen. Trotzdem blieb ihm nichts anderes übrig, als es zu versuchen. Als er sich gerade darauf vorbereitete, ertönte aus der Finsternis eine warnende Stimme.

»Als ich das versucht habe, bin ich gestürzt und hätte mir beinahe ein Bein gebrochen.«

»Aggie?« Mercer wollte seinen Ohren nicht trauen, aber es war tatsächlich ihre Stimme. »Was zum Teufel tust du hier?«

Am Fuß des Stützpfeilers brannte eine trübe Lampe. In dem riesigen kreisförmigen Raum standen futuristisch anmutende Maschinen, die wie die Erfindungen eines größenwahnsinnigen Konstrukteurs wirkten. An den Wänden verliefen Hunderte von Rohren mit unzähligen Ventilen und Anzeigeinstrumenten. Und dann war da noch eine niedrige Theke mit einem fast leeren Werkzeugregal dahinter. In den Boden waren mehrere Gitter eingelassen. Offenbar ging es noch weiter nach unten.

»Was glaubst du? Ich wollte *Krieg und Frieden* immer schon mal in Ruhe wieder lesen. Sie haben mich gefangen genommen, genau wie dich.« Aggie trat in den Lichtkreis der trüben Glühbirne.

Mercer sprang vom Dach der Aufzugskabine, eilte auf sie zu, nahm sie in die Arme und küsste sie leidenschaftlich, als wäre alles andere unwichtig.

Kurz darauf trat Aggie atemlos zurück. »Was war das?«

»Keine Ahnung«, antwortete er mit einem verlegenen Lächeln. »Aber du kannst nicht abstreiten, dass es schön war.«

»Ich beschwere mich ja nicht, aber du hast dir keinen besonders romantischen Ort ausgesucht, um mir deine Zuneigung zu beweisen.« Ihre smaragdgrünen Augen leuchteten, aber sonst wirkte sie sehr mitgenommen. Er hatte keine Ahnung, was sie durchgemacht hatte.

»Alles in Ordnung?«

Sie nickte. Er fragte sie, wie lange sie schon auf der Bohrinsel sei.

»Direkt nachdem ich dich verlassen hatte, haben sie mich

auf dem Parkplatz deines Hotels entführt. Zwei Männer haben mich angegriffen. Sie haben einen unschuldigen Hotelgast erschossen und mich dann in einen Lieferwagen verfrachtet, wo sie mich mit Chloroform betäubt haben. Als ich wieder zu mir kam, war ich hier.« Ihre Stimme klang stark und entschlossen, aber sie wirkte zart und zerbrechlich, fast wie ein Kind. Und doch war sie eine faszinierende und attraktive Frau. Er vergaß die hoffnungslose Situation und starrte sie einfach nur an. Aggie wurde sofort verlegen und fuhr sich nervös mit der Hand durchs Haar. »Schau mich nicht so an. Ich muss schrecklich aussehen.«

»Nein, du bist wunderschön.« Er schämte sich seiner emotionalen Reaktion ein bisschen, wandte den Blick ab und schaute sich um. »Wir müssen einen Ausweg finden und ihnen Einhalt gebieten. Hast du eine Ahnung, was PEAL tun wird?«

»Erst, seitdem ich mit diesem russischen Dreckskerl gesprochen habe. Er hat mir erzählt, wie er und PEAL das Öl in der Pipeline gefrieren lassen.«

»Das ist nur die halbe Geschichte. Er will die Pipeline an etlichen Stellen zerstören und fünfhunderttausend Barrel Öl austreten lassen.«

Sie wurde bleich. Angesichts ihrer tiefen Sorge um die Umwelt konnte sie es nicht fassen. »Mein Gott, nein, das kann er nicht tun.«

»Er kann und wird es tun, solange wir ihn nicht daran hindern. Und noch etwas. Dein Lover hat von Anfang an mit ihm unter einer Decke gesteckt.«

»Ausgeschlossen.« Sie verteidigte Jan Voerhoven reflexhaft. »Ich habe Kerikow geglaubt, als er sagte, Jan habe geholfen, die Behälter mit dem flüssigen Stickstoff anzubringen, aber es ist wirklich völlig undenkbar, dass er so eine Umweltkatastrophe auslösen würde. Eher würde er sterben.«

»Möglicherweise kennt er nicht Kerikows kompletten Plan.«, räumte Mercer ein. »Aber deshalb bleibt er trotzdem ein Komplize bei diesem beispiellosen Sabotageakt. Also, ich will mal nachsehen, ob ich irgendwie den Aufzug reparieren kann.«

»Habe ich schon versucht. Die Energieversorgung für die Bedienungselemente wurde zerstört, und ich sehe nicht, wie wir das reparieren könnten. Ich wette, dass die Unterbrechung in der oben liegenden Steuerung stattgefunden hat.«

Er glaubte, dass sie wahrscheinlich keine Ahnung hatte, wovon sie redete, und sah sich die verschlungenen, geschwärzten Kabel an. Dann drehte er sich mit einem herablassenden Grinsen zu Aggie um. »Ich dachte, du hättest deinen Abschluss in Umwelttechnologie gemacht.«

»Das war der Master. Den Bachelor habe ich in Elektrotechnik gemacht, weil mein Vater es so wollte.«

»Tatsächlich?«

»Auch das gehörte zu seinem großen Plan, mich darauf vorzubereiten, die Führung von Petromax zu übernehmen. Natürlich ahnte er, dass es niemals so kommen würde, und doch hatte er immer noch Hoffnung, dass ich meine ökologischen Aktivitäten aufgeben würde.«

Mercer wandte sich wieder der aktuellen Situation zu. »Welche Chance haben wir sonst?«

»Wovon redest du?«

»Keine Ahnung. Ich bin aufgeschmissen.«

Aggie schlug den Ton einer Touristenführerin an. »Vor

uns sehen wir die Bedienungselemente für die Pumpe des Stützpfeilers Nummer drei der *Petromax Prudhoe Omega*. Die Ölbohrinsel wurde im Auftrag von Petromax Oil für fast anderthalb Milliarden Dollar von Sosen Heavy Industries im südkoreanischen Pusan gebaut. Der Auftrag wurde im Jahr 1998 erteilt und in achtzehn Monaten abgeschlossen von zweitausend Arbeitern, die rund um die Uhr schufteten. Die *Omega* ist mit der fortschrittlichsten Sicherheitstechnik für Offshore-Bohrinseln ausgestattet.

Auf ihr können sechshundert Arbeiter untergebracht werden, fast eine Million Liter Trinkwasser und beinahe zwei Millionen Liter Diesel für den Betrieb der Pumpen, Bohrer und anderer Maschinen. Die Energieversorgung würde für eine Stadt wie Rochester im Bundesstaat New York ausreichen …« Sie lächelte kess. »Willst du noch was wissen? Vergiss nicht, dass diese Bohrinsel meinem Vater gehört. Ich habe sie getauft, bevor sie für vorbereitende Tests hierher geschleppt wurde. Im nächsten Frühjahr wird sie nach Prudhoe Bay gebracht.«

Mercer war beeindruckt. »Kluge Frauen haben mir schon immer imponiert. Wenn du so viel weißt, hast du doch bestimmt eine Idee, wie wir hier rauskommen.«

Aggie schwieg nachdenklich. »Da wir den Aufzug nicht flottkriegen, bleibt uns nichts anderes übrig, als hier zu warten, bis Kerikow oder dieser widerwärtige Araber kommt, um uns zu holen. Letzterer ist übrigens der Typ, dem du in der Bar die Bierflasche über den Kopf gezogen hast, weil er mich angegrapscht hat. Er war auch dabei, als ich auf dem Parkplatz deines Hotel entführt wurde.«

»Zwei weitere Gründe, warum ich ihn tot sehen will«,

sagte Mercer scheinbar beiläufig, doch seine Stimme klang todernst. »Wir sehen uns jetzt mal um, was wir hier unten so alles finden. Dann lassen wir uns was einfallen.«

Zwanzig Minuten später hatten sie in dem großen zweiten Kontrollraum einiges aus den wasserdichten Schränken und Spinden gezogen, doch die Ausbeute war lächerlich. Es ließ sich nichts anfangen mit Schraubendrehern und -schlüsseln, mit Zangen, ein paar Rollen Isolierband und ein paar Stücken Rohr. Außerdem fanden sie einen zerlöcherten und verdreckten orangefarbenen Rettungsanzug, eine blaue Polypropylen-Plane und zwei leere Sauerstoffflaschen, wie sie die Feuerwehr benutzt, aber keine Masken oder Atemgeräte. Zuletzt entdeckten sie noch einen Verbandskasten, Taucherflossen und einen Behälter mit verrottetem Essen, den ein Arbeiter während des Baus der Bohrinsel vergessen hatte.

Aggie sprach aus, was beide dachten. »Es ist hoffnungslos.«

Eine Minute verstrich. Mercer schaute zu dem riesigen Senkkasten hoch. Nach einer weiteren Minute blickte er Aggie zuversichtlich in die Augen. »Du hast etwas von Bedienungselementen für die Pumpe gesagt?«

Sie nickte.

»Kommst du damit klar?«

»Ja, aber was hilft uns das?«

»In zwei Stunden habe ich uns hier rausgeholt«, sagte Mercer mit einem diabolischen Lächeln.

»Spinnst du?«

»Nein, überhaupt nicht.«

Ölbohrinsel Petromax
Prudhoe Omega

Kerikow trat aus der Dusche, und seine gewöhnlich graue Haut wirkte rosig. Das dichte Haar auf seiner Brust und am Rücken sah aus wie ein Pelz. Er schlang ein Handtuch um seine Hüften und trocknete sich mit einem anderen ab. Rasiert hatte er sich bereits, und es hatte ihn genauso belebt wie die Dusche. Jetzt war es drei Uhr morgens, und er hatte seit dreißig Stunden kein Auge mehr zugetan. Aber das kalte Wasser hatte wahre Wunder bewirkt, genau wie der zweite Scotch, den er sich noch genehmigt hatte, bevor er ins Badezimmer gegangen war.

Als er sich gerade ankleiden wollte, klopfte es an der Kabinentür. Abu Alam trat ein, ohne abzuwarten, dass Kerikow ihn hereinbat. Er fläzte sich auf das Sofa und betrachtete den nackten Kerikow mit einer Mischung aus Hass und sexuellem Interesse. Der Araber verabscheute Kerikow wie keinen anderen Menschen, dem er bis jetzt begegnet war.

»Er ist jetzt mit der Frau zusammen in dem Loch da unten«, berichtete Alam. »Ich verstehe nicht, warum wir sie nicht beide kaltmachen.«

»Weil ich mir mit Mercer Zeit lassen will. Das ist eine persönliche Angelegenheit. Was die Frau betrifft, so ist sie die Tochter eines unserer Partner, und ihre Anwesenheit hier soll sicherstellen, dass er seinen Teil unserer Vereinbarung einhält. Falls Max Johnston auf die Idee kommen sollte, uns bloßzustellen, wenn er erfährt, dass wir ein doppeltes Spiel mit ihm gespielt haben, gehört seine Tochter dir. Du kannst dich so lange mit ihr amüsieren, wie du Lust hast, musst aber eine Videokamera mitlaufen lassen, damit wir ihrem Vater das Band schicken können.« Kerikow stellte sich vor, wie die junge Erbin von Alam und seinen beiden Handlangern vergewaltigt und zu Tode gequält wurde. »Sollte er sich allerdings an unsere Abmachung halten, muss seine Tochter unverzüglich freigelassen werden, und wenn Sie Aggie Johnston trotzdem anrühren, lege ich Sie höchstpersönlich um.«

»Mir jagt niemand mit leeren Drohungen Angst ein«, erwiderte Alam.

Kerikow ignorierte die großspurige Bemerkung. »Holen Sie unseren Freund Voerhoven, wir müssen nach Valdez zurückkehren. Wenn die PEAL-Aktivisten das Pumpwerk Nr. 5 verlassen, werden sie die Straße unpassierbar machen, indem sie einige Brücken in die Luft sprengen. Damit bleiben uns nur ein paar Stunden, bis der Brand in Fairbanks gelöscht ist. Dann haben sie wieder Hubschrauber zur Verfügung, um zu untersuchen, was in dem Pumpwerk passiert ist. Wie lange brauchen Sie, um den Sprengstoff auf der *Hope* zu platzieren?«

»Soll das Schiff völlig zerstört oder nur versenkt werden?«

»Es darf nichts übrig bleiben, das größer als eine Briefmarke ist.«

»Vielleicht eine Stunde, höchstens zwei. Ich muss die Sprengladungen bei den Treibstofftanks deponieren und die Zünder so einstellen, dass beide Seitenwände des Rumpfes gleichzeitig in die Luft fliegen.« Aus Alam sprach die Erfahrung eines Terroristen, der jahrelang in Algerien, im Libanon, Libyen, Iran und Irak Erfahrung gesammelt hatte.

Kerikow fiel ein fast nicht wahrnehmbares nervöses Zucken von Alams Wangen auf. Er vermutete, dass Alam den Befehl hatte, ihn umzubringen, sobald die Pipeline zerstört und der Supertanker vor der Küste des Bundesstaates Washington gesunken war. Rufti würde ihn betrügen.

Dass es so kommen würde, hatte Kerikow schon gewusst, bevor er Rufti kontaktiert hatte. Der Araber war so leicht durchschaubar, dass er einem fast schon leidtun konnte. Glaubte er wirklich, dass er, Kerikow, keine Mittel finden würde, sich gegen sein doppeltes Spiel zu schützen?

Gott bewahre uns vor den Ambitionen solcher Idioten, dachte er.

Mercer hatte seinen Fluchtplan noch nicht einmal vollständig erklärt, als Aggies Gesicht schon vor Zorn rot anlief. »Du bist ja nicht ganz richtig im Kopf. Hast du überhaupt eine Ahnung, was das bewirken würde? Das Gleichgewicht einer so riesigen Bohrinsel muss vierundzwanzig Stunden am Tag überwacht werden. Auch wenn die *Omega* die Produktion noch nicht aufgenommen hat, muss mit Winterbeginn ein Team vor Ort sein, um sicherzustellen, dass das Eis die Stabilität der Plattform nicht beeinträchtigt. Bei einer Bohrinsel dieser Größe wiegt eine fünf Zentimeter dicke Eisschicht insgesamt etwa hundertfünfzig Tonnen, was zu einem Kentern führen könnte, wenn man nicht höllisch aufpasst.

Und du redest davon, die *Omega* vorsätzlich aus dem Gleichgewicht zu bringen? Wenn die Treibstofftanks und die Behälter für Bohrschlamm voll sind, wird sie längst gekentert sein, bevor wir das obere Ende des Stützpfeilers erreichen. Erinnerst du dich an die fast zwei Millionen Liter Diesel, die ich erwähnte? Die werden das gesamte Cook Inlet verseuchen, wenn die Plattform kentert.«

»Aggie, willst du mich nicht einfach mal ausreden lassen …?«

Sie fiel ihm ins Wort, als hätte er nichts gesagt. »Lassen wir ökologische Bedenken mal beiseite. Du glaubst doch nicht etwa, wir würden lang genug in dem eiskalten Wasser überleben, um es bis nach oben zu schaffen? Mein Gott, hier ist es knapp über null Grad. Nach zwanzig Minuten hätten wir eine üble Unterkühlung, und fünf Minuten später wären wir tot.«

Sie redete sich in Rage, doch wenngleich sie auf wichtige Punkte hinwies, wusste er, dass sie hauptsächlich aus Angst so energisch protestierte. Er konnte es ihr nicht verdenken. Sein Vorschlag ängstigte selbst ihn.

»Um Himmels willen, Aggie, halt mal für einen Moment die Klappe und lass mich ausreden.« Sie schwieg und klappte den Kragen ihres Anoraks hoch. »Du weißt so gut wie ich, dass es für uns keine andere Möglichkeit gibt. Wenn wir hierbleiben, werden wir beide sterben, warum also nicht alles auf eine Karte setzen? Und glaubst du, dass es irgendjemanden kümmert, wenn diese Bohrinsel kentert und der Treibstoff ins Cook Inlet läuft? Doch wohl kaum, wenn der Rest von Alaska durch eine dicke Ölschicht verseucht ist. Wenn uns die Flucht gelingen sollte und wir es schaffen, Andy Lindstrom vom Alyeska Marine Terminal zu kontaktieren, können wir diesen ganzen Albtraum stoppen, bevor er beginnt. Ich weiß, wie Kerikow die Pipeline zerstören wird, nachdem PEAL das Öl eingefroren hat. Um ihm Einhalt zu gebieten, brauche ich nur ein Telefon oder ein Funkgerät für ein Gespräch von zehn Sekunden.«

Ihre Angst schien langsam zu verschwinden, als sie einsah, was hier außer ihrem persönlichen Schicksal noch auf dem Spiel stand. Wie immer es auch lief, ihrer beider Leben war höchstwahrscheinlich zu Ende, warum also nicht alles versuchen? Er erkannte an ihrem Blick, dass sie letztlich seinem Plan zustimmen würde.

»Trotzdem glaube ich, dass du verrückt bist.«

»Es wird funktionieren. Glaub's mir.«

»Das habe ich zuletzt von einem neunundvierzigjährigen Professor gehört, mit dem ich im Bett gelandet war«, witzelte sie. »Es hat nicht funktioniert.«

Mercers Plan verdankte sich seiner Verzweiflung, aber er war in der Theorie verblüffend einfach. Er beabsichtigte, den Stützpfeiler der *Petromax Omega* zu fluten. Wenn er die automatische Funktion der Pumpe deaktivierte und auf manuellen Betrieb umschaltete, konnten sie den ganzen Stützpfeiler mit Salzwasser volllaufen lassen. Er und Aggie würden auf der Oberfläche des steigenden Wassers treiben, bis sie dreißig Meter weiter oben die Tür des Aufzugs erreichten. Wie Aggie gesagt hatte, bestand das größte Risiko darin, die gesamte Ölbohrinsel aus dem Gleichgewicht zu bringen, wenn Tausende von Tonnen Ballast einen Stützpfeiler füllten, während die anderen weiterhin leer blieben. Man musste einfach das Beste hoffen. Was das Problem der Unterkühlung anging, hatte er sich ebenfalls einen Plan zurechtgelegt. Er baute ein improvisiertes Floß, dessen Boden sein Körper bilden sollte. Derweil machte sich Aggie an den Rohren und den Bedienungselementen der Pumpen zu schaffen. Diese, insgesamt sechs an der Zahl, befanden sich noch eine Ebene tiefer, wurden aber von hier aus bedient. Während sie arbeitete, erklärte sie Mercer, wie das System funktionierte.

»Jeder Stützpfeiler ist per Computer über die automatische Kontrolle der Pumpen mit der Einsatzzentrale verbunden, sodass jeder, je nach den Bedingungen, individuell mit Ballast beschwert werden kann. Bei hohem Seegang kann die gesamte Bohrinsel abgesenkt werden, bis das Hauptdeck fast unter Wasser steht, oder um dreißig Meter angehoben werden. Die Spannung der schweren Ankerketten wird immer gleich groß gehalten, und die Anker werden nie ihren festen Halt verlieren.

Mein Vater«, fuhr sie mit einem Anflug von Stolz fort, »war bei der Entwicklung der Bohrinsel von entscheidender Bedeutung. Seine Entwurfsskizzen waren die Grundlage von vierzigtausend Seiten Konstruktionsplänen.

Die größte Gefahr – wenn man davon absieht, dass dein kleines Floß kentern könnte – sind die Anker selbst. Ich nehme an, es sind Flipper Deltas, hergestellt von der niederländischen Firma Ankar Advies Bureau. Sie müssen mindestens vierzig Tonnen wiegen, wodurch jeder Anker mit rund vierhundert Tonnen Kraft dem Ziehen der Bohrinsel entgegenwirken kann. Dieser Typ von Anker ist perfekt geeignet für den Meeresgrund von Prudhoe Bay. Ich bin nicht sicher, wie es hier im Cook Inlet aussieht. Dies ist nur ein vorübergehender Ankerplatz für die *Omega*, und das Problem der Stabilität ist nicht so wichtig, weil die Produktion noch nicht läuft. Wenn die Bohrinsel Schlagseite bekommt und sich der Neigungswinkel der Ankerketten um nur zehn Grad verändert, werden diese Anker fünfunddreißig Prozent ihrer Effektivität einbüßen. Möglicherweise reißen sie sich auch ganz los.«

Er verstand vielleicht die Hälfte von dem, was sie sagte, aber es war ihm auch egal. Wenn sie redete, beruhigte das nicht nur sie, sondern auch ihn. Sie fachsimpelte weiter, auch über die Pumpen selbst. Sie verfügte über ein enzyklopädisches Wissen, aber er fand vor allem den Klang ihrer Stimme betörend.

»Fertig«, verkündete sie nach einer knappen halben Stunde. »Ich habe die Sicherheitssysteme deaktiviert, und die Pumpen werden fortgesetzt arbeiten. Das System wird sich erst abschalten, wenn ganz oben durch das steigende Wasser ein Kurzschluss verursacht wird.«

»Werden nicht in dem zentralen Kontrollraum Warnlichter blinken?«

»Daran kann ich nichts ändern«, sagte Aggie. »Dort müssten reichlich Lichter angehen. Wir können nur hoffen, dass Kerikow nicht genügend Männer an Bord hat, um alles zu überwachen. Wenn jemand etwas merkt, muss er nur einen Schalter umlegen, um deinen Plan zunichtezumachen.«

»Dann lass uns hoffen, dass sie gerade pinkeln sind, denn ich bin so weit.«

Er hatte den übel zerrissenen Stern-Überlebensanzug aus Nylon mit einer ganzen Rolle des silbernen Isolierbands geflickt. Es sah aus, als würde er eine Rüstung tragen. Dann griff er zu dem Verbandskasten und verbrachte fast zehn Minuten damit, seine noch blutenden Wunden zu verarzten.

Schließlich schluckte er ein paar Codeintabletten. Er würde die Arznei gebrauchen, wenn er die bevorstehende schwere Prüfung überleben wollte.

Das Floß lag auf mehreren Werkzeugkästen. Die vier Längen Rohr, die sie gefunden hatten, hatte Mercer in Rautenform mit dem Isolierband zusammengebunden. An diesem Rahmen war die Plane festgeklebt. Er konnte sich mit den Händen an den beiden seitlichen Spitzen festhalten, während seine Füße unten über den Rand des Floßes baumelten. Er würde in dem Rettungsanzug unten liegen, Aggie auf ihm, wo sie hoffentlich trocken blieb. Wenn sie überschwemmt wurden, hatten sie beide keine Chance.

Von dem Drahtseil des Aufzugs hatte er ein paar Handvoll Schmierfett abgekratzt. Aggie beobachtete erstaunt, wie er sich damit den Hinterkopf und das Genick einrieb. »Keine Sorge, du kommst gleich auch dran.«

»Was soll das?«

»Kanalschwimmer machen das schon seit Jahren so. Das Schmierfett verhindert, dass das eiskalte Wasser direkt deine Haut berührt. Was die Unterkühlung betrifft, ist die größte Gefahr damit gebannt.« Er kniete sich vor sie hin, hob ihr Hosenbein an, begann ihre weiche Haut einzureiben und bemühte sich, erotische Gedanken zu verdrängen.

Als er die Prozedur erst mit ihren Handgelenken und dann mit ihrem Hals wiederholte, schnurrte Aggie fast wie ein zufriedenes Kätzchen. »Du solltest das später mal wiederholen, wenn auch nicht mit diesem stinkenden Schmierfett.«

Er gab ihr einen Kuss auf die Stirn, griff nach der letzten Rolle Isolierband und schlang es von Kopf bis Fuß um ihren

Körper. »Wenn wir oben angekommen sind, müssen wir das Floß verlassen und durchs Wasser waten, bis wir die Aufzugstür öffnen können.« Er reichte ihr den größten Schraubendreher und ein gut fünfzig Zentimeter langes Stück Rohr, das sich gut als Brechstange gebrauchen ließ, wenn sie Probleme mit der Tür bekamen.

Aggie zitterte, und es lag nicht nur an der Kälte. Vielleicht würden sie die nächste Stunde nicht überleben. Mercer kannte das Gefühl, doch für Aggie war es eine völlig neue Erfahrung. Ihr schönes Gesicht war bleich, ihre Unterlippe zitterte. Ihr standen Tränen in den Augen.

»Wir schaffen das, Aggie«, sagte er. »Uns bleibt einfach nichts anderes übrig.«

Sie nickte und konnte der Versuchung nicht widerstehen, ihn zu küssen. Sie schlang die Arme um ihn und drückte ihn fest an sich. Möglicherweise war es die letzte Umarmung ihres Lebens, und wenn sie überlebten, würde sie unvergesslich bleiben. Und es war eine Erfahrung, an die man anknüpfen konnte.

»Bist du bereit?«

»Ja«, antwortete sie tapfer.

Mercer legte sich auf das Floß und schob die mit Schmierfett eingeriebenen Hände durch die Schlaufen, die er an den seitlichen Spitzen des Rahmens angebracht hatte. Das Floß ruhte auf den Werkzeugkästen, damit das Wasser darunter strömen und es emporheben konnte.

Aggie ging zu den Bedienungselementen und drückte auf mehrere mit Gummi beschichtete Knöpfe. Nacheinander sprangen die Pumpen an. Der Lärm wurde von den Stahlwänden zurückgeworfen.

»Wenn die Pumpen überschwemmt sind, ist es vorbei mit dem Krach«, schrie Aggie, während sie das wasserdichte Fach mit den elektronischen Bedienungselementen schloss. »Es wird etwa zehn Minuten dauern, bis das Wasser bis hierher gestiegen ist.«

»Mach dich trotzdem jetzt schon bereit«, erwiderte Mercer. »Wir können es uns nicht leisten, überrascht zu werden.«

Aggie legte sich auf ihn. Ihr Kopf ruhte auf seiner Brust.

»Nicht so«, sagte Mercer. »Du liegst auf dem Rücken, aber mit dem Kopf auf meinen Oberschenkeln und den Füßen neben meinem Kopf. Dann ist das Gewicht besser verteilt.«

Sie gehorchte und spreizte dabei die Beine. Mercer musste seine Gedanken in eine andere Richtung lenken und versuchte, sich ganz auf die aktuelle Lage zu konzentrieren.

Das Warten kam ihnen endlos vor. Sie lagen schweigend da. Endlich verstummte das durchdringende Schwirren der Pumpen. Das Wasser stieg so schnell, dass die Temperatur sofort fiel. Weitere Minuten verstrichen, und noch stieg das Wasser nicht durch die in den Boden eingelassenen Gitter.

Die Zeit zog sich weiter in die Länge. Sie rutschten unruhig hin und her und kratzten sich, weil sie sich einbildeten, dass es irgendwo juckte. Mercer atmete schwer unter dem Gewicht von Aggies Körper.

Das Geräusch des steigenden Wassers wurde immer lauter. Es musste jeden Augenblick so weit sein. Mercer blickte nach links und sah das Wasser.

»Auf geht's«, rief er.

Das Floß wurde von den Werkzeugkästen gehoben. Wasser spritzte über die Seite. Es war eiskalt und traf ihre Gesichter wie Nadelstiche. Innerhalb von Sekunden lag Mercers Gesäß in einer eisigen Pfütze. Er hoffte, dass Aggie noch trocken war. Wenn sie von dem Wasser überspült wurde, würde sie es nicht überleben, denn sie trug keinen Rettungsanzug.

Doch daran durfte er jetzt nicht denken. Im Moment hatte er dringendere Sorgen. Er glaubte, den Druck ihres Körpergewichts nicht mehr aushalten zu können. Die Schlaufen aus Isolierband schnitten schmerzhaft in seine Handballen. Sie würden eine halbe Stunde benötigen, bis sie oben waren, und er hatte jetzt schon Angst, es keine dreißig Sekunden mehr zu ertragen.

Das Floß begann sich zu drehen, und weiteres Wasser schwappte über die Seite. Mercer spürte es, weil die Isolierung des Rettungsanzugs an einigen Stellen schadhaft war. Durch die eisige Kälte fühlte sich sein Oberschenkel wie taub an, trotz des Schutzanzugs und seiner Jeans. Wenn das Wasser bis auf seine Haut drang, würde er es nicht länger als ein paar Minuten überleben.

»Wie fühlst du dich?«, stieß er zwischen zusammengebissenen Zähnen hervor.

»Ich glaube nicht, dass es klappen wird«, schrie Aggie.

»Das haben sich die Wright-Brüder auch eingeredet.«

»Und tatsächlich beim ersten Versuch eine Bruchlandung hingelegt.«

»Wir können uns keinen Fehlschlag leisten.«

Zuerst schien sie das Wasser in dem Stützpfeiler schnell nach oben zu tragen, aber ihre Stimmung schlug um, als sie sich der wahren Natur dieser Herausforderung bewusst wurden. Aggie war akut bedroht, von dem auf die Plane schwappenden Wasser überflutet zu werden, und sie konnten nichts dagegen tun. Mercer musste sich mit Gewalt an dem Rahmen festklammern, damit das Floß nicht kenterte in dem aufgewühlten Wasser. Die ersten zehn Minuten waren eine einzige Qual, doch auf eine Belohnung für ihre Leiden sollten sie vergebens hoffen.

Mit nachlassender Kraft begannen Mercers Arme zu zittern, und sein Körper gab unter Aggies Gewicht nach, wodurch die Bedrohung durch das Wasser für sie sehr viel größer wurde. Sie schrie erschrocken auf, und Mercer bäumte sich wieder auf. Durch die Anstrengung brach ihm am ganzen Leib der Schweiß aus.

Aggie bemerkte, wie mühsam alles für ihn war. »Kann ich etwas tun, um es dir leichter zu machen?«

Ihm fiel keine Antwort ein. Er brauchte ein paar Augenblicke, um Kräfte zu sammeln – er stand kurz davor, das Bewusstsein zu verlieren, und es waren noch knapp zwanzig Meter bis zum oberen Ende des Schachts.

Die Schweißnähte an den Wänden markierten ihren Fortschritt, sie waren jeweils drei Meter voneinander entfernt. Ihr Ziel schien noch immer unendlich weit weg zu sein.

Zuerst glaubte Mercer, der stechende Schmerz in seinem Oberschenkel sei auf einen Muskelkrampf zurückzuführen, doch kurz darauf wurde ihm klar, dass der Rettungsanzug löchrig war Das eiskalte Wasser drang durch einen Riss, den er übersehen haben musste. Oder das Isolierband hatte sich abgelöst.

Er schrie vor Schmerz laut auf.

»Was ist?«

»Der Rettungsanzug ist löchrig.«

»Ist es schlimm?«

»Ziemlich«, stöhnte er.

Das Wasser war so eisig, dass er kaum dem Bedürfnis widerstehen konnte, seinen Oberschenkel halbwegs warm zu reiben. Er musste die Augen schließen und sich darauf konzentrieren, sich weiter an dem Rahmen festzuklammern. Sie hatten noch dreißig Meter vor sich.

»Aggie, du musst deinen Rücken hochstemmen, um es mir leichter zu machen. Lange halte ich das nicht mehr aus.«

Sie tat, worum er sie gebeten hatte. Ihre Schuhe bohrten sich in seine Schultern, ihre Schultern drückten auf seine Schienbeine. Er schnappte nach Luft, als der Druck nachließ. Zum ersten Mal seit zwanzig Minuten entspannten sich sein Rücken und sein Bauch. Jetzt war ihre Körperhaltung so schmerzhaft wie seine zuvor für ihn. Sie ertrug es so lange wie möglich, weil sie durch das Fechten und Besuche im Fitnessstudio gut in Form war, doch nach ein paar Minuten sank ihr Rücken wieder herab.

»Tut mir leid«, keuchte sie. »Mehr war nicht drin.«

»Mir geht's schon wieder besser«, log er. »Außerdem sind wir fast da.«

Tief unter der Bohrinsel, in den dunklen Gewässern des Sunds, begann es Probleme zu geben mit den zwei Meter tief im Schlick steckenden fünf riesigen Ankern von Stützpfeiler Nummer drei. Der mit Wasser vollgelaufene Pfeiler versank tiefer im Meeresboden und erhöhte den Druck auf diese und alle fünfzehn weiteren Anker, welche die Bohrinsel stabilisierten. Die Drahtseile mussten ständig gespannt sein. Das wurde normalerweise automatisch überwacht, doch Aggie war gezwungen gewesen, die Funktion zu deaktivieren, um einen Stützpfeiler mit Wasser volllaufen lassen zu können. Als der immer schwerer wurde und immer tiefer im Grund versank, wurde die Spannung zu groß, und die Drahtseile rissen eines nach dem anderen. Ein Ende hing an den Ankern, das andere an der Unterseite der Plattform.

Die anderen Delta-Flipper-Anker waren so gut platziert, dass sie hielten und die Spannung so groß wurde, dass die *Omega* zurückschwang und sich drehte. Die Bohrinsel war aus dem Gleichgewicht gebracht und ihre Stabilität äußerst labil.

Nur der konstant starke Wind, der mit einer Stärke von zwanzig Knoten blies, verhinderte, dass die Bohrinsel kenterte. Aber die prekäre Balance würde nicht von Dauer sein, wenn der Stützpfeiler der *Omega* weiter mit Wasser volllief.

»Wir sind fast da«, verkündete Aggie überrascht.

»Wie weit ist es noch bis zur Tür des Aufzugs?«, fragte Mercer, dessen Schmerz schlimmer war als die Freude, dass sie ihr Ziel fast erreicht hatten. Die gesamte untere Hälfte seines Körpers war taub von der Kälte.

»Wir steuern direkt darauf zu.«

»Sobald wir nah genug sind, musst du den Schraubendreher zwischen die Tür und den Rahmen bohren. Es müsste einen mechanischen Riegel geben für den Fall, dass das automatische System nicht funktioniert oder dass jemand in der Kabine festsitzt.«

»Wie in den Filmen?«

»Genau.«

Aggie streckte den Arm aus und machte die Bewegung,

die erforderlich war, um die Tür zu öffnen, doch sie rutschte sofort mit einem Schrei von Mercers Körper.

Sie landete in dem Wasser, das sich auf der Plane angesammelt hatte, schlug mit Händen und Füßen um sich und zerstörte das Floß. Mercer ließ den Rahmen los und fiel mit Aggie ins Wasser. Er packte ihren Arm, zog sie dicht an sich und versuchte sie zu beruhigen, bevor ihre Panik sie ertrinken ließ.

»Mein Gott, es tut so weh. Ich kann nicht mehr.« Ihre Lippen hatten sich bläulich verfärbt. »Oh Mercer, ich werde sterben.«

»Aggie!«, schrie er. Er schaute ihr in die Augen, doch die Angst hatte sie bereits fest im Griff. Sie starrte ihn mit einem leeren Blick an, und er befürchtete, dass sie unter Schock stand. Er nahm kaum noch wahr, dass auf den Rettungsanzug kein Verlass mehr war und dass auch er mittlerweile bis auf die Haut durchnässt war. Sie würden es höchstens noch ein paar Augenblicke in dem Wasser aushalten.

In diesem Moment wurden vier der zwanzig Tonnen schweren Anker aus dem Meeresgrund gerissen. Schlickwolken wirbelten auf, während die Anker tiefe Furchen in den Schlamm pflügten. Jetzt war es um die *Omega* geschehen, sie würde kentern. Eine Ecke der Offshore-Plattform war mit zu viel Gewicht belastet, und ohne die Anker würde der Auftrieb der anderen drei Stützpfeiler sie vollends aus dem Gleichgewicht bringen. Wenn von den elf Ankern, die sich noch nicht losgerissen hatten, weitere drei ausfielen, würde die Bohrinsel unter den Wellen versinken.

Im Stützpfeiler Nummer drei waren die Auswirkungen sofort spürbar. Eben noch hatten sich Aggie und Mercer direkt unter der Aufzugstür befunden, doch im nächsten Moment war die Bohrinsel gekentert, und das Wasser überflutete sie und spülte sie hinweg.

Mercer wurde übel, und er empfand nichts mehr als Schmerz. Seine Kraftreserven waren erschöpft. Er hatte versagt. Sie würden beide sterben.

Aggie bewegte sich kaum noch, und deshalb konnte er es nicht fassen, als sie ihm etwas in die Hand drückte. Er wollte die Augen in dem Salzwasser nicht öffnen, zwang sich aber dazu und sah in dem trüben Licht den Schraubendreher, den sie trotz ihrer Angst und der Nähe des Todes festgehalten hatte. Ihre Geistesgegenwart überraschte ihn.

Nach einem erfolglosen Versuch schaffte er es, den Schraubendreher in den Spalt zwischen Tür und Rahmen zu schieben und den Riegel zu finden. Er riss an der Klinke, und die Tür wurde von dem Wasser aufgedrückt.

Sie wurden durch die enge Tür in den Gang gespült und stießen gegen eine Wand, als der Korridor um eine Ecke führte.

Beide würgten, bis ihre Lungen schmerzten. Sie standen zitternd in dem Flur mit den Stahlwänden, während das Wasser an ihnen vorbeirauschte. Sie brauchten Zeit, um sich zu erholen und ihre durchnässte Kleidung zu wechseln, doch es war unmöglich. Die *Petromax Omega* wurde durchgeschüttelt wie ein Vergnügungsdampfer in einem heftigen Sturm. Wie durch ein Wunder hielten noch einige der Ankerketten, doch der Druck wurde immer größer, als die Plattform sich um fünfzehn Grad in eine Richtung neigte.

»Wir müssen verschwinden«, keuchte Mercer mit klappernden Zähnen. »Kannst du gehen?«

Aggie antwortete nicht – sie war bewusstlos.

Er nahm sich die Zeit, ihr die durchnässten Kleidungsstücke auszuziehen, die Jacke, den Pullover, das T-Shirt und die Jeans. Dadurch würde es ein paar Minuten länger dauern, bis sie erfror. Er blickte den Gang hinab und schloss für einen Moment die Augen, um sich an den Weg zu erinnern, den zu nehmen ihn Abu Alam mit vorgehaltener Waffe gezwungen hatte. Er verdrängte seine Schmerzen, die Kälte und den bevorstehenden Untergang der Ölinsel, um sich ganz darauf zu konzentrieren, Stück für Stück den Weg zu rekonstruieren.

Nachdem Theseus den Minotaurus besiegt hatte, konnte er mithilfe des Ariadnefadens den Ausweg aus dem Labyrinth finden. Mercer konnte sich nur auf seinen benebelten Verstand verlassen. Mit Aggie auf dem Arm rannte er durch die verwaisten Gänge. Das Geräusch seiner Schritte auf dem Stahlboden wurde laut von den Wänden zurückgeworfen. Wie in Trance traf er die richtigen Entscheidungen, fand mit traumhafter Sicherheit Kreuzungen von Korridoren, Durchgänge und Treppen. Wäre er nur einen Moment stehen geblieben, wäre er bestimmt sofort verloren gewesen. Ein Gang sah wie der andere aus, man konnte sich eigentlich an nichts orientieren. Trotzdem rannte er weiter und erreichte das Wohngebäude, wo die Wände mit imitierten Holztäfelungen verkleidet und die Böden mit dünnem Teppichboden ausgelegt waren.

Die Neigung der Bohrinsel betrug mittlerweile mindestens zwanzig Grad, und er schlidderte einen abschüssigen Gang hinab. Mit irrwitzigem Tempo glitten Kabinentüren an ihm vorbei. Aggie lag schlaff in seinen Armen. Er wagte es nicht, einen Moment stehen zu bleiben, um ihren Puls zu fühlen. Überall schrillten Alarmanlagen, rote Warnlichter flackerten. Eine computerisierte Stimme forderte alle Arbeiter auf, die Bohrinsel umgehend zu verlassen.

Mercer stieß mit dem Fuß eine Ausgangstür auf und achtete darauf, dass Aggie sich nicht an den Stahlrahmen stieß. Die Treppe war unglaublich steil, und er stieg sie vorsichtig hinauf. Mit jedem Schritt neigte sich die Bohrinsel weiter. Nach zwei weiteren Treppen stand er auf dem windgepeitschten Hauptdeck.

Als Sensoren die Schieflage der Plattform registriert hatten, war automatisch die Notbeleuchtung eingeschaltet worden, die das Deck in ein pinkfarbenes Licht tauchte. Mercers Blick suchte nach den gelben Rettungsbooten, die ihm aufgefallen waren, als er mit dem Helikopter hergebracht worden war.

Sie waren ordentlich neben dem Wohngebäude aufgereiht, wie auf einem Kreuzfahrtschiff.

Hier draußen war die Schieflage der riesigen Bohrinsel noch viel offensichtlicher. Mercer hatte geglaubt, ihnen würden noch ein paar Minuten bleiben, doch nun sah er, dass es nur noch eine Frage von Augenblicken war, bis die *Petromax Omega* kentern und sinken würde. Er konnte nur hoffen, dass Kerikow und Alam irgendwo unter Deck festsaßen, doch er wusste, dass es nicht so war. Der Helikopter, der sie hergebracht hatte, war verschwunden.

Aggie lag schwer in seinen Armen, als er sich dem Rand der Plattform näherte. Einmal rutschte er aus, weil sich die Bohrinsel weiter neigte. Das Heulen der Alarmanlagen war nervtötend. Er stieß gegen die Reling und konnte gerade noch verhindern, dass Aggie sich wehtat. Fast wäre er gegen die messerscharfe Schraube eines Rettungsbootes geprallt.

Er wusste nicht, wie er den Kran bedienen musste, um das Boot zu Wasser zu lassen. Er konnte nur hoffen, dass der Mechanismus in dem Boot selbst ausgelöst werden konnte. Plötzlich wurde das Rettungsboot angehoben, schwebte kurz darauf über dem Wasser und war dann nicht mehr zu sehen.

Einige von Kerikows Männern mussten sich bereits in dem Rettungsboot aufgehalten haben. Jetzt hatten sie sich aus dem Staub gemacht.

Mercer hatte keine Zeit zu verlieren. Bis zu dem nächsten Rettungsboot waren es nur fünf Meter. Er rannte darauf zu, dicht an der Reling entlang, denn er konnte sich kaum noch auf den Beinen halten. Kurz darauf wurde auch das zweite Rettungsboot von einem Kran in die Luft gehoben, und es verschwand genauso schnell wie das erste.

»Mist!«

Er lief los und fragte sich, woher er die Kraft nahm, aber sein Fuß glitt immer wieder aus. Zu seiner Rechten gähnte der Abgrund. Sein Atem ging unregelmäßig, und sein rechtes Bein schmerzte höllisch, wann immer er das Gewicht darauf verlagerte. Er ließ die nächsten beiden Rettungsboote links liegen und konzentrierte auf das letzte auf dieser Seite des Wohnmoduls.

Als er es erreichte, warf er Aggie über die Schulter und zog an der Klinke der Luke. Sie ließ sich problemlos öffnen. Im Inneren des Rettungsboots wurden automatisch die Beleuchtung und die Heizung eingeschaltet. Er warf Aggie auf eine gepolsterte Bank und schloss die Luke. Daneben sah er zwei Knöpfe, und unter einem stand »Start«.

Es schien eine Ewigkeit zu dauern, passierte aber tatsächlich innerhalb von zehn Sekunden. Ein Kran hob das Rettungsboot vom Deck hoch, doch die Bohrinsel hatte schon eine zu große Schieflage. Die Unterseite des Bootsrumpfs balancierte auf der Reling. Der Kran begann automatisch die Taue abzuseilen, und das Boot drohte auf das Deck zurückzufallen. Wenn das geschah, würden er und Aggie an Bord der *Omega* festsitzen. Er hatte geahnt, was passieren könnte und reagierte sofort. Draußen angelangt, warf er sich mit seinem ganzen Körpergewicht gegen das Boot, das von der Reling rutschte und über Bord ging.

Er hechtete hinterher. Zum zweiten Mal in dieser Nacht im freien Fall, ganz wie befürchtet. Er landete mit Glück auf dem Rettungsboot, und nach sechs Metern strafften sich die Seile des Krans, an denen das Boot baumelte. Er und Aggie wurden in der Kabine unsanft hin und her geschleudert.

Dann krachte das Boot ohne Vorwarnung auf die Wellen des Cook Inlet. Es tauchte kurz unter die Wasseroberfläche, bekam aber sofort wieder Auftrieb. Mercer lag benommen auf dem Boden der Kabine. Aggies Kopf ruhte auf seiner Brust, als wäre sie ganz normal eingeschlafen. Er musste aufstehen, die Seile loshaken, den Motor anwerfen und sie aus der Gefahrenzone bringen. Aber er konnte sich nicht bewegen. Er wollte nur liegen bleiben und Aggie halten, bis das Ende kam und es keinen Schmerz mehr gab.

Schließlich rissen sich die letzten Anker der Bohrinsel vom Meeresboden los. Der Druck war auf eine Weise gewachsen, den sich der Hersteller nie auch nur hätte vorstellen können, und die *Petromax Prudhoe Omega* machte einen abrupten Satz. Fest auf Deck montierte hohe Kräne und ein

Turm mit Warnlichtern brachen einfach ab und stürzten nur fünfundzwanzig Meter neben dem Rettungsboot ins Wasser. Fässer mit Drahtseilen und mit von Chemikalien verseuchtem Schlamm krachten vom Dach des Produktionsmoduls.

Die Bohrinsel begann auseinanderzubrechen. Das dreißigtausend Tonnen schwere Wohnmodul wurde aus seinen Verankerungen gerissen und krachte ins Wasser. Hohe Wellen erfassten das Rettungsboot, das an den Seilen zerrte, durch die sie noch immer mit dem schnell sinkenden Wohnmodul verbunden waren. Die Plattform sank weiter, und bald ragte Stützpfeiler Nummer zwei ganz aus dem Wasser, bevor er abbrach und ins Meer stürzte.

Aus geborstenen Tanks strömte Diesel. An einigen Stellen brannte es bereits, und der Treibstoff fing Feuer. Dichter schwarzer Rauch stieg hoch in den Himmel. Die Bohrinsel sank langsam. Fast schien es, als würde sie sich wehren wie ein Ertrinkender. Tief unter der brennenden, mit Diesel verseuchten Wasseroberfläche hörte man dumpfe Explosionen.

Mercer lag reglos da. Seine Atmung beruhigte sich, während sein Körper die Heizungswärme aufsog. Ihm war bewusst, dass er aufstehen und irgendetwas tun musste, aber er wusste nicht mehr was. Trotzdem rappelte er sich hoch und quälte sich zum Heck des Rettungsboots. Als er gerade den Motor anlassen wollte, fiel ihm ein, dass das Boot über die Seile des Krans noch immer mit dem Wohnmodul verbunden war.

An der Stelle, wo die *Omega* verankert gewesen war, betrug die Wassertiefe des Cook Inlet etwa achtzig Meter, aber die Taue des Krans, an denen das Rettungsboot hing, waren nur fünfundvierzig Meter lang. Er rannte zu den Bedienungselementen für den Kran, doch in dem Moment strafften sich die Seile plötzlich, und das kleine Boot kenterte innerhalb eines Sekundenbruchteils und wurde unter die Wasseroberfläche gezogen. Kurz darauf drang Wasser in die Kabine.

Mercer kroch zu der Luke zurück und drückte auf den zweiten der beiden Knöpfe. Die Haken der Seile lösten sich, und damit waren sie nicht mehr an das weiter sinkende Wohnmodul gekettet. Das Rettungsboot tauchte wieder aus dem Wasser auf, aber seine beiden Insassen waren völlig am Ende. Mercer musste die gesamte ihm noch verbliebene Willenskraft aufbieten, um den Rettungsanzug und seine nasse Kleidung auszuziehen. Dann wickelte er sich in ein paar Decken, die er in einem Spind gefunden hatte. Aggie Johnston legte erneut ihren Kopf auf seine Brust.

»Wir haben es geschafft, Darling«, murmelte er, doch dann fiel ihm ein, dass die Flucht von der Bohrinsel allenfalls ein Etappensieg war. Die entscheidende Schlacht stand ihnen noch bevor.

Vereinigte Arabische Emirate

Die Satellitenübertragung riss aufgrund atmosphärischer Störungen immer wieder ab, und die Fernsehbilder waren grobkörnig. Eine attraktive Journalistin stand vor dem Terminal 4 des Londoner Flughafens Heathrow, und ihre Miene verriet zugleich Anteilnahme und Enthusiasmus. Als Profi lebte sie für solche Augenblicke. Hinter ihr wimmelte es nur so von Sanitätern in feuerfester Kleidung, uniformierten Polizisten und Angehörigen der Special Branch, die Zivil trugen. Sie alle waren aus demselben Grund da. Auf der anderen Seite des Terminals, wo auf dem riesigen Vorfeld Flugzeuge darauf warteten, nach einer Bombendrohung eine Starterlaubnis zu bekommen, hatte es einen Anschlag gegeben.

Der Ton der Sondersendung der BBC war sehr viel besser als die Bilder. Hasaan bin-Rufti saß in seinem Hawker-Siddeley-Privatjet, der in einer Viertelstunde in Dubai landen würde. Der dortige internationale Flughafen lag dem Emirat Ajman am nächsten.

Rufti saß auf einem Luxussitz in der Kabine und verspeiste den nächsten Hummer. Seine Finger waren fettig von der zerlassenen Butter. Seine Serviette war so groß wie ein Tischtuch und erinnerte wegen der gelben Butterflecken an eine mit Urin verschmierte Windel. Während er aß und eine Wirtschaftssendung schaute, war das Programm unterbrochen worden.

Er hatte weitergegessen, aber seine Schweinsäuglein strahlten.

»Hier ist Michaela Cooper, und ich melde mich vom Heathrow Airport, wo es einen entsetzlichen Terroranschlag gegeben hat. Vor zwanzig Minuten, als auf dem Flughafen wegen einer Granatenexplosion bereits die höchste Alarmstufe herrschte, raste ein offenbar von Selbstmordattentätern gekaperter Tanklaster in eine Boeing 767 der British Airways. Unbestätigten Berichten zufolge wurde das Flugzeug durch die Explosion völlig zerstört. Aus einer verlässlichen Quelle weiß ich, dass die Leichen der Männer, die ursprünglich in dem Tanklaster gesessen hatten, mit durchgeschnittenen Kehlen kurz vor der Explosion in einem Hangar entdeckt wurden, doch auch das wurde bisher offiziell nicht bestätigt.« Die Reporterin mit dem seidig glänzenden blonden Haar blickte auf ihre Notizen. »Die Boeing hätte schon vor mehreren Stunden nach Riad, Saudi-Arabien, fliegen sollen, konnte aber wegen einer Bombendrohung nicht starten. Für den Anschlag auf die Boeing ist angeblich eine Gruppe namens Vereinigtes Kurdistan verantwortlich. Es sind dieselben Terroristen, die noch gestern Abend die Verantwortung für den Anschlag vor dem British Museum übernommen haben.«

»Also haben diese Idioten es doch noch geschafft«, sagte Rufti laut.

Nach der Explosion von Tariks Granate hatte er zwei gut getimte Telefonate mit Verantwortlichen des Flughafenbetreibers geführt. Dadurch hatten die kurdischen Selbstmordattentäter genügend Zeit gewonnen, um den Anschlag auf Khalid Khuddaris Maschine durchzuführen.

Während er sich innerlich auf seine Rückkehr in die Vereinigten Arabischen Emirate vorbereitete, wo er den Kronprinzen zu entmachten gedachte, war es ihm dennoch gelungen, aus dem Stegreif einen Plan zu entwickeln, der nun erfolgreich umgesetzt worden war, ohne dass eine Spur zu ihm führte. Zwar hatte er persönlich in Heathrow angerufen, doch sein Pilot hatte ihm versichert, die Kommunikationstechnik an Bord des Privatjets mache es unmöglich, das Signal zurückzuverfolgen.

Er hatte Unsummen für die Rekrutierung, Ausbildung und Bewaffnung der kurdischen Nationalisten ausgegeben, die Khuddari vor dem British Museum eliminieren sollten. Das Attentat war bis ins kleinste Detail geplant gewesen, sodass eigentlich nichts schiefgehen konnte. Und doch war es passiert. Er selbst hatte spontan einen neuen Plan für die Ausschaltung seines größten Rivalen schmieden müssen. Die Kurden hatten es geschafft, das Zeitfenster zu nutzen, das sich durch die Explosion von Tariks Granate geöffnet hatte. Nachdem sie auf das Flughafengelände gelangt waren, hatten sie die Insassen des Tanklasters ausgeschaltet und diesen in die wartende Boeing gesteuert.

»Unglaublich«, murmelte er kopfschüttelnd. Seine Backentaschen und das Doppelkinn zitterten.

Einen Anschlag auf einem Flughafen durchzuführen, wo bereits die höchste Sicherheitsstufe galt, das war die schwierigste Aufgabe, mit der man ein paar Selbstmordattentäter betrauen konnte. Vor dem British Museum hatten die Kurden versagt, aber wie sie die zweite Aufgabe gelöst hatten, blieb Rufti ein Rätsel. »Wirklich unfassbar.«

Eine andere Kamera ging in die Totale und richtete sich

auf das Vorfeld und die Rollbahnen. Nach der Explosion hatten die Sicherheitsbehörden alle Passagiere aufgefordert, ihre Maschinen unverzüglich zu verlassen. Sie waren vorübergehend in einem Lagerhaus untergebracht worden, das von drei gepanzerten Fahrzeugen bewacht wurde. Die Boeing 767 war nur noch ein qualmender Schrotthaufen. Hundertfünfundsechzig Passagiere und die gesamte Crew waren ums Leben gekommen. Die Kamera zoomte auf Feuerwehrwagen, aus denen weißer Schaum auf die noch brennenden Überreste des Flugzeugs gespritzt wurde.

Michaela Coopers Tonfall triefte vor Anteilnahme, als sie ihren Bericht fortsetzte, doch Rufti schaute und hörte nicht mehr hin. In dieser Maschine hatte Khalid Khuddari gesessen, und nun war er tot. Er, Rufti, hatte seinen Teil der Abmachung mit den Iranern und Irakern eingehalten. Jetzt war es Kerikows Job, die Trans-Alaska-Pipeline zu zerstören und für die Versenkung des Tankers vor der Westküste der Vereinigten Staaten zu sorgen. Innerhalb weniger Tage würden die Grenzen im Mittleren Osten einmal mehr neu gezogen werden. Die Familie Saud würde ausgelöscht sein und ihr riesiges Land unter dem Iran und dem Irak aufgeteilt werden. Kuwait würde von seinem nördlichen Nachbarn geschluckt werden, und er, Hasaan bin-Rufti würde der absolutistische Herrscher über alle Emirate sein.

Ihm wurde fast schwindelig. Im Angesicht der Niederlage hatte er es geschafft, doch noch einen verblüffenden Sieg zu erringen und seine Partner zu überzeugen. Seine Verhandlungen mit den Ministern aus dem Iran und dem Irak, die sich über Monate hingezogen hatten und erst vor ein paar Tagen in London ihren Abschluss gefunden hatten, setzten voraus, dass er und Kerikow ihren Teil der Abmachung einhielten. Er konnte sich jetzt zurücklehnen und gelassen darauf warten, dass Kerikow seinen Job beendete. Danach würden die vereinten Streitkräfte der kriegerischsten Nachbarn im Mittleren Osten gemeinsam nach Süden vorstoßen, und die Vereinigten Staaten mussten ohnmächtig erkennen, dass aus der Ausbeutung ihres eigenen riesigen Ölvorkommens in Alaska nichts werden würde. An ihrer Abhängigkeit vom Öl aus dem Mittleren Osten würde sich nichts ändern.

Rufti musste anerkennen, dass Kerikow einen so genialen wie verwegenen Plan entworfen hatte. Aber dann erinnerte er sich daran, dass *Charons Überfahrt* ursprünglich ein sowjetisches Projekt gewesen war, das sich den Umständen während des Kalten Krieges verdankte. Und es verdankte sich seiner, Ruftis, Initiative, dass andere Nationen in den Plan eingebunden worden waren. Kerikow wollte nur Amerikas einheimische Ölproduktion unterbinden, damit seine Abhängigkeit von den Golfstaaten weiter wuchs, und deshalb hatte Rufti den Plan teilweise finanziert. Aber er hatte ihn auch als Chance gesehen, sehr viel mehr zu erreichen. Jetzt war die Zeit gekommen, die muslimische Welt von westlichen Einflüssen zu befreien und die Vereinigten Staaten aus der Region zu vertreiben, um Israels Position zu schwächen und es gegebenenfalls anzugreifen. Es ging um die Wiederherstellung eines arabischen Imperiums, das einst doch so mächtig gewesen war.

Der Pilot riss ihn aus seinen Gedanken. »Wir landen gleich, Minister Rufti.«

Er blickte auf die Uhr. Noch ein paar Stunden, dann war alles überstanden.

Cook Inlet, Alaska

Während des Fluges zur *Petromax Prudhoe Omega* hatte Mercer geglaubt, nur eine sanfte Dünung zu erkennen. Aber die meteorologischen Bedingungen und der Tidenhub waren im Cook Inlet extrem. Das kleine Rettungsboot wurde von dem hohen Seegang emporgehoben und stürzte dann wieder in die tiefen Wellentäler. Kurz darauf wiederholte sich alles wieder. Dicke weiße Gischt schlug gegen die Plexiglasscheiben. Das Rettungsboot war ein grellgelber Fleck auf einem dunklen, verlassenen Meer.

Mercer wurde wach, weil er sich im Liegen übergeben musste. Er würgte und hatte einen bitteren Geschmack im Mund und in der Kehle. In der überheizten Kabine stank es wie in einem nicht ausgemisteten Tierkäfig im Zoo.

»Mein Gott«, stöhnte er. »Auch das noch.«

Bisher war er in seinem gesamten Leben erst einmal seekrank gewesen und hatte vergessen, wie elend man sich dann fühlte. Es war nutzlos, etwas dagegen tun zu wollen, und er übergab sich weiter, bis sein Magen absolut leer war. Danach fühlte er sich ein bisschen besser, doch er wusste, dass dies nicht von Dauer sein würde.

Aggie lag zusammengerollt neben ihm im Heck des Bootes. Er betastete ihre Haut und atmete erleichtert auf. Sie war warm und gut durchblutet, und ihre Gesichtsfarbe wirkte wieder normal. Er berührte ihre Finger, und sie schnurrte im Schlaf. Da sie das Gefühl in den Extremitäten nicht verloren hatte, musste er sich um Erfrierungserscheinungen keine Gedanken mehr machen. Sie schlief aufgrund totaler Erschöpfung und lag nicht im Koma, wie er befürchtet hatte.

Er nahm sich einen Augenblick Zeit, um sie anzuschauen. Was für eine wunderschöne Frau sie ist, dachte er. Ohne ihre Geistesgegenwart und Intelligenz wären sie jetzt beide tot gewesen. Sie hatte gewusst, wie man die Pumpen bedienen musste und sie beide gerettet. Ihm war schon von vielen Menschen das Leben gerettet worden, aber noch nie von einer Frau, für die er so viel … Er verdrängte seine Gefühle und wandte sich Dingen zu, die im Moment wichtiger waren. Zuerst breitete er aber noch ein paar zusätzliche Decken über Aggie.

Der Motor des Rettungsbootes tuckerte im Leerlauf. Laut Anzeigeinstrumenten war alles in Ordnung, und auf dem Kompass sah Mercer, dass das Boot in Richtung Norden trieb, auf die Küste zu. Er gab Gas, und das Boot reagierte sofort und wurde nun besser fertig mit den Wellen. Er schaltete den Autopiloten ein und behielt den Kurs bei. Dann blickte er auf die Uhr. Sie waren seit fünfzig Minuten in dem Rettungsboot. Damit blieben nur ein paar Stunden, um Kontakt zu Andy Lindstrom vom Alyeska Marine Terminal aufzunehmen und Kerikow davon abzuhalten, die Trans-Alaska-Pipeline zu zerstören. Zwar gab es auf der Kenai-Halbinsel im Süden mehr Ortschaften, aber er beschloss, Richtung Festland zu fahren. Es war bedeutend näher, und er hoffte, in einem der vielen Fischerdörfer ein Funkgerät oder ein Telefon zu finden.

Das Rettungsboot hielt automatisch den richtigen Kurs,

und Mercer fühlte sich nach dem Schlaf wieder halbwegs wie ein Mensch. Er durchsuchte die Spinde. In einer Notapotheke fand er ein paar Tabletten gegen Seekrankheit. Zwar nahm man sie idealerweise, bevor die Symptome sich zeigten, doch es konnte nicht schaden, ein paar von den Pillen zu schlucken. Er entdeckte mehrere wollene Jumpsuits und zog sich und Aggie einen an. Aggie rührte sich kaum im Schlaf. Hinter der Notapotheke fand er zwischen zwei Taschenlampen eine volle Flasche Whisky. Die Marke kannte er nicht, doch er dankte den Göttern für den unverhofften Fund. Er nahm einen großen Schluck und rechnete mit dem Schlimmsten, war aber angenehm überrascht, dass der hochprozentige Alkohol seinen Magen beruhigte. Er musste daran denken, wie viel Whisky sein Freund Harry White am Tag in sich hineinschüttete.

Er wischte das Erbrochene mit einer Decke vom Boden auf und breitete zur Sicherheit noch eine Decke über Aggies Körper. Dann strich er ihr mit dem Handrücken über die Wange. Mein Gott, sie ist so schön, dachte er erneut. Wieder bedrängten ihn seine Gefühle für sie, doch er schob sie beiseite und zwang sich, sich auf die aktuelle Situation zu konzentrieren, statt über eine gemeinsame Zukunft zu spintisieren.

Er ging zu dem kleinen Armaturenbrett und gab Vollgas. Dann aktivierte er die automatische Notfunkbake, die ein stets wiederholtes Signal auf der Seenot-Frequenz 121.5 MHz sendete. Für ein paar Augenblicke dachte er darüber nach, das Funkgerät zu benutzen, um um Hilfe zu rufen, doch es waren noch zwei weitere Rettungsboote von der *Omega* Richtung Küste unterwegs. Er wollte nicht über Funk bekannt geben, dass Aggie und er das Kentern der Bohrinsel überlebt hatten. Fürs Erste waren sie allein und ohne Hilfe.

Während der nächsten zwei Stunden kämpfte er mit den Wellen und gegen die Seekrankheit. Der Saab-Motor des Rettungsbootes funktionierte tadellos. Aggie schlief so fest, dass sie nicht einmal der hohe Seegang wach rütteln konnte. Sein Magen machte wieder Probleme. Eine Zeit lang öffnete er die Luke, damit frische Luft in die stickige Kabine kam, aber es schwappte zu viel Wasser durch die niedrige Öffnung.

Im Grunde hielt ihn nur die Hoffnung auf den Beinen, Iwan Kerikow Einhalt zu gebieten. Ohne dieses Ziel hätte er längst aufgegeben. Die Seekrankheit war schlimm, aber er würde alles ertragen, um den Russen zu stoppen.

Ein Lichtstreifen am Horizont kündigte die Ankunft eines neuen Tages an. Die nördliche Küste des Cook Inlet war nur ein graugrüner Streifen zwischen dem dunklen Meer und dem Himmel. Dahinter erstreckten sich mit Kiefern bewachsene Berge. Etliche Flüsse mündeten ins Meer. Es war ein raues Land, das nur von den widerstandsfähigsten Menschen bewohnt wurde.

Mit dem Anbruch des neuen Tages beruhigte sich das Meer etwas. Die Wellen waren nicht mehr so hoch und drohten das Rettungsboot nicht länger kentern zu lassen. Endlich konnte er auch die Luke offen lassen. Die neblige Luft war angenehm kühl auf der Haut. Er brauchte unbedingt Schlaf und konnte sich schon nicht mehr erinnern, wie es war, in einem Bett zu liegen. Sein Rücken und die Schultern waren total verspannt.

Er fuhr jetzt parallel zur Küste in Richtung Anchorage,

hoffte aber, nicht erst diese noch weit entfernte Stadt anlaufen zu müssen, um ein Funkgerät oder Telefon benutzen zu können. Von den anderen beiden Rettungsbooten von der *Petromax Prudhoe Omega* hatte er nichts gesehen, aber er hielt die Augen weiter offen. Aggie und er hatten nur ein Messer, um sich zu verteidigen, und wenn sie jetzt einem der anderen beiden Rettungsboote begegneten, bedeutete das ihre erneute Gefangennahme oder – noch wahrscheinlicher – ihren Tod.

Zu seiner Linken erstreckte sich ein steiniger Strand mit hohen Wäldern dahinter. Nach zwanzig Minuten begann er zu glauben, einen schweren Fehler gemacht zu haben. Vielleicht hätte er Kurs auf die Fischerdörfer der südlich gelegenen Kenai-Halbinsel nehmen sollen. Die wertvolle Zeit, die er durch den Kurs Richtung Norden gewonnen zu haben glaubte, verstrich ungenutzt, weil er kein Blockhaus eines Fischers entdeckte. Er erreichte eine tief ins Landesinnere reichende Bucht, in die ein Fluss mündete.

Und am Ufer dieses Flusses stand ein Blockhaus, das seinem Aussehen nach schon jahrzehntelang der rauen Natur getrotzt hatte. Es gab nur ein Erdgeschoss und eine niedrige Veranda auf der Flussseite. Und doch hatte Mercer noch nie ein so einladendes Haus gesehen.

Er manövrierte das Rettungsboot in Richtung des Hauses, und als er näher kam, sah er etwas Erfreuliches. Hinter ein paar niedrigen Tannen war ein Wasserflugzeug vertäut, in der Nähe der Stelle, wo der Fluss in die Bucht mündete.

In dem Blockhaus gab es vielleicht kein Funkgerät, an Bord des Wasserflugzeugs aber mit Sicherheit eines.

Er schaltete den Motor ab und zog das Rettungsboot in

der Nähe der Flussmündung auf den steinigen Strand. Seine Beine schwankten, als wäre er noch auf dem Wasser, doch nach kurzem Warten hatte er das Gefühl, wieder festen Boden unter den Füßen zu haben.

Er ging über den steinigen Strand auf das Blockhaus zu. Die morgendliche Luft war kühl und roch nach Tannennadeln und feuchtem Holz. Er beneidete den Besitzer des Blockhauses darum, einen so wundervollen Rückzugsort gefunden zu haben.

Als er durch die schmierigen Fensterscheiben blickte, sah er, dass das Blockhaus seit einiger Zeit nicht mehr bewohnt war. Die wenigen Möbel waren staubig, und an den Bilderrahmen auf dem Kaminsims hingen Spinnweben. Soweit er es sehen konnte, war die Einrichtung sehr einfach. In der Küche sah er ein kleines Waschbecken mit einem eisernen Pumpenschwengel darüber und einen Campingkocher. Er rechnete nicht damit, hier ein Funkgerät zu entdecken. Seine beste Chance war das Flugzeug.

Die alte Cessna schien in einem tadellosen Zustand zu sein, der Laderaum war makellos sauber. Vermutlich war die einmotorige Maschine eher ein Spielzeug, während der Besitzer des Blockhauses vermutlich mit einem moderneren Flugzeug oder einer Yacht aus Anchorage hierherkam. Mercer konnte es nicht fassen, dass jemand so ein Wasserflugzeug ungeschützt über den Winter hier liegen ließ, aber das war nicht sein Problem und ging ihn nichts an.

Er kletterte in das Cockpit, setzte sich auf den Pilotensessel und suchte nach dem Funkgerät. Der Platz in der Konsole, wo es sich hätte befinden sollen, war leer. Es gab keine Kommunikationstechnik.

Frustriert schlug er auf den Steuerknüppel. Er und Aggie saßen fest, wenn nicht Rettungsteams, die nach Überlebenden von der *Omega* suchten, zufällig über das Blockhaus stolperten. Das konnte Tage dauern. Bis dahin hatten Kerikow und seine Verbündeten von PEAL die Trans-Alaska-Pipeline längst zerstört. Er war unzählige Male mit Kleinflugzeugen zu entlegenen Minen gebracht worden und hatte den Piloten immer genau auf die Finger geschaut, aber er hatte nie selbst Flugstunden genommen, obwohl er es sich oft genug vorgenommen hatte. Irgendwie hatte er nie die Zeit gefunden, und jetzt verfluchte er sich dafür.

Die Anzeigeinstrumente vor ihm wirkten so vertraut, und den Motor zu starten war ein Kinderspiel, aber trotzdem wusste er eben nicht genau, wie man mit dem Steuerknüppel oder den Seitenruderfußhebeln umging und die Maschine in der richtigen Lage hielt. Aber er hatte schon zu viel durchgemacht, um jetzt aufzugeben. Er hatte es geschafft, lebend von der Bohrinsel zu entkommen, da würde er sich jetzt bestimmt nicht davor bange machen, ein Wasserflugzeug zu klauen und hundert Meilen damit zu fliegen. Bis dahin würde er auch herausbekommen haben, wie er sicher landen konnte. Doch sobald er sich entschlossen hatte, drehte sich ihm vor Angst der Magen um. Fast hätte er es sich wieder anders überlegt.

Er dachte konzentriert nach und verließ sich auf sein nahezu fotografisch präzises Gedächtnis, um zu rekonstruieren, was er bei den Piloten beobachtet hatte. Nach und nach fiel es ihm ein. Starten war einfach. Aber die Landung? Bei den professionellen Piloten wirkte alles so einfach.

Er saß da und war so ratlos wie ein Teenager während der

ersten Fahrstunde. Dass ihm alles vertraut schien, war eine Illusion. Alles war beängstigend kompliziert.

Doch dann kam ihm die erlösende Idee, und er lächelte. Dies war ein Wasserflugzeug, und er musste nicht fliegen, sondern konnte es wie ein Boot benutzen. Das sollte er eigentlich hinbekommen.

Aber seine wiedergefundene Zuversicht löste sich auf, als er das Geräusch eines Dieselmotors hörte. Die Entfernung war schwer einzuschätzen, denn zu sehen war wegen des Nebels nichts. Aber es klang so, als wäre das Boot Richtung Küste unterwegs. Jetzt bereute er es, Aggie allein in dem Rettungsboot zurückgelassen zu haben. Das Motorengeräusch konnte eigentlich nur bedeuten, dass das Kerikows Männer waren, denen ebenfalls die Flucht von der Bohrinsel gelungen war.

Er sprang aus dem Cockpit und rannte zu dem am Strand liegenden Rettungsboot zurück. Außer Aggie nahm er nur noch die Whiskyflasche mit.

Zurück bei der Cessna, legte er Aggie in den Laderaum und schnallte sie fest. Statt die Leinen loszumachen, schnitt er sie einfach durch. Als er wieder ins Cockpit kletterte, wurde das Wasserflugzeug von der Strömung des Flusses schon in die Bucht hinausgetrieben. Das fremde Motorengeräusch kam näher, doch wegen des Nebels war immer noch nichts zu sehen.

Als er sich angeschnallt hatte, wurde ihm aufgrund der bevorstehenden Herausforderung ganz anders zumute. Er drehte den Zündschlüssel, doch der Motor sprang nicht an. »Komm schon, Baby, tu mir das nicht an.«

Auch beim zweiten Versuch passierte nichts, und da fiel

ihm ein, dass er einen Schalter umlegen musste, unter dem »Master Switch« stand. Der Motor stotterte erst, sprang aber dann richtig an. Eine graue Abgaswolke stieg in die Luft auf.

»Okay, auf geht's«, sagte er laut.

Er blickte auf die zitternden Nadeln der Anzeigeinstrumente und beschloss, dass die meisten irrelevant waren.

Öltemperatur, Druck, Vergaser, was soll's?, dachte er.

Kurz darauf beschleunigte das Seeflugzeug und schoss in die Bucht hinaus. Seine Schwimmer schnitten tiefe Furchen in das Wasser. Er holte das Maximum aus dem Motor heraus. Dann experimentierte er mit den Seitenruderfußhebeln, und das Wasserflugzeug reagierte und änderte die Richtung. Er versuchte einzuschätzen, aus welcher Richtung das Geräusch des anderen Motors gekommen war, weil er ihm ausweichen wollte. Wegen des Nebels war er immer noch praktisch blind.

Er wurde immer sicherer, und das Wasserflugzeug beschleunigte weiter. Überrascht sah er, dass die Geschwindigkeit mehr als zwanzig Knoten betrug. Fast schien es, als wollte die Cessna endlich abheben. Er reduzierte das Tempo etwas.

Urplötzlich tauchte eines der beiden anderen Rettungsboote von der *Petromax Omega* vor ihm aus dem Nebel auf. Ihm blieb kaum Zeit zu reagieren, und er riss instinktiv den Steuerknüppel zurück. Das Wasserflugzeug stieg auf und schoss knapp über das Rettungsboot hinweg. Sein erster Gedanke war, wieder auf dem Wasser aufzusetzen, aber die Cessna gewann permanent an Höhe. Panik kam in ihm auf, und seine Hände schienen wie Bleigewichte an dem Steuerknüppel zu kleben. *Verdammter Mist.*

Er lockerte seinen verkrampften Griff um den Steuerknüppel und versuchte, gegen die wachsende Angst anzukämpfen. Er rief sich die Breite des Cook Inlet und die Höhe der Berge auf der anderen Seite ins Gedächtnis. Doch als die Maschine eine Flughöhe von fast tausend Metern gewonnen hatte und in strahlendem Sonnenschein flog, sah er, dass die hohen Berge der Kenai-Halbinsel zu weit entfernt waren, um eine Gefahr für ihn zu sein. Er atmete ein paarmal tief durch und wischte sich den Schweiß von der Stirn, aber sein Herz schlug immer noch heftig. Er hatte Aggie und sich in eine heikle Lage gebracht und wusste nicht, wie er sich aus der Klemme befreien sollte.

Da er sich nicht von der Panik lähmen lassen wollte, begann er wieder, mit der Maschine zu experimentieren. Wenn er später sicher landen wollte, musste er sich mit der Bedienung der Cessna vertraut machen, bevor ihm der Treibstoff ausging. Glücklicherweise gab es keine Turbulenzen, und er brauchte nur ein paar Minuten, um die Bedienungselemente auszuprobieren. Nach zehn Minuten hielt er Kurs auf Valdez und flog gemütlich mit siebzig Prozent der Höchstgeschwindigkeit, als hätte er sein Leben lang nichts anderes getan.

Er musste daran denken, wie Kerikow die Pipeline zerstören wollte. Andy Lindstrom hatte gesagt, es reiche nicht, das Öl gefrieren zu lassen, denn die Wände des Rohrs seien zu dick. Aber wenn der Russe die Kontrolle über die Computer hatte, welche die Pumpen steuerten – Mercer vermutete, dass Ted Mossey das für ihn geregelt hatte –, musste er nur warten, bis die Pipeline hinreichend verstopft war und dann die Pumpen voll aufdrehen. Das Öl in den freien Abschnitten würde extremen Druck ausüben, wenn es auf das gefrorene Öl stieß, und selbst bei einem Druck von achtzigtausend Hektopascal würde die Leitung an hundert verschiedenen Stellen bersten, wenn zehn Pumpwerke gleichzeitig in Betrieb waren. Überall dort, wo Kerikow den flüssigen Stickstoff platziert hatte.

Er blickte auf die Uhr. Wenn er es nicht schaffte, Kontakt mit Valdez aufzunehmen und Andy Lindstrom wegen Ted Mossey zu warnen, würde Kerikows Plan aufgehen. Er ignorierte die Treibstoffanzeige und beschleunigte etwas mehr. Nach zwanzig quälenden Minuten überflog die Cessna die Ostküste der Kenai-Halbinsel und war über dem Prinz-William-Sund.

Er änderte den Kurs Richtung Norden und flog an der Küste entlang. Seward lag nur ein kurzes Stück weiter südlich, doch er hatte die zwischen Bergen liegende Stadt nicht gesehen. Er hätte dort landen und sich ersparen können, was nun vor ihm lag.

Die ausgelassene Partylaune an Bord der *Hope* erinnerte an ein Kreuzfahrtschiff, das gerade ein tropisches Paradies angelaufen hat. Die jungen, idealistischen PEAL-Aktivisten stießen mit billigem Champagner auf ihren Erfolg an. Nur noch eine oder zwei Stunden trennten sie von der Vollendung des größten Anschlags auf industrielle Umweltsünder in der Geschichte der ökologischen Bewegung. Alle ihre vorherigen Aktivitäten – die Brandanschläge auf Tankstellen, die auf Wände gesprühten Slogans, die Demos, die Prügeleien mit der Polizei – kulminierten in diesem Moment. Und dieser große Akt des Öko-Terrorismus war leichter durchzuziehen gewesen als viele ihrer vorherigen Aktionen.

Einige Aktivisten sprachen bereits vom nächsten vernichtenden Schlag gegen die industrielle Welt.

Jan Voerhoven stand inmitten seiner Jünger in der ehemaligen Messe des Schiffes. Er hielt ein Glas Champagner in der Hand, lächelte und sonnte sich in seinem Erfolg. Die Bewunderung seiner Anhänger gab ihm neue Kraft. Traurig war nur, dass Aggie nicht da war, um diesen Augenblick mit ihm zu genießen. Ihm war klar, was es bedeutete, dass sie den Ring, den er ihr geschenkt hatte, in seiner Kabine zurückgelassen hatte. Sie hatte ihm viel bedeutet, doch die ausgelassene Stimmung um ihn herum half ihm schon jetzt, den Verlust weniger stark zu empfinden. Mehrere Frauen schauten ihn mit eindeutigen Blicken an, denn Aggies Verschwinden hatte sich schnell herumgesprochen.

Eine Frau – eigentlich eher noch ein Mädchen, sie konnte nicht älter als neunzehn sein – suchte seinen Blick, und als er sie anlächelte, erkannte er das Verlangen in ihren Augen. Jemand drückte ihm das nächste Glas Champagner in die Hand. Wahrscheinlich würde er noch diese Nacht mit einer anderen Frau ins Bett gehen.

»Wie lange noch, Jan?«, rief jemand aus dem hinteren Teil des überfüllten Raums.

»Nicht mehr lange«, antwortete Voerhoven grinsend. Das flache Mobiltelefon, mit dem er den Anschlag auslösen würde, steckte in der Brusttasche seines Hemdes.

Unter Deck, in Voerhovens geräumiger Kabine, erstattete Abu Alam Kerikow Bericht. Die letzten drei Stunden hatte er im Maschinenraum der *Hope* verbracht, um den Plastiksprengstoff an den richtigen Stellen zu platzieren. Nach der

Explosion würde von dem ehemaligen Vermessungsschiff nichts mehr übrig sein. Seine Kleidung war schmutzig, die Haut mit Ruß und Öl verschmiert, und seine Hände waren so schwarz, dass man glauben konnte, er trüge Handschuhe. Seine Schritte hinterließen dunkle Abdrücke auf dem Teppichboden.

Emotionslos berichtete er, wo er den Sprengstoff deponiert hatte und dass es unvermeidlich gewesen war, drei Männer zu töten, die ihn fast erwischt hätten. Er konnte seine perverse Erregung nur mit Mühe kaschieren und musste seine ganze Willenskraft aufbieten, um sich nichts anmerken zu lassen.

Weiß der da, was ihn erwartet?, fragte sich Alam.

Eigentlich musste Kerikow doch damit rechnen, dass er ihn verraten würde – das gesamte Weltgeschehen beruhte auf Betrug –, aber er konnte nicht sagen, ob der Russe wusste, dass es so schnell gehen würde. Es war nur noch eine Frage von Stunden.

Alam war sich noch nicht klar über den Zeitplan, denn nicht er hatte über alles zu entscheiden. Er war Soldat, kein Offizier, und mit Sicherheit kein Stratege. Hasaan Rufti hatte gesagt, die Pipeline müsse zerstört werden, und es dürfe nicht die geringste Chance geben, ihn mit dem Anschlag in Verbindung zu bringen. Sowohl Rufti als auch Kerikow wollten die PEAL-Aktivisten umbringen lassen. Keiner von ihnen konnte ein Interesse haben an jungen Idealisten, die sich angeberisch ihrer Taten rühmten. Doch den Russen zu töten würde sehr viel schwieriger werden. Er musste sicher sein, dass der Stickstoff explodiert war und dass Kerikow das versteckte Computerprogramm aktiviert hatte. Dann konnte er Kerikow mit einem Messer oder seiner Schrotflinte umbringen. Idealerweise würde Kerikow sterben, wenn er die Sprengladungen auf dem Schiff zündete, aber er wusste nicht, wie er das hinbekommen sollte.

Vertraue auf Allah, dachte er. Und sein Prophet wird dir den Weg weisen.

Kerikow riss ihn aus seinen Gedanken.

»Sehr gut«, sagte der Russe, für den offensichtlich war, was der Araber dachte. »Es ist fast so weit. Oben müssten mittlerweile alle betrunken sein, und niemand wird merken, wenn wir von Bord gehen. Dann ist der Moment gekommen, die *Hope* zu zerstören. Bringen Sie Voerhoven zu mir. Ich will sein Gesicht sehen, wenn er erfährt, was er seiner geliebten Umwelt wirklich angetan hat.«

Die Cessna war ein heller Fleck über dem grauen Wasser des Prinz-William-Sunds. Sie flog so hoch, dass das Dröhnen ihres Motors nicht zu hören war an Bord einer Fähre, die von Seward in östlicher Richtung nach Valdez fuhr. Zumindest hoffte Mercer das, denn er orientierte sich an der Fähre auf seinem Weg zur Bucht von Valdez.

Alles lief perfekt – bis jetzt. Er fühlte sich fast schon wohl in der Rolle des Piloten, der seine Maschine sicher im Griff hat. Der beängstigende Moment der Landung war noch einige Minuten weit weg. Am meisten beunruhigte ihn das erbarmungslose Verrinnen der Zeit. Er war machtlos, konnte nichts tun gegen das Vorrücken des Minutenzeigers. Die Cessna flog bereits mit Höchstgeschwindigkeit. Die Chance, die *Hope* rechtzeitig zu erreichen, war verschwindend gering.

Unter ihm erstreckte sich im frühen Morgenlicht das Festland von Alaska, und er bewunderte die Schönheit der Natur mit ihren hohen Bergen, den Flüssen und riesigen Wäldern. Wenn er versagte, würde es eine unvorstellbare ökologische Katastrophe geben. Er wusste um die Unverwüstlichkeit der Natur, um ihre Fähigkeit, selbst die ihr von Menschen geschlagenen Wunden zu heilen. Nach menschlichen Maßstäben dauerte das sehr lange, doch die Natur schien sich immer wieder zu regenerieren. Aber wenn Kerikows Plan aufging, würde das Folgen bis weit ins einundzwanzigste Jahrhundert hinein haben.

Erstaunlicherweise ließ sich doch noch etwas mehr aus dem Motor herausholen. Er blickte sich um und sah, dass Aggie immer noch schlief.

Wenn er sich nur sicher gewesen wäre, den richtigen Kurs eingeschlagen zu haben. Es gab zwar ein paar Karten in der Cessna, aber die Gegend war ihm nicht vertraut, und er kannte sich nicht gut genug mit Navigation aus, um sie nutzen zu können. Sie lagen zusammengefaltet in einer Plastiktüte unter dem Sitz des Kopiloten.

»Gott ist mein Kopilot und die Hoffnung mein Navigator«, flüsterte er leise vor sich hin.

Ein paar Meilen vor der Nordküste des Sunds sah er eine lang gezogene, schmale Insel. Nachdem er sie einen Moment betrachtet hatte, griff er doch nach den Karten. Vielleicht konnte er doch etwas damit anfangen. Die Form der Insel war so regelmäßig, dass man sie auf einer Karte relativ leicht erkennen musste. Doch dann sah er die lange weiße Spur des Kielwassers und begriff, dass er keine Insel sah, sondern einen Supertanker, der von Valdez aus in südlicher

Richtung fuhr. Selbst aus einer Flughöhe von fast tausend Metern war die Größe des Schiffes unfassbar. Es war kaum zu glauben, dass das menschliche Gehirn zugleich die winzige Cessna und den riesigen Tanker entworfen hatte, denn Letzterer schien für die Götter geschaffen worden zu sein.

Als er das Schiff bewunderte, wurde ihm klar, dass es ihn davor bewahrt hatte, einen verhängnisvollen Fehler zu machen. Er hatte einen zu weit östlichen Kurs eingeschlagen, auf dem er die Bucht von Valdez verfehlt hätte, ohne es auch nur zu merken. Jetzt folgte er einfach dem Kielwasser des Tankers. Wieder blickte er auf die Uhr. Die Zeit wurde knapp, aber er musste es versuchen.

Ganz zu Beginn bringt ein Fluglehrer seinem Schüler bei, dass der Gebrauch des Höhenruders und des Steuerknüppels gut koordiniert sein muss, um zu verhindern, dass die Maschine abrutscht oder gleich in den Sturzflug übergeht. Gewöhnlich demonstriert der Lehrer nach der Theoriestunde, wie das Flugzeug sich bei Höchstgeschwindigkeit auf die Seite legte und in die Tiefe stürzte. Er jagt seinem Schüler Angst ein, der sich nicht selten übergibt.

Mercer hatte nie Flugstunden genommen und flog mit Höchstgeschwindigkeit, als er den Steuerknüppel bis zum Anschlag nach vorne stieß. Die Cessna reagierte wie ein Pferd, dem man die Zügel schießen lässt. Er verlor die Kontrolle und sah durch die Scheibe der Kabinenhaube nur noch das Wasser des Prinz-William-Sunds. Der Motor heulte auf, und die Cessna stürzte mit über zweihundert Stundenkilometern in die Tiefe. Der Motor heulte auf, und das Flugzeug wurde durchgeschüttelt, als die Flügel ihre prinzipielle Toleranz nicht nur erreichten, sondern überschritten.

Sein Magen, der auf dem Rettungsboot schon Probleme gemacht hatte, spielte jetzt vollends verrückt. Er hatte einen bitteren Geschmack im Mund und musste würgen. Ihm war klar, dass er gerade einen selbstmörderischen Fehler gemacht hatte.

Er riss den Steuerknüppel zurück, aber der Druck des Windes auf die Leitflächen war zu stark, um noch dagegen ankämpfen zu können. Er überdehnte nur das Kontrollkabel, das von dem Steuerknüppel zum Höhenruder verlief. Die Cessna stürzte in die Tiefe, und er konnte nichts dagegen tun. Die Nadel des Höhenmessers bewegte sich mit irrwitziger Geschwindigkeit zurück.

Er dachte nicht daran, Gas wegzunehmen, doch dann sah er eine feingliedrige Hand, die das für ihn erledigte. Der Motor beruhigte sich sofort. Aggie Johnston setzte sich wortlos auf den Sitz des Kopiloten und nahm den Kampf auf. Gemeinsam mit Mercer – und mit der Unterstützung des langsamer laufenden Motors – schaffte sie es, die Nase der Cessna nach oben zu ziehen, zuerst langsam, doch dann bekam die Maschine wieder Auftrieb. Sie hatten den Absturz nur fünfundzwanzig Meter über dem aufgewühlten Meer abgebremst.

»Erst wären wir beinahe ertrunken, und jetzt hättest du fast eine Bruchlandung hingelegt«, sagte sie so ruhig, dass Mercer es nicht fassen konnte. »Kannst du dich nicht entscheiden, wie du sterben willst? Ich möchte nicht wegen einer deiner idiotischen Ideen ums Leben kommen.« Aggie gelang es, die Maschine zu trimmen, und dann gewann sie weiter an Flughöhe und folgte dem von Mercer eingeschlagenen Kurs. »Es ist offensichtlich, dass du vom Fliegen keine

Ahnung hast. Hättest du vielleicht die Güte, mir zu erzählen, was los ist?«

»Wir sind von der *Petromax Omega* entkommen ungefähr zehn Sekunden, bevor sie kenterte.« Sie warf ihm einen scharfen Blick zu. »Ich weiß, was du denkst. Du glaubtest, ausgelaufener Treibstoff hätte sofort zu brennen beginnen müssen. Ein Höllenfeuer, an dem Dante seinen Spaß gehabt hätte. Zwei Stunden später bin ich an Land gegangen, wo ich diese Cessna entdeckt habe. Mir erschien es besser, sie zu stehlen, als sich erneut von Kerikows Leuten gefangen nehmen zu lassen. Dies ist ein Wasserflugzeug, und ich wollte eigentlich nicht abheben, aber du weißt ja, wie das manchmal ist. Während ich mir den Beginn unserer Flucht ausgedacht habe, kannst von jetzt an gerne du die Führung übernehmen. Du kriegst das doch hin mit der Landung, oder?«

»Ich habe 257 Flugstunden auf dem Buckel. Wo ist die nächste Landepiste?«

Er setzte ein charmantes Lächeln auf, um seine Bestürzung zu kaschieren. »Wie gesagt, dies ist ein Wasserflugzeug, und wir sind nur noch ungefähr fünf Meilen von der *Hope* entfernt. Du kannst doch auch auf dem Wasser landen?«

»Oh, Mist.« Sie wurde bleich und umklammerte krampfhaft den Steuerknüppel des ihr nicht vertrauten Flugzeugs. »Ich habe noch nie in einem Wasserflugzeug gesessen.«

»Aber sicher doch«, witzelte Mercer. »Wir sind schon eine Weile in der Luft.« Er ignorierte ihren genervten Blick und fuhr in einem ernsthaften Ton fort. »Uns bleibt keine Zeit, die Unterschiede zwischen einem normalen Flugzeug und einem Wasserflugzeug zu erörtern. Tu einfach so, als gäbe es keine, denn da ist die *Hope*.«

Aus dieser Höhe sah sie wie ein gelbes Spielzeugschiff aus. Sie lag mitten in der Bucht von Valdez vor Anker, gleich weit von der Stadt und dem weitläufigen Gelände des Alyeska Marine Terminal entfernt. Dahinter erhoben sich die Berge mit den schneebedeckten Gipfeln. Die Docks und Kais von Valdez, wo die Fischerboote und SegelYachten festgemacht hatten, lagen links.

»Du musst das mit der Landung hinbekommen, Aggie. Kerikow ist auf der *Hope*, und nur wir beide können ihm Einhalt gebieten. Ich habe im Leben noch nie aufgegeben und weiß, dass es bei dir genauso ist. Wenn dir die Umwelt *wirklich* wichtig ist, dann denk nicht weiter nach und lande endlich.«

Er dachte darüber nach, Aggie an der Mole des Alyeska Marine Terminal landen zu lassen, doch dafür blieb keine Zeit. Es würde mehrere Minuten dauern, die Hafenbehörde zu erreichen und noch länger, in der Einsatzzentrale Andy Lindstrom zu informieren. Selbst wenn sie es taten, war es keine Garantie dafür, dass es Kerikow nicht gelingen würde, die Pipeline zu zerstören. Ihre einzige Chance bestand darin zu verhindern, dass der Russe den Stickstoff überhaupt explodieren lassen konnte.

Aggie sagte nichts und nahm sich nicht einmal die Zeit, ihn noch einmal anzublicken. Obwohl sie die Cessna nicht kannte und zudem auf dem Sitz des Kopiloten saß, fand sie sich in dem Cockpit schnell zurecht. Sie verringerte die Geschwindigkeit weiter, justierte die Landeklappen und zog die Nase der Cessna nach oben. Die Maschine reagierte gehorsam, als wäre ihr bewusst, dass der letzte Pilot ein Totalausfall gewesen und nun durch einen Profi ersetzt worden war.

Aggie flog jetzt dicht über dem Wasser, musste einem auslaufenden Fischerboot ausweichen und bereitete sich auf die Landung vor. Sie wusste nichts über die Wetterbedingungen und die Windrichtung und verfügte auch nicht über die anderen Informationen, die bei einer Landung wichtig waren. Sie verließ sich einfach darauf, was sie während ihrer Flugstunden gelernt hatte. Der Höhenmesser zeigte an, dass sie noch zwölf Meter über dem Wasser flogen, doch sie wusste, dass es nicht mehr als sechs waren. Mercer hatte das Altimeter beim Start nicht richtig eingestellt. Die Cessna war größer als die Flugzeuge, die sie bisher geflogen hatte. Ihre Hände und Füße tanzten auf den Reglern wie die einer Pianistin auf Tasten und Pedalen.

Sie waren nur noch hundert Meter von der *Hope* entfernt, doch die Schwimmer des Seeflugzeugs schwebten immer noch drei Meter über dem Sund.

Die Cessna brauchte genug Platz, um auf dem Wasser abzubremsen. Sie konnte die Maschine hochziehen und es mit einem neuen Anflug versuchen, aber ihre Wut auf Jan ließ sie das Risiko eingehen.

Als die Cessna noch knapp anderthalb Meter über dem Wasser flog, wurde sie von heftigen Windböen erfasst. Aggie steuerte dagegen, indem sie auf das Fußpedal für das rechte Seitenruder trat. Dann ließ sie die Maschine so sanft wie möglich auf dem Wasser aufsetzen.

Die Schwimmer bohrten sich durch die Wellen, und das bremste die Maschine ab. Wasser spritzte gegen die Scheibe der Kabinenhaube. Sie waren gelandet, Aggie hatte es geschafft. Sie seufzte erleichtert auf.

Mercer spürte den Adrenalinschub einsetzen. Er gab noch

einmal Gas, bevor der Motor ausging, und das Wasserflugzeug schoss auf die *Hope* zu.

»Dreh längs bei, am besten in der Nähe des Hecks«, befahl er. »Ich habe eine Idee.«

Aggie schien jetzt unter Schock zu stehen. Von der Flucht von der Bohrinsel bis zur Landung der Cessna war einfach alles zu viel gewesen. Sie war zu erschöpft, um Mercer noch zu widersprechen. Sie gehorchte einfach und manövrierte das Wasserflugzeug auf die *Hope* zu.

Dann ragte viel zu schnell hoch vor ihnen der Rumpf des ehemaligen Vermessungsschiffes auf. Aggie versuchte verzweifelt, eine Kollision mit dem Schiff zu verhindern, aber eine hohe Welle drückte einen Flügel der Cessna gegen die Bordwand.

»Verdammt«, fluchte sie, aber niemand hörte es.

Mercer zog die hintere Tür des Laderaums auf. Ein kalter Luftstoß pfiff in das Innere des Flugzeugs. Das Hauptdeck der *Hope* war vier Meter über seinem Kopf, und er hatte keine Idee, wie er an Bord gelangen konnte. Er sprang auf einen der glitschigen Schwimmer und zog sich an dem Stützpfeiler unter dem Flügel hoch.

Er stöhnte und stand auf unsicheren Beinen auf dem Flügel. Der Abwind des Propellers zerrte an seinem Haar und seiner Kleidung. Die Wellen drückten die Cessna weiter an den Rumpf der *Hope*. Selbst wenn er jetzt oben auf dem Flügel stand, sah er keine Möglichkeit, zu springen und sich an der Reling festzuhalten.

Er ging zur Spitze des Flügels, und sein Gewicht drückte diese Seite des Flugzeugs weiter ins Wasser. Dann rannte er zwischen den Flügeln hin und her. Mit jedem Lauf schaukelte sich der beschädigte Flügel etwas höher in die Luft. Als er glaubte, den höchsten Punkt erreicht zu haben, sprang er auf dem beschädigten Flügel nach oben, während unter ihm ein Teil der Tragfläche abbrach.

Dadurch konnte er nicht so hoch wie erhofft springen und musste sich an einem Speigatt festklammern, während seine Füße gegen den Rumpf des Schiffs schlugen. Er betete, dass auf Deck keine Wachtposten von Kerikow patrouillierten. Eigentlich hätten die Landung und die Kollision der Cessna mit dem Rumpf der *Hope* bemerkt werden müssen. Irgendjemand musste doch herausgekommen sein, um der Geschichte auf den Grund zu gehen. Wenn ihn jemand an dem Speigatt hängen sah, konnte er ihn problemlos durch einen Kopfschuss töten

Er zog sich mühsam nach oben. Die rauen Stahlkanten des Speigatts bohrten sich in seine Hände und rissen die kaum verheilte Haut wieder auf. Seine Handteller und Finger begannen zu bluten, doch er ignorierte es und zog sich mit einer letzten verzweifelten Anstrengung unter der Reling hindurch auf das verwaiste Deck.

»Aggie« schrie er. Seine Stimme wurde fast verschluckt durch den Lärm des immer noch laufenden Motors und Propellers.

Kurz darauf wurde der Motor abgestellt. Jetzt war da nur noch das Geräusch des gegen den Schiffsrumpf schlagenden Wassers.

Dann hörte er aus dem Aufbau der *Hope* Gelächter.

»Aggie«, rief er erneut. Kurz darauf tauchte ihr bleiches Gesicht in der offenen Tür des Laderaums auf. Der Wind blies ihr das Haar ins Gesicht, und ihre grünen Augen leuchteten. »Ich brauche dich hier oben. Sonst wird mein Plan nicht funktionieren.«

Eigentlich hätte er sie lieber an Land geschickt, um Andy Lindstrom zu informieren, doch er war auf sie angewiesen. Weil er die Razzia der Küstenwache auf der *Hope* geleitet hatte, würden die Crew und die Aktivisten mit Sicherheit versuchen, ihm Einhalt zu gebieten. Wenn Aggie an seiner Seite war, so hoffte er, würden sie vielleicht weniger misstrauisch sein, und er konnte sich um Kerikow kümmern.

Aggie stand auf einem der Schwimmer des Wasserflugzeugs. »Wie soll ich da raufkommen?«

»Moment.« Mercer eilte zum Heck, wo ein orangefarbener Rettungsring mit einem sechzig Meter langen Nylonseil daran an der Reling hing. Er rannte zurück und sah dankbar, dass offenbar immer noch niemand die Cessna bemerkt hatte.

»Halt dich da dran fest. Ich zieh dich hoch.« Er warf den Rettungsring über Bord, und er landete zwischen dem Schiff und dem Seeflugzeug im Wasser. Das Seil baumelte direkt vor Aggies Gesicht.

Ohne weitere Fragen zu stellen, wickelte sie sich das Seil mehrfach um die Handgelenke. Mercer begann zu ziehen, und sie ging praktisch in waagrechter Lage die Bordwand des PEAL-Schiffes hoch. Oben angekommen, packte er ihren Overall und zog sie über die Reling.

»Okay, was nun?« Sie schaute ihn kritisch an.

»Wir suchen Kerikow und legen ihn um«, sagte Mercer kalt. »Wenn die Crew und die Aktivisten uns zusammen gesehen haben, suchst du ein Funkgerät, meldest dich beim Alyeska Marine Terminal und sagst einem Mann namens

Andy Lindstrom, er solle seinem Computerspezialisten Einhalt gebieten. Der Typ heißt Mossey. Sag Lindstrom, dass Mossey ihre Computer lahmgelegt und ein neues Betriebssystem installiert hat, durch welches der Stickstoff freigesetzt werden kann.«

Er sah, dass Aggie nicht die geringste Ahnung hatte, wovon er redete, doch ihm fehlte die Zeit, es ihr zu erklären. Also änderte er seinen Plan. »Ach, vergiss es. Du bleibst bei mir und sorgst dafür, dass mich keiner von deinen PEAL-Kumpels für den Feind hält.«

Sie rannten zu dem Aufbau, rissen eine der schweren Türen auf und stürmten einen verwaisten, überheizten Gang hinab. Die meisten Kabinentüren, an denen sie vorbeikamen, standen offen, und es war niemand zu sehen. Der Lärm der Party wurde lauter, als sie in die Richtung der Geräusche gingen.

»Hoffentlich heißt das nicht, dass wir zu spät kommen«, sagte Mercer angespannt und mit geballten Fäusten. Aggie war dicht neben ihm.

Als sie in die ehemalige Messe stürmten, blieben sie wie angewurzelt stehen, als sie die aufgekratzten Aktivisten sahen. Die Party war in vollem Gang, und der Kontrast zwischen dem, was sie erlebt hatten, und dem, was sie hier sahen, schockierte die beiden Neuankömmlinge. Einige der Umweltschützer schrien erfreut oder überrascht auf, als sie Aggie sahen.

Mercer nahmen sie kaum zur Kenntnis. Offenbar erkannten sie in ihm nicht den Mann, der während der FBI-Razzia einige ihrer Mitstreiter festgenommen hatte. Kurz darauf waren er und Aggie von Menschen umringt, die ihnen

Champagnergläser in die Hand drückten. Mercer fühlte sich so deplatziert, als besuchte er seine eigene Beerdigung.

»Ist es schon passiert?«, rief er laut, und jemand antwortete, es könne nur noch eine Frage von zwei Minuten sein. Die Feiernden bereiteten sich auf den Countdown vor.

Aggie blickte Mercer mit weit aufgerissenen Augen angsterfüllt an. Es war offensichtlich, dass niemand eine Ahnung hatte, was wirklich passieren würde. »Wo ist Jan?«, fragte ein PEAL-Aktivist, der mit ein paar Betrunkenen neben Aggie stand.

»Auf der Brücke, nehme ich an«, ertönte die Antwort. Mercer bahnte sich einen Weg zur Tür und musste immer wieder Leute mit den Ellbogen zur Seite stoßen.

Als Jan Voerhoven eintrat, stand Iwan Kerikow mit hinter dem Rücken verschränkten Händen auf der Brücke. Sein silbriges Haar glänzte in der Morgendämmerung. Kerikow war nicht einmal fünfzehn Jahre älter als Voerhoven, doch der fühlte sich in der Anwesenheit des Russen wie ein Greenhorn. Für etliche Augenblicke stand er nur schweigend da, weil er Kerikow nicht so plötzlich seinen Gedanken reißen wollte.

»Es ist so weit«, sagte Kerikow. »Sie werden als derjenige in die Geschichte eingehen, der die dritte große Revolution der modernen Zeit ausgelöst hat.« Er bedachte Voerhoven mit einem hypnotisierenden Blick.

So muss der Blick von Rasputin gewirkt haben, dachte Voerhoven. »Die dritte?«

»Die Russische Revolution von 1917, die faschistische, die Mussolini und Hitler an die Macht brachte, und nun die

Grüne Revolution«, antwortete Kerikow. Diese Antwort würde dem aufgeregten Umweltschützer schmeicheln. Dabei behielt er für sich, dass die dritte Revolution die Länder des Mittleren Ostens unter irakischer und iranischer Führung vereinigen würde. »Haben Sie das Mobiltelefon dabei?«

»Hier ist es.« Voerhoven zog das Handy aus der Brusttasche seines Hemdes und ließ es aufspringen. Alles um ihn herum wirkte irgendwie irreal. Plötzlich hatte er das Gefühl, in etwa hineingezogen zu werden, womit er nichts mehr zu tun haben wollte. Und doch war es zu spät. Kerikow nickte ihm zu, und er begann zu wählen, als wäre er nicht mehr Herr über seine Bewegungen.

Mercer kauerte am Eingang der Brücke und hörte nur, dass Voerhoven derjenige war, der die Katastrophe auslösen würde. Den Russen sah er nicht, aber Voerhoven stand direkt vor ihm, in der Nähe der großen Kontrollkonsole. Er stürmte aus seinem Versteck und warf sich auf den Niederländer.

Voerhoven ließ das Handy fallen, als er zu Boden stürzte, und dann brachen einige Rippen, als Mercer mit seinem vollen Körpergewicht auf der Brust des Holländers landete. Er schlug den Aktivisten mit zwei Hieben bewusstlos, doch dadurch gewann Kerikow genug Zeit, um seine Pistole zu ziehen. Als Mercer wieder auf die Beine kam, richtete der Russe die Waffe direkt auf seinen Kopf.

In der Bucht von Valdez erklang das Heulen von Sirenen. Es erinnerte an die Klageschreie einer Frau, die auf einem einsamen Parkplatz vergewaltigt wird. Der Hilfeschrei kam zu spät, um das Unvermeidliche zu verhindern.

Beim Alyeska Marine Terminal gab es einen Notfall.

Die beiden Männer blickten auf das weitläufige Hafengelände, als könnten sie von Bord der *Hope* aus sehen, wie die tausenddreihundert Kilometer lange Trans-Alaska-Pipeline zerstört wurde. Mercer blickte Kerikow mit einem hasserfüllten Blick an.

»Zu spät, Herr Dr. Mercer«, höhnte Kerikow grinsend. »Beim letzten Mal sind Sie mir um einige Stunden zuvorgekommen, doch diesmal bin ich um ein paar Sekunden schneller.«

»Sie sind ein Psychopath, und ich werde Sie umlegen.«

»Tut mir leid, das sehe ich anders.« Kerikow folgte Mercers Blick. Zu seiner Linken trat Aggie Johnston auf die Brücke und schlug den Russen mit einem Feuerlöscher nieder. Er ging mit einer stark blutenden Kopfwunde zu Boden.

»Schön, dass du meiner Drohung etwas Nachdruck verleihen konntest«, sagte Mercer, während er Kerikows Pistole aufhob und sie auf den Russen richtete. Der Mann war immer gefährlich, auch wenn er jetzt stöhnend am Boden lag. Er hatte nicht das Bewusstsein verloren, bewegte sich bereits wieder und versuchte, einen klaren Kopf zu bekommen.

»Warum heulen die Sirenen?«, fragte Aggie.

»Wir sind zu spät gekommen. Voerhoven hat den Stickstoff explodieren lassen.«

Sie begann wie eine Verrückte zu schreien, rannte zu ihrem am Boden liegenden Ex und trat fluchend auf ihn ein, als wollte sie nie wieder aufhören. Ihr Gesicht war zorngerötet, und sie weinte. Niemand hätte ihr etwas Schlimmeres antun können als das, was Voerhoven gerade Alaska angetan hatte.

Mercer packte ihre Schultern. »Hör auf, Aggie! Ich muss Kontakt zum Alyeska Marine Terminal aufnehmen. Vielleicht gibt es eine Möglichkeit, den Schaden zu begrenzen. Hör zu, Aggie!«

Sie ließ von Voerhoven ab und blickte Mercer an, als wäre eine unheimliche Ruhe über sie gekommen.

»Wo sind die Funkgeräte?«, schrie Mercer, der mit den Nerven am Ende war. Voerhovens Mobiltelefon lag zerschmettert zu seinen Füßen. Damit war nichts mehr anzufangen.

»Sie sind nicht mehr zu gebrauchen. Auf dem Weg hierher habe ich gesehen, wie dieser Araber sie zerstört hat. Er hat eines der Schlauchboote geklaut und ist damit abgehauen. Ich hielt es für wichtiger, zur Brücke zu kommen, als ihn aufzuhalten.«

Urplötzlich sprang Kerikow auf, den sie einen Moment aus dem Blick gelassen hatten. Mercer sah die Bewegung aus dem Augenwinkel und brüllte den Russen an, er solle stehen bleiben, doch da war Kerikow bereits durch die Schwingtür verschwunden. Mercer feuerte, und die Kugel traf Kerikows Schulter, konnte ihn aber nicht an der Flucht hindern.

Mercer blieb keine Zeit, ein zweites Mal abzudrücken, denn Kerikow schwang sich bereits über die Reling und sprang in das eiskalte Wasser. Er war an der Bordwand, als Kerikows Kopf wieder aus dem Wasser auftauchte. Er wirbelte herum und packte Aggies Hand.

Sie rannten los. Wie nie zuvor wurde Mercer von Angst gepackt. Wenn Kerikow mit einer blutenden Kopf- und Schusswunde in das eiskalte Wasser sprang, schien ihm das weniger gefährlich zu sein, als an Bord der *Hope* zu bleiben.

Er hatte in dem Moment die Flucht ergriffen, als Aggie gesagt hatte, Abu Alam sei mit einem Schlauchboot geflüchtet. Mercer erinnerte sich, dass der psychopathische Araber Sprengsätze auf dem Schiff platziert hatte, und er konnte sie bestimmt per Fernbedienung zünden.

In der ehemaligen Messe ging es bei der Party noch höher her als zuvor. Aus den Lautsprechern dröhnte laute Rockmusik, und die meisten Leute tanzten, ohne zu sehen, was um sie herum vorging. Mercer feuerte auf die Lautsprecher.

Die Musik verstummte, als die Boxen auseinanderflogen.

»Verlassen Sie sofort das Schiff, es fliegt gleich in die Luft.« Nach der Warnung, welche die Aktivisten seiner Meinung nach nicht verdient hatten, packte Mercer Aggie und rannte mit ihr in Richtung Heck, wo die Cessna noch immer von den Wellen an die Bordwand der *Hope* gedrückt wurde.

Mercer sprang auf einen der Flügel und blickte zu Aggie auf, die an der Reling stand. »Los, spring!«

Entgegen seiner Erwartung zögerte sie keinen Augenblick und landete mit solcher Wucht in seinen Armen, dass sie stürzten und fast ins Wasser gerollt wären. Mercer hielt Aggie fest, deren Bein bereits über dem Rand des Flügels baumelte.

Er ließ sie langsam auf den Schwimmer herab.

Als er ihr folgte, kletterte Aggie bereits in das Cockpit und schaltete den Motor ein. Der Abwind des Propellers hätte Mercer fast von dem Schwimmer gefegt. Er hatte einige Mühe, in die Kabine zu gelangen.

»Worauf wartest du, lass uns abhauen!«, schrie er.

Aggie hatte sich nicht angeschnallt, denn angesichts des

beschädigten Flügels konnten sie nicht fliegen. Sie saß mit vor Angst geweiteten Augen auf der Kante ihres Sitzes wie ein Teenager, der zum ersten Mal Auto fährt. Kurz darauf saß Mercer neben ihr auf dem Sitz des Kopiloten, und das Wasserflugzeug ließ die *Hope* hinter sich.

»Diese Menschen …« Sie meinte die PEAL-Aktivisten, die noch immer an Bord der *Hope* waren.

»… haben ihr eigenes Todesurteil unterzeichnet, als sie sich mit Kerikow einließen«, beendete Mercer ihren Satz. »Durch unsere Warnung haben sie noch eine Chance.«

»Wohin fahren wir?« Jetzt strahlte sie wieder diese Ruhe aus, die Mercer so faszinierte.

»Zum Alyeska Marine Terminal. Vielleicht können wir noch etwas tun.« Er wusste, dass es zu spät war. Die Katastrophe war da. Jetzt konnte man nur noch mithelfen, die Folgen zu beseitigen. Trotz des lauten Motors hörten sie die ganze Zeit über die Sirenen vom anderen Ende der Bucht.

Hafen von Valdez

Nachdem Abu Alam den Plastiksprengstoff platziert und die Funkgeräte an Bord der *Hope* zerstört hatte, war er mit einem der Zodiac-Schlauchboote geflüchtet. Als er noch eine gute Meile von dem steinigen Strand von Valdez entfernt war, begannen die Sirenen des Alyeska Marine Terminal zu heulen. Kerikow hatte den Stickstoff freigesetzt. Wenn er die *Hope* jetzt schon in die Luft jagte, würde er auf dem offenen Wasser Aufmerksamkeit auf sich ziehen, und er brauchte Zeit, um ein Auto zu stehlen, mit dem er zum Flughafen von Anchorage fahren konnte.

Mit jeder Sekunde wuchs jetzt die Gefahr, dass Kerikow das Schiff lebend verlassen konnte, und Rufti hatte ausdrücklich verlangt, der Russe dürfe auf keinen Fall überleben. Alam wollte Kerikow töten, musste aber vorsichtig bleiben, bis er festen Boden unter den Füßen hatte. Er hatte darüber nachgedacht, in Valdez an Land zu gehen, doch es war gut möglich, dass ihn jemand erkannte, der ihn vielleicht bei der Entführung von Aggie Johnston gesehen hatte. Es war klüger, in der Nähe des Alyeska Marine Terminal anzulegen und das dort herrschende Chaos auszunutzen, um ein Fahrzeug zu stehlen.

Als er einen Blick über die Schulter warf, sah er niemanden an Bord der *Hope*. Offensichtlich feierten die jungen Leute immer noch. Er hasste es, mit Sprengstoff zu arbeiten. Das war ihm zu unpersönlich. Ihm war es sehr viel lieber, seine von Todesangst heimgesuchten Opfer sterben zu sehen, nachdem er ihnen die Kehle durchgeschnitten oder eine Kugel in die Brust gejagt hatte. Gleich würde es ihm so vorkommen, als würde nicht er töten, sondern der Sprengstoff.

Eine hohe Welle erfasste das Schlauchboot, und Alam sah sich gezwungen, sich auf seinen Kurs zu konzentrieren. Direkt neben dem Ölhafen mündete ein kleiner Fluss in die Bucht. Das war ein idealer Landeplatz, weil er zu beiden Seiten durch dichte Baumgruppen neugierigen Blicken entzogen war. Und über den Fluss führte eine niedrige Brücke. Die Zufahrtsstraße zu dem Hafen war nur ein paar Dutzend Schritte entfernt. Perfekt.

Weil er sich mit kleinen Booten nicht auskannte, musste er sich ganz auf das Anlegen konzentrieren. Danach zog er sofort den Zünder aus der Jackentasche. Kleine Gestalten sprangen über die gelb gestrichene Reling der *Hope*, ganz wie die sprichwörtlichen Ratten, die das sinkende Schiff verlassen. Die PEAL-Aktivisten flohen, und wahrscheinlich war auch Kerikow unter ihnen. Alam verschwendete keine Zeit damit, diese Möglichkeit zu bedenken, und er sah auch nicht das rote Wasserflugzeug, das die *Hope* hinter sich ließ und mit hohem Tempo in Richtung Valdez fuhr. Er dachte nur an den kunstvoll platzierten Sprengstoff an Bord des Schiffes und die Toten, welche die Explosion fordern würde. Er gab den Aktivierungs-Code ein, sah das grüne Licht aufleuchten und drückte auf den Knopf.

Wie ein eben flügge gewordener Vogel, der sich nicht sicher ist, ob er wirklich schon fliegen kann, schien das Wasserflugzeug immer wieder abheben zu wollen, als Mercer und Aggie Johnston durch die Bucht von Valdez schossen. Aggie hatte Mühe, die Cessna unter Kontrolle zu halten, und sie verlagerte wegen des zerstörten Flügels ihr ganzes Körpergewicht auf den Seitenruderfußhebel für die Steuerbordseite, um halbwegs den richtigen Kurs halten zu können.

Mercer war klar, dass er nicht genug Ahnung hatte, um ihr helfen zu können. Er konzentrierte sich auf den Spiegel über den Anzeigeinstrumenten und sah die *Hope* hinter ihrem Kielwasser kleiner werden. Trotzdem schien ihm, als hätten sie das ehemalige Vermessungsschiff noch nicht weit genug hinter sich gelassen. Wenn so viel Sprengstoff an Bord war, dass Kerikow lieber ins Wasser gesprungen war, schwebten Aggie und er weiter in Gefahr. Da er nichts Besseres zu tun hatte, griff er nach der Whiskyflasche und trank sich etwas Mut an.

Als er die Flasche mit einer bedächtigen Bewegung wieder absetzte, flog die *Hope* in die Luft.

Die Explosion riss die *Hope* in Stücke, und noch bevor die Druckwelle die Cessna erfasste, war das brennende Schiff fast vollständig gesunken.

Die Druckwelle zerstörte sämtliche Schaufenster in Valdez, tötete vier Menschen und ließ fast alle Schiffe im Yachthafen kentern, was weitere acht Menschenleben forderte. Wäre das Schiff einige Minuten später explodiert, hätte es noch mehr Opfer gegeben, weil sich Schaulustige am Strand eingefunden hätten, um zu sehen, warum im Ölhafen, dem viele von ihnen ihren Lebensunterhalt verdankten, die Sirenen heulten. Von den PEAL-Aktivisten, die Mercer gewarnt hatte, waren nur zwölf mit dem Leben davongekommen.

Acht weitere waren sofort gestorben, vier andere später im Krankenhaus.

Aggie Johnston und Philip Mercer kamen mit dem Schrecken davon.

Mercer ließ die Flasche fallen.

Die Druckwelle erfasste die Cessna und riss sie so hoch in die Luft, dass die Schiffsschraube eine Wasserfontäne aufwirbelte, die ihnen die Sicht nahm. Aggie riss den Steuerknüppel zurück und nahm zugleich den Fuß von dem Seitenruderfußhebel.

Dann wurde das Wasserflugzeug von den durch die Explosion ausgelösten hohen Wellen erfasst und noch schneller durch die Bucht getrieben. Aggie hatte große Mühe, die Cessna unter Kontrolle zu halten, und wusste eigentlich nicht, was sie tun sollte.

Ihre Ohren klingelten, und als es vorbei war, hörte sie Mercer lachen. »Was ist denn so lustig?«, schrie sie.

»Vor einer Stunde hast du dich noch beschwert, ich könnte nicht fliegen. Deine Performance scheint mir auch nicht besser zu sein.«

Bevor sie einen Fluch ausstoßen konnte, krachte die Welle gegen die Mole des Ölhafens, deren Konstrukteure eher mit durch Erdbeben verursachten Wellen gerechnet hatten. Die Schwimmer der Cessna wurden bei der Kollision mit der Betonwand vom Rumpf abgerissen. Sie schrammte über den felsigen Grund, und die Schiffsschraube wurde zerstört.

Die Maschine drohte in Flammen aufzugehen, und Mercer und Aggie mussten sich retten und verließen das Wasserflugzeug durch die Tür des Laderaums.

Der Weg zum Hauptgebäude der Hafenbehörde dauerte

eine Ewigkeit. Sie wurden behindert durch ihre Verletzungen und mussten unzähligen Fahrzeugen mit Technikern ausweichen, die den Problemen auf den Grund gehen wollten. Als Mercer durch die Tür stürmte, stieß er eine nichts ahnende Angestellte zur Seite. Er ignorierte die verdutzte Frau und rannte zur Krisenzentrale, die aus allen Nähten platzte. Noch immer heulten die Sirenen, und die Katastrophe hatte die normalerweise ruhigen Profis in Panik versetzt. Andy Lindstroms Gesicht war gerötet, seine Stimme heiser. Sein Blick glitt über etliche Bildschirme, als er einzuschätzen versuchte, wie schlimm es um seine geliebte Pipeline stand. Er war umringt von etwa zwanzig Mitarbeitern, die erfahrensten standen direkt neben ihm. In dem fensterlosen Raum roch es nach Zigarettenrauch und Schweiß.

»Lindstrom!«, brüllte Mercer, doch der Lärm übertönte seine Stimme.

Um sich Gehör zu verschaffen, zog er Kerikows Pistole und feuerte auf den Boden. Sofort wurde es still.

»Wie schlimm ist es, Lindstrom?«, fragte Mercer ruhig.

»Mein Gott, Mercer, was zum Teufel haben Sie hier zu suchen?« Lindstrom war geschockt, als er Mercer mit der Pistole sah, vielleicht auch, weil er ihn nicht mehr unter den Lebenden vermutet hatte. Und dann war da natürlich der Stress wegen der eingefrorenen Pipeline. »Schön, Sie wiederzusehen, aber ich habe im Moment leider keine Zeit … Ihr Freund, dieser Russe, hat meine Pipeline zerstört.«

»Ich weiß.« Auf Gefühle konnte Mercer jetzt keine Rücksicht nehmen. »Ich muss wissen, ob die Pumpen im Moment arbeiten.«

Bevor Lindstrom antworten konnte, meldete sich ein vor

einer Konsole sitzender Techniker zu Wort. »Nein, laut Computer wurden sie abgeschaltet. Etwa eine Minute, bevor der Stickstoff explodierte. Im Moment stehen sie still, und es sieht so aus, als würden sie nie wieder laufen. Vorläufige Berichte deuten darauf hin, dass das Öl an vierzig Stellen überhaupt nicht mehr und an einigen weiteren nur noch extrem langsam fließt. Es sieht so aus, als wäre die Pipeline an mindestens zwei Stellen geborsten, unter anderem in der Mitte der Hängebrücke über dem Tanana River.«

»Ist die Brücke eingebrochen?«, fragte Mercer ängstlich.

»Ja. Das Öl fließt durch offene Rückschlagventile darauf zu.«

»Wo ist Mossey, dieser Programmierer?«

»Vor ein paar Augenblicken war er noch im Computerraum«, sagte ein in Mercers Nähe stehender Mann.

Mercer wandte sich so abrupt um, dass er gegen Aggie stieß, die er ganz vergessen hatte. Offenbar war sie völlig entsetzt, dass die Pipeline durch die Aktion mit dem Stickstoff geborsten war. Als Mitglied von PEAL war auch sie mit dafür verantwortlich.

»Es ist noch nicht vorbei«, sagte Mercer und stürmte in den Flur.

Im Gegensatz zu der Krisenzentrale saß in dem Computerraum nur ein Mann, der hektisch Papiere und CDs in einer Ledertasche verstaute. Mercer wartete nicht einmal, bis Mossey sich nach ihm umgedreht hatte, knallte mir der Linken seinen Kopf auf den Tisch und bohrte im brutal den Lauf der Pistole ins Ohr.

»Schalten Sie sofort das Programm ab!«, sagte er wütend.

»Ich kann nicht«, stammelte Mossey. Speichel und Blut

tröpfelten aus seinem Mund auf die Computertastatur. »Ich konnte nichts mehr machen, nachdem Kerikow den Stickstoff explodieren ließ.«

Mercer zog den Hahn der Pistole zurück, und das Klicken klang bedrohlich in dem stillen Raum. »Mir kommen die Tränen. Sie hatten das Programm für zwei Monate. Ich dachte, Sie hätten es geknackt und eine Hintertür eingerichtet.«

Es war nicht notwendig, noch einmal körperliche Gewalt anzuwenden, denn Mossey knickte sofort ein. »Warten Sie, bitte. Mein Gott, töten Sie mich nicht. Es gibt diese Hintertür. Ich habe sie eingerichtet, nachdem Kerikow mich angeheuert hatte, um das alte Programm zu reaktivieren.«

»Dann benutzen Sie sie und verhindern Sie, dass die Pumpen anspringen. Bei Gott, wenn Sie nicht spuren, jage ich Ihnen eine Kugel in den Kopf.« Mercer ließ zu, dass Mossey den Kopf hob, bohrte ihm aber weiter die Pistole ins Ohr. Mosseys Finger glitten über die Tastatur.

Aggie stand im hinteren Teil des Raums und bewunderte, wie Mercer mit der Situation und Ted Mossey umging. Nicht die Pistole in seiner Hand wirkte überzeugend, sondern seine Persönlichkeit. Er war felsenfest von seiner Mission überzeugt. Manchmal erschienen seine Aktionen irrational, doch sobald man wusste, was er wollte, war alles logisch. Und er war der begehrenswerteste Mann, der ihr je begegnet war.

»Ich habe jetzt Zugang«, sagte Mossey schließlich. »Nur noch eine Minute.«

»Noch dreißig Sekunden, dann blase ich Ihnen den Schädel weg.« Weder Mossey noch Mercer selbst wussten, ob das ein Bluff war.

Andy Lindstrom war Mercer und Aggie in den Computerraum gefolgt und trat jetzt an einen Computerarbeitsplatz neben Mercer, wo auf dem Bildschirm Informationen über die Pumpen und die Pipeline aufleuchteten. Obwohl schon während des Kalten Krieges von einem Maulwurf installiert, war das Programm erst kürzlich aktiviert worden. Alle zehn Pumpen hatten mit voller Kraft gearbeitet, wodurch ein enormer Druck auf das gefrorene Öl ausgeübt worden war. Mercer war zu spät gekommen, um das zu verhindern, aber noch hielt die Pipeline. Wenn die Pumpen rechtzeitig abgeschaltet werden konnten, würde Kerikows Plan nicht aufgehen, das Rohr an etlichen Stellen bersten zu lassen.

»Interner Druck?«, fragte Mercer, ohne Mossey aus dem Blick zu lassen.

»84.000 Hektopascal bei fast allen Sensoren«, antwortete Lindstrom verzweifelt. »Damit liegen wir über dem Maximum. Die ganze Pipe kann jeden Moment in die Luft fliegen. Die Pumpen laufen immer noch. Das hier wird nicht funktionieren.«

»So was habe ich heute schon mal gehört.« Mercer drehte sich zu Aggie um, die ihn lächelnd anblickte.

Mossey schob seinen Stuhl zurück. Er wirkte völlig ausgelaugt. »Mehr kann ich nicht tun.«

»Wie sieht's aus?«, fragte Mercer Lindstrom.

»85.700 Hektopascal«, schrie Lindstrom. »Das Rohr wird gleich bersten. Massiver Druckabfall bei einem der Sensoren. Die Pumpen sind immer noch … Moment, jetzt arbeiten sie nicht mehr.« Er starrte ängstlich auf den Monitor. Die Sensoren für den internen Druck in der Leitung zeigten einen Wert von fünfzehn Prozent über dem Maximum an. Als Lindstrom dann weitersprach, klang seine Stimme erleichtert. »Der Druck sinkt überall gleichmäßig. Gott sei Dank, meine Pipe hat gehalten. Die Schweißer haben ganze Arbeit geleistet. Das Rohr ist widerstandsfähiger, als wir jemals geglaubt hätten.«

Auch Mercer wirkte erleichtert. Ihm war anzusehen, was er seit dem letzten Abend durchgemacht hatte. »Vergessen Sie nicht den Hersteller der Rohre.«

»Zum Teufel mit ihm, das war eine japanische Firma.« Lindstrom lachte, von Gefühlen übermannt. Es war immer noch eine Katastrophe – an drei Stellen flossen Tausende von Barrel Öl in die Landschaft –, aber eine beherrschbare. Mossey konnte bezeugen, dass die Mitarbeiter des Alyeska Marine Terminal keinerlei Schuld daran traf. »Woher wussten Sie das mit Mossey?«

»Das erzähle ich Ihnen morgen. Jetzt brauche ich erst mal einen Drink, eine heiße Dusche und ein Bett. Die Reihenfolge ist mir egal.«

»Zuerst der Drink.« Lindstrom grinste. »Den kann ich Ihnen in meinem Büro spendieren. Aber was immer Sie auch für uns getan haben, mein Bett werde ich nicht mit Ihnen teilen.«

Mercer schaute zu Aggie hinüber und musste lächeln, als er ihren schüchternen Blick sah.

»Lindstrom, das ist Aggie Johnston, Max Johnstons Tochter.«

»Ich kenne Ihren Vater.« Lindstrom gab ihr die Hand und führte Aggie und Mercer zu seinem Büro. »Hören Sie, ich selbst habe jetzt keine Zeit für einen Drink. Ich muss Teams rausschicken, damit sie sich um die Reparatur des Rohrs kümmern. Durch die Sensoren weiß ich, wo PEAL den Stickstoff platziert hat. Es wird immer noch genug Öl austreten. Allein bei dem Leck auf der Brücke über den Tanana River sind es fast zwanzigtausend Liter pro Stunde. Wir haben keine Zeit zu verlieren.« Er schwieg kurz. »Hören Sie, Mercer, können Sie nicht noch eine Weile in der Nähe bleiben? Ich muss genau wissen, was im Pumpwerk 5 passiert ist. Wir haben da immer noch kein Team vor Ort. Der Brand des Depots in Fairbanks ist auch noch nicht gelöscht. Viele meiner Leute werden da festgehalten.«

»Hat Eddie es nicht überlebt?«, fragte Mercer konsterniert. Er hatte fest daran geglaubt, dass Rettungskräfte den furchtlosen Piloten finden würden, bevor ihn seine Verletzungen das Leben kosteten.

»Eddie Rice geht es gut. Er liegt in einem Krankenhaus in Fairbanks, bekommt aber seit seiner Einlieferung starke Beruhigungsmittel. Ein Helikopter der Army hat ihn letzte Nacht gerettet, ist aber nicht zu dem Pumpwerk geflogen. In Fairbanks müssen immer noch Verletzte ausgeflogen werden.«

Dass Eddie Rice überlebt hatte, war Mercer irgendwie wichtiger, als dass er Kerikows Plan vereitelt hatte, die Pipeline zu zerstören. Aber so dachte er – ein Menschenleben war immer wichtiger als alles andere. Bei Minenunglücken hatte er dafür gesorgt, dass Millionen lockergemacht wurden, um das Leben eines einfachen Arbeiters zu retten. Die Rettung eines Menschenlebens kam immer zuerst, selbst dann, wenn die Umwelt einer ganzen Region gefährdet war.

»Im Ernst, Lindstrom, ich kann Ihnen nichts über Ihr

Pumpwerk erzählen. Ich war noch hundert Meter davon entfernt, als ich gefangen genommen wurde.« Mercer wäre beinahe im Stehen eingeschlafen. »Was ich weiß, erzähle ich Ihnen morgen.«

Lindstrom hörte nicht einmal mehr zu. Er erörterte bereits mit einem Ingenieur die Reparaturarbeiten. Mercer öffnete Aggie die Tür von Lindstroms Büro und schloss sie hinter ihnen. Das leise Klicken, mit dem die Tür ins Schloss fiel, schien der Endpunkt dessen zu sein, was sie durchgemacht hatten. Und ein Anfang dessen, was nun geschehen würde. Sie spürten es beide und sahen sich an mit einer Mischung von Verlangen und Verunsicherung. Fast schien es, als wären die überstandenen Abenteuer nur das Vorspiel dessen gewesen, was nun kam.

Es lag ein Knistern in der Luft.

»Auch einen Drink?« Mercer zwang sich, den Blick von ihr abzuwenden, und zog Lindstroms Schreibtischschublade auf. Er wusste, dass da eine Flasche lag.

»Ja, bitte«, antwortete Aggie, die wie Mercer ihre Emotionen erst einmal noch beiseiteschieben wollte.

Er schenkte zwei Pappbecher bis zur Hälfte mit Scotch voll. Mercer hatte in seinem Leben schon oft morgens einen Drink genommen, glaubte aber, dass er und Aggie sich diesen wirklich verdient hatten. Er leerte den Becher in einem Zug, und schenkte sich schon nach, als Aggie nur vorsichtig an ihrem Drink nippte. Dann sah sie das Zigarettenpäckchen auf Lindstroms Schreibtisch und rauchte fast so schnell, wie Mercer trank.

»Ist es vorbei?«, fragte sie.

»Ich denke schon.«

Sie standen dicht beieinander, und Aggie blickte zu ihm auf. In ihren smaragdgrünen Augen lag ein unverkennbares Verlangen.

Als er sie gerade küssen wollte, flog die Tür von Lindstroms Büro auf, und die korpulente Empfangsdame trat ein. Sie schien etwas sagen zu wollen, doch als sie Lindstrom nicht sah, war sie völlig durcheinander. Mercer glaubte nicht, dass es um die Pipeline ging.

Er erinnerte sich nicht an ihren Namen, fragte aber, was denn los sei. Die Frau redete so schnell, dass man sie kaum verstehen konnte.

»Am Haupttor wurde geschossen. Ralph, der nette ältere Wachtposten, ist tot, ein anderer Mann, den ich nicht kenne, liegt blutüberströmt am Boden. Ein Unbekannter hat auf sie geschossen und dann eines der Firmenfahrzeuge gestohlen. Mein Gott, der arme alte Ralph, er war so ein netter Mann.«

Sie ließ sich schwerfällig auf einen Stuhl fallen und begann zu weinen. Mercer schaute Aggie an, und die begriff sofort, dass sie sich um die Empfangsdame kümmern sollte. Er stürmte aus dem Büro und stieß Leute zur Seite, um möglichst schnell auf dem Parkplatz zu sein.

Draußen war es grau und bitterkalt. Er rannte zu seinem gemieteten Blazer, der immer noch auf dem Parkplatz stand. Trotz allem, was seit dem letzten Nachmittag geschehen war, hatte er die Autoschlüssel noch. Er hatte sie in die tiefe Tasche des Jumpsuits gesteckt, den er auf dem Rettungsboot angezogen hatte. Er ließ den Motor an, und einen Augenblick später fuhr er durch das Tor des Hafengeländes, wo er Menschen ausweichen musste, die fassungslos neben der

Leiche ihres Mitarbeiters standen. Er hoffte, dass einer von ihnen die Geistesgegenwart besessen hatte, die Polizei von Valdez zu benachrichtigen.

Mercer zog Kerikows Pistole aus dem Hosenbund und legte sie auf die Konsole zwischen den Vordersitzen. Er ignorierte das Tempolimit und nahm die Kurven mit quietschenden Reifen. Wahrscheinlich waren seit der Schießerei etwa zehn Minuten vergangen.

In seinem Jaguar hätte er den Rückstand mühelos aufholen können, aber der Blazer war ein Geländewagen und für Verfolgungsjagden nur bedingt geeignet.

Er musste nicht lange darüber nachdenken, wen er hier verfolgte. Kerikow trieb tot im eiskalten Wasser des Hafens, aber Abu Alam war auf der Flucht. Nachdem er die *Hope* in die Luft gejagt hatte, wollte er die Gegend bestimmt so schnell wie möglich verlassen. Da wegen der Explosion die Straßen der Stadt mit Polizeiautos und Krankenwagen verstopft waren, war es ihm bestimmt gefährlich erschienen, zum Flugplatz zu fahren. Damit blieb nur der Richardson Highway, um ins dreihundert Kilometer entfernte Anchorage zu gelangen. Wenn er es bis dahin schaffte, war er für alle Zeiten entkommen.

Mercer war mit den Kräften am Ende, versuchte es aber zu verdrängen. Für ihn hatte die ganze Geschichte hier begonnen, wo er mit Howard Small dessen neuen Tunnelbohrer getestet hatte, und er würde dafür sorgen, dass sie auch hier endete, wahrscheinlich nur ein paar Kilometer von Howards Testgelände entfernt.

Er erinnerte sich daran, dass bald eine Straße abzweigte, die zu dem Testgelände führte. Als er die nächste scharfe

Kurve nahm, erblickte er einen umgekippten Touristenbus, der quer auf der zweispurigen Straße lag. Überall glitzerten Glasscherben. Er sah verwirrte, blutverschmierte Menschen. Andere saßen noch in dem Bus fest.

Mercer trat voll auf die Bremse. Eine ältere Frau mit weit aufgerissenen Augen stand wie angewurzelt da, als sie den Blazer auf sich zukommen sah. Er riss das Steuer herum, wich der konsternierten Frau aus, gab sofort wieder Gas und bog in die nicht asphaltierte Straße, die rechts vom Richardson Highway abzweigte und bergauf führte, direkt zu der Stelle, wo die Pipeline über den Thompson Pass führte. Er kannte die schlammige Straße gut, denn hier hatten Howard und er die Tests durchgeführt.

Er überlegte, was passiert sein musste. Alam musste auf die Gegenfahrbahn abgekommen sein, als er die Kurve nahm, und den entgegenkommenden Bus gesehen haben. Wie Mercer selbst musste er das Steuer nach rechts herumgerissen haben. Er hatte den schlingernden Bus ignoriert und war in die zum Testgelände ansteigende Straße abgebogen, während unter ihm der Fahrer die Kontrolle über den Bus verlor.

Er konnte sich nicht vorstellen, wie Alam es geschafft haben sollte, auf dem Highway weiterzufahren, denn der Bus blockierte diesen völlig.

Fast sofort sah er auf der schlammigen Zufahrtsstraße frische Reifenspuren und weiter vorne ein Auto, dessen Räder Dreck aufwirbelten. Howard war tot, und hier würde sich erst wieder jemand blicken lassen, wenn der Mini-Maulwurf und die restliche Ausrüstung abgeholt wurden. Eigentlich hatte niemand einen Grund, sich hier aufzuhalten. Der Fahrer des Wagens vor ihm musste Alam sein, und dies war eine

Sackgasse. Er griff nach der automatischen Pistole und legte sie in seinen Schoß.

Die Straße war eng und fast zugewachsen. Schließlich erreichte er das Testgelände, eine große Lichtung am Fuße einer hohen Felswand, die sich noch sechzig Meter über die höchsten Bäume erhob. Das Gelände war eingezäunt, aber das Tor stand offen.

Alles sah genauso aus wie vor ein paar Wochen, als Howard und er die Tests beendet hatten und zu der Angeltour aufgebrochen waren, um ihren Erfolg zu feiern. Neben zwei Trailern stand ein Tieflader, der Tunnelbohrer Minnie war vor der Felswand unter einer Plane verborgen. Dicke Kabel führten zu großen Generatoren. Hinter dem Mini-Maulwurf sah man das dunkle Loch in dem Fels, das sie während der Tests gebohrt hatten. Auf der anderen Seite der Trailer, die Howard und sein Team als Büros genutzt hatten, stand ein roter Pick-up des Alyeska Marine Terminal.

Er steckte die Autoschlüssel in die Tasche, rannte los, ging hinter dem Tieflader in Deckung und zückte die Pistole. Wo konnte Alam sein? Er hatte nicht genug Zeit gehabt, um das Schloss eines der Trailer zu knacken und sich darin zu verstecken. Die mit Gras bewachsene Lichtung bot keine Deckung. Es sah auch nicht so aus, als versuchte Alam, den Felsen zu erklimmen, was selbst für einen erfahrenen Bergsteiger schwierig gewesen wäre. Damit blieben Minnie, die Generatoren oder die Paletten mit anderen Ausrüstungsgegenständen, die in der Nähe des großen Bohrlochs standen. Die vier anderen Löcher waren bei vorbereitenden Tests gebohrt worden und nicht besonders tief. Er konnte deutlich sehen, dass Alam sich dort nicht versteckte.

Seine Intuition sagte ihm, dass Alam versuchte, in dem großen Tunnel durch den Berg zu flüchten. Er hatte einen Durchmesser von einem Meter zwanzig. Er lief in gebückter Haltung zu den fünfzig Meter weit entfernten Generatoren und rechnete damit, dass Alam auf ihn schießen würde, aber nichts geschah.

Er richtete die Pistole auf die Tunnelöffnung und warf mit der anderen Hand die großen Ingersol-Rand-Generatoren mit den Acht-Zylinder-Dieselmotoren an. Als sie liefen, zog er die Plane von dem Tunnelbohrer. Es war die optisch hässlichste Maschine, die er jemals gesehen hatte.

Der Mini-Maulwurf funktionierte ähnlich wie seine größeren Verwandten, war aber technisch unendlich viel ausgereifter. Der Bohrkopf, eine Scheibe mit einem Durchmesser von einem Meter zwanzig, bestand aus mit Karbonfasern verstärktem Kunststoff und war mit Industriediamanten bestückt, die von neu entdeckten sphärischen Kohlenstoffmolekülen, sogenannten Fullerenmolekülen, zusammengehalten wurden. Er konnte den härtesten Fels im Handumdrehen pulverisieren. Das abgerundete Gehäuse des Tunnelbohrers enthielt eine ausgefeilte Steuerung für die Hydraulik und ein hochmodernes GPS-System, das präziser arbeitete als diejenigen von amerikanischen Atom-U-Booten. Für den Vortrieb waren an beiden Seiten hydraulisch gesteuerte Beine angebracht, die denen von Grashüpfern nachempfunden waren. Sie konnten sich gut genug festkrallen, um den Bohrkopf mit der unglaublichen Geschwindigkeit von sechzig Zentimetern pro Minute voranzutreiben. Ein großer Ventilator am Ende der Maschine blies den erzeugten Staub und Abraum zurück in den gerade gebohrten Tunnel.

»Ich weiß, dass Sie mich hören, Alam«, schrie Mercer. »Das Geräusch, das Sie hören, stammt von dem Tunnelbohrer, der den Stollen in den Felsen getrieben hat, durch den Sie flüchten wollen.«

Abu Alam rannte vornübergebeugt durch den stockfinsteren Tunnel, blieb aber stehen, als er die Stimme hörte, die laut von den Wänden widerhallte. Das war die Stimme des Mannes, den Kerikow während des Angriffs auf das Pumpwerk gefangen genommen hatte. Er hatte nicht vor, umzukehren und ihn zu erschießen. Philip Mercer war Kerikows Feind, nicht seiner. Ihn interessierte nur, das andere Ende des Stollens zu erreichen und zu entkommen. Die Tunnelöffnung war nur noch so groß wie der Kopf einer Stecknadel. Vor ihm war alles schwarz.

»Dieser Tunnelbohrer wurde entwickelt von dem Mann, den Sie in Kalifornien umgebracht haben«, fuhr Mercer fort, während er den Mini-Maulwurf auf seine Einsatzbereitschaft überprüfte. »Er hat ihn hier getestet, bevor Sie ihn ermordet haben. Pech für Sie, Alam, dass wir schon früh beschlossen haben, dass der Test ein Erfolg war. Ein Durchbruch an der anderen Seite des Felsens war überflüssig.«

Alam wurde bleich.

Minnie setzte sich wie ein müder Käfer in Bewegung. Der Bohrkopf rotierte mit fünfzehntausend Umdrehungen pro Minute. Es würde etwa eine Stunde dauern, bis die Maschine bei Alam war. Da er es sich nicht leisten konnte, bis zum Ende zu warten, programmierte er den Tunnelbohrer so, dass er sich automatisch abschaltete, wenn er sich nach Alams Ende noch durch einen halben Meter Fels gebohrt hatte.

»Dann wünsche ich einen angenehmen Tod.«

Mercer drehte sich um und ging zu dem Blazer.

Abu Alam, der Vater des Schmerzes, würde hilflos an der Felswand am Ende des Tunnels kauern und darauf warten müssen, dass der Bohrkopf seinem Leben ein Ende bereitete. Von ihm würde nichts übrig bleiben.

Als er zu dem verunglückten Bus kam, nahm er drei verletzte Touristen mit, von denen aber keiner in Lebensgefahr schwebte. Er brachte sie ins Krankenhaus von Valdez und verschwand, bevor man ihm lästige Fragen stellte. Als er auf dem Parkplatz des Alyeska Marine Terminal den Blazer abstellte, erinnerte er sich daran, dass Kerikow auf der Bohrinsel *Petromax Omega* gesagt hatte, der Anschlag auf die Pipeline sei nur ein Teil eines umfassenderen Plans.

Er sollte bald erfahren, was der Russe damit gemeint hatte.

Alyeska Marine Terminal

Als Mercer in das Büro trat, telefonierte Andy Lindstrom auf zwei Leitungen. Er hatte einen Hörer ans Ohr gepresst, ein anderer lag auf einem Papierstapel, und man hörte blechern die verärgerte Stimme eines Mannes am anderen Ende, der offenbar nicht wusste, dass Lindstrom gerade anderweitig beschäftigt war. Vor dem Schreibtisch standen zwei Männer in mit Ölflecken verschmierter Arbeitskleidung. Als Lindstrom Mercer an der Tür warten sah, winkte er ihn herein. Er brüllte einen Befehl in den Hörer, unterbrach die Verbindung und griff nach dem anderen, um weitere Anweisungen zu geben. Dann legte er auf. Sofort begannen beide Telefone wieder zu klingeln.

»Mein Gott, das ist der nackte Wahnsinn«, sagte er, als er abnahm. »Könnt ihr mich nicht mal einen Augenblick in Ruhe lassen?«

Er knallte den Hörer auf die Gabel, ohne eine Antwort abzuwarten, und ignorierte das Klingeln des zweiten Telefons. Dann zündete er sich eine Zigarette an. Der Aschenbecher auf dem Schreibtisch quoll bereits über. Er zeigte mit der glühenden Zigarettenspitze auf die beiden Arbeiter. »Ich muss wissen, wie es zwischen Valdez und dem Tanana River um die Pipeline bestellt ist. Die Jungs vor Ort sagen, es gebe keine sichtbaren Schäden oder Hinweise darauf, dass jemand sich an der Pipe zu schaffen gemacht hat, aber ich muss sicher sein können. Wenn euch auffällt, dass das Rohr irgendwo vereist und das Öl gefroren ist, schaltet ihr sofort die Pumpe ab und ruft mich an.«

Die beiden Männer nickten und verschwanden.

»Mercer, ich habe ein Problem, das noch größer ist als dieser Schlamassel. Gehen Sie runter in die Kommunikationszentrale. Dort wird man Sie informieren.«

»Ich gehe ins Bett, Lindstrom«, erwiderte Mercer.

»Verdammt, ich brauche Sie. Ohne Mike Collins bin ich aufgeschmissen. Ich habe gehört, dass vor einer oder zwei Stunden jemand am Haupttor erschossen wurde. Die Polizei steht Kopf wegen der Explosion des PEAL-Schiffs im Hafen, und die Ölunternehmen wollen wissen, wann wir wieder liefern können. Meine Vorgesetzten sagen, es sei mein Job, dass die Pipe in drei Wochen wieder voll funktionsfähig ist, aber zurzeit weiß ich nicht mal, wie groß die Schäden sind. Schon jetzt ist der Ölpreis seit heute Morgen weltweit um drei Dollar gestiegen, und es sieht nicht so aus, als würde er so bald wieder fallen. Helfen Sie mir?«

»Meinetwegen«, sagte Mercer resigniert. Er verließ ohne ein weiteres Wort das Büro und fragte sich, ob Lindstroms neues Problem etwas mit den anderen Teilen von Kerikows Plan zu tun hatte.

Die Kommunikationszentrale war ein kleines Büro mit etlichen Telefonen, Faxgeräten, Fernschreibern und zwei professionellen Transceivern. An einem Schreibtisch telefonierte eine Frau. Vor dem Schreibtisch stand Aggie Johnston. Als sie Mercer sah, stürmte sie zu ihm und drückte sich fest an ihn. »Was ist passiert?«, fragte sie.

»Abu Alam ist tot. Du wirst nicht so genau wissen wollen, wie er gestorben ist. Was ist hier los?«

»Terroristen haben einen Tanker in ihre Gewalt gebracht, aber der Kapitän konnte entkommen. Er ist gerade am Telefon. Er glaubt, dass das Schiff irgendwo in der Nähe von Seattle versenkt werden soll.«

»Ist das auch wieder eine Aktion von PEAL?«

»Fast der gesamte harte Kern von PEAL-Aktivisten war an Bord der *Hope*, als sie explodierte«, sagte Aggie traurig. »Von der Organisation ist nicht mehr viel übrig.«

»Tut mir leid, du hast recht«, antwortete Mercer verlegen. Bis gestern hatte Aggie an die Ideale von PEAL geglaubt, und an diesem Morgen hatte sie viele Freunde und ihren ehemaligen Liebhaber verloren. Angesichts dieser Umstände hatte sie noch sehr zurückhaltend reagiert. »Das ist eine Geschichte, die Kerikow mit anderen Leuten geplant haben muss.« Mercer blickte die telefonierende Frau an. »Wie heißt der Kapitän?«

»Hauser. Kapitän Lyle Hauser.«

»Sind Sie sicher, mit ihm zu sprechen? Es könnte irgendein Verrückter sein.«

»Ganz sicher. Hauser ist der Kapitän des Supertankers.«

Sie protestierte nicht, als Mercer ihr den Telefonhörer aus der Hand nahm.

»Captain Hauser, mein Name ist Mercer. Ich bin der amtierende Chef der Sicherheitsabteilung beim Alyeska Marine Terminal. Es tut mir leid, aber Sie müssen noch mal erzählen, was passiert ist.«

»Dafür bleibt keine Zeit«, sagte Hauser erregt. »Diese Verrückten werden das Schiff versenken, und dann haben wir einen Ölteppich von der Größe des Lake Superior.«

»Wo sind Sie jetzt?«

»In Kanada. Victoria Island, British Columbia, in einem kleinen Ort namens Port Alice. Die Besatzung des Fischerboots, das mich gerettet hat, hat mich hier abgesetzt.«

»War Seattle der Zielhafen Ihres Schiffs?«

»Nein, um Himmels willen. Wie oft muss ich das alles noch erzählen? Wir waren auf dem Weg nach Long Beach, als meine Erste Offizierin und eine Gruppe von als Arbeiter posierenden Terroristen das Schiff in ihre Gewalt gebracht haben. Ich habe es geschafft, die Maschine zu beschädigen, wodurch sie vielleicht zwei Tage Zeit verloren haben. Der Schaden, den ich angerichtet habe, hat sie gezwungen, ihre Pläne zu ändern. Jetzt werden sie die *Arctica* nicht in der Bucht von San Francisco, sondern in der Nähe von Seattle versenken.«

»*Arctica?* Meinen Sie das Schiff von Petromax Oil?«, fragte Mercer. Aggie warf ihm einen scharfen Blick zu, als sie den Namen des Unternehmens ihres Vaters hörte.

»Ja. Nein. Nun, es gehörte zur Petromax-Flotte. Das Schiff war gerade verkauft worden, doch das ist jetzt unwichtig. Wir müssen ihnen unbedingt Einhalt gebieten.«

»Da haben Sie verdammt recht.« Die Teile des Puzzles fügten sich zusammen. Mercer wollte gar nicht darüber nachdenken. »Captain, ich muss ein paar Telefonate führen und rufe dann zurück. Ich möchte, dass Sie so schnell wie möglich nach Seattle fliegen. Aber jetzt geben Sie mir erst mal Ihre Telefonnummer. Ich melde mich innerhalb von zehn Minuten.« Mercer wollte schon auflegen, als ihm noch etwas einfiel. »Heißt das Unternehmen, das den Tanker gekauft hat, zufällig Southern Coasting and Lightering?«

»Ja.«

»Wir reden gleich weiter.« Mercer unterbrach die Verbindung und wählte die Nummer von Dick Hennas Mobiltelefon.

Während er wartete, schaute ihn Aggie besorgt an. »Was war das mit Petromax?«

»Das entführte Schiff ist einer der Tanker deines Vaters.«

»Aber er hat die Tankerflotte verkauft.«

»Vielleicht.« Mercer wandte sich brüsk ab, als sich der FBI-Direktor meldete. »Hallo Dick, hier ist Mercer, und ich hab's eilig. Also schnapp dir einen Stift und schreib mit. Ich muss wissen, ob ein Unternehmen namens Southern Coasting and Lightering für einen ihrer Firmenjets einen Flugplan mit Ziel Louisiana aufgegeben hat, entweder beim SeaTac Airport in Seattle oder beim Flughafen von Vancouver. Einige von Kerikows Leuten haben einen Tanker in ihre Gewalt gebracht, den sie im Puget-Sund versenken wollen. Danach müssen die Täter schnell entkommen können. Außerdem brauche ich ein paar Jungs von einer Eliteeinheit, am besten von den SEALs, die sich in Seattle bereithalten müssen. Es bleiben nur noch ein paar Stunden.«

Henna wollte unterbrechen, doch Mercer ließ ihn nicht zu Wort kommen.

»Keine Fragen, Dick, tu einfach, was ich sage. Bestimmt hast du bereits gehört, was hier passiert ist. Kerikow hat gesagt, der Anschlag auf die Pipeline sei nur ein Teil seines Plans. Wenn wir nichts tun, wird es vor Seattle eine noch viel größere Umweltkatastrophe geben. Ruf mich an, wenn du etwas über diesen Flug herausgefunden hast.« Mercer nannte ihm die Nummer, die auf dem Apparat klebte, und legte auf.

»Worum geht's hier eigentlich?« Aggie ließ sich neben Mercer auf einen Stuhl fallen. Ihm fiel auf, dass sie geduscht und sich umgezogen hatte. Sie trug einen viel zu großen Overall mit hochgekrempelten Ärmeln und Hosenbeinen.

»Kerikow ist tot, aber andere arbeiten weiter an der Umsetzung seines Plans. Er hat mir selbst gesagt, die Zerstörung der Pipeline sei nur ein Teil dieses Plans. Ich habe das Gefühl, dass die Versenkung dieses Tankers von einer noch schlimmeren Geschichte ablenken soll.«

»Woran denkst du? Und was hat all dies mit meinem Vater zu tun?«

»Ich kenne Kerikows wirkliche Absicht nicht und weiß auch nicht, auf welche Weise dein Vater in diese Geschichte verstrickt ist, aber sei besser darauf vorbereitet, dass er etwas damit zu tun hat. Ich bin mir sicher.«

»Aber warum? Er ist im Ölgeschäft. Warum sollte er eine Pipeline oder gar einen Tanker zerstören, der ihm selbst gehört?«

»Du wirst es nicht glauben, aber dasselbe Schiff, das jetzt in der Gewalt von Terroristen ist, hat zuvor den flüssigen Stickstoff transportiert, der für den Anschlag auf die Pipeline benutzt wurde. Ich vermute, dass dein Vater ziemlich tief in dieser Geschichte drinsteckt. Vergiss nicht, dass wir gestern auf eine Ölbohrinsel deines Vaters verschleppt wurden, und für mich sah es nicht so aus, als hätte Kerikow sie mit Gewalt unter seine Kontrolle gebracht.«

Aggie hörte schweigend zu, und es schien, als wollte sie nicht hören, was Mercer zu sagen hatte. Sie wirkte mitgenommen und zerbrechlich.

Mercer wandte sich ab, rief David Saulmans Kanzlei in

Miami an und erfuhr, der Chef sei bereits nach Hause gefahren. Als er gerade Saulmans Privatnummer wählen wollte, klingelte das Telefon.

»Was gibt's, Dick?«

»Southern Coasting and Lightering hat eine Chartermaschine gemietet und gestern einen Flugplan aufgegeben für einen Trip von Vancouver nach Baton Rouge. Die Maschine ist bereits gestern Abend in Vancouver gelandet. Sie kam aus ...«

»San Francisco«, sagte Mercer.

»Woher zum Teufel weißt du das?«

»Weil Kerikow ursprünglich den Tanker dort vor der Küste versenken lassen wollte, aber dessen Kapitän, dem später die Flucht gelang, hat die Maschine beschädigt. Das hat sie gezwungen, ihren Plan zu ändern und statt der Bucht von San Francisco den Puget-Sund anzulaufen. Das Flugzeug hat in Kalifornien bereitgestanden und wurde nach Vancouver geflogen, als klar war, dass der Tanker es nicht so weit Richtung Süden schaffen würde.«

»Was weißt du über das Schiff selbst?«

»Nicht viel. Nach den Einzelheiten musst du dich bei der Küstenwache erkundigen. Aber dieser Tanker ist das Schiff, auf dem der flüssige Stickstoff befördert wurde, der später auf die *Jenny IV* umgeladen wurde. Laut Auskunft eines Freundes wurde der Öltanker kürzlich an eine Firma namens Southern Coasting and Lightering verkauft, doch ursprünglich gehörte er zu Max Johnstons Flotte. Er ist voll beladen, und wenn sie ihn im Puget-Sund zerstören, war die Geschichte mit der Pipeline in Alaska nur ein unbedeutendes Vorspiel. Was ist mit den Elitesoldaten?«

»Hab mich noch nicht drum gekümmert. Um Himmels willen, ich kann sie nicht einfach mal eben so herbeizitieren.«

»Du bist der Direktor des FBI. Wende dich an Admiral Morrison und sage ihm, dass du diese Männer dringend brauchst. Berufe dich auf den Präsidenten, wenn's sein muss. Er schuldet dir mehr als nur einen Gefallen.«

»Ich tue, was ich kann«, antwortete Henna, dem der Ernst der Lage plötzlich bewusst zu werden schien.

»Wahrscheinlich werden wir unseren Angriff auf den Tanker von Victoria aus starten müssen. Du musst das mit der kanadischen Regierung klären. Ich weiß, ich weiß, sie sind unsere Nachbarn und so weiter, aber wenn es um ihre Souveränität geht, sind sie echt empfindlich.«

»Ich habe bereits daran gedacht. Wir müssen in Kontakt bleiben. Bist du noch eine Weile in der Nähe dieses Telefons?«

»Nein, ich muss zum Puget-Sund. Der Flug dauert fünf Stunden von hier, aber wenn ich alles koordinieren soll, muss ich vor Ort sein. Ich melde mich, sobald ich kann.«

»In Ordnung. War das jetzt das letzte Mal, dass ich etwas von Iwan Kerikow gehört habe?«

»Bei Gott, ich wünschte, mit Ja antworten zu können, aber ich bezweifle es.« Mercer unterbrach die Verbindung und rief Kapitän Hauser an. »Captain, hier ist Philip Mercer. Haben Sie sich um Ihren Flug nach Seattle gekümmert.«

»Ja, ich habe ein Wasserflugzeug gemietet. Der Pilot sagt, er könne mich in etwa zwei Stunden hinbringen.«

»Gut, aber wir müssen das Ziel ändern. Fliegen Sie nach Victoria. Dort werden die Terroristen ein Boot haben, das sie von dem Tanker an Land bringen wird.«

»Sind Sie sicher?«

»Southern Coasting and Lightering lässt einen Jet in Vancouver warten, der die Terroristen nach Louisiana zurückbringen soll. Wenn sie den Tanker zerstört haben, müssen sie die Region so schnell wie möglich verlassen. Ich gucke hier gerade auf die Wandkarte. Ja, das ist der kürzeste Weg. Mit einem Boot von der *Arctica* nach Victoria, dann von dort mit einem Helikopter nach Vancouver.«

Das schien Hauser zu überzeugen. »Okay, wie geht's jetzt weiter?«

»Ich verlasse Valdez sofort, aber Sie werden ungefähr drei Stunden vor mir in Victoria sein. Warten Sie dort im großen Terminal des Flughafens.« Mercer bat einen der Büroangestellten, Andy Lindstrom zu holen, und wandte sich dann wieder an Hauser. »Ich habe bereits den Direktor des FBI darüber informiert, was bisher passiert ist. Machen Sie sich keine Sorgen, Captain, es ist alles in Bewegung gesetzt. Ihr Schiff wird nicht in die Luft fliegen.«

»Mir geht es nicht um das Schiff, sondern um den Puget-Sund, Mr Mercer.«

Aggie packte Mercers Handgelenk, als der aufgelegt hatte und sofort wieder wählen wollte. »Was hast du vor? Du kannst nicht nach Victoria fliegen.«

»Es muss sein, Aggie.« Er wusste, dass sie es nicht verstehen würde.

»Du bist stehend k.o.«, sagte sie. »Du hast bereits genug getan. Jetzt kann sich ein anderer darum kümmern.«

»Glaubst du, ich reiße mich darum? Aber so bin ich nun mal. Das war schon immer so. Ich verlasse mich ungern auf andere.«

»Du bist nicht für das Schicksal der ganzen Welt verantwortlich«, sagte sie gereizt.

»Schon klar, aber für das bisschen, wo ich etwas tun kann.« Er sehnte sich nur danach, mit Aggie zusammen an einem fernen Ort zu sein und diesen ganzen Schlamassel zu vergessen. Für einen Augenblick wünschte er, auch zu den Menschen zu gehören, die sich immer darauf verließen, dass andere sich um die Probleme dieser Welt kümmerten. Als er antwortete, klang seine Stimme müde und resigniert. »Aggie, ich muss mich darum kümmern und es bis zum Ende durchstehen.«

Sie liebte ihn für seine Entschlossenheit, aber selbst wenn er diese Liebe eines Tages erwiderte, wusste sie, dass er nie für sie da sein würde. In seinem Leben würde es immer irgendeine Herausforderung geben. Sie war nicht besonders besitzergreifend, wollte aber mehr, als Philip Mercer ihr geben konnte. Aber wenn er sich ändern würde, wäre er nicht mehr der Mann, in den sie sich verliebt hatte. Es war eine aussichtslose Situation. Es gab nur die Möglichkeit, alles zu beenden, bevor sie innerlich noch mehr verletzt werden würde. Der Gedanke, die Beziehung zu beenden, noch bevor sie richtig begonnen hatte, war fast physisch schmerzhaft.

»Ich verstehe«, log sie.

»Wenn diese Geschichte vorbei ist, möchte ich … Ich will sagen, wir beide … Ich denke, du weißt, was ich meine. Ich melde mich.«

»Ja, natürlich.« Sie war innerlich so aufgewühlt, dass sie ihm nicht in die Augen schauen konnte. Als sie dann aufblickte, um ihm zu sagen, sie wolle ihn nie wiedersehen, war er bereits verschwunden.

Mercer traf Andy Lindstrom vor dem Büro seines Chefs und kam sofort zur Sache. »Ich brauche einen Jet, der mich so schnell wie möglich nach Victoria bringt.«

»Was ist passiert?«

»Ich sehe es so, dass Kerikow nach dem Anschlag auf die Pipeline einige seiner Leute vor der Küste von San Francisco einen Supertanker zerstören lassen wollte. Der geflohene Kapitän konnte die Maschine sabotieren, sodass das Schiff es nicht mehr so weit Richtung Süden schaffen wird. Jetzt wollen die Terroristen den Tanker im Puget-Sund versenken. Das ist der zweite Teil von Kerikows Plan. Nach der Katastrophe mit der *Exxon Valdez* wird die vorsätzliche Zerstörung eines Tankers im Puget-Sund Öltransporte nach Kalifornien für immer unterbinden. Die Umweltschutzbehörde und die ökologische Bewegung werden das nie mehr zulassen. Die Zerstörung der Pipeline und des Tankers sollen verhindern, dass Amerika seine größten einheimischen Ölvorkommen ausbeutet.«

Lindstrom nickte. »Aber warum? Was will er?«

»Wollte er. Kerikow ist tot, aber ich habe keine Ahnung, welches Ziel er verfolgt hat. Wir können nur versuchen, die Katastrophe mit dem Tanker zu verhindern. Wenn wir das schaffen, wissen wir vielleicht, worin der dritte Teil seines Plans besteht. Können Sie mir ein Flugzeug zur Verfügung stellen?«

»Ja, natürlich. Und Sie haben Glück. Unser Jet ist hier in Valdez. Normalereise steht er in Anchorage. Wie sieht Ihr Plan aus?«

»Wenn ich mir einen zurechtgelegt habe, werden Sie als Erster davon erfahren.«

Eine halbe Stunde später startete der Jet nach Süden in Richtung des Großraums Seattle/Vancouver. Auf dem Weg zum Flughafen hatte sich Mercer in seinem Hotel noch schnell umgezogen und eine kleine Reisetasche gepackt. Darin steckte auch Iwan Kerikows Pistole. Da er nicht wusste, wie lange er weg sein würde, hatte er sein Zimmer bezahlt und den Hotelbesitzer gebeten, den Rest seiner Sachen für ihn aufzubewahren. Einer von Lindstroms Leuten würde den gemieteten Blazer zurückbringen.

Mercer lehnte sich in dem bequemen Ledersitz zurück und dachte über Andy Lindstroms Frage nach. Was wollte Kerikow? Was war so wichtig, dass man dafür die Trans-Alaska-Pipeline und einen Supertanker zerstörte? Selbstverständlich musste es etwas mit Öl zu tun haben. Darum, Amerika daran zu hindern, seine eigenen Ölvorkommen zu nutzen.

Die Antwort war so offensichtlich, dass er sich verfluchte, nicht eher darauf gekommen zu sein. Er schrieb es seiner Erschöpfung zu und schaute auf die Uhr, um zu überlegen, wen er zuerst anrufen sollte. In Alaska war es elf Uhr morgens, in Washington, D.C. vier Uhr nachmittags. Er wählte seine eigene Nummer und wollte schon auflegen, als sich Harry Whites Reibeisenstimme meldete.

»Hallo?«

»Was zum Teufel hast du in meinem Haus zu suchen? Leerst du meine Flaschen, wo du doch kürzlich erst zwei Kisten Jack Daniel's aus dem Willard Hotel weggeschleppt hast?«

»Tiny hat mir vier Dollar für ein Glas Ginger Ale abgeknöpft. Außerdem ist dein Salzgebäck besser.«

»Sprichst du an dem schnurlosen Telefon?«

»Ja, warum?«

»Geh in mein Büro runter. Du musst etwas für mich erledigen.«

Mercer erinnerte sich daran, dass David Saulman gesagt hatte, Petromax habe noch zwei andere Tanker an Southern Coasting and Lightering verkauft, von denen einer in der Nähe von Japan und der andere vor der Küste der Vereinigten Arabischen Emirate lag.

»Ich bin jetzt in deinem Büro«, sagte Harry schließlich.

»Okay, dann schmeiß den Computer an und such den elektronischen Karteikasten.«

Mercer wartete ein paar Minuten. Am anderen Ende hörte er Harry fluchen.

»Mist, wie soll ich das machen?«, fragte Harry angewidert.

»Nimm die Maus.«

»So weit sind wir noch nicht. Wie schalte ich das Ding ein?«

»Drück auf den kleinen Knopf hinten an dem Computer, neben den Anschlüssen für die Kabel. Hast du's?«

Öl, Petromax, der Mittlere Osten.

»Mach schon, Harry.«

»Ach, scheiß drauf. Ich hole deine alte Schreibmaschine aus dem Schrank. Damit kenne ich mich aus.«

»Das ist nicht dasselbe, Harry. Ich brauche den Computer.« Auf der Rückfahrt von dem Testgelände zum Alyeska Marine Terminal hatte er im Autoradio gehört, auf einen Minister der Vereinigten Arabischen Emirate sei in London ein Attentat verübt worden. Gab es da eine Verbindung? Vermutlich.

»Schon gut, schon gut, Moment. Ja, jetzt ist das Ding an. Der Bildschirm auf der Kiste blinkt wie die Neonreklame vor einem Stripteaselokal.«

»Gut. Siehst du dieses graue Ding auf dem Schreibtisch? Das ist die Maus. Damit bewegst du den kleinen Pfeil auf dem Bildschirm.«

»Ja, tatsächlich, es funktioniert«, sagte Harry erfreut. »Und dieser Untersatz für mein Whiskyglas ist auch eine großartige Erfindung.«

»Was?«

»Dieses Ding, das unter dem Bildschirm rauskommt. Wie geschaffen für deine Cocktailgläser.«

Mercer brauchte einen Moment, bis er verstand, wovon Harry sprach. »Nein, das ist kein Untersatz für Gläser, sondern ein CD-Laufwerk.«

Die Vereinigten Arabischen Emirate. Davon hatte kaum ein Amerikaner jemals etwas gehört. Würde es sie interessieren, wenn es da plötzlich einen Staatsstreich gab? Bestimmt nicht, solange der Ölpreis stabil blieb.

Es dauerte weitere zehn Minuten, bis Harry den elektronischen Karteikasten gefunden hatte. Er freute sich wie ein Kind, wenn er Mercers Anweisungen erfolgreich umsetzen konnte. »Die Kiste ist super«, sagte er immer wieder. »Ich brauch auch einen Computer.«

»Hör gut zu, Harry. Es gibt Querverweise zwischen den Personen auf den Karteikarten und bestimmten geografischen Regionen. Klick zweimal auf die kleine Weltkarte, und wenn sie den ganzen Bildschirm einnimmt, machst du mit einem Doppelklick im Mittleren Osten weiter.«

»Ich hab's«, sagte Harry. »Mann, ich werde noch zum

Computerfreak. Aber ich muss jetzt gehen. Tiny macht gleich seine Bar auf.«

»Sehr witzig. Es gibt da einen Namen, an den ich mich nicht erinnere, aber der Mann arbeitet auf dem Gebiet der Ölexploration und lebt in den Vereinigten Arabischen Emiraten. Geh die Liste durch und lies mir alle Namen vor, hinter denen VAE steht.«

Harry tat es. Viele der Namen sagten Mercer nichts mehr, von anderen wusste er, dass die Betreffenden nicht mehr am Golf arbeiteten. Er hatte den Karteikasten seit über zwei Jahren nicht mehr aktualisiert.

»Moment, was war das gerade für ein Name?«

»Jim Gibson.«

»Genau, den suche ich«, sagte Mercer triumphierend. Er erinnerte sich lebhaft an den großen rotwangigen Texaner mit dem Messingfernglas, das er überallhin mitnahm. Mercer hatte Gibson vor Jahren in Nigeria kennengelernt, wo er und Gibson sich mit der Erhöhung der Exporte des westafrikanischen Landes beschäftigt hatten. Gibson war im Ölgeschäft, während Mercer sich um Diamantminen im Landesinneren gekümmert hatte. Zu der Zeit lebte nur eine Handvoll Amerikaner in Nigeria, und er und Gibson hatten sich immer auf ein paar Drinks verabredet, wenn sie beide in Lagos waren. Gibson beobachtete mit seinem Fernglas junge Mädchen, die in einem Fluss in der Gegend badeten, wo er mit Probebohrungen beschäftigt war. Er prahlte, notfalls ein schönes Mädchen auf dem Mond entdecken zu können, wenn es sein müsse. »Gib mir seine Telefonnummer. Besten Dank, Harry. Ich stehe in deiner Schuld.«

»Nicht der Rede wert. Übrigens habe ich dich angelogen.

Obwohl ich den Jack Daniel's im Haus habe, habe ich hier deinen Jim Beam getrunken.«

»Du bist ein echter Freund, Harry«, sagte Mercer sarkastisch.

In den Vereinigten Arabischen Emiraten war es Mitternacht, und Mercer musste sich damit begnügen, eine Nachricht auf Gibsons Anrufbeantworter im Ölministerium zu hinterlassen. Er nannte die Nummer des Telefons in dem Flugzeug für den Fall, dass Gibson früh auf den Beinen sein sollte, und versicherte, am nächsten Morgen noch einmal anzurufen.

Der Flug dauerte knapp fünf Stunden, von denen Mercer drei schlief. Den Rest der Zeit dachte er über die Attacke auf die *Southern Cross* nach, ehemals die *Petromax Arctica*. Das Nickerchen hatte ihm gutgetan, aber er war weit davon entfernt, wieder richtig fit zu sein. Er nutzte die Zeit, um Henna in Washington, Hauser in Victoria und Andy Lindstrom in Valdez anzurufen. Letzterer hatte die Evaluierung der Schäden an der Pipeline an einen Untergebenen delegiert. Ein Telefonat mit David Saulman in Miami hatte fast eine halbe Stunde gedauert. Saulmans Nachforschungen hatten Mercer an seinem Plan zweifeln lassen, aber ihm blieb nichts anderes übrig, als wie geplant weiterzumachen.

Als der Jet in Victoria landete, wartete Hauser in einem Mietwagen, mit dem sie zum Hafen fahren würden, wo das SEAL-Team vom Marinestützpunkt Bremerton in Washington bereitstand. Henna hatte gesagt, alles getan zu haben, damit der Präsident dem Einsatz der Elitesoldaten zustimmte.

»Hast du die kanadischen Behörden informiert?«, fragte Mercer Henna.

»Sei froh, dass ich mit unseren Leuten alles geregelt habe. Das Erinnerungsvermögen und die Aufmerksamkeitsspanne von Politikern erinnern an Fünfjährige. Es wird noch länger dauern, die Kandier auf Linie zu bringen. Im Prinzip sind sie einverstanden, aber sie wollen ihre eigene Spezialeinheit vor Ort haben, auch wenn sie uns den Vortritt lassen.«

»Dick, Captain Hauser vermutet, dass die Terroristen warten werden, bis die Flut kommt, bevor sie den Tanker zerstören und das Öl in die Juan-de-Fuca-Straße läuft. Laut einem Mann, mit dem Hauser in Victoria gesprochen hat, wechseln die Gezeiten in einer halben Stunde. Wir schlagen zu, sobald ich am Hafen bin, mit oder ohne die Kanadier.«

»Das kann ich nicht zulassen, Mercer. Hier sind zwischenstaatliche Beziehungen zu beachten.«

»Du hast mich nicht richtig verstanden. Ich bitte nicht um deine Erlaubnis, sondern tue das, was ich für richtig halte.«

Mercer legte auf, als der Jet ausrollte und ein Mann vom Bodenpersonal die Außentür öffnete. Neben ihm stand ein Zollbeamter.

»Willkommen in Kanada, *Bienvenue au Canada.* Haben Sie etwas zu verzollen?«

Lyle Hauser wartete auf dem Parkplatz vor dem Terminal neben einem Ford Taurus. Er trug die Berufskleidung eines Fischers und Gummistiefel. Der Overall war sauber, aber er war unrasiert, und sein Gesicht wirkte mitgenommen. »Ich wette, dass ich genauso fertig aussehe wie Sie«, sagte er.

»Sehe ich so schlimm aus?«, fragte Mercer, dem der Kapitän auf Anhieb sympathisch war. »Ist alles vorbereitet?«

»Ich habe nur noch auf Sie gewartet. Das SEAL-Team wartet im Hafen auf einem Landungsboot.«

»Haben Sie sie informiert über die Typen, die Ihren Tanker in ihre Gewalt gebracht haben? Wie viele es sind, welche Waffen sie haben und so weiter?«

»So gut ich konnte. Das meiste habe ich vor meiner Flucht nur aus zweiter Hand von meinem Ersten Maschinisten erfahren.« Hauser klemmte sich hinter das Steuer und ließ den Motor des Mietwagens an. »Der Befehlshaber der SEAls hat mir gesagt, sie hätten solche Attacken bei Manövern geübt. Er meinte, sie würden alles voll im Griff haben.«

»Das sehen wir ja dann.« Mercer teilte Hausers unüberhörbare Skepsis. Vom Flughafen bis zu dem an der Blanshard Street gelegenen Hafen waren es nur fünfzehn Kilometer. Während der Fahrt schwiegen Mercer und Hauser. Keiner der beiden hatte Lust, über einen möglichen Fehlschlag zu diskutieren. Die Folgen wären unausdenkbar.

Der Himmel war strahlend blau mit nur einigen wenigen hoch dahinziehenden Wölkchen. Es ging ein frischer Wind, aber die Sonne war warm und ließ im Spätherbst fast an einen Frühlingstag denken. Wenn das Öl in die Juan-de-Fuca-Straße lief, würde die liebliche Luft total verpestet sein.

Die fünf SEALs waren so unauffällig wie eine Flasche Whisky bei einem Treffen der Anonymen Alkoholiker. Sie standen in schwarzen Kampfanzügen auf ihrem Landungsboot und wirkten lächerlich unter den Touristen in ihrer bunten Freizeitkleidung, die sie anstarrten wie exotische Tiere im Zoo. Auch das Landungsboot mit den beiden Außenbordmotoren wirkte seltsam zwischen den schnittigen Yachten.

»Mein Gott«, sagte Mercer. »Was für ein Zirkus.«

Er und Hauser eilten zum Kai und hofften, auf dem Boot zu sein, bevor der Hafenmeister neugierig wurde und beschloss, der Sache auf den Grund zu gehen. »Ich kann's nicht fassen, dass die örtliche Polizei sich noch nicht für sie interessiert hat.«

»Lieutenant Krutchfield?«, rief Hauser. »Ich bin Captain Hauser, und das ist Dr. Philip Mercer.« Sie sprangen in das Boot, und Mercer gab dem jungen Lieutenant die Hand, bevor er ihm sagte, seine Leute sollten die Leinen losmachen und ablegen.

Krutchfield hatte ein Babyface mit himmelblauen Augen und einer Stupsnase und sah nicht halb so tough aus wie seine Männer. Er wirkte übereifrig, ganz so, als wollte er gelobt und gehätschelt werden.

»Herr Dr. Mercer«, schrie er, um den Lärm der Motoren zu übertönen. Das Boot fuhr bereits mit einer Geschwindigkeit von fast fünfzig Meilen pro Stunde. »Ich habe gehört, was Sie letztes Jahr in Hawaii mit unseren Jungs zustande gebracht haben. Es ist mir ein Vergnügen, Sie kennenzulernen.«

Mercer ignorierte das Kompliment.

»Es war Glück, dass wir gerade im Bundesstaat Washington waren, als der Anruf kam.«

»Lieutenant, in Hawaii hat nur einer von den SEALs überlebt«, sagte Mercer finster. »Freuen Sie sich nicht zu früh. Warten Sie, bis die Geschichte ausgestanden ist. Wie weit ist es bis zur *Southern Cross*?«

»Laut Satellitenbildern ungefähr vierzig Meilen. Wir werden in fünfzig Minuten da sein.«

»In diesem Boot und angesichts der Montur Ihrer Jungs werden sie uns abknallen, sobald sie uns sehen. Haben Sie und Ihre Männer Zivilklamotten dabei?«

»Nein, Sir. Uns wurde gesagt, dass es um einen Kampfeinsatz geht.«

»Sehr unauffällig«, bemerkte Hauser.

Mercers Plan sah vor, das Boot abzufangen, das JoAnn Riggs und die Terroristen abholen sollte, und sich darin dem Supertanker zu nähern. Aber sie wussten nicht einmal, welches von den Hunderten von Booten und Schiffen in der Juan-de-Fuca-Straße die Terroristen an Bord nehmen sollte. Ohne diese wichtige Information konnten sie genauso gut nach Hause gehen und sich im Fernsehen die schlimmste Umweltkatastrophe in der amerikanischen Geschichte ansehen. »Was für Kommunikationsgeräte haben Sie an Bord?«

»Nur das hier.« Krutchfield hielt ein kleines Funkgerät hoch, dessen Antenne nicht herausgezogen war.

»Was ist das?«

»Devil Fish, Devil Fish, hier ist Mud Skipper, bitte melden. Over.« Krutchfield reichte Mercer das Funkgerät.

»Sie sind jetzt in Kontakt mit dem Unterseeboot *USS Tallahassee*, das uns unter Wasser zu dem Tanker begleitet. Sie werden nirgendwo bessere Kommunikationselektronik finden als auf einem atomaren Unterseeboot, Herr Dr. Mercer. Sie haben seit ein paar Stunden den kompletten Funkverkehr in der Gegend abgehört. Mein Vorgesetzter meinte, Admiral Morrison von den Vereinigten Stabschefs habe gesagt, Sie wüssten diese Unterstützung bestimmt zu schätzen. Er scheint ein großen Fan von Ihnen zu sein.«

Mercer war verblüfft, wie viel Vertrauen der Vorsitzende

der Vereinigten Stabschefs in ihn setzte, ließ sich davon aber nicht ablenken. Er war ganz auf seine Aufgabe konzentriert. »Devil Fish, wir suchen ein Boot, das seit etwa einer Stunde von Victoria zur *Southern Cross* unterwegs ist. Es muss zumindest einen kurzen Funkkontakt zwischen diesem Boot und dem Tanker gegeben haben. Mich interessiert das Wort *Arctica*. Können Sie mir weiterhelfen?«

»Augenblick, Mud Skipper.« Einen Moment später bekam Mercer seine Antwort. »Ein Boot mit zwei Schrauben, das mit einer Geschwindigkeit von zwanzig Knoten fährt, hat Victoria vor siebenundvierzig Minuten verlassen. Ein Funkkontakt zu dem Tanker, Wortlauf folgt: ›Rescue an *Arctica*. Wir sind unterwegs, geschätzte Ankunftszeit 14:20 Uhr. Bitte bestätigen.‹ Der Tanker antwortete: ›Bestätigt.‹ Das war's. Wir haben das Boot mittels Sonar geortet. Es ist elf Meter lang und dreieinhalb breit. Wir halten es für ein Fischerboot oder einen hochseetüchtigen Kabinenkreuzer. Over.«

»Roger, Devil Fish. Over.« Mercer gab Krutchfield das Funkgerät zurück. »Das wird knapp. Wir müssen dieses Boot kapern, bevor es in Sichtweite des Tankers ist. Sonst haben wir nicht die Spur einer Chance.«

»Woher wussten Sie, dass der Tanker wieder *Arctica* genannt wird?«, fragte Hauser. »Als ich verschwand, hieß er *Southern Cross*.«

»Ich kenne einen guten Anwalt für Seerecht«, sagte Mercer, der sich wieder Krutchfield zuwandte. »Fahren wir mit Höchstgeschwindigkeit?«

»Nein.« Krutchfield grinste und rief dem Mann am Heck zu, er solle Vollgas geben.

Mercer erzählte Hauser von dem Anschlag auf die Trans-Alaska-Pipeline und von Iwan Kerikow. »Die Zerstörung des Tankers in amerikanischen Gewässern und die Verseuchung der Küste ist der zweite Teil seines Plans. Max Johnston war von Anfang an beteiligt. Auf einem seiner Tanker wurde der flüssige Stickstoff transportiert. Er wusste, dass das Schiff versenkt werden soll, und weil er die paar Millionen für die Bereinigung der Ölpest sparen wollte, hat er seine Tankerflotte verkauft, zu der auch die *Arctica* gehörte. Er hat dafür gesorgt, dass seine wichtigsten Leute – wie etwa diese JoAnn Riggs, von der sie erzählten – auch nach dem Verkauf auf dem Schiff blieben.«

»Stimmt«, bestätigte Hauser. »Die *Petromax Pacifica* wurde auf den Namen *Southern Hospitality* umbenannt, die *Arabica* auf den Namen *Southern Accent*.«

»Sie kamen ins Spiel, weil der frühere Kapitän der *Arctica* – der bestimmt eingeweiht war – sich verletzte und ersetzt werden musste. Sie haben einen Kapitän angeheuert, der kurz vor dem vorgeschriebenen Pensionsalter stand und seit zwei Jahren nicht mehr zur See gefahren war. Nach Ihrem Tod hätte man Ihnen leicht einen ›Unfall‹ anhängen können.«

»Aber wenn Max Johnston seine Tanker verkauft hat, warum heißt das Schiff jetzt wieder *Petromax Arctica* und nicht *Southern Cross*?«

»Heute Morgen hat mich David Saulman angerufen, der mit mir befreundete Anwalt, von dem ich eben sprach. Der Verkauf der Petromax-Flotte an Southern Coasting and Lightering wurde annulliert. Damit ist jetzt wieder Johnston der Eigentümer, und er wird auch für die Verursachung der Ölpest verantwortlich sein.«

»Ich versteh's nicht.« Hauser blickte Mercer ratlos an.

»Irgendwie stand Kerikow mit seinem Geld hinter Southern Coasting and Lightering, und er hatte von Anfang an vor, Max Johnston hereinzulegen«, sagte Mercer. »Er brauchte seinen Tanker und die Ölbohrinsel, wollte ihn aber nicht als wirklichen Partner. Kerikow ließ Johnstons Tochter entführen, um sicherzustellen, dass er nie ein Wort über seine Verstrickung in diese Geschichte sagen würde.«

Mercer verstummte. Er brauchte Zeit, um sich auf den Angriff vorzubereiten. Wenn alles nach Plan lief, würden die Elitesoldaten kein Problem damit haben, das Fluchtboot der Terroristen zu kapern und es zu benutzen, um sich dem Tanker möglichst unauffällig zu nähern. Hauser hatte gesagt, es sei nur eine Handvoll Terroristen an Bord, und die SEALs waren die beste Eliteeinheit der Welt. Ursprünglich Kampfschwimmer, waren sie auch jedem anderen Einsatz gewachsen. Laut Krutchfield war es ein Kinderspiel für sie, ein Boot zu entern.

Angesichts dessen, was er durchgemacht hatte, fühlte sich Mercer kaum imstande, an dem Angriff teilzunehmen. Er war völlig ausgelaugt, sein ganzer Körper schmerzte. Er machte sich keine Illusionen. Sein Reaktionsvermögen und seine Reflexe waren stark beeinträchtigt. Es dauerte sogar ein paar Sekunden, bis er bemerkte, dass Krutchfield auf seinen Unterarm tippte.

»Eine Nachricht von Devil Fish«, schrie Krutchfield ihm ins Ohr. »Laut ihrem Sonargerät sind wir fünf Meilen hinter dem Fluchtboot und ungefähr sieben hinter dem Tanker. Wie Sie sagten, es wird eng.«

»Wie sieht Ihr Plan aus?«

»Wenn wir das Boot eingeholt haben, eröffnen wir das Feuer, während zwei meiner Männer an Bord gehen.«

»Und wenn etwas schiefgeht und sie es schaffen, über Funk die *Arctica* zu warnen?«

Krutchfield grinste spitzbübisch. Er war in seinem Element. »Wenn ich es sage, wird die Besatzung der *Tallahassee* mit Störsendern jeden Funkverkehr in einem Radius von fünfzig Meilen unmöglich machen. In ein paar Minuten werden ein paar Funker in der Gegend die Schnauze gestrichen voll haben.«

Die Juan-de-Fuca-Straße war zu beiden Seiten von Kliffs und Wäldern gesäumt. Unter anderen Umständen hätte Mercer die Bootspartie genossen. Er hoffte, bald das Kielwasser des Fluchtbootes der Terroristen zu entdecken. Er lieh sich von einem der Elitesoldaten 9-mm-Munition und lud damit Kerikows Pistole.

»Da!«, brüllte Hauser, dessen geübter Blick das Fluchtboot deutlich eher erblickte als die jüngeren Elitesoldaten. Im Gegensatz zu ihnen hatte Hauser ein sehr viel stärkeres Interesse, die *Petromax Arctica/Southern Cross* zu retten. Für die SEALs war dieser Einsatz nur ein Job, für Hauser dagegen eine persönliche Angelegenheit. Der Tanker war sein Schiff.

Aus dieser Entfernung war das Boot nur ein weißer Fleck auf dem grauen Wasser. Der Tanker war noch nicht zu sehen. So wenig wie das schwarze Landungsboot der SEALs von Bord des Kabinenkreuzers aus. Das war erst bei etwa fünfhundert Metern Entfernung möglich. Aber Krutchfield wollte kein Risiko eingehen. Sobald er das Fluchtboot erblickte, griff er nach seinem Funkgerät.

»Devil Fish, hier Mud Skipper. Es ist so weit, wiederhole, es ist so weit. Geben Sie uns sieben Minuten. Wenn Sie bis dahin nichts von uns gehört haben, gilt der Ernstfall.«

»Will sagen?«, fragte Mercer.

»Dann taucht die *Tallahassee* auf und feuert ein Torpedo auf den Tanker. Mal sehen, ob diese Arschlöcher bereit sind, für ihre Sache zu sterben.«

Mercer hatte keine Lust darauf hinzuweisen, dass man den Terroristen damit nur die Arbeit abnehmen würde, denn sie wollten den Tanker zerstören. Er entsicherte gedankenverloren seine Pistole.

»Ich habe eine Idee, Lieutenant«, sagte Hauser, kurz bevor sie von dem Fluchtboot entdeckt wurden. Er brauchte nur einen Augenblick, um seinen Einfall zu erklären, und alle waren einverstanden.

Dem ehemals weißen Rumpf des Kabinenkreuzers sah man an, dass er jahrelang in den trüben Gewässern des Nordpazifiks gefahren war, und auch der Deckaufbau benötigte wieder mal einen Anstrich. Mehr als zwanzig Knoten waren aus dem Motor nicht mehr herauszuholen. Da den Terroristen nach der Änderung ihres Plans nicht genug Zeit geblieben war, sich ein besseres Boot zu besorgen, hatten sie dieses gestohlen. Die Leiche des Besitzers steckte in einem Schrank. Die Männer, die das Boot gestohlen hatten, waren in einem Jet von Southern Coasting and Lightering nach Vancouver gebracht worden, um JoAnn Riggs zu helfen. Sie würden kein Risiko eingehen, mit der Zerstörung des Supertankers in Verbindung gebracht zu werden. Krutchfield und seine Männer waren noch in Deckung.

Das Landungsboot näherte sich dem Kabinenkreuzer so

schnell, dass die Elitesoldaten kaum noch Zeit hatten, in Deckung zu gehen für den Fall, dass ihr Feuer erwidert werden sollte. Kapitän Hauser und Mercer standen in ihrer Zivilkleidung am Heck des Bootes. Hauser drosselte die beiden Außenbordmotoren, bis beide Boote mit gleicher Geschwindigkeit fuhren.

Die drei Männer auf der Brücke des Kabinenkreuzers waren verdutzt, als sie das Landungsboot sahen. Mercer und Hauser lächelten ihnen beruhigend zu, als machten sie nur eine ganz normale Bootspartie.

»Wie sieht's aus?« Krutchfield kauerte mit einer Maschinenpistole hinter Mercer.

»Ich sehe drei Männer auf der Brücke, vermutlich Araber«, raunte Mercer ihm zu. »Waffen sehe ich nicht, aber die drei tragen Windjacken, unter denen gut welche stecken könnten. Es sieht so aus, als wäre mindestens noch ein Mann in der Kabine unter der Brücke. Ich sehe Bewegungen durch eines der Bullaugen. Ob der Typ bewaffnet ist, kann ich nicht sehen.«

»In dreißig Sekunden schlagen wir zu«, sagte Krutchfield zu seinen Männern. »Captain Hauser, manövrieren Sie uns zum Bug und noch ein bisschen näher an das Boot heran.«

Mercer winkte den Männern erneut zu, ohne dass diese reagierten.

Das Timing der Eliteeinheit war perfekt. Die drei Männer auf der Brücke des Kabinekreuzers starrten auf das seltsam aussehende Landungsboot, doch bevor sie vermuteten, dass irgendetwas nicht stimmte, kletterten drei der Elitesoldaten über die Bordwand und eröffneten das Feuer, gefolgt von Krutchfield und dem fünften Mann.

Sie waren sämtlich mit MP-5-Maschinenpistolen bewaffnet und feuerten aus allen Rohren. Die drei Männer auf der Brücke gingen zu Boden, aber aus der Kabine erwiderte jemand mit einem AK-47 das Feuer. Der fünfte Mann wurde getroffen, trug aber eine kugelsichere Weste. Trotzdem wurde er zurückgeschleudert und fiel zwischen den beiden Booten ins Wasser. Sein Schrei wurde von den Schüssen übertönt.

Ein Feuerstroß aus einer Maschinenpistole riss ein Loch in die Kabinenwand, direkt neben dem Bullauge, durch das gefeuert worden war. Jemand schrie auf, und dann war plötzlich alles vorbei.

Krutchfield stand zwischen den blutüberströmten Leichen auf der Brücke und stellte den Motor ab, während sein eigener Steuermann die Geschwindigkeit des Landungsboots drosselte.

Mercer ging mit Hauser an Bord des Kabinenkreuzers, der *Happyhour* hieß. Der Steuermann des Landungsboots rettete seinen Kameraden aus dem Wasser. Krutchfield warf Leichen über die Bordwand des Kabinenkreuzers, während seine beiden Männer in die Kabine hinabstiegen. Kurz darauf waren sie wieder auf der Brücke. Einer von ihnen, ein bulliger Hispanic mit einer Zahnlücke, wischte die blutige Klinge seines Messers an einer Serviette ab, die er in der Kombüse gefunden hatte.

»Da unten waren noch zwei«, sagte er beiläufig, während er das Messer wieder in die Scheide steckte.

»Mist«, rief Krutchfield, der einen Blick über die Schulter warf, um sich zu seinem Landungsboot mit dem Steuermann und dem Geretteten umzublicken. An Bord der Happyhour waren drei SEALs.

Mercer erriet seine Gedanken. »Uns bleibt keine Zeit, auf die beiden zu warten«, sagte er. »JoAnn Riggs erwartet diesen Kabinenkreuzer in zwei Minuten. Wir sollten sie nicht misstrauisch machen, indem wir zu spät kommen. Sie rechnet mit fünf Männern. Mit Hauser und mir sind wir fünf.«

»Herr Dr. Mercer, wir sind für solche Einsätze ausgebildet. Dafür werden wir bezahlt. Ich verstehe, warum Sie und Captain Hauser hier sind, aber ich kann nicht zulassen, dass Sie an Bord der *Arctica* gehen, bevor wir dort fertig sind.«

»Wir haben keine Zeit, uns deshalb zu streiten, Lieutenant. Wir können nicht auf Ihre anderen beiden Männer warten.« Mercer war klar, dass Krutchfield nicht anderes übrig bleiben würde, als ihn mit an Bord des Supertankers gehen zu lassen. Er brauchte jeden Mann.

»Mercer, JoAnn Riggs wird mich sofort erkennen«, gab Hauser zu bedenken.

»Ich habe selbst gerade daran gedacht. Fünf Minuten, nachdem wir an Bord gegangen sind, kommen Sie nach. Wir werden Sie brauchen für den Fall, dass Riggs bereits damit begonnen hat, das Schiff zu versenken. Ich kenne mich mit Tankern nicht aus.«

»Haben Sie nicht gesagt, dass Sie für das Alyeska Marine Terminal arbeiten?«

»Nein, so ist das nicht. Ich tue Andy Lindstrom einen Gefallen. Sein Sicherheitschef ist tot. Ich vertrete ihn sozusagen.«

Die *Petromax Arctica* war nur noch eine halbe Meile entfernt. Die Größe des Tankers war imponierend. Auf Mercer wirkte er wie ein Geisterschiff.

An Bord der Petromax Arctica
Juan-de-Fuca-Straße, British Columbia

Als in den Achtziger- und Neunzigerjahren die Städte Vancouver und Seattle stark wuchsen, weil so viele Asiaten einwanderten und überall Technologieunternehmen wie Pilze aus dem Boden schossen, wurden große Anstrengungen unternommen, um die Natur und die Umwelt der Region Pacific Northwest so gut wie möglich zu schützen. Während die Gegend von Boston bis Washington, D.C. nach zweihundert Jahren der Zersiedlung heute praktisch eine Megacity ist, war die Natur am Puget-Sund noch immer weitgehend unberührt mit ihren Wäldern, Bergen und sauberen Gewässern, die Fischer ernährten und Segler und Wassersportler erfreuten. Im Sund selbst gab es an Meerestieren alles, von riesigen Walen bis hin zu Ottern. Vor Seattle wurden Krabben gefischt, und die Wälder waren ein perfekter Lebensraum für Rotwild, Biber und Dutzende anderer Tierarten. Für alle, von den rabiatesten Umweltaktivisten vielleicht einmal abgesehen, war die Region ein Musterbeispiel für die friedliche Koexistenz von Ökologie und Industrie.

Zwischen Victoria Island und dem Festland, ein paar Kilometer von dem Ort Port Angeles entfernt, lag der Supertanker *Petromax Arctica* tief im Wasser, voll beladen mit 250.000 Tonnen Öl. Tanker waren kein ungewöhnlicher Anblick in der *Juan-de-Fuca-Straße*, wohl aber solche von der Größe der *Arctica*. Aber beunruhigender als ihre Anwesenheit war der dünne aus dem Schornstein aufsteigende Rauchfaden. Der Tanker bewegte sich nicht von der Stelle. Die Maschine lief nur mit so vielen Umdrehungen, dass das Schiff der Flut standhielt.

Während des letzten Vierteljahrhunderts hat es viele Tankerunglücke gegeben – am bekanntesten sind die Havarien der *Exxon Valdez*, der *Amaco Cadiz* und der *Torrey Canyon* –, aber diese gingen zu einem großen Teil auf Stürme, Unfälle oder technisches Versagen zurück. Während eines einzigen Monats des Jahres 1969 gingen drei Tanker mit einer Ladekapazität von zweihunderttausend Tonnen verloren oder wurden ernsthaft beschädigt, doch kaum jemand außerhalb der Ölindustrie wusste etwas von diesen Vorfällen. Während die Gründe für die Katastrophen unterschiedlicher Natur sind, kommt es fast nie vor, dass es nur eine einzige Ursache für das Sinken eines dieser Riesenschiffe gibt. Vom Wetter über Konstruktionsfehler bis hin zu menschlichem Versagen spielen viele Faktoren eine Rolle. Nirgends gibt es so viele Sicherheitsvorkehrungen wie auf Tankern.

Iwan Kerikows Plan sah vor, dass die *Arctica* kurz nach der Annullierung des Verkaufs an Southern Coasting and Lightering versenkt werden sollte. Da der Tanker es nach Kapitän Hausers Sabotageakt nicht mehr bis zur Bucht von San Francisco geschafft hätte, war vor ein paar Tagen die Entscheidung für die Gewässer vor Seattle gefallen. Dort würde ein ebenso empfindliches Ökosystem zerstört werden, wenn das Öl an die Küste gespült wurde.

JoAnn Riggs musste nun dafür sorgen, dass so viel Öl wie möglich ins Meer floss, dass es zugleich aber wie ein Unfall aussah. Das Fluchtboot war unterwegs. Da die Mannschaftsmitglieder in Kürze umgebracht werden würden, würde es keine Zeugen dafür geben, was die Ursache der größten Ölpest in der Geschichte war. Der Ölteppich würde sich von Bellingham bis nach Everett ausbreiten, im günstigsten Fall sogar von Vancouver bis nach Tacoma.

JoAnn Riggs zögerte, den Befehl zu geben, die noch verbliebenen Crewmitglieder umzubringen. Eigentlich hätte Kapitän Albrecht diesen Befehl geben sollen, doch nun war sie verantwortlich. Die Million Dollar, welche sie einstreichen würde, würde ihr bestimmt helfen, über ihre Schuldgefühle hinwegzukommen, und doch konnte sie sich immer noch nicht entschließen, Wolf grünes Licht zu geben.

Der Deutsche sah, dass Riggs sich unbehaglich fühlte, und er wusste, dass er die Crewmitglieder umbringen musste, ohne auf ihren ausdrücklichen Befehl zu warten. Er hatte schon so viele Menschen getötet, dass es auf ein paar mehr nicht ankam. Aber er verlor etwas Respekt vor jener Frau, welche die Übernahme des Tankers wie eine geborene Terroristin befehligt hatte. Als er zur Tür ging, interpretierte er Riggs' Schweigen als wortlose Zustimmung. Auch wenn er die Morde beging, lag die Verantwortung doch weiter bei ihr. Riggs bereitete sich darauf vor, den Tanker zu versenken. Dafür war sie bezahlt worden.

Beim Bau der *Petromax Arctica* hatte sich Max Johnston persönlich darum gekümmert, dass Sicherheitsvorkehrungen höchste Priorität hatten. Folglich war es kompliziert, so ein Schiff zu versenken und die ultimative Ölpest auszulösen. Wolfs Leute hatten alle ihre spezielle Aufgabe und agierten mit militärischer Präzision.

Der riesige Laderaum der *Arctica* war in achtzehn einzelne

Tanks aufgeteilt, damit bei einem Unfall nicht das gesamte Öl auslief, aber auch, um bei rauer See das Schiff zu stabilisieren. Die Tanks waren durch ein kompliziertes System von Ventilen und Pumpen untereinander verbunden, hauptsächlich deshalb, damit der Tanker weiter gerade im Wasser lag, wenn schon ein Teil der Ladung gelöscht worden war. Ein Computer überwachte den Ölstand in den einzelnen Tanks und garantierte, dass das Schiff selbst bei dem schlimmsten Sturm gleichmäßig beladen und seine Stabilität gewährleistet war.

Riggs und ihr Team mussten den Computer abschalten und Pumpen und Ventile manuell bedienen, denn sonst wäre es unmöglich gewesen, so eine Ölpest auszulösen. Menschliche Hände, getrieben von Gier oder Wahnsinn, mussten alle vom Computer geforderten Sicherheitsvorkehrungen umgehen.

Wichtig beim Versenken der *Arctica* war das Ansaugrohr am Heck, durch das normalerweise Salzwasser in die Tanks geleitet wurde, um sie zu reinigen oder als Ballastkörper zu benutzen. Es hatte einen Durchmesser von fast einem Meter. Damit durch dieses Rohr Öl ins Meer geleitet werden konnte, mussten achtzehn Ventile geöffnet werden. Bald würde das Schiff höher im Wasser liegen, und wenn sich der Druck erhöhte, würde das Öl sechzig Meter weit ins Meer spritzen. Allenfalls ein Taucher würde nach dem Versenken des Schiffs durch die Überprüfung aller Ventile herausfinden können, dass die Ölpest vorsätzlich ausgelöst worden war.

Danach sollten vorübergehend die Abdeckplatten der Tanks entfernt und das Deck mit Öl geflutet werden. Wenn Riggs so weit war, das Rohr am Heck zu öffnen, wurden die

Tanks oben wieder verschlossen, um eine eventuelle spätere Entdeckung der Manipulation zu verhindern. Dann sollte das Öl entzündet werden. Der Katastrophenschutz würde wertvolle Zeit damit vergeuden, die Flammen zu bekämpfen, statt zu begreifen, dass an anderer Stelle schon ein sehr viel größerer Schaden angerichtet wurde. Außerdem sollte der Rumpf des Tankers durch Sprengsätze zerstört werden, wenn schon ein Großteil des Öls Richtung Küste trieb. Wenn alles nach Plan lief, würde es für immer ein Rätsel bleiben, warum die *Arctica* gesunken war.

Riggs wartete in dem Kontrollraum für die Pumpen, während Mitglieder ihres Teams den Sprengstoff platzierten und andere die Deckel von sechs Tanks entfernten. Bis jetzt zeigten die Computermonitore, dass noch alles normal lief.

Riggs hatte beabsichtigt, alles durch den Kontakt mittels Walkie-Talkies zu koordinieren, doch die Funkgeräte schienen alle gleichzeitig den Geist aufgegeben zu haben. Es gab kein Signal. Sie glaubte, dass sie vielleicht einen Satz defekter Batterien erwischt hatten. Nie im Leben hätte sie an einen Störsender gedacht. Sie wartete auf den richtigen Moment, um den Computer abzustellen und die riesigen Pumpen anzuschalten.

Sobald die Abdeckung von einem der Tanks entfernt wurde, ertönte ein Alarm in dem Kontrollraum, um vor einer gestiegenen Explosionsgefahr zu warnen. Wann immer Alarm ausgelöst wurde, legte Riggs ein paar Schalter um, um die Ventile zu öffnen. Weiteres Öl strömte in den offenen Tank. Die Pumpen brauchten nicht lange, um das riesige Deck mit Öl zu überfluten, das durch die Speigatts in die Juan-de-Fuca-Straße floss. Schließlich stellte sie die

Pumpen befriedigt wieder ab und wartete, bis die Deckel zurück auf die Tanks geschoben waren.

Sie hatte in einem Zickzackmuster nur sechs der achtzehn Tanks geleert. Der Rumpf des Tankers ächzte, weil die Ladung nun ungleichmäßig verteilt war. Das würde den Untergang beschleunigen, wenn der Sprengstoff gezündet wurde.

Sie blickte auf die Uhr. Zehn Minuten nach zwei. Das Boot, das sie und die Terroristen abholen sollte, würde in ein paar Minuten da sein. Als hätte er ihre Gedanken gelesen, tauchte Wolf neben ihr auf. »Das Boot ist gleich da. Es wird Zeit zu verschwinden.« Seine Stimme klang völlig emotionslos, aber Riggs bezweifelte, dass er überhaupt fähig war, Gefühle zu empfinden.

»Alles erledigt?«, fragte sie.

»Ja, sie sind tot.«

Für den Fall, dass später Leichen entdeckt oder an Land gespült wurden, hatten Wolf und einer seiner Männer die Crewmitglieder vorsichtshalber in dem mit Salzwasser gefüllten Swimmingpool ertränkt. Jeder Mann musste bewusstlos geschlagen und dann so lange unter Wasser gedrückt werden, bis er sich nicht mehr bewegte. Es hatte sehr viel länger als erwartet gedauert, die vierundzwanzig Männer zu töten.

Riggs und Wolf warteten schweigend ein paar Minuten, bis die Tanks wieder geschlossen waren. Als Riggs' Uhr zwei Uhr zwanzig anzeigte, öffnete sie manuell die acht Ventile, um das Öl mit vollem Druck durch das Rohr am Heck ins Meer zu leiten. Das Geräusch erinnerte an eine Lokomotive, die durch einen langen Tunnel fährt, und wurde immer lauter. Das Öl strömte aus dem Rumpf wie Blut aus einer tödlichen Wunde.

Riggs lächelte. »Wir sollten dieses todgeweihte Schiff verlassen. Alle werden glauben, dass wir Pech hatten und ums Leben gekommen sind.«

Jeder Streit, ob Mercer und Hauser als Zivilisten mit den Elitesoldaten an Bord der *Petromax Arctica* gehen sollten, hatte sich erledigt, als sie den sich um den Supertanker ausbreitenden Ölteppich sahen. Sie waren noch eine halbe Meile entfernt, aber ihnen stieg schon der scharfe Geruch des Öls in die Nase, der von der Brise zu ihnen herübergetragen wurde.

»Madre de Dios«, murmelte der Hispanic, der sich sofort bekreuzigte.

»Sie haben nicht auf das Fluchtboot gewartet«, bemerkte Krutchfield. »Wir kommen zu spät.«

»Vielleicht nicht«, sagte Mercer angespannt. Er schaute Hauser an, der entsetzt auf sein Schiff blickte. »Was meinen Sie, Captain?«

»Ich weiß nicht«, sagte Hauser. »Wie schlimm es ist, kann ich erst sagen, wenn ich an Bord bin. Es sieht so aus, als würden sie das Ansaugrohr am Heck als Ausflussrohr benutzen. Oder sie haben den Rumpf zerstört. Ich kann es von hier aus nicht beurteilen.«

Das Heck des in der Juan-de-Fuca-Straße treibenden Tankers zeigte in die Richtung des Pazifiks, der Bug in Richtung Puget-Sund. Der Kabinenkreuzer raste an dem endlos langen Tanker entlang, dessen Rumpf pechschwarz gestrichen war. An der Reling am Heck baumelte eine Strickleiter. Wie bei einem Eisberg, von dem man nur die Spitze sieht, war die wahre Größe des Tankers nicht zu ermessen, der einen Tiefgang von fast zwanzig Metern hatte. Man konnte kaum glauben, dass so ein Monstrum von Menschenhand geschaffen worden war.

Der gesamte Rumpf war umgeben von einem dicken Ölteppich.

»Wartet dort«, rief eine Stimme von hoch oben. Das Gesicht, das sich über die Reling der *Arctica* beugte, war kaum zu erkennen. »Wir kommen runter.«

Krutchfield und die beiden anderen Elitesoldaten hatten gelbe Öljacken über ihre Kampfanzüge gezogen, und bis jetzt schien das den Mann oben auf dem Tanker hinters Licht geführt zu haben. Die SEALs begannen die Strickleiter zu erklimmen.

»Nein, bleibt unten«, schrie der Mann an Bord der *Arctica*, dessen Worte von dem starken Wind weggetragen wurden. »Wir sind fertig hier oben.«

Krutchfield ignorierte seine Worte und kletterte weiter die Strickleiter hoch, dicht gefolgt von seinen beiden Männern. Kurz darauf folgten ihnen Mercer und Hauser. Dem Kapitän war es mittlerweile egal, ob Riggs oder einer der Terroristen ihn erkannte. Die *Petromax Arctica* war sein Schiff und unterstand offiziell seinem Kommando. Er würde nicht tatenlos zusehen, wie sein Tanker vorsätzlich zerstört wurde.

Mercer hatte drei Viertel der Strickleiter erklommen, als Krutchfield schon über die Reling kletterte. Dann folgten seine beiden Männer. Mercer hatte keine Ahnung, was sie erwartete.

Unter ihm riss Kapitän Hauser an der Strickleiter, um ihn

auf etwas aufmerksam zu machen. Jetzt hörte Mercer Schüsse, und er sah gerade noch, wie der tote Hispanic über Bord ging und ins Wasser stürzte. Weiße Gischt spritzte auf. Mercer kletterte weiter und streckte kurz darauf den Kopf über die Reling, um die Lage einzuschätzen.

Ihm fielen nur ein paar glänzende Patronenhülsen auf, die über das weiß gestrichene stählerne Deck rollten. In der Luft hing neben dem Gestank des Öls auch der von Schießpulver. Dann sah er die Spur von Blutflecken, die zu einer geschlossenen Tür führte.

Als urplötzlich eine mechanisch klingende Stimme ertönte, erschrak Mercer und hätte fast die Strickleiter losgelassen. »Devil Fish an Mud Skipper, Devil Fish an Mud Skipper …«

Mercer hatte völlig vergessen, dass Krutchfields Funkgerät in seiner Tasche steckte. Er zog es hervor und meldete sich. »Hier Mud Skipper. »Die Lage sieht so aus, dass … Mist, ich weiß es nicht. Moment … Ich melde mich gleich wieder.«

Nachdem er das Funkgerät wieder in seiner Jackentasche verstaut hatte, kletterte er über die Reling an Bord und ging hinter einem Kran in Deckung, mit dem ein Rettungsboot zu Wasser gelassen worden war.

Nach allem, was er durchgemacht hatte, schmerzte sein ganzer Körper, doch all das zählte im Augenblick nicht. Der Adrenalinstoß, nach dem er seit Langem süchtig war, setzte urplötzlich ein und schärfte sein Wahrnehmungsvermögen. Er agierte praktisch automatisch.

»Na los, Hauser, machen Sie schon. Uns bleibt keine Zeit.«

Als der Kapitän gerade an Deck war, warf sich Mercer

bereits gegen die schwere Stahltür des Aufbaus. Sie flog auf, und er schaute in einen trübe beleuchteten, mit einem Teppichboden ausgelegten Gang. Ein paar Schritte weiter sah er die Leiche eines Terroristen, dessen Brustkorb von den Kugeln aus einer der Maschinenpistolen der SEALs aufgerissen worden war. Mercer steckte gerade die neben dem Toten liegende Pistole ein, als hinter ihm Hauser auftauchte. In der Luft hingen Ölschwaden, die einem das Atmen erschwerten und die Augen brennen ließen.

»Wir müssen zu dem Kontrollraum für die Pumpen.« Die Angst und seine Anspannung ließen Hauser ungewöhnlich laut sprechen.

Sie hörten Schüsse. Auf dem Deck unter ihnen entbrannte ein Feuergefecht.

»Auf diesem Weg werden wir es nicht schaffen.« Mercer vermutete, dass sie von dem Kontrollraum für die Pumpen abgeschnitten waren.

»Wir können von der anderen Seite des Schiffs dorthin gelangen, doch dafür müssten wir erst wieder nach draußen. Ich gehe voran.«

»Nein, bleiben Sie hinter mir. Ich kann nicht riskieren, dass Ihnen etwas passiert, wenn wir in einen Hinterhalt geraten. Sagen Sie mir einfach, wo's langgeht.« Mercer rannte bereits wieder zurück, mit einer Pistole in jeder Hand, wie ein Revolverheld aus einem Western.

Hauser dirigierte ihn mehrere Stahltreppen mit glitschigen Stufen hoch. Auf der Ebene unterhalb der Brücke, wo neben der Messe für die Mannschaft das Kino, die Bücherei und die Apotheke untergebracht waren, warf der Kapitän einen Blick in den Speisesaal. Als er die verwaiste Messe sah, verfinsterte sich seine Miene. Er befürchtete das Schlimmste für seine Jungs. Oben auf dem Aufbau eilten sie an dem Schornstein vorbei zur anderen Seite des Schiffs. Von seinem Beobachtungsposten hoch über dem Wasser sah Mercer den sich immer weiter um den Supertanker herum ausbreitenden Ölteppich. Er wusste nicht, wie viel Öl bereits ausgelaufen war, aber jeder einzelne Tropfen war zu viel. Hauser wäre fast gegen Mercer geprallt, als der wie angewurzelt vor dem Swimmingpool stehen blieb. Die schlaffen Leichen der Männer von Hausers Crew trieben an der Oberfläche des Wassers. Der grausame Anblick ließ die beiden Männer für lange Augenblicke reglos verharren.

»Ich will sie, Mercer. Ich will, dass sie bezahlen für dieses …« Das Schicksal seiner Männer verschlug Hauser die Sprache. Er rang um Fassung, doch über seine Wangen liefen Tränen der Wut.

»Ich auch«, sagte Mercer leise. Obwohl er schon viele Leichen gesehen hatte, hatte er sich doch noch nicht daran gewöhnt. Er war genauso erschüttert wie Kapitän Hauser.

Neben ihnen öffnete sich eine Tür, und Mercer erkannte an der Kleidung des Mannes sofort, dass es keiner von den SEALs war. Er feuerte mit beiden Pistolen. Von den acht Kugeln trafen sechs den Terroristen, der schon tot war, bevor er auf dem Boden aufschlug.

Tief unter der Wasseroberfläche, am Kiel der *Petromax Arctica*, hatten winzige Schwächen der Schweißnähte katastrophale Folgen. Mikroskopisch kleine Risse vergrößerten sich, als der Druck wegen der ungleichmäßig verteilten Ladung wuchs. Der Rumpf ächzte gefährlich. Die *Arctica* begann auseinanderzubrechen.

»Kommen Sie. Wir müssen verhindern, dass das Schiff in Stücke geht.«

Hauser führte Mercer zur vorderen Seite des Aufbaus, direkt oberhalb der Brücke. Die beiden Männer waren fassungslos. Statt des rot gestrichenen Hauptdecks von der Länge von drei Football-Feldern sahen sie eine gigantische schwarze Öllache.

»Was soll das?«, fragte Mercer, als er seine Stimme wiedergefunden hatte.

»Wahrscheinlich wollen sie das Schiff auch noch in Flammen aufgehen lassen. Es reicht ihnen offenbar nicht, das Öl ins Wasser zu pumpen.«

Weit hinter dem Bug des Tankers, wahrscheinlich noch Meilen entfernt, sah Mercer einen weißen Kutter der Küstenwache, doch wahrscheinlich kam er zu spät. Wenn der Kutter eintraf, hatten sich wahrscheinlich schon Zehntausende von Tonnen Öl in den Puget-Sund ergossen.

»Wir müssen das Ansaugrohr schließen, durch das sie jetzt das Öl austreten lassen«, schrie Hauser.

»Okay, gehen Sie vor.« Mercer folgte dem Kapitän in das Innere des Supertankers.

Sie rannten durch die Ebene mit den Mannschaftsräumen, ohne sich um die Möglichkeit eines Hinterhalts zu scheren. Wenn sie einem von Riggs' Handlangern begegneten, war das eine gute Möglichkeit, ihre Wut abzureagieren. Am Ende eines langen Ganges bog Hauser nach links ab und lief dann weitere Treppen hinab. Das Schiff hatte mittlerweile so viel Schlagseite, dass sie beim Laufen mit den Schultern an die Wände stießen. Der Ölgestank wurde mit jedem Atemzug schlimmer.

»Wie weit ist es noch?« Mercers Lungen brannten von der Anstrengung und den Ölschwaden, die er mit jedem Schritt einatmete.

»Wir müssen nur noch eine Ebene weiter nach unten. Wir sind schon fast da.«

Mercer rannte mit zusammengebissenen Zähnen weiter. Erst die Flucht von der verdammten Ölbohrinsel, jetzt ein Himmelfahrtskommando auf diesem verfluchten Öltanker. Um seine Lippen spielte ein grimmiges Lächeln.

Plötzlich hörte er am Fuß einer Treppe Stimmen. Er legte ein Ohr an die Wand und lauschte. Da Alarm ausgelöst worden war, konnte er nicht verstehen, was gesagt wurde. Dann schienen sich eine Männer- und eine Frauenstimme in dem Gang zu entfernen, den sie fast schon betreten hätten.

Er blickte um die Ecke. Zwei Gestalten entfernten sich. Das Schicksal des Tankers schien sie ebenso wenig zu interessieren wie die Tatsache, dass überall Alarmanlagen schrillten. Auch Hauser steckte den Kopf um die Ecke und wäre beinahe hinter den beiden hergerannt, als er JoAnn Riggs und den Terroristen namens Wolf erkannte, doch Mercer hielt ihn zurück, presste ihn gegen die Wand und blickte ihm direkt in die Augen.

»Die beiden sind unwichtig. Ich verstehe Ihre Gefühle, doch zuerst müssen wir das Schiff retten. Sie müssen verhindern, dass weiter Öl ausläuft.«

Hauser nickte zögernd, und die beiden Männer liefen den trübe beleuchteten Gang hinab und betraten den Kontrollraum für die Pumpen. Der Kapitän machte sich sofort daran, das Schiff zu trimmen, indem er mithilfe von drei Pumpen das ölverseuchte Meerwasser durch das Rohr am Heck in das Schiff zu saugen versuchte. Es war eine fruchtlose Verzweiflungstat. Das Gewicht des Öls in den Tanks übte einen so großen Druck aus, dass die Pumpen nicht dagegen ankamen. Es lief weiter Öl ins Meer. Hauser war gezwungen, die Ventile an dem großen Ansaugrohr und den drei kleineren Zuleitungen zu schließen, um die Ölverseuchung zu stoppen. Während er damit beschäftigt war, stellte Mercer den Alarm ab, der einen fast taub machte.

»Wie sieht's aus?«, fragte er den Kapitän.

Hauser rannte hektisch von einer Konsole zur anderen, legte Schalter um und beobachtete Anzeigeinstrumente, bevor er sich wieder an den Computer setzte und mit der Maus herumwirbelte.

»Ich denke, wir werden es schaffen. Ich versuche, das Öl in den Tanks gleichmäßig zu verteilen, damit das Schiff wieder gerade im Wasser liegt.« Hauser blickte Mercer ernst an. »Wenn wir eine Minute später gekommen wären, hätte ich nichts mehr tun können. Das Schiff wäre auseinandergebrochen.«

Ohne Vorwarnung eröffnete jemand das Feuer. Kugeln pfiffen durch den Raum und prallten von den Stahlwänden ab. Metallsplitter schossen durch die Luft. Mercer konnte noch hinter einem Stahlschrank Schutz suchen, Hauser hatte nicht so viel Glück.

Mehrere Kugeln trafen den Kapitän in den Rücken. Seine Jacke färbte sich rot, und er fiel schreiend auf einen Schreibtisch, bevor er zu Boden stürzte und sich dort wand, als hätte er einen epileptischen Anfall.

Mercer blickte um den Schrank herum und sah eine dunkle Gestalt, die noch aufs Geratewohl einen Schuss abgab und dann verschwand. Als er an der Tür war und den Gang hinunterblickte, wäre ihm beinahe die Kehle durchgeschnitten worden. Lieutenant Krutchfields Gesicht war blutverschmiert, und trotz seiner kugelsicheren Weste blutete er aus drei Wunden. Er hielt Mercer ein Messer an die Kehle und bemerkte erst im letzten Moment, dass er im Begriff war, einen Verbündeten zu töten.

»Ich hätte den Dreckskerl fast erledigt, hatte aber keine Munition mehr.« Krutchfield hielt die immer noch rauchende Pistole in der anderen Hand. »Ich dachte, Sie wären sein Partner.«

»Mein Gott, er hat gerade einen Kugelhagel auf uns abgegeben.« Normalerweise bewahrte Mercer die Ruhe, doch jetzt hatte ihn Angst gepackt. »Glauben Sie, er hätte auf seinen Partner gefeuert?«

»Tut mir leid«, sagte Krutchfield, der völlig am Ende war. »Mir geht's dreckig. Sieht so aus, als könnte ich nicht mehr klar denken.«

»Sie haben eine Menge Blut verloren.« Mercer zog den Elitesoldaten in den Raum und legte ihn neben Hauser auf den Boden. Der Kapitän winselte nur noch leise. Mercer konnte nicht mit Sicherheit sagen, ob er unter Schock stand. »Krutchfield? Ist noch einer Ihrer Männer in der Nähe?«

»Ich glaube nicht. Als wir an Bord gingen, wurden wir von sechs Terroristen erwartet. Wir haben uns aufgeteilt, um sie zu verfolgen. Das war keine gute Idee.«

»Sehen Sie erst mal zu, dass Sie überleben, dann können Sie es immer noch bedauern.« Mercer überprüfte die Magazine seiner beiden Pistolen, und füllte eines auf, sodass er eine voll geladene Waffe hatte. »Bleiben Sie hier bei Hauser und tun Sie für ihn, was Sie tun können. Ich habe einen Kutter der Küstenwache gesehen, der in unsere Richtung unterwegs ist. Wahrscheinlich hat ihn Devil Fish gerufen. In ein paar Minuten trifft Hilfe ein.«

»Seien Sie vorsichtig«, rief Krutchfield, als Mercer schon an der Tür war. »Ich hatte ihn voll im Visier und habe abgedrückt, aber der Dreckskerl war zu schnell.«

»Danke.« Das war nicht gerade das, was Mercer hören wollte.

Im Gang sah er die Blutspuren auf dem Boden. Vielleicht war der flüchtende Terrorist doch nicht mehr so schnell. Mit gezückter Waffe folgte er die Blutspur. Als er den Aufbau verlassen hatte, lief er schneller.

Im Licht der bleichen Sonne sah Mercer, dass der Terrorist nicht in Richtung der Strickleiter flüchtete. Er stand auf dem Hauptdeck auf der anderen Seite des Tankers und sah den Ölteppich, der es bedeckte. Das Öl war fast fünfzig Grad Celsius warm gewesen, als es in Prudhoe Bay gefördert worden war, und hatte seitdem wenig an Temperatur verloren. Die von ihm ausgehende Wärme war angenehm, der Gestank aber Übelkeit erregend.

Es war leicht, die Fußspuren von JoAnn Riggs' letztem Terroristen auf dem mit Öl überfluteten Deck zu erkennen, auch wenn diese schnell wieder vollliefen. Weit entfernt sah er einen humpelnden Mann flüchten.

Er rannte zu dem erhöhten stählernen Gang, der in der Mitte des Decks Richtung Bug führte. Hier war der Boden nicht mit Öl verschmiert, und er würde den Terroristen schneller verfolgen können. Trotzdem war er überrascht und dankbar, als er ein an einem Pfeiler lehnendes altes Fahrrad erblickte, das die Crewmitglieder benutzt hatten, um schneller zum Bug zu gelangen.

Er stieg auf und fuhr los.

Wolf war sich sicher gewesen, Stimmen gehört zu haben, als er und JoAnn Riggs den Kontrollraum für die Pumpen verlassen hatten. Als sie verschwanden, hatte er fast geglaubt, einen Blick auf seinem Rücken zu spüren, doch er hatte sich nicht umgedreht. Erst als er und Riggs auf dem Deck standen und er die Leichen seiner Männer sah, war er in das Innere des Schiffs zurückgekehrt, fest entschlossen, alle Gegner zu erledigen. Riggs war zu der Strickleiter geeilt, um an Deck des Kabinenkreuzers zu gehen. Wolf war klar, dass der bevorstehende Untergang des Schiffs nur in dem Kontrollraum für die Pumpen verhindert werden konnte.

Als er über das Deck flüchtete, so schnell es ging angesichts der Schusswunde im Oberschenkel, wo ihn Krutchfields Kugel getroffen hatte, wurde ihm klar, dass es ein schwerer, vielleicht verhängnisvoller Fehler gewesen war, zu dem Kontrollraum zurückzukehren. Er hatte sich von Gefühlen leiten lassen. Selbst wenn die Zerstörung der *Petromax Arctica* verhindert wurde, hatte er seinen Job getan. Und doch war er zu dem Kontrollraum zurückgekehrt und ernsthaft verwundet worden.

Während er Richtung Bug flüchtete, hoffte er, dass der Mann, der auf ihn geschossen hatte, ihm folgen würde. Wenn er auf diesem verfluchten Schiff sterben musste, sollte auch noch einer von den Amerikanern dran glauben müssen.

Als er sich umdrehte, sah er einen Verrückten auf einem Fahrrad, der ihn auf dem erhöhten Gang verfolgte. Er ließ seine Waffe fallen, weil das Magazin leer war, und zog eine Leuchtpistole aus der Tasche. Es war sein Auftrag gewesen, das Öl auf dem Deck zu entzünden, bevor er, wie es ursprünglich gedacht war, mit Riggs und dem Rest des Teams von Bord geflohen wäre.

Mercer sah den Mann seine Maschinenpistole wegwerfen, stieg von dem Rad ab und nahm den Flüchtenden mit seiner Waffe ins Visier. In diesem Moment riss der Terrorist eine Leuchtpistole aus der Tasche.

»Lassen Sie die Waffe fallen, oder der Kahn geht in Flammen auf«, brüllte Wolf in Richtung des Mannes, den er für einen der SEAL-Elitesoldaten hielt.

»Machen Sie keinen Unsinn«, erwiderte Mercer. »Werfen Sie die Leuchtpistole über Bord.« Zweihunderttausend Tonnen hochexplosiven Öls. Zweihundert Kilotonnen. Im Angesicht des Todes fragte sich Mercer geistesabwesend, ob eine Tonne TNT mehr Sprengkraft hatte als eine Tonne Öl. Die über Hiroshima abgeworfene Atombombe hatte eine Sprengkraft von zwanzig Kilotonnen gehabt. Auch wenn die Sprengkraft von TNT und Öl eigentlich nicht zu vergleichen war, stand er dennoch auf einer Sprengladung, die weit stärker war als eine der ersten Atombomben.

Er versuchte sich daran zu erinnern, was Hauser über die Gase in den Tanks gesagt hatte. Warum konnte das Öl in der Luftmischung innerhalb der Tanks nicht zünden? Es war bezeichnend für seine Erschöpfung, dass er nicht mehr wusste, weshalb die Luft in den Tanks so wichtig sein sollte.

»Doch, ich muss es tun«, brüllte Wolf, mit der Leuchtpistole herumfuchtelnd. »Und wenn es nur deshalb wäre, Sie mit in den Tod zu nehmen.«

Mercer hatte Wolf voll im Visier. Dann fiel es ihm ein. Öl war entzündlich nur in einem engen Bereich an Sauerstoffkonzentration. Um zu brennen, mussten es exakt elf Prozent Sauerstoff sein. Zu viel oder zu wenig, und das Öl war nicht brennbar, es sei denn, es war vorher erwärmt worden. Er vertraute auf sein Glück und drückte ohne weiteres Nachdenken dreimal schnell hintereinander ab. Die Kugeln schlugen in Wolfs Schulter, und sein rechter Arm hing nur noch nutzlos herab. Die Leuchtpistole entglitt seinen tauben Fingern und fiel in das Öl.

Wolf schrie vor Schmerzen und fiel auf die Knie. Er versuchte aufzustehen und nach der Leuchtpistole zu greifen, doch die Wunden in seinem Oberschenkel und der Schulter machten es unmöglich. Er stürzte vornüber in das Öl und schaffte es nicht mehr, den Kopf herauszuziehen.

Sobald er sah, dass Wolf die Leuchtpistole fallen gelassen hatte, schwang sich Mercer über das Geländer des Ganges. Wolf hatte das Öl nicht entzünden können mit der Leuchtpistole, doch er wollte keinerlei Risiko eingehen. Er rutschte auf dem glitschigen Deck aus und landete auf dem Hintern. Er kroch zu der Leuchtpistole und warf sie über Bord.

»Mud Skipper, hier ist Devil Fish, bitte melden.«

Mercer hatte keine Lust, auf den Funkspruch aus dem Unterseeboot zu antworten. Doch dann hörte er ein alarmierendes Geräusch und zog das kleine Funkgerät aus der Tasche. »Hier ist Mud Skipper. Ich höre.«

»Unser Sonar ortet ein Schiff mit zwei Schrauben, das sich entfernt. Das muss der Kabinenkreuzer sein. Sind Sie an Bord?«

Mercer drehte sich um und sah hinter dem Heck die *Hap-*

pyhour, die den Tanker hinter sich ließ und schnell in Richtung Pazifik fuhr. Nur Terroristen und JoAnn Riggs konnten an Bord sein.

»Nein, Devil Fish. Auf dem Kabinenkreuzer befinden sich Terroristen. Können Sie die aus dem Verkehr ziehen?«

»Kein Problem.«

Die USS *Tallahassee* fuhr nur etwa zehn Meter unter der Oberfläche und wühlte das Wasser auf wie ein riesiger Fisch. Mercer konnte nicht glauben, wie schnell das U-Boot die *Happyhour* einholte. Er wartete darauf, dass ein Torpedo abgefeuert wurde, doch er wartete vergebens. Die *Happyhour* war nur ein kleiner Fleck am Horizont, als sich plötzlich direkt hinter ihr ein Leviathan aus den Fluten erhob.

Das U-Boot tauchte im Kielwasser des Kabinenkreuzers über zehn Meter hoch aus dem Wasser auf und krachte dann wieder in die Tiefe. Hohe Wände weißen Wassers türmten sich auf, und hinter dem Kabinenkreuzer bildete sich ein tödlicher Strudel.

Die *Happyhour* mit JoAnn Briggs an Bord wurde von dem Strudel unter Wasser gezogen, als hätte der Kabinenkreuzer nie existiert. Auch eine darüber fliegende Möwe wurde von den Fluten verschlungen und ertrank. Nach kurzer Zeit hatte sich das aufgewühlte Wasser wieder beruhigt. Keinerlei Trümmer wiesen darauf hin, wo JoAnn Riggs gestorben war.

»Devil Fish an Mud Skipper, Devil Fish an Mud Skipper. Auftrag erledigt. In zwei Minuten wird die Küstenwache hier sein. Es sind Tanker unterwegs, welche die an Bord der *Arctica* verbliebene Ladung absaugen werden. Die Behörden in Seattle sind über die Ölverseuchung informiert worden. Wir widmen uns wieder unseren üblichen Aufgaben.«

Mercer lächelte, als er die triumphierende Stimme aus dem Funkgerät dringen hörte. Später sollte er erfahren, dass es der Kapitän des Unterseeboots gewesen war. »Hier ist Mud Skipper. Roger, Devil Fish. Vielen Dank für die Hilfe.« Er ging zu dem Aufbau zurück, wo an der Bordwand gerade ein Kutter der Küstenwache beidrehte.

Die Männer von der Küstenwache entdeckten den Sprengstoff, der in acht Minuten gezündet werden sollte, und verhinderten die Katastrophe. Die Flut war nicht annähernd so hoch, wie Kerikow und Riggs gehofft hatten, sodass das Öl die Küsten des Puget-Sunds noch nicht erreicht hatte. Zwar war insgesamt mehr Öl ausgetreten als bei der Havarie der *Exxon Valdez*, aber die Umweltkatastrophe sollte nicht halb so schlimm werden, wie von Kerikow und seinen Komplizen beabsichtigt.

Ein Helikopter brachte Kapitän Hauser und Lieutenant Krutchfield zu einem Krankenhaus, und beide überlebten. Jetzt musste Mercer sich nur noch um eine Sache kümmern. Allmählich hatte er das Gefühl, dass die ganze Geschichte bald beendet sein würde.

Vereinigte Arabische Emirate

Ein Blick auf den Globus genügt, um zu sehen, dass kaum zwei Städte so weit voneinander entfernt sind wie Seattle und Abu Dhabi City. Sie liegen sich auf der Erdkugel fast direkt gegenüber. Trotzdem ging es immer noch ein bisschen schneller, wenn Mercer statt über die eurasische Landmasse zuerst von New York nach London flog, dann über Europa und weiter in den Mittleren Osten. Weil aber auf dem Londoner Heathrow Airport wegen des Terroranschlags der Reiseverkehr noch immer stark beeinträchtigt war, konnte er nur einen Platz an Bord einer Concorde der Air France bekommen. Für ihn hätte es nicht ein so schneller Überschalljet sein müssen, denn er wollte während des Transatlantikflugs so viel wie möglich schlafen. So wurden es nur zwei Stunden.

Auf dem Flughafen Charles de Gaulle in Paris herrschte absolutes Chaos, weil Tausende gestrandeter Passagiere auf die Britischen Inseln zurückwollten. Er machte ein Nickerchen während des einstündigen Zwischenstopps vor dem Weiterflug nach Abu Dhabi.

Nach den eisigen Temperaturen in Alaska empfand er die brutale Hitze in Abu Dhabi als wohltuend. Er glaubte, dass es Wochen dauern würde, die Kälte zu vertreiben, die ihm in den Knochen saß, seit er bei der Flucht von der Petromax-Bohrinsel in das eiskalte Wasser gesprungen war. Er hatte nur eine kleine Reisetasche dabei, die er auf die Schnelle zusammen mit ein paar Kleidungsstücken auf dem John F. Kennedy International Airport in New York gekauft hatte. Die Abfertigung durch den Zoll war schnell erledigt, und er eilte an riesigen Duty-free-Shops vorbei zum Ausgang des Terminals.

Er sollte von einem Mann namens Colonel Wayne Bigelow abgeholt werden. Vor dem Terminal warteten jede Menge Taxis und Limousinen, aber niemand rief nach ihm. An einem Laternenpfahl lehnend, schloss er erneut die Augen und nickte ein. Er hatte so viel Schlaf nachzuholen.

Eine Hupe riss ihn in die Gegenwart zurück. Da er in Seattle vom Flugplatz Sea-Tac aus schon mit Colonel Bigelow telefoniert hatte, glaubte er zu wissen, was ihn erwartete. Er rechnete mit einem alten Soldaten in einem verbeulten offenen Landrover mit einem großen Reservereifen am Heck. Aber Bigelow steckte den Kopf durch das offene Fenster eines in der Sonne funkelnden schwarzen Mercedes 600 SEL.

»Herr Dr. Mercer, nehme ich an?« Sein Englisch klang, als lebte er noch in der Kolonialzeit. Er hatte ein tief gebräuntes, wettergegerbtes Gesicht und einen penibel gepflegten Schnurrbart. Seine ganze Art hatte etwas Militärisches. Mercer mochte ihn auf Anhieb.

»Zumindest das, was von ihm noch übrig ist«, antwortete Mercer, der nach seiner Tasche griff und zu der Luxuslimousine ging.

»Tut mir leid, dass ich zu spät bin, aber ich wollte mir das militärische Spektakel heute Morgen nicht entgehen lassen. Verdammt beeindruckend, die Kampfflugzeuge Ihrer Navy.«

Bigelow registrierte, wie langsam Mercer um den Mercedes herumging. Schließlich setzte er sich auf den mit Leder bezogenen Beifahrersitz. Mercers rechter Arm steckte in einer Schlinge, um den Druck auf seine verletzte Schulter zu lindern.

»Khalid Khuddari teilt Ihr Schicksal«, sagte Bigelow.

»So eine Schlinge bewirkt wahre Wunder. Es ist erstaunlich, wie viel Mitgefühl einem die Leute entgegenbringen. Selbst die Flugbegleiter der Air France waren äußerst entgegenkommend.«

»Sie hätten mit der BOAC fliegen sollen.« Bigelow benutzte immer noch den alten Namen der Fluglinie, die heute British Airways hieß. »Aber ich bin sicher, dass es in Heathrow nach dem Terroranschlag noch Probleme gab.«

»Ist alles nach Plan gelaufen?«, fragte Mercer. Ein Tag war vergangen, seit er und Kapitän Hauser die Zerstörung der *Petromax Arctica* verhindert hatten.

»Ja, es lief wie geschmiert«, antwortete Bigelow lächelnd. Der Mercedes raste mit hundertfünfzig Stundenkilometern über die durch die Wüste führende Straße. »Ich überlasse es Minister Khuddari, Sie über die Details zu informieren.«

»Seine Sekretärin hat mir am Telefon erzählt, er sei bei Anschlägen vor dem British Museum und später in Heathrow ernsthaft verwundet worden.«

»Siri hat eine große Schwäche für ihn und macht es schlimmer, als es ist. Er hat ein paar Granatsplitter abbekommen, aber es bestand keinerlei Lebensgefahr. Dann hat er sich noch ein paar Blessuren zugezogen, als er aus dem Flugzeug gesprungen ist. Khalid ist eben nicht hart im Nehmen. Es wäre besser gewesen, wenn er die Militärakademie in Sandhurst absolviert hätte, statt erst in Cambridge und dann an der London School of Economics zu studieren. Der Knabe ist viel zu verweichlicht.«

»Kennen Sie ihn schon lange?«

»Seit sein Vater ihn als Jungen aus der Wüste zum Kronprinzen gebracht hat. Männer wie er sind die Zukunft hier am Golf. Sie wissen sich in der westlichen Welt zu bewegen, ohne ihre Traditionen und ihren Glauben aufzugeben. Der jetzt so populäre Fundamentalismus ist bestimmt keine Antwort. Ob es um den Glauben an Allah oder um den an die moderne Zivilisation geht, die Araber müssen lernen, sich nicht ausschließlich für eine Richtung zu entscheiden. Leider sind sie zu leidenschaftlich, um Kompromisse zu schätzen.«

Mercer lächelte. »Etwas in der Art habe ich kürzlich ein paar Umweltschützern erzählt.«

»Es trifft überall zu«, sagte Bigelow.

In Abu Dhabi City parkte Bigelow in einer Tiefgarage unter einem modernen Bürogebäude aus Glas und Stahl. Er manövrierte den Mercedes auf einen Parkplatz, wo ein Schild mit seinem Namen an der Betonwand hing. »Sie können Ihre Tasche hier im Auto lassen. Während Ihres Aufenthalts in Abu Dhabi gehört der Wagen Ihnen. Hoffentlich gefällt er Ihnen besser als mir. Mir ist mein alter Rover lieber als dieser deutsche Luxusschlitten.«

Das Gebäude konnte nicht mehr als ein paar Jahre alt sein, aber Bigelow führte ihn in eine Etage, wo man sich wie in einer Villa aus der Viktorianischen Epoche fühlte – hohe Decken, Stuck, dunkle Holztäfelungen. Es war eine willkommene Abwechslung in einer sonst so sterilen Stadt. Die Türen von Khuddaris Büro waren aus Mahagoni.

Das Vorzimmer war riesig und einladend. Die Farben waren die der Wüste und des azurblauen Golfs. Der Schreibtisch am hinteren Ende war groß wie ein Billardtisch und perfekt aufgeräumt. Selbst die Kabel hinten an dem Computer waren zusammengebunden, damit sie nicht so auffielen. Mercer nahm an, dass die hinter dem Schreibtisch hervorkommende Frau Siri Patal war, Khuddaris Sekretärin. Mit einer so außergewöhnlichen Schönheit hatte er nicht gerechnet. Er hatte eine jener korpulenten Frauen erwartet, die er aus den indischen Restaurants in Washington kannte. Mit ihren eleganten Bewegungen und ihrer gertenschlanken Figur hätte Siri Patal ein Model sein können. Mercer hoffte für Khuddari, dass er eine Affäre mit ihr hatte. Wäre er an seiner Stelle gewesen, hätte er alles darangesetzt.

»Guten Tag, Colonel«, sagte Siri respektvoll zu Bigelow, der ihr ein Küsschen auf die Wange drückte.

»Hallo, Darling. Wie geht's meinem Mädchen?«

»Bitte, Colonel.« Sie errötete und wies mit einer Kopfbewegung in eine Ecke des Vorzimmers.

Auf einem der beiden Ledersofas saß ein Mann, der ein Branchenmagazin der Ölindustrie durchblätterte. Jim Gibson blickte lächelnd auf. »Lassen Sie sich durch mich nicht stören, meine Kleine.« Sein Stetson und die Cowboystiefel passten zu seinem schleppenden texanischen Akzent. »Teufel, ich traue meinen Augen nicht. Man hat mir gesagt, dass du kommen würdest, Mercer, aber ich wollte es nicht glauben. Mercer ist Bergbauingenieur, habe ich gesagt, aber hier gibt es außer Öl nur einen Rohstoff, nämlich Sand. Seit Sanduhren aus der Mode gekommen sind, gibt es für den keine Verwendung mehr.«

Da sein rechter Arm in der Schlinge steckte, begrüßte Mercer Gibson mit der linken Hand, und sie verschwand in der riesigen Pranke des Texaners. »Vielen Dank für alles, Jim. Die Welt würde anders aussehen, wenn du mich nicht mit Colonel Bigelow in Verbindung gebracht hättest.«

»Teufel, wir hatten seit Nigeria kein Wort mehr miteinander geredet, und dann bist du auf einmal am Telefon und erzählst von Umsturzplänen und Sabotage. Als ich das mit dem Anschlag auf die Trans-Alaska-Pipeline hörte, habe ich getan, was ich tun musste, denn ich wusste ja, dass du nicht übergeschnappt bist. Wenn's ernst wird, ruft man eben Hilfe, und Gott sei Dank wusste ich, an wen ich mich wenden musste. Und jetzt ist es an der Zeit, dass ich meine Belohnung bekomme.«

Mercer hob eine Augenbraue.

»Der Kronprinz wünscht sich neue Pferde, und da er weiß, dass ich mich da auskenne, schickt er mich als Einkäufer nach Europa und in die Staaten. Ich soll ein paar Stutenfohlen kaufen, auch für mich selbst. Die Nullen auf dem Scheck, den er ausgestellt hat, kann ich kaum zählen.« Gibson tippte an seine Hutkrempe, um sich von Siri, dem Colonel und Mercer zu verabschieden. »Tut mir leid, aber ich muss zum Flughafen, um meine Maschine zu erwischen.«

Als Gibson verschwunden war, öffnete sich die Tür von Khalid Khuddaris Büro. Der Minister war leger gekleidet, trug Jeans und ein am Hals aufgeknöpftes Hemd. Er stützte sich auf zwei Stöcke und ging langsam. Mercer blickte zu Siri Patal hinüber und war neidisch, als er sah, wie sie Khuddari anblickte. Vor seinem inneren Auge sah er kurz Aggie

Johnston. Seit Alaska hatte er nicht mehr mit ihr gesprochen. Wahrscheinlich würden sie nie wieder miteinander reden.

»Herr Dr. Mercer, es ist mir ein Vergnügen, Sie kennenzulernen.« Khuddari musterte Mercer eingehend und lächelte, als er sich ein Urteil gebildet zu haben schien. »Ich wette, dass Ihre Verletzungen sehr viel schlimmer sind, als es scheint.«

»Ich lebe noch.« Mercer machte keine Anstalten, Khuddari die Hand zu schütteln, weil er wusste, dass man einen Araber nicht mit der Linken begrüßen darf, weil diese als unrein gilt. Es wäre eine Respektlosigkeit gewesen.

»Wir haben beide dafür bezahlt, dass wir das Schlimmste verhindern wollten«, sagte Khuddari ernst und so leise, dass nur Mercer es verstehen konnte. Der nickte schweigend. Dann war Khuddari wieder ganz der charmante Gastgeber. »Kommen Sie mit in mein Büro. Wir haben eine Menge zu besprechen. Selbst Colonel Bigelow könnte beeindruckt sein, wie gut wir uns geschlagen haben. Finden Sie nicht auch?«

Mercer lachte. »Ihren Colonel könnte allenfalls beeindrucken, wenn wir zu zweit Generalfeldmarschall Rommel besiegt hätten.«

Khuddari war erfreut, wie richtig Mercer seinen Mentor und Freund einschätzte.

Er bat Mercer und Bigelow in sein Büro, setzte sich hinter den Schreibtisch, lehnte seine Stöcke an die Wand und legte die Füße auf einen gepolsterten Hocker. Bigelow und Mercer nahmen vor dem Schreibtisch Platz. Der Colonel zog eine Taschenflasche hervor und fragte Mercer, ob er einen

Whisky mit ihm trinken wolle. Der nahm das Angebot dankbar an.

»Herr Dr. Mercer, meine Freunde nenne mich Khalid. Es würde mich freuen, Sie zu ihnen zählen zu dürfen. Darf ich auf Ihren Doktortitel verzichten und Sie Philip nennen?«

»Meine Freunde sagen einfach Mercer. Meine Feinde übrigens auch, aber das ist mir egal.«

»Dann also Mercer. Das Volk der Vereinigten Arabischen Emirate und alle anderen Menschen in der Golfregion verdanken Ihnen sehr viel. Was wir als ein nationales Problem gesehen haben, hätte die ganze Region erfasst, wenn Sie uns nicht rechtzeitig gewarnt hätten. Dadurch konnte nicht nur ein Umsturz in unserem land verhindert werden, sondern die Destabilisierung des gesamten Mittleren Ostens.«

Mercer wollte abwinken, doch Khuddari redete bereits weiter.

»Wir wussten seit einiger Zeit von einem gefährlichen Mann hier in den Vereinigten Arabischen Emiraten, der Hasaan bin-Rufti heißt. Dagegen wussten wir nichts von seinen Beziehungen zu – wie soll ich mich ausdrücken? – uns wenig freundlich gesonnenen Nationen. Später erfuhr ich in London von Ruftis engen Kontakten zu den Irakern und Iranern, aber meine Verletzungen waren zu schlimm, um adäquat darauf reagieren zu können.

Als Colonel Bigelow erfuhr, dass ich durch den Terroranschlag in Heathrow in London aufgehalten wurde, hat er glücklicherweise geahnt, dass es ein Anschlag auf mein Leben war. Er hat Rufti verhaften lassen, als dieser von dem OPEC-Treffen zurückkehrte. Aber wir wussten immer noch nicht genau, was los war. An diesem Punkt kamen Sie ins Spiel.

Indem Sie die Verbindung zwischen den Anschlägen in Alaska einerseits und Petromax Oil sowie Southern Coasting and Lightering andererseits sahen, haben Sie uns die Augen geöffnet. Als die Petromax-Tankerflotte an SC&L verkauft worden war, wurde eines der Schiffe, die *Petromax Arabia* auf den Namen *Southern Accent* umgetauft. Von einem Schiff diesen Namens wusste niemand etwas. Der Supertanker lag wochenlang bei uns im Hafen. Ohne Sie hätten wir nie etwas von der Bedeutung dieses Tankers geahnt. Die Männer, die Rufti an Bord dieses Riesentankers versteckte, wären an Land gegangen und hätten das Land schneller besetzt als Saddam Hussein Kuwait im Jahr 1990.

Habe ich recht, wenn ich vermute, dass es einen direkten Zusammenhang zwischen dem Anschlag auf die Trans-Alaska-Pipeline und der geplanten Zerstörung der *Petromax Arctica* und Ruftis Umsturzabsichten hier in den Vereinigten Arabischen Emiraten gab? Soweit wir wissen, müsste man diese Frage bejahen.«

»Der Drahtzieher hinter dieser ganzen Geschichte war ein ehemaliger KGB-Oberst namens Iwan Kerikow …«

»Wir wissen alles über Kerikow«, warf Bigelow ein. »Letztes Jahr wurde er mit Hasaan bin-Rufti in Istanbul gesehen. Dort haben sie diesen Plan ausgeheckt.«

»Nein, Kerikow hatte ihn gestohlen«, korrigierte Mercer. »Von einem Computerspezialisten, den Kerikow angeheuert hatte, wissen wir, dass das Programm, das er aktiviert hat, schon während des Kalten Krieges von einem KGB-Agenten installiert worden war. Vor Jahren hat Kerikow diesen Plan gefunden. Und die Codes, mit denen die Computer des Alyeska Marine Terminal lahmgelegt werden konnten. Kerikow hatte auf jemanden wie Rufti gewartet, auf jemanden, der dafür zahlen würde, wenn die Trans-Alaska-Pipeline dauerhaft den Betrieb einstellen würde.«

»Aber warum? Und warum jetzt?«

»Durch die Zerstörung der Pipeline und des Tankers hätten Kerikow und Rufti garantieren können, dass die Vereinigten Staaten ihren Plan aufgeben würden, Ölimporte aus dem Ausland durch eine verstärkte Förderung in Alaska und den Rückgriff auf alternative Energien zu ersetzen. Die neue Energiepolitik des Präsidenten, die vielen Insidern in Washington und Finanziers in New York nicht gefällt, wäre schon am Ende gewesen, bevor mit ihrer Umsetzung begonnen wurde.«

»Für Rufti waren die Anschläge in Amerika also das Vorspiel für seine Machtübernahme mit den Irakern und Iranern im Mittleren Osten«, sagte Khalid, der jetzt klarer sah. »Indem er Lehren aus dem Golfkrieg zog und zuschlagen wollte, wenn Amerika nach zwei Ölkatastrophen mit sich selbst beschäftigt war, glaubte er, die Vereinigten Arabischen Emirate in Tagen und den Rest der Region in Wochen erobern zu können. Unglaublich! Aber woher kam das Geld? Diese Frage hat der Kronprinz vor meiner Abreise nach London angesprochen. Was immer der Rest der Welt auch denken mag, nicht jeder aus einem Mitgliedsstaat der OPEC ist stinkreich. Sicher, Rufti ist Millionär, aber nicht annähernd so reich, um so eine ambitionierte Operation finanzieren zu können.«

»An dieser Stelle kam Max Johnston ins Spiel«, sagte Mercer. »In gewisser Hinsicht hat er die ganze Geschichte finanziert. Zuerst war es nur eine geschäftliche Entscheidung.

Wegen der neuen Energiepolitik des Präsidenten wollten die Ölunternehmen bis zur Einstellung der Importe in zehn Jahren so viel Geld wie möglich machen. Zuerst trat Rufti an Johnston heran, später folgten die Iraker und Iraner. Als Gegenleistung für einen finanziellen Vorschuss versprachen sie ihm Exklusivrechte für die komplette zukünftige Ölexploration im Irak, in Iran und in den Vereinigten Arabischen Emiraten. Aus Johnstons Sicht waren die hundertfünfzig Millionen Dollar, die man von ihm verlangte, eine Summe, mit denen er drei Ölminister bestach, damit er den Markt beherrschte.

Selbst nach der Einstellung der Ölimporte durch die Vereinigten Staaten hätte das Abkommen weiter bestanden. Für Öllieferungen nach Europa und Japan hätte Petromax im Mittleren Osten ein Monopol gehabt. Selbst wenn der Rest der Welt unserem Beispiel gefolgt wäre, den Ölverbrauch zu verringern, wären im nächsten Vierteljahrhundert immer noch Milliarden zu verdienen gewesen.«

»Nett von Rufti, dass er als unser Ölminister verhandelt hat«, sagte Khalid sarkastisch.

»Johnston muss gewusst haben, dass Sie ermordet werden sollten, weil Sie Ruftis Plänen gefährlich werden konnten, aber ich glaube nicht, dass ihm klar war, dass Rufti vorhatte, mit den Irakern und den Iranern die Macht am Golf zu übernehmen. Er glaubte ein Abkommen mit drei einzelnen Nationen zu schließen, nicht mit einem Triumvirat von Verbündeten. Er konnte die hundertfünfzig Millionen nicht aufbringen, ohne Geld flüssig zu machen. Und hier kommt nun Southern Coasting and Lightering ins Spiel. Er hat ihnen seine Tankerflotte verkauft und Schuldscheine unterschrieben, um genügend Geld lockerzumachen. Ich bin mir nicht sicher, wie genau alles funktionieren sollte, aber im Grunde genommen hat er seinen eigenen Untergang finanziert.«

»Entschuldigung, aber das ergibt keinen Sinn«, bemerkte Bigelow. »Er verkauft seine Tanker, um mit dem Geld der alleinige Importeur des schwarzen Goldes zu werden, das auf allen neuen Ölfeldern im Mittleren Osten gefördert wird?«

»Er hatte einen Deal abgeschlossen, der ihm die Bohrrechte für Ölvorkommen sicherte, die die Hälfte des Bedarfs der ganzen Welt abdeckten. Ich bezweifle, dass ihn da noch die paar Millionen interessierten, die er pro Jahr mit seinen Tankern verdiente. Und jetzt wird die Geschichte noch machiavellistischer. Ich habe einen Freund in Miami, der Anwalt und eine Kapazität auf dem Gebiet des Seerechts ist. Er heißt David Saulman und hat die Details herausgefunden. Bis vor einem Jahr war Southern Coasting and Lightering ein kleines Unternehmen aus Louisiana, das zwei Tanker mit einer Ladefähigkeit von hunderttausend Tonnen besaß, die zwischen Galveston und Venezuela pendelten. Dann wurde SC&L übernommen, und plötzlich haben sie das Geld, um drei Supertanker zu kaufen. Ein großer Schritt für ein Unternehmen, das bisher nur bescheidene Profite machte.«

»Wer hat SC&L gekauft?«

»Erinnern Sie sich an das Abkommen Öl gegen Lebensmittel, das die Vereinten Nationen dem Irak angeboten haben, weil die internationalen Sanktionen zwar aufrechterhalten werden, zugleich aber humanitäre Hilfe geleistet werden sollte? Ein Teil der Gewinne aus diesen Ölverkäufen landete bei SC&L. Das Unternehmen gehörte dem Irak und Hasaan bin-Rufti, was Max Johnston aber nicht wusste. Er glaubte, das Geschäft seines Lebens gemacht zu haben, Tatsächlich steckte sein Kopf in einer Schlinge, die sich bald zuziehen sollte.«

»Sie meinen, der Irak hat für diese Geschichte bezahlt?«, fragte Khuddari. »Warum hätten sie Max Johnston hinzuziehen sollten, wenn sie selbst die ganze Operation finanzieren würden?«

»Aus zwei Gründen. Zuerst mussten die Iraker durch ein legales Geschäft Geld waschen. Während das Programm Öl gegen Lebensmittel lief, haben die Vereinten Nationen die Finanzen des Iraks genau im Auge behalten, damit von dem Geld keine Waffen gekauft wurden. Als mein Freund David Saulman entdeckt hatte, wem SC&L gehörte, wurde langsam alles klar. Was mit einem Hundertfünfzig-Millionen-Dollar-Deal für Lebensmittel begonnen hatte, entwickelte sich durch ein paar gefälschte Dokumente und ein bisschen Bestechung zum Erwerb einer Tankerflotte. SC&L bezahlte Johnston für seine Schiffe, und der leitete das Geld direkt an den Irak weiter, der jetzt eine Riesensumme in seiner Kriegskasse hatte. Einiges von dem Geld ging an Kerikow, damit der die Zerstörung der Pipeline und der *Arctica* in die Wege leiten konnte. Er heuerte Killer an und finanzierte PEAL, wobei die Umweltaktivisten nicht wirklich wussten, wofür sie instrumentalisiert wurden.

Der zweite Grund war die Notwendigkeit, Johnstons Tanker zu benutzen, einen, um die große Menge an flüssigem Stickstoff nach Alaska zu bringen, den anderen, damit

Rufti hier in den Emiraten seine Soldaten verstecken konnte. Nach dem Ende der Operation sollte Johnston als ihr Sündenbock fungieren.

Der wusste nicht, dass Kerikow und Rufti von Anfang an vorhatten, den Verkauf der Tanker zu annullieren, damit er nach der Zerstörung der *Petromax Arctica* für die Folgen aufkommen musste. Johnston hatte seinen Teil der Abmachung bereits erfüllt. Er ließ sie seine Tanker benutzen und hatte ihr Geld gewaschen. Sie konnten ihn problemlos hereinlegen. Um sicherzustellen, dass er nie darüber reden würde, was er getan hatte, hat Kerikows und Ruftis Handlanger, ein Mann namens Abu Alam …«

»Wir kennen ihn«, unterbrach Bigelow. »Der Mann ist ein verdammter Psychopath.«

»*War*, Bigelow, *war*. Es ist nichts mehr von ihm übrig. Wie auch immer, Kerikow und Alam haben Johnstons Tochter Aggie entführt. So konnte Kerikow ihm damit drohen, sie umzubringen, wenn er den Deal öffentlich machte. Johnston waren die Hände gebunden.«

»Max Johnston wusste also nicht, dass das Geld, welches er für Rufti wusch, letztlich dazu dienen würde, ihn zu vernichten?«, fragte Khalid.

»Er hatte keine Ahnung. Kerikow und Rufti haben seine Gier ausgenutzt und hatten von Anfang an vor, ihn hereinzulegen. Es gleicht fast einer Tragödie von Shakespeare. Es ist noch nicht bekannt gegeben worden, aber das FBI hat gestern Johnstons Haus durchsucht. Dick Henna, der Direktor des FBI, hat mir erzählt, Max Johnston habe sich erschossen. Ich bezweifele, dass er wusste, dass Kerikow seine Tochter nicht mehr in seiner Gewalt hatte. Er muss sich umgebracht haben, um sie zu retten. Weil er nichts mehr sagen konnte.«

»Und um einer langen Haftstrafe zu entgehen«, fügte Bigelow hinzu.

»Ich kannte Johnston seit ein paar Jahren. Er wäre ins Gefängnis gegangen, um seine Verfehlungen wiedergutzumachen. Meiner Ansicht nach hat er in dem Selbstmord die Chance gesehen, seine Tochter zu retten. Ich glaube nicht, dass er sich davor drücken wollte, die Verantwortung für seine Taten zu übernehmen.«

»Wusste Johnston, dass Kerikow diese Ölbohrinsel benutzte, von der Sie fliehen konnten?«

»Ja. Kerikow hat sie besetzt und es ihm dann erzählt. Aber es war zu spät. Johnston konnte nichts mehr tun. Er war zu tief in die Geschichte verstrickt.«

»Und Sie haben es geschafft, das Schlimmste zu verhindern, bevor es richtig losgegangen war?«

»Nun ja, jetzt ist es vorbei. Die beiden Ölverseuchungen in Alaska und im Puget-Sund sind nicht annähernd so schlimm, wie zu befürchten gewesen wäre. Trotzdem werden die Reinigungsarbeiten Hunderte von Millionen Dollar kosten, doch da es Terroranschläge waren, wird die Bundesregierung einen Großteil der Kosten übernehmen. Aber hier im Golf konnte sich Kerikows und Ruftis Plan nicht entfalten. Colonel Bigelow hat mir ein bisschen über den militärischen Einsatz heute Morgen erzählt. Das war das Ende für Kerikows Plan, Ruftis Umsturz und den Pakt zwischen dem Iran und dem Irak, um den Mittleren Osten zu dominieren.«

Zum ersten Mal seit dem Beginn ihres Gesprächs lächelte

Khalid. »Im Morgengrauen hoben amerikanische F-18 Hornet-Kampfjets von dem Flugzeugträger *Carl Vinson* ab und attackierten den Tanker *Petromax Arabia*, der später in *Southern Accent* umbenannt wurde. Ihr Admiral Morrison hat mir persönlich amerikanische Luftunterstützung angeboten, während wir von See aus den Tanker angreifen würden.«

Khalid ließ Bigelow berichten. »Während die Besatzung der Kampfflugzeuge den Tanker mit Bordgeschützen und Raketen angriff, gingen Spezialeinheiten der Vereinigten Arabischen Emirate an Bord und brachten das Schiff in ihre Gewalt, ohne auch nur einen Schuss abfeuern zu müssen. Nach dem Luftangriff waren Hasaan Ruftis Soldaten nur zu glücklich, sich kampflos zu ergeben. Erste Berichte unserer Nachrichtendienstler deuten darauf hin, dass sie Listen mit den Namen von Leuten gefunden haben, die exekutiert werden sollten. Und solche mit den Namen von jenen, die sich dem neuen Regime gegenüber loyal verhalten würden. Es gab auch Zeitpläne, sich Truppen anzuschließen, die Kuwait und Saudi-Arabien erobern wollten. Warum hat die CIA die Truppenbewegungen im Irak und in Iran nicht registriert?« Bigelow richtete die Frage an Mercer, als wäre der verantwortlich für das Versagen des amerikanischen Auslandsgeheimdienstes.

»Man kann Soldaten in Schulbussen und Artilleriegeschütze mit Sattelzügen befördern, und manchmal ist das schwer zu entdecken«, log Mercer. Plausibler war, dass die CIA sich mal wieder blamiert hatte, wie nach dem Überfall Saddam Husseins auf Kuwait. Er wechselte das Thema. »Also, wo stehen wir? Ist alles geregelt?«

»Zum größten Teil«, antwortete Khalid. »Die Soldaten,

die wir heute Morgen festgenommen haben, und jene, die Rufti in Ajman mobilisiert hatte, werden wegen Hochverrats vor Gericht gestellt, zum Tode verurteilt und irgendwann im nächsten Monat exekutiert. Ausländische Söldner und ihre Ausbilder aus dem Iran oder Irak werden in den nächsten Tagen abgeschoben. Zu Hause wird man sie wahrscheinlich wie Helden empfangen. Das ist der Preis der Diplomatie.«

»Was ist mit Rufti?«, fragte Mercer.

»Für den haben wir uns etwas ganz Besonderes einfallen lassen. Vielleicht sollten Sie sich das ansehen, auch wenn es nicht angenehm sein wird.« Khalid blickte auf die Uhr. »Zeit fürs Mittagessen. Danach werden wir unserem geschätzten Hasaan bin-Rufti einen Besuch abstatten.«

Sie speisten in einem Privatzimmer im obersten Stock von Khalids Bürogebäude. Es gab ein opulentes Gericht mit Lamm, und es schmeckte so gut, dass Mercer noch weiter aß, als er längst satt war. Khalid Khuddari trank keinen Alkohol, aber Wayne Bigelow schien einen guten Weinkeller zu haben, und er und Mercer tranken während des Essens drei Flaschen. Danach steckte Bigelow für die bevorstehende Fahrt eine Flasche mit acht Jahre altem Brandy ein.

Während eine Limousine sie in die Wüste brachte, sprachen Mercer und Bigelow auf der Rückbank dem Brandy zu. Sie tranken, wie Soldaten Wasser aus einer Feldflasche trinken. Nach einer Stunde stiegen die drei Männer in einen für die Wüste umgerüsteten Lastwagen um. Khalid musste getragen werden. Er wollte gehen, doch es ging nicht, da seine Stöcke in dem Sand versanken und ihm keinen Halt boten. Er ertrug die Demütigung mit stoischem Gleichmut.

Die Fahrt ging über eine Straße, die ihren Namen nicht verdiente. Die Passagiere und der Fahrer wurden kräftig durchgeschüttelt. Die Temperatur in dem Laster betrug fast vierzig Grad, und die durch die offenen Fenster strömende Luft war zu heiß, um angenehm zu sein. Der Wind blies Sand in die Kabine. Ohne den Brandy wäre die Fahrt eine einzige Tortur gewesen.

Zwei Stunden, nachdem der Laster von der Hauptstraße abgebogen war, hielt er in einem Wadi. Die Sonne stand hoch am Himmel und brannte unbarmherzig herab am frühen Nachmittag. In dem ausgetrockneten Flussbett stand noch ein Laster, verbeult und mit einer verblichenen Plane über der Ladefläche. Ganz in der Nähe saßen mehrere Beduinen in langen Gewändern um ein kleines Feuer herum. Sie standen auf, als sie Khalid Khuddari sahen, der auf dem harten Boden des Flusstals besser mit seinen Stöcken klarkam.

Dem Brauch der Nomaden entsprechend, unterhielten sich Khalid und die Beduinen ein paar Minuten. Sie gestikulierten und lachten wie alte Freunde, die sich nach langer Zeit wiedersehen. Khalid, Mercer und Bigelow tranken den ihnen angebotenen starken Tee. Nach einem weiteren ausgedehnten Wortwechsel, dem Bigelow mit Interesse zu folgen schien, ging einer der Nomaden zu der Rückseite des Lastwagens. Kurz darauf kam er zurück und stellte einen großen Käfig mit einem Falken auf den Boden.

Es schien, als würde der Raubvogel sich über das Wiedersehen mit seinem Herrn und Meister freuen.

Hasaan bin-Rufti war an vier in den Boden gebohrte Pfähle gefesselt. Er lag nackt und mit gespreizten Gliedern auf dem

Rücken, schutzlos der gnadenlosen Sonne ausgesetzt. Seine Speckrollen waren vom Sonnenbrand gerötet und mit Blasen übersät. Seit Stunden hatte er immer wieder für einige Zeit das Bewusstsein verloren. Er hatte entsetzlichen Durst, und sein Magen knurrte. Da er seit etlichen Stunden nichts gegessen hatte, konnte er nicht mehr klar denken.

Für einen Augenblick glaubte er, eine Prostituierte habe ihn in einem Pariser Hotel an die Bettpfosten gefesselt, um ihm unvorstellbare Freuden zu bereiten, Er glaubte, ihr langes Haar auf seinem Glied zu spüren und stöhnte. Doch dann bohrte die Hure ihm plötzlich brutal die Fingernägel in die Brust, und er schrie laut auf.

Als er wieder halbwegs bei Bewusstsein war, hob er mit Mühe den Kopf und sah den ihm bereits bekannten Würgfalken auf seinem Oberkörper stehen. Der Raubvogel mit dem gefährlich gebogenen Schnabel blickte in die unendlichen Weiten der Wüste. Jetzt wusste er, welches Schicksal ihn ereilen würde, und er wurde von Angst gepackt.

»Beginnen wird Sahara mit den Augen, Rufti«, hörte er Khalid Khuddari sagen, als der in seinem Blickfeld auftauchte. »Wenn sie Ihnen die Augäpfel aus den Höhlen gepickt hat, macht sie vielleicht eine kleine Pause, bis sie wieder hungrig genug ist, um sich Ihrem Penis und den Hoden zuzuwenden.«

Khalid pfiff, und der Würgfalke flog von Ruftis fettem Oberkörper auf und setzte sich auf den Handschuh an Khalids Linker. Er streichelte den Raubvogel, flüsterte ihm beruhigende Worte zu und pries seine Schönheit. Der Falke wäre lieber auf die Jagd gegangen, würde aber auch mit Rufti vorliebnehmen.

»Ich kann mir viele grausame Tode vorstellen, Rufti«, fuhr Khalid vor. »Aber was ich mir für Sie ausgedacht habe, ist mit am schlimmsten. Wenn Sahara Lust hat, kann sie das Ganze endlos in die Länge ziehen. Vermutlich werden Sie längst tot sein, wenn sie ihr Mal beendet. Aber Ihnen wird auf jeden Fall genug Zeit bleiben, um über Ihre Taten nachzudenken und um mich, den Kronprinzen und Allah um Vergebung zu bitten. Aber ich garantiere Ihnen, dass wir so weit draußen in der Wüste sind, dass niemand ihr Flehen hören wird. Schreien Sie sich ruhig die Lunge aus dem Hals. Sahara wird alles umso mehr genießen, wenn sie weiß, dass Sie noch leben.

Durch Ihren Tod werden die Menschen, die Sie in London ermorden ließen, nicht wieder lebendig, weder die, welche vor dem British Museum starben, noch der Priester und das kleine Mädchen, die auf dem Flughafen ums Leben kamen. Ganz zu schweigen von meinem Freund Trevor Price-Jones. Ich werde Ihnen auch nicht vergeben, dass Sie mich umbringen lassen, in den Vereinigten Staaten eine Umweltkatastrophe auslösen und hier einen Umsturz durchführen wollten. Ihr Tod wird nicht mal eine Warnung für andere sein, denn niemand wird erfahren, wie Sie gestorben sind. Sie müssen sterben, damit ich nachts etwas ruhiger schlafen kann und damit es einen Verrückten weniger auf dieser Welt gibt. Heute vor dem Einschlafen werde ich an Ihren zerfetzten Körper denken, Rufti, und ich werde lächeln.«

Khalid wartete auf eine Antwort, aber Rufti hatte bereits aufgegeben und nicht einmal mehr die Kraft zu winseln. Sahara stieg von Khalids Arm in den blauen Himmel auf und stieß dann im Sturzflug auf Rufti herab.

Zurück in dem Lastwagen, hundert Meter entfernt von der Stelle, wo Rufti nackt am Boden lag, richtete sich Khalid an Bigelow und Mercer. »Dies wird noch den ganzen Nachmittag dauern, vielleicht gar bis in die Nacht hinein. Ich möchte hierbleiben, um sicherzugehen, dass er wirklich tot ist, aber ihr beide müsst nicht mit mir hier warten. Warum fahrt ihr nicht nach Abu Dhabi City zurück und amüsiert euch? Wir sehen uns morgen zum Frühstück.«

Mercer war versucht, das Angebot anzunehmen. Nach all den Todesfällen in der letzten Woche fand er Khuddaris Variante von Selbstjustiz kaum erträglich. Aber er wollte dabei sein, wenn diese ganze Geschichte endete. Die Beduinen entzündeten ein zweites Feuer, spannten einen Sonnenschirm auf und brachten einen Kochtopf für das Abendessen. Dann kochten sie Tee. Die drei Männer unterhielten sich den Nachmittag über und ignorierten die Schreie aus dem Wadi.

»Wie geht's jetzt bei Ihnen weiter?«, fragte Mercer Khalid, als die Sonne sank und den Himmel blutrot färbte.

»Ich nehme mir ein paar Wochen Zeit, um mich zu erholen. In London muss ich eine Beerdigung besuchen, und dann werde ich mit meiner Sekretärin nach Südfrankreich weiterreisen. Vielleicht auch nach Spanien, etwa nach Malaga. Ich denke, wir haben es beide verdient. Was haben Sie vor?«

»Eigentlich hatte ich gehofft, Ihre Sekretärin fragen zu können, ob sie mit mir nach Südfrankreich oder nach Malaga fliegen will, aber dafür ist es ja jetzt wohl zu spät«, witzelte Mercer, um seine Trauer darüber zu kaschieren, Aggie Johnston verloren zu haben. »Während des Zwischenstopps in New York habe ich meine Voicemails gecheckt und eine interessante Nachricht gesehen. Sieht so aus, als würde ich bald wieder als Geologe arbeiten.«

Hasaan bin-Rufti hörte erst auf zu schreien, als es schon stockfinster war und nur noch die Mondsichel und ein paar Sterne etwas Licht spendeten. Kurz darauf kam der blutverschmierte Falke zurück.

Mercer, Khalid und Bigelow verbrachten die Nacht bei den Beduinen. Bis nach Mitternacht lachten sie über die übertriebenen Heldengeschichten des Colonels. Während der Nacht flog der Würgfalke noch einmal zu Ruftis Leiche. Bei Sonnenaufgang kehrten sie in die Stadt zurück. Ruftis Leiche blieb für die Schakale und Geier zurück. Khalid brach später am Tag mit Siri nach Europa auf, während Mercer noch ein paar Tage im Land blieb und austestete, ob es stimmte, wenn Bigelow sagte, er könne jeden unter den Tisch trinken.

Bigelow behielt recht, Mercer war kein Gegner für ihn, doch der fragte sich, wie Harry White sich an seiner Stelle geschlagen hätte. Er war sich sicher, dass der Colonel nicht den Hauch einer Chance gehabt hätte.

Arlington, Virginia

Mercer stieß seine Haustür auf und genoss das Gefühl, wieder daheim zu sein. Für einige Augenblicke stand er reglos da und betrachtete sein sonnendurchflutetes zweistöckiges Atrium. Ein plötzlicher und unerwarteter Kälteeinbruch hatte Washington im Griff, und seine Heizung war abgestellt. Der Gedanke an eine alltägliche Handlung wie das Anstellen der Heizung beglückte ihn mehr, als er es für möglich gehalten hätte. Endlich hielt wieder die Normalität Einzug.

Auf einem Tisch in dem selten benutzten Wohnzimmer lag ein großer, an ihn adressierter Umschlag. Er riss ihn neugierig auf und fand neben einem Begleitschreiben zwei Diplomatenkennzeichen. Kaum etwas war in der amerikanischen Hauptstadt so begehrt. Auf dem Blatt Papier stand. »Ein Geschenk des Volkes der Vereinigten Arabischen Emirate. Parken Sie, wo immer Sie wollen, und fahren Sie so schnell, wie Sie sich trauen. Khalid Khuddari.«

Mercer lachte und stieg die Wendeltreppe hinauf. Als das Telefon klingelte, nahm er die letzten paar Stufen im Laufschritt, eilte in die Bar und griff nach dem schnurlosen Telefon.

»Gott sei Dank, du bist da.« Harry Whites Stimme klang verzweifelt. »Ich hab ganz vergessen, heute die Zeitung zu kaufen. Also habe ich die Lösung des gestrigen Kreuzworträtsels nicht gesehen. ›Verführt von Zeus‹, sagt dir das was?«

»Harry, ich bin vor zwei Minuten zurückgekommen.« Mercer trat hinter die Bar und bemerkte vier leere Whiskyflaschen, die noch nicht im Abfalleimer gelegen hatten, als er nach Alaska aufgebrochen war.

»Ich weiß, ich weiß, aber du musst mir helfen. Es macht mich wahnsinnig. Verführt von Zeus? Komm schon, du weißt, wer gemeint ist.«

»Leda?« Als Mercer eine Flasche Bier aus dem Kühlschrank nahm, fiel ihm die halb volle Weißweinflasche auf. Harry musste weibliche Gesellschaft gehabt haben. Dafür sprachen auch die Zigarettenkippen in den Aschenbechern. Harry rauchte eine andere Marke.

»Nein, nicht die. Zeus verführte Leda in der Gestalt eines Schwanes. Die, welche ich meine, wurde von Zeus verführt, als er sich in Form eines Goldregens Zutritt zu ihrem Verlies verschafft hatte. Also, kennst du die Antwort?«

»Versuch's mal mit Danae. Ich glaube, sie war Perseus' Mutter«, sagte Mercer geistesabwesend. Er glaubte, gerade ein Geräusch aus seinem Schlafzimmer gehört zu haben, vielleicht das Ächzen einer Bodendiele. Oder jemand war gegen ein Möbelstück gestoßen.

»Das ist es, endlich. Gott sei Dank. Hey, Tiny und ich treffen uns heute Abend mit ein paar anderen Jungs zum Pokern. Bist du dabei?«

Mercer war angespannt. Jemand kam mit leisen Schritten die alte Holztreppe herunter. »Harry, da ist jemand in meinem Haus«, flüsterte er. »Ruf die Polizei.«

»Natürlich ist jemand in deinem Haus. Mein Gott, ich habe sie selbst hereingelassen und ihr sogar meinen Schlüssel gegeben.«

Aggie Johnston trat aus der Bibliothek in die Bar. Sie trug schwarze Strümpfe, einen schwarzen BH und Slip mit Spitzenbesatz und darüber eins von seinen weißen Oberhemden. Ihr glänzendes Haar sah wundervoll aus, und sie hatte Make-up aufgelegt, um ihre markanten Gesichtszüge zu betonen. Verführerischer konnte eine Frau nicht aussehen.

»Ich muss Schluss machen, Harry«, stammelte er und trennte die Verbindung.

»Du bist früh dran. Dick Henna meinte, du würdest erst am Spätnachmittag zurückkommen. Ich wollte dich am Flughafen abholen.«

»Ich habe einen früheren Flug erwischt«, antwortete er, nur um überhaupt etwas zu sagen. Er war überwältigt von ihrem Anblick. »Ich habe nicht geglaubt, dass ich dich jemals wiedersehen würde.«

»Ich musste herkommen.« Sie trat so dicht an ihn heran, dass er ihren Atem auf seiner Haut spürte. Ihr Parfüm erregte ihn. »Ich wollte es. Ich weiß, dass das mit uns beiden nicht von Dauer sein wird, aber ich musste bei dir sein. Wider Willen.«

»Wie ist es dir ergangen?«, fragte er.

Der Blick ihrer unglaublichen grünen Augen wirkte etwas verärgert, weil er eine Frage stellte, wo sie ihn doch nur verführen wollte, aber sie wusste, dass er fragte, weil er besorgt war. »Mir geht's gut. Es ist ja schon ein paar Tage her. Ich hatte Zeit, mich zu fangen.«

»Wie geht's jetzt weiter?«

»Seit dem Tod meines Vaters hat mich eine Horde von Rechtsanwälten verfolgt. Gestern habe ich eine Unzahl von Papieren unterzeichnet, nur damit der Johnston Trust auf mich überschrieben wird. Mit der Durchsicht der Akten von Petromax haben wir noch nicht mal begonnen.«

»Wirst du die Chefin des Unternehmens werden?«

»Schon komisch, dass eine Umweltschützerin Chefin einer der größten Ölfirmen weltweit werden wird, was?«

»Ich wüsste nicht, wer besser geeignet sein sollte. Es ist einfacher, die Dinge von innen zu verändern, als sie von außen zu bekämpfen.«

Aggie strahlte. »Das war auch mein Gedanke.«

»Ich meinte aber, wie es mit uns beiden weitergeht.«

Sie drückte sich fest an ihn. Er spürte ihre kleinen Brüste auf seinem Oberkörper, und dann schob sie einen Oberschenkel zwischen seine Beine. »Geh mit mir ins Bett und liebe mich«, antwortete sie. »Irgendwann werden mich die Anwälte hier finden. Also bleiben uns nur ein paar Tage. Wie es dann weitergeht? Ich weiß es nicht, Philip. Wir leben in verschiedenen Welten. Die Zeit wird zeigen, ob sich das vereinbaren lässt.«

Später – sehr viel später – lagen sie dicht aneinandergepresst auf den zerwühlten, feuchten Laken von Mercers Bett und warteten darauf, dass sich ihre Atmung beruhigte. Als Aggie das reparierte Oberlicht sah, fragte sie, wer hinter dem Überfall auf sein Haus gesteckt habe.

»Auf jeden Fall nicht dein Vater, falls du das meinst«, antwortete er. »Das FBI hat in seinem Haus einen Haufen Quittungen von einem Privatdetektiv gefunden. Er hat dich beschatten lassen, seit du wieder nach Washington gezogen bist. Henna glaubt, dass nicht mehr dahintersteckte als die übertriebene Sorge eines Vaters um seine Tochter.«

»Daher wusste er so genau, wann ich hier war?«

»Genau. Dieser Privatdetektiv ist dir gefolgt, als du mich an jenem Abend besucht hast.«

»Mein Vater war ein kranker, gieriger Mann.« Sie drückte sich fester an Mercer. »Aber es ist gut zu wissen, dass er mit dieser Geschichte nichts zu tun hatte.«

Er erklärte ihr, wie er über Max Johnstons Selbstmord dachte, und das schien sie zumindest ein ganz kleines bisschen mit ihrem Vater zu versöhnen. Es gab eine Sache, von der er ihr nichts sagen würde. Er wollte es selbst nicht einmal glauben. Dick Henna hatte es ihm erzählt während der paar Tage, die er in Abu Dhabi mit Wayne Bigelow verbracht hatte.

Das Mobiltelefon, mit dem Jan Voerhoven die Explosion des Stickstoffs in der Pipeline ausgelöst hatte, war nicht das Handy, mit dem der Computervirus im System des Alyeska Marine Terminal aktiviert worden war. Das war geschehen, als er und Aggie sich in der Einsatzzentrale des Marine Terminal aufgehalten hatten, fünfzehn Minuten nach der Explosion der *Hope*. Für Henna und ihn ließ das nur eine Schlussfolgerung zu.

Iwan Kerikow lebte noch.

* * *

DANKSAGUNG

Ich widme dieses Buch meinem Vater und meinem Bruder in Erinnerung an unseren vierwöchigen Urlaub in Alaska, wo wir in jeder Bar zwischen Ketchikan und Point Barrow die Ginflaschen geleert haben.

Mit jedem Buch wächst die Liste der Menschen, denen ich zu Dank verpflichtet bin. Zuerst muss ich Debbie Saunders danken, die ständig denselben Spruch von mir zu hören bekam: »Nicht heute Abend, Darling, ich muss schreiben.« Ich liebe dich, Debbie.

Dann muss ich mich bei meinem Agenten Bob Diforio für sein Vertrauen in mich und seine Geduld erkenntlich zeigen. Ich habe ein Leben lang davon geträumt, Schriftsteller zu werden, und er hat es möglich gemacht.

Außerdem möchte ich allen Mitarbeitern meines Verlages danken, insbesondere meiner Lektorin Melissa Ann Singer, die dieses Buch in eine lesbare Form gebracht hat. Ich verspreche, dass ich das Tippen eines Tages noch lernen werde.

Mein Dank geht außerdem an meinen Vater, der meinen Job für mich freigehalten hat, als ich diesen Roman beendete. Dann folgen alle, die mich mit ihrem Sachverstand unterstützt haben: Captain Robert Foule, Michael McCleary, Chris Flanagan und meine Mutter, die mir mit konstruktiver Kritik geholfen hat. Ihnen verdanke ich die Stärken dieses Buches, während ich für seine Schwächen selbst verantwortlich bin. Außerdem danke ich Clive Cussler für das fabelhafte Lob meines Erstlingswerks, des Weiteren dem anderen Jack Du Brul, Todd Murphy, Cathey und Bill Bachman, Andy Lecount, der Florida-Gang und den Jungs aus dem What Ales You. Niemand von ihnen ist Harry White, aber jeder könnte es sein.

Zu guter Letzt bedanke ich mich bei allen, die mein erstes Buch gekauft und mir Briefe geschrieben haben. Ich finde keine Worte dafür, wie sehr mich das bewegt hat.